波涛汹涌

朱秀海◎著

中国言实出版社

图书在版编目(CIP)数据

波涛汹涌 / 朱秀海著 . -- 北京 : 中国言实出版社 , 2021.1

ISBN 978-7-5171-3679-8

Ⅰ. ①波… Ⅱ. ①朱… Ⅲ. ①长篇小说 - 中国 - 当代 Ⅳ. ①I247.5

中国版本图书馆 CIP 数据核字（2021）第 000987 号

出 版 人 王昕朋
责任编辑 朱小玲
责任校对 代青霞

出版发行 中国言实出版社

地 址：北京市朝阳区北苑路 180 号加利大厦 5 号楼 105 室
邮 编：100101
编辑部：北京市海淀区花园路 6 号院 B 座 6 层
邮 编：100088
电 话：64924853（总编室） 64924716（发行部）
网 址：www.zgyscbs.cn
E-mail：zgyscbs@263.net

经 销 新华书店
印 刷 北京中科印刷有限公司
版 次 2021 年 3 月第 1 版 2021 年 3 月第 1 次印刷
规 格 710 毫米 ×1000 毫米 1/16 33 印张
字 数 520 千字
定 价 98.00 元 ISBN 978-7-5171-3679-8

朱秀海，1954 年生，毕业于武汉大学中文系，著名作家、编剧，多次获得文艺创作奖和编剧奖。著有短篇小说《钓鱼》、中短篇小说集《在密密的森林中》、

长篇小说《痴情》《穿越死亡》《客家人》、旧体诗集《升虚邑诗存》等；编剧作品有《波涛汹涌》《军歌嘹亮》《乔家大院》《天地民心》《赤水河国酿》《诚忠堂》等。

目录

第一部

1

他沿着小道向前面林子走去。

林子尽头是一座高耸的断崖。

可以清晰地听到断崖那一边大海的咆哮。

已经没有路。要么回头，要么沿着怪石嶙峋的陡壁爬上去。

他顺着海滨的沙滩一路走来。不久前，沙滩被一条凸起的水泥海堤挡住。海堤的一边是正在涨潮的海，另一边是一个位于城市边缘的渔村。

他可以回去，并且已经想到了，但终于没有回去。

他进了村子，向一个40岁上下、一身鱼腥味儿的中年渔民问路。

“请问，前面还有路吗？”

“你是去海边吧？”他仔细打量了江白一眼，格外看了看年轻人白色军装肩部的黑牌牌。“有路，往前走吧。”他肯定地说。

江白穿过这个位于高低不平的海滩上的村子。村子里有一些旧式木板房，家家户户的菜园子围着竹子或木板做的篱笆，歪歪斜斜的，上面搭些五颜六色的衣裳。鸡和猪自由地在坑洼不平的村路上行走。几个脏兮兮的、只穿着上衣的光腚孩子在水坑边用树枝钓鱼。

村路在一个大水坑旁分为两岔，一条向前，一条向右。他想了想，直着走过去。

很快他就看见林子了。林子的边缘是榆、橡、李、桃，进去后便全是水杉，越向前越密，路也越窄。

后来，就剩下了一条狭窄的、若断若续的小道。

落叶很厚，散发着刺鼻的腐烂气味。村里的人大概也不常来这里。

走了很久，才走到林子尽头，迎面就看见了断崖。

他将头向后仰，朝崖上看。也不能说刚才那个渔民说得不对，崖壁上是有一条道——鸟道，一个个石棱上残留着白色的鸟粪。勇敢者必须像壁虎一样扒着石棱爬上去。

往回走吗？

不。

往回走也许还会遇上那个渔民。见他原路返回，渔民会怎么看他？

往上爬！

他手脚并用，向崖上攀登。很快就有了悬空感。仿佛有一种巨大的力要将他从石壁上拉向身后的虚空。这种感觉与站在陆地上不同，也与随教练潜艇潜入海底不同。

一棵草长在悬崖上就是这种感觉？

两丈高时，手有点发软，脚下打了一次滑。鸟道在断壁上朝海的方向盘旋。一回头，他发觉自己正高高攀附在断崖向海一方的石壁上。

下面是黄昏时深墨色的海水，一波波涌过来，扑向崖底嶙峋的礁丛，发出惊天动地的沉闷的轰响，撞起高高的四散的浪花；浪花落下去，訇然一声闷响，浮起大片大片暗白的泡沫。

一只双翅上带白色斑点的鸥鸟在断崖的半空处——他的脚下盘旋。

它想干什么？

它以为我是一只壁虎，可以做它的食物吗？

只要它朝我俯冲一次，我手一滑，就会像一枚5克重的石子，打着旋坠向狼牙般锋利的礁丛，成为好几团不相连的血肉，被浪花卷入大海。

头猛然有点晕。不能往下看！

也不再向后看，他抬头向上。本来只想看看距离崖顶尚有多远，却一眼望见了天穹。

人可以距苍天如此之近吗？似乎伸手就能触摸到它那墨玉般的质地，那仿佛一团宝石蓝色的烟霭。

西边的海面半噙着一轮残阳。大海和岛礁被落日的余晖镀上了一层亮丽耀眼的辉煌。

正前方极远处是一条长长的、白亮的、差不多笔直的海天线。它将天空和大海分开，将无垠的鼓胀动荡的墨蓝色液体与更加广大深邃的宝石蓝色的烟霭分开。这道时刻奔涌着要扑向海岸而又永远被滞留在原处的白色浪线是一道令人惊叹的壮丽景观。它将海的世界一分为二，又用自己醒目的亮白色将世界连接为一。

天和海，再加上他，就是此时此地全部的世界了。他的心胸随之豁达起来。

他一点儿也不后悔攀登这座断崖。

继续爬！

他收回视线，注视着崖体。在这个荒凉的城市之角，这个草也不生几棵的所在，崖体赤裸裸地从陆地和大海的连接处耸起，所有的石块都保留着远古洪荒年代岩浆喷发后冷凝的初态。它如同一个巨大的奇迹，峙立在天和海之间。

巨大。他想。这一瞬间，他觉得他目睹的一切都是巨大的。天空、大海、断崖，是巨大的。

时光在崖体上化作一条条巨大的裂缝，每一条裂缝都能让他侧身而入。

还有一种东西也是巨大的，那就是他突然意识到的一种惊心动魄的感觉。

天空、大海、断崖，全是些原始的、非人的、来自荒蛮的宇宙深处的巨大。它们似乎就是“伟大”和“永恒”这两个词的本初含义。不仅如此，它们还让你想到：它们是伟大的，却又是造物者手掌上一些最微小的凸起和纹络。

他在这座城市就读了三年多，这样的海滨景色和它的含义还是第一次领略。

到崖顶去！那里视野更开阔，海景会更壮观！

他不再感到恐惧，异常敏捷地攀上了崖顶。

崖顶有百余平方米大小，基本上是平坦的。一些巨大的石缝将它分割成几部分。石缝间生长着稀疏的蓟草，开着粉红的花。

他向前方望去。

夕阳残照下的海，浩浩荡荡，横无际涯，伸向目光的尽头。脚下是黑白相间的浪花劲拍的礁丛。那只孤鸥还在他脚下贴着崖壁翻飞、寻觅，凄凉地尖叫着，掠过海面，向远方飞去，不一会儿又飞转回来。

“啊！——”他伸开双臂，忘情地喊起来，“啊——哈——哈——，我——

来——了！——”

没有回声。眼前的世界太空旷了。

突然就有了异样的感觉，他猛地回过头来。

崖顶上还有一个人!

一个姑娘。

她站在他身后不足两米处。崖顶在那里有一个小小的凸起。

他转过身惊讶地望着她，最初一刹那间甚至不大相信自己的眼睛。

爬这么危险的断崖，一个 20 岁左右的姑娘?

确实是个 20 岁左右的姑娘。

他就读的这座城市美女如云。国家一级的文艺团体每年都要来这里招收漂亮而有天赋的演员。与她们相比，她算不上漂亮，但也是中等偏上。她身材修长，削肩，长发。一个国家级著名男演员曾在电视上说过：Y 城的女孩子与别处的女孩子相比，优势仅仅在于她们有极纤细的腰。

这个女孩子也有极纤细的腰。

她的身躯动感、灵透和婀娜。

她的颈也长得极好看，恰到好处。一张鸭蛋形的脸，妆化得很淡，又十分注意细节，这使她眉眼端正、娇美、和谐。

这姑娘上身着一袭白色针织短衫，胸前绣一朵小小的大红的蔷薇花；下身着一条黑裙，裙裾很长，边缘也绣着一圈细碎的大红的蔷薇花。整个人透着一种含蓄的、清水出芙蓉式的靓丽。

后来他一直想这个漂亮的姑娘为何最初会给他留下不太漂亮的印象。后来明白了：她的身材相对瘦削，胸部也不大丰满（据说 Y 城的女孩子最讲究的是胸部恰到好处的丰满），有点弱不禁风，甚至让他怀疑她是否健康。

其次是那副眼镜。它使她那双美丽的眼睛看上去小了很多，这副近年十分流行的大镜框眼镜像一道面具，遮掩了她面部最有光彩的部分。

这一瞬间她也在望他。目光是不愉快的（这一点容易理解，他的到来打扰了她）、孤傲的、挑剔的。当它们向下移动打量他全身的时候，江白觉得自己正被对方的目光所分割（这一点不好理解，因为他并不是一个怪物）。这样的目光，让这个漂亮的姑娘突然显得不那么可爱了。

她比他来得早，大概一直在崖顶迎风伫立。他想。强劲的海风鼓起她的短衫，将长发和裙裾飞扬起来。她似乎一直在眺望大海，镜片后面的眼睛细眯着，神情中有一点淡淡的忧郁。

也许没有忧郁。那只是他的一种感觉。

他只有 21 岁，还没学会同姑娘们尤其是 Y 城的姑娘们打交道。但在这座孤耸在海边的断崖顶部，因为她那分明不友好的目光，他的胆子突然大了。

他缓缓转过身，微笑地望着对方，大声说：

“你好！”

“你好。”

风很大，她也大声回答他。

很好听的女中音。

“能在这里见到你，真让人高兴！”

他的声音有点夸张，像电影里的台词。

她的神情本来是冷淡的，现在开始发生变化。嘴角上渐渐出现两道讥讽的笑纹。

“对一些我们根本没想到却发生了的事，你没有必要夸大它的含义。”她说。

她比他想象的更厉害。他有一点狼狈了。

不就是一个姑娘嘛，他不能败在她脚下！

“我并不想有意夸大偶然相遇给本人带来的惊喜，我是想以它为由头，向一位美丽的小姐请教。”

她镜片后的眼睛眯得更细了，似乎飞快地瞥了一眼他肩上的黑肩牌，嘴角和腮边讥讽的纹络更鲜明了。

“眼下潜艇学院的士官生都这么会说话吗？”

哎呀，大概见过点世面，他想。遭遇战。Y 城的姑娘总给人见过大世面的感觉。

“漂亮的小姐，我想纠正一下，在下不是士官生，北方潜艇学院不是培养士官生的学校。请你称呼我为候补海军中尉。”

她脸上的孤傲和清冷正在消散，表情越来越活跃。

“那么，候补海军中尉先生，你想向我请教什么？”

她落进陷阱了。《潜艇战术》第三章第八节：设伏。他高兴地想。

“我想请问您是怎么上来的？……你也像我一样，是手脚并用爬上来的吗？”

脸上不能流露出得意。一个还算漂亮的姑娘从崖底爬上来，那曲折的体姿颇值得观赏，哪怕是在想象中。

如果他和她很熟悉，她一定会放声大笑起来。

“本城有一种人，喜欢生吃蛤蜊，就以为别人也喜欢。候补海军中尉先生，你喜欢生吃蛤蜊吗？”她不动声色地问。

姑娘脸上的皮肤其实很细腻。他高兴得早了点儿。《潜艇战术》第三章第十节：反伏击。

江白佯作镇静。

“啊，我想跟你开个玩笑。难道爬崖就不能上来了吗？”

不仅她的眼睛隐在眼镜后面，眼睛后面好像还有眼睛。她那双眼睛忽闪一下，用揶揄的声调问：

“勇敢的候补海军中尉，你还想原路爬下去吗？”

《潜艇战术》第四章第七节：连续突击。

“不想了。”他说，《潜艇战术》的最后一章是撤退，当我艇受到强敌攻击又失去反击能力时，能够安全撤退也是胜利。“我知道有人会告诉我下去的路。……小姐，我知道你迫切想助人为乐一次。你会这样做吗？”

她嘴角边的讥讽浮起又落下，落下又浮起，让他想到崖下那只盘旋翻飞的孤鸥。

“我当然愿意助人为乐。但假若你还想原路爬下去，我将会更佩服一名候补海军中尉的勇气。”

心里升起一点恼恨，不多，只有傍晚田野中升起的一缕暮气那么多。《潜艇战术》第五章：追击。

不能让她占上风。

“一位美丽的小姐当然不会残酷到想欣赏一个也许成绩还不错的候补海军中尉在二次冒险爬崖时坠海身亡。我还没有成为真正的海军中尉呢。”

他命令自己一直微笑着，说出了上面这番句式复杂的话。

她脸上那种讥讽的笑容还在，本人却对谈话突然失去了兴趣。

“候补海军中尉同志，你顺着这条小道往西走，它会一直把你带到崖下。”她说。

“谢谢。”江白说。

她重新眺望大海，不再理他。江白觉得她的目光又是严厉的和忧郁的了。

他也顺着她的目光向大海一望。他对她一个人想在这里望到什么和能够望到什么生出了强烈的好奇心。

他望见了一片范围广大的海，最后一抹暗红色的晚霞平平地投射到海面上。左右两侧，从陆地的边缘，各有一道矛锋一样尖锐的岸岬伸向海中。岸岬上的灯塔在渐重的暮色中一下一下闪亮，如同城市不眠的眼睛。那只孤鸥仍在海面上盘旋，他不知道它迟迟不归巢是要寻觅什么。

断崖的左侧是一道伸向城市的海湾。那里有军港和渔港。渔船已全部进港，港内港外都已听不到或嘹亮或模糊的渔歌。

他向崖下走去。原来向西真有一条路，很陡，但没有上来时爬崖那么险。

下到崖底，他心里有点不安。

她——那个有点奇怪的、言辞挺锋利的小妞儿要在崖顶望什么？

她的精神是不是有问题？

他回头朝崖上看，没有看到她。他顺着脚下的小路向前走，小路轻松地将他带回来时经过的渔村。

那个中年渔民没有骗他，村里是有一条路通向断崖，是他自己把路走岔了。

几个孩子还在那个脏污的大水坑边钓鱼。

他站住了。内心的不安在增强。

她不会从崖顶上一直向前走过去吧？

他换了一个角度，朝崖顶上望。

他望见了她。

一个细瘦的影子。立得很直，似有若无。

她不会一直向前走过去的。这小妞儿身上有一种不需要他为之担心的东西。

他没有认真去想那是什么。

仅仅是一种感觉吧。

他松了一口气，忘记了她，穿过渔村，向潜艇学院所在的方向走去。

2

北方潜艇学院建在大海伸向城市的“U”字形海湾的底部。一片高高低低的、新的和旧的建筑物参差错落地掩映于郁郁苍苍的林木之间，说它是一座军事院校，不如说是一座古典和现代、西方和东方各种风格荟萃、风景如诗如画的建筑博览馆。

一座博览馆就是一部历史。在这里，你可以看到最早踏上这片土地的欧洲人留下的中欧、北欧、南欧风格的建筑，也可以见到随后涌来的俄罗斯人、日本人留下的建筑。当然，其中也有中国人传统的四合院和新中国成立之后建起的那大大小小的火柴盒式的方形建筑。你可以从这些不同时期不同风格的建筑物身上感觉和谛听到这座城市百年来的历史。

江白承认，从三年前第一次到校，他就被这所军校、这座城市以及与他面对的大海迷住了。

有哪一颗只有内陆经验的心灵面对大海时，没有在最初一瞬间感受到强烈的冲击和震撼呢？有谁敢说自己平生第一眼望见那个巨大的非陆地的存在时，对世界的全部认知没有立即随海浪的动荡起伏而摇晃以至于崩塌呢？这是东方的海，日出时的海，也是正午的海，夕阳西下时的海；是黎明大雾沉沉时的海，也是夜声寂然星光散淡时的海；是风和日丽、阳光万顷、一平如镜时的海，也是雷鸣电闪、狂风大作、怒涛翻卷时的海；是现实中的海，也是神话中臆想的海。海阻断了望眼、隔绝了陆地，给人们带来灾祸和眼泪；也还是海，托起帆樯，沟通远国，蕴藏宝藏，让清晨出航的渔人满载希望，黄昏归来的船只满载收获。海……

来潜院第一年，他每个星期天都要起大早到海边去，看海上日出，也看潮涨潮落。海对于他还完全是一个超乎全部生命经验的存在，一个伟大、浩瀚、直接由造主物给予的朋友，一个无法用语言却能用心灵直接沟通的朋友，一个默默不语却无处不能听到它的呐喊或细语的朋友。

潜院面对的只是那个“U”字形的海湾，海面上总是弥漫着稀薄的雾气，远处岸岬上的灯塔，灯塔山下巨人手臂样横亘着许多起重机吊臂的造船厂，都半隐在雾中，模糊却又真实。大海常常在此刻咆哮着，一米多高的潮头跳跃着，拥挤着，一波接着一波，一涌连着一涌，发出闷雷滚动般的吼声，高高低低地扑向岸边的沙滩或礁群，在撞击或破碎中发出骇人的巨响，溅起丈余高的浪花。

这是一种令人头晕目眩的撞击和飞溅，在大海发出的万马奔腾似的轰鸣中，他感觉到了一种痛苦而又异常倔强的心音，一种不得不如此而又坚决要如此的心音，一种人类孱弱的心灵无法领悟的荒蛮而又充满激情的心音。它来自远海，是大海自己的心音。与此同时，岸边的礁丛也在迎接或撞击中发出自己的呼喊，大海的咆哮声越沉重，它的回答越嘹亮。它们就像一对仇敌，一方不停进攻，一方奋力反击，各自发出自己声嘶力竭的啸叫；又像一对恋人，在痛苦的撕扯中无休止地体验着同样非人类情感所能理解的拥抱与分离，辛酸与甜蜜。他孤独地坐在一块巨大的峭岩上，被它们那伟大的胸怀、力量和激情浸润和感动，任凭纷飞的浪沫急雨般地落在身上。他长久地沉浸在这忘我的天、地、人三者独处的境界里，竟有了一种模糊的意识：我在长大。我不再是那个入学前只在书本上知道海的 19 岁的毛孩子了！

一年后他不仅对开了窗便要面对的大海已到了熟视无睹的程度，还在这一年里经历了做一名潜院学员必须经过的最艰难的海上生涯。他这个全年级著名的旱鸭子不仅学会了海里游泳、船上操船，还随着一艘教练潜艇进行了一次长达 20 余天的海里实习。用他自己的话来说，他差不多可以认定自己是一名“水鸭子”了。第二学年开学后，他的目光开始投向校门外这座还很陌生的城市。熟悉城市是从熟悉校园内的建筑开始的。事实上，城市是一座更大的建筑博览馆。第一次将渴望变成行动是某个星期天的早晨，他在校门外一个卖水果的小摊上买了一张本城旅游图，搭乘公共汽车和无轨电车，许多情况下还要步行，在全城进行他那按图索骥式的漫游。刚刚走过一条主要的、繁华的商业街，有限的历史学和建筑学知识就让他明白了，Y 城全城其实是一座殖民化程度极高的城市，它的一半建筑是当年的入侵者按照自己的审美素养修造的。百年过后，那些最有代表性也最有价值的建筑虽然颜面乌黑，地基凹陷，却仍然保持着鲜明的异域风格：巨石砌成的地基、高耸的墙，尖尖的屋顶和阁楼。城市的另一半是新建筑，据说几年前本城的主政者为吸引旅游者，决定所有的新建筑一律仿照当年最早的殖民者建筑物的风格设计和建造，具体说起来就是白墙、红瓦、阁楼式的屋顶，配以绿树、青草、蓝天、大海，让旅游者进入本城后第一眼就被它美丽、色彩对比强烈、鲜明异国情调的风景所吸引。对这座城市的旖旎风光越是熟悉，江白越会愉快地想到，这位市长显然是一位城市建筑设计领域的大师，如果他的本意确如人们的传说，那么他的目的已在一个外来者心中达到了：城市的三面是碧蓝的海，上面是辽阔的蓝天，大海和蓝天之间，是郁郁苍苍森林般的绿树，绿树下面是一块块面积相当大的草地，一座座红墙白瓦带阁楼的建筑从绿树和草地中耸出，鳞次栉比，那景色无论从哪个角度欣赏，都是迷人的。

这座城市让他幼稚却渐渐成熟的心微微感动的不只这些，还有那开遍全城的蔷薇花。江白有时暗自感叹：一座城市怎么会有这么多花呢？白的、粉的、红的、紫的，一簇簇、一丛丛、一片片爬满城市的街道两侧、它的园林和庭院，开遍每一道围墙，每一个窗台，每一块草地，开在每一户人家的房前屋后，当然也一盆盆地开进室内，灿烂或者妩媚地开进主人的客厅或少女的闺房。6 月的黄昏，你沿着人行道无目的地前行，犹如检阅蔷薇花的军团。而当你偶尔走过一座海滨别墅区的不大的寂静的庭院（这座城市拥有数不清的异国情调的古旧的海滨别墅，它们组成了本市几处大的别墅风景区），看到小楼上下如火如荼盛开的蔷薇花，会不由自主地对生活于其中的人心生许多幻想。譬如说，他好几次都想到了：从这个不起眼的小楼里，也许会走出一位漂亮的姑娘？

在这种长达两年、经常被越来越紧张的课程打断的全城漫游中，他不能说自己已懂得像欣赏蔷薇花一样欣赏本城的姑娘。二年级时他还只有 20 岁，对这种事还不像数年后那样明白和充满激情与渴望。这时的他头脑对此仍有点迷糊。很大程度上，他之所以能在浏览全城的同时注意到这里的姑娘，肯定与三月到九月满城一直盛开的蔷薇花有关系。红蔷薇、黄蔷薇、白蔷薇使城市的风一天到晚飘散着浓郁的花香，只要他欣赏花，就根本避不开那些生性喜欢与花在一起的姑娘。不过，无论他对蔷薇花的欣赏还是对姑娘的欣赏，在自我意识中均是一种隐身人式的欣赏，感受也是隐身人式的感受。他只是一名短期寄居这座城市的军校学员，他不属于它，他今日的存在和对花与姑娘的欣赏除了自己之外对谁都没有意义。反过来说，这种身份和感受也让他的漫游变得十分轻松和惬意。这两年里（冬天和初春的几个月除外），他在马路边的轻风中感受着她们，在公共汽车、电车的如歌的吟唱中感受着她们，也在商场的自动电梯、海滨浴场的沙滩上感受着她们。满城的蔷薇花让他对她们有了一种先入为主的好感，而她们的服装、举止、风度又很快让他将她们与故乡那座西部煤城的女子作一番比较。并不是出于爱屋及乌的原因，他有了自己的看法：如同这座海滨城市比那座远离大海的煤城多花一样，这里的姑娘也比故乡的女子更漂亮迷人。她们皮肤更白，面容更姣好，衣饰更讲究，整体上看来更光彩夺目，同时神情也更为矜持，至少从表面上看来更难以接近。经过三年不止一次被动式的接触，他发现这座城市的女孩子身上似乎都有一种女大学生式的自恋和孤傲。她们的仪态万方给予他的感觉只是一种月下之花的凄清和冷峻之美。在最刻薄的时刻，他的心底甚至涌出了下面的句子：“这座城市的女子好似标本室里的蝴蝶，它们是美的，却又是不可碰触的，似乎一经碰触，它们就会化成粉末，随风而散。”

三年级读完时他已 21 岁。上面这种感觉，加上 21 岁青年的羞怯，使他没有任何愿望与哪个女孩子建立起可以一谈的交往关系。

第四学年开始不久，一个星期六的黄昏，他下决心要更清晰地了解这座城市。白墙红瓦带阁楼的建筑群，绿树和蔷薇花，美丽而又不可碰触的姑娘，他作为隐身人如轻风一样穿透了它们，现在他想知道的是城市的骨骼和肌肉，以及它的历史和现实。那天黄昏他爬上军校后面一座长满橡树的小山（那儿是全城的最高处）凭栏而望，第一次注意到城市的整体形象如同一只大海龟，头和两只前爪探进碧蓝的大海，身体的后半部还滞留在陆地上。他顿时起了游兴，要沿着这只大海龟的边缘走一遭，除非天太晚了赶不上军校的晚点名，他绝不放弃步行。

几天后的那个星期六的黄昏，他从小山顶上一架测地坐标前出发，下了山沿着海边一直向前走，去探寻巨龟的两爪和它那硕大的头颅。这是一次探险性质的远足，他走过工厂、商业区、喧闹的海滨浴场、一座座寂静的别墅群，在巨龟伸向大海的脖颈处遇上了渔村和渔村过后的森林。

然后是横空出世般耸立在渔村和大海之间的断崖。

在冒险攀登断崖的过程中，他平生第一次临近地、单独地、惊心动魄地感受到了天空、大海、岩石和时光作为存在的伟大、宽广和永恒，也如经历切肤之痛一样触摸到了自己生命的存在与渺小。

他还在崖顶上遇到了一个面对大海伫立、眺望和沉思的姑娘。

因为那里只有他和她，他才破例令自己也十分惊奇地与她谈了话。

这是他三年多来第一次单独、主动与 Y 城的一个女孩子谈话。

主要是出于后面的原因，他没有马上将这件事忘掉。

3

几天后，他在一个根本没有想到的场合又遇见了她。

新学期开学后，潜院的学生会与隔壁海洋大学学生会的头头举行例会，研究新学期内怎样开展联谊活动。往年这类活动的主要内容是潜院学员去帮海洋大学学生们完成秋季植树任务，今年商讨完植树的事，海洋大学学生会新上任的主席，一个矮胖泼辣、戴一副玳瑁边眼镜的女孩子站起来大胆地说：

“怎么样，未来的潜艇军官们，除了帮我们种树，敢不敢走出校门，跟我们的女孩子们跳一跳舞？”

潜院的学生会头头脸上现出了尴尬之色，回答说要回去请示一下院长。那位语风尖刻的女学生会主席和参与“谈判”的海大女同学当即不留情面地讥笑起来。受过这番羞辱，学生会主席将事情报告给了院长。头发花白的将军当即把他骂了一通：

“你还像个军人吗？这样好的事还不赶快冲过去？要是有年轻的姑娘主动邀请我跳舞，我还去哪！……我们潜艇学院怎么搞的，培养出来的学生一代不如一代！”

学生会主席头上又冒出了热汗，嗫嚅地说：

“院长，不是上级有规定，海军军人不准参加地方举办的舞会吗？我是——”

院长生气地打断了他的话：

“首先，海洋大学学生会举办的舞会不是地方营业性的舞会；其次，她们是大学生，你们也是大学生，世界上没有哪一个国家或者军队会有一条禁令，不让大学生和大学生跳舞！……好了，你这么死脑筋，别当学生会主席了，去当食堂财务检查员好了！……”

那位不称职的主席当天就下了台，新上任的是一个三年级的活跃分子。当天俱乐部门外就贴出大幅海报：“本会拟定于下星期六晚上 7 时整，在海洋大学学生会娱乐宫与该校学生会举办联谊舞会，愿参加者于当晚 6 时 30 分在本会活动中心集合，统一着军服前往。”

全校欢呼。

星期六上午，按照两校的约定，潜院学员由学生会组织，爬上十几辆大卡车，去这座城市的后山风景区帮海洋大学种树。大家情绪高涨，干得十分起劲。院长本人也赶来参加。

整个上午，话题都没有离开晚上的舞会。

“院长。”一个动力专业四年级学员突然向朝他们走来的将军敬了一个礼，说，“学生有一个问题要报告！”

他叫郑有亮，因为一年级时常被教员用脚踢到海里去，得了“水耗子”这个诨名。

“郑有亮，你有什么问题？”将军站住了，眨了眨他的眼睛。

“《诗经》上说：‘出其东门，有女如云。’又说：‘窈窕淑女，君子好逑。’万一我们由跳舞而与她们发生恋爱，不就违犯了军校学员不得与当地女青年谈恋爱的禁令了吗？”

将军微眯的眼睛睁大了一点，上上下下将他打量一番。

“郑有亮，就你？……还有人跟你恋爱？……小子，人家不是地方女青年，人家是全国重点大学的女生。……你还真以为你有希望？”

“院长对自己的学生太没信心！我认为，只要院长准许恋爱，我的机会和挑战并存！”

将军一笑也不笑。

“是叫你们去跳舞，谁说准许你们恋爱？……不准恋爱，只许结婚！”

“水耗子”愣了一下。

“结婚？”

“对。好小子，你认真领会吧！……还有你们，都记住我的话！……这些女大学生可不是什么乡下柴火妞，你们能和她们结婚是你们的福气，也是本院长的光荣！”

将军向另一个植树点走过去。

新上任的学生会主席挠了挠头，对一群张开嘴合不上的同学说：“先生们，咱们小看这位老头儿了。”

“有道理！”

大家同意，情绪高涨。

“他的意思不是要咱们进攻，简直是要咱们发起大规模偷袭，不行就强攻！”“水耗子”恍然大悟地说。

“你一定要抓住这个机会！”外号“笨牛”的鱼雷专业四年级学员说。

“抓住不抓住，你就看效果吧！”“水耗子”反唇相讥。

植树的速度明显加快。

江白没有参加同学间热烈的对话。有机会参与地方大学生办的舞会，在他当然也是愉快的，但他并不觉得自己在那些陌生的女孩子中间有什么机会。

晚上 7 点整，一支主要由潜院四年级学员组成的队伍着装整齐，雄赳赳气昂昂地走进了海洋大学漂亮宽敞的学生会娱乐宫。

舞场在一楼大厅，实际上是一座旧饭堂。

娱乐宫大门外，潜院学员们看到了几张墨汁没干的标语，上面洋洋洒洒地写道：

海洋大学全体男生抗议潜艇学院士官生的野蛮入侵！

候补潜艇军官们，你们是不受欢迎的人！

侵略者滚出海大校园！

舞厅里果然没有一个海大的男生。但是，海大的女生已经一簇簇一丛丛地在那里恭候客人了。江白第一眼的感觉是：也许正因为男生的抗议，因为潜院清一色男学员的到来，海洋大学各学院的女生们一个不落全来了。女孩子们人人花枝招展，脸上洋溢着欢乐和羞怯，眼睛里闪闪烁烁的都是期待和顾盼。

海大女生坐在舞厅的一侧，潜院学员坐在另一侧。都落座后，潜院学生会主席回头悄悄给大家打气，说：

“候补中尉先生们，我们是受欢迎的，别露怯！”

海洋大学学生会的女主席容光焕发地走来。今天她着意化了妆，摘掉了眼镜，不得不到处凑近了寻找潜院的学生会主席。

“在这儿呢！”

潜院新任学生会主席站起来，主动迎上去。

“需不需要开场白？”活泼的女主席说。

“让乐队奏乐，我请你跳舞，就是开场白！”勇敢的男主席说。

女主席大笑。

“男生抵制这次舞会，乐队罢工，你们的人能不能临时组成一个乐队？”

两个男生打着一条横幅走进来。横幅上写着：“请本校女生同男生一起反对潜院学员的入侵！”

场内的气氛既欢乐又紧张。

“‘水耗子’‘笨牛’，还有你，‘蛐蛐’‘蚯蚓’，你们去奏乐！”潜院的男主席回头命令。

五个学员站起来。“水耗子”有点犹豫。

“主席先生，我来……主要是想完成院长给我的任务。”他说。

“大局为重，快去！”

五个潜院学员走上舞厅尽头的小舞台。不一会儿，那里就奏起一支热情奔放的进行曲。

海大的女主席已向潜院的男主席靠近过来，惊喜地问：“这是什么曲子？”

“《潜艇兵进行曲》。……怎么办，咱们跳起来？”

“就跳起来！”女主席说。

两个男生又将另一条横幅举进来：“打倒出卖我校女同胞的学生会！”

“小伙子们，冲！”潜院的男主席一边带海大的女主席下场，一边对自己的队伍喊。

最初一秒钟没有谁起立，大家都还有些拘谨。但一秒钟过后，整个队伍已经大动起来。舞厅这一边的军人向另一边的女大学生冲锋般压过去，女生的自然群落迅速“瓦解”。

上百对候补海军中尉和女大学生在舞池中充满激情地旋转起来。几乎所有的潜院学员都下了场。海洋大学男生的破坏性参与是使潜院学员勇敢起来的主要原因。毕竟比舞跳得好不好更重要的是：你不能在这种时刻打败仗。

江白还待在自己的座位上。他不会跳舞，也被舞厅里迅速发生的事情吸引住了。今晚这里的事态让他觉得快乐。大家跳起来后，他吃惊地发现，在自己的同学中间，还真有优秀的舞蹈人才！

有人在他肩膀上拍了一下：

“嘿！看傻了吧？”

他一惊，回头看，原来是“水耗子”。

“老郑，你来了，谁替你打鼓？”

“找了个替死鬼！”郑有亮说，“我要下场！”

他抖擞了一下精神，沿着舞场边缘走过去。

一会儿，他又走回来了，坐在江白身边，神情沮丧。

“怎么啦？”

“僧多粥少。被别人抢光了！”

江白忽然有了勇气。

“我要下场了。”他对“水耗子”说。

他不相信舞厅内就没有剩下一位待邀的女大学生。

绕着舞场走了半圈之后，才发觉“水耗子”这回没有撒谎。

他已经有点失望了，目光转向舞台上的小乐队。乐队一侧，两排此刻已空荡荡的折叠椅上，坐着一位黑衣红裙的姑娘。

他眼睛一亮，像猎人发现了猎物，大步走过去。

姑娘远远地便注意到了他。在他走近她的这段时间内，她一直盯着他看。

他觉得她有点面熟。突然，他想起来了。

——断崖顶上的姑娘！

他心里有点激动，在她面前站住。

他望着她的眼睛。镜片后面的眼睛今天显得比那一天清亮。他还注意到，今天她认真地化了妆，比那天在断崖上更加光彩熠熠。

可是她并不想承认他们曾在某个特殊的场合见过面。她的目光沉静如水。

也许她根本就没有认出他？

他忽然不想点明曾在哪里见过她了。承认此事并不能让他在她面前占有多少优势。

“对不起，能请你跳舞吗？”他大方地、故作轻松地问。

她用一双探索的、骄傲的目光望着他，迟疑了好一会儿，像是在思考：我真能降尊纡贵地跟这个人跳舞吗？

他忽然明白了：方才她很可能已拒绝了不少人，包括“水耗子”。

“谢谢你的邀请。”她突然说，站起来，轻拂了一下裙裾，将一只细瘦白皙的手递给他。

他注意到这只手五指尖尖，是那种所谓钢琴家的手。

他接过这只手，引她走进舞场。

他们跳起来。乐队演奏的是一支慢三步舞曲，江白凑合着能对付。

她的眼睛一直盯着他的脸，面部的微笑慢慢有了讥诮意味。

江白有点慌乱。他走错了步子。

“候补海军中尉同志，请女孩子跳舞比去海边爬崖更让你害怕吗？”她说。

她的目光由下而上大胆地、挑衅性地直视着他的眼睛，语调里有讥讽，但声音是愉快的、友好的。

他矜持起来。他觉得自己已在这陌生女郎面前又一次处于下风。

“小姐，你不觉得今儿的舞场比海边的崖顶更危险吗？我们这么英俊潇洒，很容易被小姐们爱上呢！”

镜片后面那对本来很好看的眼睛又习惯地、讥讽地眯细了。

“候补海军中尉同志，你就那么自信？”

他第一次感觉到，她在他们之间的谈话中没有抢占到上风。

“小姐，你以为呢？难道你不觉得候补海军中尉也很可爱吗？”

她微笑的嘴角微翘起来。

“请问自信的候补海军中尉，我能知道你的名字吗？”她的声音有点儿发沉，像女中音歌手一曲歌毕向观众谢幕时的腔调。

江白无声地大笑。

“应当先由我请教小姐的芳名。”

她轻轻笑起来，笑得很开心，一双在他的注视中越来越好看的眼睛不放松地盯着江白的脸。

“你是第一次跳舞。”她不回答他的话，用肯定的语气说。

一种不大愉快的感觉从江白心底油然升起。

“不。”他说，“确切地说我是入了军校之后第一次跳舞。进军校之前我常跳。”

她笑得更厉害了。那双眼角有点上挑的眼睛分明看出他在撒谎。

更糟糕的是，她好像还看出了他的不自在。江白暗暗嘱咐自己：要镇静。

“难道是否跳过舞很重要吗？”

“不。当然不。你跳得挺好。你乐感好。”她和解地说，将脸上的笑容收敛了些，目光仍没有从他脸上离开，“你这么自信，是不用别人教跳舞的。”

“谢谢你的称赞。我并不认为跳舞是一桩伟大的事业。”

她又无声地大笑了。他觉得，这是一次完全不设防的大笑。

她没有意识到自己已经更深地伤害了他。江白回头望望乐队，他希望这支曲子尽快结束。

舞曲终于停了。面带着做作的、矜持的笑，江白彬彬有礼地将她送回小舞台左侧那个灯火阑珊的角落。

“请坐，谢谢你给了我愉快的一刻。”

“我也谢谢你。”她说着，轻盈地坐下去。他觉得她的目光更加明亮，两颊泛起了动人的红晕。

他转身走回去，意识到她的目光盯着自己的脊背，心想自己正大败而逃。

“怎么样？进攻战斗开始了吗？”回到座位上，“水耗子”问。

“不是我进攻人家，是人家进攻我。”

“胜负如何？”

“惨败。”

“那就换一个方向进攻。今日美女如云。甩了她，再整一个！”

舞曲又回荡了起来。“水耗子”极其踊跃地冲向了女大学生。座位上只剩下江白，孤零零的，独自咀嚼着一种类似懊恼的心绪。

“请问，我能邀你跳一曲吗？”

一个有点熟悉的女中音在他耳边响起。

他抬起头。居然是她。

她的眼睛在旋转的五彩灯火下，显得分外明亮，原本有点苍白的脸颊上泛起的鲜艳的红晕让她愈加漂亮。他注意到那么孤傲的她第一次在他面前表现出了隐隐的羞怯和不安。

虽然努力用笑容掩饰着。

江白心中的懊恼突然消失了，他站起来。

“十分荣幸。”

他们跳得比刚才好。而且，当她仍然目不转睛地盯着他时，他也下了决心：像她一样坚定地、目不转睛地盯着她。

“你方才是不是问过我的名字？”她没有回避他的目光，微笑地说。

刚才在她脸上看到的那种冷淡的、孤傲的神情消失了，那里有了一道温柔的、甜蜜的光影。

“不错。”

“现在还想知道吗？”

“如果没有什么不方便的话。”

她再次微笑。他贴近地看到了她两腮上现出了两个小小的酒靥。

“海韵。”

“是本名，还是化名？”

“本名。大海的海，风韵的韵。”

她坦诚的目光让他不得不相信她说了实话。

“你想到了什么？”她问。

他忽然想跟她开一个玩笑。

“我在想，海之风韵就是巨大的风暴。让我想到了刘邦的《大风歌》。”

她的眼睛在笑。

“潜艇军官的课程表上也有古诗词一门？”

“潜艇学院的课程表上没有古诗词一门。但假若一个人连刘邦的《大风歌》也不懂，他很可能迈不进潜艇学院的大门。”

“可以稍加解释吗？”

“小姐，一个人能从小学一直考进大学，他基本上是一部不错的考试机器。你要我现在给你背诵《大风歌》吗？”

她的笑容越来越灿烂迷人。

“我相信你的话。……现在你能告诉我你的名字吗？”

“江白。长江的江，白色的白。江上之白，是月光洒下来的效果，我生在一艘江轮上，就有了这个名字。”

“你的父母中一定有一位诗人。”

“我老爹是炮兵，母亲小学毕业。名字是老爹起的。不存在你说的那个诗人。”

她莞尔一笑。江白觉得她的身子正向他靠近过来。他的心跳得快了！

上帝，快救救我吧！不过……不过现在我确实很快乐……

舞曲终了。他再次送她到那个灯火阑珊的角落，却没有回自己原来的座位上去。

他们一直跳到散场。跳最后一支曲子时，她的神情又变得闷闷不乐了。

“如果我让你厌倦，我可以离开。”他说。

“啊，不。”她像是突然惊醒了一样地说。

她的情绪的变化让他冷静下来，他不再说话，默默地陪她跳到曲终。

最后一曲是《友谊地久天长》。

分手的时候，他注意到她对他很冷淡。

“再见，江白同志，今晚很愉快，是吗？”她主动伸出手说。

“我同意你的看法。”他说，努力露出一个微笑，“再见。”

他伸过手，感觉到她仅仅与他礼节性地轻轻一碰，握手就结束了。

当夜，躺在学员宿舍的床板上，他的眼前清晰地现出了姑娘轻盈地舞蹈着的身影。她是那么漂亮，不，不是，他没有马上忘掉她，是因为她身上有某种让他怦然心动的东西。

这就是初恋?

要熄灯了。

“今天谁的收获最大？”“水耗子”问。

“谁一句话不说，谁的收获最大。”“笨牛”说。

大家的注意力集中到他身上。

“江白一声不响。江白收获就最大！”“水耗子”一声惊叫。

全宿舍大哗，响起了喝彩声、口哨声。

“别惹我。”他说。

宿舍里突然安静下来，灯随之熄灭。

夜里，他一直在想：是什么事使她的情绪在舞会的最后阶段突然低落下来?

4

联谊会并非每天都举行。过了两天，他对那个叫海韵的女孩子的记忆已经淡漠了。

但并没有忘记。

已经不可能忘记了。她成了他一生中有较多交往的第一个女孩。对于这样的姑娘，男孩子是很难忘记的。

这一学期的课程很重。他们要完成包括中国近代史、中外海军史、中外海战史、潜艇战史、潜艇战略、潜艇战术、潜艇海难史、世界潜艇战名将传略、中国海军战略等一大批功课，并且要写毕业论文。到最后一个学期，他们的大部分时间就要集中用于海上实习了。

江白还有自己的计划：他要在毕业之前继续完成自己对 Y 城的漫游。

一个星期天的上午，江白独自一个人出发，去寻觅一个一直想探访的去处。

这是一个在他们学过的海军史上小有名气的北洋水师将领的墓。墓主是旗人，甲午大海战后，北洋水师残部由提督丁汝昌率领退守刘公岛。这天夜里，一个不甘如此惨败的海军将领操纵一艘满载火药的渔船，冲向了锚泊于中国近海的日本旗舰，却撞上了倭寇的一条木壳炮艇。一声巨响，这位名唤新爱罗觉·海山的海军将领与敌同归于尽，成就了中日海战史上一段不为人知的壮烈故事。

故事是学校一位研究北洋海军史的教授在课堂上讲的。他告诉学员们，本市东城区的小山上有这位刚烈的中国海军前辈的衣冠冢。教授最后说，作为中国海军的继承人，你们可抽时间去拜谒一下这位前辈的墓园。面对海山将军灵魂的最后的栖息地，后人一定会有很多感慨。

江白不是最早响应教授号召的学员，也不是以受教育为目的去寻觅和拜谒这座墓园的。他之所以要去拜谒这位先人之墓，是因为它是他的全城漫游计划的一个不算重要却也不算不重要的景点。离开这座城市的日子不远了，他不想在走之前因为没有去拜谒这位只在本地有些名气的先烈之墓而留下遗憾。

他起得很早，天上下着小雨。他喜欢这样的天气，它使已渐进盛夏的城市不那么溽热蒸人。他打了一把伞，出门上了开往东城的公共汽车。海山将军墓不是重要的名人之墓，但本城旅游地图还是把它标了出来。

然而去这座名唤忠义岭的小山的道路十分复杂，江白换乘了三趟公共汽车，又乘一次小巴，才大约来到地图指示的区域。雨下得大起来，他擎着那把不大顶用的伞，一连问了路边候车亭下的七八个人，他们中有男有女，有老有少，但竟无一人知道去这座墓园怎么走。

他只好独自冒雨进山寻觅。海山将军的墓园就在他眼前的山林中，除非它并不存在，否则他一定能找到它。不是说这位将军在惨烈的充满屈辱的中国海军史上有多少地位，而是为他自己。他既然来了，就一定要到达目的地。

他沿着一条没有铺柏油的土路上山。林木越来越密，路越来越曲折，他开始意识到自己有可能迷路。但此时土路已到了尽头。前面是一所没有院墙的医院，里面花草繁盛，绿树葱郁，一切生命全在雨中闪着白色的水光。他走进去，一连问了几个人，发现他们的神情不大对劲，才明白自己误入了地图上标明的市属精神病院。

他有点气馁了。

海山将军的墓一定就在附近，旅游图上就是这样标明的。但是他第一次有了失败感。他望着四周青葱的山林，站了一会儿，觉得勇气又回到自己身上来了。

海边那么高的断崖他都爬上去过，难道他就找不到一座地图上标明的墓园吗？

穿过横贯精神病医院的一条水泥大道，他从另一个门走出，再次发觉面前出现了第二条弯曲的没有铺柏油的上山的土路。土路过去是一道深深的沟壑，沟底流淌着一道算得上汹涌的溪流。

他又迷路了。顺着土路上山去是找不到海山将军墓园的，他几乎可以肯定它就隐在这一带的林木中。顺路下山去，不远就是他来时坐小巴路过的滨海大道。

再过去是大海。

他今天真的找不到海山将军墓了吗？

土路旁有一座茅屋，一个江白不大有把握肯定是正常人还是精神病人的老者守着一个小小的烟酒铺。

他走了过去。

“请问老先生，你知道海山先生的墓园在这一带吗？”

他不敢奢望这位满头白发、神情恍惚的老人能够回答他的问题。

老人的眼睛本来是混沌的，此刻忽然明亮了。

“你是要找新爱罗觉·海山先生的墓园？”他用惊奇的、略显欢欣的腔调问。

江白点头。

“新爱罗觉老先生的墓就在前面。”老者用手朝沟壑那边的小山上一指，“你照直走过去就是。”

江白的心热起来，他觉得自己终于在一个精神不大正常的老者的心中发现了海山先生。

“谢谢您，老先生。”他说。

“这个年轻人多好，知道应当怎么跟老年人说话。”老者在他身后唠叨。

江白已经转身向前走了几步。他此时才真正看清老人给他指的路：在他面前这条深深的沟壑和对面那座不很高的山头之间，连一条泥泞的小道也没有。

他回头望了茅屋的老人一眼。老人正用充满平静和期待的目光望着他。他的心一横。

——就从这里走过去！

已被一上午的跋涉弄得有点疲惫的他小心翼翼地走下了沟壑。坡上滑溜溜的，让他臀部着地摔了一跤，一下滑到了沟底。溪面不甚宽，溪流湍急，他脱下鞋子，挽起裤腿，赤脚走进水里，十分钟后才到达彼岸。涉水的时候，他觉得今天这本来很普通的漫游已变成了一次疯狂的朝圣。

向上走进长满荒草和杉树林的山坡时这种感觉在加深。坡上的土层又湿又黏，每一株草每一棵树都活了一样，待他走过时将冰凉的水浇到他头上和身上。他费尽气力走上山顶，浑身已经湿透。

他以为他是找不到海山将军的墓了。可就在他眼前，却出现了一座用粗麻石的矮垣围成的墓园。墓园依山而修，分为上下三层，墓门面向大海，有三九二十七道石阶。最高一层有一座馒头形的大墓，前面竖着一块很高的石碑，上面镌刻着几个笔法遒劲的大字：已故将军新爱罗觉·海山先生之墓。

墓园里栽种着一些塔形松。仅此而已。

他不激动。事情似乎正该如此。

雨不知什么时候变小了。他拾级而上，来到那座丈余高的墓碑前，深深地鞠了一躬。

并非全因为对方是一位英雄，还因为他是一位海军前辈，一位老人。

又站了几分钟，看了看。一座很朴素的墓园，同时也是一座寂寞的墓园。

即便市政府出于某种考虑将这里列入全市旅游点中的一个，大概平日也不会有什么人来的，他想。

一直笼罩着他的内心的关于今日出游的某种魔幻的不真实的感觉消失了。我找到了我要寻觅的名人之墓，我对这座墓的拜谒也随之结束，他想。

他顺着石阶走下来。

雨又大了，纷乱细密的雨珠打在雨伞上，打在墓园地下的青石上，打在园中枝叶繁盛的松树上，发出杂乱的“蓬蓬”的响声。

山风强劲，他已全身尽湿，不禁簌簌发抖。他开始想怎么下山走到滨海大道上搭乘公共汽车。

这时他却停住了。在第二层墓园里，他看见了另一座墓，它比海山先生的墓小得多，墓前的碑也低得多。碑上的文字是：新爱罗觉·海石先生之墓。

他没有在这座始料不及的墓前多耽搁自己。就姓名而论，这位死者可能是海山将军的晚辈亲属。海山先生因为是海军前辈与他还有一点关系，这座墓的主人与他连这点关系也没有了。

他继续往下走。

一抬头就发现了她。他一惊站住了。

她打着一把黑伞，怀里抱着一大抱雪白的蔷薇花，踏着台阶往上走。一瞬间他并没有注意到她是谁，雨伞遮住了她的脸，他只能居高临下地看到她怀中的花和那一身肃穆的黑色衣裙。他只是微微感到惊讶：这样大的雨，我一个人来拜谒海山先生墓，已显得有些疯狂，现在居然又来了第二个！

她也在本能的一惊中感觉到了另一个人的存在，将伞仰起来瞧他，两个人几乎都要叫起来！

是你？

她站住了。他也站住了。

是那位自称为海韵的女大学生！

上山时她的眉眼大概一直是沉郁的，仿佛一直在观照自己庄重肃穆的内心。突然看到了江白，她愣了一下，目光迅速明亮、柔和、欢笑起来。

"江白？"

"海韵你好。"

"我很吃惊。"她说，"这种天气，你怎么……"

他目光沉静地望着她，迟疑了一下，才说：

"你呢？今天你怎么会到这里来？"

她的脸上现出狡黠和挑战的神气。

"我怎么会到这里来，等一会儿我会告诉你，你要先告诉我你为何要到这里来。"

"事情很简单。"江白说，"这里是一位海军军人的老前辈的墓园。我已经拜谒过本城所有的名人之墓，今天特来接受一次对海军军人的传统教育。"

有火花一样的亮光在她眼镜后面一闪。

"我可以告诉你我来这里的原因。这座墓园的主人是我的曾外公。你大概还看到了另一座墓。那里长眠着我的外公，今天是他去世的日子。"

江白怔怔地望着她。原来她并不是喜欢在雨天穿一身黑衣裙，虽然黑色的衣裙配上她白皙的皮肤，让她另有一番动人之处。

"对不起。我并不知道这些。"他说，意识到对这个总是令他稍感神秘的女子油然生出一些敬意。

她的眼睛表明她在想什么。同时这双眼睛一直望着他，目光中显露出一种令男人心疼的单弱和娇柔。

“你就要走了吗？”

“你没来之前，我是要走了。”

“能等我一下吗？”

“当然可以。”

她拾级而上。在海山先生墓前的祭台上，恭恭敬敬地放上一束白蔷薇花，后退两步，深深鞠一躬，默默肃立了片刻。

接着，她走下一层墓园，来到海石先生墓前，将刚才的动作又做了一遍。

一刻钟后，她向江白转过头来，释然地说：

“好了，咱们走吧！”

这一刻，江白有了一种感觉：那次舞会之后，她一天也没有忘记他！

这种感觉让他心里热起来。

风雨大作，满山林涛轰鸣，合抱粗的大树竞相折腰。她惊叫着向他奔来，小鸟依人一样钻进他的伞下，投入他的怀中。这一切她做得那么自然，居然没有令江白吃惊。

他们很自然地将两把伞并在一起，相互扶持着走出墓园，又顺着一条成了山水流淌的沟渠的泥路走下小山。江白发觉这条路并不长，很快他们就到了山脚下。

她引着他在两家工厂的围墙间绕了几道弯，眼前豁然开朗。原来他们已踏上了滨海大道。

她嘻嘻哈哈地笑着，很自然地从他的怀里钻出，像没有过这件事一样，脚下吧嗒吧嗒地踏着水，向公共汽车候车亭跑去。

江白的情绪被感染了，也叫喊着奔向候车亭，脚下踏起大朵大朵混浊的水花。

他们站在候车亭下相视而笑。虽然有两把雨伞，两人还是被淋透了。

“都湿了。到我家换换衣服吧。”她笑着，仿佛很随便地说。

江白内心的勇气被她鼓舞起来。

“远吗？”

“就一站路。”

风顺着滨海大道猛刮。江白在打战。

“你的邀请令我受宠若惊。”他半开玩笑地说。

她冲他娇媚地一笑。

“你跟女孩子说话都是这么妙语连珠吗？”

江白一愣。

“啊，不。”他说，“只有跟又聪明又漂亮的女孩在一起，我才这么能干。遇不到这样的女孩子，我就是满腹珠玑，也不轻易抛洒。”

“你知道不知道，你的恭维令一个涉世不深的女孩子——也就是我——有一点儿心花怒放。”她用一种烦琐的句式（他注意到这是她的语言习惯），确实有点心花怒放地说。

镜片后面的眼睛闪闪发亮。

他还想说点什么，可是公共汽车来了。

上车后江白的心热乎乎的，他相信他真的有点喜欢她了，并且已在与她的口角中占了上风。

发觉自己中了圈套是后来的事情。

她家并不像她说得那么近。他们坐了三站路才下车。接着，她引他走进本市有名的一处海滨别墅区。它依山傍海，花木葱郁，一座座西洋风格的小楼被一道道石砌的围墙分割隐映。墙上墙下盛开着各色蔷薇花。

即使在雨中，这满眼的蔷薇花依然灿烂夺目。它们密匝匝地铺满一座座静悄悄的庭院，开遍一道道不高的围墙。雨的洗礼非但没有让它们受到摧残，反而令它们越发光洁明丽。

他注意到这里的人家似乎更喜欢白蔷薇。它们雪团一样毫无顾忌地开遍庭院的每一个角落，爬上大树和屋檐，一串串一簇簇地在风雨中飘曳，让人莫名其妙地感到心惊。

两人在别墅与别墅之间迷宫式的夹道间走了好久。地上是年代久远又被雨水冲刷得很干净的石板。没有一个人在雨中行走。偶尔有一辆小轿车无声地滑过。

继续往前走时，江白的内心开始不安。

“海韵小姐，你家离这儿还远吗？”他站住有点不安地问。

虽然尽力掩饰着，却还是将那一点渐起的不安暴露了出来。

海韵回头看他一眼，那是一个钟情的眼神。她莞尔一笑。

“就到了。”她说。

再往前走，江白突然看到了雨中灰白茫茫的大海，以及海边突兀而起、他曾在那里第一次遇见身边姑娘的断崖。

他沉默起来。

“到了。”海韵说。

一座不大的私家庭院。石砌的半人高的围墙，一道老式木栅栏门上挂着把旧式的铜锁。庭院里有许多被雨淋得水光闪烁的花木，稍后一点是一座北欧风格的、带方锥形尖顶与阁楼的两层小楼。

令人大开眼界的是满墙满院的白蔷薇。花开得很大很白。他不知道蔷薇花是不是也有优良品种，如果有的话，他今天在这里看到的就是蔷薇花中的蔷薇花，蔷薇花的冠军或女王。

令他不可思议的还有另一处花的景观：在满园如雪如雾的白蔷薇中，小楼前凸的门廊顶上，堆压式地盛开着至少上千朵红蔷薇。这些艳红如血又似烈火熊熊燃烧般的花，祖现于满世界的白蔷薇之中，形成了极为强烈的色彩的对比。它最初一刻给江白视觉的冲击力是巨大的。不，不是美，他感觉到的是惊愕，仅仅是惊愕和震撼。

海韵用一把老式的铜钥匙打开了院门。

“请进！”她用一种娇柔的声调说。

她用那样一双观赏的目光望着他。她的内心充满了亲切，却在掩饰这种亲切。她的一双美丽的眼睛里注满了雨水一样闪亮的期待和眷恋，却又似乎为它们不好意思，躲躲闪闪。江白意识到，这一刻，原本一直存在于她身上的孤傲和矜持荡然无存。她成了一个女人，一个会在，也想在男孩子面前展现自己风韵的普通的姑娘。

5

“我是否可以认为，这不是对你全家的一次正式拜访？”江白没有马上进去，向她问道。

她抬头直视着他，脸上重新现出一丝讥讽的微笑。

“今天的雨真是不小。你除了全身发冷，不是还有些紧张吧？”

“我真担心我会紧张。”江白笑了笑说。

“放心，这里没有我的家人。除了你我，眼下没有别人。”

“我确实不那么紧张了。”江白说。

通向小楼前廊的甬道长长的。甬道上彩色石块拼出的图案也带有异国情调。他越来越意识到自己正踏进一个欧化程度相当高的家庭。

海韵蹦蹦跳跳地开了门。这个形象与她最初留给他的持重的印象判若两人。

“请进来吧。”她用唱歌一样好听的、轻快的声调说。

他随她走进去。在门厅里，他的湿脚踩上了一块阿拉伯风格的旧地毯。上面是阿拉丁和神灯的故事。

“如果你愿意，可以把湿鞋脱下来，换上拖鞋。”

不仅她的声调是温柔的，她望着他的眼神也是温柔的。温柔而欢乐，略微还隐藏着一种被掩饰的激动。

他照办。

门厅左门一扇门开着，那是客厅，客厅上悬挂着一幅黑底蓝字的匾额，上面是四个年代久远的行楷大字：海山别墅。

透过打开的门，他望见客厅里面有一座西洋风格的壁炉，一些颜面发暗、古色古香的家具。壁炉上方，他瞥见了一幅海战风格的油画。

她已飞快地跑进一楼的一个房间，又飞快地跑出来，手里拿着一叠干衣。

“这是我爸的衣服，你将湿衣服换下来就到楼上找我。”她说，冲他妩媚地一笑。

她踩着同样铺着旧地毯的楼梯轻盈地上楼去了。江白发觉他一点儿也不知道下面剧情会如何发展。他正在一场没有思想准备而又可以说是一直悄悄期盼着（自那次舞会后就一直期盼着）的爱情轻喜剧中越陷越深。因为海韵拿给他的竟是一套潜艇兵的军便服。

他到底走进了个什么样的家庭?

这个家庭有着些什么秘密?

海韵没有让他进客厅去换衣服，他自作主张地走了进去。

湿脚踩在欧式风格的旧地毯上很舒服。他换下了水淋淋的军衣，将一套略显小一些的潜艇兵军便服穿在身上。

在这间散发着一股潮湿和淡淡的霉味的客厅里光线暗淡的墙上，他看到了另一些标志着这个家庭久远历史的画像和照片：一位着 19 世纪洋服的年轻绅士和他的妻子——一位清装的大家闺秀的肖像油画；一艘北洋水师年代铁甲舰的模糊不清的照片；一张着民国海军军服的中年人的照片，与之并排挂在墙上的是一位洋装的、风姿绰约的30年代的富家小姐；最靠门边的一张镜框里，是一张70年代中国海军军官的全家福，那里有三个人，年轻的军官和他同样年轻的妻子，一个四五岁的小女孩站在他们中间，背景是沙滩和大海。

江白的嘴角讥讽地翘起来。如果不是在一间陌生人家的客厅里，他几乎想吹一支口哨。

他注意到了这个家族的显著特征：每人都有一个略略上翘的鼻子。

海韵也有一个微微上翘的鼻子。

她让他独自在楼下换衣服，是否有意回避谈及她的家世和这座别墅的来历？如果是这样，她的目的并没有达到。他想。

原来我走进了一个海军世家。别墅显然以新爱罗觉·海山先生的名字命名。除了我今天在海山先生墓园里看到的两代海军军人，没有接触过的只剩下她的父亲，也即这个家庭的第三代海军军人了。

但是他那颗年轻的心已经热起来。也许她根本不是要回避什么，他和她今天感觉到的、让心怦怦跳动的是另外一些事情。

青春的事业扑面向他们走来，虽然他和她有点措手不及。

他出了客厅，顺楼梯走上二楼。

海韵的门敞开着。她已经换了一件晚装风格的花格长裙，半裸着削肩，浓密的长发松松地挽着，赤脚踩在地毯上，一手扶着门框，默默地望着他上楼。

这时的她，不管他愿不愿意承认，都有点儿光彩照人。

“我不知道我是否已经受到了邀请？”江白用一种调侃和游戏的声调发问。

但是他的处于微微不安中的体姿，他那有点发红的脸颊，却向姑娘泄露了内心的激动。

“你可以这么认为。”她也用游戏的声调回答，脸不自然地红了。

青春就是这个样子。尽管我们总是在异性面前表现得十分矜持，但还是会在某时某地遇上自己的初恋。那一刻你会觉得不是你，而是你体内的一个精灵在怂恿你：勇敢些！走近那个身心如同蔷薇花一样盛开的姑娘！

他走过去，轻轻地伸过手去拥抱她。

“你好鲁莽。”她怕冷似的抖了一下说，没有躲开，两颊上如同升起了火烧云。

他们互相望着对方的眼睛。接着，她腾出一只手来，取下了眼镜。

取下眼镜的她形象有了很大改变。在江白眼里，她的眼睛更大更漂亮，她本人也没有了戴眼镜时那种时刻不离的书卷气和孤傲。

“我有点迷糊。”他听到自己的牙关在打战，说出的话仍带有游戏的声调，“一到险要关头，我的脑袋总是迷糊。”

“今天你就不迷糊。”她也想继续用游戏的声调说话，然而话一说出来，却让他觉得她有点可怜。

“我们是不是现在就接吻？”一阵愉快的眩晕过后，他又听到那个恶毒的精灵用调侃的口吻说，“还是要等一等？”

她将眼睛睁大了望着他。他觉得自己正变得勇敢。

“如果你迫切想那样做，那是你的事。我与此事无关。”

她闭上了眼睛。她的面色微微发白。

他俯下身去吻她。他觉得自己在微微颤抖。她的嘴唇冰凉。平生第一次与女孩子接吻并没让他感到格外销魂。他认为他们只是将嘴唇和嘴唇相碰了一会儿。

也就是一分钟吧，那个恶作剧的精灵便从他身上消失了。他的脑袋从眩晕中清醒了一点儿，他的嘴唇也随之离开了她的嘴唇。

她仍然闭着眼睛，面色苍白。

“早上吃的是葱花饼。”他说。

她的眼睛睁开，里面全是泪水。

“你坏！”她含笑说，轻轻将他推开，“好了，你想做的事情也做了，进来吧，咱们好好待一会儿。……你是不是想喝杯热咖啡？”

“我不拒绝。”江白说。

她背过身去，飞快地擦去眼泪，将眼镜戴上，转回来，用一种得胜的神气望着他。

“用这种腔调跟女孩子说话，大概是今天的候补海军中尉的时尚吧？”

“我不喜欢时尚。”体内那个恶毒的小精灵又回来了，代他回答她，“我喜欢的是你！”

他清楚地意识到她正在变回去，又成了原来那个孤傲、倔强、认真、一身书卷气的女孩子。

但是他的话并没有破坏他们之间已有的隐秘的、温暖的气氛。在这天余下的时间里，她一直被一种暗中悄悄流淌的喜洋洋的气氛控制着。

她下楼去煮了咖啡，端上来。这段时间里江白看了看她房间里的陈设：一张很大的席梦思软床，一张旧式的缕花红木梳妆台和一排旧式的雕花衣橱，一架漆色暗淡的旧钢琴。

更多的是书。床上、梳妆台上、钢琴上，甚至衣橱顶上，全是胡乱堆叠的书。

“书虫。”他在心里暗想。

钢琴旁是一对小巧的红木沙发，中间是一张大理石台面的、圆圆的雕花小茶几。

海韵将一只镀银的托盘放在小茶几上，坐下来。

“请坐。”她轻松地说，飞快地、幸福地瞟了他一眼，将咖啡从一只镀银的圆壶里倒进两只细瓷杯，“要糖吗？”

“一块。”江白坐下来说。

她用一把也是镀银的小镊子从糖罐里夹出一块方糖放进他的杯子，又用一只小小的银勺子搅了搅，“请吧。”

他有一种感觉。有过方才的一吻，他们的关系在她的感觉里已经进入到一个新的稳定的境界。那在一般少男少女间存在的拘谨和距离感在他们之间已不复存在。他们间存在的已是另一种虽说不出口却与别的男女都不同了的新关系。

这是一种全新的、令他和她都突然感到轻松和幸福的关系。

“这是正宗的巴黎咖啡。喜欢吗？”她用一种纯情少女的眼光望着他说。

“还凑合。”他尝了一口说，“你怎么不加糖？”

“我喜欢这样。”她说。

他情不自禁地伸出手去摸索她的一只手，她没有躲开，反而将手指和他的手指缠绕在一起。

这种很随便的态度，终于让他的神经完全放松下来。

这天，她带他参观了整幢小楼。他发现，二楼除了她的卧室，一个摆着大写字台的空荡荡的书房，便是两个开间很大的藏书室。

她特意带他参观了藏书室。

藏书室里也悬着一幅匾额，上面也有四个字：海山书房。

这时的海韵，情绪和神情已较为平静了。

“这是我们家的图书馆。事实上，它也可以说是我个人的图书馆。”她十分得意地、炫耀似的说。

她带江白走进去。藏书室里书真多。除了学校图书馆，江白还是第一次发现一个家庭也可以拥有如此丰富的藏书。

每个房间里都有四排大书橱，每排书橱都高达天花板，满满地码着各种年代、各种文字、各种开本的书。这些书被管理得很好，书脊上像正规的图书馆一样贴着馆藏书的号码标签。看得出有人经常打扫，书房里一尘不染。

海韵一直没有松开他的手。江白留意到了，她看待这些书的目光是那样温柔和热切，同此时看待他一样。

“这是大英印书馆 1878 年版的《海国图志》，国内目前仅存一部，是我曾外公从英国留学后带回来的。……这是日本大和印书社 1893 年版的《海军战略》，国内仅存两本，另一本在北京图书馆珍品部。……这部《潜艇队长犬道猪三郎对支作战日记》出版于 1939 年，是我外公 1940 年缴获的战利品……”

“你曾外公和外公？”

“是啊，你刚才不是在楼下客厅里看到他们了吗？”她调皮地、明察秋毫地一笑，不在意地说。

江白心里有点不自在了：他刚才看到的画像中真有海山将军的肖像。今天真是不虚此行。

“你私人收藏这么多有关海军历史的书，有什么用呢？”他问了一个傻问题。

海韵脸上的笑容迅速收敛。

“身为一名未来的潜艇军官，说出这种话来会让人笑话的。全中国人都可以提这类问题，唯有你不能。”她说。

“我倒想知道为什么我就不能？”

“因为你不是潜艇上的机器零件，一个不了解中国和世界海军史的海军军官肯定不会是一名合格的海军军官！”

她的语调里多了一点愤激，眼睛里闪烁出了明亮的火花。

江白笑了。

“你太认真了。一个漂亮的女孩子对爱情之外的事过于认真，会损害自己的美丽。”

“这话是从书上偷来的。”她说，眼睛亮晶晶地盯着他，嘴角得胜地翘起来，

“你想让我告诉你是从哪本书上偷来的吗？”

“我遭到了袭击。”江白望着她那过分认真的神情，想了一想说。

刚才出现在她脸上的紧张和不快消失了，她望着他的表情重新变得温柔了。

“不要瞧不起这座图书馆。许多专家想来参观，都被我拒绝了。你应当为今天的经历感到幸福。而且，你们这个学期就要完成毕业论文，你不该拒绝一座收藏着国内最丰富的海军书籍的私人图书馆。”

江白定定地望着她。这是个对他的事情知道得很多的姑娘。

“我平生最不喜欢看书。在所有的功课里，我最不喜欢的就是历史。如果有时间，我宁愿去到处游荡，那会让我与一位未来的女图书馆馆长相遇并聆听她的教训。”

他没有说实话。高中毕业前，他就读完了《史记》和《资治通鉴》。

她脸上的笑容再次沉落。

“如果真是如此，那也并不值得炫耀。”她说。

他以为她会丢开他的手，可是她并没有丢开。

这就是他们俩关系的基调，它从头一天就被确定了。她对他来说，一面是明白的，一面却隐在他看不到的黑暗中。某些时间内，她是一位热情、娇美、柔弱、令人心荡神驰的情人，另一些时间内，她却是一个固执的、书卷气的、总想用自己的爱好和意志侵犯他的爱好和意志的女教师。

他的目光里大概现出了不快。

“海韵小姐，每一位客人来到海山别墅，你都是这样诲人不倦吗？”

她望了望他的脸色，咯咯地笑起来，目光重新变得柔和。

“行了，诲人不倦到此为止。我不强迫一个不知海军历史为何物并且不以为耻的海军士官生接受我的教诲。”

江白有些生气，因为她意识到他刚才生气了。

“再纠正你一次，我不是士官生，潜艇学院不培养士官生。”

她止住笑，直起腰来，和解地说：

“好吧，让我关上这不受欢迎的图书馆，咱们出去。”

他们走出去。在走廊里，两人重新拥抱在一起，然后是长长的一吻。

这次是她主动。

有了这么一吻，刚刚在他们之间升起的一点僵硬的、不快的东西便消失了。

“对不起江白，如果我刚才让你生气了，请原谅。”

“为什么？”

“因为你今天是我的客人。”

江白忽然意识到又被她占了上风。

“不，我并没有生气。我是想看看我假装生气后一个自作聪明的女子怎么自鸣得意！”

他咧开嘴笑起来。

“你坏！”她一把推开他，在他身上轻轻地擂了一拳头，又没有离开他。“你还没有问过我的身份呢。”她用一种委屈的撒娇的声音说。

江白的心又热起来。

“你不是海洋大学的学生吗？……我只是还没来得及问你是几年级，哪个专业。”他说。

“我给自己找了一个多么粗心的朋友。”她轻轻地、仿佛受了伤一样说，“我曾经是海大图书馆系的学生，可去年已经毕业了，不是学生了。……你现在拥抱的这个妞儿眼下是海大图书馆的管理员，同时在图书馆系兼课。”

江白被她的话吓了一跳。

“你是说你是海大的老师？”

“不错。”

他觉得今天自己的脑瓜可能真有点迷糊。

“那我怎么会在大学生的舞会上见到你？”

那种习惯的讥讽的笑纹又在她唇边浮现出来。

“怎么，你为我们的认识后悔了？……你要记住，最初是你主动邀请了我。”

“你说得不错。”江白说，静静地望着她，好一阵子才说话，“我并不后悔。我只是不明白你怎么也会在那里，终于让我有机可乘。”

“我是学生会的舞蹈教师。舞会之前，学校有关方面要我到场担任女大学生们的舞场监督。”

“监督谁？”

“那还不明白？”她大笑，“监督谁？当然监督你们呗！”

“可是现在女监督本人却与一个图谋不轨的海军候补中尉躲在家里接吻。”

“你又坏。……要知道你这么坏，我就不请你到家里来了。”

他热烈地吻了她一下。

“现在是你后悔了。”

“谁后悔了？……行了，不说这个了，我们和解吧。”她突然在他腮上小鸡啄米一样吻了一下，回头看看窗外，活泼地从他的有力的拥抱中抽出身来，“天晴了，都中午了，你想吃什么，我来做。”

厨房在一楼。她在厨房里忙碌时，很像一位地道的家庭小主妇。他情不自禁地从背后抱住她那细柔的腰肢。

他的手渐渐向上移动，喘息变得急促。

她的身子在他的爱抚下渐渐发软，最后向他完全转过来。

“别……”她说，“你还没有长大呢！”她艰难地喘息着，将脸深深地埋在他的胸前。

拥抱和抚摸变成了长久的练习性的接吻。

“不是这样的，你看电视上，是这样，嘴唇要张开……”她说。

至少他觉得，他们孜孜不倦地练习的结果不错。他们在这个科目上进步很大，并且彼此都做了对方的老师。

午饭直到下午 4 点钟才吃完。4 点 30 分是潜院点名的时间。

“这是我的电话号码。除非有特殊情况，我爸和我妈不会回来，你可以——”她突然脸红了，目光向下，“——来这里借阅有关你的学业的书籍。”

“我一定忘不了来请教。”江白意识到自己心里有一股缠绵的情感在翻腾，故意大大咧咧地说。

雨什么时候又下起来。她打着伞，一直将他送到滨海大道的公共汽车亭下。

“你好像有一点依依不舍。”他半开玩笑地说。

她有一点闷闷不乐，他看出来了。开一点玩笑对于调节此时的气氛是有益的。

她不知因分别还是因为雨天的凉意变得苍白的脸腮又再次浮起红晕。他在无意的一瞥中看到她的眼里有泪光在闪烁。

尽管是雨天，马路边仍有不少人注意他们。

“不错，那又怎么样？”她尽力微笑着说。

公共汽车来了。

“再见！我走了。”

“走吧！星期天早上 8 点到，不来我可不依。”她松开他的手，用一种让他微微吃惊的大声说道。

“在没有意外情况的前提下。”他回答，一边上车，回头朝她招手。

“有情况要提前打电话请假！”她在车窗下，不依不饶地说。

他笑了。

她也笑了。

车上的人看着他们，也笑了。

雨继续滴滴答答地下着。

车走了好远，他回头看，她仍在那里站着，身子那么单薄。

细雨霏霏。

心忽然疼起来。

回到潜院，整个下午他都有一种强烈的愿望，要回到她身边去，要去看看她，只要看到她就很好。

可是已经没有时间啦。

夜里躺在床上，他长久地大睁着眼睛。我们之间还隐藏着什么，我们都不愿意捅破这层纸。我们相爱，我们接吻，可是我们不愿意用语言将它说出来。总而言之，我坠入了情网，她也是。我们在一起时说了那么多话，都不真实，只有离别时她眼里的泪光是真实的。

你这个傻瓜，她爱上你了，你也爱她。他对自己说。

他希望夜里能梦见她，他想她今夜也许会渴望做同样的梦。可是这一夜，他什么梦也没有做。

6

“喂，你好。是江白吗？”

“你好，是我！”

“我是海韵。”

“听出来了。”

“这么早给你打电话，是怕你忘记了咱们说好的事。”

“离星期天还早着呢。”

“你没忘，那就好。”

“我怎么会忘呢？”

“夜里我做了个梦，梦见你那天不知为什么没有来。我真傻，是吗？”

“是有点傻。”

“你这么说我，我就不高兴了。”

“好了，要是没有别的事，我就挂电话啦。系里的电话不让随便打，看电话的老头儿已经对我翻白眼啦。”

她在电话里笑了一声。

“我知道，那你就挂吧。星期天上午 8 点，别让我傻等！”

“真那么迫不及待要见我吗？”

“也不那么迫切。你要是不来，我可以答应跟别人约会。”

“那好哇。你先答应别人吧，咱们以后再约。”

电话那一端沉默了。她生气了。

“海韵小姐，别生气，我该死。我只想跟你开一个玩笑。”

“士官生先生，我不喜欢这种玩笑。请你以后别再开这种玩笑，要不然咱们的约会真的会吹。”

“好了，我检讨。咱们星期天见。”

“星期天见。”

屠格涅夫说过，初恋是一场革命。单调、正规的生活方式被摧毁了，青春站在街垒上，它那辉煌的旗帜高高飘扬，不论前面等待着它的是死亡还是新生。它向所有的一切都致以热烈的敬礼。

接下来的一个星期里，江白的课上得心猿意马。对那些需要死记硬背的课程，他完全没有了灵性。

而要从潜艇学院毕业，你又有多少东西要背啊。

地球：地球的表面由陆地和海洋两种自然形态组成，海洋面积 3.61 亿平方公里，约占地球总面积的 71%；陆地面积 1.49 亿平方公里，约占地球总面积的 29%。地球有四大洋：太平洋、大西洋、印度洋、北冰洋；陆地有……

海洋是沟通大陆的纽带，它把世界联结在一起。

中国海洋：中国有海洋国土近 300 万平方公里。中国的海岸线长 1.8 万公里。中国海域中的岛屿，面积超过 500 平方米的就有 6500 余座。第一大岛是台湾岛，第二大岛是海南岛。

什么是鸦片战争？答：鸦片战争指1840—1842年英帝国主义挑起的对华侵略战争，中国战败，被迫同英国签订了历史上第一个不平等条约，即《中英南京条约》。中国由此进入苦难深重的半殖民地半封建社会。鸦片战争包含了一系列海战和抗登陆作战，其中著名的有九龙和穿鼻海战、粤洋之战、厦门之战、定海之战、虎门之战、舟山之战、吴淞之战和台湾之战。

甲午海战发生在哪一年？结局如何？答：甲午海战发生在1894—1895年。结局是中国海军最大一支主力北洋舰队全军覆没，清政府被迫同日本侵略者签订丧权辱国的《马关条约》，割让台湾和辽东半岛，并赔偿白银2万万两。

什么是马尾海战？答：1884年8月23日，自由出入中国福建马尾军港的法国海军13艘军舰突然向中国福建海军舰队发起袭击。中国海军仓促应战。四天战斗中，中国军舰11艘被击沉，官兵700人殉难。法国舰艇5艇受伤，官兵伤亡50余名。马尾海战使当时中国海军主力之一的福建舰队从此一蹶不振。

稍微有意思一点的问题是：世界上的第一艘潜艇由何人何时设计建成？答：世界上第一艘潜艇由荷兰物理学家C. 德雷布尔于1620年设计建成。

世界上第一艘投入海战的潜艇：据西方文献认定，世界上第一艘投入实战的潜艇诞生于美国独立战争期间，由大卫·布什耐尔用橡胶和两台手操水泵制成，实际上是一个类似乌龟壳的潜水器，起名“海龟”，战斗部是一个放置在背上的炸药包，内装炸药70公斤。1776年9月7日，美军水兵爱斯拉·李驾“海龟”袭击英舰“鹰”号，因英舰底部包有金属皮，李固定炸药包失败，在被追击的状态扔下炸药包逃遁，炸药爆炸，深受震惊的英舰指挥官下令舰队退出纽约港。

世界上第一艘被潜艇击沉的舰船：1864年2月17日夜，美国南北战争时期的南军上尉乔治·戴克森等人操纵一艘用旧锅炉改制的潜艇（名为“亨利”号），用撑杆水雷袭击北军战舰“霍萨托尼亚”号。“霍萨托尼亚”号被炸沉，230名官兵死亡。“亨利”号潜艇同时被该舰下沉的强大水流吸入腹中，艇员全部葬身海底。

世界上首先投入主动攻击的潜艇：德国潜艇“U–9”号。潜艇问世之初，技术性能差，长期被用于侦察和保卫港口，防敌袭击。第一次世界大战中，德国人首先将其作为袭击敌舰、破坏海上运输的进攻型兵器。1914年9月22日拂晓，德潜艇“U–9”号在荷兰海岸外一举击沉英国铁甲巡洋舰“阿布基尔”“克雷西”“霍克”号，迫使英国主力舰队于慌忙中退至北爱尔兰和苏格兰西部沿海地区。由此开了潜艇在海战中投入主动进攻的先河。

潜艇何时开始大规模用于海战？答：第一次世界大战时期。当时的潜艇没有通信设备，也没有雷达和声呐，只能被动地远离基地去攻击敌军舰队和运输船队。参与潜艇海战的国家主要有当时的海军强国英国、德国、俄国。潜艇战的高潮是 1917 年春季，各方共击沉商船 800 艘，排水量 200 万吨。潜艇第一次成为海战中不可小觑的战略性兵器。

第一次世界大战中参战最多、战果最大的潜艇：德国潜艇“U-35”号。共参战 26 次，击沉敌舰船 226 艘，排水量 54 万吨。这一战果，直到第二次世界大战结束也没有任何一艘潜艇超过。

何谓大西洋潜艇战？答：大西洋潜艇战是“二战”时期以德国（后来意大利也参与）潜艇为一方、英国和美国反潜舰艇为另一方，在大西洋水域展开的以攻击和护卫运送战争物资的商船为主要目标的潜艇攻击和反潜大战，它构成了大西洋海战的主要组成部分和最精彩的篇章。大西洋海战的头四年，希特勒每损失一艘潜艇，便可击沉盟国商船 12—13 艘。仅在 1942 年 7 月，被德国潜艇击沉的英国商船就达 80 万吨，英国战争能力有被德国潜艇“绞杀”的危险。英首相丘吉尔被迫将 8 个海外海空军基地长期租借给美国（租期 99 年），换取美国的 50 艘旧式驱逐舰，为在大西洋中惨遭德国潜艇袭击的英国商船护航，美国舰艇后来也参加了这一护航行动。强有力的护航作战加上英美在军舰和飞机上使用新式短波雷达，使德国潜艇渐渐失去优势。战争结束前，德国人每损失一艘潜艇，才能击沉盟军一艘商船。大西洋潜艇战持续到德国投降的 1945 年 5 月 7 日，以德国人的失败告终。

何谓“狼群作战”？它起自何时？谁负责指挥？举例说明它对盟军造成的损失。答：德国潜艇的“狼群作战行动”起自大西洋海战初期的 1941 年 3 月，由德国潜艇司令邓尼茨海军上将指挥。它的主要战术含义是变单艇出击为多艇出击，一旦一条潜艇发现英美商船队，即发出信号，在附近海域游弋的多条德国潜艇立即赶至，向商船队和护航舰队展开集团攻击。举例如下：“二战”中的 1942 年 1 月到 7 月，盟国和中立国商船被击沉的总数为 1390 艘，总吨位 47.7 万吨，其中被德国潜艇集群击沉的商船总数就达 681 艘，总吨位 35.6 万吨，占被击沉的商船总数的近一半，总吨位的近 75%。

美国潜艇“二战”期间在太平洋海战中的作用和意义是什么？答：第二次世界大战的太平洋海战场上，美国的 288 艘潜艇共击沉日本大小商船 1150 艘，总吨位 486 万吨，占日本商船总损失数的 62%。此外，直接被美国潜艇击沉的日本军舰达 276 艘，美国仅损失潜艇 15 艘。太平洋战争后期，日本因海上交通线基本被切断，工业原料匮乏，战争能力锐减。美国潜艇对日本商船的有效打击，加速了第二次世界大战的结束。

目前世界上有多少种潜艇？答：潜艇按动力分有核动力潜艇和常规动力潜艇；按作战兵器分有常规兵器（鱼雷、水雷等）潜艇和导弹（普通弹头导弹和核弹头导弹）潜艇；按用途分又有作战潜艇和侦察潜艇；按排水量分又有巨型潜艇、中型潜艇和微型潜艇。

世界上最大的潜艇部队属于哪个国家？答：人类历史上曾经有过的最大一支潜艇部队属于法西斯德国。“二战”时期，德国先后建造和投入海战的潜艇达 1162 艘，战争结束时，德国被击沉的潜艇高达 781 艘。“二战”之后，拥有世界上最大潜艇部队的是美国和苏联。仅核潜艇一项，苏联就拥有 118 艘，美国则拥有 93 艘（1985 年）。

人类历史上有过的最大潜艇是什么型号的潜艇？属于哪一个国家？答：是苏联的飓风级核潜艇，代号“奥斯卡”，1980 年 9 月下水，潜水排水量 33000 吨，全长 170 米，装备 20 枚 SSNX20 导弹，射程 9265 公里，每枚导弹有 7 个弹头。

世界海战史上有过的最小的潜艇是什么型号的潜艇？属于哪个国家？答：日本战败前夕，生产过一种“回天”型袖珍潜艇，实际上它是一枚自杀型鱼雷，艇长 14.75 米，直径 1 米，重 8.3 吨，乘员 1 人，通过潜望镜导向目标，撞击目标与敌舰同归于尽。“二战”结束时，日本共制造了此类自杀型特攻潜艇（或人操鱼雷）5902 条，堪称世界海战史上最为庞大的袖珍潜艇部队。

世界海战史上获得最大战果的微型潜艇：英国海军袖珍潜艇“X−3”号（排水量 30 吨）。1945 年 7 月 31 日夜，该艇潜入柔佛海峡，用磁性水雷炸沉排水量 1.3 万吨的日本重巡洋舰“高雄”号。

世界上航速最快的潜艇是何种型号的潜艇？属于哪个国家？答：苏联的阿尔法级核潜艇，最大航速 42 节（77 公里／小时），下潜深度 762 米。

世界下潜最深的潜艇：美国潜艇“特里雅斯特 2”号和“阿尔文”号，它们能下潜 3650 米。

核潜艇据有超长的续航能力，所携带的核导弹的打击范围遍及全球，是目前世界核武库中最具威胁力的海军兵器；在核潜艇存在的历史背景下，由于核武器具有极大杀伤力而非在极其特殊的情况下不能使用，常规潜艇的作用就凸显出来。今日，常规潜艇依然在世界各国的海军战略中占据着不可小觑的位置。

我国是世界上既拥有常规潜艇又拥有核潜艇的少数几个国家之一。由于没有航空母舰，潜艇在我国的海军战略中的地位就更加突出了。

我国目前拥有的常规动力潜艇有 A 级潜艇、B 级潜艇和 C 级潜艇。它们构成了我国海军潜艇部队的主要作战力量……

出于考试的原因，他必须将这些内容背得滚瓜烂熟，却对为什么要记住它们不感兴趣。他仍然只是一位在校生，学习的目的无非为了考试，都从小学考到大学了嘛。就是在毕业之后，他认为自己也只是一名普通的潜艇军官，记住所有这一切用途不大。真正令他感兴趣的生活在课堂和考试之外，在那座盛开着蔷薇花的海滨别墅里。

他真正有点兴趣的一门课是“中国潜艇兵史”。事实上，除了几次没有真枪实弹的所谓海战之外，中国潜艇部队从创建到今天，几乎还没有过值得称道的“战绩”。

然而即便如此，也不能说中国潜艇兵史本身就一点儿也不激动人心。

激动人心的人物和事件还是有的。你常常会在意想不到的时刻与之迎面相遇。

一次，一位鬓发斑白的教授为他们讲授海图学。课堂上，教授先在黑板上画出了一幅中国潜艇兵的主要航路图。

“同学们，不要小看这张航路图。图上的每一条航路，都是新中国成立后的几代潜艇兵穿越茫茫大洋开辟出来的。旧中国基本没有潜艇部队。中国拥有潜艇部队，是中国海防史上开天辟地的大事，而中国潜艇兵的每一次出航，都具有划时代的、历史性的意义。”

教授一字一字地说，眼睛里闪出了激动的、明亮的光芒。

下课时，他要求江白他们记住了下面一连串的时间、人物和事件：

195× 年 × 月，中国海军成立独立潜艇大队。中国有了历史上第一支潜艇部队；

195× 年，中国潜艇 4104 艇首次出航，胜利穿越台湾海峡，艇长 ×××；

195× 年，中国潜艇 3103 艇远航南海，开辟了东海——南海航线，艇长

×××：

196×年，中国潜艇4330艇首航××海峡，进入中太平洋，时间30天，艇长×××；

……

江白无意中注意到，时光流逝到20世纪70年代初，中国潜艇首航或远航的历史性纪录中开始频繁地出现两条潜艇和其艇长的姓名：

197×年，中国潜艇4809艇首航××海峡，开辟了中国潜艇进入中太平洋的另一条航道，时间27天，艇长东方瀚海；

197×年×月×日到×月×日，中国潜艇4607艇首航南太平洋，第一次越过赤道，时间40天，航程13000海里，艇长秦失；

197×年×月×日至×月×日，中国潜艇4809艇首航印度洋，时间60天，航程21000海里，艇长东方瀚海；

197×年×月×日，中国潜艇4607艇出航××海峡，穿越××群岛，由太平洋进入印度洋，过××海峡，回到我国南海，艇长秦失；

197×年×月×日到×月×日，中国潜艇4809艇首航XY海域，艇长东方瀚海。

每一次首航都意味着一条属于中国潜艇的新航路被开辟；每一条新航路的开辟，都意味着中国潜艇兵拥有了更大的作战能力和作战空间。

但是，也就在70年代初的某一天，无论是屡创佳绩的4809艇、4607艇还是它们的艇长，都突然从中国潜艇兵史上消失了。这两条功勋卓著的潜艇和它们的艇长在海上活跃的时间只有两三年，却开辟了数十条新航道。

有些航道至今还没有被后人走过。一些纪录，至今也还没有被人超越过。4809艇、4607艇和它们的艇长就像两颗耀眼的流星，急遽地出现在中国潜艇兵史的天空，又急遽地消失了，无影无踪。这件事，不知为什么，当时就给江白留下了深刻的、不能忘怀的印象。

下课后，他拦住了教授。

“老师，4809艇和4607艇后来怎么了？怎么它们忽然就销声匿迹了？……这两条艇现在一定进了海军兵器馆，供人瞻仰了吧？”他问。

教授走出教室，本来一脸微笑，听了他的话，神情突然有点落寞了。

天空飘着一片乌云，有几粒雨点打下来。

“4607艇功成身退，现在进了海军兵器博物馆。至于4809艇，无可奉告。”他简短地说完，便匆匆离开了。

刚才还是阳光灿烂，忽然就下起雨来，虽然乌云并没有全部遮没蓝天，甚至阳光也还在雨丝间穿行，投射到被雨水打湿的亮绿的树叶上。

江白皱起眉头望着在雨中越走越远的教授，心里留下了一个谜。

上课铃又响了，他匆匆回到阶梯教室。他不会主动为这样一个问题再去浪费脑筋。很快，他就把它忘了。

这个星期的最后一天，他们学习一门新课：海上逃生。他们是潜艇学校的学员，逃难的背景当然是潜艇海难。

具体练习逃生技巧之前，一位很年轻的教员照本宣科地给学员们讲述了中国潜艇兵史上仅有的三次重大海难。

195×年×月×日，某艇在黄海四号海区因海情不熟、操纵失误触礁沉没，艇员死亡12人，逃生24人；

196×年×月×日，某艇在东海某训练海区与一商船相撞沉没，艇员无一生还；

197×年×月×日，某艇在远航返回途中，艇长擅自改变预定航路，导致潜艇触礁沉没，艇长遇难，余生还。

那天下午的课上得十分压抑。教室外面一直淅淅沥沥地下着秋雨。教员没有告诉大家遇难潜艇的艇号，也没有谁主动去问。学过中国潜艇兵开辟海上航路的光荣历史之后，突然接触到这另一部分不为人知的篇章，江白忽然觉得至此才模糊地看清这部历史的全貌。

一部不算太长的中国潜艇兵史，不只有光荣的纪录，还有惨重的灾难和牺牲。

作为未来的潜艇军官，虽然还坐在课堂上，江白却第一次设身处地地想到了一个潜艇兵的真实处境。从这种处境出发思索，他惊讶地发现对将来的他们来说，首先要面对的还不是职业的自豪感、成功和光荣，而是艰苦的航程、不期的海难和牺牲。

下课之后，大家都沉默起来。

雨一直下到深夜。

学习进入到这种时候，也就不那么浪漫了。

然而，也只有学习到这里，你才真正会懂得什么是潜艇兵。——不，对他们来说，是你才会懂得什么是一个潜艇军官。

一点硬硬的坚实的东西在心里生长起来。不让它生长是不可能的，没有它你可能就没有力量继续学习下去。江白又一次意识到自己正在长大。

不是个头在继续长高——他已经一米八二了，不需要再长——他知道是什么在长大。是内心的坚韧、意志力和自制力，尤其是直面死亡时的沉着与冷静。

也许还不是那么冷静，但至少不像那天第一次接触潜艇海难时一样了。他可以正视它了。

海韵仍然每天打一次电话过来。出乎他的意料，系里那位平日很凶的管理员老头倒每次都来喊他听电话，虽然神色不大好看。

星期六的晚上，要上床的时候，老头又颠颠地找到宿舍里来了。

“江白，电话！”他用气呼呼的声调喊。

江白洗过脚又穿上鞋，跑步到了系里。

电话听筒放在桌面上，他急忙拿起。

“喂！”

好久之后才听到她的声音。

“是江白？”

“是我。”

她咯咯咯地笑了好长一会儿。

“笑什么笑什么？”

“听说是我的电话，你马上跑步来了吧？”

“你这么想对我有利。”

“没有忘记明天的事吧？”

“本来已经忘了，你一来电话，又提醒了我。”

“不要耍贫！我问你，到底忘了没忘？”

江白心想：这一星期的课上得太沉重，他真的忘了。

“没忘。怎么能忘呢？”

她在他的想象中容光焕发。

“你就是撒谎，我听了也高兴。记住，明天早上 8 点，等你！”

“那么再见！”

“拜拜！”

电话挂断了。江白回过头，发现管理员老头正在身后用一双混浊的小眼睛悄悄地望着他。

他起了一点疑心。

“大叔，你有什么事吗？”

“没……没有。私人电话，你应当交费。”

江白没有跟他理论，掏出一块钱放在桌面上。

“够了吧？”

“多了，找你钱。”

老头一丝不苟地找了他八毛钱硬币。他跑着离开了系办公室。但他总觉得，背后跟着管理员老头的一双眼睛。

第二天清晨他早早请了假，7 点吃饭，8 点钟已经准时站在那座蔷薇花掩映的小院的栅栏门前。

原来还有一个不大容易为外人发现的老式门铃。江白用手一按红色按键，报警似的铃声就在小楼内外低沉有力地响起来。

海韵一阵风似的跑出，站在堆压着上千朵红蔷薇的门廊下迎接他。

“你好！”

“你好！”

“你挺准时。”

“准时是军人的优势。”

她睡眼惺忪，眼镜也没戴，长发松松地挽在脑后，穿一件素白的丝质的晨衣，胸前也绣着蔷薇花。

“我可以进去吗？”

“门开着，请。”

木栅栏门真是开着。门“吱呀”一声被他推开了，他沿着甬道走过去。

“你要小心，今天我爸我妈都在。”在门廊下，她小声对他说，一边故意轻咳一下，用活泼的语调大声说道：

“呀，是江白！你来送书啊！这么快就看完了，不是囫囵吞枣吧？”

来时充盈在心中的那种单纯的兴奋情绪低落了。他在门廊下站了几秒钟，想弄清楚自己今日的处境。

“我怎么有了一种落入陷阱的感觉。”他悄声对她说。

“有时候，猎人并不想加害猎物，只想把它养起来。”她小声说，狡猾地眨了眨眼睛，拉了拉他的手，“你不会是露怯吧？”

他耸了耸肩。

“目前为止我还没有来得及违犯军纪，我不害怕任何人。”

“女孩子都爱英雄。英雄请进。”她低声说。

她身后的门开着，门后已响起了脚步声。

“海韵，谁来了？”一个中年女性的声音。

“一个朋友。”海韵说，声音里有一点做作的快乐，没松开江白的手，“江白，走，跟我到楼上去。”

江白进了前厅。一位同样穿着晨衣，虽到了中年仍饶有风韵的女人站在自己一楼卧室的门口，略微有点吃惊地望着他和自己的女儿。

“对不起，打搅了。”江白站住，礼貌地冲她点了一下头说。

“没关系。”她的目光是审慎的，脸上却一点点露出了微笑。江白觉得，那只是一种习惯性的微笑，并不表明她已经接受了他的突然来访。

“妈，我们上楼了。”女儿用一种半是撒娇半是公告似的声调说，用力拉一下江白的手。

他随着海韵上楼，进了她的房间。

她随手将门锁死，回过身来，突然紧紧地抱住他。

“一个星期了……想不想我？”她热烈地吻着他，喘息着，呻吟一样说。

她的体温、她的女孩子特有的甜美的气息水一样漫上来。一种刚刚经历一片危险海区，现在终于驶入了安全的港湾的感觉涌上他的心胸……他也紧紧拥抱着她那只穿着单薄晨衣、还残留着夜的暖意的胴体，拼命地吻着对方热得烫人的唇。

直到都喘不过气来，他们才分开。

她又习惯地眯起了眼睛。

“这个星期，你是不是有点急不可耐？”她笑着，用调皮的、挑衅的语调问。

“不要把一个候补海军中尉想成了你自己。”

“这句话想了好几天才想出来的吧？”

他的幸福感让他陶醉了。

“没有。只想了一天。对付我面前的一个傻女孩，我不需要格外绞尽脑汁。”

“你有点坏。你善于利用女孩子的弱点，以求一逞。”

“这一点我倒想请教，我想以求一逞什么？”

她的脸红起来。

“行了，你赢了，我妈上楼来了。”

楼梯上果然有脚步声。他们迅速分开，海韵悄悄走过去，将房门打开，又轻咳一下。

楼梯上的脚步声开始是上来的，后来又下去了。

海韵脸上现出松一口气的样子。

“你先到书房里去，我换换衣服。我们是个很传统的家庭。”

十分钟后，他和海韵在海山书房里坐下来，那位他刚才在楼下见过的中年女士才走上楼来了。她的衣着、发式、举止都让江白相信：她才是这幢别墅的女主人。

女主人手里端着一个黑漆填金托盘，上面是两小碟点心，一只牛奶壶，两只杯子。

“我来正式介绍一下，这位是我亲爱的妈妈。这位是我的朋友，潜院九X届学员江白。”海韵用半是撒娇半是歌唱一般的声调说，一边接过母亲手中的茶点，“亲爱的妈妈，谢谢你想到我们。你下去吧，请你老人家对我们不要过于关心。”

中年女人望着江白笑了，笑得十分得体。

“让江白同学见笑了。平常的日子，我们总是在上午9点以后接待客人。……你请坐，不要拘束。”

“这么早来打搅实在抱歉。”江白说，“你们家有一个很好的图书馆，它让我忘记了不应当这么早来打扰主人。”

他感觉到了，年轻时肯定比海韵漂亮的女主人已对他有点刮目相看了。母亲朝女儿扫了一眼。江白不大有把握的是：她好像还飞快地向海韵眨了一下眼睛。

“江白同学客气了。你能来我们家我很高兴。”她微笑着说，转向女儿，“海韵，客人来得早，也许还没用早饭。我们家的早饭很迟，客人不嫌轻慢，就请随便用一点儿。”

海韵已将食物和那只黑漆填金的托盘一起放在书房内的圆桌上。

“谢谢您，我吃过早饭来的。”江白说。

女儿向外推母亲。

“妈，你走吧，也许我和江白除了借书还书，可能还有别的话要说呢。你在场是不合适的！”

“好的，妈妈就走。”女主人愉快地笑着，转过脸来向着江白，“我们家里没有规矩，江白同学请随便。”

她走了。给江白留下的印象却是愉快的。他觉得她真正想说的是：你在这个家庭是受欢迎的。

海韵将门虚掩上，又扑过来，两人长久地接吻。

“没看出来，一个小小的潜院的士官生，还挺会说话。”

“再纠正你一次，我不是士官生，是候补海军中尉。”

“也差不多。”

“一出校门，就是正式的海军中尉。”

“你还出校门呢，能不能毕业还两说呢。”

“你其实很欣赏我的即兴发挥，我妙语连珠让你心花怒放。”

“你要小心，别那么得意。”

后来，他们有点精疲力竭了，才分开坐下来。

“请吧，点心是我妈亲手做的，据说是英国风味。我早上不吃饭，你不用客气。”她说。

“不，我真的吃过饭了。”

由于她的老爸老妈在家，这天他们在一起时并不能像第一天那样随心所欲。除了接吻和拥抱，两人大部分时间只能相对而坐，说些别的话题。

时间突然漫长起来。

“听说你们学到潜艇史了？”

“你怎么知道？”

她狡黠地一笑。

“这你别管，我有我的情报部长。”

“不错。学到了潜艇史、中国潜艇史、世界潜艇史，还学到了潜艇海难史。”

“潜艇海难史？”

“对。”

“关于这个题目，你知道多少？”

“只知道中国潜艇兵的几起海难，还有美国潜艇的几起海难。”

她的光洁的额头皱出了一线细纹，脸上现出沉思的神情。

“我这里有一些世界各国潜艇海难的资料，是从国内外有关海军书刊上搜集的，你要是有兴趣，可以拿回去看，也可以在这里看。”

她动作敏捷地站起，打开一间藏书室，很快就将它找出来。

那是一大本经过剪贴和装订的资料，前后都夹着厚厚的牛皮纸的封皮。

江白一目十行地翻起来。

肃然起敬。他可以肯定：即使在潜院的大图书馆里，也还没有这样一份完备的资料或一本书。

“我不想夸你，可你确实是一个很不错的图书馆馆长。”

她很高兴，眼睛得意地眯细了。

“我还没当馆长呢。我只是我们家图书馆的馆长。”

“以后我不称呼你海韵小姐，只称呼馆长。”

“你要这么做，也使得。”她说。

他回头仔细地翻起这本资料来。资料很完整，世界各国各种型号潜艇因各种原因遇难，这里均有记载，甚至世界上第一艘击沉敌舰的美国南军潜艇“亨利”号的遇难，也被视为一次海难，而且是世界上第一次潜艇海难。

更大量的是江白在课堂上没有学过的、闻所未闻的一些潜艇海难。这些潜艇海难给予江白的印象是：虽然潜艇兵器问世一百多年间，人类已在潜艇建造上取得了技术上的巨大改进和成功，但从根本上说，它与飞机、水面舰艇等兵器一样，仍与绝对可靠这一最后目标相距甚远。人们操纵潜艇与驾驶飞机一样，依然是一种将自己的生命和理想寄托于一堆机械零件的冒险。

在人类争夺海洋和天空的永无休止的战争中，进行这种冒险活动却成了一部分军人——譬如潜艇艇员和战斗机驾驶员——的职业。

只有面对着这一大本潜艇海难记录，他才真正理解了潜艇兵这种职业——一种将生命和使命系于不同技术状况的潜艇和未知海情的职业，一旦发生海难就可能全艇覆没的职业。

一种绝对属于勇敢者的职业，属于明知有可能牺牲却还要闯荡大海的冒险家的职业。

他不是这份资料的第一个阅读者。在他之前，就有人不止一次细心地研究过它。在一些著名的海难记录旁边，还留下了研究者用红笔画出的惊叹号。有一处，他竟看到了三个红色的惊叹号，以及一个大大的问号，仿佛不相信这条记录一样！

江白的眼睛一亮，他竟在这里找到了那条曾在中国潜艇兵史上留下辉煌航迹的功勋潜艇“4809”艇以及它的艇长的归宿：

197× 年 × 月 × 日，中国潜艇 4809 艇在 XY 海域触礁沉没，全体艇员除艇长外逃生成功，艇长东方瀚海遇难。

4809 艇连同它那大名鼎鼎的艇长，原来一同沉没在 XY 海域了！

那些大大的惊叹号和问号意味着什么？是表明研究者对这条功勋潜艇的遇难深感悲伤和惋惜，还是他仅仅不懂得它为什么会沉没？

“这些惊叹号和问号是谁画的？”他抬起头，若无其事地问身边的姑娘。

她脱口而出的话让他吃了一惊。

“我爸。”

他诧异地抬头望她。“你爸？……他是谁，也是教授？”

“你已经看过他穿海军军装的照片。他曾是一位潜艇艇长。”

他差一点叫了起来。

“你说你是一位潜艇艇长的女儿？”

“曾经是。”她有点好笑地望着他，“你为何有点张皇失措？这有什么不对头吗？”

“这位潜艇艇长现在做什么？”

他注意到回答他的问题之前她似乎皱了一下眉头。

“现在他老了，早就不当艇长了。……他是个快要退休的人了。”

江白不再对这位早年的潜艇艇长感兴趣。他合上那厚厚一本潜艇海难史资料，闭了闭眼睛。

海韵看了看他。

“你有点心神不宁。”

“不，只是有点累。读这样的东西总是让人觉得很累。……你房里有钢琴，为什么不能给客人弹一曲呢？”

气氛重新变得轻松起来。她咯咯地笑了。

“你相信我还有音乐才能？”

“我相信我面前的姑娘有许许多多才能。她不仅是一个优秀的图书馆馆长，而且琴棋书画，医卜星相，无所不能。”

她的脸颊红红的，如同两片云。他的话满足了姑娘内心的骄傲。

“你很会恭维女孩子。你这么能干却直到今天才遇上我这么一个傻丫头，我真替你惋惜。”

“谢谢夸奖。我不会晕头转向的。”

“你用刚才那样的标准要求一个女孩子太过分了。但是你要听琴，我还是可以献丑的。”

“你还没弹琴，我已经沉醉了。”

“如果你愿意用这种所谓机智的语言谈下去，那你就听不到我弹琴了。”

江白大笑。

“我十分乐意让我的聪明机智休息休息。”

他们回到海韵的房间。钢琴上散乱的书被拾掇开，海韵打开琴盖，江白坐在她旁边的沙发上。

“能知道我将听到一首什么曲子吗？”

“《少女和一位潜艇艇长的故事》。”

“没有听说有过这样一首曲子。”

“以前我也不知道世界上还有这样一首钢琴曲，后来整理书房才发现。一支不错的曲子。”

江白内心突然有了一种殷切的欣赏期待。他真的还没有听到过与潜艇有关的钢琴曲。

清亮的琴声回响起来。

从她的指尖奏响第一个音符，他就感觉到自己的期待不会落空了。曲作者的第一个乐句就让他听出了大海的咆哮。大海在咆哮，大海也在叹息，那是大海的灵魂化作一个矛盾的音乐形象出现在万顷海涛之上。它是奔放的精灵，它的声音开始还只是显得明亮而单弱，渐渐地变得汹涌澎湃，渐渐地展开自己的广大无垠，风和日丽的日子一闪即逝，风暴随之而来，大海摇荡起来，风逼着它发出狂暴的呼喊，嗓音低沉的大浪一个接着一个扑来，嘹亮的浪头高高耸立，鞭子一样抽打着昏暗的天空和海水。大海在哭泣，大海在自己的越发嘹亮的音乐主题中哭泣，同时大海在疯狂地肆虐中表现自己的性格。它是伟大的精灵，同时又是无奈的精灵。没有了天和地，没有了日月星辰，世界化作一团毫无秩序和目的的狂躁与粗蛮的力，化作力与力的撞击。它延续着，时间仿佛失去了意义，不复存在，世界和一切人类理性都失去了希望。是的，是希望。但是一支新的乐句，一个新的主题，一个新的形象已经从远海，从滔天的风暴中出现了，开始时还很模糊，渐渐地清晰起来，被大海的狂暴吞没了，消失了，你等待着，却总也听不到它的声音，你绝望了，你以为它已葬身海底，那艘希望之船，那渡人于安全之地的诺亚之舟，那狂暴的大海、黑暗的世界上唯一让人感觉到了生意的声音，永远消失了，最后一线阳光熄灭了，只有大海的狂烈与悲哀的主题……但是那个新的音乐主题、新的形象又出现了，它越来越明亮，它在颠簸，它在挣扎，不，它在搏斗！挣扎也是搏斗，挣扎是不屈的反抗！是人的精神与世界和命运的超乎寻常的抗争。它在破浪前行。大海的主题又汹涌上来了，它不甘心失败，不甘心自己的音响中存在异样的音响，它不愿意！于是那在风暴中颠簸的希望之舟，不，是一艘潜艇破浪前行的音乐形象又消失了，又出现了，它高亢起来，变得那么激烈，仿佛要用生命中最后的力量进行一次实力悬殊的搏击。大海依然辽阔无垠，狂暴的海的力量仍然巨大无边，但是大海之上，潜艇的形象和音响渐渐却成了主要的形象和音响，第一次压倒了比它更有力的大海。海的力量又涌上来了，新的一轮搏斗开始，大海因为有了对手而越发狂暴和猛烈，潜艇的声音和形象又模糊了，它真的能冲出大海的围困与淹没吗？

一个全新的主题突然出现了，不，它是早就出现过的，一开始就出现了，只是他只想听到大海，听到潜艇艇长的故事，没有注意到它。现在他听到它了，它的第一个乐句就是嘹亮的，同时又是缠绵的，催人泪下的，似乎作曲家突然施了魔法，大海不见了，潜艇不见了，只剩下了一座静寂的荒园，一间孤寂的小楼中的斗室，斗室里只有一位对着月光苦苦思念着恋人的少女（现在江白明白为什么这首乐曲叫作《少女和一位潜艇艇长的故事》了），无论是狂暴的大海，还是在波涛汹涌的海上苦苦挣扎与搏斗的潜艇，都成了她的想象，她的幻觉，她的思恋。这想象和幻觉在她又是极真实的，比真实更真实，一种被恐惧和苦苦的思恋强化与放大的真实……大海的主题又出现了，然后是搏击狂风巨浪的潜艇。三个音乐主题现在交叉出现，有时分开，有时合在一起，分不清谁是第一主题或第二主题了，少女的主题突然意外地也被大海的主题无情地淹没了，然而更令人惊奇的是，前者却在这一刻显示出了发自内心的喜悦和义无反顾。她走向了大海，走向死亡，充满着对恋人的爱和对这爱本身的无边无涯的激情。她正在奔向大海，奔向大海中的潜艇，潜艇的艇长，她要和他在一起，无论生还是死（更大的可能仅仅是死），她愿意这样，她在这一无法避免的抉择里体会到了人生的极大欢乐，她正在这欢乐中放声歌唱……

琴声戛然而止。房间里静悄悄的。海韵僵直地坐着，双手下垂在琴键上，一动不动，石化了一样。一种对那最后的歌唱的巨大惊讶，一种对最后结局的渴望与期待，让江白将方才凝神谛听的姿势又保持了足足一分钟之久。突然，他意识到音乐不是中断了而是结束了，才惊醒过来，愕然地望着钢琴前面的姑娘。

“怎么了？”他不满地问，“为什么停了？”

海韵转过脸来，他发现她满脸泪水。

“你怎么……”

“没有了。谱子到此为止。”她静静地、脸色苍白地说。

“不可能。”江白要叫起来了，那确实是不可能的，无论是生还是死，总要有一个结局。

他原来已经想到了，这位不知名的作曲家可能会写出一个比较平庸的也即英雄战胜死亡，恋人终成眷属的结局，但他更希望他写出一个英雄和少女在与大海的搏斗中双双为美和不屈殉难的结局，后一种结局是可能的，作曲家在前面做的所有的铺垫和暗示，它的所有的预感，都清楚地给予了他这种美丽和悲伤的欣赏期待。

可是没有这种结局了。没有它前一种结局也是可以接受的，毕竟英雄和恋人有理由要求胜利和团圆，它虽然不是艺术的最高境界，却是世俗的最高境界。

唯有现在这种结局是不可接受的。没有结局，给听众留下的空间太大，让他们对音乐形象的未来找不到头绪。没有结局，还意识到这首令人震惊（他不想说它优秀）的钢琴曲没有最后完成，它虽然是动人心弦的，却不完整。无论从哪一种意义上讲，都让他内心发堵。

“一首没完成的钢琴曲。”他几乎有点愤怒地说。

“我是去年春天整理书房时看到它的。起初我并没在意。后来别的事做完了，我拿起它来试着弹了一句，就知道我发现了一首杰作！”海韵噙着泪水，眼睛不朝他这边看。

“没有再找找吗？很可能最后一部分遗失了。”

“不，没有遗失。不知出于什么原因，曲子被保存得十分完整，最后一面还注明了完成的日期，是197× 年 × 月 × 日凌晨两点。距今天已经19年了。”

“上面没有留下作曲家的姓名？”

“没有。”

“但他为什么要留下一支没有结局的曲子呢？”

她沉吟了一会儿。

“最大的可能是，作曲家自己认为这部作品完成了。……在那种年代，她不可能认为自己可以将作品拿出去发表，她作这首曲子的目的仅仅为了自己，最多还为了她的恋人。”

“你是说那个在大海中搏斗的潜艇艇长？”

“不错。”

他陷入了沉思。她的话也有道理。没有完成的也许就是已经完成的。作曲家只会完成自己认为已经完成的作品。

如果作品到这里就完成了，这首曲子就成了那个思念自己的恋人（潜艇艇长）的少女的梦幻曲。曲子的结束表明了她的热情，那是不顾一切地走向爱人的热情，却不是向着生的热情，而是向着死和毁灭的热情。

“有没有打听过作者是谁？谱子藏在你家的书房里，就一定有人知道它的来历。”

她终于转过头来，泪水已经干涸了。

“我问过我爸跟我妈，他们都说不知道它的来历。”

肯定有一个曲作者。江白想。

“但我知道是谁写下了这部作品。”她说，不看他，眼里又闪出了泪光。

“谁？”

“你一定能听出来，这是一位潜艇艇长的妻子或恋人为他写下的作品。”

沉思了一刻，她又补充道：

“只有她们才能写出这样对大海和潜艇充满真实的想象与幻觉的作品，也只有她们敢于或者说极自然地将自己融进了大海和潜艇的搏斗之中，最后甚至不自觉地扑向了大海，扑向自己的恋人或丈夫，与他同生同死。”

她说的大致是对的。虽然江白觉得刚才这支钢琴曲给他的印象绝不限于这一点点。

这支曲子还给了他一种惨烈，一种明知无望仍要无所畏惧地走向爱和死亡的决心。所有这些情感都是让人不舒服的、痛苦的。

由于有了这支曲子，余下的时间内，两个人的情绪一直没有重新轻松起来。

后来，海韵首先释然了。她似乎有点不好意思。

“不该让你听这么沉重的曲子。……我们换点别的事情做。这样就太乏味了。”她说。

“好吧，咱们去海边转一转。”江白同意。

从二楼走下来时他们还很自然地拉着手。突然，江白的手松开了。

楼梯下，一个头发半白的老头站在门厅里，扭过身子朝上面望。

“是我老爸。”海韵悄悄地提醒他。

他们一前一后下到一楼的前厅里。

老头儿五十几岁，不大高，背也有点儿驼，穿一身潜艇兵的没有肩章符号的旧工作服，一双带泥点的旧解放鞋，手里拿着一把花锄和一顶草帽，看样子正要到院里去莳弄花草。

海韵首先规规矩矩地站住了，做出一副乖女儿的柔顺样子。

“爸。……这是江白。”

老头儿将目光转向小伙子。他有一张饱经风霜、沟壑纵横的脸，他的目光最初是疲惫的，不在意的，然而陡然间，江白觉得它们变得年轻了而且明亮了，充满了警觉。

“您好。”江白说。对于一位早衰的、星期天只能在旧宅里弄弄花草的老潜艇兵，他应当表示一些敬意。他想。

“你好。”老头儿说，声音低沉，目光并没有离开他。

“爸，我们到海边转一转。”江白身边的乖女儿急忙说，一边挽住了江白的胳膊。

“去吧。”老头儿慢慢地说。

“再见。”江白规规矩矩地对他点一下头。

“再见。”老头儿说。

两个人出了楼门，没有回头。但江白知道自己背后有着一双苍老的目光。

走到栅栏门那儿，他仍然不让自己回头。他觉得，那双苍老而又警觉的目光还在盯着他。

走出栅栏门，江白站住了。

“你替我回头看一下，老头一定还在背后盯着我呢。”他压低嗓音说。

她果然回头一望，哧哧一笑。

“你应当去当侦察兵。你的直觉没错。但是请原谅，他是我唯一的老爸，我是他仅有的女儿。对于一个陌生的闯入者，他不能不防。”

他们一直朝前走，走过几座跟海山别墅大同小异的庭院，那个江白曾经来过的渔村又出现在他面前。

渔村前面，越过树林郁郁葱葱的梢层，他又看到了那座高耸的、曾让他们第一次相遇的断崖。

海韵望着他，突然轻松地、揶揄地笑起来。

“我知道你笑什么，你在笑我！”江白悟出味儿来了。

海韵咯咯笑着跑到前头去，他跟着追上来。

“小心，我要抓住你了！”他虚张声势地喊。

不知为什么，离开了海山别墅，两人都明显觉得如释重负。

他们穿过渔村，一直跑向断崖，不笑了，手拉着手，沿着那条相当陡峭的小路爬了上去。

大海的涛声又在眼前轰响起来。明亮的阳光下，大海的一望无际动荡不宁的墨蓝色似乎变得浅了。海天线在遥远的地方弧状地浮动着，并不走来，像是谁在这幅气魄宏大的活动的油画上添加了一道雪白的惊人的笔触。

离开海山别墅后的欢乐一点点消失，像是被崖上的海风吹走了。江白和海韵同时沉默下来。

想到了刚刚听过的钢琴曲，想到了大海和与大海中搏斗的潜艇，以及那个在幻觉中与恋人或丈夫走向死亡的少女。这一切都是沉重的。

海韵已经将稍显单弱的身子向他靠过来。

“江白，想什么？”

“没有什么。”他突然不想对她说出自己的思想了。

一只花白翅膀的鸥鸟孤独地出现在远方的海面上。它还是那天黄昏出现在断崖边的鸥鸟吗？

“江白，关于你自己，能让我知道的多一点吗？”她将头靠在他的肩上，轻声说。

江白微微一惊，却没有回头。

“我倒想问问你。那天我们在这里相遇，你一个人站在崖顶上干什么？”

“就是看看海呗！”

他对她的回答并不满意。

“不那么简单吧？……说实话，那天下了崖，我还担心你有啥想不开的呢！”

她轻轻地笑出声。

“我要表扬我自己了，瞧我多有眼力。我知道我结识的这个小伙子不错，他至少能为一个偶然邂逅的女孩子担一份心。”

“我接受这种表扬。”

“一定要知道我在这里干什么吗？”

“如果没有什么不方便的话。”

“我在望一个地方。……不，应当说是一段历史。1938 年 4 月 16 日，中国海军的一支鱼雷艇部队就在前面不远的洋面上与日本舰队护送的运兵船发生过激烈海战。这是‘二战’期间中国海军除广州虎门海战之外仅有的一场海战。此战我军出动鱼雷艇 4 艘，击沉日寇运兵船 2 艘，自己损失鱼雷艇 1 艘。……日本人从不承认有过这一场失败。遗憾的是，因为日本人不认账，南京政府也不承认这场海战发生过。直到今日，仍然没有人在中国海军史上为这场血战写下一笔。”

说到最后，她的愤慨溢于言表。

江白侧过身子，惊讶地望着她。那种感觉又在心里泛滥开来：一不小心，这个图书馆专业的女孩子就能让他走进一部几乎还无人涉足过的、沉重的历史。

“你是怎么知道它的？”

“我的外公指挥了这场战斗。他亲自指挥的鱼雷艇被日本人重创后和艇上最后两名幸存者泅渡回到了岸上。”

江白忽然想起了海山将军墓园里的另一座墓。原来那里长眠的也是一位海军英雄！

“你不只是一位图书馆方面的专家，还是一位海战史的专家。”他想缓和一下显得沉重的气氛，用一只手将她搂紧，半开玩笑地说。

“承蒙夸奖。我只是一个业余的专家。”

他们在崖顶的巨石上依偎着坐下来。那些巨石经过亿万年风雨冲刷，已被磨去了粗糙的表面。

海韵无语。面对大海，他觉得她的情绪十分沉郁。

“你看起来不那么振奋。”他没话找话地说。

“不错。大海有时令人感伤。”

“因为它挡住了人们的视线和脚步？”

“不完全如此。有时候，好像我们中国人自己也不大相信我们能够守住自己的海洋。”

她仍旧沉浸在由她考据出的且与她的前辈血亲有关系的海战的氛围里。可是他不想让自己总背负着这样的沉重度过星期天。

“你知道我为什么不喜欢历史课吗？……我不喜欢历史课，是因为它总是让我们莫名其妙地为过去的事情承受压力，而人的尤其是青年的本性却渴望轻松。这就如同对待音乐，我宁愿要舒伯特，也不要贝多芬。”

“这是你的看法，不要说是什么青年的本性。”她从他的怀抱里坐直了，柔软的躯体变得僵硬。

她生气了。

一点不愉快在他心中烟一样升腾弥漫开来。这是个以自我为中心的姑娘。江白松开她，站起来。

“海韵小姐，我可以告辞吗？……下午学校还有一个活动。”

她扭过头，用怀疑的和气愤的目光严厉地望着他。

“谢谢你一大早跑来看我。如果你觉得我们在一起让你不快活，以后你可以不再犯同样的错误。”

一点恶毒在江白的受到破坏的情绪里漫漶开来。

“谢谢你说出了我想表达的意思。除了别的优点，你还善解人意。”

她被他气得耳根也红了，镜片后面的眼睛水蒙蒙的。

“我可以荣幸地跟你说再见吗？”

“我也想请你给我同样的荣幸。”

“那么再见！”

“再见！”

他想，好啊，我们在这座断崖上相识，又在这里分手。

可是他没走。他发现她背对着他，瘦弱的双肩一耸一耸的。她在哭泣。

他伤害了一个过分羸弱的女孩子。江白向她走过去，从后面揽住了她的肩。

“海韵，我这个人有时挺混蛋的，不过我大部分时间不那么混蛋。也就是说，我的本质是好的。……你肯原谅我吗？”

她一动也不动地坐着，却不哭了。她用这种方式接受了他的道歉。

“虽然课程很多，看来我还得再学习一门功课。我得学会怎么给爱哭的女孩子擦眼泪。……我没有随身带手帕的习惯，我就用军装的袖子擦好了。”

他做出了一副为她擦眼泪的样子。她“扑哧”一声，破涕为笑。

“你真没脸。”她轻柔地说。

她原谅了他，并且平静了。

“我们下去走走吧。站在这里总让人触景生情。”她说。

两人手拉着手走下断崖。没有沿原路返回去，却顺着海岸线向前走去。江白想起来了，断崖中断了他对城市边缘的漫游，现在他们俩正从他中断的地方继续前行。

海面上闪动着白亮的光片。海水一波波涌上沙滩，又一波波退下去。海韵索性脱掉鞋子，光着脚追逐沙滩上的浪花。她在这种简单的游戏里竟获得了那么多的欢乐，让江白心里一时间涌满了柔情。

“江白，快脱了鞋过来！”她嘻嘻哈哈地跑着，跳着，在平展展的沙滩上留下一串弯曲的脚印，一边回头喊道。

江白朝她挥挥手。即使他还不是正式的海军中尉，他也不想脱下鞋，像一个顽皮的小姑娘那样到海边去玩浪。

“她表面上看来像个历史学博士，可她是柔弱的。……是不是所有的女孩子都是柔弱的？”他漫无边际地想着，同时意识到自己更爱她了。

“你尽情地疯好了，我做一个欣赏者！”他对她大声喊道。

后来她玩累了，回到小路上来，穿上鞋。他注意到她的脸颊发红，气喘吁吁，由衷地说：

“今天真好，我好久没这么高兴过了！”

城市越来越远。他们顺着弯曲的海岸线，走向一个荒凉的岬角，走进一座被废弃的灯塔。

她引他走进了灯塔。

灯塔有三层，里面空荡荡的，残留着一些模糊的外文字。

“这就是著名的 Y 城灯塔，世界上每一张 20 年代以前出的旧海图上都标着它的位置。它原是德国人建的，后来日本人毁了它，又在对面的岸岬自己建了一座。”

他意识到自己又随她走进了历史。

“我们是不是可以讲点别的？”

她吃了一惊，回过头，有点不好意思了，笑着说：

“对不起，我又走神了，忘了你不喜欢历史课。”

“你错了，小姐，我喜欢历史课，可我不喜欢一天到晚全是历史课。不喜欢历史课无孔不入。”

她的脸红红的。他看出了她的不安，于是走过来，轻轻地抱住她。

他们在这个空旷阒寂、只有海鸥飞进飞出的破灯塔里接吻。他感觉到自己被解放了一样，勇敢起来，热烈地、动情地亲吻着这个瘦弱的、令他越来越多地生出怜悯和爱的姑娘。她响应了他的热烈，闭上眼睛。开始她还是被动的，慢慢地，她完全进入了角色，变得主动和忘我，并轻轻地呻吟起来。

他内心中升起了一种痛苦之情。他望着她时，也在她的眼睛里看到了这种痛苦和对另一件事情的渴望。

“江白……”

“海韵……”

“我爱你……”

“我也爱你……”

“咱们真要那样吗？……我们已经长大了吗？”

他的手停止了。他像是进了炭窑，又像掉进了冰窟，又热又冷。

她迎着他将身体更紧地靠过来，他感觉到一种挤压，她似乎要把自己的躯体挤进他的躯体。他更真实地感觉了她的存在，一个瘦弱的姑娘的发烫的肉体的存在，这个躯体此刻成了一声召唤，一声叹息。

突然，她睁开了眼睛。

“江白。”

“海韵。”

“我们还太小。”

那种由怜悯引起的锥心一般的苦痛突然在他心里苏醒过来。

“你说得不错。”

“……”

“我们离开这里。”

她从他的怀抱里脱出来，站直了。回头望一望西斜的太阳。

“我们还没有吃午饭呢。”她突然说。

他不解地望着她。在以后的日子里，他经常会为她这种突然转换话题的能力感到吃惊和敬佩。

她蹦蹦跳跳地走出旧灯塔，嘴里哼着歌谣，就像一头快活而年轻的牝鹿。

仿佛都要忘记方才的事，一路上他们互相追逐着，嘲笑着，直到上了大路。

在一家经营海鲜的小吃店里，两人叫了啤酒和用白水煮的蛤蜊。

“哎呀，我忘了带钱包。”付账时，她大惊小怪地叫道。

江白很大方地付了账单。

出门后一同上了公共汽车。

他一直将她送到家门口，才止住脚步。

“海韵，我不进去了。”

她无言地拥抱了他，眼睛望着他肩后的什么地方，小声地、让人心疼地说：

“下个星期天，早点来，我等你。”

“好的。”

他们分开了。她望着他走。他走着，不让自己回头看。但是，拐弯时，他还是回头看了一眼。

她还站在那里，那么瘦弱，用钟情的目光望着他，好像害怕他走了就再也不来了。

他爱这个姑娘，从今天开始，虽然她一不小心就会将他带入历史，他想。

7

一个星期没有电话。

这个星期课程很多。学校实行了新的考试制度。每一门课程结束，马上考试并记入毕业成绩。江白虽然不是那种十分看重成绩是优秀还是良好的人，但也不敢马虎。

写毕业论文的任务也布置下来了。校方要求必须在两个月内完成。鉴于前两届学员论文质量较过去有些降低，校长特别指示各系，一定要把好质量关，达不到要求者一律不许毕业。

四年级学员有点喘不过气来了。大家都像被突然抽了一鞭子的马，浑身哆嗦一下便飞跑起来，跑进图书馆，跑进书店，跑进大阶梯教室，跑到一切可以躲起来的角角落落，做起了学问。

江白的指导教师就是那位给他们讲述中国潜艇兵史的白发苍苍的教授。

星期四的下午，江白如约到了教授家。

教授家住在一套三居室的旧楼。房间里没有太多时新的家具，触目所见全是书、旧杂志和捆成一捆捆的手稿。

教授让他在书房里一张硬木椅上坐下。自己站着，像一位常在电影里看到的伟人一样抽着烟斗。

“江白同学，关于论文，你有些什么想法吗？”

江白想了想，很老实地说：

“还没有。想先听听老师的指教。”

教授原地转了两圈，又回到他面前站住。

“我给你交个底。今年校长决心推出一批过硬的毕业论文，虽没有说在你们中间开展竞赛，搞个什么大奖，但意思是一样的。这样看来，你要写的就不是一般的毕业论文了。”

江白面部现出沉思的神情。

“老师的意思是说，要站在参加大赛的角度来写这篇论文？”教授点头。

“分配要指导的学员时，有人向我介绍你，说你有点儿灵气，看样子他们说得不错。”

江白微笑。

“老师，先别夸奖，我会不好意思的。”

“你不会不好意思。能说出不好意思的人就不会不好意思。这一点我也欣赏。”

江白不知道该说什么好了。

教授将已经熄灭的烟斗从口中取下来。

“不过光有灵气或者知道自己有灵气还不行，你得写出有分量的论文来。……我是学校毕业生论文评委会的成员，我想让我指导的学生论文得奖，可我不能有失公允。”

江白脸红红地站起来。

“老师，我可以不得奖，也可以不毕业，但绝不愿意得到自己不该得到的东西。”

教授咧开嘴，爽朗地大笑。

“坐嘛！很好。……那么你打算写一篇什么内容的论文呢？”

“说实话，我还没有好好想过呢。”

教授摇摇头。

“这不应该。一个大学生，至少从三年级的第一学期就应当想到他要写的毕业论文。……一篇好的论文，有时要经过好几年甚至十几年的酝酿和琢磨。不要小看你自己，差不多所有的新思想都出自年轻人。”

“老师，我很惭愧。”江白真诚地说。

“好了好了。”教授看出了他的不自在，话题一转，“那么你现在想一想，你在哪个领域内涉猎得多一点，或者说，你在潜艇战史、战术等哪方面读的书多一些，对哪个问题有些思考想说出来，这些都可以发展成一篇论文。”

江白想了一会儿。有一阵子，他脑海里一片空白。

教授耐心地看着他，睿智的眼睛在镜片后面闪光。

“我可以给你一些提示。这次毕业生论文大赛，许多同学都知道消息了，他们的指导老师也不会不告诉他们。由于是竞赛性质，许多人肯定会试图出奇制胜，选一些偏的和怪的题目来做。”他说，摇了摇头，“这种路子我不赞成，但也不好干涉。不过这样也就给你创造了一种机会，譬如说你可以选一个看似平常、实际上却意义重大的题目来做。……这是另一种出奇制胜。”

江白觉得自己有点开窍了。

“老师，你可不可以把话说得再明白一点？”

教授摇了摇手中的烟斗。

“嗅，指导老师只有指导的责任，如果连题目也帮学生确定，然后免不了就要帮助提供资料，提炼论点，甚至帮助做出结论。那样论文就不是学生的而成了老师和学生共同的了。……你甭误会，我反对这样做的主要原因不是你想到的那一种，我是说，这种指导方式会使学生产生依赖性，最严重的问题是会抹杀学生的创造力。”

江白的神情严肃了。

“我懂了，谢谢老师。我可以走了吗？”

教授意味深长地看着他。

“不过我还是想给你一点提示。新中国拥有潜艇部队已近 40 年，除了几次实战性质的演习和演习性质的实战，它还没有真正与敌人交过锋。这样一部历史限制了中国潜艇兵战术研究的发展和提高。与之相比，世界列强拥有现代意义的潜艇却有 100 多年了，两次世界大战中潜艇都曾不同程度地在大规模海战中扮演过主角，直接间接地影响过战争的发展和胜负，潜艇技术和战术也由此不断发展，‘二战’后期甚至到了日新月异的地步。……‘二战’之后，潜艇技术又有了划时代的发展，出现了核潜艇和潜艇发射的导弹核武器。世界上拥有军队总是为了打仗，下一次战争，我国的潜艇部队必然要参与。然而据我所知，直至今日，我国有关研究机构对潜艇战术的探讨还是肤浅的、零碎的，既不系统也不深入，特别是我们的教学机构，还没能将世界海战史上有过的所有潜艇战术及战术思想像教授潜艇操纵技术那样深刻地灌输给每一个学员，这对潜艇部队未来的作战是不利的。”

他停下来，静静地看着江白。

“你是说我应当研究一下世界潜艇战史，研究一下曾经有过的各种实用的而不是理论上的潜艇战术？”

“包括那些失利的战术，那些先成功后来失利的战术，以及一些因为各种原因没有来得及运用到实战中的战术思想。”教授补充说。

“我明白了。可是这个题目很大。”

教授的目光犀利起来。

“当然。题目很大，做起来要很用力，但是极有意义。”

江白望着他的脸，足有半分钟。

“老师，我做。”

“很好。”教授说，“我帮你列了一份必读书目的清单，免得你到图书馆里乱翻。”他从书桌上取过一张早已写好的纸，递给江白，“你可以走了。只有两个月时间，你的时间不是一般意义的紧张，而是十二分的紧张。……对了，一个月后，你先列一个论文纲目给我过目。”

“知道了。”江白敬礼，“老师，学生告辞。”

“请吧。”教授说。

在教授家门口，他们分手。

回到宿舍，江白面对着那张用细密的小字写满书目的纸，顿时感到自己好像误入了一个陷阱。

“教授是不是故意设好了一个圈套，让我往里钻呢？”他沮丧地想，心不在焉地浏览起了纸上的书名。

但是，他很快被它吸引住了。

这张必读书目清单上不仅列有《世界海战大全》《世界潜艇战大全》《世界海战史》《中国海战史》《中日海战史》等工具和资料性质的书，还列有诸如《邓尼茨回忆录》《中日历次海战纪闻》《日俄对马海战档案》《英国海军部二战大西洋海战档案》《美日太平洋潜艇战档案》等几十种他连听也没听说过的书籍。

晚上，他带着这个书单进了学校图书馆。

一个胖胖的老年女管理员接过了他的书单，随便看了一遍，抬起头，目光里略带惊讶地说：

“江……同学，第一，你一张借书证不能一下子借走这么多书，即使为了写毕业论文也不行。第二，你要借的书或者被别的同学先借走了，大家都要写论文嘛，或者本馆根本没有。”

她指了指书单上《潜艇队长犬道猪三郎对支作战日记》。

“像这样一本宣扬日本帝国主义海军潜艇侵略中国的所谓‘赫赫战功’的书，本馆早年藏有一本，‘文革’初期被烧。……不但你在本馆借不到这部书，恐怕本市的其他几家图书馆也未必能满足你的要求。”

江白回到宿舍时，有点垂头丧气。

宿舍是一个 14 平方米的单间，靠墙两排四张高低床，中间竖放着一溜儿八张桌子，每个学员一张。“水耗子”郑有亮趴在自己的桌子上，正为论文苦皱着眉头。

江白进门，他抬起头。

“哪儿去啦？……又去会你的小情人了？”

虽然江白言谈中从没透过“风”，同宿舍的学员们还是猜测到了他新近有了

"女朋友"。

江白把借到的几本书重重地摔在桌面上。

"想借的书没有，不想借的却向你推荐，这也叫图书馆？"

郑有亮笑起来。

"你以为图书馆专为你一家子开的？你能借到几本书，已经不错了！"

江白在桌前坐下，望着窗外摇曳的树影。

忽然想起来了。海韵家的图书馆里藏有一本《潜艇队长犬道猪三郎对支作战日记》！

她曾经夸过口，她家的图书馆里就藏有包括1878年大英印书馆出版的《海国图志》在内的大批海军书籍！

他匆匆穿上刚脱下来的军上衣，向系办公室跑去。

"这么魂不守舍，干吗去？"郑有亮在后面喊了一声。

系办公室里，近来总用一双诡秘的眼睛悄悄注意他的老校工正要关门。老头惊奇地看着跑得气喘吁吁的他。

"大叔，我打个电话。"江白说。

"这都什么时候了？再说系里的电话不准学员私用，你难道不知道……"老头还要训他几句，可是忽然间，他认出了他，停住了，改了口，"好吧，你你你快点，我要关门了。"

江白没有对他的态度多想一想，就径直奔向了电话。

他听出另一端的电话铃一声声响起来。小伙子粗粗地估算了一下，从她听到电话铃声，再跑下楼梯到门厅里接电话，电话铃至少应当响五次。

可是只响了三次，就传来了她的声音。

"是不是江白？"

他听出了她的欢欣和兴奋，还听出了她急促的喘气声。

她很高兴。这说明几天内她虽没有打电话来，却一直在等待他的电话。

"是我。"他说，忽然想逗她一句，"你没穿鞋就跑下来了吧？"

他的话让她咯咯地笑起来。

"我说你坏嘛！……都这么晚了才来电话，不是生病了吧？"

真是女人！江白心里那点高涨的愉快落下去了。

"没生病。我们要写论文了。在图书馆里借不到书，我想明天到你那里借几本书，能答应吗？”

他感觉到她沉吟了一下。

“私人图书馆的藏书一般不外借。不过你是个例外。”她很郑重地说。

她的态度略微让他有点惊奇。

“这么说我没有被干脆拒绝？”

“就算吧。”

“谢谢馆长小姐。你明晚在家吗？”

“我明天一天都在家，你早上就可以来。”

“早上来不了，上午还有课呢。”

“那就下午，一吃过午饭就来。”

“……”

“不吃午饭来也行，我这里管饭。”

“那得请假，还得撒谎。”

“就撒一个吧。”

她显得那么迫切地想跟他见面，声音也重新变得又娇柔又愉快了。

江白正在想：我要编一个什么理由才能拿到假条呢？

“你怎么啦？听到我的话了吗？”

“哦，听到了。我吃过午饭就去。”他下了决心。

“那好，我等你。再见。”

“再见！”

她先挂了电话。江白沉思着，放下话筒时已想好了一个主意：就对区队长说，老爷子从家里来了，住在市中心，晚上就走。总不能不让父子们见一面吧？再说下午也没有课。

就这么办。

回头望，那个一脸诡秘让他不止一次地生疑的老头又在盯着他。

“大叔，我身上有金矿吗？”他走过去，问老头。

老头被他问得一愣。“什么？”

“你这么一次次地盯着我看，是不是在我身上发现了金矿？”

说完他就有点后悔：以后还要到这里打电话的，得罪了老头你还想不想……但老头并没有生气，老头忽然咧咧嘴笑了。

“你身上没有金矿。怎么，我看得你不自在了吗？”

他又一次想到了那句话：走进这座军校，你会发现，就是一个最不起眼的人也会让你大吃一惊。

“对不起，大叔，打扰了。我走了。”

“交费。你还没交费呢。”

江白交了两毛钱。

“可以走了吗？”

“走吧，门口有一盏路灯坏了，小心那个水坑。”

“谢谢大叔。”

假请得很顺利。第二天下午1点整，他按响了栅栏门外的门铃。

木栅栏门没有关。他这样做，是不知道那个老潜艇兵和他的妻子是否在家。

海韵像一只花蝴蝶一样从小楼里飞出。

她径直冲过来，扑进他的怀里。

“别。”江白说，“让人看见……我穿着军装哩！”

他已被她吻得喘不过气来了。

一分钟后她才放开了他。

“胆小鬼，让我想死了！……你瞧我这条裙子，好不好看？”

一条闪光蓝的百褶裙，上面印着一些红的和白的蔷薇花。

“乍一看很漂亮，其实不适合你。”江白挑剔地、半开玩笑地说。

姑娘的嘴噘起来。

“为什么？人家是专门穿给你看的，不会欣赏就算了！”

江白觉得自己过分了。

“好了好了，是很漂亮。……家里还有别人吗？”

“没有了，这下你胆大了吧，你可以为所欲为了！”她说。

他们牵着手进楼。海韵蹦蹦跳跳地走，完全被一种单纯的欢乐心境控制着。江白暗暗在心里感到惊奇：女人，真像书里说的那样，无论初见时多么矜持多么严肃的女人，一开始谈恋爱，就成了世界上头脑最简单的女人了。

他们在门厅里、在楼梯上、在二楼走廊里一次次紧紧搂抱，长长地接吻。

左边是海韵房间的门，门开着。右边是海山书房。

“是不是还要轻薄一番？”两个人都有点累了之后，她才放开一点他，用调笑的口吻问。

“不用了，今天主要是来借书。”江白说。

“今天很规矩。”

“我们是军人。军人是有纪律的。”

她乜斜着眼睛，嘲弄地看他。

“那好，就算有纪律。……来吧。”

他把书房和两个藏书间的门全部打开，做了一个很大方的姿态。

“请吧，士官生同志，请在里面用功吧！”

三个房间都刚刚打扫过，书房的写字台上新增加了一盏古色古香的台灯。

“至少今天下午，海山图书馆向你免费开放。你可以在这里看书，写论文，但不准将书带走。另外，你从哪里取书，用完后还要放回到哪里去。”

“遵命。”江白说，一边将教授开的书单拿了出来，“不要夸口，也许你这里并没有我要找的书。”

海韵光洁的额头上微微皱出两道细纹。她接过书单，迅速浏览了一遍，那细纹就消失了，回头对他说：“你跟我来。你还真难不住我！”

她沿着书架走过去，一本一本地将书单上的书找出来。江白跟在后面，海韵拿到书，就放在他怀里。很快，他怀里就垒起了一大抱书。

“你先把它们放回去再来。”海韵命令式地对他说。

这一刻，她确实像个内行的、对馆藏图书了如指掌的图书馆管理员。

他一连在书房和藏书间跑了三趟，才将书单上的书全部找齐。让他震惊的是：她真的在那两个房间里找到了教授书单上开出的全部图书。

可以看出来，海韵自己也很高兴。

“如何？……交一个图书馆系的女朋友不后悔吧？我可以不谦虚地说，就是到了北京图书馆，也找不全这些书。”

“非常感谢。我对我能认识一位基本称职的图书馆馆长暗暗高兴，但我不想说出来。”江白说。

她笑了，露出洁白如碎玉的牙齿。

“你能暗暗高兴，我也十分满足。”

他们关上藏书间，回到书房里。海韵忽然想起了什么，飞快地跑出去。江白跟出来时，她已不见了踪影。

“海韵，你在哪里？”

“你叫什么？快来帮我！”一个声音从他头顶的一个什么地方传过来。

原来她上了阁楼。江白踏着藏书间旁边一道窄窄的不易发现的楼梯向上走，她已拖拉着一个不大的竹编的小书架出现在楼梯口了。

“接一下。”她说。

他接住那只竹书架。海韵顺楼梯小心地下来，两人将书架抬进书房，放在靠窗的写字台旁边。她喘着气，两颊红艳艳汗津津的，左眼角上还抹了一块灰，用一块手帕胡乱地擦着。

“辛苦辛苦。”江白看着她，意识到自己有些心疼了，“还有什么活儿，你指挥我干就行了。”

“把书架擦一擦，将这些要看的书全码在书架上，看时拿出来，不用时就放进去。没看完的夹上一张书签，不要折书页。看书时不要卷页，也不要在书上乱画。……一句话，要懂得爱惜书，别弄坏了。”她很认真地说，忽然又想起了什么，“你跟我来，先洗洗手再摸那些书。”

他跟她一起到楼下洗了手，她还认真地洗了脸，两个人才又一起走上来。

“好吧，干吧。”她在沙发上坐下说，“是你要读书，不是我。”

江白仔细地擦拭了书架，将那些书一本本整齐地码放在上面。然后在写字台前的一把旧藤椅里坐下来，调整了一下坐姿。

“如何，可以读书了吗？”

“也就是凑合吧。”江白不想让她过分得意，“照你的条件，我也只能坐在这里读书、写论文了。”

“这样的条件你还不满意？”她说，“就差红袖添香了。”

说完她自己就后悔了，脸上的红云一直漫到白皙的脖颈后面。于是就故意将脸扭过去，看靠门口摆放的花架上的一盆红蔷薇。

江白没有笑她。此时，恰恰因为她的失言，他的心被感动了。

他的沉默被她误解了。突然，她站起来，跑到他身后，用拳头不停地擂打着他的背，笑出声来。

“你坏！……你在笑话我！……你不出声地笑！……”

江白终于笑了。

“你看你这人，别人正为你的一句话感动，你自己又把它破坏了！”

她又羞又急，脸红得更厉害了。

“你还在笑我！……叫你笑！叫你笑！”

那点感动已经消失了。由海韵的一句失言引起的欢笑和混乱又持续了一阵子，才平息下来。

“说实话我很满意。”江白后来对她说。在学校里，无论是教室、宿舍还是图书馆，都不可能有这样一个专门的书房供他独自享用。当然，最大的收获是他在海韵的图书馆里不费气力就找全了自己要读的书。“有这么一个工作环境，我要是写不好这篇论文，真应该惭愧，是不是？”

她惬意地笑了。

“我认为我应当受到表扬。……我的服务如有什么不周到的地方，还请批评。”

“没有开水。……我一坐下看书，就想喝水。”

“你的毛病还不少哪。”她斜着眼睛娇嗔地望他一眼，“以前都是别人伺候我，今天我也开始伺候别人了。”

话虽是这么说，她还是很快下楼烧水去了。

等她提着一只大号热水瓶和两个茶杯回来，江白已翻开了第一本书。还没有想到要写论文，这些纸叶发黄的旧书本身就引起了他极大的兴趣。

海韵进来时，他正在翻阅那本1878年出版的英文的《海国图志》。

海韵给他倒水，在对面坐下来。

“不是这么读书。你这样不分青红皂白地读下去，读到毕业，也读不完这许多书。应当先就你要研究的课题大致划一个范围，在这个范围之内，哪些书应当粗读，哪些应当细读，哪些书应当细读却只能放到以后。你得有个计划。”

她又一次让江白吃惊了。

“这也是从图书馆专业学来的吗？”

她的眼睛调皮地忽闪了一下。“你不要搞错了，我不但是图书馆系的毕业生，我如今还是老师。”

“那我也叫你老师好了。……老师，我的研究范围是世界海军史上的潜艇战术，包括战术思想、战术原则和它们在实战中的运用。”

“这个题目很大。……不，这个题目太大了，学校给你找了个什么样的指导老师，怎么给你出这么个大题目？这个题目你坐在图书馆里泡三年也不一定能完成得了。”

笑容已从她脸上消失。她认真地望着他，一点开玩笑的意思也没有。

江白的脸色有点难看了。

“你是说我不应当去做这个题目，或是说……我没有能力完成它？”

“你当然有能力完成它，不过你的时间不够。你说过只有两个月时间。”

“可是我已经答应教授了。他说做这个题目有意义。”

海韵望着他，很长时间没有说话。突然她开颜一笑。

“我不知道一个候补海军中尉的自尊心能不能允许他接受别人的帮助，譬如我。我可以做你的助手。”

江白脸上的笑容恢复了。

“在我最困难的时候，当然愿意接受哪怕一位女教师的帮助。毕竟潜艇采用什么战术并不重要，重要的是击沉敌舰，取得最后胜利。”

“我现在就向你提供一份研究范围和问题的清单。”她盯着他说。

江白的心热起来。

“请。”

“你找一张纸，记下我要说的话。你大致要研究的问题可以分为以下几类——”

江白拉开写字台的抽屉，那里果然有一沓裁得很整齐的白纸。他将它拿出来，取一支笔在手，迅速地记下了海韵的话：

几类大问题

潜艇进攻

潜艇防御

潜艇侦察

其他任务

曾经有过的几种进攻形式

鱼雷攻击

导弹攻击

布雷

进攻战术

单艇游猎

集群攻击

伏击

近海拦截和远海拦截

单艇或多艇突击敌方军港

进攻性布雷（在敌方港口布雷和近海水域布雷）

核潜艇远距离攻击战略和战术目标

曾经有过的几种防御战术

近海警戒

近海单艇防御

近海集群防御

己方港口和近海布雷

防御性伏击

防御性游猎

反潜

潜艇侦察战术

潜艇输送人员和物资

潜艇逃生

其他

潜艇武器的发展对潜艇战术的影响

潜艇侦察、通信设备的发展对潜艇战术的影响

反潜技术、战术的发展对潜艇战术的影响

从世界潜艇战史看潜艇战术的演进和发展

我海军潜艇战术与海军战略的关系

有关战例（略）

抬起头来再看海韵，江白眼里已全是敬佩的和疑惑的目光了。

“不是你本人站在这里，我真以为写出这张清单的是我的教授。”他半开玩笑地说出了内心真实的感想，“我得承认，你又让我吃了一大惊。”

海韵两颊泛红，目光像一个受到表扬的小女孩一样又羞怯又明亮。

“不要忘记我曾是一名潜艇艇长的女儿，又一天到晚守着这个图书馆。……

既然候补中尉先生这么赏识，就顺着这个思路读书吧。……也许你真能完成这个大题目呢，那就不是一篇论文而是一部专著了。”

江白觉得自己心里已清晰多了，海韵的话是对的，他两个月内绝对不可能完成这样一大堆题目。这里的每个题目都可能写成一部专著。

他向她承认，自己同意她刚才的看法。

海韵说：“你不必做所有的题目。可以选择一个题目做一做，做好了就是好文章。……你的教授是对的，中国潜艇部队需要研究战术，而所有这一切全是战术问题。”

江白想了想。

“就我的性格，我更想研究潜艇攻击，可是不知从哪里下手。”他说。

海韵眯细了眼睛。

“你可以从世界海战史上最著名的几次进攻战例着手研究，这里不仅有成功的经验，还有使之成功的战术思想，以及使这种战术思想得以产生的战略的或其他的背景，最后结合我国潜艇战略和技术水平，得出你自己的结论。”

一时间，他意识到自己对她佩服到了极点。

“海韵，我现在觉得你不再是一个教师，我已经给你升了职称，你现在已经是教授了。”

“虽然这次提升不涨工资，我还是很高兴。”她说，又笑起来。

后来，她从书架上取出两本书，放到江白面前。

“看你这么急功近利，我又不想让你走太多的弯路了。谁让我的心这么善呢。……就从这两部书开始读吧。这部《中外海战史》可以让你简明扼要地了解世界海战尤其是‘二战’中海洋战场上的主要战斗，这本德国海军元帅邓尼茨的回忆录可以让你了解‘二战’期间德国潜艇的战略、战术思想和主要战斗，连同它最后失败的原因。看完这两部，你可以再有目的地选读一些‘二战’期间美国、苏联、日本潜艇作战的档案，以及‘二战’后世界上发生的不多的几次潜艇战斗，那时，你对你要写的论文大概就心中有底了。”

江白长久地望着她，叹了一口气。

“我真想请你写这篇论文。你肯定专门研究过潜艇作战问题。”

她的脸又羞又红，目光躲躲闪闪。

“又不是我的论文。……我不相信我唯一的男朋友竟写不出一篇像样的毕业论文，那样我太没面子了。”

江白虽然不再想跟她开玩笑了，可还是忍不住地问：

“唯一的？”

她的眉梢挑了挑，不高兴地说：

“当然。”

“那好，为了这种荣幸，我一定要写好这篇论文！”

他的心思全在论文上了。它像一块巨大的石头，沉甸甸地压在他心上。

“海韵，我有个想法，在我写论文期间，我们之间最好能保持一种同志式的、男女授受不亲的关系。我是个意志软弱的人。”

她的脸热辣辣地红起来。

“江白，你也太小看人了。从今天起，我保证不会干扰你的读书和写作！”

他深深地看了看她的眼睛。

“咱们拉钩。”

“拉钩！”

两人曲起右手食指，用力拉了一下。

他注意到她的神情果真严肃起来。

8

以后的一个月，江白的晚自习和星期天全是在海山别墅度过的。

他读进去了。开始时还照着海韵为他提供的那份研究清单选择书目，后来，他一股脑读下去的就是教授的书单上也没有的、世界各国潜艇将领和名人的传记和回忆录了。

最初的起因是不难解释的：一厚本一厚本的史籍内容十分枯燥，他不可能不产生厌倦情绪，能与这种情绪相对抗的是那些藏在海山书房里的名人传记，从世界潜艇史上的第一艘潜艇艇长到“二战”时期德、美、英、苏各国的“潜艇英雄”或“王牌艇长”。这些曾为不同目的而战的名人的生平和战例将江白引进了一个全新的天地。

大海和战争被拉近了，他看到的再不是教科书上单调的记录，而是一颗颗或勇敢或疯狂的心、一个个为战争激情所充斥的灵魂的搏动，是真实的仇恨和真实的而非虚构的厮杀。胜利者获得荣誉，失败者葬身海底，没有荣誉更没有纪念碑。他很快发现，在军人的天职和激情之后，人的聪明才智也显现出了它特殊的戏剧性的价值，后者不仅在实战中发展着武器，也发展着战术。在这方面，两次世界大战的发动者德国人于大战期间对潜艇进攻战术的贡献，从学术的观点看来也最为突出。

研究世界潜艇战术的发展和演进，不能不研究德国人，不能不研究德国潜艇史中的主要代表人物。

他开始有重点地阅读有关德国潜艇名人的传记和回忆录。其中包括“一战”期间第一次将潜艇用于海上攻击的“U-9”号艇长韦迪根；“二战”期间的德国潜艇司令邓尼茨海军上将（后任海军元帅和海军总司令）；“二战”初期单艇突入英海军严密设防的柯克海峡，潜入英最重要的海军基地之一斯卡帕湾，一举击沉排水量 2.9 万吨的超级战列舰“皇家橡树”号、被希特勒授予“英雄”称号的“U-47”号潜艇艇长金达·普里恩海军上尉，后者还是“二战”期间德国的三大“王牌艇长”之一。

如果他开始还是为兴趣所吸引，后来就不同了，他读得越是投入，就越是觉得比单纯地从史籍进入理论研究更容易理解各个时期会有这样而不是别样的潜艇战术，以及旧的潜艇战术为何会被摒弃、改造或发展。这不是一部死的潜艇战术史，而是一部活的、与人的和民族的心灵的跳动密切相关的潜艇战术史。

他常常忘掉自己是在为写论文而读书。读书成了一种潜在的生命的渴望，一种冲动，一件令人感到振奋和其乐无穷的事。

这样，海韵每天晚上的存在与不存在就不再那么重要了。

但海韵是存在的。每天晚上，她会在他来时迎接他一下，其他时间则让他一个人待在书房里。她常常在江白到达之后离开别墅，但却总会在他返校之前回来，走进书房来看看他，有时也会陪他坐一会儿。

这时，他们相敬如宾。

“读到哪儿啦？”她问。

他有一大堆杂乱的想法要找个人说一说。

“我正在读德国‘二战’期间的王牌艇长之一普里恩海军上尉的传记。”他说，目光一闪一闪，“对于德国人来说，‘二战’初期所有的胜利都不算胜利，只有‘U-47’号艇单艇突击斯卡帕湾才是真正的胜利。”

她的兴趣来了，眼睛亮了。

“何以见得？”

“‘二战’初期，德国人在潜艇力量方面占优，而英国却在水面舰艇方面占优。德国潜艇虽有不凡表现，但英国人却在水面舰艇作战方面让德国人吃了不少苦头。‘U-47’号艇单艇突击斯卡帕湾的成功，不仅取得了以一艘潜艇击沉一条水面巨舰的战功，还从心理上沉重地打击了英国人。金达·普里恩海军上尉的成功至少在当时制造了德国潜艇似乎无所不能的神话，使德国人更加相信自己的潜艇，英国人则不大相信自己的水面舰艇了，胜利的天平从心理上开始向德国人倾斜。我想，这也就是希特勒隆重授予金达·普里恩海军上尉英雄称号的真正原因。”

“你看进去了。但从战术上讲，这时的德国潜艇——包括‘U-47’号在内——沿袭的仍是‘一战’时期留下的单艇攻击战术。德国人将潜艇战术由单艇攻击改为大规模的‘狼群作战’，还是后来的事。普里恩海军上尉的成功，更多的还不是战术的成功而是法西斯军人冒险精神的成功。”

“我最感兴趣的恰恰在这里。”江白说着，将书翻到夹着书签的几页，那里详细记载着“U-47”号艇突击斯卡帕湾的详细经过。

斯卡帕湾位于苏格兰东北部的奥尼克群岛，是英国海军的主要基地之一，在军事上有重要地位。英国海军对斯卡帕湾的防御相当严密，通向斯卡帕湾的入口有7个，其中6个设有防潜网和水雷幕。第7个入口——柯克海峡——虽未布设防潜网障，但水道狭窄，海流湍急，水下礁石密布，构成天然屏障。早在第一次大战期间，英国人就在该海峡凿沉三艘旧船封锁航道。“二战”爆发后，英海军的许多重型军舰均以斯卡帕湾为锚地，被德国人视为攻击的主要目标。在飞机和潜艇多次侦察后，德国潜艇司令邓尼茨决定派遣“U-47”号潜艇冒险潜入斯卡帕湾，对英舰发起突然袭击。

1939年10月8日10时，普里恩海军上尉指挥的“U-47”号艇通过基尔运河驶入北海，12日凌晨潜入水下，向奥克尼群岛接近。13日4时至16时，潜艇一直在水下潜航，并数次坐沉液体海底，使艇员能有足够的时间休息，并观察预定突破水域的敌情。19时15分，柯克海峡开始涨潮，“U-47”号浮出水面，向柯克海峡突入。次日零时27分，它平安地潜过狭窄的海峡，突进斯卡帕湾，向英国舰队主要锚泊地驶去。这时能见度很好，普里恩通过潜望镜，发现锚地竟没有一艘英国军舰。原来12日“U-47”号坐沉海底时，锚泊在斯卡帕湾的英国军舰相继起锚驶向大海，普里恩对此却毫无所知。

由于顾虑海水退潮，扑空的“U-47”号决定趁夜暗东返。零时55分，普里恩发现在其左前方明林岛方向泊有两艘大型军舰，别处还有多艘英驱逐舰。普里恩当即指挥潜艇向其靠近，在距离第一艘大型军舰3300米处认出它就是赫赫有名的“皇家橡树”号战列舰，同时将另一艘水上飞机母舰误认为是“反击”号战列巡洋舰。零点58分，普里恩命令潜艇占领发射阵位，发射出3枚鱼雷，2条瞄准“皇家橡树”号，1条瞄准另一艘水上飞机母舰。4分钟后，一条鱼雷击中“皇家橡树”号，另2条未击中目标。“U-47”号随即转身向南，驶近柯克海峡出口处，准备撤离。

英国人以为斯卡帕湾反潜防御十分严密，不会遭遇潜艇袭击。“皇家橡树”号中雷爆炸后，他们误以为是军舰内部事故所致，有的则认为是遭到了空袭，指挥机关立即发出防空警报，舰艇进入防空部署，却未采取防潜措施。正在指挥返航的普里恩海军上尉看到上述情况，决定二次回返，再行攻击。1时18分——距离鱼雷击中“皇家橡树”号仅16分钟——“U-47”号装填鱼雷完毕，4分钟后，在12链（1.2海里，约2200米）距离上对“皇家橡树”号齐射3条鱼雷。3分钟后鱼雷击中目标，引起剧烈爆炸。普里恩随即命令潜艇全速驶向柯克海峡。30分钟后（1时52分），巨型战列舰“皇家橡树”号沉没，包括英国第二舰队司令布格罗夫海军少将在内的833名官兵葬身海底。2时15分，“U-47”号艇赶在落潮之前安全驶出斯卡帕湾。3天后，潜艇回到德国。

海韵只是接过书来瞥了一眼，就放下了，显然，她对世界潜艇战史上的这一著名战例非常熟悉。

“你刚才说你最感兴趣的是什么？”她又眯细了眼睛，问江白。

“我最感兴趣的，或者说最触动我的心的是这场单艇偷袭战斗所具有的几乎不可能成功的特点。不仅英方在斯卡帕湾地区严密设防，甚至海水涨潮或落潮本身也会对袭击的成功构成巨大的威胁。”他站起来，想把自己的思想说得更清楚些，“假如英国人不是因为过于相信自己的反潜措施而麻痹大意，在‘U-47’号艇实施第一次攻击后立即封锁了柯克海峡——这样做应当是很自然的，无论是普里恩还是派他前来实施偷袭的邓尼茨，事先都应当想到——哪怕只是由于海水退潮，‘U-47’也会因为无法实施潜航而被迫暴露，这时，等待普里恩和全体德国艇员的就只能是死亡。”

“你说得有点道理。”海韵沉思地说。

“这就是让我感兴趣的东西。”江白说出那一点真正让自己震动的东西了，“我在想：当普里恩率单艇出海，向英军戒备森严、几乎没有生还的可能的斯卡帕湾前进时，他心里是怎么想的。”

“你是说他已经面对着死亡。一个明知自己极有可能失败和死亡的人是怎样想的？”

“也可以这么说。”

海韵微微皱起了眉头。

“你不是在研究潜艇战术史，你是在研究潜艇艇长的心理史。这不是你的研究方向。”

“可是不懂潜艇艇长在实施进攻时的心理，我就很难真正理解他所使用的战术。”

“这没有什么好探讨的。虽然普里恩是在为法西斯而战，但作为德国军人，他认为自己是在为德国而战。单艇冒死突击斯卡帕湾时，他想到的只是胜利而不可能是其他。”海韵的声音高起来，脸颊微红。

“这种解释过于简单。”江白说。虽然他说不出更多的理由，但按他的猜测，普里恩海军上尉指挥“U-47”号艇出击时，至多想象他成功的可能性有50%，而成功后生还的可能性则不到1%。他是一个人，面对着99%的死亡可能冒险出征，要说他心里此时只想着胜利而没有想到一点别的什么，江白很难理解，也不敢相信。

“最简单的解释往往就是最终的解释。‘U-47’号对斯卡帕湾的偷袭看似不可能，可它最后还是成功了，不但击沉了‘皇家橡树’号，还趁夜暗和敌港口内的混乱，在落潮之前撤出了斯卡帕湾。普里恩海军上尉就是因此才获得了‘功勋艇长’的荣誉——虽然是法西斯军人的荣誉。”她说。

他沉默地望着她。他觉得她一点也不明白自己在想什么。此刻他想的不是荣誉，而是死亡以及一名潜艇艇长出征时对于死亡的预感。

“普里恩率艇出航之前，不可能想到他将得到希特勒亲自授予他的荣誉，他更多地想到的只能是死亡。”他固执地说。

海韵脸上的表情说明她有点激愤了。

“也许他想的根本不是死亡。死亡对于普里恩和‘U–47’号潜艇的全体艇员来说已是既定的存在。战争本身就使参与者无法回避死亡。普里恩出航时，想的只可能是如何取得胜利。因为只有胜利，‘U–47’号的出航才有意义，他自己和全体艇员才有可能逃脱死亡！”

她的话好像也有道理，但只是在理论上。对他来说，死亡仍然是一个沉重的、首先必须正视和解决的问题。

他忽然明白她怎么会这样看待问题而他为什么不能了。他是个未来的潜艇军官，她却不是。

“如果出航之时就明确意识到自己可能死亡，每个人都不可能完全避开它，不去想它，除非他不是一个潜艇艇员。”他说。

她听出他话中暗含的讥讽。

“如果一个潜艇艇长或艇员出航时只想到他可能死亡，那就不可能再有胜利。胜利只可能是对勇敢者的奖赏。一个贪生怕死者，不可能是一个合格的潜艇军官或潜艇兵。”

她愠怒地望着他，像个斗士。

“我们是在讨论问题，不存在你说的那个贪生怕死者。”江白反感地说。

“那就好！”

房间里的气氛变得冷飕飕的。

江白将写字台上的书收到书架上，穿军装，戴军帽。

“我该走了。再见。”

她坐着，不回答他的话。

江白匆匆走下楼梯，走出楼门。

海韵无声地站在二楼楼梯口，往下面看着他。

“我走了。”他依然用生气的腔调说。

“没有谁真要挽留你。”她小声地、恨恨地说。

他“哼”了一声，拉开门，大步走出去。

在马路边等公共汽车时，他发誓：明天再也不来了。

但是第二天早上，系里那位老校工又将他从早操的队列里喊了出来。

“什么事？”他问，其实心里已猜出了大半。

“你的电话。”

他故意磨磨蹭蹭地走，后来就跑起来。

昨晚回到宿舍他就后悔了。海韵的看法也不是没有道理，普里恩海军上尉不可能一边想着死亡一边冒险突入斯卡帕湾。他在率艇出航时，想到的只可能是胜利。更真实的可能是，普里恩既没有想到死亡，也没有想到胜利，他想到的仅仅是如何克服困难，去争取胜利，完成任务。这个胜利对他来说也是意外之喜。结论是：出征时，他只能将生死置之度外。

系办公室的门开着。江白冲进去，拿起话筒。

“喂？”

“是江白同学吗？”

“对，是江白同学。”他用讥讽的口吻说。

“江白同学，我是海韵。”

“海韵小姐，听出来了。”

“我只是想通知你，你在我这里丢了东西。”

“劳驾告诉我那是什么东西？”江白问。一大早接到她的电话，他明白她要和解，心里顿时有点喜气洋洋，“我想那不是聘礼。”

“不是聘礼，可比聘礼重要。我这里有你的学生证。我明白有没有它对你毫不重要。”

学生证是军校学员的身份证，离了它他将寸步难行。

她知道那是他的命根子。

“密斯海韵，我即使不要老婆，也不敢不要学生证。”

电话那端，她轻轻哂笑了一声。

“江白同学，本小姐只负责失物招领，不负责送达。今晚我在家等你，过时不候。”

“我一定负荆请罪。”

“再见！”

“再见！”

晚上，小院里静悄悄的。花在最后一抹晚照中开得如火如荼。

她走到院子里给他打开栅栏门。

“进来吧。”她探究地看他一眼，好像什么事也没有一样，轻松地说。

晚 8 点 40 分，他走前 10 分钟，她又进了书房。

“你还坚持昨晚的观点吗？”

“怎么，还想接着争论？”

“难道那真是一个值得争论的问题？”她反诘。

“我的最新看法是：普里恩海军上尉刚做一名潜艇军官时一定遇到过死亡问题，并把它很好地解决了。而到了 1939 年 10 月 14 日夜，‘U-47’号艇突入斯卡帕湾时，他早已将生死置之度外，想的只是如何完成任务，建树功勋。”

她静静地望着他，镜片在欢悦地闪光。

“你进步了。”

“子曰‘三人行，必有吾师焉’。以后我要改一下，‘二人行，已有吾师焉’。”

“如此孺子可教也。”她笑着说。

几天以来第一次，他们接吻。

“这破坏了咱们的约定。”他说。

“不能怪我，你表现得比较可爱。”她说。

她送他出门。

“你经常一个人住这里吗？……不想让我留下来陪陪你？”在栅栏门外，他故意说。

“不想。”这个玩笑对她来说显得有一点突然，“我还没有准备给自己招一个女婿呢。你快长大吧。”她也半开玩笑地说。

这天夜里，江白睡得很踏实。他做了一个梦，梦见他和海韵拉着手在一片盛开着白色蔷薇的山冈上奔跑，他们都是那么高兴，好像有什么大喜事一样。在他们的周围，飞翔着大片大片蝴蝶，每一只都无与伦比的美丽，他从来没见过这么漂亮的蝴蝶。

天亮后他还记得这个梦，却不明白梦中的蝴蝶意味着什么。

他把梦讲给“水耗子”听。郑有亮近来研究弗洛伊德，到处帮人解梦。

“你和你那个情人的关系已经危险了，我不是指性的方面。”他轻轻一笑，

“那方面没什么好说的，它在你们的关系中已不起作用，因为你们已亲密无间。但满山冈的蝴蝶却说明你还在左顾右盼，你对你们的关系将要朝哪里发展心中没数。”

江白觉得被他说中了点什么，用讥讽的口吻说：

“你就胡侃吧。……还有什么，你都说出来，我反正不准备请你吃饭！”

郑有亮瞅他一眼。

“我当然还要说。这是一句很重要的话，说出来对你，不，对她有好处。——你的眼前满是蝴蝶，这说明你并不想娶她！”

“越发胡说了！”江白争辩道，脸有点白了。

郑有亮哈哈一笑，自我下台地说：

“现学现卖，老师又没在身边跟着，难免失手。如果说得不准，那就是又失一回手，原谅原谅，免收咨询费。”

他不愿意认真思索郑有亮那些已多少触动了他的话。晚上，他又到了海山别墅，海韵不在，给他留下了钥匙，他自己开门进去，继续夜读。

海韵很晚才赶回来。

“出了什么事？”他担心地问。

“没什么事，学校里搞体检，人多，耽误了。”她若无其事地说，脸色比往常越发显得苍白。“又有什么新发现？”

“我还真有一些新发现。”江白很快忘记了她刚才的问题，回到了正在读的书里，“如果说德国人在潜艇进攻战术方面贡献最大，那么英国人、美国人、苏联人在防潜反潜方面的贡献就最大。我发现，我不能孤立地研究潜艇进攻战术，潜艇进攻战术是在与反潜战术和技术的生死斗争中获得变化和发展的。潜艇进攻战术实际上是一门动态的学问，就像有人说的那样，哲学是什么，哲学就是哲学史，什么是潜艇战术，潜艇战术就是潜艇战术史。”

她今天显得格外无神的眼睛又变得愉快和明亮了。

“你进步了。”

“可以获得一个吻吗？”

“可以。”她说。

离开时，他把钥匙还给她。

这天，她一直送他到车站。

一个月后，他去了教授家。

“书读得怎样了？”教授叼着烟斗，还是那么慢条斯理地问。

江白将一篇概论世界潜艇进攻战术史的论文提纲递了过去。

“不知道行不行。”他心里没底地说。

教授只是随便地瞥了开头几行，便将烟斗从唇上取下来，飞快地、一目十行地将它浏览了一遍。

“不错。只有一个月，你的效率很高。”

他的话里不自觉地泄露出真实的赞赏。

“请老师多指教。”江白谦虚地说。这种时候，他知道怎么做。

“开头我给你列了那么大一个书单，是不想让你一下子就钻进一个很窄的问题里去。历年的毕业生论文之所以不令我欣赏，毛病就在这里，学生们早早地就给自己限定一个小题目，为这个题目读很少几本书，结果呢？”教授做了一个无奈的手势，“往往不过是照抄书上作者的思路，最好的也只是小有变化而已，可我们这些先生，还是不能不让他们毕业。你不能不让一个年级的学员都不毕业啊！”

“谢谢老师，现在我明白你为什么要我读那么多书了。”

教授在他那张大而旧的写字台后面坐下来。

“至于做论文，你的口子开得还是太大。世界潜艇战术史也是一个大题目，你可以在你的提纲里挑选一个你最感兴趣、掌握资料最丰富的小题目来做，譬如说——”他停下来戴上花镜，在江白的提纲上寻找着，最后找到了，用手指着，“——这里有一个潜艇进攻战术和反潜战术及潜艇兵器在较量中同步发展的观点，就很少有人做。以前有人提出过这个问题，却没有系统研究过。……当然，这也不是小题目，从这里，可以寻找出潜艇战术发展的辩证法则。这个法则就是：包括潜艇进攻战术在内的全部潜艇战术都不是一成不变的，必须根据反潜武器和战术的变化而变化，僵死的、墨守成规的观点是要不得的。为了未来的战争，这个课题今天就必须做。”他深深地抽一口烟斗，吐出一大团烟雾，“和平年代不研究这个问题，将给我国的海防事业留下隐患。”

“可是我想写的是潜艇艇员的精神状态。潜艇归根结底是靠人操纵的。一个国家的潜艇取得了比其他国家更为骄人的战绩，除了兵器因素和战略、战术思想的优势，潜艇艇员们的精神状态也是极为重要的原因之一。潜艇艇员出航之前，就必须具有视死如归的勇气，战胜敌人而不被敌人所屈服的英雄气概。……简单地说，我想研究一下潜艇英雄为什么会成为英雄的问题。”

教授沉默地望着他。江白看出来了，最初，教授对他的想法是不欣赏的，他几乎没听进去，他还沉浸在自己给学生的建议里。可是后来，他的注意力集中到江白说的题目上来了。

“当……然。这个题目也有意思。”他有点漫不经心地说，江白明白他有一点失望，“具体做什么题目是你自己的事，指导老师总要尊重学生的选择。”

“我一开始并没想到要做这个题目，是您为我开列的那些书，让我突然对这个题目产生了很大兴趣。……如果您不赞成，我就还做您说的题目。”江白说。

“不不……”教授制止他，不让他再说下去，“你还是做你想做的题目，至于刚才那个题目嘛，我自己为学校的学报写一篇文章好了。古人云：‘教学相长。’此话不谬，今天是你帮我打开了思路。”

“老师过奖了。”江白笑了。

他告辞了，教授送出门来。在门外，对江白说：“提纲列出来后再拿来我看看。……你不是第一次写论文吧？”

“以前写过几篇，都是老师留下的作业，学报上还发表过一小篇。”

“那就连提纲也不用拿给我看了。你写吧，初稿完了再给我看。”

“好的。老师再见。”

“再见。”

当天夜里躺在床上，江白忽然明白了：他之所以要做那样一篇论文，是与这些天来他内心中一团不大不小的阴影有联系的。后者源于自己在潜艇海难史课堂上受到的震撼。从那一天后，他觉得自己突然在潜艇军人的职业和事业中看到了一团他还没有准备好去接受和承受的东西，它觉得它不但是陌生的，而且异常沉重。今天，他却在海山别墅的书房里找到了与之抗衡的力量，虽然只是理论上的。

第二天上课时，他已听到教授在本系老师中夸他尚未写成的论文了。

“你小子风光嘛，论文没写成，大奖已经拿到了！”郑有亮酸溜溜地说。

“哪里呀！”江白不认账。

“肯定有人帮忙，弄不好是个女教授！”“笨牛”说。

江白心里想：“笨牛”不笨，除了海韵还不是教授这一点外，其他的情况他差不多就算是猜对了。

这是个星期六的晚上，学校里有晚会，不准外出。江白提前往海大给海韵打了个电话。论文提纲通过，他心情很好，仿佛压在生命中的石头被卸下去很大的一块。

“我今晚不能去了，学校里有活动。”

“是论文提纲通过了吧？”

“基本通过。”

她显得比他还兴高采烈。

“我说嘛，不过河是不会拆桥的。”

“你甭误会。……再说河还没过去呢！”

电话那一端，海韵想了想。

“你怎么感谢我？”

“你有什么设想？”

“明天是星期天，陪我去远足。”

“去哪里？”

“青山。”

青山离城 50 公里，是著名的风景区。江白过去曾有过安排，要在全城漫游之后到那里去一次。

“好吧，我答应。”

晚上，一个地方慰问团来演出。节目不错，江白却老是走神儿。演出结束后，他向区队长请假。

“还是找地方写论文？”区队长有点不高兴了，“这个月，你天天晚上出去，有人说你常常过了熄灯时间才回来，这不好。不过……算了，系里说你正在写一篇很有见地的论文，我也不好耽误你。只是你自己要注意，别闹出一个什么秦香莲来。”

江白大笑，笑得弯下腰去。

区队长惊讶地看着他。“江白同学，你笑什么？”

江白止住了笑。

“区队长同志，我要给你提个意见。这都啥年代了，我就是闹出点什么风流韵事，水平也是高的，无论如何也不会闹出一个秦香莲。”

“那好吧。”区队长依然很严肃地说。

9

因为已请了假，第二天天还不亮，江白就出了校门，乘早班车赶到了那座熟悉的海滨别墅门外。

他连续按了三遍门铃，海韵才穿着睡衣，赤着脚，从楼门里探出头来。

“是你？”她欢快地惊叫一声。

江白有点生气了。

“不是约好了去青山吗？……怎么你还没起来？”

海韵愣了一下的样子，忽然大笑，急忙地跑出来打开反锁着的栅栏门，自己一转身又跑了回去。

“进来吧，我马上就好！”

江白进了门厅，还在生气。

“她肯定是忘了，真是的……”他在心里想，一边生着气。

几分钟后，她穿一身上白下红的运动衣，戴一顶雪白的软草帽，脚下一双白色运动鞋，提一只不大的白色麂皮旅行背包，跑下楼来。

“走吧！”她心情愉快地喊了一声，也不看他，就冲出门去。

江白依然有点生她的气。昨天在教授那里敲定了论文提纲后，他的思想一直十分活跃。如果不是因为她，今天他宁愿在别墅写论文。

两人出门。海韵故意不看他那还在生气的脸，大步走在前面。

“啊，空气真好！”她叫一声，展开双臂，惬意地做了一次深呼吸，“江白，你也做一个深呼吸！”

夜里漫进海滨别墅区的乳白色雾气还像团团片片丝绵一样浮在低空，清凉而湿润。

江白不理她。

再往前走就看见了海和海边的那座断崖。海上灰蒙蒙的，断崖隐在雾中，如同一幅淡漠的水墨画。可以听到沉闷的涛声。

江白的一点不愉快迅速消失。

“啊，美妙的早晨，诗一样的海雾！”他张开双臂，做了一个深呼吸，大声吟咏道。

海韵在前面跑起来。

“江白，快来追我！”

江白在后面跑起来。

“看我不费吹灰之力追上你！”他欢快地叫道。

两个人跑了一段路，海韵先停下来，咯咯地笑着，弯了腰。

“笑什么？有什么好笑的？”江白觉得事情在哪里有点不对头。

她直起腰来望他，还在笑。

“你再笑我就恼了！”江白说，忍不住也跟着她笑。

“我笑一个人！”

“谁？”

“笑谁谁知道！”

“我也太了不起了，让你一笑就笑成这样！”

“我笑一个人生着气生着气，自己就忘了！”

江白猛然回过味来。

“谁生气了？……我？生气？”

她又咯咯地笑起来。

“你到底是不是把今天的事忘了？”江白不依不饶地问。

“不错，我是睡忘了。可是我就是不承认！”她说着，笑着，转身蹦蹦跳跳地向马路边的车站跑去。

虽然出来得不算晚，但他们还是错过了去青山的第一趟专线旅游车。等坐上第二趟车，太阳已在东方的大海中冒出了大半个。

“都是你，白起了早！”

“叫你不花钱看了一次海上日出，你还不高兴。跟你这样的人出来，真无趣！”她笑着，和解地说。

旅游车是私人的，很干净。人不太多，他们拣了两个连在一起的靠窗的座位。

车子出了市区，在一条新建的宽阔公路上奔驰起来。车窗里刮进来的风吹着海韵的长发。

清晨的大海和海岸像一幅壮丽的山水长卷，在他们面前不停地展开。公路越是弯曲，展现在他们眼前的画卷就越是变幻无穷，令人目不暇接。

“真漂亮！真高兴！……啊，真美！”海韵惊喜地叫着。

再往前走，江白便发现，海韵已完全依偎在他的怀中。他回头看了看，身后一对拘谨的恋人正望着他们。

“海韵。”他小声叫了一声，挪了挪身子。

“别动。”海韵轻轻地、耳语般地命令，“我这会儿感觉很好。”

他就没有动。过了一会儿，他偷偷回头一顾，发现那对恋人也依偎到了一起。

一种一直十分警惕的、被人们习惯地称之为真情的温暖的感觉水一般漫上江白的身心。与此同时，他也清楚地意识到了：在他和这个姑娘过去的交往中，哪怕他们之间经常地接吻，也更多地只具有游戏的成分。

今天的感觉不同。

她对于你本来是个陌生人。你对于她也一样。可是这一刻，竟产生了她将完全属于你、你也将整个地属于她的感觉。

这是一种深刻的感觉，一种在生命的深处相互认同的感觉，它是幸福的，但不知为什么，也令人为之不安。因为你能清楚地意识到：自此之后，你就再也无法，也不想用游戏的态度对待你生命中的她了。

人在自己一生的某一时刻，是否都会突然撞上一道分水岭呢？此前你虽然长到 20 岁，成了大学生，以为自己是大人了，内心深处却依然觉得是个孩子，即使开始同女性交往，也还觉得是孩子在学做大人的事。迎面撞上这道分水岭后，你就明白你是个大人了，你不是在游戏，你现在就必须为自己正在做的一切、为你正在交往的女孩子的一生和她的幸福负责。

他的手轻轻地顺着她瘦削的身躯抚摸下去。

触到了腰。

触到了小腹。

然后向上。

触到了一对圆圆的小小的凸起，就在那里停住了。

心剧烈地跳动起来！

过去也游戏般地触及过这里，可从来没像今天这样让自己震动。一会儿他又想道：她会拒绝我吗？她会将我的手拿开吗？

她一动不动。她的头枕在他的肩窝里，眼睛深深闭着，好像睡着了，什么也没有感觉到……不，她的双颊正像二月的桃花一样泛起鲜艳的红潮，呼吸变得急促。……他正在灵魂深处认同她，她不也正在灵魂深处认同他，接受他的一切吗?

他的手一直留在那里，一动不动。在跨过那道分水岭之际，还有一些什么值得留恋，还有些严肃的问题需要思考。

不。

一小时后，车子停在青山风景区管理处的大牌坊下。万壑千峰立即撞到眼睛上来，连同秋风中漫山遍野飘飞的黄叶和海涛一般汹涌澎湃、啸声浩大的林涛。乘客们下车，买了门票，三五成群向山上爬去。

江白在售票口买了一张导游图。图上用红线画着几条主要的游览路线。每条路线都像西瓜藤牵扯着西瓜一样牵扯着几个风景点。

“怎么走？”他将导游图展开在海韵面前，“山中多歧路，走哪一条？”

“今天我跟你走。”她活泼地说了一句，“你走到哪儿，我跟到哪儿。”

“要是我迷了路，出不来呢？”他开玩笑地说。

“我就跟着你迷路。”她说，“不过我不相信我信任的是一个让人迷路的向导。”

他们选择了中间最长的一条路，一直走到底，这条路将把他们带向青山风景区的最高峰，也是最后的一个风景点——老君祠。

“走吧！开步！”他学着她的声调，活泼地喊一声。

“开步！”她也活泼地叫一声，率先踏上了那条碎石铺就的石子小路。

两个人都意识到了什么，但是谁都不愿意碰触它。它太沉重，同时又像一个易碎的器皿，不能够轻易碰触。

山路开始还比较平缓，渐渐地就陡峭了。两旁的自然景观也发生了变化。在山下看去一座座十分平凡的馒头形山中，闪出了一片刀劈斧削般峭直的石壁、石崖和石柱，它们各不相同，千姿百态，在山间弥散着的轻薄的雾气中，或隐或现，人仿佛置身于神话世界里。

“那是猴子捞月！……这是金龟探海！”

“快瞧，那像什么？”

“像一个老妖怪背着一个大姑娘！”

“不对，那叫猪八戒背媳妇！”

前前后后，上山的人们一惊一乍地喊着。

江白和海韵也被这种简单而轻松的气氛感染了，渐渐忘记了心里那点沉甸甸的东西。

“江白，往东看，像不像哪吒闹海？”

他顺着她手指的方向望去，果然，在东方雾气腾腾的石峰间，出现了一个手拿各种“兵器”的“孩子”，威风凛凛而又憨态可掬，仿佛正在雾茫茫的大海上大步行走。

“你看那是什么？”江白一回头，也惊叫一声。

在西方群山之中，一道石壁仿佛被一只巨斧从中劈开，透过足有数十丈深的“斧隙”，他们看到了西方被太阳照得金灿灿的海。

“这……这是劈山救母吧？”海韵说。

“不错！”江白大声说。

山里的一切都使他们兴奋和轻松。那些平日在城市里无缘看到的自然的山、石、路、森林和草地，路边的一朵盛开的野花，野花上几粒晶莹的草露，纷乱飞翔滑落的红色、黄色、褐色的秋叶，都会引起他们的一声声惊叹。

“瞧这朵蓝色的小花！多漂亮！”海韵忽然弯下腰来，叫着，一边将它小心地掐到手中，戴到头上去。

“我漂亮吗？”她用一种在恋人中间常见的、完全放松的、撒娇的声调问他，没有等到回答，便向前面一朵新发现的黄草花奔去。

“呀，这是什么花？……真好看！可惜我没有带画笔，不能将它画下来！”

她脸上真实地现出了一种不能画下它的沮丧。

弥漫在山间的、纯净而清凉的空气让江白浑身的血液像被过滤了一遍，他神清气爽。

踏着野草和灌木丛，他爬上了路边一座山头，大声呼喊起来：

“啊——啊——啊——”

海韵也高兴地跟上来，大声呼喊：

“啊——啊——啊——”

“我是江白，我——来——了——”

“我是江白的朋友，我——也——来——了——”

两人相互看着，笑起来。

爬山和新鲜空气让海韵的脸色变得异常红润，两眼亮晶晶的。江白心里忽然冒出一个念头：过去他怎么会觉得她不如Y城最漂亮的女孩子好看呢？……不，她比她们每个人都耐看！

他将他的想法悄悄地告诉她。

“江白，将耳朵附过来，我也告诉你一件事。”她是那么快乐和满足，一脸明丽的光辉，忍不住要悄悄地对附耳过来的他说，“你也比你自己想象的要乖巧。……你是个很乖巧的男孩子。”

说完她咯咯笑着跑到前面去。

第一个风景点是座新建成的土地庙，里面的土地老儿就像民间传说中的一样，有一副十分滑稽的嘴脸。土地老儿面前，放着一只没有焚香的香炉；香炉前面，是一只张着口收钱的“功德箱”。

一个20出头、穿着不知什么制服的女人坐在一旁的折叠椅上，看着游人往“功德箱”里塞钱。

“这个土地老儿，看样子像个乱收费的管理人员。”江白悄悄地附在海韵耳朵边说。

海韵被这句话逗得大笑起来。女工作人员不高兴地瞪他们一眼。

江白往“功德箱”里塞了一张钱，十分恭敬地在土地老儿面前闭目合十。

出了土地庙，海韵忍不住笑。

“你刚才向土地老儿行贿，想求什么？”

“不告诉你。”江白说。

海韵的脸微微红了。

继续向上爬。他们好久都没有再说话。一路来的游人已在第一个风景点上分散。长长盘山道上，除了青松古柏，黄柞红枫，巨石深壑，就剩下他们两人。

“海韵，你有什么感觉？”

“太安静了，我们好像做了一回神仙。”

他扭过头去看路旁的一座古坟。坟前有碑，是一位古代隐士的墓。

“你呢？”海韵回过头来问他。

他有许多感觉，可很难用语言说出口。

“我觉得整个人都被净化了，轻飘飘的。”过了一会儿，他才说。

爬上风景区的最高峰老君祠，天已过午，两人汗水淋漓。

老君祠是一个很大的道观，红墙古树，画栋雕梁。大殿里，一大群善男信女，在老君像前烧香叩首。

一个身穿青布道袍、白发长髯的老道长肃立一旁。

海韵突然害怕起什么一样，紧紧挽着江白走进大殿。

在一个正在跪地叩首的中年妇女背后，他们站住了。他注意到她的脸色微微发白。

“怎么啦？”

“没什么。”她几乎无声地说。

老道长用一双不像是老年人的、异常清澈的目光和蔼地望着他们。

“两位仙风道骨，似与我教有缘。请不必拘礼。”

他的话说得和气，似乎给了海韵勇气。她从江白腋下抽出胳膊，站在老君像前，恭敬地闭上眼睛，嘴唇轻轻蠕动。

道长微笑地看她做完了这一切。

出了道观，海韵仿佛做完了一件大事，情绪松弛下来。

“累了吧？”他问她。

“累了，也饿了。”她快活地说。

江白回到道观院里，找到小卖部，买了一大包熟食。

“在哪儿吃？”

“咱们找个清静地方。”她说。

两人找了好久，才在后山一片无人涉足的马尾松林里坐下来。碧绿的松叶在阳光下闪闪发光。

两人将食物摊开在一块被雨水冲刷得很洁净的石板上。

“请海韵小姐用午餐，我请客。”江白笑着，做了一个大方的手势。

“谢谢。”她像是用假嗓门说话那样回答了一声。

江白注意到，无论是她，还是他，今天用的还是游戏的语调。

两个隔开很远坐着，吃起来，一边望着山下的万顷林海。

“好风景。”他说。

“不错。”她也说。

他注意到她的情绪似乎低落了。

“海韵，你在想什么？”

她不回答他。

他沉默起来。一天来一直被压抑着的那点严肃的沉重的东西，忽然全部涌上来了。

“江白，我们好像都还没有相互问一问对方的情况呢。”过了一会儿，她突然说。

他想仍旧用游戏的声调问：“有这个必要吗？”可是没有说出。

“你真想知道？”后来，他换了一种声调问。

“是的。”她回过头来说，目光真诚而明亮。

“你想知道什么？”

“譬如家庭，再譬如……恋爱。”她不看他说。

他认真地看她一眼，心里有一种感觉：那个时刻来了。

“我父亲曾是一名炮兵少校，当过炮兵营营长。我3岁那年父亲转业，回到西部煤城N市，在矿山做一般干部，长期病休在家。我母亲是一位幼儿园教师。我没有兄弟，只有一个妹妹。无论从哪一种意义上，我都是一个平民的儿子。……我的情况就是这些。对了，我没有谈过恋爱。”他回过头来问她，“你呢？”

她没有直接回答他的问题。

“你对你的平民出身很看重吗？……在我们这个国家，你还以为真有非平民出身的人吗？”她不看他，两眼望着山下万千被阳光照得一片明亮的林木，反问道。

江白想了一想。

“虽然都可以说是平民出身，可毕竟有些人生活的环境和条件与别人不同。这一点无须我解释。”

“那么你看我是什么人呢？”她回过头来，直视着他。

江白注意地望着她。

“你极可能不是一个纯粹的平民。你家有一幢别墅，就不可能是平民。”他加重语气说。

“如果事情真是这样，你会改变……吗？”她的话虽然只说了半句，却一步步向他紧逼过来。

江白有些不愉快了。

“我不知道。……不过你是不是平民我并不十分在乎。”

她望着他。她的目光表明，她正在想另外一件事情。

“那座别墅是我曾外公的私产。一百年来几次更换主人。德国人抢占过，后来是日本人，抗战胜利后才屋归原主。‘文化大革命’开始又被没收，前几年才重新给还我母亲，包括那些银的和镀银的餐具，那些油画，还有那架钢琴。”

江白无话，眼睛望着下面被阳光照亮如同镀了金的山林。

“可是无论我老爸还是我老妈，都并不喜欢有这样一座私宅。他们在自己的单位有房子，我在学校里也有教工宿舍。……我之所以住在那里，是因为我喜欢那里的宁静。还有一点，我住在那里，是我尊重我的曾外公、外公的一种方式。”

“你父亲和你母亲做什么工作呢？”

虽然自己对这个问题也很反感，他还是将它提了出来。

不出所料，它立即引起了海韵的反诘。

“这个问题很重要吗？”

江白让自己坚持住，他的目光迎着她的目光，并不退让。

“既然你问了我的情况，我当然有权利知道你的情况。”

她的目光好像摇闪了一下。

“我对你说过的，老爸是一个海军的老兵，快退休了。老妈在潜艇基地当医生。”

她细心地观察着江白的反应。

江白让自己坚持住，不动声色。

“你老爸在部队做什么工作？”

“我好像对你说过了。”海韵说，“他年轻时当过潜艇艇长，那是他一生中最辉煌的时期。后来调到岸上，就没有什么作为了。”

她还是没有说出她老爸的职务和职业。一个念头忽然涌上心头：她坚持不说那个老潜艇兵今日的具体单位和职务，很可能因为它们不值一提。

海韵对自己出生其中的这个海军世家是充满自豪和尊严感的。她敬重自己的曾外公和外公，对自己的老爸却不愿多谈。在这种对比里，可能隐藏着这位父亲在家庭历史中——不，是在海韵的感觉中——处于一种非常不利的地位。

他不需要再过细地询问下去了。

望着她，江白的目光变得柔和。

一直处于紧张状态中的海韵仿佛由于他目光的变化松弛下来。

“现在我们彼此都调查清楚了，可以走了吗？”她站起来，拍打着身上的面包屑，用一种故作随便的语调说道。

他起立，注意到她背对着他站着，浑身在微微发颤。

刚才他伤害了她。

其实他自已也没有对她说出自已身世中的全部秘密。

他不愿意想象海韵是一位高干子女，其原因是他的父亲曾经娶过一位高干家庭的千金。他的生母不是现在的母亲，而是一位大军区副司令员的女儿。

跟生母离异之后，当过炮兵营长的父亲从没有对他详细说过她，他对生母的了解是断断续续从别的渠道得到的。

父亲与母亲的婚姻缘于自已的亲外公。他是一位农民出身的老将军，儿女们长大成人后，他喜欢他们找农村出身的军人结婚而不是相反。但他却生了一个在整个军区大院都说得上既漂亮又风流的女儿。母亲很年轻时就为恋爱问题闹得沸沸扬扬，自已也曾死去活来，30 岁尚未出嫁。这时江白的父亲江莫名由部队调到军区机关，成了那位副司令员手下的一名炮兵参谋。他随副司令员下了一次部队回来不久，老人就决定了：将女儿嫁给他。其中原因是：他是副司令员的同乡，又会做老人家喜欢吃的酸辣汤。一次副司令员患病，四个儿子没有一个在床前守过一夜，江莫名却守了他三天三夜，天天给他做一锅酸辣汤喝。病好之后，副司令员便认定女儿能找到的最好的丈夫就是这个 31 岁、未婚妻患恶病去世后一直没有再找对象的副营职参谋，女儿结交并为之死去活来的那些男人，都是不值得信任的，不可靠的。

母亲之所以答应了这桩婚事，大约是刚刚经历了又一场失败的恋爱，心境极为沮丧。那时她自已可能也相信她为爱情疯狂够了，要找个可靠的男人过日子了。至于父亲，他首先觉得既然副司令员这么信任他，他不答应这门亲事就是失礼的。其次——江白悄悄地想——母亲美丽的容貌很可能在第一次见面时就把他迷惑了。

于是就结了婚。

婚后大约一年间，他们生活得还比较平静。江白就是这时出生的。但他还在襁褓之中，母亲的旧病就复发了。随着当初她疯狂爱过的男人一个个相继进入婚后的婚姻危险期，她又不可遏止地、轮番地投入到他们的怀抱里。

父亲心灵上受到的伤害之沉重是可想而知的。他断然做出了离婚决定，并首先将它告诉了副司令员而不是妻子本人。岳父最初努力挽救这桩他亲手撮合的婚姻，但仅仅有过一次谈话，江莫名就发现，老人这么做与其说是为了女儿和女婿的小家庭，不如说是想最后一次挽救女儿的名誉，使他自己的家庭不至于再次出丑。江莫名发现他的处境是可怕的：老人明显地要他忍辱含垢，却对女儿以后是否会改邪归正不敢做出保证。这对于江莫名就只意味着一件事，以后的生活比起现在的生活不仅耻辱，还更加可怕。他同时还发现，他在失去妻子之后又失去了他在这个家庭里最亲近的人，即他的岳父。

父亲坚决要求离婚，这次是向妻子提出，后者很爽快地签了字。副司令员因此事再次不可避免地让全家蒙羞迁怒于女婿（他认为女儿他是无法左右的，女婿却是可以左右的），用留下不满周岁的江白要挟父亲，阻止已经开始的离婚。父亲做出了他一生中最痛苦的决断：即使让出江白，也要离婚，并主动向上级打了报告，要求调离军区机关，回部队任职。他终于拿到了离婚证。不久之后，他的另一个要求也被批准，一纸命令将他从军区调到一个驻地偏僻的炮兵团，当了一名炮兵营长。

江白 5 岁之前是在外祖父家长大的。据别人说父亲曾几次来看过他，都被母亲家的人挡住了，以后他就不来了。事实上，江白此时在外祖父家的处境已差不多等于一个孤儿。母亲离婚后生活更加放荡，经常和情人外出，半月一月不归。最后一次，她跟一个在火车软卧车厢里萍水相逢的男人去了西双版纳，男人酒后驾车，撞到大树上，肇事者只擦破了点头皮，她却即时身亡。

炮兵营长直到前妻惨死后半年才听到消息。他到岳父家交涉，要接走儿子。此时岳父非常爽快，没费周折就让他带走了江白。差不多全都因为江白需要照顾，回到部队，他马上就跟团里一个幼儿园的教师结了婚。

然后他就极意外地接到了转业命令。

江莫名带着妻子和儿子离开军营，去了中西部的煤都。父亲从没有说过他的突然退伍与军区机关身居高位的前岳父有关。但据可靠消息证实，他的离队确实与这位念念不忘自己女儿的将军有关。女儿的死严重伤害了父亲，老人坚决认为如果女婿不同她离婚，她的死就是可以避免的。

离开部队后父亲大病一场，三十几岁的人就有了白发。江白在继母的抚育下一天天长大。他懂得的事情越多，对于这场不幸婚姻给予父亲生命的打击之沉重就感触越深。父亲再也没有从这场打击中恢复过来。他未老先衰，从青年一下进入了暮年。

在他的感觉中，父亲的精神从来没有再年轻过，父亲的身体也从来没有再健康过。

一桩婚姻毁了一个男人的一生。

对于每个人来说都一样，家庭是他终生的学校，而父亲不是他最好的榜样，就是他的最大教训。

他正在进入恋爱的年龄段。他不想再像父亲那样有一场足以毁掉一生的婚姻。

海韵……与高干家庭有联系？

不。

今天他特别不相信她会有。

他也不想她有。

那她今天就没有。

她没有这层家庭背景，他的心就完全放松了。

他向她走去，伸出双臂，从背后抱住她。

她在无声地啜泣。

"江白……"

"海韵……"

"我爱你……"她的牙齿在嗒嗒作响。

"我也爱你……"

她转过身来，眼里全是泪水。

"江白。我害怕……"

"为什么……"

她没有回答他，却踮起脚尖，将发烫的嘴唇凑上来。

他们热烈地吻着。大地在旋转。他吻着她的唇，她的腮，她的被取掉了眼镜又突然显得大而漂亮的眼睛，她眼睛中的泪水。她也主动而热烈地吻他，她是那么勇敢，那么狂迷而贪婪，仿佛那是她差一点得不到的东西。在那些短促的间歇里，两个人还要悄悄地、小声地、心疼似的呼唤对方的名字，说着些只有他们才懂的热昏的情话。

"江白……"

"海韵……"

"你是我的，你不能变心。"

“啊不，我也不能没有你……”

“你要是变了心，我会死的。”

“不，我喜欢你，从见面第一天就喜欢你了，我……”

红日落山时，他们才往山下走。

在山下坐上最后一趟返城的专线车后他们谁也没有再说什么。海韵依偎在江白的怀抱里，默默地睁着眼睛想心事。江白皱着眉头望着窗外，好像在为什么事而生气。无论是她还是他，都不能不逼真地意识到，一件很重要的事已经在他们之间发生了。出发时他们还是身份不明的异性朋友，现在他们不再是那种关系了。

与过去的身份相比，这种新关系并不使他感到轻松。

下了车，他一直把她送回家。她没有休息一分钟，就到厨房里去了。

十分钟过后，她已经做好了一顿简单的晚餐。

“吃吧。”她干巴巴地对他说。

他也不客气，坐在餐桌前吃起来。

这些都是他们过去的关系中没有的。

海韵坐在餐桌对面，手托着下巴颏儿，望着他吃，不说一句话。

“你怎么不吃？”他诧异地问。

“你吃吧。我就想看着你吃。”她说。

他饿坏了，不再说话，风卷残云一般将盘子里的食物一扫而光。

“你的饭量不小，以后我得多做一点饭。”她说。

时间已经很晚了，虽请假到晚上，可他确实该回去了。

出门时，腰里还系着围裙的海韵默默地抱住了他。

血热辣辣地涌上全身，江白意识到自己在发抖。

可他又一次想到：她不再是一个可以用游戏态度对待的女孩了。

她是你的亲人，你的生活的一部分。你不能不严肃地对待自己的生活。

他们就那样无言地拥抱着，站了很久。

在门外，他坚决不让她送他到车站。

“天太黑了，这儿又静，我怕你遇上坏人。”说出这句话，他意识到自己想问题的方式已经改变。

“我听你的。”她也用一种变了调的声音回答，乖乖地站住了。

他们再一次接吻。

“不要只在星期天来，有时间就来。我等你。”她有点可怜巴巴地说。

“好的。”

木栅栏门旁的一盏球形灯亮着，直到他走到那道通海滨大道的甬道的尽头，她那瘦削的身影仍在灯下清冷地立着。

10

一个月后江白交了论文，这篇论文受到了好评。与此同时，他和海韵的关系已经进入古诗里那种“一日不见，如三秋兮”的程度。

冬天来了，蔷薇花凋谢了。但是那座给了他的生命许多温馨的小院，那座二层小楼上的海山书房，却成了他除特殊情况外每晚必至的地方。在这里，他获得的不仅是爱情，还有一种新的充实而幸福的心境，这是江白没有意料到的，他为此微微感到惊讶。

初恋的、被游戏式的态度掩饰的热情并没有消退，却化作了无言的沉静的爱，半隐在他和海韵彼此意会，却不大愿意说出的新关系中。触角碰触的时期结束了，爱情因得到肯定和信任而变得浓稠，不大流动，表面看来反而不如过去汹涌和喧哗了。肯定了爱他也就看到了他们目前所能达到的极限，意识到面对极限必须小心翼翼。他还没有毕业，就是毕业之后首先要熟悉的也还不是家庭和婚姻生活而是潜艇部队的战斗生活。他们距离那个目光已频频望到的爱情的自然的目的地仍很遥远。他们此时与其说要表现爱，不如说要努力克制它。江白意识到，海韵似乎比他更早地就懂得了这一切，她的主动配合使他们之间竟然到了连接吻也越来越少的程度。

那次见过海韵的父母之后，他发觉即使是星期天，他们也很少再来海山别墅。海韵的解释是：他们过去也不常回来。他没有再问更多就接受了这种解释，因为这种解释让他精神放松，几乎能够完全沉浸在自己的内心世界里而不会再时刻顾及他是在别人家里生活。海韵也部分恢复了她旧日的生活，她给了他一把钥匙，让他自由出入，这样就解放了她，不用因为江白的到来而天天从海大赶回来等候。她有时早回来，有时回来得很晚，有时参加活动太晚了就干脆不回来。一天江白突然意识到，他正在独自占有一座别墅，拥有一座藏书甚丰的书房。

他真的对中外潜艇兵史产生了浓厚兴趣。以前是为了论文，他多少有点被迫地去读教授给他开列的那些书，现在不同了，他可以在这座别墅里全心全意地为自己读书，只为自己的兴趣读书。他比过去更放松地读进去了，并且意识到自己是带着一种特殊的感觉读进去的。

他自己即将成为一名潜艇军官，在他越来越深地涉猎的这一部历史中，曾经有许多名潜艇军官用各种各样的思想、行为、战斗记录、命运、胜利或失败、光荣和耻辱走完了他们的海上之旅。现在世界上也还有许多像他一样的人正在走同样的路，用各种新的思想、行为、战斗记录、胜利与失败以及由此构成的光荣或平凡的命运，继续书写这部历史。他自己也即将走进历史，他不能对它一无所知。

他想做一名好潜艇军官——他不想用“优秀”这个词，那标准太高了，“好”这个标准对他来说就足够了——这也是每一个潜艇学员对自己的希望。他必须懂得曾经发生过的一切——不论是中国的潜艇兵史还是世界潜艇战史。

许多个可以自由支配的晚上（越到高年级，学员能够自由支配的时间就越多）和星期天，他常常一个人在海山书房里一待就是一晚上或一整天。他常常在静静的读书时间内忘掉这座小楼和它的女主人。

而且，这样的生活越是成了习惯，他就越感到自然。他本来就是个喜欢安静和沉思默想的人。某个晚上或是星期天，海韵突然过早地回到小楼里来，他倒会生出一种被打扰的感觉。

江白没有想过要写一本关于潜艇战术发展史的书，却开始做一些零碎的日记。

第一次世界大战前，潜艇只被一些拥有它的国家用于侦察、防御等被动性的作战行动。它还不能算是一种真正有威胁的海军作战兵器。自从1914年9月22日德国潜艇“U-9”号主动发起攻击，一举击沉三艘英国铁甲巡洋舰，各国才开始重视潜艇潜在的进攻性威力。

这也就是说，第一艘用于海战的（原始）潜艇虽诞生于美国，真正揭开了世界潜艇攻击史的却仍然是德国。

说德国人开创了现代意义的潜艇战术一点也不过分。

然而“一战”时的潜艇技术性能还比较差，没有通信设备、雷达和声呐，只能被动地、远离基地去攻击敌军舰和运输船队。参与潜艇战的国家主要有英、德、俄。

即使如此，潜艇还是史无前例地在海战中发挥出了巨大威力。“一战”期间潜艇战的高潮是1917年春季，各国潜艇共击沉商船800艘，200万吨。就当时世界的造船能力而言，开战时还没有被人重视的潜艇，突然显示出了对各国战时经济和综合战争能力的巨大和可怕的影响力。

但这仍然是潜艇战的幼儿时期。

“卢西塔尼亚”事件：这一事件值得一书。它发生在1915年5月1日，英国巨型邮船“卢西塔尼亚”号载着1959名乘客，从纽约返航，横渡大西洋，驶往英国的利物浦。该船总吨位3.2万吨，速度比当时的潜艇快两倍。正值第一次世界大战时期，英伦三岛被德国政府宣布为战区，事前英国海军部曾警告船长威廉·特纳，要他在大洋上曲折航行，减少被德国潜艇袭击的可能。特纳自恃船速快，没有曲折航行，而且为了省煤，也没有高速航行。5月7日，这条英国邮船被德潜艇“U-20”号发现。潜艇艇长瓦尔特·施魏格尔命令潜艇下潜到13.5米深度，全速前进，占领攻击阵位，发射鱼雷。鱼雷命中邮船右舷，船上立即发生大爆炸和猛烈大火。10分钟后，“卢西塔尼亚”号邮船沉入大海，1189人遇难，其中有妇女儿童385人，761人获救。这是“一战”期间德国潜艇击沉协约国的第一艘邮轮，消息传来，全世界为之震惊。

由于死者中有128名是美国人，美国政府向德国提出强烈抗议，要求后者停止无限制的潜艇战。德皇迫于压力，于6月5日下令给德国海军部，不准潜艇再袭击客轮。海军部却无视其命令，又于8月19日和9月4日分别击沉英国客轮“阿拉伯”号和“吉斯皮里恩”号。9月18日，德皇威廉二世再次发出严令，德潜艇被迫停止了对客轮的攻击。10月5日，德国为击沉英国邮船“卢西塔尼亚”号道歉，并表示愿意赔偿损失。

德国潜艇的行动间接导致了美国参加对德作战。

一切新式武器应用于战场之初都是没有规矩的。德国潜艇击沉英国客轮，已经显示出潜艇这种特殊兵器的几大特点：第一，它是世界海战史上冷兵器近战时代向隐蔽武器远距离时代过渡的一个象征，任何国家不重视这一点，都将给自己留下隐患；第二，如所有兵器一样，潜艇用于实战也是为了杀人，而由于它的隐蔽性和机动性，它对于人类生命的威胁就格外大。也就是说，拥有潜艇，就是拥有了一种新的威胁对方或以威胁对手来保卫自己的巨大力量。

这天晚上江白想，我真为那些死在大海中的男人、女人和孩子悲伤。潜艇在击沉“卢西塔尼亚”的那一刻显示出了它的狰狞。击沉“卢西塔尼亚”号与德国潜艇“U-9”号第一次主动攻击英国铁甲巡洋舰“阿布基尔”“克雷西”“霍克”号不同，虽然也是不宣而战，但那是军人对军人的战争，海上战斗舰艇对海上战斗舰艇的袭击。“U-20”号攻击的是敌对国和中立国的平民，是妇女、儿童，是作家、艺术家、运动员、电影制片人，那是军人对手无寸铁者的赤裸裸的屠杀。

潜艇被它的发明者制造出来，是为了厮杀。有史以来，每一把军人的短剑都用于军人之间的战争。从这个意义上讲，德国潜艇击沉“卢西塔尼亚”号也许是潜艇战史上必然要发生的事。

丑陋的潜艇啊，江白想。然而又有哪一场战争不是尸横遍野，血流成河呢？从人类好生而恶死的本性而论，潜艇也许不该诞生，但它既然诞生了，就不该受到责备，应当受责备的是人类自己。人类生活在这个星球上，少说也有几千万年了，就是人类的世界文明史，少说也有数千年了，可是他们竟一直没有想到不再打仗。人类为土地打仗，为海洋打仗，也为宗教信仰打仗。人类甚至会为一个女人打仗。人类为打仗发明了无数的冷兵器和火药兵器，今天又发明了核潜艇和核导弹，人类让自己拥有了可以将地球毁灭无数次的手段。人类可以踏上月球，飞向火星，可是就没有学会如何不打仗。

人类出了多少思想家、战略家、著名的统帅和将军、英雄和女英雄，可就是没有出过能杜绝打仗的思想家和战略家。

直到整个15世纪之前，不论希腊人、罗马人、波斯人、高卢人或者日耳曼人如何凶猛恐怖，中国人都不用担心他们，中国人要忍受或者要抵御的只是周边的游牧民族罢了。

无独有偶。第二次世界大战刚刚开始，德国潜艇便又一次向英国客轮开了火。1939年9月1日德国进攻波兰，“二战”爆发，两天后，航行在北大西洋上的英国定期客轮“雅典娜”号就受到了德国潜艇的攻击。这艘客轮的起航地是英国的格拉斯哥，目的地是加拿大的魁北克和蒙特利尔，船上有乘客1102人，船员315人。9月3日傍晚，它在赫布里底群岛以西200海里处被德潜艇“U-30”号发现。艇长伦普海军上尉通过潜望镜跟踪这个目标，根据它的外形认定它是一艘经过改装的英国武装商船，于是下决心击沉它，“让它成为这场战争中第一艘被击沉的船只”。伦普于是命令潜艇向“雅典娜”号连续发射三枚鱼雷。其中一枚命中客轮要害部位，爆炸后“雅典娜”号几乎立即拦腰断为两截。9月4日上午11时，这艘客轮终于沉没，112人死亡，其中85人是妇女和儿童。

“U-30”号实施鱼雷攻击后并没有马上走开，它浮上水面，要观察鱼雷攻击的效果，但它突然收到了客轮发出的求救信号。伦普这才明白他闯下大祸，匆匆指挥潜艇逃离现场。伦普的愿望部分实现了，“雅典娜”号确实成了“二战”开始后第一艘被击沉的船只，但却是一只没有任何自卫能力的船只。“U-30”号26天后才返回基地如实作了汇报，此时“雅典娜”号的沉没已在全世界引起了愤怒的狂潮，希特勒不得不对外宣布这艘客轮的沉没“与德国潜艇无关”，并谎称是英国人自己炸沉了这条船，“向德国栽赃”，“以便把美国人拖进战争”。在潜艇部队内部，袭击客轮被希特勒本人发令禁止。

多佛尔海峡防潜拦阻线：第一次世界大战开始，德国潜艇的空前活跃和主动进攻让英国和法国人防不胜防。为阻止德国潜艇从北海经多佛尔海峡进入英吉利海峡和大西洋破坏英法交通线，英国和法国于1914年最后几个月于北海通往多佛尔海峡的航路上布设了大量水雷和防潜网。由于水雷密度不够大并受到潮流影响，这道防潜线没能有效地阻止德国潜艇，德国人仍大摇大摆地通过英吉利海峡，进入大西洋和英法近海。世界潜艇战史上第一次（？）潜艇战和防潜战的较量，德国人获胜。

英法两国不承认失败。即使承认失败，他们也不得不继续加强防潜战，因为德国潜艇对于两国海上运输线的破坏力极大。英国是一个岛国，失去海上交通线等于被对手掐住脖子。1915年初，英海军在英国的福克斯通和法国的格里内角之间加强布雷密度，形成了一条由水雷、防潜网和防潜栅组成的新的拦阻线，还派出大量巡逻队在这条拦阻线上严密警戒。

这条新的拦阻线给德国潜艇造成一些麻烦，它们现在需要小心翼翼，才不至于触雷或者被防潜网缠住。德国潜艇通过英吉利海峡数量的减少让英国人增强了信心。1916年，英法又在英国迪尔和法国加来之间设置了带有爆破筒的防潜网。这道新的防潜网，曾使两艘德国潜艇缠入网内，险些受到攻击。但是，与预期的效果相比，英国人和法国人还是无法满意，因为已有的两道防潜网仍不能完全阻止德国潜艇通过英吉利海峡进入大西洋。

1917年，英国再一次决定大规模布雷。此次他们使用了9500枚高灵敏度的水雷，其中包括许多新式音响水雷和防潜网、防潜栅一起，形成了五道雷障。新式水雷加入防潜开始给德国潜艇制造出极大麻烦。因为即使潜艇不碰触它，仅凭捕获到的潜艇推进器的响声，它也会爆炸。德国人通过英吉利海峡突然变得不可能了。

德国人开始反防潜。他们一次次派遣驱逐舰去袭击英国的海上巡逻队。这些攻击并未能完全毁坏英法的防潜线，德潜艇仍不能安全通过英吉利海峡。1918年3月后，德潜艇出于安全考虑，基本上避开了这道防潜网，绕道北海航道进入大西洋。英国人和法国人的防潜网，前后共使德国人损失潜艇19艘（1915年和1916年各1艘，1917年3艘，1918年14艘）。

不是潜艇，也不是巡洋舰、战列舰等大型海上军事舰艇，而是一道由水雷、防潜网、防潜栅组成的水下和水面防潜拦阻线，第一次迫使潜艇处于守势。这是潜艇战史上值得注意的战例。

那天晚上江白坐在临窗的书桌前，久久望着窗外月明中的几棵古树（他后来一直没弄清它们是些什么树）。他想他已经注意到潜艇投入大规模海战以来第一次遇到了对手。潜艇战史和潜艇战术的发展总会有一个脉络，现在他开始触摸到它了。一种武器和战术出现，总意味着另一种与之相克的兵器和战术也会应运而生。潜艇战术和反潜战术的相生相克，正是潜艇战史和潜艇战术发展中那条令人激动的脉络。潜艇战术第一次受到对方反潜兵器（高灵敏度音响水雷等）的克制，无法通过英吉利海峡，说明潜艇兵器此时必须根据对方反潜兵器的发展而革新自己。

德国人没有做到这一点，1918年，第一次世界大战结束了。德国战败。

这时他再一次想到自己确实不是为了研究而思考这些事件和战例。不，他仍然不想做学问，他只想知道和弄清其中的问题。他越来越觉得，它们都是些他非弄清楚不可的重大问题了。

11

Y城飘起第三场雪花，潜院放寒假了。

这是四年潜院学员生活中的最后一个寒假，也极有可能是自己全部学生生活中的最后一个寒假。过完这个寒假，四年级第二学期结束，他们就会被分配到潜艇部队去，那时回家就不方便了。

即使走进潜院之后，他在潜意识中仍认为自己没有离开西部煤都的家，自己只是出远门上学来了；今天毕业在即，一种全新的、就要最后割断家和自己之间的脐带独自远行的感觉，不知怎的就在他心间荒草似的生长起来了。

江白决定回去过这个寒假。

离校前一天的晚上，他又来到了海山别墅，借走了一大抱图书。

“一个寒假，总共二十几天，中间还有个春节……一定要带这么多书吗？”海韵有点怀疑地问。

“你是怕我弄丢了你的书，还是真以为我读不完？”

“你说得都对。”海韵笑了，挑战似的说。

“你是个小气鬼。首先，你将心放到肚里，我就是丢了老婆，也不会丢了这些书；其次，寒假日子长着呢，我也不一定读不完这些书。”江白说。

海韵迅速羞红了脸。

“没羞。你当然不怕丢老婆了，你老婆在哪儿呢？……书可以借给你，但一不准丢，二不许损坏。”

“你要是心疼，我就不借了。”江白笑着说。

“你爱借不借！”

她扑上来，吻了他一下。

两人吻了好久。

后来，她帮他把挑出的书装进一只手提袋，上了锁，一个人坐下来。

“什么时候走？”

“后天早上6点。和‘水耗子’一起。”

他注意到她脸上现出一点忧郁。

“你一走，会忘了我的。”她不看他，突然说。

江白微微一惊。

“你在说什么？……我就是忘了我自己，也不会忘了你！”他故作轻松地说。

直到离开海山别墅，海韵都没有再提起这个话题。她给他留下了一种虽不沉重却总是别别扭扭的感觉：刚才那句话她本也不想说出来，可是一不留神，还是说出来了。

她不想让他回家过寒假。她想让他留下来在Y城过春节，他想。随着毕业时间的临近，同级学员中存在的与Y城姑娘的恋爱关系也从地下转为半地上状态。许多人都留下了，与自己的女朋友一起过春节。

她爱他。她想留他一起过春节，这是一种很自然也很甜蜜的感情。江白自己也觉得，两个人平日都忙，一个有功课要完成，一个要上班和兼课，他们一直还没有大块的时间在一起过。事实上，他自己也盼望有这样的机会长久地、单独地在一起。

可是不行。比起海韵，他更应当回去看望父母。他和海韵在一起的日子肯定还很长，而同父母在一起的日子一辈子都不会很多了。

“明天晚上还有时间来吗？”在木栅栏门外，她轻声问他。

他看着她那仿佛由于冬天到来而越显苍白的脸，不忍心拒绝了。

“好吧，我争取来。”

第二天晚上，他收拾好行装，直到8点钟，才赶到海山别墅。院门和楼门都开着，他一直走进去，喊了一声，没有得到回答。

于是上楼。

她的房间开着门。

海韵静静地坐在沙发上等他。

身边放着一个雪白的鼓囊囊的旅行包。

他走进去。

“你怎么啦？”

她刚刚哭过，腮上还残留着泪痕。

“没怎么。”她擦擦泪，不高兴地说，背过身去不理他。

江白找一张椅子坐下来。

沉默。

“你要不想让我走，我就留下。”

“谁说要你留了，你走吧。我自己能过。”

江白笑了。

“那你一个人哭什么？”

她不认账。

“谁哭了？……就是哭，也不是因为你。”

江白站起来。

“那就好。……我来如果只让你不愉快，那我还是走吧。寒假后见。”

她没有站起来，还是不看他。

“把这个拿走。”她指指身旁的那只白色旅行包。

江白想了一会儿，走过去，弯下腰拉开旅行包的拉链，里面是满满一包吃食。

“火车要走三天呢。春节期间，车上人多，你不一定吃上饭。你带上它，我放心。”她冷冷地说。

“无功受禄，我心里不安。”江白为了改变室内的气氛，故意笑着说道。

“你有什么不安。你心里肯定在想，好哇，这下我就不用花钱了。”她到底叹了一口气，站起来抱住他，“江白，我是不是很坏的女孩子，总是缠住你？”

“你说什么呀，你是天下最好的女孩子，让我遇上了，我真有福气。”

她轻轻地笑了。“虽然你说的是假话，我还是喜欢。”

他觉得她的情绪还是渐渐恢复过来了。

时间已过了 9 点。

“10 点钟学校关门。可我知道我现在不能走。”江白说。

她松开了他。

“你走吧，反正是要走的。明天早上我去车站送你。”她说着，脸上的一点笑容又消失了。

“你不用去，这么冷，再说车也太早，6 点 3 分，你赶不到的。”

她平静地直视着他，仅仅向他伸出一只手：

“好吧，我听你的话。要是明天早上我睡过了，没起来，就不去车站了。”

“我可以走了吗？”

她望着他。他觉得她目光中又有一点绝望闪现出来。

“再坐五分钟。”

江白重新在沙发上坐下，以为她会走过来与他在一起，可她没有。她在钢琴前的琴凳上坐下了。

五分钟后，她看了看表，先站起来，平淡地说：

“你可以走了。”

她提着那只装满食物的旅行包，送他到楼门口，就立住了。

“江白，走好。”她的声音有点颤抖。

“你回去吧。”江白说，突然意识到告别的时间太久了。

外面又飘起了雪花，几盏路灯亮着，远处的海面上灰蒙蒙的，什么也看不见。

上了公共汽车，他才像卸去了什么不愉快的重负一样呼出了一口气。

“如果以后的婚姻生活就是这样，那就……”他没有继续想下去，全部身心却为即将开始的旅行而兴奋了，“明天早上出发，三天后就到家了……爸爸的身体不知道怎么样了……小妹长高了吧……”

这以后，直到第二天拂晓离开潜院，他一次也没有再想到她，包括她可能到车站为他送行的事。

火车站人山大海。月台上也是人头攒动。列车进站前，海韵穿一件黑得发亮的裘皮短大衣，戴一顶毛茸茸的、同样黑得发亮的裘皮女帽，下面穿一条在这个季节里显得过分单薄的窄窄裤腿的红棉裤，一双白麂皮的软皮靴，出现在月台上。

她的这一身装束引起了人们特别是女人们格外的注目。

“啧啧！瞧这姑娘穿的！”

“这是啥皮？……不是人造裘皮吧？”

“人造裘皮？……这是正宗的水貂皮！”

“老天！这一件裘皮要多少钱？”

“我在市第一百货商场见过的，标价三万多！”

“哇！照我现在的工资，一辈子也买不起！”

“姘个大款吧！……”

“让你妹子去姘吧！……”

“……”

江白和郑有亮站在一起等车。火车正在进站，但还没有靠站。

“江白！”她远远地举起手，喘出一团团白气，喊道。

“在这里！”江白猛回头看见了她，一惊，大声招呼她。虽然他昨天已拒绝了她来车站送行，他和她的关系也还没有公开，这一刻还是为她来了而感到高兴。

“不是不要你来的吗？你怎么……”

她挤过来，脸在寒气中红扑扑的，望着越来越近的列车，王顾左右而言他：

“车还没进站嘛！……东西都带齐了吗？”

现在他也注意到她那一身华贵的衣饰了。江白的心绪忽然有一点恶劣。

这样一身装束的她与平日判若两人，让他顿时生出了一种直觉：这样打扮的她才是真实的海韵，平时他看到的仅仅是一个简装的她。

郑有亮的一双小眼睛感兴趣地凑过来了。

“我来介绍一下。”江白说，“这位是郑有亮，我的同学和老乡。这位是海韵——”

“不用介绍了。”郑有亮大大咧咧地笑着，反客为主地说，“我们见过的。……你好！”他接过她的从白色裘皮手筒里抽出来的瘦削的小手使劲摇晃着。

“你好。”她说，脸上有了窘色，瞥了一眼郑有亮，迅速收回了被握住的手，“这火车怎么停下了？”

正在进站的火车真的停下了。

郑有亮像一条嗅到了异味的猎狗一样围着海韵转着，打量着。

“海韵同志，你这件大衣不赖，是狗皮的吧？”

海韵往一边让了让。

“不是，是仿貂皮的。”她眼睛忽闪了一下，不看他说。

“帽子也挺好看，也是仿貂皮的？”

“嗯。”

她皱了皱眉头，挤到江白另一侧去。

火车终于开过来了。人群大规模骚动。

“这么冷，你还来干什么？”江白有了机会，悄悄地问她。

“想看着你上火车。”她也悄悄地回答，脸向着另一个方向。

火车进站停下。江白、郑有亮被动地随着拥挤的人群运动起来，海韵也被裹挟在中间。

“把东西放下，你们先上车！”她着急了喊。

“好的！”江白被提醒了说。

两个年轻力壮的候补潜艇军官一旦撇下行囊，当然没有人能挡住他们上车。然后，他们拉开了车门近处的一扇车窗。郑有亮将一只圆圆的硕大的光头伸出来。

“递行李！”他叫着。

海韵吃力地将两只分量不轻的旅行箱和几只旅行包一次次递上去。

火车由于在旅客上车时耽搁了时间，车门刚关上就鸣笛启动了。

刚刚在两排座位间挤出一个站的位置的江白没来得及再到车窗前跟她说一句再见。

“江白，人家在外头跟着跑咧！”火车开动后，郑有亮突然用拳头捅了捅他的腰。

火车越来越快。江白回过头去，从后一个车窗看到了海韵。她跟着列车跑了几步，一张熟悉的面孔就消失不见了。

“小子，你一定是个铁石心肠的家伙。人家巴巴地来送你，眼泪汪汪的，你就连一句亲热的话都没有！”

“胡说！”江白背过脸去。

“那妞真掉泪了，火车开动的时候，我看得清清楚楚……啊，这泪要是为我流的，我一定晕过去！”

“站直了，别乱动！”江白生气地说，“过一会儿你在这儿盯着行李，我前后看一看，能不能找到空一点的车厢。或者我在这儿守着，你去找！”

“我宁愿留守。”

江白向后面挤过去。他不想把自己的行为解释为试图再看一眼海韵。海韵今天早上的出现，尤其是那身贵族小姐式的装束，让他心里十分不愉快。

三天后的深夜。凌晨 4 点钟，他们在那座西部的煤都下了火车。出站后两人分别上了开往北城和南城的夜班车。

江白敲开家门，天都快亮了。

全家人为他的归来高兴地忙乱了两三天。这个家提前进入了节日状态。

现在他明白决定回家过寒假是对的。父亲的病又犯了，儿子的归来虽不能使他的病情有所好转，却给他精神上带来了很大慰藉。到家后第三天，连母亲（继母）也说：你爸的病轻了，脸色也比过去红润多了，儿子就是爹的药呀！其次，他可以给家里做许多事情，譬如说在这座全国著名的煤都，一般居民家里过冬的煤球却仍要自己来打。江白回家一星期，就为家里打了足够烧到明年春天的煤球。他做的另一件事是某天晚上在一个小胡同里，用熟练的捕俘拳将两个老是打妹妹主意的小流氓揍得鼻青脸肿，爬不起来，发誓再也不在这里截路。后一件事，让半年来一直愁眉不展的小妹高兴得了不得，逢人就说：我有个了不起的哥哥，他会海军功夫！

兴奋的、忙乱的、彼此都要仔细审视的一个星期过后，江白才在家里真正安定下来。这时他意识到了回家过寒假的第二个好处：经历了一个学期的热恋，他终于可以冷静地、远距离地想一想他对海韵的感情了。

夜里躺在床上，最先涌上脑际的问题是：离开Y城的早上，海韵在火车站上为什么会给他留下一种不愉快的印象？

头一天晚上，他已经和她在海山别墅告了别，不让她去火车站送他，她似乎也答应了；可是完全出自她自己心理上的某种原因，第二天早上她还是去了。这让他有了种遭到突然袭击的感觉。

他的不愉快，或者说是他的惊讶，更主要的是缘于她那一身名贵的皮装。过去虽然知道她家有一座别墅，是一个海军世家，历史上出过两位海军将领（她的曾外公和外公），可还是没有想到这个家会如此富有。

她是为了他而去的，她似乎害怕失去他。这一点可以从他离开Y城前她那复杂的情绪中感觉到。对于这一点他无法真正理解——她是一位美丽的、才智不凡的姑娘，一个有着旺盛的生命力、热情、富于个性和挑战精神品格的姑娘——这样的姑娘，不该对他这样一个相当普通的潜院学员怀有眼下这种难以割舍的、仿佛失去他就失去了生命中全部光明和希望的情感。她将一种比他想象中更为深刻的情感如此专一地倾注在他身上，让他感动，也让他觉得神秘和沉重。就他的本意论，他绝不愿意承受这样沉重的、缠绵的、让人有点喘不过气来的爱情。

他一夜一夜栩栩如生地想象着那个姑娘，从第一次在断崖上相遇，到最后在车站上分别。那天她一定是为了他才穿了那身华美的裘皮的，不仅仅因为清晨天气太冷或者夜里的那一场大雪。那天早晨她还为他化了浓妆——像Y城最普通的女孩子一样，要在离别之际给自己的恋人留下一个强烈难忘的印象（它成了这座城市的一种风俗）。江白不能不承认，那天早上的她比任何时候都更有一种高贵的、不容轻侮的美。

海韵用她的行动表达了她没有用语言向他说出口的东西。一个姑娘愿意在公众面前展现自己与另一名男子的关系，其中的含义明确而坚定。这含义是：她不想失去他，她为拥有他这样一个爱情和婚姻对象，十分愿意放弃自己作为一个单身姑娘的名声和自由。

但是也有另一种可能：不知出于什么原因，她悲观地意识到他将要与她分手，永不回归。她去车站送他、要给予他最后的美丽。她那样来送他，不是一种缠绵的行为而是一种决绝的行为。她以自己最美的，也可能是最原本、最真实的形象来与他做最后的告别。她要让他在这一刻里看到一个光彩照人的她，从此无论何时何地，都不再能将她从心底真正抹去。

江白想：如果他想得不错，那么她恰恰做了对他们之间的感情极为不利的事——正是这天早上她的一身贵族小姐的装扮，让他意外地发现了一个几乎完全陌生的她，突然地从心理上拉大了他和她的距离。

置身于自己的这个平民之家，他比在校时更深切地意识到了她与他各自所属的两个家庭在社会阶层上的差异。最初相识时就隐藏在心底的那一点一直没有完全消除的不安清晰地凸显出来。

他仍然不完全了解她。她是一位为国捐躯的北洋海军将领的曾外孙女，一位参与过对日海军作战的中国海军将领的外孙女，一位前任潜艇艇长和中国最古老的海军世家之一的继承人，本人是 Y 城海洋大学图书馆馆员兼教员。他对她知道的就是这些。可是她还有别的东西：她拥有一座海滨别墅（在今天这是一笔不小的资产）。她还拥有对中国海军历史的深刻了解，这种了解不能用她拥有一座藏书丰富的私人图书馆或她本身就是图书馆系毕业生来解释。对了，他还想起来了：她看待自己的男性伴侣的目光最初曾经是挑剔的、分割式的；她父亲——那位他只见过一面的前潜艇艇长——看待他与她交往时目光也是警觉的、仿佛不大情愿的（他不知道为什么会想到这件事，却明白自己的印象没错）；包括她的母亲在内的一家人都曾经用那种独特的、居高临下的、挑剔的目光注视过他（当然也是一种直觉）。能够不自觉地拥有这种挑剔目光的家庭不可能不是一个在中国社会中自视为地位优越的家庭。

在他们那挑剔的目光背后，某些与他相关的话题肯定被讨论过。也就是说，他曾经被那个家庭选择过。

后来他就一步比一步深地走进了那座别墅。他似乎毫无知觉地就接受了她对他的选择。然而，即使在最狂热的时候，他的内心中仍保持着某种本能式的警觉：他对这一要与自己的生活和命运联系起来的家庭的背景仍知之不多，有时甚至觉得还是一片漆黑。这种感觉，正是他心中那点不安一直没有消失的真正原因。

他想，海韵也许是纯粹因为冬日清晨车站上的寒冷，或者既因为车站的寒冷，又为了他、为她自己第一次出现在他的同学们面前，才穿上了那套华贵的冬装。她或者仅仅是想去送送他，她冒着严寒跑去火车站的全部原因只是她爱他，他关于她和她家庭的猜测全都是不真实的。但即便如此，他也清醒地想到了，那身华贵的冬装表明了一个家庭的富有，他不可能接受这样一个家庭的女子做自己的未婚妻。

春节那天，郑有亮带着他的刚刚结识的、有着两只深深的大眼窝的未婚妻来他家拜年。前炮兵营营长江莫名高兴地坐在厅里，跟“水耗子”聊天。

“有亮，媳妇不错嘛，咋搞到手的？”

未婚妻脸红了，扭过身子跟江白的母亲说话，装作没听见。

“水耗子”嘿嘿地傻笑。

“江叔，你甭拷问我，我本事再大，也不过弄了个本地产的土妞儿，你问问江白，他的本事才大呢——他弄了个浑身黑貂皮的洋妞儿！”

“郑有亮，别胡说！”江白在一边制止他。

父亲笑着看了看江白，没有再问下去。

郑有亮和他的未婚妻走了，什么事也没发生。江白担心父亲寻根问底，可父亲好像已把这件事忘了。

江白一颗心放了下来。

江家在这座城市并没有多少亲戚，作为一家之主的前炮兵营营长是转业来的，过春节既然习惯了不回远在晋南的农村老家，这个节也就过得十分平静。煤都变化很大，高楼大厦盖了不少，还新修了一条铁路，但就是满天飞舞的煤粉没有被很好地治理。江白出门去走了几天，会会老师和同学，天天回来一脖子黑灰，就不愿出去了。

他开始坐在家里读从 Y 城带回来的书。

却没能很快地读进去。

那件事像座山，不是很大的山，却横亘在心里。

他爱海韵吗?

如果爱情存在，它说明和意味着什么?

他不能回避自己内心的真实情感，他确实很爱她。但爱是一回事，它只是一种情感，一种激情，一种内心的向往与对异性的渴望。

与她一起生活却是另一回事。与她一起生活就要与那个家庭一起生活，在那座他今天闭上眼睛就能想见的、已经颇为熟悉的海滨别墅里生活，与她那个海军世家的历史和现实一起生活。

他愿意吗?

她好像已经从他这里得到了爱的承诺和誓言，可那是在更多地了解海韵和她的家庭之前。问题的要害还不在这里，要害在于：他真能接受海韵和她的家庭吗?

可是……到了今天，他还能够拒绝吗?拒绝就意味着中断与海韵的交往，从内心中除去对她的如今已经习惯了的深深的眷恋之情。后者说到底就是爱。无论他多么冷静，多么有自制力，目前都很难办得到。

然而，如果他已明白那座海滨别墅的生活并不适合于他，原封不动地将他与海韵现在的关系拖下去就更坏。那首先就是在情感上对她不负责任，是欺骗。

他怎么办?

夜复一夜，他在审视自己内心的情感的同时也在审视那使他对海韵的感情一落千丈的根本原因：父亲的一生。后者如同一个巨大的阴影存在于他心中。父亲的遭际和今天的生活本身既是一种对他的人生的明确无误的昭示与警告，又清楚地显示出作为一个失败者，父亲对那另一种生活的无言的蔑视、拒绝与摒弃。

它就像一颗坚硬的种子，也早已悄悄地深埋在他的生命里，虽然过去他并没有清楚地意识到它的存在。

与对海韵的爱比较起来，这种拒绝与摒弃的情感埋藏得越深——只有他自己知道这一点——就更珍贵。它就像一条无形的战壕。先前只有父亲守卫它，后来又多了他。从这条战壕向那另一种生活投去的目光不仅是鄙夷的，还首先是警惕的，戒备的。那里直立着父亲——一个被侮辱和被损害者——的尊严，无力却坚忍，永远一声不吭，却从不宽恕。

那里也直立着他自己的尊严。因为侮辱和损害父亲，也就损害了他，而且损害者并不仅仅是他的生母。

父亲从没有哪怕暗示过他坚守这种拒绝的情感，这就是父亲。是他在逐渐懂事之后自己走进了那道战壕。背叛它意味着背叛父亲，背叛父亲被侮辱和被损害的一生。

但是……他的思绪又转回去了：为什么他一定要认为海韵的家庭属于另一种生活呢？这种不愉快的感觉源于何方？仅仅源自那一身华贵的冬装吗？

她是那个家庭的独生女。一个收入中上且有着那种世代海军将领背景的家庭，为自己的娇女置办一身价值不菲的冬装，也是可以理解的事，不要忘记了那是一个欧化程度相当高的家庭。他的理解力和忍受力难道连一套贵重的冬装都无法越过吗？

他碰触到自己思想中的盲点了。他并不切实了解海韵的家庭和她的生活，却首先就拒绝了它们，连带着也要放弃自己对海韵的感情，并要海韵放弃对自己的感情。

他对自己说：这是不好的，不对的。首先是盲目的。

问题又转了回来：那么他现在应当写信去，倾诉离别之后对海韵无日无夜强烈的充满激情的爱与思念，肯定他对她的爱比过去任何时候都更坚定和强烈？海韵肯定在等待这一封信……不，那也是不对的，不好的。原因同样出自那个盲点：他并不完全了解她的家庭，它对他来说仍然保留着很大一部分黑暗。

他只能静静地等待，让事情在自然的发展中结出它的果实。或者他对她本人、她的家庭和这个家庭的生活内幕有了更全面更无保留的了解，让心中潜藏的不安悄然冰释；或者正相反，他的不安被证实，从而使他对她的眷恋像海水落潮一样平息。

或者这种情感的退潮来自她那一方。或者什么事也没发生，某件外来的事情意外地中断了他们之间现存的感情。

譬如说很快就要到来的毕业分配。

江白想起了潜院这类几乎每年都会发生的事。学员在校期间，尽管校方三令五申，毕业时总还会发现有些人——用校方的习惯用语是——“与地方女青年拉上了关系”。这些大胆的男女瞒过所有老师和同学，由相识到相爱，终至海誓山盟。但潜艇军官毕业后只有极少一部分能留在Y城潜艇基地，大多数则是要分配到全国各军港去的，这时为数甚多的Y城姑娘就不会坚守旧日的盟誓了。她们当初与未来的潜艇军官相爱，是指望他们毕业后就地服役，一旦不成，姑娘们就会流下眼泪，痛不欲生地与男朋友再见。她们说：这哪能怪我们薄情呢，是你们走得太远。难道一个Y城的小姐，除了北京、上海或者纽约、东京，还能跟自己的先生到世界上其他任何一座城市去吗？Y城除了名气还不够十分大，它难道不是世界上风景最美丽、最有魅力的海滨城市吗？

江白安静了下来。他明白事情并没有解决，只是被暂时搁置了。搁置也是一种解决。余下的日子里，再读带回的书，他很容易就读了进去。

第一次世界大战的结束也是世界上第一次大规模潜艇战的结束。大战结束前夕的1918年10月3日中午，一艘德国潜艇在地中海广阔的海域内追击英国船队，将一条商船击沉后，它自己也受到了敌方驱逐舰的猛烈攻击。年仅27岁的艇长指挥潜艇紧急下潜，躲避攻击。天黑之后，逃脱攻击的潜艇浮上来，向西继续追击英国商船。天亮时，他们赶上了英国商船队，准备下潜到潜望镜深度发起二次攻击。然而就在此时，可怕的事情发生了：潜艇艇首朝下倒栽下去，灯光随之熄灭，潜艇在黑暗中坠入深海。当时德国潜艇的最大下潜极限是200英尺，艇长用尽办法，急速下沉的潜艇才在270英尺至300英尺深度翻转过来。但它此刻已排空一切压载水，艇体轻浮，又像一只气球一样迅速升回海面。年轻的艇长打开指挥塔舱口，发现四周海面上竟然全是英国的驱逐舰。潜艇的上浮使英国舰队汽笛齐鸣，炮弹雨点般打来。潜艇此时已无法下潜，并开始进水，艇长只好命令弃艇。全艇7人死亡，其余艇员包括艇长在内全部被俘。

成了英国人的战俘后这位艇长也没有停止思考潜艇在未来海战中的作用。他的看法是：英国人并没有从第一次世界大战中吸取教训，而无论是英国还是世界上其他海军大国，也都没有真正弄懂潜艇在未来的大规模海战中的潜力。这位年轻的艇长在战俘营里认识到：德国人的机会来了。德国潜艇将在下一次大战中发挥举足轻重的作用。从那时起，他就着手于研究潜艇兵器和潜艇战术的革新与发展。他的这些思想和研究，直接影响了第二次世界大战的历史进程。

此人就是“二战”时期德国潜艇部队最高指挥官、海军元帅、第三帝国的最后继承人卡尔·邓尼茨。

邓尼茨的思想有以下几点：

德国下次大战中的头号敌人仍是英国；

英国是个岛国，海上交通线是英国的生命线；

截断海上交通线，等于掐住了英国人的喉咙管，可以迫使英国人屈服；

潜艇兵器的特点，使它非常适合担负这一具有战略意义的使命；

德国必须大力发展潜艇部队；

从现在起就要认真研究和改进潜艇战术，尤其是潜艇进攻战术。

离开战俘营后，邓尼茨也没有忘记研究潜艇在未来海战中可能遇到的各种问题。“二战”之前，他的主要的思想如下：

旧潜艇必须淘汰；

必须建造300艘更先进的潜艇，才能在一场新的针对英国和它的同盟者的战争中完成潜艇部队担负的截断敌方海上交通线的任务；

潜艇应成为一场新的海上大战的主角；

完成切断英国大海上交通线的任务，德国潜艇必须以集团方式使用；

必须在战前确定潜艇集团作战的基本原则。

首先要解决的问题是：

a. 如何行使指挥权；

b. 通信；

c. 战术问题（潜艇之间如何协同）。

（江白按：上述问题，事实上也是今日各国潜艇部队要解决的最基本问题。）

1935年，德国潜艇部队在邓尼茨的指挥下就集团作战进行了首次反复演习。一系列问题被暴露出来并得到解决。潜艇集团作战甚至还被赋予了一个形象的和令人毛骨悚然的名字，即“狼群作战”，其战术被称为“狼群战术”。

德国人准备好了，英国人却还在梦中。

1939年9月，“二战”刚在欧洲打响，德国人便针对英国和它的同盟者法国的海上交通线展开了潜艇战，虽然那时它只有56艘潜艇可以使用。英国人开始为自己不重视和不研究潜艇战大吃苦头。

“二战”爆发前的1939年8月19日，德国即向大西洋派出首批潜艇，以便战争爆发后立即在海上采取行动。9月1日，战争爆发。9月3日，德国潜艇就进至英伦三岛附近和英吉利海峡，破坏海上交通线。其主要作战方式为：

鱼雷攻击英军舰和民用舰船；

在有关航道和英近海海域布雷。

此时，进至大西洋东岸比斯开湾和伊比利亚半岛附近的德国潜艇也开始了攻击行动。稍后，德国潜艇又在挪威南部海域展开了破坏英法海上交通线的活动。

德国人迅速取得了一系列战果。

1939年9月16日，德潜艇“U-31”号在北大西洋发现了由英国开往北美的OB.4护航运输队，击沉了“阿维莫尔”号商船（4060吨），这是“二战”开始后德国潜艇第一次攻击同盟国护航运输队。

“二战”期间德国潜艇第一次击沉英航空母舰：1939年9月17日，德国潜艇“U-29”号由艇长修哈尔德海军少校指挥，在爱尔兰以西水域突破英4艘驱逐舰的护卫，一举击沉英国航空母舰“勇敢”号（排水量22500吨，载机48架），并机智地逃脱英驱逐舰的反复追击，回到基地。

“二战”初期，德国潜艇司令邓尼茨接到的也不全是捷报。1939年9月20日，德潜艇“U-27”号在苏格兰西北方的赫布立群岛附近海域遭4艘英驱逐舰围攻，终于被击沉。这是“二战”开始后第一艘被击沉的德国潜艇。

（江白按：大战初开，邓尼茨的主要攻击目标是英国的大型军舰，后者是英国海军的主要作战力量，也是对德国海军和潜艇的主要威胁。邓尼茨不能不这样做。他这时还没有来得及将他战前制定的“狼群战术”原则用于海上，德国潜艇这时的攻击基本上仍以单艇游猎为主要方式。

即使如此，“二战”初期的德国潜艇也以其不俗的战果引起了交战各方的注意：开战仅一周，德国潜艇便击沉盟国船6.5万吨，第二周又击沉4.6万吨。截至年底，盟军损失船只75万吨221艘，被德国潜艇击沉的就占

51.7%。)

1939 年 10 月 16 日至 11 月 5 日，德军出动 7 艘潜艇在英国近岸海域布设磁性水雷或雷障，共炸沉英国船只 12 艘，舰船 8 艘。12 月，邓尼茨又派出 4 艘潜艇到英国东海岸附近布设磁性水雷，先后炸沉英船只 7 艘(11858 吨)。同时，这 4 艘潜艇还向航道上行驶的舰船主动发起攻击，击沉 7 艘(9487 吨)。

10 月 13 日，开战后仅一个月零十三天，德国"潜艇英雄"金达·普里恩海军上尉就率领"U-47"号艇单艇突破英国海军在柯克海峡的严密设防，驶入斯卡帕湾海军基地，一举用鱼雷击沉当时世界上最大的战列舰之一、英国海军的主力作战舰只"皇家橡树"号(排水量 29150 吨)。

德国潜艇在取得多次重大胜利之后，邓尼茨开始实施他多年来为这次大战准备的"狼群战术"了。

德潜艇首次实施集群攻击：1939 年 10 月中旬，德 6 艘潜艇奉命出航，试图对英国舰船实施集群攻击，其中 1 艘在通过英吉利海峡时触雷沉没，2 艘在攻击一支护航运输队时被击沉，剩余的 3 艘潜艇对一支没有护航的运输队展开攻击，又因鱼雷故障没能取得很大战果。该艇群共击沉敌船 16 艘(98800 吨)。

德潜艇第二次实施集群攻击：邓尼茨对第一次"狼群作战"的战果不满意，11 月中下旬，又派 3 艘潜艇由已在海上的 1 艘潜艇引导，试图对法国的一支护航运输队（KS.27）展开攻击，因配合不熟练及潜艇速度慢等原因，仍然没有成功。这三条"狼"只击沉了掉队的法国运输船 8 艘(18971 吨)。

邓尼茨在实施潜艇集群攻击的同时并没有放弃单艇游猎的传统作战方式。1940 年 1 月至 2 月，先后有 22 艘德国潜艇分两批进入北海海域破坏盟国的海上交通线。第一批 16 艘潜艇共击沉敌方船只 17 艘(约 27000 吨)，军舰 1 艘；第二批 6 艘潜艇击沉敌方船只 8 艘(约 13000 吨)。但是同期派往北大西洋的 11 艘潜艇却取得了不俗的战果，沉船 45 艘(18.3 万吨)，伤船 2 艘(1.63 万吨)。

德潜艇第三次实施集群攻击：1940 年 2 月，邓尼茨再次派出 5 艘潜艇，驶往大西洋，袭击两支同盟国的运输队，因没有及时接近护航运输队而失败，该潜艇群共击沉掉队船只 4 艘(吨位不详)。

邓尼茨醉心于"狼群作战"。他的这种战术形式也需要实战的检验和修正。有过三次不大成功的"狼群作战"，德国潜艇的问题暴露了出来。这些问题是:

一次派出的"狼"相对较少，不足以在广阔的海面上构成面积很大的潜艇警戒网，英国人或法国人有机会躲过这为数不多的几艘德国潜艇;

潜艇在海上待的时间短，减少了攻击敌运输船队的机会;

潜艇之间的通信联络、潜艇与基地指挥部的联络仍是个人问题，主要是反应慢，不能适应瞬息万变的海上情况。

第二个问题涉及潜艇兵器本身，邓尼茨一时无法解决，但第一个和第三个问题他能够解决或者部分解决。方法是：在潜艇数量允许的范围内，一次派出更多的"狼"，组成潜艇群，由一名艇长在海上灵活指挥这群"狼"，避免因每次发现目标都要报告基地而贻误战机；潜艇一旦发现目标，可以不向基地指挥官报告，先行展开攻击。

邓尼茨不能尽情地使用"狼群战术"，还因为战争初期英国人封锁了英吉利海峡，德国潜艇必须绕道北海才能进入大西洋。1940 年 4 月以后，德军占领了挪威和法国，邓尼茨迅速在两国沿海建立了新的潜艇基地，德国潜艇进入大西洋的航程缩短 450 海里，这使邓尼茨在潜艇数量不变的情况下，能将多于原来 50％的潜艇投入大西洋海战了。

一个有利于实施更大规模的"狼群战术"的时期就要开始。

大西洋中的"狼群作战"（一）

1940 年 4 月至 6 月，德国潜艇完成配合德军占领挪威和丹麦的任务后，邓尼茨开始在大西洋海战中进行更大规模的"狼群作战"。

德"勒辛"潜艇群在西班牙菲尼斯特雷角的战斗：1940 年 6 月，德 5 艘潜艇组成"勒辛"潜艇群，在西班牙菲尼斯特雷角海域攻击一支英国护航运输队不成，转而攻击一支驶往直布罗陀的航母编队。6 月 22 日到月底，该艇群共击沉英国舰船 27 艘（16.5 万吨），其中包括排水量 20277 吨的辅助巡洋舰"科林蒂安"号。

德"普里恩"潜艇群在大西洋的破交战：1940 年 6 月上旬，德 7 艘潜艇组成“普里恩”潜艇群，由突入斯卡帕湾的“功勋艇长”金达·普里恩指挥，在英吉利海峡以西海域和比斯开湾展行破交战，他们原准备攻击一支从加拿大开往英国的护航运输队，却没有发现这支运输队，只发现一些掉队的船只，于是普里恩决定分散活动，共击沉舰船 32 艘（17.1 吨），其中屡立战功的“U-47”号艇沉船 8 艘（51189 吨），战果最大。

德国潜艇这一时期在北大西洋地区有点如入无人之境的味道。1940 年 6 月初，德潜艇“UA”号从基地出航，一路攻击了英国的北方巡逻部队，将英国辅助巡洋舰“安达尼亚”号击沉，然后向南大西洋航行，途中又沉船 2 艘。返航途中，一路再击沉敌方船只 4 艘。8 月 10 日它安全回到基地，共沉船 7 艘（4.07 万吨）。

进入大西洋战区航程的缩短，盟国反潜护航的办法不够多，邓尼茨的“狼群战术”开始显示出巨大威力。1940 年 7 月到次年 3 月，德潜艇共击沉盟国运输船 380 艘（200 余万吨）。从北大西洋直至法国海岸附近广大海域，盟国的运输船队出现在哪里，德国的“狼群”就跟到哪里。大西洋上，硝烟弥漫，烈焰熊熊。

然而，与后来的“狼群作战”相比，无论是战斗的规模还是战果，这一时期都还不是“狼群作战”的“黄金时期”。

邓尼茨密切关注着大西洋上的潜艇战。1941 年 3 月以后，邓尼茨将一条原部署于英国北海峡的潜艇巡逻线西移至冰岛海域，对英国护航运输队实施较远距离的攻击。4 月 3 日夜，一“狼群”发现并袭击了盟国的“SC-26”护航运输队，将 22 艘船只中的 10 艘击沉。这次远离近海的攻击效率之高，在英国最高决策层引起了惊慌。英国人立即决定在冰岛建立新的护航基地，加强飞机和战斗舰艇对船队的掩护，还在每一艘运输船上加装无线电测向仪和雷达。一旦德潜艇发报，就能测知其所在方位，改变航线避开。

（江白按：在神出鬼没的德国潜艇的沉重打击下，盟国特别是英国人开始想主意了。第一次世界大战中他们在英吉利海峡中设置了数道防潜拦阻线，现在他们开始利用最先进的电子设备实施远距离侦察。德国人的矛很利，英国人需要赶快拿出自己的盾。）

有必要记下德王牌潜艇“U-47”号的被击沉，及其“功勋艇长”金达·普里恩海军上尉的消失。

1941年3月6日晚，“U-47”号在冰岛以南海区发现了英护航运输队“OB.293”，普里恩立即向潜艇司令部报告，后者马上通知这支“狼群”的另外5艘潜艇赶来参加集群攻击。“U-47”号随即投入攻击，遭到英护航舰只的攻击，被迫与护航运输队脱离。7日拂晓，“U-47”号再次追上运输队，准备攻击，又被英舰赶开。午后14时，该艇追上英护航运输队，向一艘已被德潜艇击伤的巨型油船“捷列维金”号（20638吨）发射鱼雷，击中油船。18时，油船沉没。当日夜，“U-47”号再次对该护航运输队发起攻击，被英“狼獾”号护航驱逐舰发现。金达·普里恩海军上尉命令潜艇紧急下潜，“狼獾”号赶来，向潜艇下潜海区投下一连串深水炸弹。最后一颗深水炸弹爆炸后，无论是德国人还是英国人，都没有再得到“U-47”号的任何消息。德国三大“王牌艇长”之一的普里恩海军上尉，自此永远“消失”。

从1939年9月至1941年3月，“U-47”号及它的艇长普里恩海军上尉在大西洋海域活跃的时间只有一年零七个月，却像一颗流星，在世界潜艇战史上留下了自己异常明亮的、无人能够抹杀的轨迹。普里恩和他的潜艇，不仅创下了单艇突击斯卡帕湾、击沉“皇家橡树”号的辉煌战例，还在短短一年多时间内突破敌方护航舰船的屏护幕，击沉同盟国运输船只24.5万吨。这一战果，创下了当时德国潜艇单艇战果的最高纪录。

记述“U-47”号艇战斗历程的书籍和资料非常缺少。即便如此，还是可以看出大西洋海战前期“U-47”号艇及它的“功勋艇长”的活跃程度：

1940年6月上旬，普里恩率领一“狼群”，在北大西洋海域施行破交战，单艇击沉敌方船8艘（5.1万吨）。

9月，普里恩率艇与其他3艘德国潜艇在北大西洋海域攻击盟国SC.2护航运输队，沉船4艘（吨位无记载）。

同月，普里恩率艇在北大西洋海域参与攻击盟国HX.72护航运输队。此时该艇只剩下一条鱼雷，仍紧紧跟随敌方运输队不放，同时召唤其他5艘潜艇赶来参加攻击。集群攻击开始后，该艇用这条鱼雷沉船1艘，又浮上海面用火炮和另一潜艇共同击沉敌船一艘（吨位无记载）。

10月，普里恩率艇在英国罗卡尔浅滩和北海域海区参与“狼群作战”，击沉敌船3艘，击伤3艘，其中有1艘8995吨的油船。另与“U-48”“U-46”号艇共同击沉1艘（总战果没有记载）。

11 月，“U-47”号继续在北海峡海区参与“狼群作战”，攻击盟国两支护航运输队，战果无记载。

12 月，“U-47”号在北大西洋西部投入“狼群作战”，沉船 1 艘，伤 1 艘（吨位不详）。

1941 年 2 月，“U-47”号在北大西洋海域发现盟国一支运输队并投入攻击，单艇突破英护航舰只和飞机的掩护，沉船 3 艘（1.6 万余吨），又召唤另两艘潜艇和飞机赶来参战。撤出战斗时，又将 1 条受伤的船只击沉（吨位无记载）。

3 月，“U-47”号在冰岛以南海域击沉英巨型油船“捷列维金”号（20638 吨），随后被英驱逐舰“狼獾”号用深水炸弹击沉……

仅据这些零星的资料，也可看出“U-47”号在沉没前的 5 个月内，几乎无日不战，无战不胜。但就是这艘德国“王牌艇长”率领的“王牌潜艇”，却被一颗深水炸弹击沉，葬身海底！！！

战争就是如此。一艘造价并不高昂的潜艇能够击沉一艘用黄金堆起来的主力战舰，而一枚造价更低的深水炸弹则可以毁掉一艘屡立战功、名满天下的“功勋潜艇”。

“U-47”号沉没前夕，普里恩艇长有何感想？

我怎么又想到了这个问题？

普里恩海军上尉为之战斗的事业是丑恶的，但作为潜艇艇长他却是优秀的。“U-47”号在大西洋海战中取得的辉煌战果，是这位出色的潜艇艇长的成功，而它的沉没，则使这位出色的潜艇艇长和“功勋潜艇”有了一个平庸的结局。

平庸，然而正常。

普里恩艇长有时间思考自己的成功和平庸而正常的死亡吗？

“二战”期间德国累计战果最大的潜艇：“U-48”号。1941 年 6 月，“U-48”艇完成了 12 次战斗出航，安全返回基地。以后它没有再出航，整个“二战”期间，它总共击沉 1 艘小型护航舰和 54 艘盟国运输船只，累计战果高达 32.23 万吨。另外还击伤敌方船只 2 艘，1.1 万吨。

“二战”期间一次出航战绩最大的德国潜艇：“U-107”号。1941 年 4

月25日到6月15日，6艘德国和意大利潜艇由于得到了补给船的支持，延长了海上活动时间，连续攻击三支英护航运输队，沉船56艘，35.7万吨。其中“U-107”号单艇沉船14艘，8.7吨。这个纪录，直到战争结束，也没有被别的潜艇打破。

返校前的最后十几天里，江白每日都读到很晚。城市已经静下来，只有城外几十里处矿山上的一两声汽笛夜半时偶尔响起来。他忘记了自己置身何地，他的思绪如同欢快的山溪，在群山峻岭间曲曲折折地流淌。它们流淌到哪里是自己不能把握的，但他却在这种流淌中感到了一种来自历史深层的激情。这种夜读与在课堂上听教师讲历史是两回事。有时候，他模模糊糊地觉得自己仿佛又回到了海山别墅。他的感情、他的心灵正一点点地、不知不觉地切进历史，切进历史中的人物和事件。它们对他已成了或亲切或冷峻却都异常活跃的灵魂和场景。

他差不多已把海韵的事忘了。但在离家前的一个晚上，父亲拄着一支自己做的拐，走进了儿子的房间。

“爸，你还没睡？”江白放下手里的书，站起来关切地问。

父亲在他的床边坐下来。他意识到老爸有话要跟自己说。

“你明天就要走了。这一走，可能要到部队后才有假期了。”老人说。

父亲确实老了。一年多不见，父亲50多岁的人，头发已有三分之二变白了。

“爸，你要保重。”

父亲笑了笑，不在意地摆了一下手。

“江白，你放心走吧，甭担心我。我能行。”

父亲尊重儿子，没有在江白的房间里点烟。儿子注意到了。

“爸，你想抽烟就抽吧。……不过以后要少抽烟。”

“我知道。”老人说，“今年我就不抽了。”

江白忽然明白父亲那双探索性的目光的含义了。

“爸，你有话就说。”

“也没有啥。”江莫名忽然有些不大好意思了，“我就是想问你一句，那天郑有亮来说的事儿是不是真的。……也许我不该问，你已经大了。”

“不，不像他说的那样。我们只是一般关系，这半年她一直帮我写毕业论文。”父亲沉思地望着儿子。江白意识到父亲看出他撒了一点谎。

“我并不反对你谈恋爱。”过了一会儿，老人垂下眼睛，像要回避什么一样说，“你大了，也到了谈对象的时候了。……你的事我不想多管。我还要给你多说一句，我和你妈都不会要求你一定在家乡谈对象。我们没有那么狭隘。你要是觉得遇上了合适的，可以谈。”

“好的。”江白说。

“可是我还是想说。”老人突然有点结巴了，“虽然现在的中国不存在门户差异，但是……但是有些差异还是客观存在的。我想让你记住，你的爹妈都是平民百姓。我们家是一个平民百姓之家。”

江白抬起眼睛正视父亲。他觉得父亲有些可怜。他生怕这些话伤了自己的儿子，又怕不将这些一直堵在心口的话说出来，没有尽到自己做父亲的责任。

“爸，我明白你的意思了。”

“那好。”父亲站起来，“明天你就走吧，我也不去车站送你了。反正是要走，多在家一天少在家一天都是一样。”

他拄着那只做工很粗糙的拐，转身向外走。江白注意到他的眼里闪出了泪光。他是不愿意让儿子看到自己的温情，才转身离去的。

这一夜对于江白异常漫长。那件事又浮上心来：他该怎么办？父亲努力保持着他的自尊，非常不愿意对儿子说出那些话。父亲信任儿子，儿子就要走上自己的人生之路。父亲把生活的权利交给了他，也就把生活的沉重交给了他。

12

“江白吗？”

“是我。”

“你好。我是海韵。”

“海韵你好。听出来了。”

“你回来了？”

“回来了。”

“什么时候到的？”

“昨天下午。因为忙，还没给你去电话呢。”

尽管他做了解释，还是感觉到了她的沉默。

“你爸爸妈妈都好？”隔了一会儿，她问。

“他们都很好，谢谢你。”

电话那一端又沉默了。

他不想出现这种情况，可沉默还是出现了。

“开始上课了吗？”她换了一个话题。

“还没有。这一学期我们要下去实习，学校正在安排。”他的语调轻松起来，为她找到了新话题而高兴，“要走还有几天。”

她又沉默下来。他觉得自己猜测到她沉默的原因了。

“啊，对了，借的书寒假里我都读完了。我想去还书，你晚上在吗？”江白也想起一个替代的话题，用轻松的语调说，同时松了一口气。

“我在家，你来吧。”她用一种随便的、无所谓的声调说。

“那么晚上见。”

“晚上见。”

走出系办公室，江白感到天上又有雪花落下来，化在脸上，冰冷冷的很不舒服。他心里有一种说不出来的感觉，一种不愉快的感觉。

昨天下午到校后，他是想主动打个电话去的。可是因为忙着收拾宿舍，不知怎么就忘了。

结果，让她先打来了电话。

这不好。

他明白自己昨天忘掉了给海韵打电话，真正原因是寒假之前那种热烈的爱恋的情感消退了。生命中对她的热情打了折扣。

虽然他还没有找到事实证明这折扣是有道理的。

他到校不早也不晚，潜院这天上午已开课。四年的功课上一学期已学完，毕业论文也完成了，这一学期开学后，他们要做的只是等待校方为他们安排一个部队去实习。在没有接到正式通知之前，大家要做的也就是休息。可以看书，可以上街，也可以去本城的风景区玩一玩。尽管是冬天，Y 城的风景也还是有得看的。

开学前几天她一定在等他的电话。她准以为他下车伊始就给她去电话，可是他没有，于是就在开学第一天的中午主动给他打来了电话。

她的沉默不是没有道理。

这样也许更好。人靠得很近是看不清楚对方的，稍微拉远一些距离，可能对双方相互重新认识更有好处。

他是男子汉，很快就是真正的潜艇军官了，处理这类事情应当大大方方。即使没有爱，他与海韵还有友谊。

晚上 7 点 30 分，他来到海山别墅外。

按了两次门铃，楼里没有一点动静。他想自己是来早了，海韵还没从海大回来。这时楼门却开了，海韵只穿着一件大红的、长到膝盖的毛线裙，光着一双小腿，穿着拖鞋，一阵风似的从紧闭的楼门里跑出，飞快地打开木栅栏门上的锁，回头赶紧跑进楼，给他留下了一串轻快的笑声和一句冷得发抖的话：

“快进来，我要冻死了！”

她的无拘无束影响了他。原本压上心头的一点沉重消失了。

他推开木栅栏门走进去。进了楼门，上了二楼。

海韵的房门敞开着。她已经回到床上，将自己捂在两层被子里，那件江白曾在火车站上见过的黑貂皮大衣也盖在被子上。

“进来吧，别脱大衣。楼里暖气坏了。”她还是用那种活泼的、无忧无虑的声调说。

这时他才感觉到整座楼冷飕飕的。

他走进去。海韵蜷缩在床上，只露出一双陷得很深的眼睛，专注地望着他。这整个的姿态让他觉得好笑。

“怎么，就这样迎接客人？”他嘲弄地说。

“怎么办？厚一点的衣服都在学校和基地那边家里。回来的路上也不觉得冷，到家一会儿，就冷得我要钻被窝了。”

江白将一只先前盛过旅途食品现在却装满了书的白色旅行包放在地下。

“有没有别的办法把屋子弄暖和点儿？”

“外头有堆木柴，我们去搬进来，到下面客厅里把壁炉生着，好不好？”她突然高兴地说，一跳从床上下了地，将那件黑貂皮大衣穿在毛衣外面，小腿仍旧赤裸着，往楼下跑。

江白跟到楼下，看着她那副发抖的样子。

“算了，你跟我说木柴在哪里，你这样出去，是不是想感冒？”

“不要紧的，你跟我来！”说这话时，她已经勇敢地跑到楼门外去了。

她的表现让江白既受到鼓舞又为她担心，他一边喊着“海韵，你别出去——”一边出了楼，抢在她前面，从小楼后面一垛残留着零星积雪的木柴堆里抽了一捆抱在怀里。

“快回去，不要命了！”他对海韵笑着喊。

“没事儿！”她说，“你看我也抱一捆回去！”

她真的在他之后也抽了一抱木柴在怀里，嗒嗒地趿拉着拖鞋，率先跑进楼，将木柴放在客厅壁炉前的旧地毯上，脸被冻得红红的，兴奋地拍打着貂皮大衣上的雪和土。

江白跟在她身后进来。

“还笑！快穿衣服去，你要冻病了！”他又好笑又好气地对她喊。

“没事儿！”海韵笑着，看了他一眼，继续在客厅里蹦着跳着，手在嘴边频繁地哈着气。

两个人鼓捣了好久，才将壁炉生着。

“哎呀，太冷了，快烤烤手！”她哆哆嗦嗦地叫着，将手伸向壁炉，忽然又灵活地将一只大大的单人沙发吃力地移过来，放在壁炉前，将江白按在里面，忽然解开江白的大衣，扔掉身上的貂皮大衣，将自己冷得不停地打战的身体裹进去，再把那件貂皮大衣盖在他们两个人的腿上，嘴里高兴地说着：“真好！”

江白被她弄得动也不能动。

她紧紧地将仍在发抖的身子依偎着他，脸贴着他的脸，胳膊搂着他的腰。她的身子是冷的，脸也是冷冰冰的。“搂紧我。”她对他说。

心忽然热起来。

他用大衣将她裹紧。

她瘦了许多，眼睛四周有一圈黑影子，腮窝也塌下去了。

她可能一直在等他的信，后来就等他提前到校给她打电话，结果什么也没等到。

屋里渐渐暖和起来。

“这种感觉很好。”半天没说话后，她的眼睛看着火说。

江白的手松开了，她却不愿从他的大衣里出去。

“别动。刚刚有点儿暖气儿，还搂紧我。”她说。

自从他进门，她的目光、神情、语气一直是异常单纯的。她回避了那一点彼此都已意识到的冷淡，好像他们之间只存在这种简单而亲密的关系。

她是要找回寒假前存在于他们之间的那种纯真的感觉吗？

“我觉得你还是上楼去把衣服穿整齐了好。”他说。

“不，就这样好。”她撒娇地说。

“……”

“书都读完了？”她回过头去，目光里有点喜气洋洋。

“差不多都读完了。不过有些地方还要细读。”

“感觉如何？”

“我觉得我有点入门了。”

“那很好。还想接着读吗？”

江白想了想，莞尔一笑。“当然。”

“这是别墅的钥匙。”

她从貂皮大衣兜里掏出那把长长的钥匙，仿佛不在意地放回江白手里。

她一直用这种纯情少女般轻松、活泼、无拘无束的声调说话。江白感觉完全轻松了。

“寒假里都干什么了？”他笑着问她。

“想你。”她仍旧轻松地但并非玩笑地说，一边飞快地从他的军大衣里出去，往壁炉里加了一块柴，又飞快地缩起身子钻进来。

“你呢？告诉我你假期怎么过的？”

“我也在想你。”江白说。

心灵中正在涨潮的那种温热的情感之水猛地涌上来，灌满了他的喉咙。

“真的吗？”她不回头看他，也不改变轻快的声调，并且又飞快地给壁炉里加了一块木柴，“怎么想？……天天想还是偶尔想一下？”

“天天想。”江白故作轻松地说。情感之潮落下去了，他应当像她一样，将正在进行的谈话变成一场半真半假的玩笑。

她却不说话了，两只眼睛凝视着壁炉里闪动的火苗。

客厅四周的墙上，三代海军军人的画像俯瞰着他们。

冷寂突然像一个真正的主人，出现在这间客厅里。

海韵一动不动地坐着，眼里汪满着泪水。

江白的心慌乱起来。

“海韵，你怎么啦？……”

“没什么。”她说，回头飞快地冲他一笑。

他在心里说：其实你知道她为什么哭泣。

“江白，吻我一下。”她用颤抖的声音说。

他吻了吻她。她薄薄的嘴唇也是凉冰冰的。

江白心里忽然起了一种强烈的冲动，“海韵，寒假里我一直没给你来信，我是想问一问——”

“你什么也甭问！”她马上打断了他的话，“女孩子就是这样，我过一会儿就好了。”

“我是想知道——”

“我暖和过来了，我们分开吧。”她像是没听到他的话一样，再次打断他，站起来，重新穿上貂皮大衣，胡乱擦一擦眼泪，回过头来，露出一个像刚才那样轻松的笑容。“你先坐一会儿，我上楼穿衣服。”

她走了。这一刻里，江白下定了决心：除非她已明了自己的心思，他决不再主动问她。

她很快跑下楼来，已经是一个精神焕发的新人了。

“你不是还要看书吗？你是想将书带回去，还是继续在这里读？”

他鼓了鼓勇气。

“我还在这里读吧。”

“那好。你在这读吧，我今晚还得赶回海大，明天有课，课还没备呢。”

“好吧，再见。”

他们费了比点火时更大的气力才把壁炉的火完全弄灭。江白将她送出院门。海韵仍穿着那件黑貂皮大衣，戴的却是一顶白毛线编织的女帽，下面是一条薄棉裤和皮靴，又用一条围巾将脸围上大半个。

也许——他又想到那件事了——这件貂皮大衣是她冬天仅有的出门的服装？

“走时别忘记带上钥匙！”分手时，她又用那种单纯、轻快、活泼的声调对他说。

她走了，他向她招招手，心里热辣辣的。

这天夜里他看着书却读不进去。9点钟就回到了学校，10分钟后，她的电话就到了。

系办公室的肖老头儿又把他从宿舍喊出来。

“江白吗？……是我！”

他不激动，却很感动。

“你好。课备完了？”

“没有。”

“这么晚了还打电话，有事？”

她吞吞吐吐地说：

“也没有要紧的事。就是想跟你说一句话。”

“……”

“你在听我说话吗？”

“听着呢。”江白说。

“我爱你。”

江白沉默着。

她也在沉默。他知道她想听他说什么。

“海韵，谢谢你这么晚了打电话告诉我这句话。”

她想听到的不是这个，可他不能说别的。

他并没有做出最后决定，他可以不爱她，却不应当虚伪，更不应当欺骗。

但她好像已经满足了，用高兴的语调说：

“那么再见。明天晚上你去别墅吗？”

“我可能……我会去的。”

“你去吧，我不一定能去了。但我明天一定赶回基地告诉我爸，让他找人修好别墅里的暖气。”

“再一次表示感谢。”

“我放电话了。”

“放吧。晚安。”

“晚安。”

放下电话他的心沉甸甸的。回头时，那个喊他来接电话的肖老头儿仍在用那种让他不愉快的、狡黠的目光瞅着他，嘴角上还挂着微笑。

江白突然想跟他谈一谈了。“谢谢你，老师，这么晚了还让你喊电话。”他假作感激地、欲擒故纵地说。

“别叫我老师，叫我肖校工。”老头儿高兴地、然而仍是干巴巴地说。

“每次她打电话来，都让你跑一趟，我非常不安。”

老头脸上现出了一种只有掌握别人大量秘密的人才会有的微笑。

“你不用跟我客气。海韵是我看着长大的，秦司令员在 4607 艇当艇长那会儿我就在他艇上当信号兵。她叫了我 20 多年叔叔，我还不能帮她传个电话？”

江白有点发蒙。

“秦……司令？”

“对！”

“你是说 Y 城潜艇基地的秦司令？”

“对！”

“4607 艇？……就是那个开辟了十多条新航道的功勋潜艇？”

“不错。……怎么，你还没有见过他？”老头的目光先是异常明亮，末了又有些生疑。

江白的脑子迅速地转着弯。

“啊，我当然……见过秦司令……不过海韵跟这位秦司令什么关系？”说出这句话，心里猛然有了答案。他陡地一惊！对面灯光下，那位老潜艇兵目光中现出两片亮光，半是不满，半是得意。“你这小伙子不老实嘛！你想考考我老头子？……秦司令家里的事儿我门儿清，你考不倒我！海韵是司令员的独生女儿，她妈姓海，她也跟着姓了海！……你这小子，追上了司令员的女儿，还用话套我，你不老实，太不老实了！”

江白冲他笑了笑。他后来想到这件事，觉得那笑容一定非常干涩。

“谢谢你，大爷，我走了。”

“走吧，我也要锁门回家了。”老头儿在后面说。

江白走到系办公楼外面来。一盏路灯光从下向上反射上去，天空越发昏黑一片，没有风，一两片冰凉的东西落到他发烫的脸上。他想，他早该知道事情会是这样子的，可事情发生时自己仍感到吃惊。他接着想道：应当立即做出决定，或者至少就自己将要做出的决定确立几条原则。可是他原地站了十分钟之久，仍然没有做出那个决定或者确立做出决定的原则。

后来他仰起脸，迎接越来越密集的雪花。那些冰凉的固态的小东西让他的头脑渐渐冷静了些。你不需要现在就做出决定，你现在什么决定也做不出。因为任何决定或者原则你都不想马上做出。你必须让事情继续自然地发展下去，你需要思考，需要更多和更长久时间的思考。

撤退。可是好像才刚刚开始，是重新开始。海韵爱你，你也说过爱她，你虽然已经对自己的爱有了顾虑却仍然没有说出不爱。她并不知道这个。

这对她是不公平的。

明天晚上你还要去那座别墅读书，让一切都自然地发展。她已经感觉到你对他的冷淡，今晚你也没在电话里说出过去你曾说过的那个关键的字眼。她那么敏感，肯定已有所感觉。以后的事就是让这种感觉继续发展。

最好的结果不是立即分手，而是在感觉中渐渐地让她明白他已经决定的事。她是一个独立意识很强的女子，一旦她真正明白了你要说的话，恋人就会变成朋友。

第二天晚上他果然去了那座别墅，但海韵不在。他一个人读书，开头有点心猿意马，但是别墅里太安静，暖气烧得也很热。渐渐地，他就把别的事情都忘掉了。

大西洋中的“狼群作战”（二）

1942年1月至1943年4月是大西洋潜艇战的第二阶段，也是它的最高潮。1942年2月，德国潜艇在德国海军水面舰艇和飞机的帮助下，袭击同盟国驶往苏联的运输队，曾一度使盟国对苏联的运输中断。这一年的1月到7月，德国潜艇击沉盟国和中立国商船总数高达681艘，总吨位355.7万吨，平均每月50.8万吨。同年8月，沉船吨位数达开战后的单月最高值，为80万吨。面对德国人的“绞杀战”，英国首相丘吉尔不得不十分痛苦地将大英帝国的8个海空基地租给美国，为期99年，以换取美方的50艘旧式驱逐舰，参加护航战斗。其后，盟国方面开始建立以航空母舰和专门的反潜大队为中心的新的护航体制，将大批飞机用于护航和反潜战，同时大力改进声呐，在军舰和飞机上装备雷达，以更坚固的矛盾统一体向德国潜艇进攻之矛展开防御性反击和进攻。

德国人开始犯错误。“狼群作战”的胜利令德国人忘记了为自己铸造反潜之盾。盟国大力发展水面、空中反潜以及以声呐和雷达为技术基础的水下反潜兵器与技术，逐渐构成了全方位的立体的反潜作战体系，德国海军却在单方面盲目发展潜艇。邓尼茨对付盟国新反潜体系的方法仅仅是更多地派遣潜艇前往大西洋，组成更大规模的“狼群”，将潜艇作战的范围一直向西延伸到美国东海岸。大西洋潜艇战，由此进入一个最为激烈、从史学的角度讲也更为壮观的阶段。

“U-110”号被俘的意义：1941年5月8日，德潜艇“U-110”号于冰岛附近攻击一支开往美国的英国护航运输队，击沉商船2艘，次日被英“奥布雷提”号轻型护卫舰声呐发现，遭到深水炸弹的两次准确攻击，被迫浮出水面，英驱逐舰“大斗犬”号随即将其俘获，缴获了艇上的大部分机密文件和一部带整套“恩尼格玛”军用密码机的无线电收发报机。自此直到“二战”结束，德国海军有关潜艇的通信内容（具体到每艘潜艇的准确位置、作战情况和指挥官姓名），全部被英情报部门掌握和利用。

邓尼茨的“事业”从“鼎盛”走向“衰微”，是否与这件“小事”有联系呢？

击鼓作战：珍珠港事件后，德国按照与日本的协定向美国宣战。1943年1月中旬至4月末，德国人共分六批派出61艘潜艇，越过大西洋，潜入美国东部沿海，破坏人西洋近海交通线，袭击航运船只，以减少运往美国东海岸工业区的石油和其他工业原料。这一计划被称为“击鼓作战”。由于美国东海岸附近海域商船络绎不绝，又没有军舰护航，德国潜艇没有实行“狼群作战”，而改为单艇游猎。它们通常在黄昏之前，以潜望镜深度进至航线附近，潜伏水下，待天黑后攻击目标。仅在这一年的前4个月，就有100多万吨盟国和中立国的船只被击沉。6月，波多黎各因有1／5的商船吨位损失，农作物到了无法出口的地步；美国人也开始对糖和咖啡实行配给，并因损失了3.5％的油船吨位而使国内的石油供应出现危急状态。

“击鼓作战”一直持续到这年8月，德国潜艇在北美地区的大西洋近海共沉船360艘，总吨位250万吨上下，仅损失潜艇8艘。“击鼓作战”对美国的战斗能力，造成了重大损害。

“二战”中德国潜艇的最大一次“狼群作战”行动：1943年3月中旬，德国三支“狼群”（“掠夺者”号艇群、“攻击者”号艇群、“催逼者”号艇群）以及后来加入战斗的2艘潜艇，共计39艘潜艇，在中大西洋的广阔海域里组成三道巡逻线，连续4天与盟国的两支护航运输队展开激烈的攻击与反攻击战。盟国护航舰船虽然对德国潜艇展开了英勇搏斗，运输船只还是被德国人击沉21艘，总吨位14.1万吨。德国人仅损失了1艘潜艇。盟国此次反潜护航的失败，几乎动摇了有关各国对护航运输制度的信心。

1942年是德国潜艇在大西洋战场上耀武扬威的一年。这年1月以后，邓尼茨经常将60艘上下的潜艇组成数个“狼群”，部署在大西洋海域。每一次对盟国护航船队作战，他几乎总要投入十几艘、二十几艘甚至三十几艘潜艇，以对付盟国越来越强大的护航力量。这一年，以德国为首的轴心国潜艇（德、意）虽受到了英美护航舰队、舰载和岸基飞机的封杀，仍击沉英美商船1160艘，计626.6万吨，它们中绝大多数是德国潜艇击沉的。12月，由于德国潜艇在大西洋上取得了巨大胜利，英国国内商用燃料只剩下30万吨，而此时全国每月就需要燃料13万吨；比起年初，英国的商船吨位减少了100万吨，进口跌至3400万吨以下，比1939年减少了1/3，致使英国政府在有关报告中哀叹：“显而易见，船队交通线的战斗仍有待于解决，敌人的实力比过去还大，而长期挣扎的危险则已迫近……”

盟国在大西洋战场上处在最黑暗的时刻。

最黑暗的时刻往往也正是光明就要到来的时刻。1943年1月14日，美国总统罗斯福和英国首相丘吉尔在摩洛哥首都卡萨布兰卡会谈，加强对德国潜艇的打击成为主要的议题。它已经不能不成为主要议题了。

两人做出了两项重要决定：

1. 轰炸德国潜艇出入大西洋的基地比斯开湾；

2. 为商船队实施航空母舰护航。

4月，德国潜艇的胜利势头开始被扼制。英国人已造出波长10厘米的短波远程雷达。德国潜艇只要浮出水面充电，就会被盟国飞机发现并受到攻击。在盟国动用水面舰艇和大量飞机封锁比斯开湾、轰炸德国潜艇基地之后，德国潜艇突然发现连驶出港口都十分困难。

陷入困境的邓尼茨无奈中命令潜艇上增设防空武器，以对付飞机。英国则用水面舰艇对付浮上水面对空射击的潜艇。德国潜艇的损失数量直线上升。

大西洋潜艇战至此进入第三阶段。德国潜艇的末日就要到了。

邓尼茨的问题是没有飞机，更没有大型的航空母舰及舰载机群保护他的“狼群”。等他意识到这个问题，昔日所向无敌的德国潜艇已基本上无法进入大西洋。邓尼茨希望得到空军以便掩护潜艇，并帮助潜艇侦察盟国的护航运输队，却受到了法西斯德国的空军元帅戈林的掣肘。后来他虽然得到了一些飞机，却不足以解除盟国飞机和航空母舰为中心的护航体系对德国潜艇的严重威胁。

邓尼茨仍在挣扎。德国潜艇仍在冒死出航。但战果却直线下降，损失直线上升。1942年，德国潜艇每月击沉盟国商船吨位数约为50万吨。1943年每月沉船吨位已降至10万吨。到了1944年，每月沉船数则降至5万吨。战争开始的头四年，德国潜艇每损失1艘潜艇，可击沉盟国舰船12艘至13艘，战争结束时，每损失1艘潜艇却只能击沉盟国船只0.4艘。

这是先进的武器系统直接影响世界大战和世界历史进程的一个重要的有说服力的例证。这一例证值得以后细细研究。

在潜艇战术上颇有先见之明的邓尼茨似乎最终也没有意识到协调发展水面舰艇、飞机和潜艇三者的重要意义。即使被希特勒任命为德国海军总司令之后，他仍然孤注一掷地要求建造一种速度更快的XXI型潜艇，并于正在服役的部分潜艇上装备新型通气管充电设备，让潜艇能在水下充电，只在水面上露出一个通气管，以此躲过盟国远距离机载雷达的搜索。1944年8月，装备了这种新型的所谓“修诺凯尔”设备的德国潜艇又开始在大西洋上部分恢复了战术意义的主动地位。

盟国反潜舰船和飞机上的雷达受到了遏制。大西洋海战的形势似乎又要转为对德国人有利了。

盟国方面却没有再给邓尼茨在海上发起反击的时间。1944年8月，在意大利南部登陆的美军抵达比斯开湾外围，德国潜艇基地外已可听到枪炮声。邓尼茨不得已命令所有潜艇撤向挪威。为击毁或俘获这批德国潜艇，盟军方面采取了严密封锁措施，然而22艘“修诺凯尔”式潜艇仍全部从封锁圈中逃出，在大西洋上作战的另外9艘潜艇也安全潜返自己的基地。

对德国新潜艇满怀恐惧而又恨之入骨的盟军最高指挥部要求继续研制和使用反潜新武器。英国发明了一种名叫“斯基特”的深水炸弹发射器，能同时发射3枚深水炸弹，炸弹下沉至潜艇附近会自行爆炸。潜艇即使远离爆炸点，也会为炸弹的冲击波所击伤。这种炸弹的投入使用，使德国潜艇的损伤率再次大大增加；另一种新式武器是美国人发明的，这是一种3厘米波长的新型雷达，专为搜索德国潜艇的通气管而设计，它的灵敏度之高，就连海上漂浮的一块烂木头也逃不脱它的监视。这种新式雷达与飞机上的超低空轰炸瞄准相结合，能准确地将通气管状态下航行的德国潜艇一举击沉；第三种也是最可怕的武器是美军的无线电海上浮标，它由水中监听器和无线电发信机结合而成，能捕捉潜艇推进器发出的声音，自动报告潜艇方位，指引飞机前往攻击。刚刚恢复生气的德国潜艇，再次陷入困难境地。

德国人也没有休息。即使陆上的战争已打到家门口，邓尼茨仍在加紧建造新型的XXI潜艇。1945年5月，12艘这种新潜艇下水，1艘参战。这种新型潜艇可以在水下展开快速攻击；以5节半的速度在水下航行时几乎没有声音；续航时间长达1个月；新设计的复杂精确的火控系统，可使潜艇在50米的水下，以无瞄准方式发射鱼雷，击中目标。

另外，91艘同样型号的潜艇也已驶往海外试航。德国人亮出了新的更为锐利的矛。

“二战”和大西洋海战的历史却在这时中止了。

1945年5月1日，苏联红军攻克柏林，希特勒自杀，邓尼茨被指定为继承人。5月4日午后3时14分，邓尼茨下令所有德国潜艇停止战斗，向盟军投降。

值得一记的是：接到邓尼茨的命令后，绝大多数德国潜艇都拒绝执行。他们认为自己的总司令是在盟军胁迫下发出这道命令的。5月7日，德国潜艇“U-2336”号仍在英国福思湾附近击沉了英国货船“阿冯戴尔公园”号（2878吨）和“斯内兰德”号（1791吨）。这两艘货船，是“二战”期间德国潜艇取得的最后战果。

同样，直到5月7日，盟军仍然没有停止对德国潜艇的攻击。这天，英国空军第210中队的一架“卡塔利娜”式水上飞机在挪威水域将德国潜艇“U-320”号击沉。这是“二战”期间被盟军击沉的最后一艘德国潜艇。

1945年5月9日，第一艘德国潜艇到达英国人指定的港口投降。以后，共有156艘德国潜艇向盟军投降。这时，一句叫作“彩虹”的沉船暗语却通过电波传到德国潜艇上，220艘已投降或仍在海上漂泊的德国潜艇自行凿沉。德国人就以这种悲惨的方式结束了第二次世界大战时期猖獗一时的潜艇战。

盟军占领了德国。又让胜利者大吃一惊的是，一种以过酸化水素为动力的新型瓦尔达潜艇正在建造中。他们发现，德国人如果能早一些使用这种速度更快、攻击能力更强、更有办法对付盟国雷达和声呐的潜艇，大西洋海战的历史也许又会重写。

德国人在战争结束前没有完成潜艇兵器技术和战术的变革，却将变革提到了潜艇部队能否继续生存的高度，让每一个胜利者思索。

大西洋潜艇战的总结

大西洋海战期间，德国潜艇击沉盟国商船2603艘，军舰175艘。

德国潜艇和潜艇部队损失惨重。德国的1162艘潜艇被击沉781艘。先后被编入潜艇部队的4.09万名官兵有2.8万名丧生，5000名官兵被盟军俘虏。

盟军的代价：英国牺牲船员3万余人，加上盟国商船船员和海军官兵，牺牲人数更为惊人。英海军“二战”中阵亡总数高达7万，其中大部分是在与德国潜艇作战时阵亡的。

邓尼茨：1945年5月8日，邓尼茨代表德国，向同盟国签署无条件投降书，并于23日被捕，之后在纽伦堡国际法庭上以战犯罪被判处10年徒刑。1956年，卡尔·邓尼茨获释，出狱后相继写下《10年和20天》《第二次世界大战中的德国海军战略》等书。1980年10月24日，邓尼茨去世，终年89岁。

邓尼茨是一名顽固的法西斯军人，希特勒的忠实信徒，但他的潜艇战理论和实践，却是世界潜艇战史的重要一章。任何潜艇军人，都不能不研究它并从中得出对自己有益的东西。

（江白按：有些要点应当记下来：

1. 潜艇技术和战术在矛盾运动中发展。

2. 技术决定战术，战术反过来刺激技术发展；

3. 潜艇部队应当成为一个国家的海军力量中得到均衡发展和掩护的部分；

4. 整个海军又应当成为一个国家总体军事力量中得到均衡发展和掩护的部分；等等。）

第二个夜晚，海韵回来了。

静静地听着她开门关门，然后踏着一串欢快的小碎步上楼来，他的心就收紧了。

她推开书房的门，站在门口不进来。

“你还好吗？”

“很好。”

“我只能站在这里看你一眼，还得走。学校里有个活动，我回来拿点东西。”

“你走吧。”

“那我就走了？”

“走吧。”

“真的走了？”

他被一种无形的力推动着，走到门口去，吻了吻她。

“好，走吧。”

“再见，好好学习。”她说着，像来时那样高兴地、蹦蹦跳跳地离开了。

一会儿过去，又是下楼的一串小碎步，又是门开门关的响声。那只攥在江白心上的手一下一下地使劲。

别墅又恢复了宁静。

“我是怎么啦？……我不是要渐渐地与她分手吗？为什么还要去吻她一下呢？”他的头脑渐渐冷静下来，责备自己，“这是对她，也是对自己不负责任……”

但另一个声音也在心里响起来了。“难道我真的做错事了吗？……她的神情那么单纯，目光那么清澈，她在等待……我为什么不能去吻一下她呢？难道你要一下完全断绝与她的关系吗？……”

后来他觉得这座别墅里不能待了，应当回去。只有这样才能减少与她见面的次数。

第二天，他给她打了个电话。

“海韵，过些日子就要下部队，学校抓得紧了，晚上不大让外出。我把要看的书带回学校来了，晚上就不去别墅了。”

她沉默了一下，然后爽快地说：

“我知道了。什么时候走告诉我一声。”

这天夜里江白没有再去那座别墅。他坐在宿舍里读书，老是神不守舍。

“你以为你在担心海韵一下子不能适应你对她的感情的变化，其实是你自己不能适应这种变化。……你太没出息了，你想离开她，首先就不要再想她！”他给自己下命令。

但还是看不下去，老是跳行。

干脆到游泳馆里游泳去！

去部队实习的通知比预料中更早地下来了。

江白的实习地点就在 Y 城潜艇基地。从接到通知到去部队报到，又过去了一个星期。

Y 城潜艇基地就在潜院斜对面的海湾深处。到部队当天，江白即被分配到 8334 艇，做实习航海长。

他背着背包，在海边找到了 8334 艇的艇员宿舍楼。

一个一脸青胡茬子的中年人在艇部接待了他。

“欢迎你来实习。你是叫江白吧？……好，江白同志，我是艇长，姓严，严格的严，也是严嵩的严。严岳峰。你来得正好，我们艇下个月要出航，航海长却进了学校。”

严艇长伸出手来，用很大的力气握江白的手，目光明亮而亲切。

江白对这个艇长的印象不坏，热情、豪爽、严谨。

“我是来学习的，请艇长多多帮助。”他说。

“别说帮助。”严岳峰说，“以后两个月内，我是你的艇长，你是我的下级，本艇是 Y 城潜艇基地的王牌潜艇。王牌艇你懂吗？……就是事事要拿第一，处处要拿第一，年年要拿第一。你要干不好，我会训你，也不会在你的实习鉴定上写下好话！”他说着，突然笑了，狡猾地眨一下眼睛，声音小了一点，“不过我也不会难为你，我也当过实习军官。”

两个人会心地笑起来。

随后艇长带江白见了艇上的政委。政委身材瘦长，脸盘瘦长，像个书生。

“欢迎。”政委简短地说，“有困难就说。”

以后两个月内，江白从没有在公开场合听这位政委讲出超过15个字的句子，哪怕是在上政治教育课时也没有。他总有办法把一些别人不得不说的长句子变得如同军语一样简洁明了。

似乎就因为他不像一般的政工干部，江白十分佩服他。

艇长让人提起他的背包，将他的铺位安排在航海班宿舍靠门口的空铺上。

“睡在门口有风，雨也会飘进来。这不是虐待你，这是我军的传统！”艇长说。

“我很愿意睡在门口为人家挡风！”江白说。对这样的安排他一点反感也没有。而且，不知不觉中，自己的嗓门也像艇长一样亮堂了。

他很快跟艇上的官兵混熟了。江白能感觉到，事实上大家对他都很客气，原因是明摆着的——毕竟是实习军官，以后是要走的。

最初的两星期十分不适应。比起学校来，部队的一天生活秩序要紧张得多。真所谓“两眼一睁，忙到熄灯”。熄灯了还要忙，无论是艇长、政委还是各部门长以及全体艇员，夜间都要轮流在艇上值更。江白上艇两星期，就值了四次更。

而且，不久后就要出海执行任务，8334艇正在进行突击检修，星期天也不放假。

两星期后的一天中午，江白才抽出时间给海韵打了一个电话。

“是你呀？”她在电话里用埋怨的口吻说，“我当你失踪了呢！还记得我呀？”

应当开个玩笑。

“就是忘了我自己，我也不敢忘了你！”

她显然高兴得不得了。

“真的吗？能不能请假回来一趟？”

“恐怕不能。我们艇有任务，星期天不休息。假不好请。”

“你不是不愿见我吧？”

“这话说得多不大方。”

“一说话就‘我们艇’了，进步很快嘛！”

“谢谢鼓励。我一定争取进步更快！”

“你要是真不愿见我，就隔三岔五地给我打一个电话，花言巧语地欺骗我一下。不管怎么说，从艇上偶尔打个电话的时间总还是有的吧？”

“……”

“人家不愿见咱，咱连电话也不求他打。咱干吗要屈尊求他？”

“……”

“我要上课去了，没空跟你斗嘴。不管怎么说，我还是有点爱你。”

“再次表示感谢。”

“再见。来电话。”

当天夜里江白躺在航海班门口的铺位上冷静地想，无论怎样，他和她之间的距离都正被一只无形的手拉开。他们的关系已经有点淡了。他意识到这一点，她也意识到了这一点，于是两个人才可能重新使用过去那种游戏式的语言交谈。理智一点论，这并不全是坏事。

实习时间过去一个月后 8334 艇奉命出航。这是一个傍晚，像每次潜艇为执行任务秘密出航一样，码头上没有举行任何仪式，只有三两个基地首长赶来送行。离开码头前，全体艇员列队在甲板上，等候首长接见和告别。

虽然天色昏暗，前甲板上的江白还是从人群中看到了一个肩佩将星的中等身材的老头儿。他现在已经不感到惊讶了，他在海韵家一楼的门厅里见过他。

跳板从岸上搭上了艇体。三声哨子响过，将军和他的随员沿着颤动的跳板上了艇。

艇长举手敬礼：

“报告司令员同志，8334 艇待命出航，请指示！”

“稍息。”将军用有点含混的、沙哑的声音说。

他从艇长开始，也不说话，依次与出航的官兵握手。

将军正在向他走近。江白无法控制住自己的心跳。

虽然他是海韵的父亲这一点让他不满（实际上是海韵的父亲居然是基地司令员这点让他不满），但面对着这位曾在中国潜艇史上建树过功勋的传奇式人物，他心中还是忍不住涌满了尊敬。

这一点他事先没有料到。

将军走过来了。

甲板很窄，将军只能贴胸与他对站着。江白举手敬礼。

将军还礼。老头儿目光犀利，神情凛然，咄咄逼人，与他在海山别墅第一次看到时判若两人。

老头儿有力地握了一下他的手，没有马上走向下一个人。

“我们见过的。”他开口说。

“是的！”江白不自觉地加大了嗓门。

将军最后用力握一下他的手。

“祝你成功！”

“谢谢首长！”江白加重语气说。

司令员走向下一个人。

简短的送行仪式完毕，他没有再回头看江白一眼。

然后，他上了岸。

严艇长立正在甲板上，最后一次向司令员报告：

“司令员同志，8334 艇准备起航，请指示！”

“起航！”司令员举手还礼。他的声音不大，每个字却都像铁块敲击在钢板上，铿锵有声。

“各就各位，起航！”艇长大声说。

江白转身，带领自己的一班航海兵顺着打开的水密门迅速滑下艇舱。这时他最后回头向码头上一瞥。

司令员和他的随员笔挺地站着，司令员右手五指并拢，靠上帽檐，向出航的 8334 艇敬礼！

“起航！鸣笛！”艇长说。

8334 艇在灰蒙蒙的暮色中长长鸣笛一声，向司令员也向基地和军港致以最后的告别礼，缓缓驶出内港，驶向茫茫外海。

江白坐在指挥舱航海室自己的战位上，面前是一张刚刚摊开的海图。这一刻，他的内心不知不觉就被一种庄严的还有点儿悲怆的感情像水一样地淹没了。他第一次清晰地想道：在他和司令员之间，除海韵之外，还有着另一层也许更重要、更庄严也更沉重的关系。

大海正在他的前面展开。他看不见它，却全身心地感觉到了它。万顷波涛汹涌而来，潜艇驶向大海的深腹部。他的整个生命已经为此高度紧张和激动了。行前他没有给海韵打电话（出航时间连同出航本身都是秘密的），但是他与海韵之间有过的一切，却突然变得一点也不重要了。

13

世界上每座军港的高空中都飞翔着不止一颗军事侦察卫星，它们一天 24 小时监视着港内各种军舰和船舶的行踪，并以极快的速度向所在国的海军司令部乃至最高当局做出报告。Y 城潜艇基地上空也不例外。

8334 号潜艇出了内港，为避开军事卫星的监视，立即潜入水下，向前方秘密航行。

江白快速计算着潜艇的航程，每隔 20 分钟向艇长报告一次潜艇所在位置。

“报告艇长：我艇现在位置：东经 xx°　xx′　xx″，北纬 xx°　xx′　xx″！”

大胡子艇长对他的工作效率十分满意。

“左舵 xx，双车前进三！”他发出命令，回过头来，“江白，你的成绩不错！”

“报告艇长，《潜艇条令》规定，执行任务期间，艇员不得谈论与正在执行的任务不相干的话题！”

“好小子，我还没管你，你倒先管起我来了！行，我接受批评！”艇长说。

江白的目光盯着海图上一条细细的、用红线画出的水下航道。

“艇长，这条航道有名吗？……我们上课时可没学过它。”

“这叫东方 1 号航道。”艇长说。“这是一条秘密航道，你怎么能在潜院学到它！”

“东方 1 号航道？……它一直伸向东方吗？”

“这只是它的一层意思。它本来不叫东方 1 号航道，这名字是潜艇兵给起的。它的另一层意思是，这是著名潜艇艇长、多条新航道的开辟者东方瀚海开拓的第一条航道。……东方瀚海这个名字你听说过吗？”

江白想起这个名字来。东方瀚海在 70 年代初率领 4809 艇连续开辟了数十条新航道，最后却因触礁而遇难。

“听说过。”

“你对他的了解有多少？”严艇长对这个话题很有兴致。

江白将自己关于东方瀚海的知识讲了出来。

“在课堂上听教授讲东方瀚海开辟新航道和作为潜艇艇员亲身驶经这些航道，感觉有什么不同？”

江白语塞。他一下子还说不出有什么不同，但是他明白，那非常不同。

“有点像在家里谈论游泳和到陌生海区里游泳一样不同。”后来，他说。

“嗯，有点感觉了。”严艇长说，“可是还不深刻。外行人看大海广阔无垠，但是我们知道，对于潜航在水下的潜艇来说，它却处处隐藏着凶险。任何一条新航道的开辟，对于开辟者来说都是吉凶未卜的。我们今天走在这条航道上，就像走一条熟悉的城市的马路，而东方瀚海带着他的 4809 艇，最初却是冒着随时可能遇难的危险在走这条航道！”

江白意识到自己有一点明白严艇长的意思了。

“你是说，东方艇长和著名的 4809 艇的最后遇难从某种意义上说是必然的，而不是一场海难了？”

“你的理解能力不错。”严艇长说，“我们一直认为上级应当为遇难 19 年的东方瀚海和 4809 艇平反昭雪！”

“平反？昭雪？”

“不错。19 年前，4809 艇失事、东方艇长遇难之后，有关方面曾认定是一场事故，给了死去的他严厉的处分，使得我们今天谈起他来，仍然不十分方便，因为他毕竟受了处分，在一般人看来，东方的结局好像不光彩一样。”

这个话题强烈地吸引住了江白。

“艇长，你的态度呢？”

“我的态度刚才已经说出来了。我认为即使 4809 艇是触礁沉没，东方瀚海和他那条艇仍是中国潜艇部队的英雄和功勋艇。我们这些后人，不能因为东方艇长最后的遇难，抹杀他在我国潜艇兵史上建树的功勋。”

“有人不承认东方艇长的功勋？”

艇长笑了笑。

“你还什么都不懂。因为一件事否定一个人和一条艇，在过去那个年代是经常发生的。但是现在，我们不该继续这个错误了。”

潜艇驶出安全海区，进入警戒海域。这个话题中断了。

夜里，严艇长又一次谈起了东方瀚海。

“说起来，19年前，4809艇还是我们艇的竞争对手。”艇长忽然笑起来说，“那时我刚上艇，艇长是秦司令员，我们全艇十分努力，要与4809艇争一个高下，你开辟一条新航道，我也要开辟一条航程更远、海情更复杂的新航道。但是东方艇长和4809艇总会胜我们一筹。”

一点记忆突然浮上江白的心。

“艇长，8334艇原来是叫4607艇吧？”

“不错。”艇长的大眼睛骄傲地放出光来，回头会意地看了总是一言不发的政委一眼，后者眼里也立即闪出了自豪的亮光。“本艇就是过去的功勋潜艇4607艇。4607艇退役后，我们才接了这条艇。”

“我很高兴，我原来是在一条功勋卓著的中国潜艇兵集体里实习！”江白真心地说。他确实为这个发现高兴。

“你高兴得有道理！”艇长毫不客气地说。

指挥舱里一时充满了爽朗的男人们的笑声。

一夜航行。东方发白时，8334艇到达预定海区。

“全艇注意，上浮至潜望镜深度！”严艇长说，一边将帽檐扭向脑后。

艇首轻盈地翘起来，向上浮起。指挥舱里每个人都用手抓住了一条悬索，让自己站稳。

测深仪的指针飞快地转动着。江白报告：“潜艇已上浮至潜望镜深度！”

“停止上浮！”艇长说，同时转动潜望镜手柄，向海面升起潜望镜。

潜望镜升到了海面上。他把眼睛贴到目镜上，看了一会儿。

“航海长，你来！”他向政委眨一下眼，回头招呼江白。

江白离开了战位。

“瞧瞧真正的海上日出！”艇长说。

江白也将帽檐转到脑后，抓住潜望镜手柄，两眼贴上目镜。

进潜院读书四年，他一直认为自己早已熟悉了大海上的日出日落，潮涨潮落，今天才明白：自己错了！

辽阔无垠的大海，无边无际、浩浩荡荡。所有的表示方位的词都没有了意义。

像墨水一样深蓝的海，不是浅蓝的近海，更不是介于近海和远海间的紫罗兰色，而是乌黑的蓝，浓稠的墨蓝。

又是那么纯净，纯净得给人有一种虚幻的、不真实的印象，仿佛一眼就能看到数百米深处的海底。

巨大的天穹。之所以感觉它是巨大的，因为与它相比，他在大陆和海边看到的天空突然显得既狭小低矮而又没有层次。此时海上的天穹呈现为一种无限广大、高远和洁净的浅灰色，没有一丝纤尘。

好像天穹本身就不存在。

墨水一样乌黑的海面上，只有一些微浪。

那轮朝日就半噙在海面上。

整个世界还没有完全苏醒，只在东方的一小块海面上，如同烧起了熊熊大火，太阳不是固态的而像一团流质，依托着子虚乌有的天壁，在海上慢慢漫漶着扩大，上升，再扩大，再上升，燃烧，再燃烧，明亮，更明亮。

如此壮丽，如此庄严，又如此宁静。最重要的一点是一切都与人类无关。如果没有 8334 艇，这将是一场完全没有人类参与的海上日出。

江白有一种胸口被堵住、喘不出气的感觉。

“怎么样？”一个声音在身后问，是政委。

他觉得没有任何语言能够形容自己此刻的感受。

不是美，至少最初感觉到的不是美，而是震惊，仅仅是震惊！

“太漂亮了！”半天，他才有点结巴地说。

艇长和政委相互望了一眼，哈哈大笑。

“想留在我们艇上吗？”

江白半天才从心灵的巨大震颤中听明白艇长的话。他觉得浑身的血也像正在海上升起的太阳一样燃烧起来！

“如果我能选择，我愿意来 8334 艇！”他大声说。

艇长和政委十分高兴。

“你做不了主，我们也做不了主，可你愿意来，我们一定争取！”

江白忽然明白他们会到哪里争取。这条艇是基地司令员的出身之地，艇长是他的“嫡系”。

他忽然觉得自己刚才的表态过于冲动了。

——想到了海韵。第一，海韵是没有机会到大洋深处看到这种壮丽的日出了；因为海韵的关系，他突然不想毕业后到这条艇上来服役了！

“艇长，要继续上浮吗？”他换了一个话题。

“对，收回潜望镜，上浮至水面状态航行！”艇长说。

8334艇轰隆隆地响着，如同一条巨鲸，从深海里一跃而出。

艇长政委率先爬上甲板。随后，全艇非值更人员全部在前后甲板列队。

信号兵拿着一面国旗爬上舰桥。

“升国旗！”艇长说。这一刻，一向爱开玩笑的严艇长表情严肃起来。

一面五星红旗在舰桥上方迎着清晨的海风呼啦啦地飘扬。

“立正！敬礼！”他用粗大的嗓门喊。

全艇军官向国旗行礼，士兵行注目礼。

“礼毕！”

江白参与了升国旗仪式。这一刻，他明白自己被洋溢在全艇官兵心灵里的庄严和自豪感动了。

与在潜望镜里看到的大海不同，他第一次看到了真正的海，它是一种超越了既往一切经验的辽远，没有高山，没有陆地，没有任何障碍隔断你的望眼，你看不到的地方天低下来，那里也还不是大洋的尽头。这无可名状的辽远甚至让人感觉到了天地的狭窄；它还是个鼓胀的、凸面的、永远在动荡不安、蕴藏着强大的力度的新世界，让你那生而有之的有关世界稳定、平面的信仰立刻分崩离析。——与刚刚看到的海上日出一样，他在这里又经历了一次心灵的巨大震撼。

而它就是中国潜艇兵耕耘的土地。他的职责、光荣和牺牲都系于这片辽阔、动荡、富饶的蓝土地之上……

“江白，有什么感想？”艇长走过来问。

“我觉得我像是第一次出海。”江白揣摩着自己的真实心境说。

“这种感觉对头。”艇长满脸喜气地说。

按照基地司令员批准的出航计划，8334艇从这一天起，开始在目标海域实施巡逻。每天一早一晚，潜艇两次由预备阵地进入巡逻海区，浮出水面，升起国旗，作水面状态航行一到两小时，然后下潜，秘密转入预设阵地（另一海区）。

艇上所有的侦察设备，一天24小时警惕地捕获着巡逻海区内出现的情况。

每天午夜，潜艇和基地之间各用一串简短的电台讯号联络一次，潜艇报告一天的情况，基地下达新的指示。

中国潜艇出现在这一海区并有意以水面状态方式航行，已经在所有海洋大国引起注意：中国人正以这种方式，顽强地表明自己对这片海区拥有无可争辩的主权……

8334 号艇在动荡不安的大洋中游弋，向水面、空中和水下睁大着警惕的眼睛，向世界坚定地表示着维护海洋权益的决心……

我们成了世界各国海军情报部门跟踪的主要目标之一……

时间一天天流逝……和平就是在这样的力量显示和密切注视中延续。有时候，你会觉得它的每一分每一秒都是紧张的……

剑拔弩张……

大陆已十分遥远。想起来似乎只是一个概念。生活在大陆上的人们不会知道这一切。8334 艇巡逻于目标海区的同一时刻，也许就会有一个姑娘为失恋而轻生，一个平庸的官僚由于没有得到提升而怨天尤人，一个小偷正准备对一所主人不在的住宅动手，一个脑满肠肥的奸商正为不知如何打发晚上的时光而犯愁……

但这一刻也有更多的人在平静地劳动，他们的劳作将给自己或他人带来幸福或愉悦。这一刻婴儿在出世，爱情在生长，作物在成熟，花朵在开放……

8334 艇不会注意他们或珍惜或虚废这一分一秒于剑拔弩张中得到的和平时光，它只是警惕地在目标海区英勇地游弋着；而所有对东亚这块大陆和属于她的海洋垂涎欲滴的人，则会因它的游弋和警惕本身寝食难安……

深夜在战位上值更之时，面对着一张海区和海区上画出的一块块矩形的巡逻阵地，潜艇机械的轰鸣以及总能透过钢铁艇壁传进来的大海的汹涌的洋流声已渐渐化作背景音响，听得到却不会再进入意识的中心，一些不连贯的思想就会悄悄地在他的心头流动起来。这是些新奇的、以往从没有产生过的意念，如果它们在他过去的生活中涌出，他准会感到那是浅薄的、矫揉造作的，甚至会对由它们引起的心灵的悸动而羞愧。可现在他不这么想了，原来这些思想，在特殊的时空条件下（譬如此刻），也会猛然变得亲切感人，催人泪下。

大海并不总是平静的，巡逻任务执行到一半时，一场台风掠过这片海区。潜艇遵照基地指示暂时撤离时，已经来不及了。

大海变了样子。深墨色的海水突然混浊了，即使潜入45米深处，潜艇仍像一片树叶，被巨大的涌浪和激荡起来的洋流抛来抛去。艇体在它们的挤压下发出剧烈的爆炸式的轰响，让人头晕目眩。

“左舵 ××，两车前进三！”艇长的脸色也变了，大声地命令全艇。

潜艇像一个不屈不挠的钻头，在深水中使尽全身力气，向台风边缘海区“钻”去。终于冲出危险海区时，江白觉得自己浑身没有了一点气力。

全艇吐得一塌糊涂。没有吐的只有政委一人，但他到了最后，也只能躺在艇舱里鼓动全艇穿越台风区。

潜艇在安全区上浮。艇员们到舰桥上享受5分钟时间的“放风”。所有人都塌着眼窝和腮窝。每一只眼圈都像抹了烟灰，每一双眼睛都布满血丝。

艇长和江白一起爬上舰桥。

“味道如何？”刚刚脱离了危险，严艇长又像往常一样兴致勃勃了，他问身边的代理航海长。

“还行。”江白说，笑着望艇长的脸。他意外地发现，仅仅是一天一夜的工夫，艇长脸上的胡子就疯长了一指多长。

台风尾巴刚过去，8334艇就重新回到了巡逻海区。中国潜艇继续在这片海区骄傲地游弋，时而上浮，时而下潜，精神抖擞，充满着警惕和戒备……

最后一天到了。深夜24时整，潜艇接到了基地发出的返航命令。指挥舱里一阵压抑的欢呼。

一个半月过后，严艇长脸上仿佛只剩下了一双大而有神，总是十分兴奋的眼睛。

他走到江白身边来。

“给我海图。”他说，“返航时咱们走一条新航线！”

政委不说话。显然，那是他们两人早就商量好的，也许出航前就决定了。

江白让出了自己的战位。

“咱们出R号海区，向东南进入T号海区，过OI水道，经G号海区回去！”严艇长说，大眼睛里充满了英勇无畏的感情。

他用红笔在海图上大致画了一条曲折的航线。

“将返航路线速报司令员！”他说。

江白看了看海图，抬起头。

“艇长，我是代理航海长。如果我对艇长确定的航线有疑问，可以提出吗？”

“可以。”严艇长略显诧异地看了他一眼，然后才说。

“这是一条海图上没有的新航线，我艇并不熟悉它，艇长决定走这条航线有什么道理吗？”

艇长严肃地看了看政委，回过头对江白说：

“我的道理是：如果在这一海区发生海战，东方 1 号航线上又出现了不利于我的敌情，我们就只能选择这条新航线返航。我艇有必要利用此次机会，对这条新航线实施侦察。据我们掌握的情况，世界上一些海洋大国的潜艇都曾沿这条航线活动，它对别人来说是熟悉的，对我们却是陌生的。我们不能让它永远陌生下去！”

江白听懂了。

“明白了！”江白大声说。

基地回电同意 8334 艇的返航计划。

潜艇在深夜里浮出水面，进行了返航前最后一次充电作业。然后下潜，离开巡逻海区，向公海驶去。

“全艇进入战斗准备！”严艇长发出命令。

艇内气氛紧张起来。江白觉得，此时艇内气氛甚至比执行巡逻任务的日日夜夜里更为紧张。这一点，他也在艇长、政委格外严肃的神情中得到了证实。

天亮前，8334 艇进入 T 号海区。

“报告艇长：接收到异常声呐信号！”一片沉寂中，声呐兵突然大声说。

严岳峰站在声呐波显示屏前。不友好的声呐信号越来越强烈。

对方在向我艇挑衅！

“迅速测定敌潜艇方位！”他说。

江白的心高高悬起！

“方位 270，距离 15 链，速度 10 节！”他说。

是 A 国的 A 型潜艇。它是目前世界各国常规潜艇中体积最大、作战武器最先进的潜艇。这样的距离，也只有它能够在我艇的声呐显示屏上留下如此强大的信号。

“一级战斗准备！”艇长发出命令。

尖厉的战斗警报在全艇刺耳地响起。

“各舱报告情况！”

“一舱准备完毕！”

“二舱准备完毕！”

“三舱……”

艇长的眉毛拧在一起，想了一想，果断命令：“上浮，潜望镜深度航行！”8334艇猛然从深水里跃起，迅速上浮至潜望镜深度，转入曲折航行。

“各舱室注意，鱼雷准备！随时准备下潜！”

艇长下达的每一道命令都被迅速执行了。

严艇长将帽檐扭到脑后，向海面上升起潜望镜。

灰蒙蒙的曙色里，还看不到对方潜艇的踪影。

他收回了潜望镜。

“上浮，水面状态航行！”

政委用鼓励和支持的目光对他点点头。

潜艇出水时声若雷鸣，伴随着钢铁艇壳咯吱咯吱的巨响，听起来令人心颤。

“保持航向，原速前进，准备紧急下潜！”

8334艇以非同寻常的决心，摆出一种无所畏惧的姿态，高速前进，仿佛根本没有发现对方潜艇，或者根本不在意对方潜艇的出现。

其实严艇长的眼睛一刻也没有离开过潜望镜。

“敌潜艇出现！”漫长的10分钟过后，他说。

我艇航向的西南，一个庞然大物般的黑色侧影显露出来。

“声呐注意搜索！”艇长说。

“敌艇正围绕我艇做圆周运动！”声呐兵报告。

“航速多少？距离多少节？”艇长回答，看了看江白。

江白迅速算出了敌艇的航速和与我艇距离。

“航速××节，距离××链！”

公海是大家都可以走的地方，可是对于某些国家来说，它们似乎只是他们的领海。别国的军舰一旦出现在公海上，他们就要像现在这样，做出种种威胁的姿态。

“他是想吓唬老子哩！”严艇长冷不丁说起粗话来，“咱们看一看，到底谁吓唬谁！——紧急下潜，15米深度航行！”他说。

8334 艇迅速下潜，指挥舱内的一切东西都随之摇晃和震荡起来。

“左舵 1801，双车前进二！”

潜艇如同一条灵活的大鱼，在水下 15 米转了一个平角，向后侧急驶而去。

“停车，关闭声呐，坐沉液体海底！”10 分钟后，艇长说。

8334 艇的机械噪声全部消失。声呐关闭，潜艇静静地悬停于水下 15 米深处。

中国潜艇像是突然消失了。至少在对方的声呐搜索屏上，这艘中国潜艇的信号消失了。一个一般的结论是：中国潜艇已经主动避开它，逃之夭夭。

A 型潜艇继续做着自己的圆周运动。它还不想结束这种运动。这个海洋大国的潜艇向来在公海上随心所欲，他们不以为自己会遇到什么麻烦。

指挥舱里，严艇长皱着眉头，专注地看腕上的作战多用表。

“航海长，敌潜艇多少时间将出现在我艇正面？”他问。

江白脑子里飞快地闪过一连串复杂的计算公式和数据。

“5 分钟后对方将位于我艇右舷 30°！”

艇内静得只能听到时间本身流淌的巨大声响。

过了 3 分钟。

“双车动！上浮！鱼雷准备发射！”艇长说。

8334 艇迅速从深水中跃起，通气管率先出现在海面上。仍然耀武扬威地做着圆周运动的敌潜艇重新发现我艇信号，要转舵已经来不及了。我潜艇重新出现时，艇首鱼雷管标准射向与对方左舷的夹角刚好是 30°。那是一个最佳射角。敌左舷全部暴露，哪怕我艇发射一枚鱼雷，对方也将被击中要害部位，葬身大海。

但是没有鱼雷。中国人做出的仅仅是一个英勇的攻击姿态。

A 国 A 型潜艇的艇长会永远记住中国潜艇向他做出的这个英勇的引而不发的姿态。这不是战争，却是一个战争发起前的严重警告，一个可以立即将他和他的艇击沉的语言信号！

“报告艇长，敌潜艇突然转向加速，航向 140，航速 30 节！”声呐兵报告。

“紧急下潜！”艇长说。

8334 艇再度下潜，向与敌潜艇相反的方向机动，然后又一次停车并关闭声呐，坐沉 45 米深度。

过了一刻钟。

“声呐启动，搜索目标！”

声呐屏幕亮起来。

“报告艇长，声呐无发现！”

“继续搜索！”

声呐信号继续在茫茫大洋内穿越。半小时后，我艇周围海区，仍然没有发现任何目标。

一丝胜利的微笑出现在严艇长眼角。

“双车前进 ×！声呐注意警戒！全艇保持一级战斗准备，全速通过 OI 水道。”两天后，8334 艇胜利完成了对 OI 水道的侦察，安全返回 Y 城基地。

基地和支队的首长在码头上迎接他们归来。

“欢迎同志们胜利返航！……你们辛苦了！”首长们走上艇来，热情地与每个走出艇舱的艇员握手、拥抱。

军乐队在码头上一遍遍演奏着《人民海军向前进》。艇上军官的家属、孩子以及幼儿园的孩子手里摇晃着大小彩旗，呼喊着欢迎口号，场面十分热烈感人。

江白觉得有点遗憾。

码头上没有司令员的身影。他本来以为司令员会出现在欢迎队伍里的。

一个半月前是他把他们送走的，现在他理应也出现在码头上。

晚上洗澡加餐，出席音乐晚会。基地首长在加餐前特意说明：司令员本要亲自欢迎他们，可是昨天突然接到总部的一道命令，当即乘飞机到北京去了。

晚会散场后回到艇员宿舍，江白躺在床上，才明白自己心里为什么仍有一点遗憾。

司令员作为一名开辟了多条航线而为中国海防建设立下功勋的英雄，一直受到他的尊敬。今天，他虽然是一名实习军官，却也和 8334 艇的全体官兵一起，经历了一次应被看成具有开拓意义的航行。他的心里以为自己与司令员突然靠近了。

这一次，不是因为海韵而与他靠近，而是因为自己，因为自己参与的英勇的航行。

还有了另一种感觉：与出航前的自己恍若隔世。

明白了读书时总也弄不懂的事情。譬如说德国潜艇艇长金达·普里恩海军上尉单艇突袭斯卡帕湾时曾否想到过失败和死亡。不，普里恩可能根本没有想到过失败与死亡。他没有时间想这些事情。作为一名可能一直坚定地认为自己是在为祖国而战的军人，左右他的是那种不知不觉的充沛的激情，以及对于敌情的警惕，对于进行攻击过程中的所有细节的注意，等等。

唯独想不到失败和死亡。

蓦然，他明白这是他此次出海实习的最大的也是深感意外的收获。

休息两天后，他的实习生活结束了。告别熟悉的8334艇官兵时，他已经有点恋恋不舍。

别人的实习很可能都是在近海随艇做一些技战术演练，熟悉一下部队，他却不同。他差不多等于参与了一场实战。来到8334艇之日，他还是一个未出校门的学员，离开这里，他恍惚觉得自己已历尽沧桑，是一名老潜艇兵了。

“江白，打报告要求留下！我去给你开后门！”分手时，严艇长怂恿他说。

“我也参与！”不苟言笑的政委难得地露出笑容，也说。

“谢谢！”江白说。他真的有些感动了。

跟部队官兵们在一起，与在潜院和老师、同学们打交道的感觉完全两样。前者热情、干脆、明朗、直截了当，有时不免流于粗鲁，但这就是真正的兵的生活，江白想。

他喜欢这种生活。

14

从实习部队回到潜院，进了宿舍，背包还没有打开，他就想起了海韵。他发现，在海上一个多月，他几乎一次也没想到海韵。只是潜艇回到基地，因为司令员没到码头上去，他才连带着想到了她。

那个他一直在回避的问题重新清晰地浮上心来。

毕业的日子快到了。他必须做出决定。

——他到底向不向她求婚？

海韵在等待他的求婚。她好像一直都在等待他开口向她求婚。

宿舍里空无一人。江白在自己的铺位上坐下来。其实他已经明白：关于此事自己早已做了决定。自从那天晚上系办公室的肖老头告诉他海韵是基地秦司令员的独生女儿，他心中就已做出了决定。

只是他自己不愿承认罢了。

寒假期间，他在家里曾要自己做出决定。却因他对海韵的家庭背景存在盲区而被推迟了。现在盲区已不存在，做出与之分手的决定是十分自然的。

可他还是去了海山别墅。他继续在那里读书，他想让他们的关系自然地冷淡下来，想让敏感的海韵自己感觉出现在他们关系中的变化，从而明白他的情感与思想。但后来发生的事却说明，海韵或许有了感觉，可她并没有因为这种感觉而放弃等待。

这就是说，她仍然在等待他开口说出那句话。她仍然相信他会说出那句话。

他无法继续回避这个问题了。即使从道义的角度也觉得无法继续回避。他与海韵从相识到开始逢场作戏地交往，直到两人内心深处产生真实的恋情，所有这一切都真实发生了。继续回避它们或者干脆对之采取不负责任的态度，在他都显得有一点卑鄙。

他还年轻。还没有对什么人卑鄙过，尤其是对一位曾在近一年的时间内给过自己许多帮助和温暖的姑娘。

阳光很好，夏天已经来了。阳光从宿舍打开的窗子外面强烈地射进来。江白坐在空空的铺板上想了好久，觉得自己的心一点点软下来。

忽然生出一种立即要见到海韵的愿望。

他放下宿舍里的事不做，就去系办公楼打电话。

肖老头正在打扫办公室的卫生。见到江白，两只老眼放出光来。

“小子，是你？”

“肖师傅，我想用一下电话。”

“用吧。”老潜艇兵说，想说什么，又没有说。

江白拨了一个海洋大学图书馆的电话。

“你找海韵？她不在，她两天没来上班了。”电话里，一个男人不知为什么没好气地说。

“谢谢，打扰了。”

海韵也许在基地的家里？过去她曾给过他一个基地家里的电话号码。以前他不知道那是谁家的电话号码，现在知道了，又不想往那儿打了。

他拨了一个电话到海山别墅。

电话铃一声声响着。那么她一定在她父母家里了。他想：我打不打这个电话？万一司令员已从首都回家，来接电话呢？我当然不怕和司令员通话，但我不想让他帮我找他的女儿接电话。

电话那一端，突然响起一个虚弱的声音："喂？"

江白登时喜出望外。"是海韵吗？……我是江白呀！"

电话那一端的声音仍然有气无力："你在哪儿？……实习回来了？"

她的声音让江白有些不安了："海韵，你怎么啦？"

"没什么，我有点发烧。"电话那一端，她咳嗽起来。

江白着急了："你等着，我马上过去！"

他没等到回答就放下电话，对肖老头点一下头，飞快地跑出去，一路跑出校门，上了公共汽车。

半小时后，他已经站在海韵的床前了。

她烧得红头涨脸，迷迷糊糊。

"怎么样？……哎呀，你烧得这么厉害，怎么不上医院？"他心疼地叫起来。

"没事儿……"海韵脸上勉强现出一丝微笑，表示她看到他心中很高兴，"这是……常事儿，一感冒……就这样。"

"你一个人在这里躺两天了？"江白想到了什么，惊问道。

"你甭……大惊小怪……我以为躺躺就好了……"

"你以为！"江白生起气来，"赶快上医院！……你等着，我去打电话叫救护车！"

他跑到楼下。这次什么也没想，就拨通了那个他一直没有用过的电话号码。

接电话的不是司令员，是他的夫人。

"你是江白同学吧？……我马上去叫车！"电话里，这位母亲像天下所有的母亲听到儿女得病时一样有点惊慌失措，"我们到达之前，请你别离开她！谢谢你了！"

江白放下电话，回到二楼。

"救护车马上就到。你要喝水吗？"

"壶里没有开水了。"她蠕动着烧出一圈燎泡的嘴唇，不好意思地说。

"你是拿小命开玩笑！"江白埋怨了一句，跑到楼下厨房去烧水。

一壶水烧开提到楼上，弄凉了倒给海韵喝，救护车还没有来。

"司令员家叫个救护车也这么难，真是没治了……"他发起牢骚来。

喝下一满杯水，海韵脸上的红晕褪了些。

“我好多了……你来了就是最好的医生来了。”她又能说笑话了，“你要是能在这陪我两天……我的病……一准全好。”

那种旧的、温热的流体又在他心里翻涌上来。

“只要你能快快地好，我可以做出牺牲。”他压抑着真情，半开玩笑地说。

“昨天我本打算……到码头上去接你……还特地撒了一个谎……向馆里请了假……没想一到家就爬不起来了。”

他猛然背过脸去，佯装看阳台上盛开的蔷薇花。

他今天却要来对她说不！

一秒钟后，他让自己平静下来，回头笑着说：

“多谢。你好在没去。你要去了，事情就坏了，码头上的风比市里还大！”

这时距离他打那个电话已经40分钟，救护车来了。

他只在这座别墅见过一次的司令员夫人带着两个护士、一个医生跑上楼来。江白帮着他们，手忙脚乱地把海韵抬进院外的救护车里。

大家上了车，江白也要上车。

海韵平躺在担架上，这时睁开眼睛，用微弱的声音对母亲说：

“妈，江白下午还有事，就不让他……去医院了。”

司令员夫人看了女儿一眼，一点明亮的东西在眼里一闪，用手挡住了车门。

“江白同学，谢谢你为海韵做了这么多事，不好意思再麻烦你了！”

江白尽管有点惊讶，但还是接受了这种安排。司令员家女儿，到了医院，会有人照顾的！

“那好。海韵，我就不去医院了。出院后我再来看你！”他对车里的海韵说。

“出院后让海韵给你打电话。”救护车上，母亲代替女儿回答。

门关上了。

救护车风驰电掣地开走了。

海韵在医院整整住了半个月。江白几次想去看一看她，每次打电话到医院，对方都回答说不知道有海韵这个病人。打电话到司令员家，每次都是司令员夫人接电话，他得到的回答也总是婉言谢绝。

“真谢谢你江白同学，海韵没事儿，让你惦记了，我觉得，你还是等她出院后你们再见面比较好……”

半个月后，她先打来了电话：

“江白，猜猜我是谁？！”

“海韵！你出院了？”

“还不赶来看看我！就不想我？”

江白的心热乎乎的了，放下电话，就去了海山别墅。

她完全康复了，见他之前，还特意很精心地化了妆，又青春，又娇美。

“病了一场，倒成西施了！”江白忍不住地说。

他用爱慕的、赞叹的目光望她，让她异常高兴。

“能这么对一个女孩子说话吗？”她只是娇羞地还了一句，脸就绯红了。

这是个星期天的上午，两个人在海韵的房间里坐着，她给他煮了咖啡。

“江白，说说在海上实习的事情。看你，瘦了！”后来，她注意地望着他的脸，美丽的眼睛里不由自主地露出了心疼和关切的神情。

“也没什么。”江白故意轻描淡写地说，“就是见见远海，在台风里吃点苦头。”

当然不是如此。但是要他对面前这位从没出过远海的姑娘谈论他在远航中的经历与感受，他觉得那是完全不可能的，尽管她说得上是一个业余的潜艇战专家。但谈论这种事的对象应当是男人，是对潜艇在海上的艰苦战斗生活有所了解的人。

她的嘴唇噘起来，一副不满的样子。

“不想说就算了，也许一直风平浪静，连条鲨鱼也没碰见！”

他的自尊心被伤害了。

“鲨鱼是没碰着，就是碰着了也看不到，我们大部分时间都在水下。……倒是碰到过钢铁的大鲨鱼。”

她的那两只习惯地眯细的眼睛亮了。

“真的？”

他中了圈套，不知不觉讲起8334艇在公海上与A国的A型潜艇遭遇的经过。他注意到，海韵的两颊正升起两团鲜艳的红潮，那是真实的兴奋，与薄施的脂粉没有关系。

他说完了，自己也没想到竟激动起来。

她手托着下巴，一直认真地听着。一双明亮的目光一眨也不眨，脸上的红潮一直没有消失。

“实习回来，最大的愿望是什么？”她冷不丁地问。

“最大的愿望是当个潜艇艇长！”他的情绪被她引逗得十分高涨。

“为什么？”

“神气！你可以指挥一条潜艇在大海里自由出没。太平洋、大西洋、印度洋，每一个大洋都是你的活动场地！”

她扑过来抱住他，热烈地吻他。

“海韵，你怎么啦？”他听到一种异样的声音，双手扶起她的脸问。

海韵脸上泪痕斑斑。

“你出海那天，我的心也跟着你去了。我知道不该为你担心，可还是跟去了。”

她呜咽起来。

他的心里着了大火。虽然这是他不情愿的。

“海韵，谢谢你。我长这么大，除了父亲，还没有第二个人这样惦念我。”

她仰起脸，泪水打湿了脂粉，留下一道道水痕。她钟情地望着他。

“你出海后，我天天晚上弹那首曲子。”

“哪首曲子？”

“《少女和一位潜艇艇长的故事》。……我天天弹它，一边想你到了哪里，是不是遇上了风暴。”

“……”

“过去我虽然也常常弹它，可是并不理解它。就在你出航的日子里，我明白它为什么会有那样一个名字了。”

“为什么？”江白想起那首曲子了，激动地问。

“它取那样一个名字，是因为曲作者可能根本就不像我想的那样是一个潜艇艇长的妻子。我突然觉得她可能真是一位少女，她和潜艇艇长有着一段刻骨铭心的爱情。当她痛苦地思念他并为他写下这首曲子时，结婚还仅仅是他们的一种愿望。”

江白让她坐回沙发里去，自己也坐到她对面。他有点懂了，可没有全懂。

“少女不但那时没有和潜艇艇长结婚，我觉得她后来也没能与他结婚。”她说。

她望着他，眼睛里又慢慢地涌满了泪水。

他觉得自己明白她话里的真正意思了。

他不能让她知道他已经听懂了她话中的真实意蕴。

“啊，你这都是瞎猜，又没有什么证据。”他故意轻松地笑了笑。

他的笑声冲淡了房间里悄悄存在的压抑和悲伤的气氛。海韵摘下眼镜，抹抹眼睛，不好意思地笑了。

“我也不是没有一点证据。”她有点强词夺理地说，“要是他们后来结了婚，它肯定会有另外一个高潮和欢乐的结尾。”

他意识到她的情绪正在明朗起来。

“那不一定。结了婚她也许又不爱他了，也不想再写下去了，结果这首曲子就原样子保留了下来。”他反驳她，心里想的却是继续强化房间里逐渐上升的明朗和轻松的气氛。

“就算你说得有道理。……还有一件事我不明白。曲子显然真实反映了作者生命中一段难以忘却的爱情经历，这样的作品她一般不会随意丢弃，可我这个与她毫不相干的人却在家里的旧书夹缝中发现了它。”

江白想了想。他不觉得认真地思考那支钢琴曲的来历是他生命中最重要的事。

“也许根本不存在你说的那个少女。说不准作者是个男人呢。说不定他是个白发苍苍的老头儿呢。你怎么能保得准一定是哪个热爱我们潜艇兵的少女或者哪个潜艇艇长的妻子写了它？至于你为什么会在那些旧书里找到它，这又不必问别人，就在你们家里，肯定有人与它有关。”

“我问过我老爸老妈，他们都说不知道。”

江白沉默了，他不想再谈它了。

“好了，我们就不为这个或许是老头写的作品掉泪了。……江白，你出海后，我一个人弹着它，弹着它，根本没有想你，眼泪就掉下来了。”

她的眼圈儿又红了。

江白突然意识到自己又被推回到那件事面前。

他应该对她说出自己的决定，可是却又一次犹豫了。

不，今天不。今天她刚刚出院。

“海韵，弹个曲子吧。”他换了一个话题说。

她温顺地看了他一眼，离开沙发，坐到钢琴前。

结果他就第二次听到了这首《少女和一位潜艇艇长的故事》。

经历了一个多月出生入死的海上生涯，今天听来，江白觉得自己刚刚听懂了它，于是也就明白了海韵的话。

这是一个对自己挚爱的人——那位不知名的潜艇艇长的生命、事业和海上生涯知道得不少、理解得异常深刻的少女。她不仅明白爱人的事业充满艰苦和辛劳，随时面临险境，随时可能牺牲，还知道自己很可能已经没有了他，知道没有了他自己也将死亡。生命对她来说原本只是一片黑暗，他是射进黑暗中的仅有的一道亮丽的阳光。自从她的眼睛里有了这道阳光，周围巨大沉重的黑暗就不复存在了。她的欢欣源自这个人，这束阳光，这个亢扬、嘹亮、充满爱和苦恋的音乐主题，与之相对的则是她的恐惧。是的，是恐惧，第一次聆听这首曲子，为什么没有听出她的恐惧的心声呢？它来自周围的黑暗，来自那个一直在她身边徘徊不去的、反复变奏的低沉压抑和不和谐的主题，后者作为一个音部，始终存在而且永远强大，构成了对她所拥有的一切（包括那束阳光）的致命威胁。……但是欢欣和恐惧在搏斗，它同潜艇在风暴中的搏斗合成了一个音乐形象，此就是彼，彼就是此。潜艇在搏击大海的狂涛巨浪，她的欢欣也与恐惧搏斗，并在其中显示出弱者的力量，一种仅靠一束阳光也在勇敢地活下去奔向幸福的人的力量，一种虽像小草一般柔弱却又像小草那样只要有阳光就不会死亡的力量。那造成恐惧的力量在咆哮，就像风暴出现在远方的大海上，低沉而威严，越来越近……少女的音乐形象突然由柔弱变得丰满、坚定和勇猛。她在恐惧，但是她也在斗争，斗争和盼望。潜艇艇长的音乐形象再次出现。最初是阳光给了少女勇气、希望和梦想，现在反过来了，是少女用自己的信心和含泪欢欣的歌唱鼓舞着阳光，鼓舞着那个正在大海和风暴中搏斗的潜艇艇长。恐惧还在，它仍然是巨大的，但是阳光、信心、希望也在，它也是巨大的……

这天上午余下的时间里他们什么也没做。琴声在高潮处戛然而止时，房间里的两个人眼里都涌满了眼泪。他们谁都没有向谁看过一眼。江白第一次感觉到：海韵对这首钢琴曲的理解也许完全正确，它很可能是一个真实的、没完成的、悲剧性的爱情故事，是这个爱情故事中最具悲剧意味的一个章节。

可是今天，那个悲剧性的爱情故事已被时光吞噬，不为人知，只剩下了这首曲子。就像一棵枝繁叶茂的大树，只剩下了一个树干的切片，上面记录着残存的、痛苦的年轮。

刚刚过去的一个多月，海韵终日生活在这个悲剧性的爱情故事里，也就是生活在她自己的恐惧、信心和希望里。她成了那个少女。

他不能让她继续这样痛苦地生活了。他没有这种权力。

15

但是直到这天离开海山别墅，他仍然没有鼓起勇气说出想说的话。

她仍然预感着失恋并为此而恐惧，而且她才刚刚出院，今天他还是什么也不说的好。

“星期天还想来看书吗？”出院门时，海韵问他。

现在她的目光里还有隐约的恐惧，但更多的却是恐惧过后的轻松和快活了。

他还是要来的。在这座别墅开始，还应在这里结束。

从另一方面说，毕业后每天都是实习期间那样紧张的生活，大把的读书时间是不会再有了。他仍想抓紧离校前这段时间多读一点潜艇战术史方面的书。他对自己刚刚开始的研究兴趣不仅没有因临近毕业而降低，反而变得更加高涨和紧迫。

“假若没有什么不方便，我还想来。”江白笑着说。

“我当然没有什么不方便，你要来就来吧。”她说着，又将那把钥匙交给他。

他要走了。她的眼睛幽幽的。

“你就这么走吗？”

他站住了，回头望她。

“吻我一下。”

他略加迟疑，还是走了回去，吻了吻她。

“再见，海韵。”

“再见。这些天我有时可能回不来，我也有一班要毕业的学生。”

他的心情猛然放松了。

“我知道了。”

他转过身去往前走，同时命令自己：不要回头，不要缠绵！

他一次也没有回头，就是拐向滨海大道时也没有。

以后几天他没能很好地去那座别墅读书。分配的事情已提上日程，去哪里成了每个毕业生最关心的事情。江白想置身事外，却难以办到。

星期四的下午，系主任将他叫到了办公室。

主任 50 岁刚出头，就已秃了顶。他坐在一张袖珍式的写字台后面，让江白在对面的沙发坐下。

“江白同学，关于毕业后的去向，你有什么想法吗？”

江白坐下去又站起来：

“主任，潜院学员毕业后，不是由干部部门统一分配吗？”

“坐下坐下。”主任招着手，一边点头说，“你说得不错。……但现在有一个机会，我想征求一下你个人的意见。”

江白的精力高度集中。“主任，有话你就说吧。”他重新坐下说。

“上级已经决定了，在 Y 城潜艇基地装备和组建一支新型潜艇部队，军官由总部向各大单位抽调，要求必须是现役潜艇军官中的佼佼者。潜院也接到通知，要选调少数各方面特别出色的毕业生进这支部队。校方规定每个系选一名。……咱们系有人推荐了你。”

江白的脑子陀螺一样飞快旋转起来。

“系主任，你这是向我宣布命令，还是仅仅想听听我的想法？”

“不是命令。”主任脸上现出十分认真的神情说，“机会难得，只要几个人，有不少人想去。我国的潜艇兵器正在更新换代，从发展的角度看，进这支新型潜艇部队的人会更有前途。”

江白长久地沉默下来。

主任静静地望着面前的学生。5 分钟后，他离开了写字台后面的椅子。

“我还有个会。……如果需要考虑，你可以回去仔细想一想。明天下午之前给我回话。”他说。

江白从沙发里站起的一瞬间，决心已经下定。

“主任，我现在就可以给你一个回话。如果是命令，我服从；假若学校征求我的意见，我还是想离开 Y 城，到其他潜艇基地去。”

主任脸上短时间地现出了迷惘的神情。

“说心里话，我对你的决定不太理解。……不过上级有要求，进这支新部队的人必须不带一点思想问题。你既然有这种想法，校方大概会尊重你的意见。”迟疑了一会儿，他慢慢地说。

“谢谢主任。我可以走了吗？”

“可以了。”

江白出门后又回头看了一眼。他发觉主任又坐下了，十分疲倦的样子，正从写字台的小抽屉里摸出一支烟来抽。

我让这位在全校威望很高的系主任失望了。走出系办公楼，走进了大操场，他想。

大操场旁边是一座小花园。园内很安静，像在别处一样，红的、白的、黄的蔷薇花正在开放。

他在一条长长的水泥凳上坐下来，仰起脸望湛蓝的、飘着一些条状薄云的天空。

他前两天从同学中听到过这支正在Y城潜艇基地组建的新部队，计划装备到这支部队去的潜艇将成为我国海军部队未来的主要作战潜艇。

只是没想到此事会与自己有关。他得承认，主任最初讲到校方的意见（他自忖它很可能就是主任的意见）时自己曾怦然心动。不，那一刻他激动得厉害。刚毕业就走进这支部队，不仅是一种特殊的荣誉，还为他以后在潜艇部队的发展铺开了一条坦途。

但也就是在这一刻，一个不愉快的意念闯进了脑海，将全部的美好感觉都破坏了。

——此事是不是海韵通过秦司令员对他做出的特殊安排？

秦司令员是中国潜艇部队的英雄，潜院院长是他的战友，系主任与他关系也不错，甚至连系办公室的肖老头也曾是他的部下。秦司令员如果插手做这件事，是不困难的。

况且也不可能有人对此事提出异议。他与海韵的关系并没有公开，一些人就是知道他与一个姑娘有来往，也不知道她就是司令员的女儿；他的毕业成绩总评全系第一，每个系要一个尖子生，系里选送他顺理成章。

然而事情恰恰可怕在这里。

没有任何事情会妨碍他进这支众望所归的新部队，但他不能不十分敏感地想到另一件事：这样成就的是别人的意愿而不是自己的意愿！

也许海韵和她的父亲根本没有插手此事，但是万一他们瞒着他悄悄插手了呢？

这一会儿他什么都看清楚了。如果真是如此，那也就意味着，自他没走出军校时起，他的生活、事业、前途就被别人安排好了。他还没有开始经历真正的人生，包括每个人都要经历的痛苦和挫折，没有体验过奋斗的艰难并享受由此带来的欢乐，没有收获自己劳动与创造的果实，命运就全掌握在别人手里了。

我想到的这一切是真实的吗？

不。

不能这样。我不愿意。

最后一次回家过寒假，父亲没有说出的话他其实是懂得的。他们父子两代人中，已经有过一个这样的悲剧了。

多年以来他一直在思考父亲。没有思考时这种思考也在进行。过去他一直认为父亲的悲剧仅仅在于他娶了母亲。今天才真正明白：给父亲的一生带来最大伤害的不是母亲，而是父亲由于同意那桩门不当户不对的婚姻而失去了自由。

行动上的自由，支配自己命运的自由，对自己生活的独立地、完整地把握的权利。

先是失去了人生意义上的自由，接着又失去了精神意义上的自由，最后便失去了自由的命运。

海韵很好，他爱她。秦司令员也是他所景仰的潜艇英雄，但是他还是不能接受海韵的爱并与之成为眷属，因为她是司令员的女儿，后者有权力（甚至不通过权力就能）影响他的命运。

海韵和司令员或许已经插手了他的分配，或许没有，但仅仅是前面那一点可能性的存在，就足以使他对海韵的最后一点缠绵之情消失。

他不能向海韵求婚，甚至也不能将现在这种存在于他们之间的模糊的恋爱关系继续下去。他不是不爱海韵而是不能爱海韵，几乎从出生的那一天起，他们各自的命运就被决定了。

走进系主任办公室之前，甚至在系主任谈那件事之前，他还对毕业分配抱着“一切服从上级安排”的无所谓态度。但当系主任说出了那件事，他的决心便在一分钟内重新下定了：毕业后不能留在 Y 城潜艇基地。他要离开这座北方名城，到另一座城市或军港、另一支潜艇部队去开辟自己的生活，经历自己的人生。

他不是不喜欢 Y 城，他喜爱这里的蔷薇花、海洋、城市，甚至也悄悄地喜爱这里的姑娘，但他不能留在这里。留在这里，他就很难完全离开海韵，离开那座海滨别墅，离开那个属于司令员的家。即使司令员和他的女儿不想进入或改变他的生活，他们也会进入或改变他的生活，从而让他部分甚至全部地失去自由。

命运之杯里无论是苦酒还是甜酒，他都渴望着，不会回避。只要它们属于他，他绝对会毫不犹豫地将它们饮啜下去。

他可以没有令人羡慕的前途，没有舒适的生活环境，甚至没有自己一直暗暗渴望的功名与成就，却不能没有自由。

他只能是自己的，自己一个人的，不能是别人的，即使这个别人是海韵，即使是Y城基地名盛位尊的秦司令员。

他在小花园坐了10分钟。人生中一个重要无比的时刻，就这样被他轻易地度过了。

需要的只是找一个机会，将自己的决定对海韵说出来。

星期天上午，他照旧去了海山别墅。

他只想跟她谈自己的决定。无论她做了或者没做那件事，他都不会主动问她。

她即使做了，也无非出于对他的爱，想把他留在Y城，让他离开校门第一步就绕开所有弯路，直接走上未来的成功和辉煌。总而言之，那是她的事。他自然也不会与她谈自己对这种安排的拒绝，因为这是他自己的事，与她无关。她要是没做那件事，她和他自然更无由谈起它。海韵应当知道的只是他对未来生活的选择。

但这天直到晚上海韵也没回来，江白全天都坐在海山书房的窗前读书，他觉得心静如水。

太平洋海战场中的潜艇战

中日战争中的日本潜艇：第二次世界大战的另一部分是太平洋地区的大战。太平洋地区的大战中规模最大的战争是中日之战。

现有的资料中没有查到日本潜艇在中日战争中的表现。

七·七事变后，在进攻上海的日本海军舰队序列里，曾出现过一支潜艇部队，即日本海军潜艇第一战队。该战队辖一艘轻巡洋舰和第七、第八潜艇大队。但这支日本潜艇部队有何战果没有记载。

日本潜艇没有取得战果的主要原因并非是它们不想取得战果，而是淞沪大战之后，中日海军的战事主要发生在长江等中国内河，日本潜艇已没有了用武之地。

战后公认的“二战”期间中日海军发生在海上可以称之为海战的厮杀只有一次，这就是中日虎门海战。是役广东江防司令部所属之1艘2600吨旧式巡洋舰和几十艘炮艇、炮舰对付来犯的四艘日本驱逐舰。40分钟炮战过后，1艘日舰负伤，其余3艘挟护该舰仓皇而逃，受伤的日舰终于沉没。这是中国海军在战斗中取得的最辉煌的战果。

后来，日本海军改用大批飞机轰炸广东海军，由于没有空中掩护，广东海军的大批舰艇先后被炸沉没。

也许还发生过海韵讲过的，由海石将军带领的海军官兵在Y城海域对日海军展开的英勇战斗，虽然它没有被载入史册。

除了淞沪登陆，七·七事变后日军还相继在厦门、福建闽江口、连云港、广东的南澳岛、大亚湾、珠江口、海南岛、汕头、广西的钦州湾，以及福州等地实施了一系列登陆作战。日本海军舰队大模大样地越过中国的黄海、东海和南海水域，将一船又一船日本兵送上中国的土地，烧杀淫掠。如果当时中国有一支相当规模的海军，中国海军中有一支相当规模的潜艇部队，哪怕只有几艘潜艇呢，也能在中国海域乃至日本近海给予这些满载杀人犯的船只以沉重打击，让一船船日本兵踏上中国大陆之前就丧身鱼腹。

“二战”初始，中国海军既没有潜艇和航空母舰，也没有大批可用于海战的飞机，仅有一些旧式巡洋舰、驱逐舰、鱼雷艇和辅助船只，总排水量不过6.8万吨。日本海军则有大中型军舰285艘，其中，航空母舰4艘，大型战列舰10艘，轻重巡洋舰23艘，驱逐舰102艘。日本人仅潜艇就拥有59艘，另有潜水母舰5艘。日海军中型以上舰艇总排水量为115.3万吨，是中国海军舰船吨位的16.9558倍。日本海军另有岸基飞机和舰载飞机811架，2艘航母在内的37艘大型军舰正在建造中。中日两国在海军兵器技术方面的天壤之别还没有囊括其中。

中国海军舰艇在“二战”之初即损失殆尽。其后，失去舰艇的中国海军主要进行的是岸防战斗和水雷战。抗战八年间，中国海军官兵几乎是在赤手空拳地与敌英勇战斗，共击沉日本大小舰船162艘，总吨位达16.82万吨。

这是个了不起的成就。

但是，它却只是1艘德国潜艇——譬如金达·普里恩海军上尉的“U-

47”号艇——所取得的战果（24.5 万吨）的十分之七。

1 艘德国潜艇的战果，竟是全部中国海军战果的 1.4565 倍！

可以有许多解释，但是历史不承认这些解释。历史只承认过程和结局。

如果中国有一支强大的海军，如果中国海军有一支令敌人生畏的潜艇部队，大批日本运兵船就会被消灭在海上，无数生活在大陆上的中国人就可避免被日本兵枪击、刀挑、砍头、活埋、挖眼、剖腹，一部分中国人就有可能不会成为日本人活体解剖和毒气试验的牺牲品，中国人在“二战”中的死亡总数绝对不会达到创纪录的 3500 万！

更为可能的是，一个拥有强大海军力量的中国，本身就会是一个令嗜血成性的日本人不敢染指的中国，3500 万中国人可能就根本不会死！

太平洋海战中的日美潜艇战。

日本人 1941 年 12 月 7 日偷袭珍珠港，是“二战”进程中的重大事件。日本海军的潜艇部队和美国太平洋舰队的潜艇部队由此进入了太平洋海战史。

地球的那一边的大洋上，是法西斯德国的潜艇沉重打击着盟国的海上生命线；而在地球这一边的大洋上，受到潜艇沉重打击，其海上生命线面临被切断的危险的却是军国主义的日本。

与大西洋海战不同，太平洋海战期间，交战双方（主要是日本人和美国人）谁都没有犯德国人在大西洋海战中犯下的错误，即孤注一掷地单一地发展和使用潜艇兵器，忽视水面舰艇、海军作战飞机的发展与使用。但日本人却犯了另一个错误，从大战开始到结束，他们一直将潜艇用于战术目的而没有用于战略目的，日本潜艇的作战行动几乎完全从属于日本联合舰队的作战行动并为其服务，而没有如美国人那样，除将潜艇用于战术目的，还主要用于战略目的，即在中部太平洋和西部太平洋袭击日本的海上运输线，扼杀资源贫乏的岛国日本的战争能力，从根本上摧毁日本军国主义的战争机器。

太平洋战争中，288 艘美国潜艇共击沉日本大小商船 1150 艘，总吨位 486 万吨，占“二战”时期日本商船总损失数的 62%。此外，直接被美国潜艇击沉的日本军舰达 276 艘，美国仅损失潜艇 15 艘。

战争后期，日本因海上交通线基本被切断，工业原料匮乏，战争能力锐减。美国潜艇对日本商船的有效打击，直接加速了“二战”的结束。

值得注意的是，美国潜艇对日作战的方式基本是单艇游猎或者小群出击，像德国潜艇那样动辄实行大规模“狼群攻击”的次数并不多，却也取得了预期的效果。其中的原因是：第一，日本海军对商船的护航能力不如大西洋战场上的英国和美国。第二，日本海军一直没有像英国人和美国人对付德国潜艇那样集中重大力量攻击美国潜艇。日本人犯的和永远会犯的错误是蛇吞大象，“二战”期间，它一口气吞下的地盘太多，四面出击，海军军力有限，应付美英等国的主力舰队尚且力不从心，当然无力将许多军舰与飞机用于对付美国潜艇。第三，美国人没有犯德国人犯下的错误，随着太平洋战局的发展，美国人越来越重视航空母舰和舰载飞机在海战中的决定性作用，大力发展航母和海上空中打击力量。进入战争中期，美国航母编队和舰载飞机已构成了对日本海军的主要威胁，日本人或者没有或者没能将主要注意力投向美国潜艇，于是单艇或小群游猎的美国潜艇竟成了最终左右太平洋战局的战略性力量。

这一点，恐怕连美国海军的决策者自己也没有完全想到。

日本海军如何使用潜艇？珍珠港战例之分析（此战例可代表日本海军使用潜艇的一般情况）：珍珠港之战，日海军共使用潜艇30艘，其中27艘用于先遣编队，分为5个队，早于1941年11月11日即从基地起航，秘密驶往夏威夷，只有3艘潜艇用于南云中一海军中将指挥的突击编队。先遣支队的5个潜艇分队，3个用于战区封锁，1个用于侦察，1个进入珍珠港入口处，将所携带的5艘袖珍潜艇放入水中，准备在航空兵发起轰炸时从水下潜入港内，对美军舰艇实施战术突击。也就是说，所有5个潜艇分队均为配属突击编队行动，没有直接投入攻击。

日本人直接投入珍珠港作战的5艘袖珍潜艇的命运是：1艘在日突击机群发起攻击前即被美驱逐舰击沉；1艘在港外搁浅，艇员被俘；2艘潜入港内，未取得战果，即分别被美驱逐舰用深水炸弹和火炮炸沉或击沉；最后1艘下落不明，没有返航。这5艘直接投入战斗的袖珍潜艇，全军覆没。

负责封锁战区的日本潜艇分队也没有取得任何战果，原因是珍珠港内的美国舰队受到轰炸后并没有向港外突围或疏散。山本五十六将这样一大批潜艇用于一场战斗，试图一举将美国太平洋舰队主力全部消灭，但从战略和战役的结果看，这样使用潜艇无疑将此种具有战略意义的兵器降低成了单纯的战役和战术兵器。几乎可以断定，山本五十六并不是一个潜艇专家。

珍珠港之战拉开了太平洋海战的序幕。像1939年到1941年德国潜艇在大西洋海战中一样，日本海军在太平洋海战的初期也是虎虎生风，不可一世。偷袭珍珠港得逞后，日海陆军联手，连续进行了关岛、威克岛、吉尔伯特群岛、马来半岛、巴林塘海峡诸岛、菲律宾吕宋岛等登陆作战。日本潜艇参与了其中的一些登陆作战，担负的仍然是侦察、警戒、战区封锁任务。此时在战场上大出风头的是日本的航空母舰、舰载机、其他水面舰只、海军陆战队以及陆军部队。

美国潜艇开始投入对日舰船作战：珍珠港事件发生的1941年12月，美国潜艇便奉命投入对日海上交通线的袭击。首先投入战斗的是美潜艇“白杨鱼”号，它于当月从刚刚遭到惨重破坏的珍珠港起航，直抵日本近海，展开单艇游猎。这是美国潜艇第一次执行破交任务，明显让人感觉到经验不足。直到1942年1月4日，“白杨鱼”号才在日本近海的丰后水道发现1艘商船，连续发射4枚鱼雷，也没将其击沉。6天后又见到1艘商船，发射了3枚鱼雷，也才把它击伤。此时它已在海中游弋1个月余，应返回基地重新补给。返航途中，艇长接到了司令部的命令，得知3艘日本潜艇正在中途岛附近海域活动，于是这条潜艇中途设伏，向正以水面状态航行、毫无戒备的日本潜艇发射了3枚鱼雷。两声爆炸后，“白杨鱼”号上浮，用潜望镜搜索，什么也没看到，十分失望。安全返航后他们才知道，自己已经击沉了日潜艇“伊-173”号。这是美国潜艇在“二战”中第一次取得战果，“伊-173”号于是也成了“二战”中第一艘被美国潜艇击沉的日本潜艇。

击沉第一艘日本商船的美国潜艇：“牛尾鱼号”。1942年1月10日，该艇在菲律宾水域游猎，用4枚鱼雷攻击日本商船“明人丸”。前两枚鱼雷命中后没有爆炸，后两枚鱼雷才将这条3817吨的商船炸沉。

（江白按：任何一支军队的战斗力不仅依靠它使用的兵器和参战人员，还要依靠它的经验、传统和胜利历史。与德、英、俄等第一次世界大战中就大量使用潜艇部队的海军国家相比，美国潜艇部队明显是一支没有经验、传统和胜利历史的部队。于是参战之初，它们就显得有点笨手笨脚。但是一支部队的经验、传统和胜利历史是可以在战争中逐渐积累、形成、书写出来的。这一点对于没有经验、传统、胜利历史的中国潜艇部队也同样适用。）

太平洋战争前期单艇作战的美国潜艇表现得相当英勇。

战例之一：1942年1月，日军进攻菲律宾，美潜艇“鳟鱼”号奉命向坚守阵地的美菲军队输送补给物资。为了在艇内装上更多的粮食弹药，它不得不把舱内的鱼雷也堆放在甲板上。12日，这艘装载着20吨补给物资的潜艇由珍珠港起航，经中途岛、威克岛加油，穿过巴林塘海峡南进，一路秘密穿越日军严密的海上封锁线，几经周折，终于胜利地将艇上的物资输送到目的地。真正精彩的故事至此才刚刚开始：卸船完毕，将甲板上的鱼雷装回舱内，“鳟鱼”号仍需要25吨物资才能保持潜艇均衡。开始艇长要求装上水泥。但美军阵地里水泥已经用光，守岛指挥官灵机一动，提议将马尼拉银行里的2吨金块、18吨银块、一批有价证券及5吨邮件装上潜艇作为压载物，以免它们落入日本人手中。艇长答应了，装上了这批贵重物资的“鳟鱼”号于2月4日起航，返回珍珠港。

满载金银的“鳟鱼”号返航途中并没有停止战斗。它甚至一次也不放过袭击日本舰船的机会。2月10日，“鳟鱼”号在台湾海域击沉日本商船“调和”号（2718吨）。其后，又在日本的小笠原群岛击伤1艘日本护卫舰。这条路线，并不是它返回基地的最短路线。可以想象的是，它若是再遇上了日本船只，还是会积极攻击而不会因船上装载大量金银而采取规避态度。遗憾的是，它以后再也没有遇上日舰船，于是只好返航。

我欣赏的是故事的后半段。一艘潜艇和它的艇长应当有“鳟鱼”号和它的艇长这种举重若轻的气度和风采。这是勇敢者和胜利者的气度和风采。有了它们才会有想象力，才会选择一条更靠近日本的曲曲折折的航线。我要是一名潜艇艇长，我的潜艇和我自己也应当有这种气度和风采。

（江白按：我会有吗，在生和死之间，在茫茫大海之中？一艘潜艇投入规模空前的大海战，已经被置于死地。做懦夫和做英雄，都不足以回避可能发生的死亡。既然如此，为什么不选择做英雄呢？我会的。）

日本潜艇的一次“狼群作战”：1942年1月，美国太平洋舰队司令尼米兹海军上将决定派遣“萨拉托加”号航空母舰及其他3艘舰只，出珍珠港，对威克岛日军实施舰载飞机攻击。“萨拉托加”号前进途中，被日侦察潜艇发现。日海军第六舰队司令随即命令执行警戒任务的第二潜艇部队7艘潜艇全部前往目标海区搜索。美舰群随即被发现，日潜艇“伊－6”号向美舰队发射3枚鱼雷，1枚故障，1枚没有击中目标，1枚击中“萨拉托加”号，使其受到重创，整个美军战斗群被迫回撤，一次计划许久的海战被迫取消。“萨拉托加”号进坞修理了5个月才恢复了作战能力。

这是太平洋海战中日本潜艇为数不多的一次“狼群作战”，但它仍不是一场邓尼茨式的“狼群作战”。即使在胜利后，日本人也没有看出这场战斗的全部意义：几艘潜艇就能使一艘航空母舰率领的战斗群失去战斗力。于是在太平洋海战史上，以后就很难发现日本人有意识地对美军舰队组织此类卓有成效的潜艇战。

太平洋海战初期，除了截击日本军舰和商船，美潜艇还单独执行过许多复杂任务。

炮击岸上目标：1942年2月26日，美潜艇“S-38”号奉命炮击日军设在爪哇马威安岛的无线电台。潜艇驶近目标后，从4650米的距离外向目标地区实施炮击，日军用小炮还击，被潜艇炮火压制。完成任务后，“S-38”号还在返航途中打捞了一批被击沉落水的美驱逐舰舰员。

（江白按：这样的作战行动在今天看来几乎是不可思议的。即使在当时，它也不可能是德国人、英国人、日本人干出来的。能这么干的只有富有想象力的、从不墨守成规的美国人。然而这类“海上游击队”式的行动，却往往能取得出乎敌人意料之外的效果。）

接应友军：1942年2月，日军攻占了新加坡，英军中一名少将和一批澳大利亚飞行员逃入南海一座小岛，发报求援。因当地海域有日军舰艇出没，盟军方面决定派遣美潜艇“S-39”号前往营救。“S-39”号于深夜潜至该岛，用潜望镜观察岛上无人，多次发信号亦不见回答。次日拂晓，潜艇只好离开该岛，全天坐沉海底。入夜后再次靠近并发出信号，仍不见回答，艇长即派艇员乘坐橡皮艇上岛寻找，发现英国少将等已被日军俘虏。

“S-39”号虽没有完成任务，但在执行这一复杂任务中，却表现了高度的勇敢和沉着。返航途中，该艇发现1艘日本油船，随即向其发起攻击，3枚鱼雷先后命中并击沉了日本油船“襟裳”号（6500吨）。日舰闻讯赶来，反复投掷深水炸弹。艇长十分沉着地令潜艇长时间在深水区悬停，一直等到日军舰离开，方才返航。

单艇攻击日军水上飞机母舰：1942年3月，日水上飞机母舰“镰仓”号（6500吨）运送水上飞机前往巴厘岛，被游弋于新加坡海域的美国潜艇“帆鱼”号发现。此前“帆鱼”号曾发现1艘日驱逐舰，发射两枚鱼雷均没击中。当夜发现1艘更大的日军舰（即“镰仓”号）后，艇长立即命令潜艇主动向其发起攻击，连发4枚鱼雷，将其击沉。

单艇攻击日一支舰队：如果说1艘潜艇攻击1艘商船或军舰，还属正常情况，那么1艘潜艇攻击一个舰队，就不能不说是一种真正的英勇行为了。1942年3月末，美军估计日军将在某岛登陆，遂派出潜艇“海狼”号前往有关海域实施伏击。31日清晨，“海狼”号发现了一支由4艘日本军舰和数艘运输船组成的日本舰队。艇长立即命令潜艇单艇向日舰队挂有将军旗的巡洋舰（旗舰）发起英勇攻击，连发4枚鱼雷，其中1枚击伤目标。日舰队发现美潜艇后，随即用深水炸弹展开攻击，颗颗炸弹在“海狼”号周围爆炸，潜艇受到剧烈震动，但所幸没有受伤。日舰队以为已将美国潜艇炸沉，继续前进。“海狼”号脱险后仍没撤出战斗，次日下午，它又秘密追上去，向已经受伤的日巡洋舰发射3枚鱼雷，虽没有扩大战果，却让日本舰队一片惊慌。日舰队司令大怒，令两艘日驱逐舰反复攻击“海狼”号，深水炸弹如同雨点般打下来。艇长紧急命令潜艇下潜到最大深度悬停。日舰队对这艘美潜艇十分恼火，一直攻击到当日午夜前才快快离去。又勇敢又沉着又幸运的“海狼”号上浮，安全返航。

不可能尽述美国潜艇在太平洋海战初期的作战行动。如果说德国式的“英雄主义”更多地体现在“狼群作战”和“U-47”号艇单艇冒险突破斯卡帕湾的战斗中，美国潜艇的英雄主义则更多地体现在这些单艇远洋游猎式的作战中。其中的差别是：德国人的“英勇”行为一般说来都是由德国潜艇司令部策划和组织实施的，而美国潜艇的英雄主义行为则大多数是一种即兴发挥，源自艇长和艇员自身的想象力和主动精神。这种差别，保证了美国人在战争初期常常能以少量兵力取得重大战果。而且，这样的英雄行为一旦成了一支部队的风气、习惯和传统，他们的对手遇到的麻烦就大了。

就一个国家的潜艇部队来说，德国式的“英雄主义”是需要的，不如此就不可能产生关于潜艇兵器的大战略；美国式的英雄主义更是需要的，非如此就不可能最大限度地发挥潜艇兵器在战略、战役和战术方面的重大作用。

看上去是人的英雄主义和主动性问题，其实也是事关成败的战略问题。

夜的气息深长。凉爽的海风悄悄穿过打开的窗子，水一样漫进房间，消除掉仲夏的最后一点暑热，让人的思绪在侵入肌骨的惬意中自由自在地漂浮。江白放下手中的书和笔，忽然意识到今夜海韵不会回来了。

她是在躲他吗？

这些天来，他一直躲避着她那渴望的眼神。她那么敏感，不能不有所觉察。

她是痛苦的，还可能是无辜的。她和她的爸爸，都可能真同系里选他进新型潜艇部队一事没有一点关系。

他要改变自己已经做出的决定吗？

不。

他真正渴望的是什么？真正向往的是一种什么样的生活？

独立，自由，普通。

对了，是普通。他想拥有的仅仅是一种单纯的和普通的潜艇军官的生活。一个普通的、不受外力左右的人的生活。

他不能爱海韵。海韵自己成了海韵的爱情的障碍。她自己使她的爱情与婚姻梦想成为不可能的事情。

所有的江河都是从同一座雪山发源的。

然而一旦他将自己的决定说出来，又真的会伤害她吗？

不。

不痛苦是不可能的，但她能够经受住。她不是一个平常的女子，她弱不禁风的外表下有一颗坚韧的心。

他本想将太平洋海战中的日美潜艇战研究完以后再离开这座别墅，此时他的想法变了。

离开别墅前，他整理和带走了自己所有的笔记，将看完和没看完的书全部规整地放回藏书室的书架上，关严窗子，打扫净地下的纸屑，最后给海韵留下了一封信。

她不来更好。换一种方式告别，也许比当面告别还要好。

那至少不会再让他看到海韵伤感的眼神。

海韵：

我不知道该怎么向你说分手。可是分手的时刻总是要到来的。

谢谢你给予过我的一切。你的友谊（我不愿说那是爱，这会伤害你）已经成了我生命经历中最重要的部分之一。

我会十分珍惜地将它藏在心底，直到永远。我发誓，我将不对任何人讲出它来。

原谅我，原谅我这个人。相信我的话：我没有做的事是我不能做的。钥匙放在老地方。书都放回到书架上了。

珍重身体。

江白

x月x日夜21时留

走出别墅时，江白站住，回头仔细地望着这座小院，院中花木掩映的小楼。突然有了一种肝肠寸断的感觉。

他和海韵的感情就这么结束了吗？他和这座留下许多美好记忆的小楼，就永远也不会重逢了吗？

16

他没想到，第二天早上，他又接到了海韵的电话。

“江白，我是海韵呀，”她的语气显得很急，“你晚上能来一趟别墅吗？”

“你在哪儿打电话？”

“学校。”

他猛然意识到她还没有看到那封信。

“有事吗？”

“当然有事了！你一定要来，事情很重要。”

他心里忽然涌出一种强烈的、无法遏止的愿望：还是要跟她再见一面！

“好吧，晚7点见。不见不散！”

这天一上午，系主任将他和另外4名同学叫到自己的办公室。

“大家坐吧，”他神情疲惫地说，仿佛这一个多月的毕业生分配让他又苍老了10岁。

大家坐了下来。

主任点上一支烟，抽了两口，目光低垂，仿佛在想心事。突然，他抬起目光，扫了大家一眼，急急地开了口：

“你们可能已经猜到叫你们来谈什么事了。……你们的去向定下来了。你们5个人去东南沿海的L城潜艇基地。我现在是非正式地代表学校跟你们谈话，命令还要在全校毕业生大会上正式宣布。……谁有什么想法，今天还可以提出来，如果合理，个别人还来得及做点调整。”

主任没有看他，江白却觉得，对方后面的话是专对自己说的。

那种已经消失了的、海韵父女暗中插手他的分配问题的不愉快感觉，又强烈地涌上了心头。

不。

其余4名毕业生互相看了看，他们还没有从最初的反应中清醒过来，没有谁开口。

主任的目光有一点犀利了，一下从写字台后投向了江白。

江白意识到他刚才的猜测被证实了，站起来。

“我先表个态。”他语速很快地说，“我是一名军人，坚决服从校方分配，到L城基地去。保证不辜负母校对我的培养！”

说完话，他没有看主任一眼就坐下了。

其他四人已经清醒过来，跟在他后面站起，一个接着一个表态：服从分配。

大家都讲完后，主任仍然久久地坐着，抽着烟，仿佛还在想谈话前就引起他不痛快的一件什么事。后来，他将烟蒂掐灭在烟灰缸里，站起身，目光飞快地掠过前面的学生，哑着嗓门说：

“很好。今年本系毕业的同学表现都很好。没有人对去向挑三拣四，别的系就不一样了。拉关系、走后门的事还是有的。……好了，你们可以回去了，后天学校为你们举行毕业典礼和欢送大会。大会开完，你们就要离校去部队报到。个人的事情，抓紧这几天的时间办一下。”

江白和同学们站起来，回答了一个“是”，敬礼，走出去。

主任坐下来，等候另一批来谈话的学生。江白出门时注意到，主任没有再回过头来看他。

也许他并没有想在最后时刻留我在 Y 城基地，是我自己太敏感了，他想。

中午，学校食堂为毕业生加菜。大家一半伤感，一半轻松，自己搬来成箱的啤酒，围着一张张圆桌喝起来。

“江白，过来，平时学校禁酒，到了部队，听说也只能在星期六会餐时喝一点，抓紧眼下的美好时光，喝个痛快！”“水耗子”说。

郑有亮被分到南海的一个潜艇基地。

江白端着饭碗挤进了他们一伙占据的餐桌，一人一瓶啤酒，对着瓶口“吹”起来。

一起生活学习了 4 年，突然一下就要天南地北地分开，大家喝得都有点慷慨激昂。

“谁留在 Y 城基地了？……对了，‘笨牛’！你小子便宜了！”“水耗子”红着眼睛嚷。

“笨牛”生气地顶撞道：

“我有啥便宜占？……我老婆在南方，却让我留在北方，我连探家都要多走一千里路！”

他已经喝过一瓶了，说着眼泪汪汪起来。

都喝下去不少的毕业生们转而同情“笨牛”。

“不错。‘笨牛，留在 Y 城不沾光！”

“就是不能让他离老婆太近。离得太近，他天天都想跑回去，那还不是要他犯错误？”“水耗子”说。

“去你的！你怎么把我看成你了！”“笨牛”回嘴。

大家笑。

“水耗子”的目光四处转悠，最后落在江白身上，又移向大家。

“大家猜猜，谁会为没有留在 Y 城基地伤心？”

毕业生们的目光不约而同地投注到江白身上。

江白喝下一大口酒，努力让自己保持镇静。

“同学们，谢谢大家的同情。我告诉你们一件事，我并没有在这座城里留下什么难以割舍的爱情，像你们心里猜的那样。……所以……”他微笑了一下，“我可能要辜负大家的好意了。”

毕业生们笑语喧哗。

“这就好，你那里没有留下什么秦香莲或杜十娘什么的，我们心里也就踏实了！”他们说。

这场酒一直喝到下午 2 点，直到食堂管理员以到院长那里告状相威胁，他们才东倒西歪地散去。

江白喝了不少，这是他有生以来喝得最多的一次。他为压制心中那点被同学们挑起的隐隐的苦痛而喝酒，可酒喝下去，那点苦痛却越发胀大了。

海韵。他真的能够割舍下那种痛苦得揪心的感情吗？他还只有 22 岁，甚至不能准确地知道他今天对于她的情感是不是人们常说的爱情。他真的能够完全忘掉她吗？

他喝多了。虽然没有失态，但回到宿舍，却蒙着被子躺了好久，又没有睡着。

后来终于睡着了。

晚上 6 点钟才醒，头疼得厉害。“水耗子”喊他去吃饭，他也没去。

那种刀割似的又像涨潮的大海一样汹涌起落的痛苦过了好久才平息下去。他意识到，当他做出与她分手的决定时，并没有想到还会在自己心中留下这么深刻的痛苦。

现在真正痛苦的时刻来到了。

晚上 7 点整。隔壁学员娱乐室里响起中央电视台《新闻联播》节目的前奏曲。他忽然想到：他和海韵约好了此刻要在海山别墅见面的！

他什么也没想，匆匆下了床，到卫生间里洗了一把脸，整理好军容，向区队长请了假，就跑出校门，向公共汽车站奔去。

海韵站在海山别墅外，又生气又焦急。

他跑得气喘吁吁。

"看看你的表，几点了？"

"堵车。"他撒了一个谎。

两个人进了楼。海韵打开了一楼的客厅。

"坐下吧。"

他没有坐下。她一脸有急事的样子。

"什么事？"

"有件事我想跟你商量。"她不看他，自己先在沙发上坐下来。

他也只好在她对面一张靠背椅上坐下。

"到底出了什么事？"

不知是不是因为日光灯的原因，他觉得她的脸有一点苍白。

"我爸前些日子接到命令，要调到 L 城的潜艇基地去。今天早上他把我叫回家，问我愿不愿意跟他一起到 L 城去！"

说完这些话，她望着他，一动不动。

酒意顿时散尽。江白的头脑好像从没有如此清醒过。

"你想征求我的意见？"

"是的。"

他静静地坐着，不说话。他相信此刻自己不说话对她更好。

她的目光里有一点惊惶和疑惧了。

他突然有了一种感觉：那些在两个人中间一定要说的话不想说是不行的。他只能将它们清楚地说出来。

"海韵，有些话我说出来，你甭生气。"

她目光中的惊惶加重了，直直地望着他。

"我不生气。"她简单地说。

这么说来她早有准备，她也许只是想亲耳听他说出那句话。

但他又不想那样说话了，他想换一种谈话方式。

"你自己对这件事是怎么想的呢？……你想不想随他调到 L 城基地去呢？"

她的目光里闪过一星迷惘，但很快又异常明亮起来。

"我不想离开 Y 城，这里有我曾外公和外公的墓。还有他们留给我的这幢别墅，这个永远的家，以及楼上的图书馆。"

他静静地听着，她的话铿锵有力。

“我已经不是小孩子了，我还有我的职业。我喜欢Y城，喜欢这里的蔷薇花，这里的气候，这里的人，Y城是我的故乡，我不想离开我的故乡。”

他忽然想为她也为自己流泪了。于是背过身子去看窗外渐浓的夜色。

“听着，海韵。”他听到自己正用一种动情的声音说话，“我再过三天就要走了。我的去向就是L城的潜艇基地。……我希望你能原谅我。”

她脸上迅速现出了一连串复杂的情感。惊讶、震动、猜疑、恍然大悟……一串晶莹的泪珠从她的双颊上滚落下来。

“这是……你的……最后决定吗？”她抽泣着，望着地下，断续地问。

他却冷静了，命令自己不要垮掉。

“是的。”

“那好，你走吧。”她生硬地说。

他想到了各种分手的场景，就没有想到会是这样。

“你走不走？我要走了！”她的声音大起来，眼里闪着愠怒的光亮，一滴泪水还沾在右腮上。

他不让自己失去理智。

“海韵，对你给予我的帮助，我十分感谢。我会将我们曾经有过的友谊珍藏在心里。”

她静静地望着他，第一次在断崖上相遇时那种自尊、矜持和骄傲的神气又回到了她身上。

“你走吧。我请求你。”她一字一字冷冷地说。

江白认识到自己该走了。她大概想独自一人品尝这杯人生的苦酒。

“那好，再见。”

“再见。”

他一个人走出客厅。她一动不动地站着。

他走出这幢熟悉的小楼，走出这座花木葱郁的小院。

她没有出来送他。

一直走到胡同口时他仍然觉得有一团气堵在胸口。这时，他抬起头，猛然看到了大海。

“她不理解我的感情和思想。……她怎么能理解我的感情和思想呢？她是在另一种生活和另一个故事中长大的。这就是我们的差异所在。既然存在着这种差异，现在分离比以后分离更好。难道结婚时父亲不爱母亲？不……什么形式的分离都是分离。今天与她这样分离也没什么不好。……”他一边想，一边觉得内心重新变得坚硬了，“我渡过了困难的一刻，我挺住了，我的意志没有崩溃。……我还行。”

第二天什么事也没有发生。他办好了所有的离校手续和到部队报到的文件，并将自己的个人物品收拾进了两只不大的旅行箱。

也就是说，他做好了一切出发准备。

学校为去 L 城潜艇基地的学员提供的是一艘南下执行任务的潜艇。江白受命去与这艘待发的潜艇联系，原来是他曾经实习过的 8334 艇。

“江白，这次你们是我们艇的客人，我们一定让你们安全愉快！”严艇长还像过去那样，用很大的嗓门对他说。

“那就多谢了！”江白也很高兴。

联系完了此事，江白回到学校，已是下午 4 点钟。系办公室的肖老头正在宿舍门口焦急地等他。

“是江白吗？”

“是我，大叔。”

他的心陡然乱了。

“你马上就按这个号码打个电话，有人急等着哩！”老头儿一脸不满的神色。

他从老头手中接过一张纸条，上面是海山别墅的电话号码。

他迟疑地站着，不知道还应不应该再给她打这个电话。

事情已经结束了，虽然痛苦，虽然不愉快，但毕竟已经结束了。还有必要吗？

但他还是去打了这个电话。

他相信她一直在电话旁等着。电话铃声还没响完一声，她就拿起了听筒。

“喂？”

“我是江白。”

她沉默了。

他也只好沉默。

“有事吗？”后来，他说。

“有一点事。”她的声音忽然奇怪地平静了。“我们要分手，可是分手的场面有点剑拔弩张。”

江白的心一下轻松了。

“我们应当有一个比较好的分手仪式。你晚上过来，我们重新来一次友好的分别。”她说。

他没有马上决定怎么回答她。

她沉默着，她在等待。

江白一下生自己的气了。她是大方的，自己倒不像个男子汉了！

“好吧，我准时到！”他大声地、爽朗地回答。

这天晚上，他到得很准时。

满院的白蔷薇在绿意浓郁的枝条上盛开。小楼门廊顶部盛开的上千朵红蔷薇仍然如火如荼，令人惊心。

她站在楼门口等他，身上一件崭新的、深蓝色的、晚装风格的长裙，紧紧勾勒出了细瘦的腰身。长裙的裙裾和前胸绣着几朵大红的蔷薇花，不注意看你会以为是几朵真花簪在那里，注意看了你又会不自觉地将目光投向她那全裸的瘦骨嶙峋的肩和胸窝。

细长的颈部是一条洁白晶莹的珍珠项链。

她的长发刚刚洗过或染过，精心地在脑后盘了一个髻。江白在那里，又吃惊地发现了一朵真的黄色的蔷薇花。

长裙和脚下一双奶白色的新皮鞋。

脸上敷了粉，胭红和唇膏适中，还稍稍添加了眼影。

这不是平常那个衣着随便、稍显懒散马虎的海韵，这是一个新的海韵。

亭亭玉立。

艳若天人。

这么一副形象，完全可以去参加最高档次的名流晚会。

在门前，他用欣赏的目光望着她好久。

她也目光幽幽地注视着他。

“你真漂亮，我差一点都不敢认你了。”过了一分钟，他说。

她微微一笑。

“今天是我们正式分手的日子。我也想给你留下一个正式的印象。我是不是仍然很丑？”

“不，你很美，比过去任何时候都美。”

“我很高兴。请进。”

她用手做了一个欢迎的动作，闪开路。

两个人进了门廊。

“我们在哪里做最后一次谈话？”她脸上保持着那种虚假的微笑，有一点做戏似的说。

江白环顾了一下四周。一切都是熟悉的，然而一切都是要永远告别的。

自己心中忽然就先有了一点伤感。

“就在楼下坐坐吧。”他说。

她推开了客厅的门。“请。”

两个人走进去。江白站住了，回头望她。

她静静地站着，伪装的镇静和笑容一下消失，脸色白得如同一张纸。

“你留下的条子我看了。”她用颤抖的小声说道，不看他，看着地下。

“昨天是我不对，我应当尊重你的选择。”她说。

江白觉得一股什么东西堵上了喉头。

“谢谢你，海韵。”他说。

她抬起头来，黑色的眸子是湿润的，清亮亮的，他能在那里看到自己。

“后来我想，我们就是不能做……夫妻，为什么就不能做好朋友呢？”

她在尽力克制自己的情感。

堵上喉头的东西汹涌起来。

“江白，不管过去发生了什么，都像没有发生过一样。我们还做好朋友。行吗？”

“好的。”他低声说。

她站着，低下头。过了好久，才缓过气来一样，抬头看他。他惊讶地注意到，一种新的、明媚而快乐的笑容又回到她脸上。她的动作也重新变得灵巧了。

“你坐下吧，我去拿咖啡。咱们现在就开始像好朋友一样谈话，行吗？”

堵上喉头的东西落下去了。

“好的。”

她走了又来了，用一只江白早已熟悉的古色古香的黑漆描龙图案的托盘拿来了咖啡，在茶几上摆开。

“还是一块糖？”她一边倒咖啡，一边盯着他的眼睛问。

“今天不要糖。”江白说。

她已经拿起了一只镀银的小镊子，准备加糖，又放下了。

“不是因为心情不好吧？”她不看他，问。

“不是因为心情不好。”江白硬着心肠说，“就是不想让今天的咖啡是甜的。”

她抬起眼睛看他一下，匆忙低下头去。

江白后悔了。他应当像一个男子汉。

“行，我要一块糖。”他冲她微笑，说。

她不抬头。镊子放下了。

“不，你还是喝苦咖啡吧。”

江白脸上的微笑消失。

她也没给自己的咖啡加糖，低下头，一小口一小口地呷着自己的一小杯苦咖啡。

她在让自己平静，江白意识到了。

后来她又出去了，江白听到了楼梯响。一会儿过后，她下楼走进来，神情又比较平静了，手里提着一只江白很熟悉的白色旅行包。旅行包鼓囊囊的。

她把包放到江白脚下。

“我知道你还没有完成你的研究。我给你准备了一些书，你带走吧，看完了再给我寄回来。”

他不说话，也不望她。他害怕自己的感情会失去控制。

她走回沙发上坐下来。

“你吻一下我，以后就不能再这样了。我们就只是朋友了。”沉默了好久，她突然用颤抖的哑音开口说道，并没有抬头。

他全身僵硬地坐着不动，一时心乱如麻。

是不是现在就离开？

她的头抬起来。她在微笑，眼里却涌满泪水。

“今晚我就这么不可爱，你连吻我一下都不肯吗？”

那种一直在他胸膛里起落不定的潮水猛然高涨起来。他移身过去，将她抱在怀里。

像第一次拥抱她时一样，她浑身颤抖。

他吻了她。

她一直闭着眼，后来睁开了，平静了许多，笑着说：

“好了，谢谢你。你……坐回去吧。我现在好轻松，我们真是朋友啦。”

他也让自己冷静下来。

“到了L城，记着给我来信，像朋友那样。”她又说。

“好的。”他开口说。

心情轻松下来了。

“你对世界潜艇战史的研究才刚刚开始。我希望你以后还会主动找我借书。”

“当然。”他说着，淡淡地笑了笑。“不但要继续借书，可能还会写信来请教，请海先生不吝赐教。”

“能有你这样的学生我当然很愉快。”

她也笑了。

他看了看表，时间已过去一个小时。

海韵注意地看着他。他的感觉是：她也意识到这最后一次“正式”的告别该结束了。

最后是她先从沙发上站了起来。

“江白，你明天走吧？……我不能送你了。你一定给我写信，好吗？”

她的声音是平静的、轻柔的，却又是伤感的。

“好的。”他说。

“那好，咱们握个手，再见。”她说着主动伸出一只细指纤纤的手。

江白握住了她的手，没有马上放下，他忽然留恋起这个时刻来。

一件事涌上心头。

“海韵，我想问你一件事，你一定要如实告诉我。”

她的眉头微微蹙起。

“什么事？”

“你和秦司令是否插手过我的分配？”

她的两颊上浮出一点苍白。

“我要说没有插手，你信吗？”

那条妨碍他们走到一起的命运的鸿沟再次清晰地凸显在江白心中。

“我没有插过手。据我所知，我爸也没有插手，不管你信不信，他一向对这类事深恶痛绝。……但是你们的院长知道咱俩的事。”

他马上意识到自己的许多感觉还是对的。

院门外，他们最后碰了一下手。她的手冰凉凉的。

“再见。”

“再见，多保重。”

“你也多保重。”

转身离开前他又一次回头望了望这个小院和院门外的姑娘。他知道：这一次才是永别。

可他并不真正想离开这座花团锦簇中的海滨别墅，不想离开这个像盛开的蔷薇花一样美丽而又那么大方、坚强、正在承受着巨大痛苦的姑娘！

那天晚上她一直在弹那首《少女和一位潜艇艇长的故事》。她眼里一直在流泪。她能够清楚地想象到他如何离校，如何登上潜艇，潜艇鸣一声长笛，驶向外港，驶向茫茫大海，然后到自己的部队去报到。以后他将出航。她甚至想象到了他站在自己的战位上，年轻英俊的脸被蓝色的舱室灯照得如同一具古代武士的雕像。她失去了他，可是不知为什么，她也清楚地感觉到他这么做有自己的道理。她疯狂地弹奏着这首曲子，发现越来越理解这首曲子和它的作者了，此刻她又成了她，正孤独地坐在一间光线幽暗的小屋里，用一个个悲怆的乐句，倾诉着对自己的潜艇艇长的思恋。他出航了，他离她远去了，她的痛苦不仅来源于此，更源自她凭直觉明白他不会回到她身边来了。她的内心因自己将永远失去他而充满绝望。与此同时大海却在咆哮，她想抛弃他，不再想那个将自己留在这间幽暗小屋里的人，她想回到自己遇到他之前那种孤独的却是简单的生活中去，可是她知道自己已做不到这个了。她曾那样做过，并且为他们的分离早就设定了情节，可是后来她自己的心情变了。她首先抛弃了自己设定的剧情。他的到来改变了她的生活，阳光出现过后就不会在她心灵里熄灭，何况还是那么明媚的一束阳光！她的痛苦如同大海的波涛一样宽广无涯，也如同波涛那样汹涌澎湃，现在她明白大海无休无止的翻腾咆哮也可能源于自身的痛苦了。她一遍遍地弹着曲子的结尾，这是曲作者自己并不觉得是结尾因而不像结尾的结尾，一个炽烈地恋爱着的女子在狂想和梦幻中的结尾，向命运发出反抗的吼声的结尾。这个女子就是她，这是她在发出呼喊，她要找回他，她要让那一束阳光重新回到自己的小屋里来，重新和永远地照耀着自己的生命和心灵……

她开始为这首曲子谱写另一个结尾了……乐句自然地从她的指缝间、从充满灵性的黑白两色琴键间流淌出来。她不能像那个不知名的女子一样绝望，内心却像后者一样刚强和充满幻想。是的，她需要幻想，需要孤身独处时的狂热，以掩饰自己内心的虚弱，她要用潺潺的流水、婉转的鸟鸣、和风吹拂的草地、阳光透射树叶叮咚落地的森林、芬芳四溢的花的原野，更改这个结尾，重新装饰这个结尾。她给了自己这个新的结尾，就给了自己力量、希望、梦想，以及支撑它们的坚韧。是的，她此刻最需要的就是坚韧。

啊，不，她还需要信心。她的最初的目标既然已经改变，就要有决心去实现那个自己梦想的新目标。没有对它的信心，她就什么也做不到。

信心，还有智慧！

她用重重的一击奏出了最后一个强大的和音，将头沉沉地垂向琴键，像天下所有的弱女子一样，哭了起来。

后来，镇静和从容又回到了她的脸上。她对着光洁的琴面上映出的自己的影像，微微地笑了。

“你行！”她无声地对自己说，“他会回来的！”

窗外和阳台上，整个 Y 城，蔷薇花照旧漫无际涯地开放着，对于人世间的悲伤和眼泪，它们一点儿也不介意。

它们只关心表现自己的美丽。

第二部

1

焦同的日记片段

飞机在一万米高空穿行。

阳光斜照着机翼下的茫茫云海。云海翻涌着，亮白如新雪的波涛在上面，乌黑如墨的波涛在下面，跳跃腾移，澎湃汹涌，一望无涯。偶尔，一团黑云会涌出到白色云团之上，犹如一条巨鲸突然跃出海面。

黑色的和白色的云丛中有雷电在闪烁，这儿一团，那儿一线，此起彼伏，交相辉映，短暂、急促而明亮。坐在机舱里，听不到雷声，却可以想象雷电之激烈，以及它们那如同旧式除夕满城爆竹齐鸣一样的炸响。

厚厚的云层下面，北京城正在下雨。

云层之上是另一个世界。太阳明丽地照耀着，万里晴空，一碧如洗。

世界之上有世界；目光之外有目光。

飞机是人类了不起的发明之一，它总能让你突然发现，存在着另一个世界，一个更大的宇宙。

坐上这架安24运输机，心情有一点特别的兴奋。当兵20多年，有18年待在总部机关，每年下部队总要坐这种型号的飞机，甚至跟机长都成了熟人，可今天还是有点兴奋。

差不多就是激动。为什么不承认呢？激动的原因是：终于离开了总部机关。我终于做到了这件事。

18年前离开Y城潜艇基地，没有意识到那是一个错误。18年后离开时，才明白更错误的是我竟让它延续到40岁。

安24飞行速度赶不上今天的大型客机，比如波音747。11小时后它才会在我此行的目的地L城降落。所以要这么多时间，是因为中间要降落三次，给油箱加油。若干年后回忆今日，我会不会觉得离开总部机关又是一个错误？

不，至少今天不。

坚决不。

从北京起飞4小时后，飞机在中途的江城军用机场降落，这是第一个加油点。

没想到再起飞时就不成了。

降落时躲开的云层迅速而密集地覆盖了江城的天空，安24无法起飞。从下一个加油点也来了消息：那里的天空乌云密布，大雾弥漫，机场被迫关闭。

机长像俄国人那样对我和同机的先生小姐们耸耸肩，说只好请大家耐心等待了。机场气象部门说，也许1小时后能够起飞。

在机场上等了1小时。

笼罩在江城上空的乌云层没有消散，反而越积越厚了。机长再次通知大家：下飞机吧，今天没希望了，委屈大家在江城过一夜！

当地驻军派来一辆大轿车接我们。大滴的雨点已砸下来。

同机的是一个总部派往L城潜艇基地慰问演出的小型歌舞团，其中有一个演小品演红了的男星，一两个青春歌手，二十几个一般演员，由他们的大胡子李团长领着。飞机中途受阻，团长比团员们更焦急。

“老天爷，真要命，在这里耽搁一天，在部队就要少一天演出，耽搁上五天，这个团就散了！你不能不让演员走，他们跟演出公司都掐日子签了合同的！”

李团长把我错当成有关方面的陪同人员之一，一脑门子官司地对我叫苦。

我心里着急了一阵，后来就接受了旅行中这意外的停顿。

我不急着到哪里走“穴”，挣大笔大笔的出场费。我要出场的地方是阔别18年的潜艇部队，我虽然下决心离开北京回作战部队去，却并不觉得归心似箭。

不过就是回部队工作罢了，心情不可能像新兵初入伍那样急切，并没有很多更新鲜的事物等待我。

江城驻军招待所对我来说还凑合，对演员们来说就显得简陋了。虽然部队做了努力，大家还是在床上发现了跳蚤。

雨整整下了一夜。部队半夜出去，据说某处江堤有危险！！！

我睡不着，坐起来记这篇日记。

还是没有走成。从早上起雨就越下越大，中午停了一会儿，吃过饭又下起来。

李团长不再跟我诉苦，大概明白了我不过是个乘客罢了。早上吃饭时，我瞥见他嘴上起了两个醒目的燎泡。

下午4点钟，雨还是淅淅沥沥地下。他做出决定：晚上就在江城慰问当地驻军。

李团长是明智的。气象预报称：大雨还会在长江中下流域持续一个星期。

一个星期！

一天大雨。

昨晚看了歌舞团演出。演员们很敬业，让我对他们生出了些敬意。观众反响热烈，也难怪他们，如果不是大雨阻隔，他们哪能看到来自首都的如此高水平的演出呢。

又一天大雨！

我的耐心所剩无几。昨晚歌舞团又给部队演出一场，这次慰问的是家属小孩。

李团长一天到晚跟着机长，满嘴都是燎泡！

到底是部队的歌舞团。他的团现在还没散。

昨夜失眠。

渐渐地有了一种感觉：我走向自己选择的新生活——也是我在部队的最后一段生活，旅途不会一帆风顺。从第一天我就要经受考验，这次乘飞机的旅行本身就是对我的忍耐心和信心的考验。

想到许多过去没有认真想的事情。

离家前一天老婆什么也不问。晚上上了床，告别式地做完了那件事，她才问我：你是不是觉得我丑了，才非要离开北京不可？

我说：不是。我就是想回潜艇部队，大机关我待腻了，觉得憋闷。

她又说：要是你觉得北京不好，我和孩子也和你一起走。当然，你心里要是讨厌我们娘儿俩那就算了。

我说：不，现在你们不去。你们在北京过得很好。孩子的学校很好。我就想一个人去，就一个人。

她后来说（隔了很久，不看我）：要是你想离婚，你就写信来，我签字。

我说：不。

无法让她明白我的心境，也无法让机关的同事明白。许多人都认为我不是另有所图，就是疯狂。

很可能也不需要他们明白。

如果我对他们说：我不是为了别人，甚至也不是为了部队，仅仅是为了我自己要回到潜艇上去。他们能理解吗?

天太热，外面下着雨，室温还在37℃以上。江城被称为火炉，真是名不虚传。

就是想离开机关大院，离开那些会议室、办公室、文件、电传。一年到头匆匆忙忙地在办公大楼走廊里行走却不知道自己做了什么。想如18年前那样天天见到潜艇，见到大海，夜里躺在床上就能听到潮汐起伏的啸叫与呼吸。

跟潜艇远航，或者做一些年轻时常要做的远航的梦。

也许一年，也许半年，过足了瘾，就转业。

如果说这就是疯狂，那就算疯狂吧。

今天凌晨4点就醒了，雨还在下，以为又走不了。昨晚的电视上预报天气，大半个中国都被同一片雨云笼罩着。

清晨6点，却突然接到了起飞通知。

安24冒雨强行起飞。机翼两侧不时看到一团团雷电在闪光。女演员们脸色苍白，男星的神情也有点儿张皇失措。

飞机一起飞就冲进了积雨云层，开始剧烈颠簸。我突然忆起潜艇在台风肆虐的深海里航行的情景。

我闭上眼睛。如果机毁人亡，就当我已到了部队，驶向远海，消失在乌墨色的水下好了。

机身的可怕震动忽然停止了。我睁开眼，舷窗外又是湛蓝的天空和明媚的阳光了。

“万岁——！”机舱内一片欢呼。

男人女人都像重新活过来了一样。两个男演员甚至离开座位，在过道上快乐地扭起了臀部。

轻松的气氛没有持续很久，大家的脸色又严肃了。大块大块灰白色的云团山峰一样向飞机逼来。安 24 没有再爬高，而是不停地在雪山似的云团间钻进钻出，机身比刚才颠簸得更剧烈，只是机翼两侧不再能看到闪电。耳膜像一层被风鼓荡的白纸，“嘭嘭”直响。

一个年纪很小的舞蹈演员大口大口呕吐起来。看她的长相，像是个少数民族姑娘。

我是在潜艇上、在巨浪和洋流的颠簸中长大的，可是今天闻到那股迅速在机舱里弥漫开的呕吐的气味儿，胃里也忍不住翻腾开了。

好在忍住了。

雪山越来越大，一座又一座迎着我们而来，消失了又出现，中间是些青蓝色的虚空，如同雪山与雪山之间的沟谷。人仿佛生活在一场虚幻的、真实感极强的梦中。

4 小时后飞机开始降落。积雨云层上方漂浮的雪山不见了，出现了令人振奋的晴空朗日，可降至云层中间世界立即就变了样子。到处是雷鸣（听不到）电闪，机身上下和两侧，一团团火光交替暗而复明，明而复暗。有段时间，舷窗外一片漆黑，只剩下没完没了的闪电和机身大幅度的起落。我又一次想到了：机长正在带我们大家冒险，安 24 随时可能遭到雷电袭击，化作一团耀眼的火光和数不清的碎片。

舷窗外突然重放光明。机翼下现出了万千青葱的山峦。我的第一个意念是山峦竟也像无边无际起伏不定的海浪，只是不知何时被凝固了。

机场越来越近，已经看到了指挥塔的塔尖。

重生的感觉油然袭上心来。

飞机落地时又大颠了一次。机长从驾驶室走下来后，看着我说：老焦，你今天没想到死吗？

我说：想到了，只是没死成。

机长说：今天咱们没有交了伙食账是一个奇迹。我飞了 18 年，今天是最险的一次。

我：早上为什么起飞？

他：气象预报说有一大团雨云正移向江城上空。一旦它来到了，15 日内机场都不可能重新开放。

我：明白了。谢谢你！

机长：我差点送你去死，还感谢？

我笑：也感谢！

这是个小机场。一片荒凉衰败的景象。我觉得我们今天不会再走了。但刚刚加完油，机长便招呼大家登机。

我：机长，想第二次带大家去死？

机长神情严峻：第一次没有死，第二次是不会死的！

下午 3 点我们降落在距 L 市已不太远的 T 市机场。据说还有 1 小时航程。笼罩了大半个中国的积雨云到这里已消失。一路无话的李团长和演员脸上重新现出了笑容，后来又现出愁容，着急地对机长说：飞吧，继续飞，当天赶到 L 城，还能演出一场！

机长拒绝。不，他干脆地说，不行，机组需要休息！

大家只好住下。

这次歌舞团住在机场小招待所里。只有团长一个人住单人间，其余人员挤在一个大客房里，睡双人铺。演员们不再担心机毁人亡，便开始发牢骚。

坐飞机图个快，没想到它比火车还慢！

比坐汽车还慢！

再耽搁几天，就比牛车还慢，可以打破飞机飞行速度最慢的吉尼斯世界纪录了！

老刘，准备好给 xx（没听清）演出公司交罚款吧！

演员们说。

小招待所里没有我的床位，我和机长一起住在机场工作人员腾出的宿舍里。写到这里，这个小机场上空也飘起了小雨。

我问机长：怎么办？

机长反问我：什么怎么办？

我想说：明天飞不了怎么办？忽然止住了。明天飞不了机长能怎么办？

飞不了就是飞不了。

夜里机长很快就进入了梦乡，呼噜很有水平。我睡不着，坐在床上记日记。

我在江城时就意识到了，我从首都走向L城基地的旅程会是漫长的。每一次真正的出航都是漫长的。但即使那时，我也没想到我的旅行会变得如此曲折和惊险。我知道我不该如此想，可我还是不能不想：我们是到不了L城的，这次旅行已变得遥遥无期。

今天运气不错！

一觉醒来太阳已将窗玻璃照得亮堂堂的。一骨碌爬起来跑上阳台，举目四望，天空晴朗，纤尘皆无。

全体乘客没有吃饭就登机。安24正常发动，进入跑道，突然一下拉起来。机舱内全是欢呼声。

终于要到了！大家异口同声地说，这下不会再落地加油了吧！

飞机平稳地飞着，噪声很低。下面是如大海般波浪起伏的万千青葱的峰峦。离开北京8天后，L城就要到了！

突然就出现了海。

我是在无意的一瞥中发现飞机下面出现了茫茫大海的。第一个反应是倏然一惊：T城和L城都在中国东南大陆上，飞机怎么飞到了海上？

从左侧舷窗望出去。又望见了那一团从北京一直伴随我们到了此地的积雨云。它是那么庞大，灰白色的云层中饱胀着水分，立即撞进和涨满了我的视野。

我明白出了什么事：机长为了躲避这块云而改变了航线，飞机绕着雨云边缘飞行，先飞到海上，然后再折转回头，飞抵L城。

我被感动了。我不想写下这句话但还是写下了。那团云终于被抛到极远处。安24现在是在大海上飞行。阳光灿烂，首先感动我的是从海面上升腾起来充满在海天之间的大气。蔚蓝色的大气，仿佛有了质感、水一样浓稠却洁净无尘的大气。阳光穿透着它也温暖着它，将人的目光引向至远，天和地对于你来说突然宏大。你又感觉到了世界之外的世界。不，这是有别于陆上的，大世界之外的更大的世界。

几乎就是天和地本身，赤裸裸地展开在你的生命之前。

让你尽情消受。

大气下面是大海。啊，久违了，大海！这是从空中望下去的海，海面的波浪也像大陆上的峰峦，仿佛被凝固了，成了有规律的网络状的深墨色的明亮的画图，随大气和阳光伸向极远。广大无边。

心旷神怡。什么叫心旷神怡，这就叫心旷神怡。

海面上出现了岛礁。岛屿、礁盘、海水，层次分明，美丽得令人心颤。如果把这无际的大海比作一块硕大无朋的墨玉，那在海中点点斑斑出现的、有时隐于水下有时环卫于岛礁四周的嫩绿色的礁盘，就是蕴含于墨玉中的一块块玲珑剔透的翡翠，而从礁盘上耸出的岛礁，则是造物者慷慨地镶嵌在这些翡翠之上的一颗又一颗金色的玛瑙。

乘长风以游四极，天地为之一小。

庄子在《逍遥游》中感叹："天之苍苍，其正色邪？"我要加上一句："海之汤汤，其无恙乎？"

仅仅是重新目睹了这一切，仅仅是有了这一刻的感觉和激动，我离开北京的决定就是值得的，就是对的。

L城潜艇基地为歌舞团的到来举行了欢迎仪式。遗憾的是，我没有在这里见到秦司令员。

基地干部部门来人将我接进基地宾馆住下。他要我等几天，基地党委还没有研究过我的工作分配。

午饭后想睡一觉，没有睡成，因为听到了大海的涛声。宾馆的后面就是海。

我下了楼，走出去看海。

走出哨兵守卫的院门，离开大路走向一条小路。走过一条居民杂错居住的胡同，前面是一个小广场。

然后是水泥和巨石垒就的长长的海堤。

我站在海堤上。海风吹起我的衣襟。

大海扑面而来。与在飞机上俯视的海不同，眼下它是在我平视中的海了。它摇荡着，涌动着，翻滚着，浩浩荡荡，闭上眼帘，让我想起在一万米高空中看到的云海。蓝色的、有点混浊的海水一波又一波，凶猛地向岸边扑来，訇然作响，将几十米沙滩淹没了又裸露，余波一次次撞向海堤，溅起丈余高的水沫，飞沫如雨……

无休无止……

这就是你啊，海。熟悉而又陌生的、故乡似的、让人亲切得想流泪的海，永远在激荡，永远在怒吼，永远在撞击，永远波涛汹涌，精力充沛，永不休息，永不疲倦，永不言胜，也永不言败。天地因你无尽的热烈与沸腾的激情而变小，人心却因它而阔大和高傲起来。

我回来了。直到此刻我才相信我真的回来了。艰难的旅程——我是指心灵的旅程——结束了。大海，你好！我是属于你的。

你也属于我啊。虽然只是一瞬，你已重新给予我力量，我的生命因你而重新年轻。

也许我还能做点什么呢。我还不老，不过就是40岁罢了！

看了上面的日记真有点惭愧。我竟然还能写出上面的文字来，如同一个青年。

今晚发生了一件事，不得不再次动笔记下来。

上床睡觉时，在口袋里发现了一封信。

后来想起来了：信是登机后乘务员小姐递给我的，信那天早上刚到，送我去机场的司机带出来又忘了给我，我登上飞机他才想起来，交给那个个子小小长着一双丹凤眼的小姐并请她转给我。当时我正在安置行李，随手放进口袋就忘了。

这趟旅行长达9天，我竟没有再想起它。

更让我想不到的是，它竟是19年前遇难的4809艇政委施连志写给我的！

我现在将这封信夹在笔记本里。从今天开始，我可能要不时读读它了！

东方瀚海！！！

2

施连志给焦同的信

焦同同志：

你好！

你大概不记得我了。将近20年（不，是19年零3个月，我记得再清楚不过）过去了，你离开Y城十七八年，离开后又走了不少地方，用我们老潜艇兵的话说，你走了几十个纬度（北半球总共才 90 个纬度），怎么还会记得我呢。

但我只要说出一个名字，你就能想到我是谁。

东方瀚海。

现在你一定想起我是谁了。施连志，19 年前失事的 4809 艇的政委。你只要忘不了东方瀚海，就一定能记起我。何况我一直坚信，你是不可能忘记东方瀚海艇长的。我说不出道理，但我相信自己是对的。

焦处长（据说你当了处长，我也这么称呼你吧），你离开 Y 城这么些年，我不敢指望你还会记得这里，记得 4809 艇上曾经有过一个受过处分的政委，但你只要记得东方瀚海，对我也就够了。从我这一方面讲，一晃 19 年过去了，虽然从没有跟你联系过，彼此长期音信不通，我心里却从没忘记过你，其中的原因你并不清楚，但我却是清楚的。

就是今天，只要我一闭上眼睛，仍能立即忆起 19 年前的那场海难。是的，过去、今天、明天，只要我一个人静坐下来，脑海中就会马上浮现出我们那条已经永远沉没在 XY 水道的英雄艇，想起我们的英雄艇长东方瀚海。焦同同志（我还是愿意称呼你同志），无论是这场海难本身，还是东方瀚海的牺牲，都成了我终生的伤痛，它像一柄利刃，割裂了我的心，19 年间那伤口没有一天不在汩汩流血。哪怕仅仅为了抑制这种无休止的伤痛，我也会不由自主地思念那些从心灵上而不是地理意义上距我最近的人。这是些在过去那年轻和艰难的岁月与我生死与共、意气相投的人，他们中有生者，如 4809 艇遇难后活下来的战友（他们如今星散在全国各地，留在海军的已经不多了）；也有死者，如我们的东方瀚海艇长。我现在告诉你，你也是留在我生命记忆中的一个，虽然你那时还年轻（也就是 20 岁上下吧），并且也不是 4809 艇的艇员。这些年来，我之所以能坚忍地沉默地生活在 Y 城基地一个小小的后勤仓库里，没有离开海军和潜艇（我所在仓库与基地和大海都只隔着一道围墙），除了下面我就要讲到的一个原因，就是由于存在着这些人和这些回忆，它们不允许我灰心，让我永远对未来保持着希望，虽然我心灵的伤口从来没有真正愈合过也无法愈合。

焦同同志，现在我就要说明突然给你写信的理由了。年复一年，我不给你们写信，因为对我来说，心里没忘记你们就够了，写不写信，你们是不是还记得我，并不重要。但今天我却不能不写信向你和别的战友求援了！我有一件很重要的，不，在我已是天大的事求你帮忙。你这些年虽说也不十分顺利（关于你在北京的情况，我一直是清楚的），但不管怎么说，你仍然在那个人才济济、因而人才也就显得不太受到珍惜的地方待下来了，你没有获得更大的发展是别人的事。瞧，我说着说着就又扯远了。

我要说的事与东方瀚海有关。如果不是发生了现在的事，我可能永远不会对你提起他。4809艇最后一次远航前，你大概听到了一些流言蜚语，说东方与地方上一个女子有了关系云云。4809艇失事后你作为基地政治机关的一名干事参与了事故调查和处理，我至今仍对你曾在大大小小的会上为推翻这种传言而与人争论得面红耳赤记忆犹新。我还记得，最后要给事故下结论时你还亲口向我打听过，有没有一个哪怕事实上的东方瀚海的妻子。我当时回答：没有，绝对没有。你信了我的话。为了东方，我心里当时是多么感激你。

但我今天却要对你说，东方瀚海确实与地方的一个女子存在着恋爱关系。不，比恋爱更过，他和那个名叫康居婉若的女子还留下了一个孩子。东方曾要求与这个女子正式结婚，却因那个特殊年代对一名潜艇军官婚姻条件的严苛要求遭到了拒绝。东方没能与她名正言顺地结婚，却与她存在着事实上的婚姻，并留下了一个孩子。

我不知道你会怎样看待这件事。我也是在4809艇遇难后被救，同脱险艇员辗转回到基地的第三天晚上才知道的。那天这个叫康居婉若的女子来到我家，将东方留下的一封信交给我，信中写道：前来向你求助的是我的妻子，我已经将她和我们的孩子托付给了你。后来，在康居婉若产后我去看她时，她又拿给了我另一封信。这封信是给你的，信没有封口，里面写的是给我那封信里同样的话。显然，东方最后一次出航前并不知道身为4809艇政委的我会不会生还（以那时的潜艇技术条件论，这种想法并不多余），于是就留下了第二封信（你已从4607艇调到基地政治部工作）。说实话，东方竟将这样一件大事托付给你，当时实在让我大吃一惊。

这就是19年零3个月来我一直没有忘记你，也没有停止关注你的去向和生活的真正原因。东方遇难两个月后，康居婉若生下了他和东方的孩子。这是一个女孩。她出生后一个月，她那个苦命的母亲就死了（我的感觉是，东方的遇难才是她真正的死因。也许在东方死后，她就在有条不紊地安排自己的死了)。我和我的老伴收养了东方的女儿，一直将她看成是自己的亲生女儿，养大到19岁。她叫白雪，名字是东方事实上的妻子，就是那个叫康居婉若的女子起的。我还要告诉你，我的老伴不能生育，除了白雪，我们一直没有第二个孩子。

4809艇失事后我的遭遇你清楚，你一直到处理完那场事故后才离开Y城。虽然我写了多次报告，据理力争，可它仍被定为一级责任事故。我不同意当时的结论：艇长违犯基地指挥所的命令，擅自更改航线去探测XY水道，致使潜艇触礁沉没。但在当时那种不正常的气氛下，我也被看作责任人之一受到严厉处分并永远离开了潜艇，到现在的仓库工作，我提供的证词谁相信呢？东方瀚海从此成了造成此次潜艇海难的首要责任者，他不再是一位名满天下的英雄艇长，而成了一个罪人，一个被所有的人鄙弃的人。我相信，如果不是你为他消除了男女关系方面的“流言蜚语”，最后加在他身上的恶名还会更可怕一些。

曾经在中国潜艇兵史上创造了那么多“第一次”的东方瀚海从此被人遗忘了。现在的潜艇军官，如果不对潜艇海难感兴趣，许多人根本不知道东方瀚海这个名字对他们意味着什么。世界上仿佛只有我一个人知道并相信4809艇的遇难不是东方的责任，当时他决定率艇前往XY水道探测自有他的道理。而且，在事故发生后，又是他沉着镇静地鼓舞、组织艇员们离开了失去了机动能力的潜艇，除他一人外全部脱险。在这类海难中，能让艇员全部脱险的例子并没有第二个！即使在最后时刻，东方也仍然是大智大勇的，他没有做也不会做后来一些人认为的那种轻率冒险，拿潜艇和艇员生命当儿戏的错事。

最后没有脱险的只有东方自己。我是倒数第二个离艇的，那时舱内的氧气已经不多，呼吸已感到困难，东方坚持让我先离开，在危险的时刻，他总是这样。他终于没能脱险的原因可想而知。缺氧大概是致他于毙命的直接原因，而他为了鼓舞大家，不愿意早一点离艇，则是他遇难的根本原因。——我的意思你可能已经明白：4809艇的遇难出于某种我们尚不清楚的原因，而东方在潜艇遇难后的表现以及他的死亡，都只能说明他是一个尽职尽责的艇长，一个英勇无畏的英雄。

可是，在事故的调查过程中，没有人愿意相信我的结论。

焦同同志，我在这封信中要说的还不是这件事。我今天的痛苦已经不是为了东方，而是为了东方的女儿。19年来，她也是我的女儿，我和老伴的亲骨肉！我的痛苦还比我老伴深一层：我没有对东方和他的妻子尽到责任！我养大了她，却又在5个多月前失去了她！一年又一年，白雪从一个只有4斤重的不足月的婴儿渐渐长大，像一朵花一样含苞欲放，我和老伴是多么欢喜啊！为了让她心灵上不受创伤，我们一直小心翼翼地隐瞒着真情，不让她知道自己的出生之谜。但是14岁那年冬天，因为一个偶然的原因，她还是什么都知道了（我不想细讲事情的来由）。从那天起，她对我们这个家、对遇难后又蒙受了恶名的生身父亲东方瀚海，甚至对于海军，都产生了强烈的反感。她没来由地恨东方，认为她母亲的死和自己的不幸都是东方和海军造成的。不管我怎么解释，都不能消除她心里已经接受的东方受到人们普遍鄙视的印象。原因你能够猜到，直到现在，4809艇的失事仍被看成中国潜艇部队历史上最重大的责任事故，东方瀚海作为造成这场海难的罪魁祸首，仍然是一个遭人轻蔑、身败名裂的潜艇艇长。

我的女儿白雪的心就从这时开始离我们远去了。读高中之前，她一直是个品学兼优的好孩子，自从知道了自己的身世，她就彻底变成了另一个人。她不听我们的训教，因为恨东方、恨海军，也开始恨我。今年夏天高考，正如我事先想到的，她落榜了。我不能不让她读大学，因为她是东方的女儿，我在一个晚上去找了原Y城基地的秦司令员（他是你的老艇长，现在调L城基地去了），向他讲述白雪的身世，希望他能做点工作，将白雪哪怕以遇难艇员遗孤的身份，按有关优抚规定特召进海军自己的军医大学。我得谢谢秦司令，他当即就答应了。事后，他真的让人从有关方面调走了白雪的档案。

不幸的事情就这样发生了！后来我是多么后悔，我恨自己多么不懂女儿的心啊！海军军医学校的录取通知书发来后，白雪突然跟我大吵了一场，她压根儿就不愿穿海军军装，不愿进海军的学校。更糟糕的事发生在第二天早上，我和老伴起床后发现，我的白雪，我的女儿，已经离家出走了！

焦同同志，我的手在打战。简短一点说吧，白雪离家后，我家的日子就完了。我老伴失去了女儿，终日啼哭，心疼得都有点魔怔了；经过半年天南海北的寻找，前天干休所的领导（我是去年退休的）也把我送进了疗养院，名义上说要帮我治疗胃溃疡，其实他们是把我当作轻度精神病人来看待的。我知道，我什么都知道。刚刚过去的5个多月，我几乎跑遍了所有她可能去的地方，就是你们北京我也去了好几次，广州上海深圳珠海我都跑过，我没找到我的女儿！回到家里，我只能跟老伴相对抱头大哭！老伴哭她的女儿，我哭我自己，对不起东方和白雪的亲妈，他们将女儿托付给我，我却把她丢了。她那么小，又是那么好看（信里有一张照片，你看了就知道了，她长得特别像她的亲妈），万一被人贩子拐卖到哪个野山沟里，我这辈子还怎么能见到她？我就是死了，也不敢到地下见她的亲爹娘啊！

焦同同志，帮帮我吧！走投无路时，我想起了你！东方最后一次出航前也曾把他的妻子和未出生的孩子托付给你！给你写这封信的同时，我也给全国各地所有的老战友们都发了信，请大家帮助我！我和老伴尤其对你抱有很大希望，你毕竟在大机关工作，走南闯北，结识面广，又是东方最信任的人之一，说不定碰巧就能帮我们从哪里把白雪找回来。我和老伴先代表东方夫妇感谢你了！

附上白雪的照片一张，以方便辨认。

此致

敬礼

你的老战友：施连志

199× 年 × 月 × 日写于Y城海军疗养院

将这封信夹进日记本，焦同没有再接着将日记写下去。

19 年前与 4809 艇艇长东方瀚海有过的短暂交往，突然像海水涨潮般涌上心来，他被淹没在无边无际的回忆中了。

东方瀚海！离开部队 18 年后又回来，从心灵深处讲正是因为东方瀚海！

没有东方瀚海，他就不会真正懂得一名合格的潜艇军官是什么标准，一个优秀的潜艇军官又是一个什么标准。他和他那一代人，正是在东方和当年自己所在的 4607 艇的艇长，今天的 L 城基地司令员秦失将军的影响下长大的！

明天去见司令员，一定要说说东方！

还有他的女儿……

他仔细端详着信封里夹寄的一张照片。照片上的东方白雪像所有 19 岁的美丽少女一样，青春、羞怯、迷人，有一双目光幽幽的、怨艾的、对整个世界充满猜疑和不信任的眼睛！

东方的女儿应该有这样一双眼睛……

19 年了，施连志的一封信又挑起了他对当初 Y 城基地给予遇难的 4809 艇的结论的怀疑。不，即使那个结论是正确的，今天是否还应坚持也值得怀疑。如果你能历史地看待一个人和一条潜艇，东方瀚海就应当被看成中国潜艇兵史上的一位明星式的英雄，而 4809 艇也应被看成是中国潜艇兵史上的功勋潜艇！

更有力地抓住了他的心的还是东方的也是施连志夫妇的女儿。让他格外激动的是 19 年前东方竟对他这样一个 20 岁、交往不多的人给予了那么大的信任（虽然只是第二人选）。最大的遗憾是他已离开了首都。在 L 城基地，他能帮助施连志找回东方白雪吗？

一个紧迫的问题是：东方的女儿、那个叫白雪的 19 岁的高中生此时在哪里？她有可能到哪里去？

东方瀚海没有亲人。他 16 岁时就成了孤儿（处理 4809 艇的事故时他调查过），再说东方白雪恨他，他不可能去找他不存在的亲人。

东方白雪可能去的地方也绝不会是北京上海广州深圳。对她来说那些地方都太陌生。

一个强烈的直觉是：东方白雪会去的地方不可能与她过去的生活没有联系，跟大海、海军没有关系，虽然她十分厌恶甚至憎恨它们。

他说不出理由，可他相信这一直觉。

可是他真能帮助施连志吗？天下这么大，就是与东方白雪的生活有联系的地方也那么多，在偌大一个中国寻找一个失踪的 19 岁女孩，说成比大海捞针还难并不算夸张。

另一个问题是：施老在绝望中给他写信时，真相信他能帮自己找回东方的女儿吗？不，施老写这封信是因为他不能不写这封信，女儿没有找到，他就不能放弃最后一线希望，那样对不起东方白雪，更对不起她的生身父母。

也不能排除另一种情况：施老写信时，他和老伴可能都已明白，再也不会找回自己的也是东方的女儿了，他们这样做，只是为了安慰和欺骗自己。

蒙眬入睡前，焦同的最后一个清醒的意念是：在首都虚度的 18 年的光阴突然消失了，施老的一封信已将他的今天和 18 年前的岁月重新粘接起来，一丝缝隙也没有留下。

半夜里，焦同醒了。

涛声汹涌而急切，一种凄切的声音从深远的夜海中响起来，时断时续，不绝如缕，从夜半一直响彻拂晓。那是东方瀚海的声音吗？

一定要找到东方白雪。不是为了施连志，而是为了19年前在XY水道遇难的东方瀚海。

19年前，东方白雪因一场潜艇海难失去了自己的父亲和母亲，19年后，他不能还因这场海难再让东方瀚海失去自己的女儿！

可是怎么去找？

3

L城潜艇基地司令员秦失站在办公室南向的一面高大的落地窗后面。

司令员56岁了，个头不高，一套上白下蓝的呢质海军军服穿在身上，让人生出一种不堪其重的印象。

在职的基地领导中，他的岁数不是最大，可脸上的皱褶和那种困顿的神情，加上一双似眯非眯的眼睛，却使他显得最为苍老。

司令员的办公室位于基地办公楼的三层，很大，家具却很少，一张写字台，一组沙发，几个书架，似乎只增添了房间的空旷。

真正引人注目的是后墙上那张巨幅L城全景。如果可以把北方的Y城看成一只脑袋伸向大海喝水的巨龟，这座地处东南的沿海城市就可以被喻为一条侧卧在L海湾旁休眠的大鲵。大鲵的头在最西端，那是一座山，全市的制高点，又是市政府所在地；大鲵的身子由西向东做弓状弯曲，腹部紧贴着凹进大陆的半圆的海湾，越是接近大鲵的尾部，这身子就越细，L城的商业区、文化区、商港、渔港都在这里；大鲵的尾部由南方凸进来的一道小小海湾分为两义，一叉东北，一叉西南。L城潜艇基地就坐落在大鲵的两叉，傍着东北、南、西南两大一小三道海湾。

下午5点。司令员的目光越过办公楼前波浪起伏的紫荆树冠，熟视无睹地望着南国高远寥廓的天空下碧蓝色的大海。

军港历历在目。这样晴朗的11月，即使不用望远镜，他也能看到锚泊在码头上的一个个潜艇的阵列。

他意识到自己的心又微微激烈起来。

一名参谋军官轻轻推开门进来，如同一个白色的影子。

“司令员，他来了。”

将军回过头来，目光猛然变得锐利了。

“请进来吧。”

参谋军官无声地退出去。

他没有离开落地窗，但是他的全部体态，以及好像老也睡不醒的脸上出现的那种专注的表情，都能证明他已在等候客人了。

门外有人喊一声：“报告！”

“请进！”老人说。

一个40岁上下的海军中校走进来。

司令员慢慢地转过身。

“司令员，你好！”中年人举手敬礼。

老人脸上现出一点类似讥讽的微笑。最初他站着不动，突然用敏捷得如同年轻人一样的步子向中年人走去，拉住了后者的手，握在自己不大的手掌里。

“小焦啊。没想到你会来，你怎么搞的，到我这儿来干吗？”

客人爽朗地笑了。

“司令员，我早就不是小焦了，今年我都40了。”

将军松开了他的手，做了个让他到沙发上坐的手势，自己慢慢走回到房间中部的写字台后面，坐下去。

“再怎么说你也还是小焦。那一年我接你上艇，你才16岁，头一夜就尿了炕……你那个毛病，还是我用土办法给你治的哩！”他说着，眼睛里现出了许多模糊的亲切感和亮光。

焦同在靠近落地窗的沙发里坐下，上体习惯地保持着标准的笔挺姿势。一时间他忽然想起这位老艇长当初是用什么土办法给他治疗尿炕的毛病了，脸微红一下，便恢复了镇静。世事如烟，一晃20多年过去，司令员还记得此事，让他心里泛起一阵温热。

“司令员，我要提醒你，老是回忆过去，是衰老的表现。”他用一种嘲弄和自嘲的声调说，“今天我是来正式晋见你，请你安排我的工作。”

老人用一双湿润的小眼睛久久地望着他。

“你在北京待得好好的，老婆孩子热炕头，岁数也不小了，怎么忽然想起要下战斗部队？”

焦同迟疑着，他觉得此时将自己的真实情感说出来，并不合适。

“在那里干得不好，想到你这里干。再说嘛，也想来看看老艇长。”

“不要说得那么好听。你不会为了看我才来L城。”

“我在北京没有前途了，过一两年就要转业。想离开海军前再出几次海，过过潜艇瘾。”他停顿了一下，语言中多了一点玩笑意味，“再说了，到了你手下，瞧我干得好，说不定还会提拔我。”

司令员一个人坐在那儿想：他绝对不会不知道我也就是L城基地的过渡性的司令员罢了。可是他没有说出自己的思想，只望了望对面沙发里的老部下，从抽屉里拿出一包烟。

“你抽烟吧？……我这里有烟。我可是戒了好久了。你要抽就抽。”

“不，谢谢，我也戒了。”焦同说。

参谋军官进来，为他们送来茶水，退出去。

“司令员，真没想到，Y城基地要建新的潜艇部队，你却被调到了L城。”焦同想起一件事，随口问道。

司令员过早花白的眉毛颤了一颤。他想：“你可不要提这件事啊，我虽然老，也是脆弱的啊。”老人脸上忽然现出了一缕微笑。

“说实话我也没想到。可能上头觉得我老了呗。”

客人的眼睛飞快地眨了眨，他意识到这个话题不对头。

“大嫂跟海韵也一起来了吗？”

“没来。海韵是大学教师了，不愿再跟我这个老爸爸到处跑。闺女是妈的心肝，闺女不来，妈也没有来。”

19年前老在艇长身前身后打转转的那个黄毛丫头的样子被客人模糊地回忆起来，他笑了。

“海韵多大了，有20岁了吧？”

女儿的话题让司令员的眉眼松活了。

“21岁……我知道你还想问什么，你想问她有没有出嫁。”

“我到底是她的一个叔叔，关心一下也是有权利的。”

“还没有哪。”

焦同突然觉得自己该告退了。司令员很忙，他来报到了，就够了。司令员不会同他谈重要的话题。他的工作安排是由基地党委决定的，干部部门会正式通知他。

他从沙发里站起来，犹豫一下，从衣袋里掏出了那封被他夹进日记本又取出来的信。

“司令员，我这里有一件东西，你也许会感兴趣。”

他快走几步，将信送到将军的写字台上。

司令员脸上由怀旧引起的愉快的光泽褪下去了，神情立即变得严肃。他拿过信，动作迟缓地从一只小小眼镜盒里取出花镜，细心地看起来。

焦同安静地坐着，一动不动。他要等待的是将军对它的反应。

老人把信看完了，摘下眼镜，抬起头来默默地望他，半晌才说：

“施连志同志信中说的事是有的。让他的女儿进海军军医学校是我还在Y城基地时让人去办的。……怎么成了这个结果？”

一瞬间，焦同觉得自己的心跳得厉害。

“信上写了。因为她是东方瀚海的女儿，因为东方艇长至今还蒙受着恶名。”

将军的目光明亮和尖锐起来：

“我宁愿说这个叫白雪的姑娘是施连志同志的女儿。”

焦同起立，他的心跳得厉害了，目光因激动和愤慨而湿润，一时异常明亮。

“司令员，为什么？就因为4809艇19年前触礁沉没了吗？”

“……”

“司令员，都过去19年了，难道那种特殊年代为4809艇下的结论还不能改变吗？这些年来，当初Y城基地为4809艇做的结论一直没有真正说服我，我相信它也没有说服过你！我们这些活着的人，还能眼看着东方艇长继续蒙受恶名吗？我们就这么心安吗？”

司令员的面色微微涨红了。

“焦同同志，你过分了！”他严肃地说，“你怎么知道当初L城基地为4809艇做的结论不正确呢？东方瀚海确实没经请示就改变了上级为4809艇规定的返航路线，这一改变又直接导致了潜艇的触礁和沉没。就是今天，一个艇长犯如此大的错误，也是不可能被宽恕的！”

焦同并未因司令员的严厉而退缩。

“我当然无法证明当初那个结论是错误的。但即使它是对的，19年后我们还不能用一种新的目光看待那次海难吗？发生那次事故之前，东方瀚海曾率艇为我国潜艇部队开辟了一条又一条水下航道，即使他最后没经请示就去探测XY水道，终于艇毁人亡，也同你率领我们4607艇屡次去开辟新航道一样，应当被看成是英雄行为！90年代到底不再是70年代，我们现在完全可以改变那个旧结论，恢复东方瀚海中国潜艇英雄的本来面目！”

司令员目光中闪烁出了怒火：

“怎么恢复？……说他没有结婚，却留下一个女儿吗？”

焦同严肃地、长久地注视着司令员微微发红的眼睛，以一种坚韧和自尊的姿态起立，双脚后跟啪地一碰，举手敬礼。

“司令员同志，我可以走了吗？”

司令员低下头，过了漫长的几秒钟，才抬起头，脸上重新浮现出那种温暖的和略带讥讽的微笑。

“怎么？……真要走了吗？”

“对！”

“不想跟老头儿多聊一会儿了？”

焦同的心软了，他忽然意识到自己刚才过于冲动。改变那个19年来一直堵在心口的结论，司令员并没有这样的权力。

写字台后面，司令员慢慢地站起，眼睛里忽然有火花一闪，又熄灭了。他不自觉地换了一种轻松的、随便的语调，说：

“焦同……你提到东方瀚海，我忽然想起来……你干脆去9009艇吧，那条艇的政委已决定转业，艇长不大会管理部队，你到那里好好把工作抓一抓！”

“9009艇？”

“对。9009艇就是原来的4809艇。4809艇沉没后，它的艇员就接下了7324艇，前几年又接了9009艇。”

一股温热的东西水一样在胸膛里涌动开了，焦同要求自己不动声色。

“明白了。”他目光明亮地说，“司令员还有别的指示吗？”

老人想起什么来，从写字台上拿起那封信，走到他跟前来放到他手中，然后望着他，目光里藏着一点困顿。

“你的信你还是拿走吧。……9009艇上有一个小伙子，叫江白，今年刚从潜艇学校毕业。到艇上后，你帮我注意一下他干得怎么样。”

“这也是公事吗？”客人嘴角上浮出了一丝微笑，将自己带来的信放进口袋，敏感地问，同时也是为了在走前缓和一下与司令员之间有过的剑拔弩张的气氛。

“不是公事……怎么说呢，就当是我个人的私事吧。”司令员垂下目光，仿佛有点心不在焉地说。

“好吧，我记住了。再见，司令员。”

他又要举手敬礼，被司令员拉住了，握在手中，轻轻摇了摇，放下。

“再见，焦同，好好干。有事来找我，别不来。”

焦同眼里又闪烁起了湿润的亮光。

“司令员，不会的。”他动情地说。

客人走后，司令员回到写字台后面，默默地站了很久。后来，他没有戴眼镜，拉开抽屉，取出了另外一封信。

信封和信纸的字迹是一样的。他又看了一遍，脸上现出痛苦和沉思的表情。

参谋军官第三次走进来。

“司令员，下班了。”

“好吧，你先走，我马上走。”老人稍显疲惫地说。

夜里司令员办公室的灯光亮到很晚。司令员处理完最后几份公文，又从抽屉里取出了那张女孩子的照片。他久久地辨认着，不是以某种遥远的记忆来印证照片上的姑娘，相反，是从这位漂亮的少女的照片里去回忆19年来他一直没有忘怀的男人和另一个女人。

“是的，是东方瀚海的女儿。”他喃喃地说，觉得眼睛湿润了。

放下照片后司令员沉沉地坐在写字台后面的藤椅里，一动也不动。到了他这个年龄，无论是痛苦还是欢乐，别人都不容易从他的表情中看出来了。

司令员想：焦同来了，施连志的信也来了，他自己也早到了L城基地，领导着那个曾是4809艇的集体，于是东方瀚海，这个他当年的战友兼师长，他的鼓舞者和竞争者，也复活了，回到他的生命中来了。

可是东方的女儿，这个叫白雪的姑娘，她在哪儿？！

4

……出发前的一夜江白睡得很不安稳。一直以为跟海韵分手后自己会彻底轻松下来，没想到离开了海山别墅，揪心的痛苦却刚刚开始。

他真的与海韵分了手吗？从此之后，他们将形同陌路。他再也不属于她，她也永远不属于他了！

海风强劲地扫过Y城，万万千千的木叶发出震人心魄的啸音。江白躺在床上，大睁着眼睛，一动不动，他意识到自己的内心冲动起来。

我为什么不去马路边的电话亭里给她打一个电话，收回自己说出的话？

今晚她当然不一定住在海山别墅。……啊不，她今晚绝对会在那里，并且在等他的电话。

难道没有一种极大的可能，她也在等待他反悔吗？

可是……他给她说什么呢？她给了他最后一次机会，却只强化了他离开的决心。现在再给她打电话，她不会突然对他心生厌恶吗？

决定离开她，是他经过深思熟虑后才决定的。如果自己反悔，以后他自己不会厌恶自己吗？

天亮了，他爬起来，到处寻找一件东西，他没有想过那是什么，却从生命深处明白它是那样珍贵，一旦失去了就无法寻觅。他跑过校园，跑过海滩，跑上了与海韵相识时攀登的一座断崖……

这时起床号醒了。原来是沉沉一梦。

头脑清醒了，他命令自己不要再想海韵。接着就忙乱起来，跟同行的5名学员一块往学校派来的一辆中巴上装行李，吃早饭，与赶来送行的院长、系主任、老师、同学告别。中巴出了门一个学员又发现自己忘了什么，让车折转回来找，结果发现东西已在打开的行李中，又一次跟尚未离去的院长、老师、同学告别。

中巴驶近8334艇停靠的码头时，距离开航时间只剩下20分钟了。

车子驶近码头时，江白忽然想到一件事：中巴驶上码头时，他会突然在那里看到她！

海韵为什么不会给他一个惊喜呢？海韵有可能这么做，她不想让他离开她！

他的心热起来：如果她来了，他一定对她说，我收回我的话！

她会什么事也没发生一样对他说：到了L城就给我写信，别让我久等！放了暑假我去看你。

阳光穿过车窗，刺痛了江白的眼。中巴绕了一个大圈，停在码头上。

码头上人影寥寥。艇员们都上了艇，只有严艇长和政委还在码头上站着，一脸焦急。

“哎呀，他们到底来了！”看见车子，严艇长半是高兴半是埋怨地说。

下车的一瞬间，码头上没有海韵。

“怎么啦，江白？你的脸色不对嘛！”严岳峰说。

“没什么，头有点晕。”他含混地回答。

“还没出发就头晕，这不好。”严艇长笑着说。

江白不回答他的话，他转过脸去，向海湾那一边遥望。一种超真实的感觉是：他不是昨晚在海山别墅失去了海韵，而是今天在这座码头上失去了她！

来送行的“水耗子”帮他把行李搬上艇，走回他身边。

“想什么呢！”

“想一个姑娘。”

他一笑不笑地说，眼泪突然涌满了眼眶。

他硬着心肠，让它们留在那里，直到干涸！

“结束了！彻底结束了！……那就结束吧！”一个硬硬的声音在他心底说。

三天后他们抵达L城基地，5个潜院毕业生上了岸，江白跟严艇长在码头上分手。

“江白，好好干，祝你成功！”大胡子艇长热烈地同他握别说。

“谢谢！”江白感动地说。失去了海韵，他已经不让自己再想她了。可是今天又失去了这个长兄型的艇长，他突然觉得自己的世界一下变得异常空旷。

又是一辆中巴把他们拉进了基地宾馆，住下来等待分配。

以为会迅速分到艇上去，没想到竟等了半个月。

L城以她独有的南国城市的秀丽多姿吸引着这位初来乍到的潜艇军官。江白满眼都是陌生而新奇的事物：高高低低的楼房鳞次栉比地坐落在一面向海的山坡上的城市；一城操着他听不甚懂的本地方言的男女；三天两头丝绒般飘飞的细雨，摇曳多姿的紫荆花和大丽花，并不太好吃却让人赏心悦目的亚热带水果，万千船只穿梭往来的商港，一份名唤《滨城日报》的小报……

一个刚出校门的青年，内心又是那样空旷需要新的事物来填充，一旦到了一个全新的城市，生命兴趣的转移是很快的。江白开始只是觉得惊讶，渐渐地就喜欢上L城的一切，就像他当初喜欢Y城一样。

南方的大海和天空也突然展开在他的面前了。原来海与海也并不相同，北方的海蓝得发乌，蓝得深厚而沉郁，就像北方男人神情严峻的脸；这南国的海则蓝得发绿，激情澎湃，活跃而喧哗，稍稍显得轻佻，如同南方男人脸上热情奔放的表情。北方海上的天空蓝得深邃而神秘，这里海上的天空却蓝得浅淡而坦白，更为高远和廓大。

L城的阳光更强烈，空气更清新，人的眼睛也似乎更明亮。

感受着新的城市和仿佛焕然一新的南国的大海和天空，年轻人的内心溢满了欢悦。

“离开海韵并且离开Y城的决定是对的。那是一个理智的决定，而出发前想要收回那个决定的想法则纯粹是发疯。……我渴望着一种普通的、自由的、完全属于自己的生活，现在这种生活就要开始了。我应当精神饱满地迎接它！”最后一次淡淡地想起海韵时，他在心里说。

半个月后，他接到了命令：去基地所属二支队的9009艇报到，代理航海长。于是这天中午，他背着背包，顺着二支队营区中央的一条宽阔的水泥路，穿过一大片摇曳着巨大叶片的椰树林，又绕过一片长满含羞草的绿地，找到了9009艇的艇员宿舍楼。

一个值更的、臂上戴着红袖标的水兵走过来：

“你找谁？”

“请问这是9009艇吗？”江白说。

“不错。你找谁？”

“我来报到，想找艇长。”

水兵眯细着眼上下打量他一番。

“行，你跟我来。”

9009艇艇员宿舍是一座带外走廊的三层白色小楼。水兵走上一楼走廊，把江白引到艇长室。

门开着，里面传出喧哗声。这是个星期天，江白注意到房间里有四个人正在打牌，上身都穿着背心，鼻子上贴着一张张纸条。

他一眼就明白了谁是艇长。其他三人都是20岁上下的年轻人，那个三十七八岁的人准是艇长无疑。艇长生得矮壮敦实，一张黑脸，两只略微向外暴突的大眼，散布着一些小疤瘌的平坦的鼻尖上贴着至少四张纸条。

“报告艇长，有人找！”值更水兵在门外啪的一声立正，大声说。他的动作有意无意地包含了一些夸张和变形，让江白觉察到一种滑稽的效果。

所有人都冲门口扭过头。艇长一脸不高兴的样子。

“谁找我？”他嗓门很大地问，目光落到江白身上。

江白一闪念间想到他也许并不觉得值更水兵的表现有什么可笑，随即这念头就消失了，他有更重要的事情要做。

“艇长同志，9009 艇代理航海长江白前来报到！”他向前走一步，大声说。

艇长定定地看了一秒钟，忽然将牌扔到茶几上，一把撕掉鼻子上的纸条，站起来。

“猴子，你收拾一下！”他对跟他打对家的一个水兵说，目光迅速移向另外两个水兵，用生气的声调说，“你们，走吧！”

两人朝江白笑一笑，扔下牌走了。那名被艇长称为“猴子”的水兵麻利地将散落在桌面和地下的牌收拾起来。

“你也走！”艇长仍用那种生气的腔调对他说。

“猴子”一闪身就消失在门外了，但还是回头冲江白友好地做了一个鬼脸。

“再见！”

将屋里人都赶走，艇长脸上那种愠怒的、仿佛因什么事而十分生气的神情并没有消失。他低下头，眼睛不看江白说：

“你，进来吧！”

这位艇长不热情，江白又是一闪念间想道。

他进了艇长室，放下背包。

艇长用阴郁的、严厉的、有一点挑剔的目光上上下下地打量他。

“你，叫个啥子？”他问。

这人待他是不礼貌的，江白有点受不住了。在潜院，他听说过东方瀚海、秦失那样的艇长，实习时也见过 8334 艇严岳峰那样的艇长。这个艇长与他对艇长的所有记忆和理性认识都不相吻合。

“江白。长江的江，白色的白。”他让自己保持着镇静说。这时他又意识到艇长既没有跟他握手，也没请他坐。

艇长皱了皱眉头，脸上一种新生的烦恼的神情浮上他的脸，仿佛这个名字让他不舒服。

“你怎么到了这条艇？”

这个问题更是不礼貌的，至少是不合理的。江白的目光不由自主地变得锋利了，他慢吞吞地说：

“报告艇长，是基地分配我来的！”

马上他又意识到这位艇长不但对人不礼貌，还十分敏感。听了江白的话，他严厉地望对方一眼，表情生硬了。

“我当然知道你是基地分配来的。”他说，想说什么又打住了，“……好吧，既然来了就先住下。我叫崔东山。——猴子！”他又冲门外喊一声。

“猴子”几乎立即就出现在门口了，不过已穿上了军上装，江白注意到他是一名下士。

“艇长，嘛事儿？”望一眼江白，他微笑着，略带讥讽地问。

“你带新来的代理航海长去航海舱，那里有一张航海长空出的铺。再帮他找张桌子，想办法弄个热水瓶！”

“知道了！”“猴子”回头对江白说，“走吧？”

江白去提背包，被下士抢过去。

“今天你还是客人，明天就不是了，我来吧。”他冲江白笑一笑说。

江白回过头去，最后看一眼艇长。

“艇长，还有什么指示？”

“唔，没有了。”崔东山居高临下有一点盛气凌人地说，“你跟‘猴子’去吧，先住下来，艇上情况以后再谈。”

直到江白走出艇长室，他脸上那种懊恼的、愠怒的、仿佛因江白的到来突然想到一件什么事而生起气来、随时可能大发雷霆的表情都没有消失。而且，江白意识到不知为什么，这第一次见面，艇长对他的印象或者他给艇长留下的印象就是不好的。

当然，崔东山也给他留下了不好的、不愉快的印象。

“猴子”带他上了二楼，往左拐。外走廊尽头就是航海舱。所谓航海舱，就是潜艇航海部门艇员的宿舍间。

午饭前他在这里安顿下来，并且与航海部门的水兵们认识了，知道了被艇长称作“猴子”的下士名叫赵亮，是一名信号兵。大家七手八脚地帮他打铺，多余的物品放进艇上的小仓库，床前加了一张三屉桌，桌上放了一只热水瓶。

最后，赵亮又从自己的床底下取出了一盏模样儿花哨的台灯，灯罩是用废电影胶片自制的。

“航海长，我拍你一下马屁……这盏台灯给你用！”

江白望着他。这个瘦长、灵活、有点玩世不恭的信号兵身上，有一种让他喜欢的东西。

“谢谢你。等我买了台灯，再还你。”

“可以。”下士答应得很爽快。

午饭的号音响起来，水兵们像听到紧急集合号一样，拿起饭碗，跑步冲下楼去。

全艇在楼前小操场上列队。

艇长站在队列前讲话。

“同志们，今天我们艇来了个代理航海长……”

大家的目光向队列前排的江白斜射过来。

“现在我来介绍一下。”崔东山继续说，目光在队列中搜寻到了江白，“对了，你叫啥子名字？”

江白刚刚愉快起来的心情被破坏了，他大声说：

“江——白！”

艇长生气地看了他一眼。

“好吧，大家表示一下欢迎！”他也大声说。

队列里响起一阵“叮叮当当”的碗筷敲击声。

江白的脸色微微有些苍白。

“头儿，沉住气，都这样。”赵亮在身后低声说。

全艇去支队大餐厅里就餐。航海舱和鱼雷舱的部分艇员共用一张大餐桌。

“你好，我是高梁，北方潜院九 × 届的。”江白刚才在队列中见到的一个年轻的中尉主动伸过手来，白净的脸上现出一种友善的、似曾相识的微笑，“是栋梁的梁，不是红高粱的粱。”

“鱼雷长。”赵亮不失时机地加上一句说明。

江白冲他微笑了一下，这是他到艇上后遇到的第一个校友。

“你好，多关照！”他不由自主地换了一种只有潜院学员才能相互迅速领会的声调说。

对方一眨眼间就领会了。

“彼此彼此。”

开饭了。江白留意注视着高粱，发现虽只毕业一年，眉目神情和体姿中还是有了许多陌生的、他能感觉到却说不清楚的隔膜的东西。

他想在午休后跟高粱聊一聊，鱼雷舱就在航海舱隔壁，但是赵亮已从楼下跑上来了。

“航海长，艇长让你去艇上顶替动力长值一班更。他现在让我带你去！”

江白发现自己并不激动。本来是应当激动的，他就要看到自己服役的潜艇了！

“好吧，走！”他故作轻松地笑了笑说。

离开 9009 艇宿舍区，顺着两旁长满高大椰树的营区中央大道继续向前走，不远就是码头了。

赵亮走在前面，江白对他与艇长的关系生出了兴趣。

“赵亮，我能不能问你一件事？”

“航海长，请你不耻下问。”

赵亮回过头，一笑，露出了一侧的小虎牙。

“你不是信号兵吗？怎么成了艇长的通信员？”

“艇上没有通信员，我是信号兵，潜艇一下海，我就没事儿了，艇长看我闲着，就让我当了他的马弁。到了岸上还这样。时间长了，我也习惯了。”

江白释然。至于为什么会这样，他没有认真去想。

潜艇码头出现在他们面前了。

午后的阳光强烈地投射在军港宽阔的水面上，没有风，一排潜艇像被拴紧的钢铁巨兽，整齐、威武地锚泊在码头旁。它们的银白色壳体在微浪中上下起伏，艇体与艇体之间溅起水花，“砰砰”地发出沉重的声响。

9009 艇就在它们中间。江白认出来了，这是一艘常规动力潜艇中的 B 级潜艇。

一个南方人面孔的上尉已在码头前焦急地等着他们了。他 30 岁上下，有点老相，下巴上不多的几根胡子好久没有刮，工作服上满是机油。

“你是新来的代理航海长吧？……我是动力长徐有常！”他主动开口说，不乏热情地向江白伸过手，迅速握一下，“你来了太好了，我急着回家！今儿是星期天，老婆要加班，孩子没人带。”

江白心里小小地吃了一惊：一个潜艇军官，怎么能……

他没让自己想下去。

“有什么事要交代吗？”实习期间他什么都干过，知道换更的程序。

“没什么事。”面呈焦灼之色的徐有常忙脱下值更的红袖标，交到他手里，一边说一边跑着离开码头。

赵亮站在一旁冷笑。这是个什么事情都知道的兵。

江白望他一眼。

“动力长家就在基地？”

“不错。他老婆就在水城的纺织厂。”

这也没有什么，江白对自己说。人之常情，虽然我还不能习惯。

“好了，你回去休息吧，我上艇。”他对赵亮说。

他踏着跳板上了9009艇。艇舱内值更的水兵是航海部门的张海和严明，他们已经认识了。

“航海长好！”

“你们好。”江白说，“我可以看看咱们的潜艇吗？”

两个水兵笑了。

“你是航海长！”

在潜院时虽已对B级潜艇很熟悉了，他还是很认真地在潜艇内前前后后看了一遍。

心有点热。

这就是他今后生活和战斗的地方啦，如果不发生核战争，这种型号的潜艇至少在目前还是我国海军部队的主力潜艇。

最后他进了航海室，在自己的战位上坐下来。

课堂上学过的东西全想起来了。

他打开了电源开关，耳边响起了远航途中一些不算遥远的声音。

是远航途中严艇长和自己的问答声。

“航海长，报告我们现在的位置！”

“报告艇长，我艇目前位于北纬xx° xx′ xx″，东经xx° xx′ xx″！”

“航海长，报告敌潜艇方位！”

“左舷xx°，距离x链，速度xx节！”

“一舱注意，鱼雷准备发射！”

他闭上了眼睛。这样的回忆和想象居然也能成为一种精神的享受。

这个下午，他过得很充实。

上午艇长留给他的一点不愉快消失了。

瞅空儿将海韵借给他的书从小仓库里取出来，他要接着读下去！

5

如果这时有人告诉他，两个月后，他和艇长的关系就会成为一个死结，他自己也不会相信，但事情有它自己的逻辑。

这天下午他在艇上吃了晚饭，动力长徐有常才跑步回来，摘下军帽，一头的汗。

“谢谢，谢谢你一上艇就替我值更。”他对江白说，眼睛里闪着真诚的光，“孩子发烧了。……对了，快上去吧，艇长找你！”

江白爬出潜艇，上了码头。

崔东山站在那里。

最后一抹紫红的晚霞投射在海面上，反射的光将艇长的脸照得红亮亮的。

崔东山用狐疑的目光望着他。

“艇长，你找我？”

“不错。”崔东山说。“政委要转业，回家找工作去了，有些事我得替他做。”

江白努力做到目光平静。

“有什么话艇长就讲吧。”

“代理航海长，我是艇长，你要对我说实话。”

江白嘴唇紧闭，心中勃然大怒。

“你是不是在潜院时犯过错误？”

“克制”，他对自己说。

“没有。”

“那就是毕业成绩不好？”

江白摇头。

“我是全系总分第一名。”

崔东山对他的语气敏感地皱了皱眉。

“要不你就是得罪了谁！”他几乎肯定地说。

“就我自己所知，也没有得罪谁！”江白还是忍不住了，一字一字重重地说，“艇长，对不起，我能知道你为什么问我这些问题吗？”

崔东山是这么一种人，他已经用话语或行为侮辱和伤害了你，却并不会为此感到不安。

“没啥子嘛，了解一些情况嘛。”他说，一下子又显得愠怒和不耐烦了，好像受伤害的是他而不是你。“没得罪谁，也没犯错误，很好嘛。”

江白猛地意识到他不相信自己刚才的话。

“艇长，我的情况都在我的档案里，你可以去支队干部科查！”

在渐暗的暮色中，崔东山注意到这个远远地面对他站着的新来的潜院学员目光中闪烁出了真实的愤怒。

这种愤怒的表情让他真生起气来。

“代理航海长，你这是什么态度？……我是艇长，对艇上干部的情况，当然要做到心中有数。你刚到艇上，首先要学会尊重领导！”

一种轻蔑的情感从江白心底出现了。他一下明白了：自己没必要再跟这样一位艇长继续理论下去。

崔东山又想起另一件事来。

“好了，你刚来，按照支队的统一部署，我有责任带你出去走走，熟悉熟悉情况。”

他也没有再招呼江白，就转身向营门方向走去。

江白尽力让自己的内心平静下来。

“我跟他走吗？……当然要跟他走，他是艇长。可他并不像我心目中的艇长。一位潜艇艇长，就是不能像东方瀚海和秦失那样，英武豪迈，屡立功勋，以其传奇式的英雄行为吸引他的部下并鼓舞后人，至少也该像8334艇的严艇长，热情、豪爽、生气勃勃，并且幽默，他不要求你尊重他，你不知不觉就喜欢和尊重他了！……这个崔东山艇长，竟能开口要求部下尊重他！”他飞快地想。

“可他到底是艇长，你现在是一名海军中尉了，一切行动听指挥。他要你跟他走，你就必须跟他走！”他想。

他跟在崔东山背后走。

一刻钟后，两人走出了营门。

营门前就是因黄昏来临而骤然热闹起来的湾尾街。

江白在惊诧中睁大了眼睛。

白天从基地方向走过来时他经过这条不大的小街，那时他看到的只是两旁林立的楼群，无数的店铺招牌和霓虹灯广告，街上行走的车和人却很少，总的印象十分冷清。但此刻，这条远离城市中心的不足一公里长的小街却像中了魔法一样，意外地变成了一条无比拥挤和喧闹的街市。

凉爽的海风从海湾里强劲地刮过来，将街道两旁不多的椰树林刮得前仰后合。湾尾街消隐凸显在从高空到地面上上下下密密层层的灯火里，它不再是一条街，而是一条流动着光和影的长河，熙熙攘攘的寻欢作乐的人潮是河道中汹涌的水流，人潮中如同过江之鲫的车流则是河道中的拥堵的行船，而从那一街两旁重重叠叠大开着门户的酒楼、茶肆、饭馆、歌寮、舞厅、娱乐宫、桑拿浴室、弹子房……里传出的音乐和人声，则如同响彻在这条混浊而充满活力的大河上的涛声。

一个与咫尺相隔的军营完全不同的世界。

江白的心警觉起来。

“艇长，你这是……”

迎着闪闪烁烁的霓虹灯的光芒，崔东山情绪明显高涨，脸上现出热情和鄙夷交织的复杂情感。

“代理航海长，这就是湾尾街，L城最有名的娱乐街，它可是名声在外，整个东南亚，没有人不知道！”他恨恨地，又像是不无欣赏地说。

江白认为自己还是不开口为好。

崔东山带头向前走。

江白继续跟着他走。

挤进拥挤的人流，崔东山明显地激愤起来。

“我刚参军来到L城，这里还是个跟市中心不搭界的小渔村，老百姓天天到营院里讨饭吃！没想到十几年工夫，家家户户都成了财主了！”

江白不说话，他意识到对方不需要他回话。

“这里有几句顺口溜，叫作十万元贫困户，百万元刚起步，千万元不算富，上了亿小康户！”

尽管江白不想说话，可还是被他的话震动了。

“上了亿才是小康户？”

“不错。这条街不长，从头到尾才 980 米，千万元以上的户就有几十家，一亿多元的也有两三家！”

江白不由得“哦”了一声。

“想想咱们，一个月辛辛苦苦，才挣几个钱，还不够大款一顿早茶！”崔东山像是忘记了自己身边的谈话对象，大声发起牢骚来。

“这里发展得真快。”江白感叹。

“什么他妈的发展真快。”崔东山不高兴了，回头生气地望着他，“靠的是这个！”他用大拇指和食指做了一个淫秽的手势。“你就说这家娱乐宫——”他突然朝左边一指，“——你知道当地老百姓叫它啥子？”

江白顺着他的手指望去，那是一座二层白楼，霓虹灯上亮着四个字：海滨桑拿。楼上楼下，灯光通明，声音嘈杂。

“我告诉你。”崔东山冷笑，“它叫湾尾街第一炮台！”

江白没听懂他的话，但忽然间就明白了。

年轻的海军中尉还处在那种别人说脏话自己也仿佛受到污辱的年龄阶段。他的脸在半明半暗的街景中突然热辣辣地烧起来。

崔东山继续往前走。

在一家人影错杂的酒店门前，崔东山又站住了。

“这家酒店你要记住！老板娘叫‘夜来香’，已经被派出所抓过几次了！你年轻，小心上当！”他说。

如果说出门时江白还不知道艇长要带他熟悉什么“社情”，现在明白了。

置身于夜晚湾尾街的人流中，江白突然觉得窒息。这不是他所熟悉和了解的世界，并且也不是他有兴趣熟悉和了解的世界。他一分钟也不想在这条街上待下去。

他站住。

“艇长，我们回去。”

他的声音不高，却是坚定的。

崔东山停下，愕然地回过头。

“艇长，如果你只是想让我了解这些事，就不必了。”江白冷冷地说，觉得自己的声音在颤抖。

洋溢在崔东山脸上的兴奋和厌恶相混杂的热情低落了，暂时被忘却的对于江白个人的猜疑和不满重新浮现出来。

“代理航海长，我并不想带你出来！……我是为你好才带你来这里熟悉熟悉的。资产阶级腐朽生活方式就堵在我们营门口，你还年轻，有什么免疫力？不像我们！……这本来也不是我的事，可政委不在家！……好了，你既然不乐意，那咱就回去！”

他气哼哼地掉转身子往回走，又站住，瞪大生气的眼睛望着江白。

“就是你不高兴我还是要告诉你。眼下这种年月，你们这些学生官儿到了艇上，我不担心你们技术不行，就担心你们生活上犯错误！在部队啥子错误都能犯，就是不能犯生活作风错误！你们犯了错误，自己受处分，全艇一年的工作也就完了——部队对这类事处理起来是严厉的！”

说完话，他再也不看江白一眼，气呼呼地往回走。

江白的脸火烧火燎。他还没有经历过这样的时刻，别人说是要帮助你，其实却是在人格上怀疑你和污辱你！

“他为什么要对我说这些话？……难道这种话不能通过别的方式说出来吗？……我是一名海军中尉，与湾尾街上寻欢作乐的人格格不入！……不错，他是一个艇长，一名海军中校，军衔和职务都比我高，可是这就给了他权力，可以随便污辱我吗？……”

崔东山走了很远，他还没有跟上去。

“我要找他谈谈。……这样下去是不行的，这不是听不听指挥的问题。他是领导，更应懂得尊重别人，不然，别人也是不会尊重他的！”

转身走回去之前，他下了决心。

直到他们一前一后走回 9009 艇宿舍，谁都没有再跟谁说一句话。

崔东山没有给他留下时间找自己谈话。江白刚回到航海舱，楼下已经响起了艇长粗哑的大嗓门。

“谁值更？”

值更水兵的脚步声。

“去通知代理航海长，今晚到艇上值更！”他怒气冲冲地吼道。

楼上楼下都听到了他的喊声。

值更水兵“噔噔噔”地跑上二楼。

“航海长，艇长让你去艇上值更！”

“现在去不去找他谈呢？……”他想，忽然放弃了刚才的打算，“不，还是先去值更。……谈是一定要谈的，可最好等到他和我的情绪都较为平静的时候。”

但是，这个双方都较为平静的时候迟迟没有到来。崔东山每天似乎都在为什么事处在烦躁和气恼之中。

半个月以后，江白自己也不想找他谈了。

那个晚上以后，江白几乎每夜都被崔东山派到艇上去值更。白天，他则尽可能找一些公差勤务让他做，有时甚至让他一个人去做。

“猴子，叫代理航海长去大食堂帮厨！”

“猴子，支队要一个公差搬东西，叫代理航海长去！”

“猴子……”

这样的事情一天天都在发生。一天，赵亮和江白一起从码头上回艇，悄悄地说：

“航海长，别怪我多事啊。”

“赵亮，有话就说。”

“你把艇长得罪了。”

“我？”

“去给他认个错，别老这样。”

“认错？”江白的眉毛竖起来。

“你是潜艇学院出来的吧？”

“对。”

“还是高才生。”

“说不上。”

“啥说不上，第一名嘛！艇长恨的就是你们这些科班出身的人。”

“为什么？”

“他自己不是。他说你们瞧不起他，尤其是你。”

“这是从何说起？”

“他就是个尿人，谁也拗不过他那个脾性，三个政委都跟他合不来。好汉不吃眼前亏。”

江白不想同他谈下去了。

“谢谢你，赵亮。”

“不客气。说实话，大家都觉得你不赖，我才跟你说这么几句。你甭让艇长知道，他知道了，我也没好日子过了。”

既然是这样……江白想，他还跟崔东山谈什么呢？是崔东山心态不正常。是他给了自己小鞋穿并且还在给自己小鞋穿！心胸狭窄的是崔东山，有错的也是崔东山。应当是崔东山来找他谈，伤害别人的人应当先向被伤害者道歉！

他不去找崔东山谈！怨气、轻蔑、敌意如同雨后的苔藓，在心灵的台阶上大片大片地疯长起来。

上级要来检查卫生了。

江白注意到，每次上级机关来人检查什么，艇长总是十分紧张，也总是越发怒气冲天。

“这次是总部来人检查卫生，各舱室分工负责，一点纰漏都不能出！……一舱负责楼道，二舱负责卫生区，航海舱负责楼上楼下的厕所！……”崔东山在队列前大声说。

航海舱的艇员们都偷偷望着江白。后者明白他和艇长之间的“死结”让大家也跟着吃苦了。

他忍着。

队伍解散后他就带着自己的人打扫全艇的厕所。崔东山一次次跑过来检查，十分挑剔。

“便池！……要擦拭得一尘不染！一尘不染你懂吗？”

江白不吭气，让冲洗便池的张海走开，自己蹲下去擦洗。他擦得十分认真。

整整干了一上午。崔东山最后检查了一通，没有说什么，走了。

这就是说，他也终于满意了。

说好了检查团下午来，却没有来。

晚饭前，崔东山走过来：

“代理航海长，你们派人守住楼上楼下所有的厕所，别让任何人进去！”

江白觉得事情越来越荒唐。而且，这显然是不可能的事。

“艇长——”

崔东山已经走了。

江白的气不打一处来。

“你们都去吃饭，我在这里给他看厕所！”他对赵亮他们说。

别人都去吃饭了，江白在一楼厕所门前搬了个凳子坐下。他要让这种荒唐的事越发荒唐。

他在潜艇学院苦读4年，就是为了有朝一日来到9009艇给崔东山看厕所吗？

晚饭结束了，艇员们三三两两地回到艇上。竟没有人真的走进厕所，大家纷纷地去支队机关大楼里拉屎。

崔东山走出来，立在自己门口，看看江白和大伙儿，脸上难得地现出一丝笑容。

“行，继续保持！”他不知是对江白还是对别的什么人大声说。

江白坐在厕所门口不动。他觉得自己正被艇长拿来“示众”。

你是潜艇学院的高才生，可我还是叫你给我看厕所！

他正在受到考验。他要经得起这个考验！你叫我看厕所，我就看厕所！

第二天早上，他又早早起来，坐在厕所门前。

“很好！”早操回来，崔东山说。

检查团上午要来。9点钟，赵亮急匆匆地从码头跑过来，神情慌乱。

“不好了不好了！”

“怎么啦？”

“吃坏了肚子！”

江白本能地给他让开厕所门。

赵亮进去了，检查团也来了。一个中校推开厕所门，跨进去又窜出来，两手捂住鼻子！

“咋啦？咋啦？”崔东山瞪着眼珠子跑过来。

赵亮提着没系好的水兵裤跑出来。

检查团走后，9009艇的卫生得了个“差”。

崔东山气炸了肺。

“艇上有些干部，职务还是代理的，干的那叫啥子工作？叫他守个厕所门他都守不住，还以为自己了不起！还谁也看不上！……你一个学生官，刚出校门，有啥子了不起？说轻了你是不负责，说重了你是有意毁坏艇上的荣誉！”

在全艇军官大会上，他不点名地大骂了江白半个小时，唾沫乱飞。

江白终于没有忍住，他猛地站起来。

“艇长，你干吗不点我的名？！”

崔东山的眼珠子瞪大了。

“还用我点名吗，你自己不是站起来了吗？！”

江白脸色发青，嘴唇上一点血色也无。

“艇长，你要是想要会守厕所的航海长，最好请潜艇学院专门为9009艇培养一个，这门课——我没学过！”

崔东山气得七窍生烟。

“你……你竟敢当面顶撞我？……你有啥子了不起？你损害了艇上的荣誉，还这么蛮横，我领导不了你了，你找人领导你去！”他会也不开了，脚步山响地走出会议室，到支队汇报去了。

几天后，支队干部科长来到9009艇，专门找江白谈话。

“江白同志，你要注意呢！崔东山同志虽说没进过军校，可他在专业和指挥上还是有一套的，不然4年前我们也不会让他当艇长！你还年轻，刚出校门，有些事情还不懂，我要告诉你，一个人不知道尊重领导，在部队是没有前途的！”

江白原来还想做一点解释。听完这番话，一点解释也不想做了。

“你怎么不说话？”干部科长感觉到了他的沉默，脸红了问。

“你要我说什么？你什么都知道嘛！”

科长不大的眼睛睁得很大。

“你这个代理航海长，你怎么这么骄傲？你这种脾气是不行的！”

他生气地站起来，走了。

江白过了很久很久才拼命让自己冷静下来：这是怎么回事？他为什么在L城潜艇基地净遇到这样一种人？！

一个星期六的黄昏，艇长到支队去开紧急会议。江白走到隔壁的鱼雷舱去，将平时除在一张餐桌上吃饭外很少来往的鱼雷长高梁叫了出来。

“走，散步去。”

两人走到码头上。

残阳半照着军港的水面，水面上有很大一片像是被血染红了。

他心里已经埋藏了那么多问题，要向这个比他早到一年、平日沉默不语、只是常在嘴角露出一丝模糊不清的微笑的校友请教。

“高梁，你告诉我，为什么艇长要给我小鞋穿？”

高梁不回答。

“为什么他会问我是不是犯了错误或者毕业成绩不好，才到了9009艇？”

高梁望着海面上如血的晚霞。他的回答令江白吃了一惊。

“因为他看不起你。”

“看不起我？”

“他不是因为你不行才看不起你或者怀疑你，而是因为他看不起这条艇。你到这条艇上来，当然要被他看不起。”

“他看不起这条艇？”

“对！他也看不起自己，于是也就看不起我们这些被分到9009艇来的潜院学员。”

“我还是不懂，为什么？”

高梁似乎不想痛痛快快地回答。

江白诚恳地望着他。

“话说起来就长了。……因为19年前发生的一场海难。”

“海难？”

“对，一条潜艇沉没了。”

中国潜艇史上仅有的几次海难一瞬间全被江白回忆起来。

“你说的是哪一次潜艇海难？”

“197x年x月x日，中国的王牌潜艇4809号在XY水道失事，艇长东方瀚海遇难。”

“东方瀚海？”

“对，就是这个东方瀚海，严重违犯基地指挥所命令，擅自更改航线去探测XY水道，造成了艇毁人亡。”

“……这与艇长看不起9009艇有什么关系？”

“9009艇前身就是4809艇。因为那场海难，这么多年过去了，这条艇一直没有翻过身来。”

“没有翻身是什么意思？”

“19年了，从这条艇上，没有提拔过一个比艇长更大的干部，甚至也没土生土长出来一个艇长。”

“崔艇长也不是9009艇自己培养的？”

“不是。崔东山当兵不在这条艇，是别的艇派来的。他在这条艇干了4年，先后跟三任政委合作，没有一个政委不是过渡一下就安排转业了。那些和他一批当上艇长的人，有的已当支队长了，可他还是个艇长！”

高梁没有再说下去。

江白沉默。高梁的话信息量太大。他还不能一下子将自己十分尊敬的东方瀚海和高梁口中的东方瀚海看作一个人。

虽然他明白他们是同一个人。

“即使是出过事故，为什么这条艇——其实不是一条艇，而是一个集体——就长期不能翻身呢？”他问高梁。

高梁的眼睛亮晶晶的。

“你出过事故，别人没出过事故。和平时期没有仗打，出没出过事故就成了衡量一个战斗集体优劣的主要标准。一艘长期背着事故包袱的潜艇就像一个被悲哀和歧视压迫着的人，你不可能不生出自卑心理，在别人面前再也直不起腰来。于是，它也就真的没有直起腰来。”

“……”

“你长期直不起腰来，你就成了后进单位。一个单位越是长期后进，上级越会对你失去信心，越不会给你派来有能力的干部，因为反正你是个后进单位，搞不好的。这样，你就像是被判了无期徒刑，想翻身也不容易了！”

“……”

“如果一个人长期待在这样一个单位，他自己老想着提升却上不去，心理上就不能不发生一点变异。他会无缘无故地对这条艇上的一切——包括分来的潜院学员——产生怀疑。”

江白长时间地望着高梁的眼睛。

“你是说崔艇长有点自虐而虐人的心理？”

“你也可以这么理解。”高梁说，“有一件事你要注意，这个人并不是对你真有什么恶感，他只是每隔一段时间就要找一个排解怒气的目标。去年他的目标是我，今年换成了你。”

高梁停顿了一会儿。

“我还要告诉你一句话，老崔已经打了转业报告。他不是不想干，是想用这种方法向领导显示他的不满。”

“会有效吗？”

“据我所知，支队对他这么做并不满意。9009艇是个后进艇，他是个后进艇的艇长，上级怎么会提拔他？”

“他也是这条艇的受害者？”

“这么说也可以。”

清凉的海风从军港的出口处刮过来，江白觉得心里亮堂了许多。他从心里感激高梁，却没有说出口，因为他精神上一点也不感到轻松。

6

苦闷的日子开始了。

操课、吃饭、睡觉、值更、出海训练……日子一天天过去，单调而且重复。后来他想：主要是平凡，自己忍受不了平凡。无论是他与艇长之间的“死结”，还是他被认为是今年分配到支队来的潜院学员中最差的一个，或还是在这个被人认为是长期后进的艇里，他发觉不但艇长，其实动力长徐有常、鱼雷长高梁也在想法子离开——前者要求转业，后者要求调离——他正在经历的都是平凡。他看得清楚，事实上，不论是崔东山还是他和高梁，在这条艇上干下去都是没有远大前程的。

而他在毕业之际，不，在潜院学习的4年间，憧憬和相信自己将会在毕业之后拥有的却是另一种充满激情、欢乐、冒险、创造的生活，是与一生事业密切相关的生活，一种虽然普通却能使自己施展才干、想象力、实现非凡抱负的生活。

他今天经历的、得到的、拥有的生活甚至不能称之为平凡。“平凡”这个词蕴含着纯净和透明，他今天在9009艇的生活只能称之为平庸。

一种平庸的生活是什么境界？它不仅平淡无奇，在某种意义上，还显得丑陋、沉闷、品格低下，没有希望，没有幻想和激情。

……回想在Y城的日子，他觉得它遥远而不可企及。那样的日子对他来说可能一去不复返了。它是青春的，透明的，朝气蓬勃的，充满热烈的情感、冲动、欢乐和梦想，如同晴朗的清晨的海面，新鲜，明丽，阳光普照，天空蔚蓝，白色的雾气飘散在山野里，轻纱一般曼妙动人。那时的自己就像一滴纯净的海水，随着阳光升起而闪光，随着海波起伏而激荡，随着气旋而上升，随着雾气盘亘在山野，化成晶莹的露珠，挂上一片青葱的草叶，依然纯净、晶莹、明亮。

从Y城带来的、海韵帮他绑扎好的那一捆书原封不动地放在艇上的小仓库里，最初是没有读书的环境，后来是没有了读书的心境。他现在才明白，读书也需要对自己的生活和未来充满信心，而他现在失去了这份信心。

还有，哪怕只是想到读书，他也会重新忆起那位Y城的姑娘。他越是不让自己思念她，就越能清晰地感觉到思念的痛苦。海韵回来了，在他内心充满失望、孤独和痛苦的时刻，而他却已毫无保留地失去了她。

所有的思念与回忆都是过去式的，无法唤回也不想唤回。离开海韵的理由之一是他想过一种平凡的和自由的生活，要独自经历自己的命运，现在他得到了，但这生活和命运的内容却是他没想到的。它们不但让他认不出自己的面目，还最后一次在内心里拉远了他与海韵的距离，让他从内心深处再次失去了她。

每个人都能清楚地看出自己生存的境界，并用它来衡量自己和别人的距离。在Y城时，即使家庭背景不同，他仍然觉得他与海韵的交往是平等的，他不但不会感到自卑，相反多少还会有点男性的和军人的优越感；今天，他的生活成了这样一幅图画，再回头看那位Y城海滨别墅里的姑娘，一种自卑感就油然从他心灵深处生出来，虽然他不愿意承认它存在着……

到L城后，他曾下过决心，为了不再妨碍海韵和他自己的生活，他不再给她写信。到达9009艇后，他只给她寄了一张明信片。他这样做，是想从一开始就把关系彻底变淡，日后能一点点地把最后一线联系也结束掉（现在不行，他这里还借有她的一捆书呢）。他觉得这不管对她还是对他都好。收到他的明信片后，海韵像是明白他的心思，也只回了一张明信片，向他问好，并说他带走的书读完了，还可以写信来，她这里仍有一些他没有读过也许愿意一读的书。她没有写一句缠绵的或者可以理解为缠绵的话。

就是这张明信片，让他觉得自己和海韵的最后一点感情关系结束了。心灵的伤口仍在悄悄流血，但那是他自己的事情，与海韵没有关系。他需要寻找自己的新生活，包括爱情。

朦朦胧胧的，江白明白他已经走进了自己的新生活，他正在穿越平凡或者平庸之网，走进一条由无数他深感陌生的场景构成的隧道，就像夜晚的湾尾街，车水马龙，灯红酒绿，一片喧嚣。他虽然厌恶它，不能真正理解它，却必须从这些场景中走过去。至于走向何方，前方存在着什么风景，他一无所知，知道的仅仅是自己走进了平庸，他甚至不知道自己能否走出这平庸。另一个直觉是：无论是坏还是好，它都已成了他的命运本身。

海韵再次被他淡忘了。平庸的日子里的尘土将伤口遮盖了，那不是愈合，仅仅是遮盖。不过在他这也无所谓了。他要走自己的路，他已经不能不走。他只有自己的路可走了。

内心的目光悄悄地投向远方。青春和生命不会满足于平庸和沉闷，它的不竭的热情在军营内受到遏制，便会奋勇地越过篱笆，到别处去展开自己的视野，开辟新的天地。

深秋的一个星期六的傍晚，江白跟高梁一起走上了湾尾街。每个星期，只有星期六晚上可以自由活动。

除了崔东山带他来“熟悉社情”的一次，他再没有在夜晚来过湾尾街，他本能地不喜欢这条街。但是高梁邀请他去，待在营房里又那么郁闷，他就去了。

8 月傍晚的风从海上吹来。湾尾街上的繁华与喧闹一如旧日。

“高梁，咱们回吧。”走到那家被崔东山称之为“湾尾街第一炮台”的海滨桑拿馆，江白站住了说。

“为什么不敢往前走走呢？……我们就这么虚弱？”高梁看透了他的心思一样说，“再说了，这里的迎客小姐再厉害，听说经常有拉客的事情发生，可她们是不会来拉你和我的！”

“为什么？”江白一惊。

高梁无声地笑了。走上湾尾街，平日沉默持重的他突然整个儿放松了，活跃起来。

“不是怕你犯错误。她们不来找你我，是因为知道我们一个月挣多少钱，知道你拿不出足够的钱付账！”

江白大笑起来。就是这一刻，一直控制着他的紧张情绪消失了。

“那就走！”他大声说。

人群越来越拥挤。

他们已走进了湾尾街最热闹的地段。在一家不大的酒楼前，高梁停住了，目光投向楼门前站立的一位姑娘。

“江白，瞧，就是她！”

“谁？”

“卡门。不知道她真名叫什么，人家都叫她卡门。”

“卡门？”

“每隔几个月湾尾街上就要换一朵当红的‘街花’，这一阵子的‘街花’就是这个卡门！”

“街花？”

“意思是最红的‘炮台’。‘炮台’你懂吗？”

江白意识到自己这一次没有因为听到这个词儿而感到震惊。

“懂！”

“懂就好。”高梁笑一笑，“你可别小看这些‘街花’，听人说L城所有的大款，都在这些‘街花’手心里攥着哪！”

“为什么？”

“没读过德莱塞的《巨人》吗？那上面有句话说得恳切，大意是：女人是什么？女人是生活的轴心，世界就围绕着她们转哪……”

江白的目光已经盯住了那个姑娘。最初这目光是讥讽的，不在意的，接着就变得专注了，虽然那一点讥讽和轻蔑并没消散。酒楼装饰成中式城楼样式的门廊里的灯光半明半暗，他只看到她穿着葱绿色软缎旗袍的细小苗条的身影，一点被剪短后烫得蓬蓬松松的头发半遮着的白白的脸。

他没有再看下去。短短的一会儿间，对方已经敏感地意识到他们在注视她，灵巧地将身子转过来。这时，江白又在那张被短发半遮的白色的粉脸上看到了一只眼影涂得很重、目光幽幽、充满挑战意味的眼睛。

“哈，两位海军军官！……老站在那儿看什么，想吃饭请进来嘛，光看肚子可是不会饱的！”

她大声地、有点放肆地朝他们开了口。看得出来，她并不想招徕这两位顾客，她根本看不上他们，只想嘲笑他们对她的偷偷的凝视。

她的话引起了对面一家酒家门廊下的迎客小姐的笑声。

高粱看了看江白。

“人家骂咱们哪。她以为海军中尉兜里没钱。……咱们进去！”

江白的勇气被鼓舞起来。

“走！”

两个人向酒楼走去。那位被高粱称为卡门的迎客小姐本已转过身去招呼别人，又转过身来。

“喝，还真吃饭哈！没看出来。请进！”她仍然用那种嘲笑的、不信任的、看不起人的语气说道，目光在披散到脸上的短发中间一闪一闪。

高粱在前，江白在后，两个人走上酒店门前宽敞的水磨石台阶。

“怎么样，小姐，害怕我们付不起钱吗？”走过卡门身边，高粱也嘲弄地说。

“钱不钱的吧，那也得看你们点什么菜！”她快嘴快舌、一点也不让人地说，“两位里面请哈！”

灯火将她的半张脸在灵活的一转中贴近地闪现给他们。江白向她投去不在意的一瞥。那是半张被过多的脂粉涂得妖妖娆娆的女孩子的脸，半张没发育成熟的少女的美丽的脸。

不仅是脸，整个体姿也清楚地表明她是一个没完全成熟的女孩子，至少介于成熟的姑娘与未成熟的少女之间。

一米六五左右，身材单薄，匀称，腰身窄窄的旗袍使她曲线毕露。

一个作家写到过，一些女人在她们生命的最有光彩的时刻，她们的容貌犹如梦中之花。

检验一个男人是否正常，只要让他在她面前走过一次就够了。如果他竟会对之无动于衷，你对他就不要再抱什么希望了。

她就是这样一个女子。

如同你生于内陆而第一次看到大海；或者你只看到过陆地边的大海而现在突然目睹到了远方的大洋；如同你已经习惯于平庸之作的眼睛猛然看到了一幅惊世骇俗的画图……你的眼睛立刻就睁大了，你的心不会意识到美和壮丽，而只会感到震惊甚至恐惧。造物者不该幻育出如此楚楚动人和完美得有些虚假的女子，就像它不该幻育出一朵鲜丽无比、炫人眼目、令人生疑的花。

与这种令人暗自惊叹的艺术化的美同时存在于她周身的是另一种也许更为吸引人的东西：她的那点竭力要伪装成成熟的姑娘的不成熟，以及这个尚未发育成熟的女孩子在浓妆艳抹后表现出的不顾一切的大胆和一点模糊不清的无耻。

不是她那脆弱的不成熟的生命所显示出来的无可挑剔的自然的美，而是后面这由她的目光、表情、语气显示出的不顾一切的大胆和无耻，让这个天生丽质光彩照人的少女身上的美变得格外惊心动魄。

他跟在高粱身后，与她擦身而过，浓浓的香粉气扑鼻而来。不知为什么，江白突然对她生出了强烈的厌恶的感情。

她却用那只暴露在头发外面的眼睛仔细看了他们一眼。

“请注意门槛啦哈！”

江白走进了门槛，又站住。他已不想注意她了，可是这最后一声招呼，却又让他不由自主地回过头来。

假若说他最初没有注意到她那拿腔捏调的本地普通话里有一点怪怪的尾音，此刻他注意到了。

她忽然将窈窕细瘦的腰身转向着街面的人流，动作是十分灵巧的。

一朵在污浊中过早开放的花。

她的年龄有多大?

也许只有17岁，也许二十五六岁，这样的姑娘你是猜不出她们的准确年龄的。

可她为什么会有那样一种惊动人心的尾音呢?

一楼是散座。吧台前站着一队穿着同样颜色、款式旗袍的小姐。

其中一个款款而来，个子高高的。

“两位军官同志，谢谢你们的光临。楼上有包间和雅座。”

“不，我们就在这里。”高粱老练地说。

她将他们引到一张小小的、古色古香的方桌前，桌面和凳面全是上等的大理石。

小姐手里变戏法一样出现了两份菜单，接着又变出一支笔、一个小本。

“客人要用点儿什么？”

江白打开菜单，高粱用手止住他。他手中的菜单根本就没打开。

“两扎啤酒。红烧海螺，凉拌海蜇，花生米。”

“这位同志很会点菜。”小姐微笑，还有一点失望，“请稍候。”她袅袅婷婷地走开去。

江白的思绪回到面前来。

“你好像对这里很熟。”

“也谈不上太熟。去年刚到 9009 艇，日子不好过时来过几次，知道怎么点菜才能不被他们宰得太多。”高梁说。

江白沉默，高梁比他成熟。

酒菜上来了。

“两位军官同志请。”

“谢谢。”

小姐走了。

“请，江白。”

“请。”

两个人端起酒杯来碰了碰，各喝了一大口。

人越来越多，简直是坐无虚席。

“咱们来早了，不然准找不到位置。楼上的雅座太宰人，咱们消费不起。都是为卡门而来，她的名气越来越大了。”

“你知道得不少。”

高梁笑了。

“惭愧。”

江白也笑。高梁其实是个快乐的和非常幽默的人。

后者又喝了一大口啤酒。

“甭以为这种日子永远也过不完，世界上所有的事情都会变化。艇长这阵子专跟你过不去，说深了是危机感在左右他。中国海军需要发展，才能适应未来的大国地位，因而从长远看他这类没有进过军校的艇长一定会被淘汰。中国潜艇部队需要的是一批知识结构更新也更年轻的军官！”

他没能接着谈下去。一个大腹便便的胖子出现在他们身后，对赶来服务的小姐大声吼着：

“你滚！你给我去叫卡门来！老子要卡门来服务！老子就是为着卡门来

的！……要多少钱老子这里有！……”

他30岁上下，一脸横肉，穿着港台片中的黑帮人物的中式对襟黑衫裤，还扎着裤脚，喝得半醉，鼓挺的肚子前拴着一个很大的腰包。“刺啦”一声，他已把腰包的拉练拉开，拿出一沓票子来，“啪！”地拍在桌面上。

“这位先生，我为你服务也是一样的！”刚才为他们服务过的那位小姐耐心地等他骂完了，小心地说。

黑胖子又吼起来：

“谁要你服务？……你叫什么？你给我滚蛋！……老子今儿就要卡门伺候！你快到外头把那小妞儿给我叫来！”

小姐一直微笑着，忽然，江白在她眼里看到了眼泪。她没有再说什么，无声地走了回去。

一个40岁左右、神态庄重、穿着一身时髦衣服的女人从二楼走下来。

“是谁在老娘这儿捣乱？”她声音不高，却十分威严地说。

胖子看见了她，睁了睁眵目糊半糊住的眼，忽然泄了气。

“王……王大姐，是我喝昏了头，眼花，瞎撞到你这儿来了，你大人不见小人怪！”

女人声调缓和了下来。

“我当是谁？是胖三啊。”她回头训斥刚才那个小姐，“还愣着干什么，腾兄弟来了，还不请客人点菜？”

小姐做样子似的动了动身子。

胖子坐下去，又站起来。

“王……大姐，兄弟改天再来打搅，我走了。留下这点钱，你赏人！”他将那沓钱留在桌面上，一招手，带着手下四五个同样打扮的流氓，趔趄着往外走。

女老板一声断喝：

“胖三，站住！”

胖子一惊，站住了，回头。

女人将那沓钱拿起来，塞回胖子衣兜里。

“大姐不缺你这点钱赏人，你还是自己留着花吧！”

胖子看她一眼，服了软。

“也好。再会，大姐！”

“你走好！”女老板不卑不亢。

江白用敬佩的目光望着女老板。

胖子和他的一伙走出门去。

女老板松了一口气的样子，夹着手包出门。

“别光看热闹，喝酒！”高梁说。

两人又碰了一次杯。

又一拨流里流气的男女乱哄哄地走进来，占了胖三一伙刚才没有用的桌子。

“那个女人嘛是用旧的公共小卧车啦……倒找我钱我都不瞧她一眼啦……”一个脸上有伤疤的男人高声大气地在江白身后嚷嚷起来。

看样子，他要一直滔滔不绝地说下去了。

江白觉得头晕。“高梁，我不太行。咱们走吧。”

高梁担心地看他一眼。

“吃一点红烧海螺，就这个菜还可以，你尝尝。”

江白尝了一个。

“是不错，可我还是想走。”

“那好，咱们走。”高梁说，目光里有了越来越多的担心，“小姐，买单。”

江白要掏钱，被高梁拦住。

“下次你请我，这次算我请你。”

他们买了单，走出门。

酒店门外，刚才引起江白注意的姑娘还在。

一群人站在台阶上下调弄她，打头的是刚才被女老板轰出门的胖子。

“卡门，你来L城不就是挣钱吗？人家给你多少，胖哥哥给你加倍，还不愿意？”

他手下的流氓跟着起哄：

“答应了吧！答应了就跟胖三大哥走，跟谁睡不是挣钱！”

“她还脸红哪！”

“脸红什么？又不是头一回见那东西！”

“哈哈哈哈！”

猥亵的笑声此起彼伏。

她站在那儿，继续一声声招呼门前走过的人，仿佛这些流氓并不存在。

“请啊！各位请进来，有生猛海鲜，新到的黑龙江大马哈鱼，有挪威产的鱼子酱啊！”

胖子又喊起来：

“小妹妹，这里你请我也不进，我想换个地方进去！”

“哈哈哈哈！……”流氓们开心地大笑。

“这不是欺负人吗？……怎么这样！”江白走了两步，听不下去了，站住，对高梁说。

“湾尾街上这种事太多了，待久了你就习惯了，走吧！”高梁劝他。

江白走下台阶。那姑娘不知为何突然转头望他一眼。

他猛一回头。

这次仍然只望见了一只被蓬松的短发半掩的眼睛。

这只眼睛里汪着泪！

胖子已经走上台阶，姑娘佯装的镇静和她招徕客人的叫声一起消失了。她胆怯地后退一步，又站住了，仿佛要等着看胖子想做什么。

胖子向她伸去一只手，被她“啪”的一声打开了。

“流氓！”

胖子得意地叫道：

“小卡门，早就听人说你辣，哥哥我专爱吃辣子！”

他带着一点酒意，突然向姑娘扑过去。卡门惊慌地后退一步，闪开他，又倔强地站住。

“你要再敢往前走一步，我就给你放血！”她一字一字地说。

一个小流氓惊叫：“大哥，她手里有家伙！”

大家都看到了，那是一把小小的明亮的刀子。

胖子哈哈大笑。

“甭吓唬我，一条湾尾街，女人们都说要给我放血，结果还不是我给她们放血？……小妹妹，你过来，朝我这儿捅，我正想多个窟窿凉快哪！”

他用手“咚咚”地敲着胸脯，向她逼近过去。

江白浑身如同着了大火。

“你们怎么能这样？！”他爆炸般地喊了一声。

胖子被惊动了。一脸淫笑依旧挂在脸上。

“嗨，有吃热乎的了！”他转过身去，从台阶上挑衅地望着江白说。

“别理这些流氓！”高梁拉了一把江白说。

江白岿然不动。

“你想干什么？”他对胖子说。

“老子想问问你是她什么人？”胖子说着，向他挤过来，“你也是她的相好吗？”

江白脸色发白，每一块肌肉都在打战。

他脱下军帽，交给高梁。

“拿着。这位先生今天想跟我练一练。”他用低沉的声调说。

“哇，要动手了——！”流氓们幸灾乐祸、怪声怪气地叫起来。

高梁也把军帽取了下来和江白的帽子一起扔到地下。

“看样子今儿个是真练啊！”他讥讽地说了一句，走到江白身边去。

巡街的警察跑过来。

“都在这儿干什么，散开散开！”

“这个当兵的要打人！”胖子恶人先告状。

“胖子，谁打谁还不一定呢！……快走吧，要不我就对不起了！”警察强硬地说。

高梁从地下拾起两人的军帽。

“咱们也走！”高梁拉起江白的手。

江白一时间还不能从临战的过分激动的状态里解脱出来，僵立着不走。

“那个海军，还不赶快走？……走吧，你不一定是他的对手，为打架他专门到少林寺学过半年哩！”警察说。

“走吧走吧。”高梁说。

江白从高梁手中接过军帽，转身，又在最后的一瞥中望见了她。

他又看到了那只漂亮的目光幽幽的、含泪的眼睛。

“卡门，你也回去，别在这站着了，净为你生事儿！”警察用一种温和的责备的语气说。

“今儿我正想看打架哩！”她冲警察笑了一笑，倔强地说。

说着，她一转身跑进了酒楼。

“走吧，走吧！”高梁说，他现在十分清醒，有点后悔了，“都怪我。你现在的情绪不对，我不该带你到这地方来。”

江白最后望胖子一眼，目光恨恨的。

胖子也正眯着眼望他。

“走！”江白说。

他们开步往回走。

“小子，你要小心，老子记着你啦！”胖子突然在后面高喊了一声。

“散了吧，散了吧！”警察又在叱斥胖子。

江白不让自己回头，他怕他会克制不住胸中那一种沸腾的激情，冲过去与胖子恶恶地打上一架！

回到宿舍，他早早地睡下。

头痛，恶心，生自己的气！

她是什么人？那是什么地方？

你竟会到那里去，差点跟一伙流氓打起架来！

你怎么会堕落到这种地步？

你的鸿鹄之志呢？你还是那个胸中装着大半部世界潜艇战史，要做出一番事业的江白吗？

半夜里他忽然醒过来，沉闷的海涛声一波波涌进耳郭。

头脑极度清醒。

他并不为今晚的事情后悔。那个叫卡门的姑娘说话时不经意地带出的尾音，正是Y城人——尤其是Y城女孩子——说话时常常要带出的尾音。

别的地方人们说话，尾音总是“啊”“啦”“吗”，只有Y城人尤其是女孩子说话，尾音是“哈”。譬如“吃饭了吗”，在Y城女孩子口中就被念成“吃饭了哈”。

其他任何地方的女孩子都不会这么说话。

眼前栩栩如生地浮现出她的姿影，从在海风酒家门外第一眼看到她，他就被她的惊人的美强烈地震撼了。

尽管她那张脸上破坏性地用了许多脂粉，仍然没能掩盖住妙龄少女生命中特有的活跃的青春气息自然地洋溢出来。

腮上有一对小小的酒靥，一说话它们就灵巧地颤动，使那张姣好的面容似笑非笑，异常灵动而诱人。

最诱人的还是那只睫毛森森的眼睛。它是那么深邃，仿佛里面还有眼睛，正在悄悄地盯着你，与其说她是想读取你心灵的秘密，不如说正在掩饰自己内心的秘密。

这只眼睛给他的印象是矛盾的：它一时显得大胆、放肆和无耻，一时就显得胆怯、惊慌和警惕。你不知道这只眼睛的深处表露的是一种什么样的神情。

她的身材具有的是一种纤细的美，最初之所以会给他身材细小的印象，是因为他已在L城见惯了矮小的女子，没有想起Y城女子特有的娇美的身段，那种被称为模特儿体形的身段，它是纤细的，又是修长、灵动和充满活力的。

这样的女子是雕塑家的梦境。

他又不自觉地想到了海韵，并将她与今晚见到的少女相比。海韵的美来自生命内部向外发散的理性光辉，对于注意或感受不到这种光辉的人，海韵只可能是海岸边迎风而立的一棵普通的树，四季常绿，没有变化，并不那么妩媚动人；而这个卡门（他从听到它的第一秒钟就知道这是个假名），则是一棵春天的开满鲜花的树，无论谁第一眼望见她，都会被她的姿影深深打动从而被无保留地吸引过去。

有德之人只会去欣赏她那仿佛造物者特意恩赐的无与伦比的自然的美，无德者却不会满足于欣赏，他们要占有这美，亵渎这美，要去攀折，直到她花瓣凋零，枝叶伤残，成为普通的不堪再入目的景致。

这个夜晚让他深深不安的正是后面一种危险。她的生命是娇柔的，光彩夺目的，但它们对她来说并不重要，对她真正重要的东西却又是她现在的生命所欠缺的。她还没有真正长大，她那介于少女和成熟女子之间的容貌、身姿、体态、声音、目光等，既构成了她的格外吸引人的美，也使她的脆弱、柔嫩、无力保护自己等缺陷暴露无遗。然而她站在那家酒店门前与流氓对峙时，江白注意到她表现出的又是一种不顾一切的、冒险的、易冲动的精神。

她是招惹人，又是弱小与易受攻击的，而她自己的性情又充满了不顾一切的冒险精神。这一切结合起来，随时都有可能让她走向毁灭。

现在他明白那种惊心动魄的感觉从哪里来的了。今晚他在湾尾街上看到了一个尚未成熟的生命正在走向毁灭而不自知。

她不是那种常见的来自荒僻农村的打工妹。她虽是个打工妹，精神却是独立的、自信的、自以为勇敢的（其实是冒险）。

他几乎可以肯定她是个城里长大的女孩子，但又不同于海韵，她是那种平民家庭出身的女孩。一个像海韵那样出身的女孩子即使流落街头，也不会轻易流露出这种自轻自贱、不顾一切的精神倾向。

她的家庭是不幸的，她的故事肯定也是不幸的，不如此她就不会跑到L城做一名女招待。

他爱上她了吧？

不。但是他注意到了她正在走向毁灭。一个美丽的、没有发育成熟的生命正在走向毁灭。

不是精神的毁灭，就是生命的毁灭。

这种毁灭令他痛苦，他不想让它毁灭。

他现在就可以断定她是Y城人。可是到底发生了什么事，这个Y城的美丽的少女会跑到L城，跑到一个对她来说像是天之涯海之角的娱乐街上做一名女招待呢？

这里有一个什么样的故事？

7

下一个星期六的晚上，他又去了湾尾街。

湾尾街风景如昨。车水马龙，人潮如涌。

他是一个人来的，高梁今晚值更。

整整一个星期，他一直在说服自己：她的生活与他毫不相关。即便她是一个Y城的姑娘又怎么着？Y城并不是他的故乡。她毁灭了又怎么样？这样的毁灭在湾尾街上可能每天都在发生。他是一个名牌军校毕业的潜艇军官，她是一名湾尾街上的女招待。当然也可以称为酒店侍应小姐，不过都一样，他和她就像被一道巨大的海峡隔开的两块陆地，永远不会也无法靠拢到一起。

但是他真有充足的理由说服自己吗？为什么这个惊人美丽、身处险境的姑娘时时刻刻地牵动着他的心呢？自从离开Y城，他虽然对与海韵的分手感到痛苦，却从没想过要与之再续前缘。分离的时间越长，他就越明白，导致他与海韵分手的正是（也仅仅是）两人之间存在的家庭和出身方面的差异，分手的其他理由都是由这一点派生出来的。但这个卡门不同，事实上，他今后在爱情和婚姻的领域里能够接受、愿意接受的很可能就是她这种城市平民家庭出身的姑娘。

原来人的生活、命运在许多时候都是早已确定了的。

但他是不会接受一个打工妹的。他会吗？不。不过如果这个打工妹让他一见钟情，怦然心动呢？如果她那正在走向黑暗的孤独羸弱的身影强烈地吸引了他的目光，让他的心感觉和承受到了巨大的痛苦，他该怎么办？

她的脸庞，她的目光，她的娇柔而灵动的体姿，她的带有 Y 城女性尾音的声音，她生命中那些吸引着别人的东西，也强烈地吸引了他。不，也许更为强烈。它们同她生命的稚嫩和脆弱一起，深深地撼动了他的灵魂，让他再也无法将她从记忆、想象、思考甚至梦想中忘却，他该怎么办？

真正热烈而隐秘的爱情就是这种仿佛无休止地穿透着你的心脏和肉体的剧烈的苦痛吗？

啊，他现在也不相信湾尾街上那些关于她的流言蜚语。他的证据就是她自己，证人就是他的眼睛，他相信自己的眼睛。站在酒店门廊下，浓妆艳抹的她目光幽幽，警觉、放肆、大胆、不顾一切，举止、神情、语言中甚至有一点无耻，可是恰恰是这一切，让他看出了她在那些泼到她身上的污水中的无辜。没有真正长大的她越是想故意在夜晚的湾尾街上表现得像一个见过世面的、什么都不在乎的风尘女子，就越是让他觉出了她的幼稚以及扮演这种角色的沉重，越是说明她还没有走向真正的无耻。一个深深滑入无耻之渊的女子不会有她那种冒险时还能显现出的天真的神气。

那样的女子是可以让人一眼看出来的。卡门不是，卡门还站在悬崖边上。目前她还是个纯洁无瑕的女孩子，不过她的双脚距离毁灭的深渊已经不远。

近朱者赤，近墨者黑。先秦哲学中有一个专有词："慎染"。

不，所有的一切也都只是他的想象……

他要再见到她，他必须进一步了解她。或者她在他心中已高涨起来的同情与爱情之潮上再加上新的一番汹涌，或者如同一场冰冷的黑雨，让他心中熊熊燃烧的大火熄灭。

那是很容易熄灭的，只要他在她那里看到一个确实的证明。这种丑陋的证明作为湾尾街上司空见惯的场景，每晚都在许多酒楼茶肆门前上演。

每个人都有自己承受不了的东西。一个女孩子能不远数千里跑到湾尾街这种地方打工，那就是说她已经承受不了自己或者家庭的贫穷。

湾尾街上满街流淌着的都是欲望和金钱。别人有金钱又有欲望，她仅有的就是青春……

但他内心里仍然希望她是个例外。为什么不可以出一个例外呢？一旦她成了例外，他也就在湾尾街上发现了奇迹，一个属于他自己的奇迹。

前面不远处就是那家酒店。抬头望去，高高在楼顶竖起的霓虹灯招牌上闪闪烁烁地亮起了四个字：海风酒家。

他的心为什么怦怦地乱跳？他自以为恋爱过。与海韵在一起时，他也有过怦然心动的时刻，但更多时间内体验到的却是这爱给予他的亲人般的温暖和平静。今天他为什么要慌乱？

他害怕什么？

她或者根本不像他想的那样。她或者只是一个在湾尾街上已很普通的、深陷污浊之中的风尘少女。他对她的所有美好想象都纯粹是一厢情愿？

她仍然站在酒家门廊下宽敞的台阶上招徕着顾客，身着上次他见过的那件合体的绿色缎面旗袍，剪短而又烫得蓬蓬松松的头发一侧长，一侧短，盖住大半张脸，裸露的右耳上，吊着一个上次没有见到的很大的赤色环状耳环。她的那一只暴露的眼睛里目光幽深，就像一只机警的林间小兽，悄悄地、有所防备地窥视着这个随时可能出现危险的世界。

“请进。有——”她刚刚将两位女人迎进店门，转过脸来，声音突然止住了，远远地从人流中发现了他。

这一瞬间，江白突然镇静下来！

你和她什么关系都没有，你甚至还不认识她，你只是一个食客。

他迎着她的目光的注视，大步走上酒店门廊的台阶。

“欢迎你，请进。”她主动迎上来，微微一笑，习惯地做了一个欢迎的手势，但是那只幽幽的目光中的神情却急速地变化着。那是骤起的一点惊讶、警觉和胆怯，以及随之而起的一点探寻的愿望和思想。

是你？

我们见过的！

——他是谁？

“谢谢。”江白不卑不亢，甚至也没有正视她一眼。

走进一楼，在一张靠窗的桌子后面坐下，他越来越镇静。今天的观察者是他而不是她。他像当年漫游 Y 城时一样，是一个无名无姓谁也不知道的隐身人。

一个个子高高的小姐走了过来。他认出来了，就是上次侍应他和高梁的那位。今天他发现她鼻翼两侧有几粒小小的雀斑。

“这位海军同志，你好像来过。”

“是的。”

“欢迎再次光临本店，想要点什么？”

“一扎啤酒。红烧海螺，花生米，凉拌海蜇。”

小姐微微一笑。

“上次也是这些菜，不过上次是两个人。”

“不错。”他抬头看了看她，“你的记忆力很好。”

小姐抿嘴一笑，“请稍候。”

透过宽大的窗玻璃他可以看到门外的她。

他的心忽然紧张地跳起来！

她从门外走进来了，随便掠了掠头发，两只明亮的眼睛在大厅里一扫，就盯上了他！

她似乎想了想，走向吧台前的高个子小姐，在后者耳畔嘀咕了几句什么。后者忽然回头望他一眼，将手中的托盘放下，诡秘地笑一笑，走到门外去了。

原来雀斑小姐是去代替她做迎客小姐。

他还没有完全明白发生了什么事，她就已经从吧台内配餐师傅手里接过一只托盘，向他款款而来。

江白努力保持着镇静。

她在他面前停下，将托盘放在方桌的一角。

“晚上好。”

“晚上好。”

“你的菜来了。”

“谢谢。”

他觉得自己的语气神态十分镇静，这一刻他对自己非常满意。

卡门将托盘上的盘盏一一拿放在他面前，动作有条不紊。

他努力做到不去看她，却知道她在对自己微笑。那双仿佛有许多层眼睑的美丽的眼睛望着他，目光明亮而温柔，它们是稚气的，又是轻佻的。

从今往后，我已经知晓，

少女的轻佻也是一种美丽。

一支歌子轻轻地飘荡着。

酒菜全摆上了桌。

“请吧哈，同志。”

他又听到了那熟悉的尾音。

“谢谢。”

他以为她要走了，但她没走。她将托盘竖起来，抱在怀里，大胆地、调皮地瞥了他一眼。

“你上星期六来过。”

江白不动声色。

“是的。你们这里的小姐记性都很好。”

她“扑哧”一笑。

江白有点不自在了。

“你笑什么？”

“不笑什么。”

“不笑什么你笑什么？”

“不笑什么就是不笑什么。请吧。”

她走了，纤细的腰身自然地扭动着，像是踏着一串优美的音乐感鲜明的舞步。

大厅的客人都回头过去注意她。

“卡门，也来伺候伺候我们！”一个满脸红色酒糟点的矮个子老板酸溜溜地喊起来。

她好像没有听见。

江白呷了一口啤酒，注意到她又回到门外，在高高个子的雀斑小姐背上轻轻拍了一下。

雀斑小姐回头，突然扭脸朝江白所在的位置准确地瞅了一眼。她笑着，附到卡门耳边说了一句什么。

卡门也笑了。隔着玻璃窗，江白听不见她们的笑声和谈话声，只看到卡门这时也回头悄悄向他一望，回头附在雀斑小姐耳边说了一句什么。

雀斑小姐吃了一惊似的，又笑了。

她离开卡门进门后仿佛无意中又朝他远远地瞥了一眼，脸上的笑容故意收敛了。

江白的注意力被四周围投来的目光扰乱了。卡门刚才的举动引起了大厅里不少客人对他的注意。

江白不让自己回头望他们。

“她为什么要这么做？……她是特意回来给我服务的。……她一定是为了上个星期六晚上的事，想用这种方式表示感谢。……可是刚才她为何又跟雀斑小姐偷偷地笑呢，这件事里面还有什么别的名堂吗？”

拥挤而嘈杂的厅堂里，一对 50 岁上下的男女进来，在江白对面一张方桌前坐下。男人西服革履，手上戴着大钻戒，女人珠光宝气，松弛的脸腮上涂着过多的脂粉。

“来人！”男人狠力拍一下巴掌，在乱哄哄的人声中高叫。

一位穿红色旗袍的小姐走过来。

“先生，太太，两位要点什么？”

“楼上真没有包间了吗？”

“对不起，今天客满。”

男人丧气地哼一声，“还不请太太点菜？”他生气地对小姐说。

小姐将一本大红菜单递给珠光宝气的女人，女人胡乱翻着。

“这里没什么吃的，咱们走吧。”她拿腔捏调地对男人说。

“这家的鱼味道不错。这里还不好，你还想到哪儿去？”男人不高兴了。

女人噘起了嘴。

“是你要出来吃的嘛，我做的你又嫌弃。”

他们吵起嘴来，唾沫星子喷到江白脸上。

“小姐，买单。”他说。

小姐点头，要走回吧台去。男人看一眼江白，不跟老婆吵了，把小姐拉住。

“喂，你等一等嘛，我们这里还没好嘛。……听说你们这里有个卡门小姐嘛，叫她来侍候太太！”

“卡门小姐是迎宾小姐，我为你服务也是一样的。”红旗袍小姐和颜悦色地说。

男人生气了。

“我和我太太今晚就是冲着卡门小姐，才到你们这里来的嘛！你去叫她来，我给很多很多的小费！”

“卡门小姐不专为哪个客人服务，”红旗袍小姐说，“客人请点菜。”

女人幸灾乐祸地瞅了男人一眼。“行啦，我点菜。”

她很挑剔地报了几道菜名。虽然看样子像大款，点菜时并不舍得花钱。

红旗袍小姐很快就将他们要的酒菜送来了。男人和女人闷闷地吃着，谁也不理谁。

一个熟悉的女声在江白耳边响起来：

“这位海军，是你要买单？”

是她！一听声音他就知道了。

他抬起头，尽量平静地说：“是的。”

她在微笑，目光一闪一闪。

“不再要点什么了哈？”

“不要了。谢谢你。”

桌子对面，男人一直在盯着她看。

“这不是卡门小姐吗？……谁刚才说她不为客人服务？卡门小姐，请你给我拿两张餐巾纸。”

女人抬起头，吃惊地望了望刚才还闷闷不乐、此刻突然和颜悦色起来的男人，目光变得锋利和恶毒。

“好的，我让她们给你拿。”卡门扭头，平静地对男人说。

“不，我要你给我拿。我这里有的是小费。”男人说，拍拍桌面上的手包。

“玲玲，给八号台拿两份餐巾纸。”她不理他，远远地向那个脸上有雀斑的小姐说道。

男人色变，站起来，一巴掌拍在桌面上。

“这是什么意思嘛！能为别人服务，为什么不能为我服务？……这个地方，我不来了！”

卡门不理他，一双亮亮的眼睛只望着江白，同他谈话。

“34 元 4 角。我已经替你付了。”她说，“欢迎你下次再来。”

江白一惊。

“你说什么？这……不好。”他反应过来了，急急掏出钱包，往外数钱。

雀斑小姐走来，将两份餐巾纸放在怒气冲天的男人和冷眼瞧着丈夫的女人面前。

“两位要的餐巾纸，请吧。”

男人的脸气成了猪肝色。“谁要你来伺候？我要你们老板出来！”他不依不饶地闹着，“不就是一个小婊子吗？……老子在生意场上受欺负，出来吃饭还受欺负！……这饭我不吃了！”

厅里所有的食客都站起来朝这边看。卡门慢慢回过头，她仿佛被男人脱口而出的脏话震惊了。忽然，那双好看的、令人心疼的眼睛里浮出亮晶晶的泪光。

江白身上的血陡然热起来。

他向那个男人转过身去，满眼怒火。

“喂，你是个畜生吗？你嘴里干净一点好不好？”

男人吃了一惊似的，看清了面前站的是个海军军官，又有恃无恐起来，一双发红的小眼睛盯着江白，大声地嚷着：

“你这个海军，关你什么事？你是她什么人？……军队里也兴轧姘头吗？！”

江白的脸白了，手在打战。

“先生，我这会儿还是个军人，不想打你。你要再敢这么说一句，我就不当这个军人了！”

话中的威胁意味首先被男人身边的女人感受到了，她慌忙拉了拉自己的男人，后退一步，朝周围喊起来：

“走吧，走吧，不在家里好好吃饭，跑到这里吃拳头！谁知道他是这小浪女人的什么！……海军打人啦啊！海军打人啦！……”

食客们都挤过来，大人眼里都在放光，大人都盼望着看一场好戏。

“海军要打人啦！快来看！”一光头青年在圈外尖声地、兴奋地叫着。

有人往下拉了拉江白攥紧的拳头，是卡门。

“不要理他们哈！”她用含泪的、战栗的低声说。这已是完全的Y城口音。

江白的头脑渐渐冷静下来。

“怎么不打？打呀！快动手！”光头青年说。

江白见过的那个酒店女老板挤进了人圈。

“怎么啦？”

男人一脸惧色消失，突然气壮起来。

“你是不是老板娘？”

“我是老板。”中年妇女说。

“你这里的小姐是不是为客人服务的？”

“她们有什么不周到吗？”

“这位卡门小姐为什么能给当兵的服务，就不给我服务？”

女老板注意地看了看江白和卡门。

“是这样吗？”她问后者。

不知何时走过来的雀斑小姐突然插话道：

“这位海军同志是卡门的亲戚，他的单还是她买的呢！”

老板的目光再次转向卡门，“是这样吗？”

她飞快地瞅了江白一眼。

“这是我表哥，就在这里当兵，我今天才找到他。”

女老板认真看江白一眼，目光转向闹事的男人。江白觉得，她并不信卡门的话。

“这位先生，你刚才都听到了，卡门并不是为别人服务不为你服务。她是我们这里的迎宾小姐，不替客人上菜。她为这位军人服务有别的原因。”女老板口齿伶俐地说。

男人哑然，不服气地看看江白，又看看卡门。

“你还需要点什么吗？”女老板问他。

“不用了。老子今天认霉气，以后再不来你这馆子了！”男人说。

“这位先生要买单。”女老板扭头对红旗袍小姐说。

围观的客人开始散去。

红旗袍小姐挤出人群，回到吧台前将菜单拿过来，交到男人手里。男人愤愤地掏出几张人民币，扔在桌上，也不理自己的女人，就往外走。

女人恶恶地用眼剜了卡门一眼，嘟嘟哝哝地跟着男人走出去。

“好了，卡门，回到你的位置上去。”女老板严厉地说，又看了江白一眼，“这位海军同志，你还需要什么？”

“谢谢。我要回去了。”江白说。

女老板不再理他们，迈着敏捷的步子走回二楼。

各归其位的客人们悄悄议论着：

“这女人！”

“不得了！”

“她是谁？”

“我可知道她是谁！……她是湾尾街派出所所长的亲姐姐。还有一个弟弟在市局，谁敢欺负她？”

“我说哪！不然她怎么敢雇这样一个妖精似的小妞儿！”

“换到别人家，早为她打烂酒店了！”

“雇这样一个小妞儿，给她招进多少钱！”

“……”

江白要走了，这才意识到自己的手还被卡门攥着。

他将手抽出来。卡门抱歉地望他一眼。

“卡门小姐，谢谢你。我要走了，钱还是不能让你付。”

她的声音很低，恳求似的说：“先别戳破这层纸，出了门再说。”

江白不再说话，两人一前一后出门。

门廊下台阶上，江白站住。

“卡门小姐，谢谢你为我付账，可这对我来说不合适的。”他坚决地将几张钱塞到卡门手里。

“这位海军大哥，别这样，叫人家看着，不知是怎么个事儿呢！是我要谢你，你来两次，两次都帮我解了围，我没吃亏，还想多谢你哪！”她躲闪着，推让着，目光中原有的大胆、放肆、故意装出来的玩世不恭全不见了，只剩下那种令人生怜的凄楚表情。

江白还是要她收下那几张钱。

“卡门，你是一个打工的女孩子，我怎么能让你给我付账呢？……上次的事你也不要谢我，你碰上了流氓，就是别人，也会站出来讲一句话的。……你要不收这钱，我以后就不敢再来了！”

他最后的话让她怔住了。她用幽幽的目光望着他，像一个刚满 17 岁的小女孩一样怯怯地说：

“好吧，我收下这钱，以后你还来，好吗？”

江白轻松下来。

“好。”

她接过他的钱。

他觉得自己该走了。

“再见，卡门小姐。”

她的眼里忽然闪烁出了泪光，声音有一点发颤：

“这位海军大哥，你……下个星期六还来吗？”

他心里一阵温热。

“如果有空，我还来。”

“我等着你来。”她又高兴起来，脉脉含情地说。

江白心旌摇曳。

他要走了，又站住。有一件事不能不问。

“卡门小姐，我想问你一句话。”

她的神情表明比较平静了，一双眼睛天真无邪地望着他。

“问吧？”

“你是不是 Y 城人？”

明亮的眸子上的亮光忽然暗下去。

“不。……不是。”

“我听出来了，你是 Y 城人。我曾在 Y 城读过 4 年书。”

她低下头，想了想，突然看着他，坦率地说：

“我是 Y 城人，Y 城郊区人。”

“怎么不在 Y 城找份工作，倒跑到了这里？”

“当然有迫不得已的原因。……我可以不回答你吗？”

“当然。你的真名叫什么？”

“我就叫卡门。难道叫卡门不好？”

她的诚挚化解了他的最后一点怀疑。

“不，叫卡门挺好。卡门是意大利歌剧中一个勇敢的女子。”

她迷人地笑起来。

“你笑什么？”

“上次你来，我就知道你在 Y 城念过书。”

这次是江白吃惊。

“你？”

“你从我的口音里听出了Y城口音，我就听不出你也有Y城口音吗？”

江白明白了，可还是吃惊。

“我叫江白。既然都是Y城人，我们就算是认识了。”

“江白，我记住了。江白大哥，我也很高兴在这里碰上了老乡。”

她用那双勾人魂魄的美丽而幽深的眼睛望着他。

“下星期六你一定要来。”

他的心急剧地跳。

“你要我来？”

“对。我要你来。”

“为什么？”

“你都看到了，这里坏人特多。你是我遇上的第一个老乡。”她停顿了一下，咬了咬涂了暗红色口红的嘴唇，“你一来，我就不害怕了。”

“我答应你，能请到假一定来。”

“你一定能请到假。”她坚持地说。

什么人能抵挡得住这双似羡似慕、如怨如诉的眼睛啊。江白后来想。

“好。我争取。”

门内有人在喊：“卡门！卡门！你来一下！”

“再见，老乡，我得走了！”她最后忽闪了一下美丽的眼睛，冲他调皮地一笑。

“再见，卡门。”

他记得他们没有握手。他看着她，一跳一跳地进了酒店那大开的灯火通明的门，消失了。

啊，我有点爱上她了！那一刻，江白在心里想。

8

以后的一切是怎么发生的，江白也记不清所有细节了。总而言之，连他自己也意识到，他是在一种毫无道理的、自己也知道没有道理的情况下，狂热地爱上了这个名叫卡门的姑娘。

那天晚上回到艇里，他的头脑并非没有过一时的清醒。

第一个感觉是自己做的事情十分荒唐。他不该认识一个风尘场中的漂亮女子，认识这样一个女子对他不会有什么好处。

他将自己的名字告诉了她，并许诺下个星期六晚上还去那家酒店。而他对她的一切都知之甚少，几乎可以说一切还都在雾中。

她是谁？她真的是Y城人吗？如果不是，她从哪里来？有一个什么样的家庭背景，又是什么原因让她跑到L城，成为一名酒店小姐？如果说每个人都有一个自己的生命故事，她的故事是什么？

与这样一个打工妹认识并深深地为她的身影、容貌、目光、声音、体态所迷恋，在他难道是理智的吗？对于作为湾尾街一族的打工妹，首先社会对她们的评价就是不高的，对卡门的评价尤其低。他真有把握认定她是一位好姑娘吗？

可是在生命深层，他已不再听从这些理智的和清醒的呼喊了，他沉浸在激动和欣悦之中，坚定地相信自己的直觉不会错。卡门是个好姑娘，一个他所见到和认识的姑娘中最美丽、最纯洁、对他极具吸引力的姑娘，虽然她是一个湾尾街上的酒店女郎，一个蒙受着“当红街花”恶名的姑娘。

是卡门而不是Y城的海韵，让他第一次意识到自己生命中潜藏的对于理想的爱情和婚姻的向往。他渴望中的恋人和妻子（这在他的想象中是一回事）应当美丽、纯洁，不要有令他不安的家庭背景，是不是非常有知识也不重要，重要的是他可以用自己的力量去保护她、爱她而不是相反，譬如说像海韵那样由她来影响、帮助和保护他。

卡门是那么漂亮和纯洁，就像他梦中一直在盼望和寻觅的情人；而她又像一个没长大的少女，天真，弱小，易受伤害，她在他心灵中唤醒的首先不是爱，而是同情、怜悯、担忧和一种要保护她的强烈愿望。

下个星期六的晚上，他又去了海风酒家。

她正在将一个客人迎进店门，回头之际望见他，目光骤然一亮。

“江白大哥！”

她亲热地叫了一声，整个人立即变得容光焕发。

“你好，老乡。”江白说。他的心已经热了，可还是想把气氛弄得随便些。

卡门蹦跳着下来迎接他。

“你请到假了？”

“请到了。”江白注意地望着那张让他心疼的脸，“你怎么样，过得还不错吧！”

“还行。”

“没有谁再来找你麻烦？”

“唔。……没有。今儿我还以为你不来了。”

“答应的事儿，怎么会不来呢？”

“江白大哥，你真好。星期六晚上最容易有事，你来了我就不害怕了。”

“你这么说让我觉得自己很重要。”

“那当然了。”她的目光里闪出一丝狡黠，“你先进去，她们都认识你了，会有人给你上菜的。”

江白的心热得厉害了。

“两位客人，请进。”她已经灵巧地转过身，招呼两个刚刚踏上台阶的客人。

江白走进店门。吧台那边，已经很熟悉他的雀斑小姐眼睛一亮，主动迎上来，冲他微微一笑。

“你好，江白。”

“你好。”江白说。他有点吃惊，难道她们都知道他的名字了吗？

“请随我来。”雀斑小姐说。

她引他穿过人群，走向大厅尽头一张小小餐桌。从这里，可以透过玻璃望见店门外发生的一切。

“有人特意给你留的。”雀斑小姐说，又嫣然一笑，随手掏出了小本本和笔，“要点什么？她还答应给你买单。”

“谢谢你们给我留下这张餐桌。”江白说，“可你们这样做，老板知道了会不高兴吧？……其次，我当然要自己付账。上次让卡门小姐替我付账，是个例外。”

“也好。”雀斑小姐微笑着说。

“一扎啤酒，一个红烧海螺，一碟花生米，一个凉拌海蜇。”

“你是一个守时的客人，还是一个不改变食谱的客人。”她又说。

一点模糊的被她悄悄注视的感觉在江白心里悄悄地胀大了。

“怎么，这不好吗？”他尽量微笑着问。

“哪里，当然没什么不好。”雀斑小姐是敏感的，赶忙说道，脸上的笑容收敛了，“你稍候。”

这张餐桌肯定是卡门预先为他留下的。今晚她在门外，会知道他在这个角落里坐着，一直望着她。

他以为她会回头朝这里看他一眼，可她没有。

她尽责地履行着自己的职责，殷勤地将一批批客人迎进店里，又礼貌地将一批批客人送出店门。

他的目光向街面上转移，突然注意到酒店门前的马路边和对面的街廊下，散漫地站着一些闲人，他们显然都在看她。有的人稍加注目就走开去，有的却像棵树一样长在那里，痴痴地凝视着。

他的心一刹那间被一点锋利的东西刺痛了：这大概就是每晚湾尾街上的一处风景？

海风酒家夜夜生意兴隆，是否就因为存在着这道风景？

卡门随时处在危险中……

一伙标准湾尾街打扮也即港台武打片打扮的青年走进来，占住了他左边的一张餐桌，用一种他听不太懂的当地方言议论他，一边对他和门外的卡门指指戳戳。

不自在的感觉像蚂蚁在身上爬，让他越来越不舒服。

“他们在说我一些什么呢？……他们会把我看作是卡门的什么人？如果我被他们看成了她的保护人，事情不就荒唐了吗？……不，我爱卡门，她不能继续留在这种地方，她留在这种地方太危险了！”他最后决定了似的想。

他应当更多地了解她并让她信任他，应当更快地走进她的心灵，明白她的故事，以便更早地让她脱离湾尾街的生活。既然她在这条街上遇见了他，她的故事就应当与别的打工女有所不同。

外面突然下起瓢泼大雨来。不多一会儿，已将一条人头攒动的湾尾街变得冷冷清清。

海风酒家的厅堂里，食客也难得地稀落了。

卡门就从门外跑回来，与吧台前的小姐们挤在一起，小声地说一些他听不到却知道并不重要的话，一次也没有往他这边望。

只是脸上有雀斑的小姐不时朝他这里望一眼。

整个晚上他一直没有意识到的紧张心情突然消失。大雨赶走了客人，也为卡门驱赶危险。他想到自己也该走了。

“小姐，买单。”他说。

雀斑小姐看一眼卡门。卡门似乎早就在等待，快步走来。

店里所有的目光又立刻转向她和他。

她旁若无人地走到他面前，老熟人一样对他微笑。

“吃好了吗？”

“好了。谢谢你。”

“外面正下着呢。”

“不要紧，我带了雨伞。买单吧。”他掏出钱来放在桌面上。

她忽闪着大眼睛，小声地、有点诡秘地说：

“别这样。人家会以为咱们是假的。”

他一时没有听懂，心猛地一动。

“什么假的？”

她娇嗔地看了他一眼。

“你是我的亲戚是假的！”

江白笑了。

“可是不能这样。我要是每个星期六晚上都来，你怎么赔得起呀？”他想小声跟她开一个玩笑，因为周围的气氛有点紧张。

“你要真想给……”她的眼睛又忽闪起来说，“出了门再给我嘛。”

“好哇，打着为我付账的旗号，其实没付。”他笑着说。

“要不你怎么是我老乡呢。”她说，“你坐一会儿，我去买单。”

她转身走向吧台。

江白一动不动地坐着，意识到自己又成了酒店里所有人目光的焦点。

卡门走回来了。

“行了，你可以走了。”

江白站起来，走到门口去，撑起自己的伞。

他意识到身后仍有不少目光在盯着他。

卡门跟着他走出来，手里也拿了一把伞。

“卡门，回去吧。”

“我送你到门口。”

“不用，这是买单的钱。”

她没有马上收下，抬起头看看他。

“就算我请你一次不行吗？”

“你一个打工的人，请什么客。拿着！”

她像个温顺的小妹妹一样接下了江白的钱。

“多了我就没法找还你了。”

“不多。每次来都是这些菜，我知道价钱。”

两人同时笑了。

风吹着雨丝，横着打过来，一阵阵的凉意侵入肌骨。

她望着他，目光忽然又变得忧郁了。

“下星期六，我还等你。”她轻轻地、恳求似的说。

他不忍拒绝她。

“……好吧。”

“再见。”

来前想好的一件事这时才被他记起。

“卡门，你们也有星期天吗？”

她微微一惊。

“我们轮休，一星期一天。要是有事，星期天也可以休息。”

“部队只能在星期天休息。明天是星期天，我……能约你出去玩玩吗？”

她的脸上飞快地浮现出一些复杂的情感，终于平静了。

“行。”她勇敢地说。

满街的霓虹灯在雨中依然闪烁明灭，给湿漉漉的柏油路洒下变幻不定的五彩的光。

他又想同她开个玩笑了。

“你答应了我的邀请，消耗了很多勇气。”

她忽然变得轻松了，笑起来，表情又像一个17岁的调皮的女中学生了。

“我又不怕你。你还能把我吃了？”

“我要是个人贩子呢？”

“你不敢，你是个海军军官。你也不需要贩卖妇女才有饭吃。”

“谢谢你的信任。”江白说，“我很高兴。”他真的很高兴，“那么咱就说定了？”

“定了。”

“明天在哪里碰头？在这里吗？你住在哪里？”

她迟疑了一下。霓虹灯的光照下，他发觉她在动脑筋。

“这样吧，明天早上 8 点，我在你们部队的传达室门口等你。”

如果她还不想让他更深地进入她的生活，选择这么一个碰头地点是很聪明的。

“行。”江白说，“别到了时候你又变卦。小姐们总是喜欢变卦。”

“我不是你说的那种小姐。我不会变卦。”

“那好，再见，明天不见不散！”

“不见不散！”

他走了很久，回头还看到她在酒店门前的台阶上站着。

这一夜他睡得不好。暴风雨彻夜不息。他听得见内港里海水撞击堤岸的巨大而沉闷的喧嚣，听得见潜艇在锚位上左右摇摆相互拍打水浪发出的空洞混浊的轰响，听得见大风摇曳营区内的椰林发出的低而有力的呼啸和一声声尖细的脆亮的枝叶摧折的哀鸣，还透过上述充满耳郭的一切听到了来自远海的那种模糊而浑厚的低吟，是大洋深处狂浪搏击的声音，激烈、宏大而又深长，既像召唤又像威胁。他断断续续地做梦，梦中一直在担心什么，来自远海的那种压抑的涛音加剧了他内心的焦灼。黎明时他终于想起自己是在担心天气。如果天亮后雨还不停，他和卡门约好的事只好作罢。他不想让它作罢。

天亮时雨停风止，乌云散尽，阳光灿烂。早上 8 点钟，他准时在营门传达室外看到了她。卡门穿一件白绸无领紧身短衫，花格子薄呢短裙，裙裾短及膝盖，脚上是一双红色旅游便鞋，脖子里扎一条细细的大红色的丝巾。她今天化了淡妆，似乎还新做了头发。在清晨的明亮的光照下，显得格外青春、明丽、生动，朝气蓬勃。就像一棵刚刚经过雨水浇灌、叶片儿上还挂着晶亮的雨滴、又被初升的阳光照得浑身透亮的小树。

“你好。”她快活地笑着，露出列贝般两排细白的牙齿，主动地、大方地向江白伸出一只手，“怎么，不穿军装了？”

“和一位这么漂亮的小姐一起出游，穿上军装多别扭呀！”他玩笑般地说，接过她的手，刚刚碰触了一下，她就缩回去了。

他忽然有一种感觉：每晚站立在海风酒家门廊下的并不是真正的她，此刻出现在自己面前的这个女孩子才是本来的她。

他不自觉地流露出的欣赏的目光被她注意到了。她的脸敏感地红了，迅速转向一边去。

“啊啊，天气真好。”她望着雨后格外洁净的天空，原地转了一个圈，放松地、高高兴兴地叫着，突然又回过头来，盯着江白的脸，似乎已把刚才发生的事忘记了，又是一个异常单纯的少女了，“今天咱们去哪儿玩？”

江白心里突然惭愧了。他不能过分表露他对她的感情，不能过早地对她表示亲近。她还太小，而且，即使她在他面前显得很随便、很大胆，他也能意识到她内心的紧张和戒备。他不能有一点鲁莽的举动，那会吓坏她的。

“去公鸡湾吧？那里名气越来越大。”

“行，就去公鸡湾。”她想了想，脸上忽然现出快活而果决的神情，“管它呢，要是下午 4 点钟回不来，就让老板开除好了！不过也不一定就开除。”

江白的情绪高涨起来。

“那好。老板要是开除你，我去给她解释。”

“不，要解释我自己解释。好啦，走啦！”

两人来到市区公共汽车的蓝色站牌下。

阳光很亮，雨后的城市在炫目的光照下纤毫毕现地显露着自己。从他们站立的地方，可以看到城市在那面缓慢上行的大山坡上越升越高。居民楼层层叠叠，墙上湿漉漉地流淌着一条条黑色痕迹，那是历年的台风和雨季留下的印记和回忆。近处的一些居民楼，阳台上晾晒的花花绿绿的衣物如同潜艇挂满旗一般五颜六色。江白意识到自己被这些普通的景色感动了。有多少阳台就有多少人家，有多少人家就有多少种生活。这是普通的平民的风景，然而却也是令人动心的风景。

“这就是生活啊。”一时间他想。那股温柔的感情之水又涌上来了，他低头看了看身边的卡门。他爱她，从心底珍惜她，可是这种爱不像当初他对海韵的爱，这种爱单纯、明朗、轻松。这是两个普普通通的青年男女间的爱情，没有任何历史、责任、负担的爱情，一种平民式的爱情。他喜欢自己拥有这样一种爱情。

车身漆成蓝白两色的公共汽车来了，两个人上了车。然后转了三次车也问了三次路，才坐上去公鸡湾的专线车。

车子在不时升高又降低的山间柏油路面上急行，就像一只轻巧的船在浪窝里起伏升沉。空气湿润、清新、温暖。终于它驶进一道秋色撩人的山谷，树枝树叶直撞到车窗上。

卡门的表情活跃起来，她突然用一个很灵巧的动作，从半开的车窗外摘下了一片赭红色的叶片。

“小心手！”江白担心地说。

“不怕！”她调皮地一甩头。“你瞧，它有多好看！”她端详着那树叶，惊喜地叫道。

那不过一片普通的红叶罢了。即使在南国的深秋，这种红叶也满山皆是。是红叶使她惊喜呢，还是车子进入远郊后内心中渐渐涌满的欢乐让她在一片普通的红叶上也发现了美？江白倏尔想到。

出城时她的精神中还有一些紧张，虽然是潜藏的紧张，却仍然是紧张。现在他知道她不再紧张了。这多好啊，他想。

狭窄的山谷渐渐宽阔，乘客眼前豁然开朗。山势依然崔嵬，景色却变得精致了：深秋的草木经过了重栽和修整，生机勃勃的绿色替代了斑驳的杂色，很少的几条山间小道变成了众多精心铺设的鹅卵石的或水道的甬道，一条条地伸向山色和更远处的雾气迷蒙的海滩，一座座全竹结构、飞檐斗拱、金碧辉煌的宫殿式小楼从这人工的和可人的绿意中半隐半现地耸出——公鸡湾旅游区到了。

专线车径直穿过未竣工的大门开进去，在一个有着喷泉、绿地的小广场上停下。江白和卡门下车，一眼望见的就是公鸡湾旅游区最骄人，也最为外界称道的风景：一望无际的、没有一粒卵石的沙滩。

广阔的、足有一里多纵深的沙滩过去，就是在望眼中如同一抹蓝意的大海。

“好漂亮！”卡门叫起来。

“喜欢这儿？”他很快乐，却努力抑制着，不让自己显出激动，问道。

她没有回答，麻利地脱下鞋子和袜子，提在手里，“呀——”地叫一声，赤脚跑上了沙滩，向大海跑去。

江白的心突突跳起来。她的天真和快乐感染了他，他也飞快地脱下鞋，甩掉袜子，跑上沙滩。

“卡门，你等着，我追上你了——！”他大喊着追上去。

“你——追——不——上——我！”她在前面快活地喊。

现在他明白为什么会有那么多外国老板看上公鸡湾，纷纷投资开发了。公鸡湾的沙滩果然名不虚传，这里的沙子厚而且柔软，没有一点哪怕微小的沙砾，沙子钻进脚趾缝间，只让人感受到一种愉快的湿润和凉意。他踉跄了一下，原来一脚陷在深深的沙窝里了。他拔出脚，继续往前跑，越跑越困难。——这就是被国内外传媒“炒”成“夏威夷第二”的金色沙滩的滋味吗？

可是快乐本身已将这些片断闪出的思想湮没了。

游客们纷纷跑上沙滩，快活的尖叫声此起彼伏。刚才还很空旷的海湾里，马上变得热闹、喧嚷。

江白一直追到沙滩尽头。卡门早已坐在海水边一块裸露的礁石上了。

碧蓝的、浅浅的海水一波波地、平和地涌到她脚边，又一波波平和地退回去。

太阳升高了。阳光普照的海湾外，一两艘白色船影在蜃气跳跃的海面上轻轻浮动。海湾两端，被称为鸡首和鸡尾的两座小山上的绿树和房舍，突然显得遥远和模糊。

其余的游客距他们很远。

“卡门，我追上你了！”他大喘着气，笑着跑上礁石。

她一动不动地坐着，仿佛什么也没听见。他突然注意到她的眼里汪着一层泪。

下车时她还是快乐的。她情绪的变化让他吃惊。

“卡门，怎么啦？”

她不回答，泪水在眼里打转。

他在她身边坐下。

“我是在海边长大的。”后来，她解释似的说。

原来是想家了。他想。

一个隐秘的念头从心底翻腾出来。

“小时候常常去赶海吗？”他仿佛不在意地问。

她摇摇头，淡淡一笑。

“不。爸爸妈妈不让，怕我掉到海里淹死。”

“你说的是Y城北区的方言，你是Y城北区人。”他不看她说。

她回头看他一眼，目光里多了一点机警。

“不。”

她仍在隐瞒，她为什么要隐瞒呢？仅仅因为还不想让你知道她的家庭和她的故事吗?

他把目光投向远方的海面。她隐瞒的东西肯定是她不愿意讲的。她可能觉得现在还不是对他讲这些的时候。他想。

难道这些东西对她很重要吗?对你来说重要的是她,重要的是你对她的感觉。

他又有点讨厌自己了。

一个从Y城跑出来打工的女孩子,一个不愿对你说出自己的家庭、身世和生命故事的女孩子,她身上还真有很多秘密吗?其实这些事情你已经从她所处的环境、从她的言谈举止中感觉到了许多。她不会有一个温暖幸福的家,她与这个家或者这个家所在的Y城都有一种非分离不可的道理。总而言之,这是一个美丽的、不幸的女孩子,甚至可以想象,她有多么美丽,就有多么不幸。

在他心中引起同情的和怜悯的感情的不正是她生命中无时无处不在显现的不幸吗?每个人都不愿轻易地向一个交往不深的人谈论自己的不幸。他为什么一定现在就想知道一切,冒失地去碰撞她心灵上的伤口呢……

他沉默了。

她却开了口。

"江白大哥,我刚才撒谎了。我是Y城北区人。"

他一惊,扭过头来。

"我知道你想知道什么,可我现在不想告诉你。"她怔怔地望着大海说。

"不。"江白着急了说:"卡门,你想得太多了。"

"我从Y城跑到L城,当然有原因。到了能告诉你的时候,我会对你说的。"

"卡门!"

"你想知道我今天为什么要跟你出来吗?"她轻声问,还是没有回过头来。

"……"

"因为你是个好人,因为你现在对我很重要。有了你,那些流氓就会少来捣乱。……另外,我也相信你是真的对我好。"

他的心又热起来。

"卡门!"

她向他转过脸,眼睛里又蒙上一层薄薄的泪水。

"江白大哥……"

江白的呼吸急促了。

她低下眼睛，勇敢地将下面的话说出来：

“咱们……就是出来玩，就是……老乡，以后也不谈……恋爱，行吗？”

江白的心像被黄蜂的尾针猛刺了一下。在未来的岁月里，他是不会承认自己感觉到了这一下疼痛的。

他抬头去看她的眼睛。

这次她没有回避他。那是一双纯洁的、明亮的、恳求的眼睛。

江白让自己大笑起来。

“哈，卡门，你真是个傻丫头！你想什么啊……谁说要跟你谈恋爱？”

她认真地注视他的眼睛。后来，他意识到自己的目的达到了。

惭愧和笑意一点点地显现在她的眼睛里。她猛地用两手蒙住了自己的一张发了烧的脸。

“江白大哥，你要是笑话我，我就……就回去了！”她大声地、撒娇地说。

他让自己继续大笑，站起来。她越是羞惭不堪，越是双颊飞红，对他现在要达到的效果越有利。

“你还笑，你还笑！……”她站起来，真要生气了一样，用拳头轻轻地敲打他的背，接着，她自己也笑起来，单纯、明朗、快乐的神情又回到了脸上。

“好了好了，我不笑了。咱们去爬山吧！”江白笑得喘不过气了，才止住笑，虽然他心里觉得事情一点也不好笑。

卡门的好心情完全恢复了，她变得异常快活，挽上他的胳膊，一路蹦跳着离开海滩，向海滩背后的山野走去。

这一天，他们游遍了这个旅游区内每一处建成和未建成的风景点。卡门一直很兴奋，并且越来越兴奋，江白却越来越不快活。

下午 3 点，他们回到了那座有喷泉和绿地的小广场。

“江白大哥，今天我好高兴！自从来到 L 城，还没这么高兴过！”

江白觉得自己一直在做戏。他要求自己一定要把这场戏做到结束，滴水不漏。这就需要他表现得比卡门还要快活，比她的情绪还要高涨。

“卡门，和你在一起我也很高兴！”他大声说。

“下个星期天咱们还出来玩，咱们换个地方。L 城好多地方，我都没去过呢！”她兴致勃勃地说，语态、神情、目光已完全是个玩不够的小姑娘了。

“好哇！我同意！”江白说，眉毛眼睛都在大笑，一边努力驱散着心中的不”

快活。

蓝白两色的专线车开过来了。

返回途中他和她都很平静，仿佛所有该说的话都说完了。

望着车窗外满眼的秋色，江白的头脑冷静下来。她对他的要求其实也很简单，他想。她需要他来保护她在湾尾街上打工，可是不想对他讲出自己的秘密，也不想现在就与他进入情人的关系。至少她现在不想。

他应当离开她吗？

不。假若她不喜欢他却仍愿意跟他一起出来玩，那就说明，他对于她确实十分重要。

爱是一种情感。他应当尊重她的情感。

也许她根本不像他想象的那么单纯？

但你是一名海军军官，一个成熟的人，你可以而且应该将你和她的关系处理得单纯、明朗、高尚一点。

车子驶进市区，他脑海里闪过的最后一个念头是：不，我不会让她失望的。

9

一个星期六的晚上，江白又去了湾尾街。也就是这天晚上，崔东山发现他不在艇上。

“代理航海长哪儿去了？代理航海长呢？”他先在楼下叫，没有人理他，就跑上楼，进了航海舱。

航海兵们站起来。

“江白呢？”崔东山问赵亮。

“不……知道。”赵亮睁着一双迷迷糊糊的眼说。一到这种时刻，他的眼就迷糊了。

“我有急事，快去把他给我找回来！”崔东山说。

赵亮等人答应一声。

回到艇上崔东山的气不打一处来。都啥时候了，支队还来电话要人去艇上开会。他想让江白去，可是都快 8 点 30 分了，这个傍晚向他请假“出去一下”的江白还没有回来！

假若崔东山不是一个对自己生活中的一切都感到不满的艇长，这件事也许不算什么。江白毕竟是请了假出去的，现在还没到法定的归营时间，他不在艇上也属平常。支队要艇上去人开会，他让别人去也行（后来他就是让高梁去了）。但崔东山恰恰相反，他内心长期蕴藏的恼怒时刻都在冲动，要找一个目标发泄，江白今晚不在艇上，这个人又是他最不喜欢的，于是怒火就不知不觉间在他心中熊熊燃烧起来。

“多派几个人去找！一定给我找回来！”他冲赵亮嚷着。

赵亮等人走了，他仍觉得余怒不息。

“他能跑到哪儿去呢？”他的脑筋转起来，忽然想起了湾尾街，“他不会是去那种地方了吧？……我要自己去看看！”一时间，他害怕了，警觉了，因为真出了那种他已经想到的事，对自己也不是好事。

他拿起手电筒往外走。

在营门口等了一会儿，没有等到江白。

“哨兵，看见我们艇的代理航海长了吗？”他扭头问身边的哨兵。

哨兵看了看他。

“你是 9009 艇的崔艇长？”

“是我。”

“你们的航海长是不是叫江白？”

“是啊。你怎么知道？”

哨兵诡谲地一笑。

“你们那个江白现在是湾尾街上的名人，我天天在这里站岗，咋会不知道？”

崔东山的眉头皱起来，他已经闻到了一股不祥的气味。

“名人？”

“一条街的人都说，他跟海风酒家的卡门打得火热。他每个星期六晚上都去那里‘坐堂’，充当她的保护人，由那个卡门给他付酒账。你要找他，还不到那里去？”

“卡门？谁叫卡门？”

“卡门你都不知道？”哨兵冷冷一笑，“卡门是今年下半年湾尾街上的当红街花。一个星期天，他们俩还一块去逛了公鸡湾。”

“你这话当真？”

“道听途说。”

一个臂上带着值勤黄袖标的少尉从传达室里走出来。

“啊，是崔艇长。”他跟崔东山打个招呼，回头对哨兵不满地看了一眼，“黄毛，你又在传播什么小道消息？”

哨兵有点胆怯：“谁传播小道消息，都这么说。”

少尉对崔东山说：“崔艇长，别信这小子的话，他的嘴没个准儿。”

他走回警卫室去了。

崔东山站在那里，浑身燥热，又怒又怕。怒的是江白竟能干出这种事儿，他本来就觉得这小子太傲，连艇长也不放在眼里，早晚要给9009艇惹出事来，现在他的预感应验了；怕的是这种事真闹起来，原来各项工作就很臭的9009艇会更加臭不可闻，他这个当艇长的就更让同龄的甚至比他更年轻的一茬人笑话了，而他一直盼望的提升也就更没有戏了。

他要去找这个江白！

不，他又被他气昏了！他到哪里去找他？万一被这个代理航海长发现了，躲开了，他抓不住他，后者才不会认账呢！

就站在这里等。他要回营房，就不能不经过这里！

8点40分。

“代理航海长，你站住！”

江白一惊。

“艇长，是你？”

“是我。我在这里等你好一会儿了。你跟我来！”

两人进了营门，拐进椰树林。

江白戒备地望着他。

“有事？”

“当然。我问你，你去哪儿了？”

“你不是都看到了？去了湾尾街。”

“去干什么？”

“不干什么。”

崔东山“哼”了一声，这种人，不点到他的“穴”，他是不会知道麻的。

“最近是不是经常去一家叫海风酒家的酒店？”

江白的目光陡然警觉了。

“艇长，你这是什么意思？”

崔东山冷冷一笑。

“你不想承认？”

“我干吗不想承认？我每次外出都是请了假的，并且按时归队。《纪律条令》上也没说不准进酒店。”

“你近来常去那里，还有一个女招待替你付账。”

江白咬着嘴唇站着，他要自己忍住，一定不要发火，看崔东山还知道多少。

“你怎么不说话了？那个女的姓卡，叫个啥子卡门，是湾尾街的当红‘街花’。你还和她一起逛过公鸡湾。”

他知道得不少，江白想。他对这个艇长没有丝毫好感。他没有做什么坏事，但是话从崔东山口中说出来，却让人觉得你不但做了坏事，还被他查出了罪证。

林子里光线暗淡。崔东山觉得自己占了上风。他有一种感觉，自从这个江白到了艇上，他就没有占过上风。这种感觉让他有了一种居高临下式的愉快。

“江白同志，今晚我是以艇长身份正式跟你谈话。我并不完全相信我了解到的情况。你要是正经跟那个什么酒家的女招待搞对象，艇上坚决不管，因为你大小也是个军官了，虽然你这航海长还是代理的。可是据我所知，Y 城有一个姑娘也跟你通过信。你这样脚踏两只船，见异思迁，就是道德问题了！”

江白觉得很累，想坐下，可是周围没有可以坐下的地方。

他的沉默让崔东山心中的愉快打了折扣，胸中之火又起。

“你怎么不说话？我说的不是事实？”

“你说的全是事实。”江白说。

“你承认就好！”

“我什么也没承认！”江白大怒，黑暗中别人看不到这一刻他的脸变得煞白。“艇长同志，你要明白，《纪律条令》上既没有禁止我跟 L 城的姑娘恋爱，也没规定我不能跟 Y 城的女性通信！”

崔东山的情绪完全变坏了，居高临下的感觉全部消失。他甚至有点震惊：这个人，他犯了错误，倒冲你发火！

“你火啥子？我还没火，你倒火了！你要好好检讨你的问题！……不，你要先检讨你的态度！”他嗓门粗起来，几乎是在大喊。

暴怒让江白的双膝发抖。他也几乎要大喊起来：

“我什么事也没做，什么检讨也不做！”

“你道德品质有问题！”

“你的道德品质才有问题！你心理阴暗，才会以为跟女性交往就是品质问题！”

跟这样的学生官儿斗嘴，他是不行的！崔东山清楚地感觉到自己脖子上的青筋一下一下暴跳。

“代理航海长同志，你不要忘了，就你这个态度，我就可以请示支队关你的禁闭！”

江白突然沉静下来，意识到他和崔东山都正在滑向丧失理智的边缘，一时间觉得同这个艇长吵架真是无聊透顶。

“艇长，你还有事吗？没事我走了。”他轻声地、仿佛什么事也没发生一样说。

崔东山脖子上一根大筋跳得更厉害了。这个学生官在要弄他！

“你一个刚毕业的学生，三尺半还没烂一套，你有啥子了不起！你狂啥子狂！”这时，当初叫江白来椰树林中的原因早已被他忘光，现在他全身心感受到的只是屈辱，仅仅是屈辱了。

江白心里的火气又腾腾地蹿上来。可他要自己微笑！

“你可以对我下命令！”他盯着崔东山的眼睛，冷冷地说。

这可是超过了崔东山生命体验的事情。微弱的夜光中，他看到面前这个学生官在笑！从来也没见过这样的干部，你抓住了他的小辫子，他居然在笑！

“你……好吧，你要走就走，我现在不想跟你谈了！我要叫支队首长跟你谈！叫支队长亲自跟你谈！”

“艇长，我等着。”江白恶毒地补了一句，“我可以走了吗？”

“你走！”

“是！”

他举手敬了一个礼，转身走出林子。

他等待着一场暴风雨来临。艇长说到就能做到，他的心胸那么狭窄。

但他没有马上等到这一刻。第二天总部首长来支队检查，全艇忙了一天。第三天艇长得了重感冒，去支队卫生队住院。星期六下午，艇长才回来。

天色渐渐暗了。

“我敢不敢再去请假呢？……我去请假崔东山肯定不批。……但我答应过卡门，如果不值更，一定去海风酒家，她需要我。……我为什么不敢去请假呢？难道我和卡门做了什么违犯《纪律条令》的事了吗？没有。……那么现在就不是我和她的问题，而是我敢不敢去向崔东山请假的问题了。”他这样想着，事情突然变得简单了，“崔东山准不准我的假是一回事，我敢不敢请假是另一回事！”

他向艇长室走去。

艇长室门开着。崔东山不在，坐在艇长室的是动力长徐有常，臂上戴着值更军官的红袖标。

“老徐，怎么是你？”

“艇长去支队了。他嫌我平时回家太多，今天就多派了我一次更。”徐有常苦笑着说。

“夜里我可以替你值更。”江白说。

“那太好了。”徐有常说，“老婆这阵子总跟我闹别扭，她还让我早点转业哩！”

“为什么？”

“就因为夜里值更。她胆小，夜里不敢一个人睡觉。我在艇上值一次更，她就一夜睡不成。”

“这么严重。”江白看了他一眼。到了艇上，因为自己是新人，他不敢看不起任何一个资格老点的军官，但对这位面目清癯、终日为家务困扰着的动力长，他却觉得可怜。

“我现在还不能替你值更。我想请个假，到湾尾街去一趟，回来再替你。”

“那也行啊。”徐有常说，“你快去快回。”

“艇长不在，我现在是向你请假。你准假了？”

“星期六晚上9点钟之前是自由活动时间。我准不准还不是一样？你去吧，快点回来，我先给我老婆打个电话，让她高兴。”

江白又一次走上了湾尾街。他有一种感觉，这可能是他最后一次去海风酒家了。湾尾街上还是老样子。那么多人，那么多车。欲望在汹涌，激情在澎湃，金钱和生命在相互购买。湾尾街，他什么时候能再跟卡门谈一次，让她离开这里呢？

他没能再想下去。穿行在人流中，他忽然有了一种异样的感觉!

从一家家人满为患的店铺前走过，他意识到许多人在盯着他，有的还交头接耳，指指点点。他一回头他们就停止，一向前走他们又继续刚才的举动。

因为卡门，因为他每个星期六都到海风酒家去，现在湾尾街上所有人大概都认识他了吧!

这些人闪闪烁烁的目光里为什么多了一点紧张和期待呢？越往前走，注意他的人就越多。这些不知何故比往常更多地站在街道上的男男女女，尤其是每家店铺门前的迎客小姐，似乎都正焦急地等待他的到来!

今晚有什么事情要发生!

是不是卡门那里出了事?

他的生命已被惊动了，他警觉起来，不自觉地加大了步子。

海风酒家到了。

首先看到的是门廊外台阶上下那一堆人，有十五六个之多。更多看热闹的人在两步之外围成了一个圈子。一个粗哑的嗓门在台阶上的人群中吵闹，其余人跟着起哄，不时响起一声声尖叫和口哨声。

这些声音刚刚传进耳膜，他就觉得有些熟悉!

还是那伙他第一次来海风酒家就遭遇过的流氓，只是比那天人多得多，是他们在寻衅闹事!

他几乎已经肯定事情与卡门有关了。不然今晚他就不会受到这样的注意和期待!

“对不起，请让一让！”他挤过围观的人群说。

“他来了！”一个女人回头看见他，小声地、兴奋地叫一声。

所有人一下全回过头来。

“是他！”

“是这个海军！”

“有好戏看了！”

响起一声尖锐的口哨。

人们自动给他闪开一条路。

他看到发生的事情了。半明半暗的门廊灯下，卡门正和他见过的那个黑胖子对峙着：和卡门在一起的是两三位店里的小姐，其中就有那位脸上有雀斑的姑娘；与黑胖子在一起的是他带来的那一伙打扮得既像港台黑社会分子，又像日本浪人的流氓。黑胖子喝得醉醺醺的，只穿着一件小小的中式背心，上面露着膀子，下面露着肚脐。他用一只黑手不停地在卡门身上摸一下，又摸一下，嘴里嚷着些下流话：

“你不是就仗着你那个小相好吗？今天他怎么没来护着你呀？……你能陪他消遣，为什么不能陪哥哥我消遣消遣哩！”

流氓们大笑，起哄：

“是啊，陪我们三哥消遣消遣吧！”

“我们这位味道也不差呀！”

“……”

卡门不停地用手挡着胖三的手，身子向后缩，要和店里的小姐们一起退回门去，却被两个流氓从后面用身子死死堵住。看样子，这种局面已持续了一段时间。

灯火照亮了她半露的一只眼。那只眼里涌满泪水，却没有流下来。她的神情是坚韧的，却没有话。她不想对这伙流氓说话，却不时朝他要来的方向瞥一眼！

还有一种直觉：虽然事情已持续了一段时间，胖三和他那伙流氓却没有更进一步对卡门和她身后的姑娘施暴的意思，他们今天像是有备而来，要等待什么！

退不回店里去的卡门也在绝望中等待什么！

围观的人们肯定也在等待着什么！

都在等待他！

不，她也许是在等待他，也许仅仅在等待一个结果，它将告诉她是否还要坚守那条她一直在坚守的防线，她想知道她的生命中是否真的会出现奇迹！

人们突然静了。

门廊下的流氓回过头来。

“这小子来了！”一个小流氓提醒胖三。

围观者慢慢向后退，酒店门前的空地大起来。越来越多的人挡死了街心鱼贯而行的汽车，一时汽笛声乱鸣。

江白三步两步上了酒家门前的台阶，站在胖子和卡门面前。胖子一只手抓着卡门的衣袖，刚刚转过脸来。

他并没有意识到，从看见卡门受辱的一瞬间开始，浑身的热血就一齐涌上了大脑，化作一腔激怒，让他攥紧的拳头微微战栗。

这一瞬间他也抵近看见了胖三的眼睛，那是一双被烈酒灌得发红、被淫荡和无耻的微光充盈的眼睛，一双因为自己的无耻而得意扬扬的眼睛，一双期待着殴斗并准备由此而享受快乐的眼睛——一双小小的猪一样的三角眼！

他没有对他说一句话，也没有任何过渡，就将一只激烈战栗的、僵硬如铁的拳头，瞄准这双眼睛，猛地打过去！

以后留在他记忆中的就是一些杂乱的不连贯的印象了：先是胖三那一身黑肉抖索一下，在他眼前一闪，不见了，他听到"咕咚"一声响，一刹那间还以为是谁在旁边伐倒了大树；然后胖三见了，谁叫了一声，他的头部挨了重重一击，随后浑身上下像鼓一样被别人擂响了。他一个前冲撞到墙上，立住脚跟，回头对着蓦然出现在眼前的一张脸狠狠打了一拳。谁"嗷"地叫一声，那张脸不见了，他重新看到了湾尾街上辉煌的灯火。

头脑清醒了一点。

流氓们呈半圆形围住了他，却没有谁敢过来；他的脚下躺着一个瘦子；在酒店门廊下面，胖三正被两个同伙搀起来，一只眼睛闭着，从那里流出了一道细细的黑血。胖三的另一只勉强能睁开的眼睛此刻也刚刚睁开，一只手颤巍巍地举起，指着他，有气无力地喊：

"给我往残废里打！让这小子再也找不着北！——每人五千！"

一只拳头照着江白右眼打过来，他只觉得眼前一黑，就什么也不知道了。

醒过来时他已躺在支队卫生队的病房里了。

要睁眼才发觉右眼又肿又疼，睁不大开。勉强睁开左眼，便觉灯光刺眼，又匆忙闭上。

"醒过来了！"一个女护士的声音。

"先给他治伤，完了再说！太不像话了！"一个气冲冲的男人说。

一串带钉子的皮鞋底踏在水泥地板上的咚咚声。

江白再次睁开左眼，看到一个中年医生向他俯下身来。

"小伙子，你觉得怎么样？"

"不怎么样。"

"我知道你不怎么样。"医生干笑了一声，"我是问你，我现在能不能帮你做手术。你的右眼开了一道小口，要缝几针。"

“那就缝吧。”

“我就缝了。”

“缝吧，早晚都得缝。”

他觉得医生似乎又轻轻笑了一声。“开始吧。”医生说。

一系列令江白觉得极不舒服的消毒过程之后，一根针头锥心般地扎进他的左眼睑。

“哎哟！”江白叫起来，“有点疼。”

“这怎么能算疼呢？”护士嘲笑地、细声细气地说，“比起打架挨拳头，这算不了什么！”

“大夫，你没有同情心。”

“我就是再有同情心，也替不了你疼啊。”

最难受的一刻过去了，麻药渐渐地起了作用。

左眼的感觉如同一块木头。但是缝针的过程中，江白还是难受得想呕吐。

“你要是疼你就说话。”医生说，“骂人也行。”

“大夫，你虽然是个男人，却比刚才那位小姐更有恻隐之心。”

男医生边动作边轻轻地笑。

“她还小姐呢，都是小姐的妈了。”

新的一针让江白疼得全身像弓弦一样绷直了。

“好了，你可以去病房，要安心休息几天。”医生说。

“谢谢你，大夫。我说句让我自己难过的话，你不是医生，你是屠夫。”

大夫大笑。

“你抬举我了。你帮我发现了自己潜在的才能。”

江白感觉到女护士走了过来。

“下来吧，海军陆战队员。我扶你去病房。”

麻药的劲儿正在过去。江白从手术台上坐起来，半个脑袋像被许多钢针一下下戳着，眼前一阵阵眩晕。

“同志，我非常同情你的丈夫。有你这样一位职业护士在身边，他的日子一定很悲惨。”他对女护士说。

“你不用为他担心，他过得挺好。”

她用力扶着江白下了手术台。

“有多少好男人毁在女人手里啊。”

“你不用担心她丈夫。她丈夫就是我。”男医生说，“要不我再给你打一针？”

“不用。”江白说，“对不起大夫，我不是对你夫人有意见，我是真疼。”

“我明白，你不用道歉。”医生说。

他费力地睁开右眼，摸索着往外走。

深夜 11 点了，支队长办公室里依然灯光通明。

崔东山站在支队长办公桌对面。支队长没让他坐下，他只好一直站着。

“……怎么搞的！你们艇行嘛！潜艇军官都改行了嘛，看样子要给中国人拿回几个拳击冠军了嘛！……这个江江江……他叫什么？”

“江白。”

“对，江白，你这个艇长，还知道他叫江白？……我问你，他和湾尾街上那些乱七八糟的女人勾勾搭搭，都好长时间了，你知道不知道？”

“知道。”

办公桌上“啪”的一声巨响。支队长站起来，勃然大怒：

“知道了你怎么不管？你的行政管理怎么搞的？海军军官为一个酒店女招待，跟地方上的流氓争风吃醋，大打出手，直着出去，横着进来，这样的丑事只要出一件，支队全年的工作就算完了！……你准备承担什么责任？！”

“支队长，我一个小小的艇长没有你那么大权力。”崔东山语气冲起来，“我批评过他，他屡教不改！今天晚上我刚给你汇报了他的情况，你也只是叫我调查清楚了再说嘛！”

“你批评过他？”

“对！教育不是万能的，这个江白根本就不是一个能用批评教育改变他的臭毛病的人。这个人思想品质有问题！像他这样的学生官，我们艇早就不想要了，支队看着办吧！”

支队长冲他吼起来：

“你是一个艇长，艇里有人捅这么大的娄子，你说你不想要了？……你回去给我写检讨！要深刻！”

崔东山眼睛瞪大了，双眉一耸一耸。他不服气。

“支队长，我回去写检讨！可那个江白怎么办？”

“什么怎么办？先关他的禁闭，让他写检讨，等他的伤好了，支队干部会上亮相！让干部科跟基地联系，把他退回潜院去，我们支队不要这样的学员！”

崔东山站着不动。

支队长一拍桌子：“走吧你！还不走？我这里人为你准备了夜宵吗？”

走出办公楼，崔东山心里原有的一点模糊的快感早就消失了。他对支队长的决定愤愤不平：部队就是这样啊，赏罚不公。别人得了病，他这个艇长也要跟着吃药！

深夜12点，高梁和海测兵张海提着自己的背包进了卫生队病房。

“江白，你行啊。熬到用警卫的份上了。”高梁说。

江白的头微微翘了一下。

“你们怎么来了？”

高梁看他一眼，没回答。

他忽然明白发生了什么事。

“对不起你们两位了。”

“那倒没什么。”高梁说，“只要你不逃跑，等于让我们俩休假。”

“有你们两个看着，我往哪儿跑哇？”

“谁知道呢，说不准半夜越窗而逃，又去会那个卡门。”

江白不说话了。

高梁意识到自己玩笑开得有点过分。

他和张海将背包在另外两张空床上打开。

夜里，海风很大。高梁醒过来，小声叫：

“江白！”

“……”

“江白，我知道你没睡着。别生我的气了。”

“我没生你的气。”

“不对，你还是生气了。”

“我没生气！”

“好，你没生气。你感觉怎么样，还疼吗？”

“疼得厉害。”

“你呀你，你把事儿做得太过了。”

江白不想跟他谈这个。

“高梁，我问你，卡门怎么样了？”

“你也真够痴情的。卡门怎么样了？……她能怎么样？她挑动群众斗群众，自己什么事也没有。她好着呢。”

“我不信。”

“她进了一回派出所，很快就出来了，你和胖三打架，也没伤着她，可不好着呢。”

“……”

黑暗中，高梁叹息似的一笑。

“你什么时候学的拳击呀。你那一拳，打得胖三眼上缝了4针。”

江白在床上动了一下。

“高梁，我告诉你一个不幸的消息，我眼上缝了7针。比较起来，我们大败。”

“你也就是打了他。他是出名的流氓，派出所也不认他的理。可你的事儿也闹大了，支队长对艇长大发其火，说是要把你送回潜院去哩。”

事后回忆这天夜里发生的事情，江白永远都会记得高梁的最后一句话，像子弹命中十环一样击中了他的心。因为各种情况，每年都有个别毕业生离校后又被部队退回去，潜院是为部队培养潜艇军官的，部队不要，学校就只能将他们做复员处理。也就是说，他们将从此离开潜艇，离开海军。

天亮前他一直没能平静下来。高梁睡着了，张海睡着了，两人此起彼伏地响起轻轻的鼾声。他几次命令自己睡觉，可还是没有睡着。

先是片片断断的，后来仿佛他拥有过的22岁的生命历程全部涌进了他的回忆。他现在只能想到一件事、一种他不想承受也要承受的现实了：过去他只想用自己的力量保护卡门，现在却为此付出了从没有想过的代价——他将要因此而离开潜艇和大海。

生活中原有的一切突然离他远去。现在只剩下卡门了，只剩下她了。

10

天亮后高梁先爬起来。

“江白，有事要我帮忙吗？”

他躺在那里，闭着眼睛想了想。

“我是不是要在这里长住了？要是长住，我想回艇上拿几本书看。”

“过几天再说吧，看看你那眼，过几天我帮你去拿。你现在不能走出这间病房。”

“那……好吧。”

最初几天内他一直躺在床上想。

不愿意后悔！

也不愿意再回忆那些失去的日子、希望和梦想！

不是不怀念它们，而是不能怀念它们。怀念它们对于他已没有意义！

蒙在他右眼上的纱布被去掉后，也许三天，也许五天，他就要永远离开 L 城了！

应该想的只有一件事：他在中国潜艇部队的日子已屈指可数，还剩下什么事没有做完吗？

但还是要回忆，硬着心肠也不行。往昔的主要是读书时的好日子仍然纷至沓来：校舍如同世界建筑博览会一样的北方潜艇学院，开满蔷薇花的 Y 城，海山别墅，立在断崖上的海韵，第一次走进海山别墅海韵为他弹奏的那支名叫《少女和一位潜艇艇长的故事》的钢琴曲……

他怀念海韵吗？啊不，他已到了这一步田地，她对于他已成了毫不相干的人。

眼睛慢慢好起来，一星期后医生为他拆了线，但他和高粱、张海并没有离开这间病房。支队的禁闭室因长期不用而已改作他用，这间病房就成了江白的临时禁闭室。

崔东山来了一次，例行公事地代表支队和艇党支部，要求江白对自己的“问题”写出“深刻检查”，“听候组织处理”。

江白没问他什么，更没同他争论。他觉得同这样一个人争论是没有意义的。

他可以在卫生队院内自由走动，只是不能走出去。又过了一些天，张海也被叫回到艇上去，只剩下高粱陪他。

陪他下棋，也陪他在院子里散步。两个人在一起，尽说些轻松的话题。

他以为处分决定很快会下来。痛定思痛的时刻会来的，可是他不想让它现在就来。即使它一定要来，也要等到他离开这里、蒙受完了所有的羞耻之后。

可是日子一天天过去，并没有人来宣布对他的处理决定。

“怎么搞的，难道起草和通过一份处分决定就那么难吗？”一天，他终于忍不住了问高梁。

“没人来也许是好事。”高梁给他宽心，“这说明决定还没最后做出，送回潜院的事儿也许只是艇长的一厢情愿。”

这话并不让江白觉得高兴。

实际上他们俩都知道事情拖得越久，对江白来说就越不利。支队工作千头万绪，江白的事并不是其中最重要的一件。支队既然决定关他的禁闭，送他回潜院，就首先要履行一定的手续——要向基地干部部门报告，再由基地和Y城潜艇学院联系接收，等等。——此事在江白个人觉得十分重要（它关系着他的生活和命运），然而在支队、基地乃至于潜院的每一间与之有关的办公室，它却仅仅是一份不重要又令人不快的来往公文，短时间内被办事人员拖一拖甚至忘到脑后都是可能的。但越是这样拖下去不解决，江白被退回潜院就越是难以避免。住禁闭的日子长了，它似乎就成了已被决定、不可能被改变也没有人想到要改变的事情了。

“江白，不要伤心，人生一世，不干这个干那个。”高梁开始换一番语言为他宽心，“我爷爷在旧社会，据他自己说一生换了32种职业，还不是活一辈子？现在改革开放，到处是机会，人家闹着走还不批哪！”

江白坐在床上，闭上眼睛不说话。

“我的老艇长，去年转了业，今年就在一家远洋公司当了船长，年薪20万元，1年顶他在部队20年挣的。要是真让你走了，我介绍你到他那儿干去！”高梁继续说。

江白沉默。

后来高梁也不再说这些话了。高梁想：当别人处在人生的痛苦关头时，我们的同情和安慰如同我们的心，是多么无力。

主要是内心在作痛，江白想。是的，世界很广大，生命的路有许多条，每一条似乎都是光明的坦途，可是你觉得那不是你真正准备好了要走的路。那些路上只有生活而没有事业、梦想和激情，你会发现人生一下子完全失去了青春、诗意和浪漫色彩。

我们到底为什么活着？是为了活着，找一条生活之路，还是为了生活的色彩？

这个问题如同另一个问题：我们到大海里航行，是为航行本身，还是为了寻觅那由水、空气和阳光合成的海市蜃楼？

海市蜃楼虚幻而美丽，大海真实却严酷。我们真正渴望的并不是真实的东西，而是真实之上的色彩。

可是现在这色彩消失了。海市蜃楼连同大海只属于别人了。

不，不要这样想……

在他将要走去的新的人生之路上，也许还会出现新的海市蜃楼，但他的心灵已经习惯，并且时刻在呼唤的却依然是与大海和潜艇相关的色彩和景象。他没有准备将生命之舟驶往另外一片生活之海。

这里有他的大海，他自己的大海。另外的海属于别人，不属于他。

但是你现在却要与它告别，你不想告别其实也在告别，你是自己在同自己告别。从此以后，你只能在痛苦的回忆和怀念里向这片曾经容纳着你的青春和梦想的生命之海张望，它的色彩、音响将成为你永远的憧憬和痛苦。

不仅因为你永远地失去了它，还因为它也永远地失去了你。

我的精神会因此垮掉吗？当年父亲的精神垮下来，就是因为突然被宣布离开部队。那是一片父亲的生命之海，他的生活、事业、梦想所系的海。失去了这些，父亲的生命就空了，他就垮了。

你也会这样吗?

不。我比父亲年轻。

可你比他更坚强吗?

不知道，我知道的只是我必须被动地接受这个现实，必须接受，非如此不可。

不要想下去了！

“江白，还想看书吗？”一天早上，高粱想起了什么，问他。

“无所谓了。”他想了想，说。

高粱看了看他，还是回艇上拿来了他以前要过的书。书是与海韵分别时她亲手给他捆上的，还没打开过。看到这些书，他意识到自己离开潜艇部队之前甚至还没来得及完成潜艇战术和战术史的阅读。

高粱帮他解开捆在书上的绳子。他静静地看着它们，无动于衷。这是一批有关“二战”时期太平洋潜艇战史的书。以前他读这些书，是出于对未来职业的考虑，为以后实现自己的模糊然而豪迈的梦想奠基。现在他不再需要读这些书了。

他将它们堆放在床头小柜子上，有三天时间没去碰它们。

三天后的那个深夜，他却被梦中涌起的某种巨大的悲伤深深惊动了。醒过来后这悲伤仍没有消失。高涨的海潮一声声拍击着海岸，如同在一下下沉重无比地拍击着他的心。他害怕起来，害怕自己的脆弱和突然意识到的孤独，害怕精神会在这一刻崩溃。需要做点事填补这可怕的空虚。他坐起来，打开床头灯，顺手拿起最上面的一本读起来。

他读进去了。读进去了，悲伤和与之俱来的恐惧就感觉不到了。而且，像过去在Y城的海滨别墅里一样，他还忍不住做起了读书笔记。

太平洋战争中期的潜艇战

"胆怯"的美潜艇"托托洛"号的功绩：1942年4月，该艇由珍珠港出发，去马绍尔群岛执行侦察任务。4月26日，这艘潜艇正以水面状态航行，突然发现了1艘日本潜艇伸出水面的潜望镜。艇长急令潜艇下潜，并向日本潜艇发射1枚鱼雷。然后是一声爆炸，艇长害怕附近还有其他日本潜艇，甚至没敢上浮观察战果，便以最快的速度逃走，直至确信周围没有敌潜艇了才浮上来，喘一口气。这时它仍不敢回到鱼雷爆炸水域察看战果，却发了一封电报，请一架偶然飞过该海域的美国飞机去帮助它察看。美机察看后说，那一带海面上发现了潜艇爆炸的碎片和油迹，可以断定日潜艇已被击沉。"托托洛"号全体官兵这时才安下心来。

这年5月，"托托洛"号继续在马绍尔海域执行侦察任务。16日，它在水下航行时又发现了1艘日本潜艇，当即向其发射3枚鱼雷，听到两声爆炸后又一次匆匆逃离。这一回它胆大了些，转了一个大弯，确信海上平安无事后潜回原水域，没有请飞机帮助，自己发现1艘日本潜艇又被它击沉了。

5月25日，"托托洛"号又在马绍尔群岛水域击沉日本运输船"正化丸"（4467吨），然后开始返航。此次出航，它不仅完成了侦察任务，还先后击沉日本潜艇2艘，商船1艘。

"托托洛"号的艇长一定是位海上猎场的新手。他的战斗动作还显得慌乱，让人觉得他一直很胆怯。但即使从这条"胆怯"的美国潜艇的战斗经历里，你也能感觉到美国潜艇艇员骨子里固有的那种主动进攻精神。他们虽然胆怯，却一次也没有忘记向其发现的敌艇和敌船主动和首先发起攻击。胆怯让它时时逃离战场，但这种事却总是发生在它对敌人实施了准确有效的攻击之后。

至少在我读到的日本潜艇战史中，像这样单艇在执行主要任务之外积极进攻的战例，一次也没有发生过。

日本袖珍潜艇第二次入港攻击：大和民族是一个与世界上所有民族都不大相同的民族，以前我一直以为直到战败前夕，日本人才使用“神风突击队”之类的“肉弹”，现在我知道我错了。从偷袭珍珠港开始，日本人就对敌方实施“肉弹”攻击了，整个战争期间，他们一直都把这种自杀式的攻击视为“正常的攻击”，把攻击者的死亡视为武士之美。大和民族是个欣赏残忍和死亡的民族。

1941 年 12 月 8 日，日本人偷袭珍珠港，袖珍潜艇第一次被用于入港攻击，5 艘艇毫无建树并且无一生还。1942 年 5 月 31 日下午 4 时，3 艘袖珍潜艇离开携带它们的母舰，第二次奉命入港攻击，目标是澳大利亚悉尼港的 1 艘战列舰和 1 艘轻巡洋舰。这 3 艘抱定必死之心的日本袖珍潜艇潜入悉尼港后，1 艘被入口处的防潜网拦住，进退不得，于当夜 10 时左右自爆，其余两艘随渔船潜入港内，向美巡洋舰“芝加哥”号、兵营船“库塔布普”号发射鱼雷，“库塔布普”号被击中沉没。美舰随即向日袖珍潜艇发起攻击，将其中 1 艘炸伤沉没，另 1 艘不知所终。日袖珍潜艇的第二次入港攻击，又一次全军覆没。

像日本人这样使用潜艇（包括袖珍潜艇）在全世界海军中都是独一无二的。我尤其不赞成被防潜网拦住的那艘日袖珍潜艇自爆的行为。如果他们是美国人，就会想尽办法将自己解脱出来，实在走投无路他们会向对手投降，却不会自杀。德国人也不像日本人，邓尼茨“一战”时期就曾做过英国人的俘虏，虽然他一生都对英国人充满深仇。日本袖珍潜艇攻击不成就自爆，是因为他们进行的就是有去无归的自杀式攻击，死而不是生在他们心理上更自然也更“美丽”。

每个军人踏上征途时向往的就是死而不是生，他们投入战场不是为了在赢得胜利的同时又赢得生存，却仅仅是为了尽死的“本分”，日本人对于战争的理解能力的低下，让人觉得它是一个疯狂的、缺少理性的，同时又异常可畏的民族。

日本潜艇的一次创造性作战行动。航程最远的出击：1942年5月，为策应德国海军的"东进"，日本海军舰队派出5艘潜艇、两艘加油船和多艘袖珍潜艇及艇载飞机，组成"甲先遣支队"，出马六甲海峡西进印度洋，南下南非的德班，袭扰盟军舰船。一路上其舰载机先后对亚丁、吉布提、桑给巴尔、达累斯萨拉姆、蒙巴萨进行侦察，均没发现攻击目标。其后两艘日本潜艇在马达加斯加岛以南捕获两艘荷兰油船，并派人将其押送至日军占领的槟榔屿。其后这支潜艇编队决定攻击马达加斯加岛的迪子果—苏亚雷斯港。此次日本人使用的仍然是两艘袖珍潜艇。这是日本袖珍潜艇的第三次入港攻击，因驻港英军毫无防备，攻击奏效，英战列舰"拉米伊"号和油船"罗亚尔蒂"号被击伤。遂行此次自杀性攻击的4名日本袖珍潜艇艇员中，两名丧生大海，两名弃艇后逃到岸上，因拒捕而被击毙。于是此次攻击虽有战果，却仍然算是全军覆没。

日本潜艇编队单独前往印度洋执行战略性任务，在太平洋海战史上是绝无仅有的一次，因其战果不佳，以后再没有这类行动。日本潜艇仍然被集中使用于战役的目的。这一事实表现了日本海军将领目光之短浅。日本海军在"二战"中之所以一败涂地，不懂得像美国人或德国人那样将潜艇使用于战略目的肯定是众多原因之一。

中途岛海战中的日本潜艇

发生在1942年6月4日的中途岛大海战，是"二战"期间日美海军力量对比发生重大改变的一役。无论何时，研究世界海战史的人都不能轻视它。此役日本海军出动战列舰11艘、航空母舰8艘、水上飞机母舰5艘、巡洋舰22艘、驱逐舰68艘、潜艇24艘，加上其他辅助船共190艘，以及大批舰载机；美军投入两个特混编队（内有3艘航母）与其盘旋。这是一场对未来海军发展极具影响的战斗，一场以舰载机远距离相互攻击对方舰队为主要作战形式的战斗，从此海战一改大炮巨舰短兵相接的传统战法，进入了海基航空兵对抗的年代。

海战的结果是日海军损失航母4艘、重巡洋舰1艘，损失舰载机322

架，日海军飞行员中的精英损失殆尽。美损失航母1艘、驱逐舰1艘，飞机109架。虽然也极为惨重，却没有日本人那么惨重。太平洋海战，日本人自此处于下风。

中途岛海战中，24艘日本潜艇出于战役的目的被投入战场，数量可谓不少，日本海军统帅山本五十六仍然将它们用于战前侦察和在战区组成三道警戒线，并没有用于主动攻击。事实上，就是作为先遣侦察队的11艘潜艇，侦察任务也没完成，美航母编队越过其警戒线时，日潜艇竟一无所知。24艘日本潜艇的全部战果发生在中途岛大海战的第三天（6月6日），严重受伤的美航空母舰“约克城”号由1艘扫雷艇拖曳着驶回珍珠港，被日海军侦察机发现。日潜艇“伊－168”号受命攻击这条负伤后行动迟缓的美国航母。这是1艘令人惊叹的日本潜艇，它单艇穿越由5艘美驱逐舰组成的美军警戒幕，距离目标仅900米，向美航母发射了4枚鱼雷，其中1枚击中为“约克城”号护航的美驱逐舰“哈曼”号，令其当即沉没；2枚击中“约克城”号，使其于次日沉入大海。虽遭遇了4艘美驱逐舰的围攻，“伊－168”号仍机智地逃出重围，回到基地。

一件值得深思的事是：中途岛大海战的当天，日本海军全部190艘战舰及数百架舰载机虽炸伤了美航母“约克城”号，却没有击沉它，取得击沉“约克城”号和1艘美驱逐舰的竟是1艘单艇突击的潜艇。“伊－168”号取得的战果（虽然它攻击的是一艘受伤的美航母，仍不能降低这一战果具有的重大意义）成了日本海军此次大战中击沉的美舰的全部！

山本五十六素称能战，但从使用潜艇的角度上看，也平平。

即使在中途岛大海战进行期间，为数并不多的美国潜艇仍在广阔的大洋里为战略的而不是战役的目的四处游弋。单艇攻击日本商船和军舰仍是它们的主要作战形式。1942年5月，日本舰队已在准备中途岛大战，美潜艇“蜡嘴鱼”号却被太平洋潜艇司令部派往日本本土九州岛东南海面。抵达指定海域的当日，它即英勇地向一支日护航运输队发起攻击，一举击沉了1.1万吨的日本巨轮“太江”号。这条船上有一批经济和工业开发专家，准备前往日军占领的荷属东印度研究掠取占领区资源。恼恨交加的日本护航舰船随后向“蜡嘴鱼”号投下了36枚深水炸弹。“蜡嘴鱼”号潜入深水，机智地摆脱了敌人。还是这个月，又一艘美潜艇“跳鱼”号孤军潜出至中国的南海水域，袭击日本海上运输线，10余天内连续击沉日本商船“河南丸”“抚顺丸”和“他山丸”，令所有走过这条航道的日本船只胆战心惊。7月初，美潜艇“潜水员”号进至中国东海袭击日本交通线，击沉日船“云海丸”和“云鹰丸”。与日本人使用潜艇的方式相比较，美国人显然更聪明，在沉船吨位和心理上取得的战果更大。

美海军除将潜艇用于战略目的，也用于战术目的：中途岛海战中，19艘美国潜艇在距中途岛100、150、200海里处部署了三道防御线。6月4日，参与中途岛海战的美潜艇“魟鱼”号在不断受到攻击的情况下，单艇突入日舰队中，将受伤的日本航母“苍龙”号击沉。同年8月，美军准备反攻日占的所罗门群岛，将潜艇部队派往日军在该群岛的主要海军基地特鲁克实施侦察与封锁。即使是在执行这类任务时，美国潜艇也不忘记主动攻击。8月上旬，美潜艇“白杨鱼”号连续在特鲁克以西水域击沉日本客货轮1艘，击伤大型运输船2艘；“鲦身鱼”号将1艘1.3万吨的日本运输船连同船上的400名日本兵一同送入大海，不久后它再次将日本货轮“帛琉丸”击沉。这种不停顿的主动攻击，切断了日本运输线，直接影响了守岛日军的战斗力。

（应当记住的是，“白杨鱼”号和“鲦身鱼”号所有成功的攻击都是利用夜暗以水面攻击方式达成的。黑夜永远是攻击者的朋友！）

值得一记的还有美潜艇“坦布尔”号。这年的8月7日，它在马绍尔群岛的沃特杰环礁海域一举将日本布雷舰“昭福丸”击沉。“坦布尔”号只是奉命由珍珠港前往澳大利亚，并没有主动攻击任务，却在途经马绍尔群岛时主动取得了这一战果。其后它奉命前往特鲁克日海军基地侦察，又在该海域发现日本商船“新生丸”并将其击沉。

直到太平洋战争中期，美国拥有并且能够投入战场的潜艇并不多，却取得了不可小视的战果。一方面，是美国太平洋舰队司令尼米兹懂得将潜艇兵器用于战略目的；另一方面，美海军的胜利来自每一条单独出猎的潜艇自身的主动精神和英勇的战斗作风。日本潜艇艇员出击时想到的仅仅是死，美国潜艇艇员出击时想到的却是主动进攻并取得胜利。即使从心理的角度上讲，美国人也胜日本人一筹。

真正左右太平洋战局的是包括珊瑚海大海战、中途岛大海战、瓜达尔卡纳尔岛争夺战等著名大战。日军在这些大战中的失利与严重消耗使美军在太平洋海域转入战略反攻。

应当记住，在这些海战中，潜艇并不是足以左右战争全局的主要力量。左右战争全局的是航母、舰载机，也许还要加上战列舰、巡洋舰、驱逐舰这些大型水面舰只。从更深处说，一个国家所具有的战争意志和经济潜力才是决定战争胜利的根本力量。但这并不等于潜艇在战争全局中无足轻重。在上述所有海战中，美日双方都将大批潜艇投入战场，担负侦察、警戒、巡逻、封锁任务，有时还使用潜艇对战场重大目标实施突击和追击。最重要的是，日本人仅仅将潜艇用于战役目的，而美国人却将潜艇主要用于战略目的。

潜艇在日美两国海军舰队大决战中也许用处不大，但当美海军转入战略反攻后，它对于日本人的威胁就令人刮目了。

美潜艇封锁日本本土：1942 年 8 月起，美太平洋海军开始向日本展开战略反攻。8 月 6 日，美潜艇“加德菲希”号首先出发，去封锁日本本土。其后一个月，该艇先后在日本本州东北海域、北海道东南海域击沉 7 艘商船和拖网渔船，还在日本近海与日护航舰艇展开了英勇战斗，一次攻击日驱逐舰，因鱼雷提前爆炸而未果，反遭对方深水炸弹攻击，被迫深潜 55 米，直到深夜才浮出海面。另一次遭日护航舰艇攻击，一次坐沉海底达 9 小时，仍化险为夷，摆脱追击，胜利返回珍珠港。

“加德菲希”号潜艇封锁日本本土大约是美太平洋舰队总司令尼米兹的一次将潜艇投入反扑的尝试，但却是一次成功的尝试，从此他可能进一步发现，使用不多的几条潜艇去封锁日本本土，就能取得巨大的战果，并对日本人的战争心理造成重大影响。

美日潜艇战例两则

美潜艇运输陆战队员实施突袭战例之一：1942 年 8 月 8 日，美潜艇“魟鱼”号、“舡鱼”号奉命装载美海军陆战队两个连，由珍珠港出发，偷袭吉尔伯特群岛北部的马金岛。8 天后，两艘潜艇分别到达规定水域，当日深夜，陆战队员换乘 19 条橡皮筏，偷偷上岛，随即向岛上日军展开突击。潜艇则留在海上等候接应突击队员离岛，同时奉指挥官之命向岛上日军阵地开炮。美军在潜艇炮火支援下，很快将马金岛主岛上的日军全歼，转而攻击岛上日军机场、岸防工事和仓库，将所有作战物资摧摧毁。驻吉尔伯特群岛日军指挥部接到报告，急忙派出21架岸基攻击机，到海上搜索美军舰艇。两艘美潜艇虽被发现并受到猛烈攻击，仍坚持没有离开待命海域。第二天下午4时，美突击部队完成在马金岛主岛上的偷袭任务，分乘16条橡皮筏返回潜艇，因波涛汹涌，只有7条橡皮筏到达潜艇锚泊点，其余人连同伤员被迫退回岛上。第三天早晨，潜艇再次派出橡皮筏，并将一条绳索与橡皮筏连接，计划顶着风浪将突击队员们拉回潜艇。30多名突击队员上艇后，潜艇和这条筏同时被日机发现并遭到攻击，橡皮筏沉没，筏上突击队员除1人外全部遇难，潜艇被迫潜入深水。留在岛上的70余名突击队员日落后再次乘4条橡皮筏出海，由一岛民的舢板拖曳着撤回了潜艇。最后还有9名突击队员留在岛上，被重新占领该岛的日军俘虏并杀害。

这一战例从教学的意义上看并不完美，从实战的角度看却值得关注。跨越上千海里的路途，穿越敌方空中和海上的严密封锁，运送突击队从一地（珍珠港）攻击另一地（吉尔伯特群岛的一岛）并基本达到了出其不意的效果，只有潜艇这种兵器才能做到。

日潜艇运送飞机攻击美国本土：1942年8月，为报复美航母编队空袭东京，山本五十六命令日潜艇“伊-25”号携带艇载飞机，单艇驶往太平洋东岸美俄勒冈州西部海域，执行轰炸美国本土的任务。8月底，日潜艇驶抵目标海域，因气候不佳，直到9月9日飞机才离艇起飞，向俄勒冈州西部山林中投掷炸弹，引起森林大火。20天后的一个深夜，这架飞机趁月明再次起飞，向上次投弹点以北投掷两发燃烧弹。这两次攻击让不明真相的美国人十分惊慌。

“伊-25”艇同时单艇在美国西海岸海域展开破交战，先后击沉美国油船两艘（1.4万吨）。返航途中，这艘潜艇与两艘苏联潜艇相遇，该艇又用最后1枚鱼雷将苏潜艇“Ⅱ-16”击沉，然后安全返回基地。

战争中什么事情都可能发生。山本五十六决定派1艘潜艇携带飞机去轰炸美国本土，鲜明地表现了战争过程中指挥官一时激动会做出什么样的事情。但“伊-25”艇执行这项显得有点儿荒唐的任务的过程，却恰恰说明了潜艇兵器应如何使用。战争进行到此时，美国人已在尝试用潜艇封锁日本本土，日本人却只是意气用事地向美国本土派出一架带着飞机、行动不便的潜艇，然而就是这条潜艇，却取得了不俗的战果。如果山本五十六此时能将大批潜艇派去封锁美国本土，袭扰美太平洋舰队的后方，太平洋海战的历史又会是什么样子呢？

日潜艇的一次典型的潜艇伏击战：1942年9月14日，美军向瓜达尔卡纳尔岛战场增援，派出两支航母编队为护航舰队提供远程支援。日军发现后，即派遣出6艘潜艇前往有关水域组成警戒线。15日上午，美航母编队出现，日潜艇“伊－19”号连续发射6枚鱼雷，3枚击中美航母“黄蜂”号，“黄蜂”号发生爆炸并沉没；第4枚鱼雷没有击中目标，第5枚鱼雷击中随后跟来的美另一航母编队（“大黄蜂”号）的战列舰“北卡来罗纳”号，第6枚鱼雷击中了跟在“北卡来罗纳”号后面的美驱逐舰“奥布赖恩”号，使两舰严重负伤。“伊－19”号取得如此战果，很可能使它成为“二战”中日本潜艇中战绩最佳的一艘。

美太平洋舰队总司令尼米兹继续派遣潜艇封锁日本本土。继“加德菲希”号之后，他于1942年秋决定缩小美潜艇对日本本土诸岛的包围圈。10月，美潜艇“鲦身鱼”号被派往日本本州东北部海域执行破交任务，11天内连续击沉日运输船4艘，2万余吨。“鲦身鱼”号的连续攻击令日本人又惊又怕，派出大量反潜艇舰艇前往该海域巡逻。“鲦身鱼”号冲破日舰艇的反封锁，返回基地。

第一艘封锁日本本土的美潜艇“加德菲希”号此时正于中国东海海域，对日军交通线实施破交，这是尼米兹封锁日本的一部分。9月末到10月中旬，他在台湾海峡北部和大陆岛海域连续向日本护航船队发起攻击，沉船1艘，伤船1艘。“加德菲希”号此次出航，战绩虽不太理想，却使日本本土通往南洋的交通线成了一条“危险”的交通线。

11月，另一艘美潜艇“黑丝鳖”号被派往中国的黄海海域破交，目的是断绝被日吞并的朝鲜与日占中国北方港口间的交通。该艇频繁攻击日本船只，沉船3艘，伤船1艘。这时，日本本土四周已不再有一条“安全”的海上交通线。

美潜艇“海狼”号和“西耳”号侦察帛琉航道——一次成功的战时潜艇侦察： 美潜艇的神出鬼没，令日本舰船只能选择本国与菲律宾间的帛琉航道出入本土港口。美军派出多艘潜艇仍没能侦察出这条秘密航道的准确位置。10月，美潜艇“海狼”号前往帛琉航道水域执行侦察任务。“海狼”号出航后，一路主动出击，先后击沉日船5艘，一个月后接近帛琉群岛，开始侦察。美国潜艇此时使用的仍然是潜望镜水面侦察方式。它首先发现了一艘巡逻艇，又发现了一艘驱逐舰，在跟进过程中刮起了热带风，目标消失。热带风过去后，它又发现了一艘日航母在两艘驱逐舰护航下，正经该航道的西水道驶往开阔海面。此时潜艇机器发生故障，侦察被迫中止。

美潜艇“西耳”号奉命前往帛琉礁湖海域继续“海狼”号的侦察行动。11月16日，“西耳”号一举击沉日运兵船“波士顿丸”，将228名日本侵略者送入大海，此后虽遭日反潜舰船反复攻击，潜望镜也被撞坏，它仍英勇地查明了日舰船出没帛琉礁湖的秘密水道就是西水道，完成了侦察任务。自此，这条日本人的“海上生命线”开始成为他们的死亡航道。“海狼”号和“西耳”号的英勇侦察使美国人终于掐紧了日本人的脖子。

美潜艇与日猎潜艇的“白刃格斗”。战例之一： 1942年12月，美潜艇“鲭鱼”号在中国东海破交，相继击沉日运输船“日野丸”和“长阳丸”。1943年1月上旬，该艇在台湾西北海岸附近与2艘日猎潜艇遭遇，“鲭鱼”号竟然上浮，用炮火将它们全部击沉。在太平洋潜艇战的全部战史中，潜艇以水面状态向其“克星”猎潜艇主动出击并一举击沉2艘，我尚未发现第二例。“鲭鱼”号之所以取得这样的战果，是因为它此次出航前进行了改装，在潜望镜后面安装了一条可以升降的钢管，并在钢管上端装了一部搜索雷达的抛物面天线，从而使其能先敌发现猎潜艇并展开攻击。这一战例说明，哪怕仅仅是在潜艇兵器上根据实战需要稍做改进，也能取得重大战果。

几个值得一记的战例

最能经受鱼雷攻击的日本运输船： 1943年1月，美潜艇“鲸”号在中太平洋加罗林群岛东北海域游弋，先后击沉日本货船2艘。17日，日船“平洋”号载日本兵1021名，途经特鲁克岛以北海域，被“鲸”号发现，后者立即发射3枚鱼雷，全部命中。日船虽操纵失灵，却没有下沉。“鲸”号随即又向其发射第4枚鱼雷，再次命中尾部，引起大火，船体也开始倾斜，但不久大火被日本兵扑灭，日船仍然没沉。“鲸”号又向其发射第5枚鱼雷，没有命中，反而遭到“平洋”号上日军的炮火攻击。“鲸”号一边躲避炮火，一边勇敢地向其靠近，又发射了第6枚、第7枚鱼雷，全部命中，日船仍未沉没。“鲸”号艇长恐天黑前日本人会赶来营救，又向其发射了第8枚、第9枚鱼雷，终于使这艘排水量近万吨的日船沉入大海，船上的日本兵也绝大部分丧生。

（“鲸”号的战斗是更多艘潜艇在中太平洋向日寇展开战略反攻的一部分。这一时期，美潜艇“飞鱼”号、“鳌”号也参与了在中太平洋的战略反击，沉船多艘，日本人在中太平洋地区的部队很难得到补充，形成了对美国人越来越有利的态势。）

一艘极有耐心的美潜艇：美潜艇“海狮”号于1943年1月自澳大利亚出航，向位于新几内亚西南的斯兰岛输送7名谍报人员和1名英国军官。任务完成后，它奉命前往帛琉群岛袭击来往的日本船只。13日上午9时，他在该群岛海域发现10海里外有一支日本护航运输队，艇长立即命令潜艇在其后跟踪，中午时已测定日护航运输队的运动要素，认定目标已在潜艇前方50海里的海域。“海狮”号于是上浮，以水面航行状态向目标船队猛追。由于潜艇上没有雷达，追到第二天拂晓，仍没有发现目标。别的潜艇也许就放弃了这次攻击，“海狮”号的艇长却极有耐心，他按照自己对日运输船队运动要素的推算，继续前追，直到次日下午7时，重新在海面上发现了日船队冒出的黑烟。当晚9时，潜艇秘密接敌，因位置不利，仍没有发起攻击。11时，“海狮”号终于对日大型运输船“白羽”号占领了良好的攻击阵位，一连发射3枚鱼雷，又向1艘日驱逐舰发射1枚鱼雷。“白羽”号随即中弹沉没。

“海狮”号从发现目标到击沉“白羽”号，整整与敌在海上机动了26小时，其耐心可谓非同寻常。

最幸运的被攻击者：1943年2月27日，日舰队专用运油舰“石廊”号（1.4万吨）由1艘日猎潜艇护航，驶往马绍尔群岛的贾卢伊特，途中遭美潜艇攻击，失去机动能力，日指挥官命令另一艘船前去拖曳。28日，这艘运油船再次遭到美潜艇袭击，连中4枚鱼雷，因鱼雷全没爆炸而幸免于难。3月4日，当这条船奇迹般地抵达贾卢伊特时，它已中了7枚鱼雷，只有1枚爆炸。它成了一艘最幸运的被潜艇攻击的日本油船。

英勇潜艇“瓦胡”号

值得为美潜艇“瓦胡”号记下一笔。

“瓦胡”号的第三次战斗航行：1943年1月，“瓦胡”号从澳大利亚的布里斯班出航，前往帛琉群岛海域执行破交任务。途经新几内亚岛北海岸的威瓦克港，它对这座日占港口实施了港外潜望镜抵近观察，并准备攻击港内舰艇。当日，1艘日驱逐舰出港，“瓦胡”号主动攻击，齐射4枚鱼雷均没命中，日驱逐舰向其冲来，潜艇下潜，日驱逐舰准备投掷深水炸弹。“瓦胡”号艇长决定主动发起第二次攻击，将第5枚鱼雷射出，仍没命中，艇长不畏深水炸弹攻击的威胁，又发射了第6枚鱼雷，终于击伤日驱逐舰。

两天后“瓦胡”号在威瓦克以北400海里处与两艘日运输船相遇，立即向每艘日船发射2枚鱼雷，全部命中。潜艇探出潜望镜观察，发现第二条船正向其冲来，准备撞击潜艇，在这条船后面，又出现了第三条日船。“瓦胡”号随即向第二条船又发射2枚鱼雷，对第三条船发射3枚鱼雷，然后紧急下潜，听到了阵阵爆炸声。10分钟后潜艇上浮，伸出潜望镜观察，发现一条日船已经沉没，一条日船正在下沉，另一条船则缓缓离去。“瓦胡”号随即又向这条受重伤的日船发起追击，途中与另一日本油船相遇。此时它的蓄电池电能即将耗尽，艇长命令一边充电，一边远远跟随这条新发现的油船。黄昏时充电完毕，它立即向油船靠近并发射3枚鱼雷。油船虽受伤，仍能航行。入夜，“瓦胡”号又向这条日油船发射了最后的2枚鱼雷，可惜未命中（“二战”时期美国人使用的鱼雷质量之差，由此可见一斑）。

“瓦胡”号上已经没有鱼雷，应当返航。第二天拂晓，它却又在海面上发现了6艘日运输船。艇长决定用艇上最后剩下的40发炮弹向敌船发起攻击。这时它被一艘日驱逐舰发现，“瓦胡”号没有鱼雷与之对抗，只好悻悻离去。

“瓦胡”号的第四次战斗航行——一条到处游弋的潜艇能造成多大威胁：1943年2月，“瓦胡”号在珍珠港补充后，穿越中太平洋和琉球群岛，前往中国的东海、黄海执行破交任务。3月初，该艇先在大连至汉城和日本本土的航道上游弋多日，没有发现目标，转向山东半岛海域，于19日1天内击沉日船2艘，又向朝鲜北部海域转移，3天内击沉日船2艘，转向大连附近海域，又击沉日船1艘。此时艇上仅剩2枚鱼雷，艇长摩根决定转向台湾至九州间的航道寻找战机。29日，"瓦胡"号发现一艘日船，将2枚鱼雷全部发射，日船被击沉。"瓦胡"号的第四次战斗出航结束。仅仅一艘潜艇，就在广阔的海域把日本人的交通线搞得四处起火，草木皆兵。

"瓦胡"号的最后两次出航：1943年8月，"瓦胡"号自珍珠港驶向日本海，20日后的4昼夜间，它连续进行了9次攻击，竟有10枚鱼雷没有爆炸。这是它的第六次战斗出航，没有获得战果，被迫返航。9月9日后，更换了新鱼雷的"瓦胡"号再次出珍珠港，经中途岛、千岛群岛进入北海道以南水域和对马海峡，先后击沉日船4艘（1.3万吨），然后在通过宗谷海峡时销声匿迹，估计是触雷沉没。一艘英雄潜艇，就此结束了自己的历史！

"瓦胡"号的英勇战斗使人想起德国潜艇"U-47"号。他们都是各自所属的战斗群中的佼佼者，都取得了显赫的战果，最后都消失在海战场上。这种结局，恰恰是所有这类英雄潜艇应有的结局。从某种意义上说，它还应被后人看成是最正常的和最好的结局。

太平洋战争后期的潜艇战

太平洋战争后期的潜艇战主要表现为美国潜艇参与战略反攻，日潜艇尤其是袖珍潜艇准备于战败前夕在日本近海对美军实施"肉弹"攻击。美潜艇的战场分为两部分，一部分在中、南太平洋进行破交战，协助美太平洋舰队主力消灭该海区内的日军，一部分在日本本土周围及日本通往中国、南洋的航道上实施封锁。美国潜艇在这两大战场上都有出色表现。

美潜艇在中太平洋海域的破交战：1943年3月以后，美潜艇主要在中太平洋的马里亚纳、加罗林、马绍尔群岛海域破交，其中颇为活跃的美潜艇有"鳞鲀"号、"金枪鱼"号、"西耳"号、"潜水员"号等十余艘。3月至4月，日军运输船被击沉13艘，7.3万吨，另重创多艘；五六月间，日军舰船被击沉达18艘，9.8万吨，其中包括1艘水上飞机母舰，另有两艘沉船吨位不明，未计算在内；7月至10月，日军舰船被击沉达33艘，13.5万吨（多艘船吨位不明，未计），另击沉一艘德国袭击舰。美潜艇这一时期的活动，使日军在中太平洋海区陷入弹尽粮绝的地步，为美军的大反攻奠定了基础。

这年的11月到次年2月，美军先后在中太平洋的吉尔伯特群岛和马绍尔群岛展开反攻。美潜艇在这一海域进行的破交活动更趋活跃，三个月击沉日舰船80艘，37万余吨。至此，日军不仅不再能在中太平洋海区组成一道阻止美军进攻的防线，甚至也不能组成一道阻止美潜艇进攻的防线。美国人战争开始时即把潜艇用于战略目的，现在开始收到成效。

这一时期，美潜艇在西南太平洋、日本本土和中国近海的表现也十分出色。1943年三四月间，“白杨鱼”号一次出航西南太平洋，沉船8艘，排水量3.88万吨，其中包括1.75万吨的日本运兵船“镰仓”号。5月，“潜水员”号等3艘美潜艇首次通过宗谷海峡，进入日本海，沉船2艘，在日本本土造成巨大震动。其后，“锯鳐”号、“哈德”号、“鳞鲀”号、“灰色鲸”号、“海马”号、“泥鱼”号等频繁出击日本近海、帛琉航道、中国东海、南海，到处袭击日本舰船，封锁日本海上交通，分割日本本土与中、西南太平洋上日军的联系，帮助美军完成太平洋上的反攻作战。这时，不仅日军在因海上交通线被切断而在太平洋战场上节节败退，国内的生产能力也因海上被封锁而呈现衰败迹象。

1944年6月到1945年6月，是太平洋海战最激烈的一年。美军由进攻马里亚纳群岛开始，相继展开了马里亚纳群岛之战、菲律宾群岛之战和中途岛之战。美潜艇随着战线向日本本土推进又缩紧了对日包围圈。尼米兹仍将潜艇用于两个战场，一是配合“越岛攻击”，遂行战役任务，二是封锁日本，切断其“海上生命线”，枯竭其战争能力。美潜艇在这一阶段的战斗，也更为激烈和精彩。

功勋卓著的“海马”号：1943年11月，美潜艇“海马”号在日本九州附近击沉日本舰船5艘，2.7万吨；1944年一二月间又在加罗林群岛西部海域击沉日本舰船5艘，1.3万吨；3月下旬，按照美太平洋舰队总司令的命令再次出航，驶往马里亚纳群岛执行破交任务，1个月内又沉船4艘，1.9

万吨，还在一场遭遇战中英勇地将日潜艇“伊 –45”号击沉。

一次意义重大的潜艇战：1944 年 4 月，日军为增援西面太平洋战场，组成了一支 16 艘舰船的运兵船队，由上海出发，行至菲律宾吕宋岛西北海面遭到美潜艇（艇名不详）袭击，“第一吉田丸”很快中雷沉没，船上 2700 名日军全部葬身大海。几天后这支运兵队再次从马尼拉起航，驶往哈马黑拉，途中 3 艘运兵船再次遭美潜艇（艇名不详）攻击，8000 日本兵丧生鱼腹。美潜艇的这两次战斗，直接导致了 1 万余名日军的死亡。这样重大的战果，可能是美太平洋舰队司令尼米兹也没有想到的。

（江白按：设想是中国潜艇击沉了这两艘开往中国的日本运兵船，将会有多少中国人免遭屠杀！）

“科力威尔”号击沉日最大一艘油船：1944 年 4 月，“科力威尔”号由澳大利亚驶往中国南海破交，击沉 1 艘小型日船后，它发现 1 艘大船正向其驶来。该艇迅速占领攻击阵位，发射鱼雷，将当时日本最大的油船“日进丸”（16801 吨）击沉。此时日本国内石油资源严重枯竭，“科力威尔”号击沉“日进丸”，使日本国内的石油供应更如雪上加霜。

“大青花鱼”号、“棘鳍”号击沉日航空母舰：1944 年 6 月，美快速航母特混编队和日海军第一机动舰队在马里亚纳和菲律宾间的海面上交战（史称马里亚纳海战），16 日夜，排水量 3.42 万吨的日本航空母舰“大凤”号被美潜艇发现，美军急令 3 艘潜艇前往拦截。19 日晨，美潜艇“大青花鱼”号接近“大凤”号，扇面发射 6 枚鱼雷，可升降 81 架飞机的“大凤”号被击中，于当日 14 时爆炸沉没。就在这天上午 10 时，日另一艘航空母舰“翔鹤”号也被美潜艇“棘鳍”号发现，“棘鳍”号奋勇接近“翔鹤”号，一连发射 6 枚鱼雷，立即受到日护航舰艇的猛烈攻击，3 小时内日本人向其投掷了 105 枚深水炸弹，“棘鳍”号潜入深水，侥幸逃脱。被击中的日本航空母舰“翔鹤”号于下午 2 时沉没。这两艘航母被击中，使日本机动舰队的实力大受损害，直接影响了马里亚纳海战的结局。

“射水鱼”号击沉当时日本和世界上最大的航空母舰：1944 年 11 月，日排水量 6 万余吨的超级航空母舰“信浓”号由横须贺出海，驶往濑户内海，被美潜艇“射水鱼”号发现，后者奋勇出击，向“信浓”号发射 6 枚鱼雷，致使这艘当时世界上最大的航空母舰还没有完全建好投入使用就沉入大海。

太平洋潜艇战的最后一幕。日本袖珍潜艇准备大批实施自杀性攻击： 1944年夏秋之后，日本战败之相已现，为挽救败局，日本法西斯着手大量研制可用于自杀性攻击的袖珍潜艇，即一种两人操纵的鱼雷。此后这种名为“回天”的袖珍潜艇几次被投入海战，艇员无一人生还，却没能对美国人的凌厉攻势产生值得一提的影响。

1945年6月冲绳战役前后，日本战败已成定局，日寇当局决心“一亿玉碎”，不仅组织大量的“神风突击队”，由飞行员驾驶飞机直接撞击美国军舰，还大量研制用于自杀性攻击的袖珍潜艇，其中“回天”型袖珍潜艇118艘，“蛟龙”型74艘，“海龙”型252艘，并为此组建了大批特工战队，准备驾驶这些袖珍潜艇向美国舰队展开“决战”。

美军在广岛、长崎投掷原子弹，苏军出兵中国东北，终止了日本帝国主义的抵抗，也终止了太平洋战争。于是世界潜艇战史上最大的一批袖珍潜艇竟没有被派上用场。

她知道他在结束对太平洋潜艇战史的阅读。离开Y城时，海韵大致为他准备的就是这一范围的书。

本来应当在读书日记上写下关于太平洋潜艇战史的一些想法。书读到这里，他心中已有许多感慨，更多的思考，有的混乱，有的清晰，有的正从混乱走向清晰。大西洋海战，潜艇进攻的主角是德国人，研究这部分历史时，他过多注意的是德国人的战术，以及潜艇和反潜兵器的发展对于战术乃至战争胜负的巨大影响；而在太平洋战场上，他的兴趣不知不觉间就被吸引到了另一个方向，即一支潜艇部队的士气、心态和胜利的关系。日本人自以为是“勇敢”的，但他们的“勇敢”表现在为了死而出征，从另一个他们不注意的角度看，死和出征于他们简直成了一码事（发现这一点时他是多么惊讶）。美国人不同。太平洋潜艇战最艰苦的岁月里，美国潜艇基地分别位于珍珠港和澳大利亚的布里斯班，从珍珠港出发到日本本土，中间有4000海里航程，从布里斯班出发则有5000余海里，这还不是平静的海，除了风暴、洋流、暗礁，每一片海区里还都隐藏着杀机，潜艇自身的技术状况也永远达不到绝对安全的标准，一艘潜艇单独出航，取得一次次惊人的胜利，后人看起来平常，但设身处地去想，对于那些潜艇的艇长和艇员来说，当年的每次出航都不能不是一次惊心动魄、生死未卜的经历。然而是美国人而不是日本人取得了最后胜利。能够勇敢赴死是有力量的表现，战胜死亡夺得胜利则要拥有更大的勇敢和力量。日本人“勇敢”却被动，因为他们的“勇敢”与死亡联系在一起，美国人的勇敢则意味着另外一种信念：战胜死亡并取得胜利。当然也有牺牲，可牺牲在美国人看来是一种不幸，胜利不等同于死亡。这样的士气和心态，不能不令人钦佩。

有时半夜醒来，他会久久地思考一个问题：日本人的心态为什么与美国人有那么大不同。事实上他已在二者之间发现了差异。开始未引起他的注意，读书越多，美国人的胜利即使在他的预感中也变得不可避免，他就不能不更经常地想到它了。日本人出征时就想到了死而美国人却想到了胜利和活下来，从更深的心理层次上想，道理是明摆着的，那就是：对美作战的日本人内心是自卑的，而对日作战的美国人则对自己的敌人充满了优越感和骄傲。这是一种看不见的民族和军队的心理差异，和平时期可能不会造成什么后果，但在一场决定世界历史的大战中，它却会成为左右胜负的重要砝码。

不仅潜艇技术和战术的发展对于胜利是极为重要的，一支潜艇部队的官兵是否从心理上对敌人拥有优越感和自信，对于胜利也同样重要。有时或者更加重要。

这已经超越了潜艇战术史的，是属于军事心理学范畴的另一重大课题了。

还有，无论是大西洋潜艇战还是太平洋潜艇战，交战各方的最高指挥官是否懂得从战略的意义上使用潜艇，也将直接影响甚至决定潜艇兵器在海战中的地位和贡献。换一句话说就是，最高指挥官不将潜艇兵器与海战大战略联系起来，潜艇就不能成为一支具有战略意义的力量。德国人是懂得潜艇兵器的战略意义的，可他们犯了另一个错误，孤立地发展潜艇兵器而忽视了水面舰艇特别是航空母舰以及海上航空兵的平衡发展，从而使一度在大西洋上如入无人之境的德国潜艇群，最终因孤立无援而惨败。日本人盲目相信过时的“大炮巨舰”政策，无论是山本五十六还是他的继任者，都不懂得也没有将潜艇作为战略性兵器来使用，从而使日本潜艇在太平洋战场上失去了战略作用。与上述二者相比，美国人在平衡发展海军兵器和将潜艇用于战略目的方面都是成功的。从这个意义上讲，美国人的胜利也是合理的。

他想，技术、战术、士气、心态、指挥官的战略性眼光、适应时代平衡发展各种海军兵器并相互配合使用，就是这些。而要做到这些，却不容易。

然而却必须做到。为了胜利，必须做到，缺一种也不行。因为你可能是同世界上最优秀的潜艇军人和潜艇兵器作战并且一定要取得胜利。

是胜利而不是死亡。

这些都应写进读书日记，可是没有，他没有写。日子一天天过去，他越来越多地在深夜醒来，大海在呼吸，潮汐在起落，椰林在摇曳，码头上潜艇与水浪在撞击。他让自己去思考更遥远更虚渺的存在而不是潜艇战史。大海在波动，地球在星空中运转，太阳系则在银河系和整个宇宙中盘旋，而宇宙是否有始有终，对人类来说依旧是个谜。无论是过去的夜读，还是此时的思想，都是在躲避那种时时不期而至的沉重与悲伤，然而这种思绪又往往会被突然的惊觉弄得片片断断。这时他就会想到自己刚刚读过和思考过的关于潜艇战的一切都同自己没有关系了。他还没有读完世界潜艇兵史的全部。海韵那里肯定有另一批书。他甚至觉得她可能已经为他准备好了。他可以向她索要这部分书。可是他还真的需要这样做吗？海韵现在还是自己的朋友吗？

他又想到了海韵。她的一颦一笑，她的步态和语音，如同她还在他的面前。他立即中止了这种思考。他与她的距离已经无限远。他和她发生生命纠葛的基础在于他是一名潜艇军官（最初是候补的）和海军军人，如果他不再具有这种身份，他们还会有保持旧的联系的可能吗？

也许问题应当这么问：他不再是潜艇军官和海军军人后，继续保持这种联系，对他和她来说还有意义吗？

离开 Y 城已经 5 个多月，除第一次外，他没再给她写过一张明信片，海韵也没有写过一张明信片过来。

她肯定会有自己的生活，就像你有了自己的生活一样。她甚至很可能已经交上了一位新的男友，就像你已经认识了卡门一样。

她怎么还会想到我？

没有必要再给 Y 城的她寄一张明信片了，世界潜艇兵史当代部分他在潜院时重点学习过。德国人没有在“二战”末期完成的潜艇技术方面的意义重大的变革，战后被胜利者完成了。今天，各海洋大国在常规动力潜艇之外拥有了核动力潜艇，使潜艇的续航能力理论上可以达到无限；武器方面相继出现了携带常规弹头的导弹和携带核弹头的导弹。技术的变革引起了战术的变革，今天的潜艇尤其是核潜艇，不再是单纯的战术问题，它已成为各世界大国进行核威慑的重要筹码和它们核战略的主要组成部分之一，潜艇越来越成为一种实施远距离攻击的海军兵器。

但是新型潜艇用于实战的机会并不多。最著名的一次潜艇水下攻击发生在1982年英阿马岛之战中，当时英国的一艘核潜艇用一枚常规鱼雷击沉了阿方的一艘军舰。这是核潜艇用于实战仅有的一例，但这艘核潜艇的作用同一艘“二战”时期的常规潜艇没什么不同，因此也就谈不上是一次真正的核潜艇之战。

战后真正激烈的是各国在潜艇技术和战术研究方面的竞赛，矛与盾的紧张对峙和竞相发展的关系依然没变。潜艇包括核潜艇更多地成了一种相互威慑以确保和平延续的手段。世界潜艇史进入了一个谁也没料到的、各国均认为自己已长期不战而胜的阶段。

潜艇不再参战。可是潜艇作为一种兵器却拥有了更重要的地位。

我为什么还在想这些？他问自己。有时候，人的理智要你转向另一方向，可内心的目光却仍然固执地眺望着大海。

天亮了。天一亮他就要进入另一种思考。他的头脑比较现实了，他不能不去想另一个人：卡门。

他没有潜艇和大海了，也没有了海韵。生活里就剩下海风酒家的那个还没长大的姑娘。卡门会接受他人生的这一次跌落吗？他本能地觉得——不，不是觉得而是渴望——她应当接受。

因为一切都与她密切相关。

但她也可能不接受。高梁告诉他，他被打伤和住院后，卡门曾来看望过他，被部队方面拒之门外。与他打过架的胖三也住了院，发誓要与江白本人“决一雌雄”，却没有再去海风酒家骚扰。这些日子，卡门因他与胖三为她交手而在湾尾街上更“红”了，却也让街头流氓和不怀好意者不敢再轻易去招惹她。他与胖三打的这一架，客观上对她的安全起了好的作用。

他不能要求她一定接受他。虽然他觉得她那么弱小，又处于目前这样的人生境地，接受他、跟他一起离开这里是非常有可能的和非常自然的。

她会不会做出另一种选择？这种可能性也是存在的。只要她承认我为她牺牲了自己的职业和梦想，这就够了。我并不一定要她接受我。甚至连感恩戴德也不要。她应当不对任何人负载任何感激的压力，轻松地活下去。真正的问题是海风酒家门前的平静会不会是暂时的。一旦我离开L城，胖三一伙流氓会不会卷土重来？那时还有谁会站出来保护她？如果她以后仍要受到伤害，如果她那鲜花般娇美的生命最后仍要陷入污淖，我今天为她做出如此重大的牺牲还有什么意义？

应当劝她跟他走。他只能这样帮助和保护她了。

还有一个问题：假若部队给你最后一个机会，让你在潜艇、大海和拯救这个女子之间做出选择，你会要谁？

生命的本能的渴望和潮涌将我推向前者，他想，推向波涛汹涌的大海和潜艇，可是我知道，我会选择后者。

因为那是一个人。世界上再没有比拯救一个生命更重要的事了。即使为了拯救她毁掉你自己，连同你的事业和人生之梦。

不，他不后悔，也不会继续犹豫和痛苦。一旦部队宣布了处理决定，他的禁闭被解除（那时就没有理由再关他的禁闭了吧），他就要去找卡门，将自己想好的话说出来——

如果她愿意，他就带她走！

11

如果司令员知道，我到9009艇第一天，就要处理他嘱咐我"注意一下"的代理航海长江白，他该作何感想？焦同想。

江白的事他在去支队长办公室报到时就听了个大概。他还听出来了，支队长对这件事出在本支队不是一般的恼火，而是异常恼火。

"焦同同志，我不知道你是不是下来镀金的。"头发花白的支队长见面不久就坦率地说，"一般来讲，总部机关的干部主动要求下基层任职总让人觉得有点不寻常，不太像那么回事。……可是我们不说这个了，无论你在这里干多久，哪怕只有三个月，也要先给我解决9009艇的问题。那个江白出事不是偶然的，是9009艇长期后进，各种问题得不到解决的一次总暴露！艇上政治工作薄弱，干部领导能力弱，士气不振，你要给我好好地整顿！要把艇上的风气彻底变过来！"

他望着支队长疲惫而激动的眼睛，突然明白司令员虽然上任不太久，对

9009 艇乃至于基地内每一条潜艇的情况，大致还是清楚的。

支队长怀疑他到基层部队任职的动机，这一点可以理解。眼下这种时候，大家纷纷要求转业，走不了的就拼命往大城市里活动，他的原本正常的行为的确不大能让人理解。

有时，要让别人信任你，太多的解释是多余的。

“明白了！”他简短地说。

“9009 艇的艇长也在闹转业，我们准备让他走，可一时还找不出人来替他。他是个炮筒子，心胸有点狭隘，江白的问题之所以拖着没处理，就是怕他激化了矛盾。将一个潜院学员退回去，等于毁了这个人的前程，工作不很容易做。你是总部下来的，我信任你的工作能力，把它交给你一个人处理！”出门时，意犹未尽的支队长又特别交代说。

崔东山派赵亮去支队干部科背回了新任政委的背包。前任政委走后，房间一直空着，焦同在这个紧靠艇长、落满灰尘的政委室里安顿下来。

然后是与崔东山的第一次谈话。谈话是不愉快的，他发觉这位艇长既满腹牢骚，言谈举止中又对他显出一种居高临下的意思。

“老焦，你来了很好。”崔东山唾沫乱飞地说，“这个艇上长期没有政委，我军政一把抓，按下葫芦浮起瓢！眼看着支队要组织年终训练考核，这条破艇，我算是玩不转了！……一个江白，弄得一条艇灰溜溜的，全年的工作算白干！我不知道支队怎么想的，为啥子老拖着，不把他退回潜院！你来了，一定先把这事办了，然后咱们合起手来，把艇上的干部好好修理修理，不然，我怕这条艇就开不出码头去！”

“有这么严重吗？”焦同微笑地问。

崔东山的眼睛瞪大了。

“怎么没这么严重？……老焦你刚来，不知道这里头的事。你是外来的，你已经受了排挤还不知道！实话告诉你，你在这条艇是干不出名堂的！”

“为什么？”

“支队对 9009 艇有成见。这是一条后娘养的艇！”

“这话我不懂。”

“9009 艇 19 年前出过事。那以后这条艇上的干部没有一个上去的。……就说眼下的事吧？像江白这样的人，为什么不分到别的艇，偏分到我们艇？……

高粱怎么说来着？……对了，这是一个黑洞，连光线都逃不出去！谁到这条艇谁倒霉！……”

焦同耐心地听了很久。

尽管如此，焦同还是有了收获，他发觉艇长对支队的意见从根子上说只有一条：不该把他从另一条艇弄到这里来当艇长；而既然让他当了这条艇的艇长，别人职务提升时就不该把他忘了。

“我都打了第三次转业报告了，不干了！”崔东山说。

但看他为年终训练考核十分焦虑的样子，又不像真的想转业。真想转业的人不会这么焦虑。

在总部机关干了多年，焦同阅人多矣，艇长的心思他一目了然。他突然有点同情崔东山：支队已有意让他转业，他却还在想以一个“走”字提醒上级考虑他的提升问题。

到艇上半天时间后，焦同脑袋里已装满了“情况”：副艇长半年前查出了胃癌，到舰队医院住院去了，因他还算在编人员，也就没给艇上补一位新的副艇长；动力长徐有常“家庭困难”，坚决要求转业；鱼雷长高粱要求调到北方一个基地去；机电长肖军听不得电机轰鸣，“一出海就头痛得要炸”，如果上级不能今年“安排转业”，就请将他调到岸勤部门去，等等。

崔东山从自己房间里将这些人要求转业、调动的报告拿给他，其中也夹带着自己要求转业的报告副本。

“你是不是先休息一天？……艇上问题很多，眼下最好马上就解决那个江白的问题！我看你就不要休息了！这几天我先带艇离海，完成尚未达标的课目，你去处理他！”

崔东山最后的语气是命令式的。显然，他想让焦同从一开始就明白，他才是这条艇的“当家人”。

这天其余的时间里，焦同分别跟艇上的几名军官谈了谈，主要是了解每个人的情况。晚饭后，他又认识了回艇帮江白和自己打饭的高粱。

他让赵亮把饭给江白送去，将高粱留了下来。

晚饭后，两人一起走向码头。

晚霞漫天，军港里一片火红。支队的潜艇一排排锚在泊位上，就像在大火中燃烧。

焦同久久地望着面前这幅图景，眉头紧皱，沉吟不语。

初来艇上，他就遇上了这么多麻烦事。看样子支队长对 9009 艇满怀愁绪是有原因的。但是他心里也有了另一种极为烦闷的感觉：所有这些不愉快的起因也并不新鲜，无非是能干的人不想留，不能干的人倒想留下，还想提升。

回到作战部队后他还没到过码头。这是第一次，他一眼望见锚泊在军港内的潜艇的阵列，看到了潜艇泊位上那大火燃烧一般的晚霞。这一刻，他没有意识到自己已经激动了。

机灵而聪颖的高粱转过脸去看新来的政委。不长时间的接触，他已发觉这位新政委表面上看去平和沉稳，内心却异常有力而激烈。

焦同长时间地注视着码头，引起了他的注意。

“政委，你在看什么？”他问。

焦同慢慢地说：

“鱼雷长，你看前面像什么？”

高粱看了看那片如同在大火中燃烧的潜艇的阵列，没有立即猜出政委的心思。

“它像什么？”

“像不像一场海战？”

“海战？”

“对，一场没有出海就打响的海战。潜艇今天仍是我国海军战斗力的主要组成部分之一。我们平常说海防安全，就是觉得有这些潜艇和别的海军兵器在，有我们这些海军军人在。可一旦海战开始，这些潜艇出不了海，就只能在这里燃烧！”

高粱忽然明白政委在想什么了。

“就会像 1941 年 12 月 8 日的珍珠港？”

“珍珠港和这里不同。美国人即使有了珍珠港之败，战争也还是在海洋上进行。我们不是，我们背后就是大陆。”

高粱回头看一眼焦同，微笑。

“政委，你原来想给我上课！”

焦同一怔，回过头来。

“高粱，对不起，我只是……只是触景生情。”

高粱的神情庄重。

“政委，你就是真来给我上课也没什么。但我要向你说明，我向艇上打报告要求调走，可不是不想干潜艇了，我只是想换个地方干。说实在的，我是觉得在这里干没意思，也没前途。”

“你说的前途什么含义？”焦同望着他，目光有些尖锐。

“像每个潜艇军官一样，我想当潜艇艇长。这就是我说的前途。在这里，我当不上潜艇艇长。”

一个想当潜艇艇长的军官只要不是通过歪门邪道谋取这一职位，他就会是个不错的潜艇军官。在这个物欲横流的时代，真正想当潜艇艇长并愿意将它说出来的军官并不太多。

他有点喜欢这个年轻人了。

如果他能通过调动更好地为祖国服务并实现自己的抱负，让他调动一下对中国海军又有什么坏处呢?

“你的调动有把握吗？”

高梁没有避开焦同的目光。

“政委，说实话我还没有拿定主意走不走。我并不想调到我老爹那个基地去，可是眼下 9009 艇这个样子，我又真怕耽误了一生中最美好的年华。”

焦同的目光柔和了。

“鱼雷长，你没有回答我的问题。”

“要是想调，我马上可以走！”高梁说。

他懂得这位年轻人目前遇上的困境了。这困境在他的内心而不是他的生活中。

他率先沿着码头向前走动，同时换了一个话题。

“动力长的情况你了解吗？”

高梁沉吟，跟着他往前走。

“政委，我可以直言不讳吗？”

“当然。”

“我对徐有常本人毫无成见。可是我觉得部队应当让他走。”

“为什么？”

“我不知道他当初怎么选择做一名潜艇军官的。身为一名潜艇军官，他太把老婆当一回事了。”

焦同停下。两个人的目光迅速地碰撞了一下。

“那么机电长呢？”

“政委，你刚到半天，知道的事真不少。肖军想调到岸上去，是因为眼下岸上的诱惑比海上的诱惑大。一名潜艇军官到了岸上，英雄无用武之地，他可以很快转业。据说他的叔父开了一家全国闻名的电器公司。”

焦同点头。我知道啦，他想，其实道理都不复杂。高粱说得对，海上的诱惑没有岸上的诱惑大，这是许多人想要脱下海军军服的真正原因。

夕阳的余晖暗淡下去。港内水面上大火燃烧一般的晚霞一点点熄灭，眼前的图景不再惊心动魄。

“那个江白是怎么回事呢？”两个人默默走了一会儿，焦同问。

这次高粱没有马上回答。

焦同站住了，扭头静静地看着他。

“你不愿意谈到他？”

高粱突然笑了，露出一口洁白的牙齿，显得异常年轻。

“我不想在你面前替他鸣冤叫屈！”

“鸣冤叫屈？”

“对。”

“难道他还有什么冤屈？”

“有冤屈。可我不想替他说话。”

“为什么？”

“我想让支队把他开掉，因为9009艇里，真正能跟我争夺艇长的就是他。”

焦同望着高粱，突然咧开嘴大笑。

年轻人有些发窘了。

“政委，你笑什么？”

“你的工作我不想再做了。你并不想走，你还想当艇长哩！”

高粱的脸慢慢红了。

“政委，姜还是老的辣。你是一块老姜。”

“感谢你的表扬。”焦同止住笑说，“好了，你带我去会会这个江白。”

他们转过身向营区中央大道走。有了这一番谈话，不知为什么，焦同的心情忽然轻松了一些。

问题依旧。可是他已经开始熟悉情况了，而只要熟悉了情况，事情也就不像原来感觉的那么难办了，他想。

高梁走在焦同身后，他停了一下，望着焦同的背影，摇摇头，仿佛不相信什么似的，笑了笑；走了两步，又停一下，望望新来的政委，笑了一笑。忽然，他的情绪高涨起来，大步跟上焦同，走向前去。

在支队卫生队那间做了临时禁闭室的病房里，他们既没有看见江白，也没有看见赵亮。

“这小子，不会真的钻空子跑了吧？”高梁着急了。

“他还敢逃跑？”

“江白是这样一个人，即使他自己，对于自己身上未知的东西也比已知的东西更多。”

他没有多说。他担心的不是江白会逃跑，而是担心他再去湾尾街会那个卡门。这种事江白能做出来。一个多月过去了，支队没有处理江白，高梁一直觉得事情说不定还有转机。但若江白再犯一次“规”，那就难说了。

焦同不再注意高梁了。他的目光在房间内散漫地扫视了一遍。

这间病房共有三张床。靠里面一张，床头柜上整齐地码着许多书。焦同的目光亮了一下。

他走过去，顺手拿起一本，随便地翻了翻。

“这是你的书？”

“不。”

“那就是他的了？”

“不错。”

“他现在还看这些书？”

高梁停顿。

“我要是说实话，对我越发不利。他不仅看，还做笔记。”

焦同笑了。

“我得承认，这件事也有点让我感到意外。”

书下面就是几本蓝色塑料皮的笔记本。他拿起其中的一本，打开，一行字扑入眼帘：太平洋海战后期的潜艇战。

他一页页翻下去，发觉自己对江白的感觉正在发生改变。

他是谁？一个要走的人为何还在研究世界潜艇战史？

仅仅是出于兴趣，还是要著书立说?

他放下笔记本，又翻起那些书。大部分书纸页已经发黄。

每本书的扉页上都有一个暗红的金文的印记：海山书房。

脑海里电光石火般闪出一点记忆来!

海山书房，海山书房……他竟在这里看到了海山书房的藏书?

他抬起头来。高粱发现他的目光里多了一种隐隐的惊愕。

“高粱，这个江白从哪所潜院毕业的？”

“Y 城北方潜院。”

不错。

这些书难道真的来自 Y 城的海山别墅?

海山书房不是一般的图书馆，它从不向外人开放自己的藏书。当年书房的拥有者破例让还不是 4607 艇艇长的秦司令员借书和进出，不久司令员就成了那一家的东床快婿。

现在这个江白竟也走进了这家私人图书馆，并从里面借出了大量图书？！

江白与司令员的女儿是什么关系？从那个家族的习惯看，江白能够阅读海山书房的藏书，说明他与司令员女儿的关系已非同一般!

可这个江白却做了另外的事，他在湾尾街上跟一个酒店女招待勾勾搭搭，并为她跟人所共知的流氓大打出手，即将被部队退回潜院。也就是说，他将被中国潜艇部队所淘汰!

司令员知道这事吗?

他那名字叫海韵的女儿知道这件事吗?

司令员不会清楚这件事。司令员的脾气他熟悉。他就是知道女儿已让江白进了海山书房，也不会让自己在 L 城的部下知道江白与女儿的关系。

于是江白出事后，他的下级也就想不到要将发生在一个不起眼的代理航海长身上的事情报告司令员!

司令员很可能不知道江白即将被退回潜院，不然他就不会还让他到 9009 艇上后“注意一下”江白!

焦同心中陡然生起气来，这一次是为司令员和司令员的女儿。这个江白……别人也许只知道他在湾尾街上干的事，却不知道他还对远在 Y 城的另一位姑娘做了更为恶劣的事！他已经糟蹋了海韵对他的感情，玷污了自己读的这些珍贵的藏书！

海山书房将为此而蒙羞！

“政委，他回来了。”高粱突然说。

过后许多年，江白都会记住焦同这一瞬间投向自己的目光。那目光异常明亮和犀利，如同对面出现的是自己的私敌！

他刚刚进门，就在那里站住了！

“你就是江白？”焦同冷冷地问。

“是的。”江白立即就适应了对方的语调。这些天里，他已习惯了别人对他的恶劣态度。

“你怎么不在房间里待着？谁允许你到处乱跑？”

江白命令自己平静。越是平静对自己越有利。

“我没有到处乱跑。赵亮肚子疼，我带他去了急诊室。”

“你说你就在这个院子里？”

“不错，急诊室与我的禁闭室只有一墙之隔。”

焦同语塞。他注意到对方脸上现出的一点微微的快意。第一次见面，这位被禁闭的人便稍稍占了上风。

你应当冷静，焦同忽然想到。你冷静下来，才能处理面前这个人的问题。就这件事而论，他的心理准备比你足。

焦同的目光柔和了一些。

“我叫焦同，是9009艇新来的政委。你的事情由我负责处理。”

“我深感荣幸。”江白语带讥讽。

“在提出对你的处理意见之前，我必须听你亲口讲一下事件经过。”

他注意到江白的眼睛里有光亮了一下，又熄灭。

“事情发生后我都讲过了好几遍了。还有这个必要吗？”

“有这个必要！”焦同肯定地说。

他停顿了，沉默地望着他的眼睛。

看看谁更有力量，焦同想。

他们对视了一秒钟。到底是江白先开了口：

“什么时候讲？现在吗？”

焦同觉得自己有点精力不足。要进入这个人的“情况”，他的精力应当更充沛。

“今天咱们就算认识了。明天，明天上午我来找你谈。”

“我随时恭候。”

“明天见。”

“明天见。”

高粱将焦同送到院子里，微笑。

“政委，你们俩刚见面就打了一场遭遇战。这不好，我虽然嫉妒江白身上潜艇艇长的潜能，愿意让他离开 9009 艇，可还是不能同意你一开始就对他发起火力突击。”

焦同淡淡一笑。他想：你不会理解我的，你不知道这案中之案，不知道海山书房。你知道的事情很少。

可是他说得也很对，焦同又想，即使这个江白比大家知道的还要坏几倍，我也不该失去冷静、客观和公正。

“我接受你的批评。你回吧。”他说。

“政委向我承认错误，我很高兴。”高粱站着不再往前走，笑着说。

当天夜里焦同躺在硬硬的木板床上，想了许多与江白、与 9009 艇无关的事。这是他回到潜艇上任职后的第一个夜晚，当初他想回到潜艇部队来，现在他回来了；他想即使在睡梦中也能时刻聆听到大海的波涛汹涌的声音，现在它就在自己的耳边鸣响。他为这些生命目标的实现而激动，可他的生命中枢却不关心它们了，一些更为紧迫的思想已把那里占据了，它们成了他今夜不能成寐的根源。

江白究竟是个什么人，过去他与司令员的女儿已经有过怎样的感情关系，他为什么在离队的前夕仍在读潜艇战史并写下了笔记，所有这一切都并不重要。怎么处理江白也不重要，虽然他遇上了一个身处逆境依然十分镇静而强悍的青年，而支队长委托他处理的这一问题还没有任何头绪。所有的水都会按照既定的河道流淌，如果江白做过的事与他已经知道的大致没有出入，此人被退回潜院将无法避免。为一个酒店女招待而与街头流氓争风吃醋，大打出手，即使让他这个老潜艇兵从专业的角度去考虑，江白也是不该留在潜艇部队的。一个生活作风轻浮的人不可能胜任潜艇兵所要负担的沉重。

真正让他焦虑的是另外的事：9009 艇的军官集体。他虽只是有限地接触了他们中的一部分，却清醒地意识到不是某一个人而是这个集体已无法胜任自己的职责。这个集体需要改造，支队长的话是对的。可是有过20余年兵龄之后，他又明白真正的问题在于你不能用简单地处理个人的方法来改造它。最让他忧虑的是人，是人的头脑，是人对自己肩负的责任的领悟。没有这个领悟或领悟得很肤浅，才是最可怕的。

直到深夜2点，他发痛的大脑依然十分兴奋。“你开始忧愁了，”他对自己说，“这是对的。你进入一种生活，忧愁便随之而来，这是正常的，不为自己进入的生活、你正在承担的责任忧愁才不正常。忧愁是一种深切的、无法言喻的关心，忧愁就是身临其境，悲欢与之俱。忧愁还是一种力量，它逼迫你思考，想那潜藏于事物最深处的东西。如果你要生活，忧愁就是你的朋友。”

啊！他又想起那个早已葬身大海的潜艇艇长了——东方瀚海。这句话是他说的，自从听了这句话，此人就成了他终生的导师。

难道他回到部队，回到潜艇边，仅仅是为了倾听大海的声音吗？在总部机关生活了18年，他的日子本来过得十分平静，按时上下班，按照自己的职权范围请示汇报，处理来往公文，经常下部队，调查研究，做一些对海军建设具有深远意义或仅仅有表面意义的文章。节假日同家人游游香山，可内心里渐渐痛苦起来，那个人的声音一直没有从自己平静的生活中消失。“忧愁是你的朋友。”他说。那个人是在什么情景下说出这句话他已经不记得了，可是他记得这句话。在那个总部的大院里，他发现自己并不为任何事情忧愁，一切似乎都安排好了，但忧愁还是来了。

忧愁自己。

他知道那年复一年刺痛了他的心的是一点什么东西。它只是一点点，不多的一点点，却如同一根刺，常常在寂静的深夜将他弄醒，让他突然意识到自己的生活毫无意义。不，他不否认这种生活的意义，每一种生活都有意义，他只是明白自己湮没在这种生活中没有意义。他理解的生活意义在那个已经牺牲的艇长的话语里，在后者留在大海中的航迹里。那就是他理解的生活和生活的意义，他的位置在那里。至于总部机关，他可以工作得很好，生活本身却不属于自己，因为这里没有他也行。

于是就没有激情。

没有激情的关键还在于他觉得自己似乎背叛了那个人。不，他没有对那个人做出什么许诺。当时他们只是在一个基地，分属两条潜艇。他只是异常仰慕他，超出了仰慕自己的艇长也即今天的秦司令员，星期天喜欢跑到他的单身宿舍里听他聊天，一起打打篮球什么的。东方瀚海也喜欢他，东方与他谈话时常常两眼放光，情不自禁地流露出信任和长兄式的亲切与友爱，以至于有一天，他竟会对 4607 艇艇长也即今天的基地司令员说："秦失，你把焦同给我，我把他的小鸡调教得竖起来！"当时的 4607 艇长也即今天的秦司令员笑了，强硬地说："不，东方，我的人不需要别人调教，我本人也能将他的小鸡调教得直挺挺的，大大地打个鸣给你听！"东方哈哈一笑，于是他仍然留在 4607 艇，而星期天仍经常去东方的宿舍。"记住，小子，你穿上了潜艇兵服，并不是说你就是个男人了。你要懂得忧愁，懂得忧愁才是男人！"他记住了他的话，可是当时并不懂这些话，也不懂东方为何要对他说这些话。

大约是他在 4607 艇当第三年兵的那一年，他星期天就不常到东方的宿舍里找 4809 艇的艇长了。那一年，4809 艇频繁地远航，几乎是捷报频传。就是回到港口休整补充的日子里，他也很难再见到东方的面。后来他想，也许在整个 Y 城潜艇基地，他是第一个知道东方与那个名叫康居婉若的女子发生恋爱关系的人，可他没有对任何人讲出来，直到今天也没有对任何人讲过。他知道这件事还是因为东方，他不明白的只是东方为什么要让他最先知道这件事。那也是一个星期天的上午，他到底在东方的单身宿舍里看到了他，东方似乎犹豫了一下，就说："焦同，跟我走，咱们去看一个人。"没有等到他回答事情就决定了，这在他和东方之间是常事。他们一前一后走出基地大院，绕了很长一段路，才爬上了基地后面的一座小山，那里树立着几幢风雨剥蚀的别墅式小楼，虽然已是"文革"中期，墙上仍然残留着些大字报的痕迹。直到这时他心里还只有一种新奇的感觉，并没意识到将要发生什么事情。东方瀚海带他向其中一幢小楼走去，给他印象深刻的只是爬满小楼的凌霄花的茂盛的枝蔓和叶片，它们将窗子之外的几乎整幢楼都覆盖了，让他生出一种感觉，仿佛不是楼的主人而是这幢楼自己想要把它完全隐没，与世隔绝，不让任何人发现它的存在。楼门闭着，他已经认为这是一幢鬼楼了（那时 Y 城别墅区里有多少座被主人因各种原因遗弃的鬼楼），可是没等东方敲门，楼门已经无声地开启，一个身穿黑衣、脸色苍白的女子影子一般飞出来，扑进东方的怀里。他们就在小楼前，就在他这样一个还不大懂男女的事、没有恋爱过的人面前，热烈地接起吻来。在那种年代，接吻本身就令人心惊肉跳，仿佛是不应该的、错误的，可是他知道东方瀚海不是别人，别人不可以这么做，但是名满全海军的东方瀚海似乎有胆量这么做，他不想责备他。终于这一幕过去了，东方松开那个黑衣白脸的女子，用一只大手有力地将她扭向一边的脸扭回来，“这是焦同，我的战友。”他用那种自己人式的、炫耀的口吻说。女子飞快地瞥了东方一眼，伸过一只手，“康居婉若。”她说，“欢迎您光临寒舍。请进。”后来，他常常在电影上看到那女子这时对他和东方做出的那个优雅的手势。只有品格高贵的人才会对客人做出这种手势，也只有尊贵的客人才会受到主人这种手势的接待。仅仅是这个手势，他对她原有的一点不愉快的感觉就改变了。

他对于男女爱情的启蒙就是这一天发生的。余下的 15 分钟内（不会比 15 分钟更多），这位名叫康居婉若的女子在自己二楼的一间斗室里接待了他们（其他的房间都锁着门，原因在那个年代也平常，他一点也没兴趣深究），而她和东方瀚海对待他的态度，就像一对即将成婚的大哥与大嫂对待自己最小的弟弟。两人尽量避免过于亲密的言语、眼神和体态，但是他那种从最初一刻就生长起来的、自己成了他们星期天生活的障碍的感觉却越来越强烈。东方和那个女子并不想这样，相反她确实在热情地款待他，为此拿出了所有的一切（那个女子日子过得相当拮据，这一点从她房间里简陋的陈设可以看出来：一张床，一张旧沙发，一架旧钢琴，一些白色和红色的蔷薇花。尽管如此，她还是在一杯茶之后又为他拿来了一碟小而精致的饼干，礼貌地陪坐在他的对面，轻声细语地请他“用茶点”）。他是第一次受到这种欧式的、在这座城市的旧家庭里却很普遍的、礼貌的接待，心里却在想最好还是早点离开。这里的空间和时间只应当属于她和东方瀚海，这个房间里所有的目光、体姿、声响、气息都表明她只希望和东方一人在一起。后来他也体验过这种气息，那就是恋人身上携带的特殊气息，爱情的气息，一旦相遇，就会激烈地碰撞，要求拥抱，渴望拥抱。

于是他坐了一会儿就告辞。别人的尊重让他也变得像个绅士，用一种无师自通、彬彬有礼的语言同小楼里的女主人，也同东方告别。他们对他的匆忙离开有点遗憾，女主人看了东方一眼，似乎还有点羞愧。东方说：“焦同你别走，我们一起听康居婉若同志弹琴，她是一位了不起的钢琴大师。”那女子于是又脸红了，这种羞涩的神情很适合她，焦同这时才发现她实际上美丽异常，并且十分年轻。她看了他一眼，又看了东方一眼，像是在问后者是不是真的给客人弹奏一支曲子。焦同不能肯定东方对她点了一下头，然而女子已经坐到钢琴前面了，琴盖本来就是打开的，仿佛他们到来之前她就一直坐在那里弹奏。一串优雅的音符就如同山间流水，奔泻而来。他注意到东方闭上了眼睛。他在谛听，真正意义上的谛听。这是一支欢快的钢琴曲，那时焦同对音乐还知之甚少，除了喇叭里每天播放的钢琴伴唱《红灯记》，他基本上没有听到别的钢琴曲。这是一次启蒙式的体验，他凝神静坐，渐渐地就“听”到了春天的山溪水在卵石间奔腾跳跃的声音，百灵鸟在洒满阳光的林间婉转鸣唱的声音，一朵美丽的花在阒无人迹的清晨的林间欢乐地舒展开娇嫩美丽的花瓣的声音，“听”到了湛蓝湛蓝的天空，蓝得没有一丝纤尘；“听”到了山野间的青草，雨水刚刚洗刷过它们，每一片叶子都尽情地、欣悦地展开，叶柄之上托着一粒晶莹的、珍珠似的雨滴……他又回到琴声中来了，女子在高音区强劲地、响亮地敲出了一串音符，让所有的欢乐情绪在阳光下舒展开，但这欢乐里却出现了隐隐的哀痛和忧郁，仿佛这欢乐，这蓝天、阳光、草地、花，都同一种永远无法排遣的忧郁和哀痛联系着，前者被后者浸润着，风一样刮过原野。然而那欢乐又来了，欢乐的力量正变得强大，欢乐受到了来自原野或大海的温暖季风的影响……他忽然明白这个女子只是随便地在弹奏着，然而又是在聚精会神地弹奏，起初也许只是为一个陌生的、年龄小小的闯入者，慢慢地她却是在为另一个人，也为自己在弹奏了。

这是一支新的曲子。他听出来了。这是她专门为一个人写的曲子，为东方瀚海写的曲子，他在最初几分钟就明白了。一个绝望中响起的渴望的声音，一个充满现实的苦痛和梦想的欢乐的声音，一种担忧和对担忧的反抗，一种深情的向往，眼泪和欢笑。然后他听出了大海，听出了与大海搏击的人的形象，人的不屈的心音，乐曲越来越激烈，越来越亢扬。她有过许多惨痛的时刻，心中充满黑暗与绝望，可另一个声音，反抗的声音从来就没有消失，痛苦和对死亡的预感在这时呈现出一种全新的、美丽的光辉。哦，他终于听明白了，无论是欢乐还是痛苦，无论是绝望还是满怀期待，都是一个女性对情人的爱的诉说。一种世间罕见的超越心灵极限的爱情的诉说。不，它还是一种誓言，生死不渝的誓言，让他不知为什么会感到战栗的誓言。她突然停下来，乐曲没有结束，可是已经结束了。音乐和幻境同时消失，小楼里一片寂静。

“它有名字吗？”焦同忍不住问。

“有的。《少女和一位潜艇艇长的故事》。”东方说。

焦同突然明白自己该走了，他冒失地进入这幢小楼的时间太久了。那是一种生活，一种隐秘的、被凌霄花掩遮的生活，可是这生活只属于另外两个人。他站起来说出走字时那女子又飞快地看了东方一眼，他觉得东方的神情已不像方才那样平静而乐观了。东方的生命中已浸润了刚才的钢琴曲。他们这次没有再挽留他，虽然告别时女子脸上仍有愧意似的。分手时她要焦同经常来玩，他答应了，却知道自己再也不会来了，这里只应当属于他们两个人，只属于他们两个人，他今天的到来已经干扰了这对恋人——主要是那个瘦削的女子——渴望已久的幸福。

回去后焦同什么也没讲。以后见到东方艇长，东方一个字也没对他提起此事，仿佛他不曾带焦同去过那幢小楼，那个幽灵般的美丽少女也根本不存在一样。东方待他一如旧日，热情，爽朗，既像个前辈又像个长兄。他明白自己应当永远为东方和那个女子保守着这个秘密了，东方和她都不需要他向外人讲出这个秘密。

后来就传出支队拒绝东方结婚申请的事。知道这件事的人很少，但是他知道。他曾在东方的宿舍里见到后者同 4809 艇政委施连志激动地争论。东方说不就是她的祖上出了那个人吗？在今天的历史书上，那个人也还被视作清末变法图强的主角之一，历史并没有全部否定他嘛！再说她和她的这位先祖还有什么关系？她生下来时他早死了，他留给她的仅仅是那幢小楼！还有，我们真的要割断历史吗？那次变法图强不是近代中国人寻求救国道路的一个尝试吗？焦同的出现打断了他们的争论。后面的时间里他们没有再提起一句，可是他留意到了，他进房间的时候，东方艇长的眼里罕见地涌满着激怒的泪水。

以后一年内焦同是在潜艇学院度过的。他已被提升为航海长，可还是需要强化学习。潜院离基地不远，东方他还是见过几次，还是那个热情、豪爽、大气、快乐、目光炯炯地望着他的东方，可是他为什么总觉得这已经是一个被忧郁沉重压迫着的东方了呢？那一年，东方的 4809 艇和秦司令员的 4607 艇竞赛似的出港远航，11 个月里中国潜艇开辟的新航道足有 8 条之多，4809 艇还越过赤道，进入了南太平洋，那是中国潜艇有史以来第一次进入南太平洋海域。

从潜院回到支队后他被留到政治机关。先是因为 4607 艇出发远航，他没赶上，暂时到政治部去帮忙，后来 4607 艇返航，政治部首长却不愿让这个精明的代理干事回去了。他被留下来参与处理一些与潜艇无关却与政治大背景有关的麻烦问题，为了断绝他回潜艇的想法，他们还破例为他这个只有一年干龄的人下了一纸命令书，从此他成了支队政治部在编的干事。

他没有再见到东方瀚海。东方率艇又一次远航了。据他不断得到的消息，此次 4809 艇的航程比过去任何一次都长，但任务完成得却很顺利，如果不出意外，半个月后就会安全返回基地。此时他难得地想起了基地大院后面的小楼和那个美丽而苍白的女子，他几乎把她忘了：她和东方是那么相爱，东方的结婚要求被拒绝后，她怎么样了呢？

不久后的一天早上他便听到 4809 艇在 XY 水道沉没的消息。当天上午，他又被指定为处理此次海难的工作组成员之一。之后脱险的艇员由一艘海上救捞船救回 L 城基地，他受命从 Y 城来到 L 城，将他们从基地医院里接回去。旅程中 4809 艇政委施连志向他讲述了全部遇难经过。回到基地，他只用一天时间就完成了关于此次海难的报告。报告交上去时，他却已经听到上头对此次潜艇海难的倾向性评价：4809 艇的沉没是一次责任事故，事故的主要责任者是东方瀚海。据以做出此种评价的主要理由有两条：4809 艇前去探测 XY 水道没有经过请示报告，属东方瀚海个人的独断行为；在遂行此次探测前，该艇并没有做好充分准备，这是一次随机的冒险探测，对所在海情一无所知，最终导致了艇毁人亡。

他没有理由也没有力量否定这个结论。即使后来读了 4809 艇政委施连志自己写的长篇报告，他也没能在其中找到否定上述结论的真正有力的证据。然而在内心深处，他对 4809 艇发生此次海难的震惊却一直没有消失。东方瀚海素以大胆著称，但他从不会蛮干，他是个有经验的潜艇艇长，进行过无数次远航，越是海情复杂的水域，越能显示出他的卓越。秦司令员当年甚至感叹说，东方有一双能穿透艇壁对大海一览无余的眼睛。每次 4809 艇远航归来，一条新的航道添加到中国潜艇兵的航路图上，东方瀚海的经历中就会多出一个惊心动魄的故事，这些故事在他心中形成的既定信念是：东方艇长的成功不仅是他英勇无畏的个性、他对事业的执着与激情共同开出的灿烂花朵，还是他性格的另一面——他的沉稳、细致、果断、耐心——以及经验本身结出的果实。东方瀚海没有请求便决定去探测 XY 水道，肯定有他自己的原因，至于不熟悉海情便冒险深入，在他更是一种极为低级、几乎不可能发生的错误。东方瀚海一定觉得有把握才那样做了，然而却发生了后来的不幸。真正让他震惊的就是这一点。

19 年后，焦同仍然记得事故发生后 4809 艇政委施连志出于为东方艇长辩解写下的那份长篇报告。但它也没能否定 4809 艇遇难的原因是触礁沉没，基地最后正由此为事故下了结论，至于潜艇失事后东方怎么在艇内组织艇员们脱险，则不再能引起决策者对他的同情：一艘潜艇因为他独断专行而沉没了，他后来做的任何事情都不能减轻他的责任！他默默地听着事故总结会上那些激愤的发言，觉得自己是那么无力。

他说不出辩驳的理由，可心中的疑团却没有消失。

时过境迁，4809 艇的事故本身也渐渐被人淡忘了。没有人再提起 4809 艇和因自己的潜艇失事死后仍受到严厉处分、蒙受了恶名的东方瀚海。再后来他也离开了 Y 城基地。然而正因为如此，70 年代初由于东方和秦失的存在，出现过的中国潜艇的一个远航活动的高潮历史性地萎缩下来（在中国潜艇兵史上，这样的高潮总共才出现过三次，50 年代潜艇部队初创时一次，“文革”前一次，70 年代一次，而后一次在中国潜艇兵史上尤为重要，它使东方瀚海成了率艇开辟新航道最多最远的一名功勋艇长），直到 80 年代才逐渐恢复。但无论是当初还是今天，他仍然不能忘记在他的生命中留下了深刻烙印的东方瀚海。他是他生命的启蒙者，他似乎永远地会对他的生活起一种引导者的作用。

过去他让他理解了什么是一个真正的潜艇军官和潜艇艇长，今天又让他终于重新回到了潜艇部队，回到了波涛汹涌的大海边。

对那次海难的处理接近尾声时曾突然冒出一种谣传，说东方瀚海还留下了一个孩子。首长责令他去了解这件事，他去问了对东方知道得比他更多的施连志，后者坚决对他否认了这件事。是施连志当时的过分的激动让他相信了这位也受到严厉处分的政委的话。他向有关方面汇报说：没有，没有此事。

19 年后，如果没有接到施连志的信，他仍然不会知道东方瀚海和那个叫康居婉若的女子留下了一个女儿，不会知道 4809 艇的沉没给东方瀚海带来的巨大牺牲的全部。东方牺牲了，他的事实上的妻子和留在世上的女儿继续承受了巨大牺牲的其余部分，这惨痛的牺牲至今仍在他女儿的身上继续。

不仅如此，19 年过去后，4809 艇的沉没至今也还在影响着他已置身其中的这个曾为中国潜艇部队做过重大贡献的英雄集体。东方瀚海可能根本不会想到，19 年前的一次潜艇海难至今还使这个集体一蹶不振。

必须让今天的 9009 艇甩掉这个包袱，恢复当年 4809 艇遇难前的士气、信心和荣誉感。而此事又与解开这条艇当年的沉没之谜、恢复东方瀚海的名誉密不可分。时光流逝得越久，焦同越是相信：东方瀚海不会犯触礁那样低级的错误，导致一名经验丰富的潜艇艇长和他的英雄潜艇遇难的很可能是某种甚至出乎东方瀚海意料的原因。他目前还无法帮施连志找回东方瀚海的女儿——国家太大了，除非发生了某种巧合——但他却有责任在19年后的今天重新弄清导致4809艇沉没的原因。世界上可能只有两个人仍然惦记着这件事并能为它做点什么，一个是他，一个是秦司令员。今天他还不敢保证秦司令员一定会去做这件事。那样的话，能够帮助东方瀚海弄清这一原因的就只有他自己了！

他要去做这件事。不弄清这件事，他所在的这个集体仍然要长期因当年的海难抬不起头来。他还要动员司令员一起做这件事。哪怕最后失败了，事情的结果反而证明了19年前Y城基地的结论是对的，他也要去做。毕竟，那时他的怀疑也就消失了。

但还要先处理掉江白这个人。他又想到江白了。只有迅速了结掉江白，他才能更快地、全身心地投入到对19年前那场海难的重新调查中去。

天亮了。

12

“江白同志，我们谈谈？”

“谈吧。”

“政委，你们谈，我出去了。”高梁说。

“好吧。”焦同转过脸来，“江白同志，请你把事情经过再说一遍。”

“昨天我已经说过，事情发生后支队来人了解，我一五一十全说了，支队还做了调查，我还用再说吗？”

他有抵触情绪，对今天的谈话也有思想准备，焦同想。这个有着一双微微凹陷的眼睛、细长柔韧的身材的年轻人还不明白，受命处理他的问题的人并不一定是对他怀有恶意的人，而即使一个对他满怀厌恶之心的人，处理他的问题时也不一定会丧失公正。

需要变换一下切入方式。

“你和那个酒店女招待是怎样认识的？”

江白目光中现出了明显的敌意。

“她不是你说的那种酒店女招待！”

焦同的眉毛不自觉地动了动。

“那她是什么？”

“她是一个落难的女子。这个世界上，有些人对别人的不幸总是缺少感受力。”他的反感和恼怒是真实的，焦同想。这个年轻人对他和那女子的感情是认真的。他为了她同别人打架，就要被淘汰出潜艇部队，仍然无怨无悔，如此痴情也算难得。

原来以为他是一个轻浮的青年，现在看来不太像。

他的嘴角微微现出一丝微笑。

“对不起，我对她的身世和遭遇不感兴趣，只想了解事实真相。”

江白被他的微笑更深地激怒了。

“你想了解什么真相？”

焦同脸上的笑容消失。

“我想了解你和她是怎么一种关系，她是哪里人，你们是怎么认识的，你怎么会因为她跟流氓打架。我想知道这些，为的是能对这件事有个客观的认识，从而向有关方面提出处理此事的意见。”

他的严肃神情让江白回答问题时稍显迟疑。这种需要思索一下才能回答的表情让他生出一点迷惑。

“她……是Y城北区人，今年夏天来L城打工。好像读过高中，也可能是初中。我是在海风酒店吃饭时认识她的，起因是那次胖三就想欺负她。”

他停住了，眉头厌恶地颤了一颤。

“谁是胖三？”

“就是你们说的跟我打架的那个流氓头头。”

焦同目光变得深长。

“头一次你们就差点打起来？”

“不错。”

“后来呢？”

“后来？后来就跟他打了这一架。”

“我听说你后来每个星期六晚上都到那个什么酒家去，你成了那个酒店女招待的‘保护人’，星期天还和她一起出游？”

江白的目光再次变得异常愤怒。

“我再说一遍，她不是你们想象的那种酒店女招待！”

“对不起。”焦同退一步，表示歉意，“你能解释你为什么那么做吗？”

“我担心她会受胖三那伙流氓欺负。可我并没有违犯纪律，每次我都是在法定时间外出的，并且每次都请了假。”

焦同的眼睛眯细起来。

“一块去公鸡湾呢？也是为了保护她？”

江白的脸颊微红。他们原本坐在两张床的床沿上，现在江白起立。

“焦政委，你想知道什么？我现在告诉你，我爱她！我想跟她结婚，她基本上可以被看成是我的未婚妻！我星期天和我的未婚妻一起出游，不算错误吧？”

焦同的脸也不知不觉涨红了。他受不了的是这样一种当面向人振振有词地撒谎的无耻。

“这样说来，你和那伙流氓打架也是为你的未婚妻了？江白同志，据说就在你和这个酒店小姐交往的同时，还和Y城的一个女孩子有着很深的关系。她们两个，到底哪一个是你的未婚妻？”

江白的脸色渐渐发白。焦同意识到这个年轻人的内心被他触痛了。

“政委同志，我是和Y城的一个女孩子通过信，但她不是我的未婚妻！都90年代了，难道一个潜艇军官连跟一个女性朋友通信的自由也没有吗？……你对我提出这样的问题，不觉得……惭愧吗？”

他的眼睛里溢出了泪光。这泪光又让他体会到了另一种耻辱，即未能在新来的政委面前保持镇静和泰然自若的表情。对这样低水平的领导，难道他不应当激动吗？正是他眼睛里那两点因激愤而溢出的泪光，使焦同突然想到：有没有可能是我错了？

谈话应当暂时结束。

当然不能就这样确认自己错了，需要调查。如果事情真像江白说的那样，“与街头流氓为一个酒店女招待争风吃醋大打出手”，这样的结论对于面前的年轻人来说就是不公正的。毕竟纪律条令上没有规定军官不能与酒店小姐谈恋爱。

“江白同志，今天咱们都有点激动。好吧，我向你检讨。以后咱们再谈，是什么情况组织上会调查清楚的。”

江白保持着原来那种僵硬的立姿，满腔怒火地望着他，仿佛他的目光是两柄利剑，正寒光闪闪地将焦同的躯体洞穿。

湾尾街。

这就是那个闻名半个中国的湾尾街吗？改革开放到了今日，一个曾在总部机关工作十余年的中年军人已见惯了灯红酒绿，然而还是要对这样一条街生出满腔迷乱。车水马龙，红男绿女，人声鼎沸。文君当垆，粉面与桃花一色；石崇斗富，黄金与粪土同价。袖带飘飘，尽是倾城倾国之色；衣冠喧哗，皆为追欢买笑之流。歌则歌兮后庭花，舞则舞尽霓裳曲。

所有这些表象下面，滚滚涌流着各种各样膨胀的私欲。如同龙卷风中心的旋涡，浮在水面上迅速旋转和漂动的是海洋的泡沫和渣滓，而在深处搅动和拨弄着整个人旋转的却是强劲的海流。

可是这类问题，还是留到以后再思考吧，他现在要去的是海风酒家！

……他从一伙伙步履蹒跚的酒客中间穿过，远远看见了“海风酒家”四个霓虹灯大字。

门廊下立着一个身着绿旗袍、短发、脸上有几粒雀斑的姑娘。

他走过去。

姑娘警觉地注意着穿着一身海军军服的他。

“你好，小姐。”

“你好。想用餐吗？请进。”

这个女孩子不会打扮，眼影涂得太重，唇膏也太厚。江白的眼力就这么低吗？

“我想你就是卡门小姐吧？我叫焦同，是江白所在部队的政委。”

小姐目光中的警觉加深了。

“你认错人了，我不是卡门，卡门现在不做迎客小姐了。”

焦同意识到自己冒失了。

“对不起。我想找卡门小姐谈谈。事情对她和别人都很重要。”

雀斑小姐又专注地看他一眼，犹豫一下，终于拿定了主意。

“请稍等。”她说完，转身走进店门。

漫长的几分钟。一个 40 岁上下、装扮入时的女人走出来。

“老板，就是他。”雀斑小姐说。

女老板上上下下打量焦同，目光是挑剔的、不友好的。

“同志，你找卡门？”

焦同也迅速地打量了一下她。这位女老板越是想努力说好普通话，就越让他明白她是地道的本地人；如同她越是想把自己打扮得年轻，就越显得她人老珠黄一样。置身湾尾街，这一类女性总让他联想起旧戏中的老鸨，虽然他知道这样的联想对别人来说未必公正。

“我是——”

女人摆了一下手，打断了他的自我介绍。

“你是谁我已经知道了。你找卡门做什么？”

焦同有点喜欢她了。这是个办事干练的女人。

“我们正在处理一个干部跟湾尾街头的流氓打架的事。卡门小姐是当事人之一，我想找她了解一些情况。”

“卡门不想被扯进这种事情里去。她是一个清白的姑娘。你走吧！”

焦同不动。他冲这个女人微微一笑。

“如果这事对她来说关系很大呢？如果它事关她和别人的一生呢？”

女子修整得细若游丝的眉毛吃惊地高扬一下，疑惑地看着他，仿佛在思考应不应该相信他的话……突然，她很干脆地说：

“你跟我来！”

说完，她一转身走进店门。

门外留下了雀斑姑娘。焦同想跟她开个玩笑。

“小姐，你是卡门小姐的好朋友。”

雀斑小姐嫣然一笑。

“我们都是外地来的打工姐妹。我们相依为命。”

焦同笑了笑，他平生第一次想这些酒店女郎中其实也有大批可造之才，瞧这个女孩子多会说话。

他举步跨进店门。女老板已踏着一道窄窄的楼梯走上去。

一楼大厅里食客如潮如涌。他在拥挤的人群和穿红着绿的小姐中间穿过，上了楼梯。

一个小小的房间开在一楼和二楼之间的拐角处。门开着，女老板已在巨大的老板桌后坐定，等着他。

焦同走进去，随便扫了一眼。

“你这里装修得不错。”他故意将话题扯远，想创造一个宽松一点的谈话气氛。女老板并不想对他的夸奖表示感谢。她拉开一个抽屉，关上了，又拉开另一个抽屉，关上。

“请坐。对不起，我没有时间和你闲聊，生意忙着呢。有话就说吧。”

焦同在房间内仅有的一只小沙发上坐下后，马上意识到自己掉进了一个陷阱：他必须仰着脸跟女老板谈话。

他站起来，这样女老板就必须仰着脸跟他说话。

“事情是这样的：我们的一个干部，一个多月前因为你们的卡门小姐，在贵酒家门前跟一个叫胖三的流氓打了一架。你知道在部队这叫犯错误，而且是严重的错误。”面对这位随时打算将他撵走的女人，焦同心中忽然升起了一种欲望：今天他一定要多耽误她几分钟，可能的话让她少发一点财。“有人认为，他与那个流氓是为争风吃醋打起来的。但是我们这位干部自己说，他正与你们的卡门小姐谈恋爱，他与那个流氓打架，是保护自己的未婚妻。如果是后者，问题的性质就不一样了。”

他平静地、居高临下地望着女老板。

看得出他的话有点出乎女老板的意外。她眼睛里那种咄咄逼人的光一时收敛了许多。

“有这种事？……你们那个干部不是胡说吧？这种事你要跟卡门自己谈才知道。”女人就是女人，一刹那间她似乎没了主意，但也就是一刹那，她脸上重新现出了干练果决的神情，她离开高大的皮转椅，立在门口喊了一声：

“卡门，你过来一下！”

几乎是一眨眼的工夫，一个女孩子就出现在门外了。

“老板，你叫我？”

“这里有一个海军同志，要找你了解一点情况！”

“老板，我……”

“他又不会吃了你！”老板有点生气地说，“你有什么说什么，别糊弄他！”

女孩子望了焦同一眼。跟女老板说话时她的目光还是柔顺的，现在它们变得明亮和冷淡。

“好吧。”她说。

老板没有跟焦同打招呼就走了。门外的姑娘进来，站在门口。

门大敞着。

焦同将身子向她转过来，望着她。

她很漂亮，江白的感觉不错。他想，世界上的美女多得如同过河之鲫，但这个女孩子却不能只用漂亮二字来形容，她是那种所谓花朵中的花朵，精灵中的精灵，诗歌中的诗歌。

真正漂亮的女孩子身上有一种似隐若现、水气一样缭绕的神韵，一种贯穿在她的目光、神情、面容、躯体之中的灵秀之气。它与其说来自后天的教育和养成，不如说更多地来自先天的禀赋。

她就是一个这样的女孩子。

他也注意到了她的眼睛。那是一双似乎有着许多层眼睑的幽深、明亮的眼睛，一双令他的心头一震的眼睛。

难道他过去见过她吗？或者是在梦里，与她曾经相识？

40岁的人还没见过漂亮女子吗？不，不是她的惊人的美震动了他的心，这震动来自另一个方向……

“你想问什么？”她首先开口了。方才他一霎间的走神，仿佛反过来给了她镇静。

“卡门小姐，你坐。……你是叫卡门吧？”焦同望着这张似曾相识的面容，将自己的思绪迅速收拢来，用平静的语调问道，“我是江白所在部队的政委，想跟你了解一些事，它们对江白——也许对你——是很重要的。”

卡门不说话，也不坐。她的小小的头颅微微低垂着，眼睛却从下向上紧张地盯着他，脸上流露出一点恐惧的和敌意的神情。她的目光仿佛在说：我不想再重复自己的话，你要问什么？

应当单刀直入。

“江白同志说你是他的未婚妻，是这样吗？”

姑娘白白的两颊上迅速泛过两片潮红。

“不，没有这回事！”她几乎要叫起来，忽然声音小了，停住了。

焦同注意地观察着她的目光和不断变化的激动神态。

“卡门小姐，我再说一遍，这件事对他和你都很重要。部队并没有规定海军军官应当跟什么人谈恋爱，或者不能跟什么人谈恋爱，而且，如果他确实是为了保护自己的未婚妻跟流氓发生冲突，问题的性质就与一般街头斗殴不一样了。”

她在思量。她的表情说明她的内心正在进行着痛苦的斗争和抉择。

“要是……要是这么说对他好，说我是他的未婚妻也行。”她犹豫地说。

“是就是，不是就不是。”焦同皱了皱眉头，“如果是，还要请你写一份文字的东西。”

她的目光立即因警觉而异常明亮了。

“写了字据，我就真的要做他的未婚妻吗？”

焦同忽然意识到自己失败了。他正在把这个女孩子引向歧途。他是这么想的。

“如果不是，你就根本不需要写。”他说。

“可他是为保护我才跟胖三打起来的呀。听说他还受了伤……”眼泪忽然一滴滴顺着她的脸腮流下来，滑过小巧的酒靥，落到地毯上，一片片的湿。它们给焦同的感觉是，这些眼泪一直就在那里准备着，要掉落下来，仿佛她的两只眼睛下面就有两口泪泉。

“叔叔，我能跟你说实话吗？”后来，她说，泪泉停止涌流，她自己也没有去擦脸上的泪痕。

“当然要说实话。”

“我不是江白大哥的未婚妻。”她毅然决然地说，目光重又变得明亮，“他是好人，第一次见面我就看出来了，可我不是他的未婚妻。我一个人到L城来打工，无亲无友，我和他一起玩，只是想让别人都知道我在海军有一个朋友，让湾尾街的流氓们不敢来欺负我。……要是知道这会给他带来麻烦，我就不这么做了！”

看样子不会是假的。焦同一时想起了江白谈起卡门时的一腔痴情。他有点为那个年轻人感到不平了。

“可江白却认为你是他的未婚妻。如果过去你没有想到这一层，现在愿意做他的未婚妻吗？”

他紧紧盯着女孩子的脸。表情比语言更能说明一切。

他的话刚刚出口，就敏锐地注意到女孩子脸上又现出了那种惊慌和恐惧相混杂的神情。但只是一瞬间，它们就被另一种果决的表情取代了。

“叔叔，请你告诉江白大哥，我不会做他的未婚妻，也不准备嫁给任何一个海军！”

她的话是坚决的，没有丝毫犹豫不决。他意识到，说出这些话时，她的目光真正望着的是一个深远的、只有她自己才看得见的地方。

焦同的心跳加快。她说出了那句话，仿佛他自己也受到了轻蔑。

“卡门小姐，我要问一句，你是讨厌江白这个人，还是讨厌他是一名海军军官？或者两者都讨厌？”

你在冒险，一个声音在他心中响起。你又有可能将一个涉世不深的女孩子引入歧途！

“假如江白大哥不当海军，我会不会愿意做他的未婚妻，我没有想过。……不！”她似乎认真地想了一下，神情又变得决绝了，似有两道犀利的心灵之光从眸子里直直地透出来，“我还没到考虑这个问题的年龄。我打完了工，挣到了钱，先要去上大学，然后还要找工作。恋爱和结婚还早着呢！”

刚才她的目光曾经从焦同脸上游离开，现在又转回来。话也说得极为肯定，焦同没有理由不相信她！

江白也许根本没说假话，他确实将与这个女孩子交往看成是自己的一次恋爱，并投入了全部感情（是否背叛了司令员的女儿暂且不论，毕竟他有权利决定自己与谁恋爱和结婚），可那个年轻人并不知晓，卡门却只是需要他做自己在湾尾街的保护者，她不仅不愿与任何一个海军军人结婚，甚至也不想跟江白本人结婚，她在这里打工，是为了有一天去上大学！她在湾尾街的生活，包括和江白相识和交往，仅仅是她那个设计好的庞大的个人计划的一小部分！

江白听到了这些，会作何感想？

但是他已经不能去想江白了，她的目光，她的表情，她的面容，都已经让他的心从起初的混沌中变得清晰，于是再一次为之颤动了！

难道世上竟有这样的巧合？

她是谁？……不，他还是不要冒险！……他不能肯定她就是……在确凿无疑地证实她是那个女孩子之前，他不能惊动她！

她是东方白雪吗？如果是（百分之九十九的可能不是，他对自己说，以免以后大为失望），她现在应当姓施了！丫头，你叫我一声叔叔我是无愧的，我本来就是你的叔叔……可也许她根本不是，只是那双眼睛像东方，那果决的神情像东方，可是她的身材和面容，她的一举一动，几乎就是那个叫康居婉若的女子的再版！

你不要让我失望……

“卡门小姐，谢谢你今天对我讲了这么多情况。我想这对你、对江白同志都有帮助。我要走了，再见！”他和颜悦色地说。

一霎间内她的目光有点困惑，好像对谈话这么结束有点惊讶。

“再见。”后来，她也干巴巴地说。

我让她发现什么异常的神情了吗？焦同走出那间经理室时想。他又站住了，不能就这么离开。

他的脸上重新露出了亲切的、和蔼的微笑。

“卡门小姐，你不想给江白捎个好吗？”

姑娘脸上很快地现出了一种温柔的、思念的表情。

“请叔叔代我问他好。我本来想去看他，可你们的门卫不让进。”

“以后你要是想去看他，可以给我打电话。我告诉你，我也算半个Y城人呢！”

“是吗？”她好看的眼睛里现出一丝惊喜。

“是的，你不相信吗？”

“我……相信。”她迟疑了一秒钟说。

他就在楼梯上写了一个电话号码，交给她。

她的情绪已经完全改变了，对他现出了真诚而天真的笑容。

“叔叔，那我有事可以随时给你打电话了？”

“当然。”

“谢谢你。咱们Y城出来的都是好人。”

“不要这么认为。世界上坏人是少数，别处也净是好人。”焦同下楼梯，来到一楼。

女老板出现在他面前，脸上的警惕神情依旧。

“你们谈完了？”

“完了。”

“谈得好吗？”

“不错。”焦同轻松地说，一边看了看卡门。

女老板的目光转向卡门，目光里是同样的疑问。

卡门的脸颊微红，笑了一笑。

“这位叔叔也是 Y 城人，我的老乡。”她轻声说。

“那就好。”女老板松了口气的样子说。焦同觉得，她脸上几乎一下子就显出了 40 岁女人掩遮不住的憔悴。

卡门一直把他送出门外。

“叔叔，经常来啊。”她微笑着说。

“会的。”他也对她微笑着说。

13

他原来还打算去一趟湾尾街派出所，查一下江白与之殴斗的那个名叫胖三的流氓的情况，此刻他不想去了！

马上回到艇上去！

或许她根本不是东方白雪。但他的全部直觉却在警示他，这个叫卡门的女孩子就是她！

在海风酒家与她面对面时他就差一点开口问她，是一种本能的审慎阻止了他。

并非怕她不是那个从 Y 城离家出走的女孩（当然那也会让他失望），怕的是她竟然真是东方白雪，那样他就会过早地惊动她！她之所以要从遥远的北方跑到南方的 L 城并改名卡门，大约正是不想让任何人认出她、找到她。

假如她更多地知道了他是谁，并负有帮助她的养父寻找她的使命，她会不会突然从 L 城消失，让他在距离 Y 城和首都数千里之外的南国奇迹般的发现变得毫无意义？

他走进了营区，又听到了海潮一波波拍打礁石的声音，听到了大海的波涛奔涌呼号的声音。这声音里有一点躁急，有一些急切，一根似乎不是对别人而是对自己关系重大的细线正在这个世界的某处若断若续。月色下举目可望的外港灯塔山上，一点灯光微弱而清晰。它也似乎在提醒他一句话：你，真的在做一件本来做不到的事情吗？

开始他还大步流星地快走，渐渐地他就跑了起来。

他的意识中已不在想她是不是白雪；现在激烈地盘桓在脑际的是：她离开 Y 城，为什么不到别处去，偏要来 L 城？

白雪因为自己凄凉的身世，更由于母亲的死而怨恨牺牲于 XY 水道的父亲，拒绝了养父和部队为她做出的安排，一个人逃出来，并非毫无目的和计划。刚才他已从那个以卡门自称的姑娘的话里听出了她的计划：打工，挣钱，上大学。——这极可能就是白雪离家出走的计划。她拒绝海军军医学院，并不意味着她会拒绝去读别的大学！

她拒绝海军军医学院，是要拒绝同自己的身世相联系的海军。从这种意义上说，打工挣钱然后用自己的钱去上一所地方大学，成为她离家后对人生的第一选择是合理的。

如果遗传学的法则在性格方面也起作用，东方白雪从东方瀚海那里接受的，应当是这种绝不向艰难认输的性格！

东方白雪离家时不会漫无目的，那也不是东方瀚海出航时的习惯。白雪出走时一定会对自己的去向深思熟虑，尽管那只是一个 19 岁姑娘所能有的深思熟虑。离开养父家她就要独立面对生活，不仅要自己养活自己，还要为未来读大学挣钱，她不想好自己的最终去向是不可能的。北京、上海这样的大城市很可能浮上心来并迅速被排除掉。要实现自己的目标就不能让养父母找到，走进太有名的城市反而不利于自己躲开他们的寻找；另外一个原因是她要到一个能挣到钱的地方去，这个地方当然在南方经济发达地区，是南方沿海的某一座城市。

可是还没有能够解释白雪不到其他城市而到 L 城来的原因。南方沿海经济高速发展的城市很多，她可以有多种选择。一定认为她会选择 L 城是没有道理的，至少难以说服他自己。

L 城里有海军的部队和基地！第一次读到施连志的信，他心中就有过一种直觉，白雪不可能去与她过去的生活一点联系也没有的地方。现在他能理解这种直觉依据的心理学的原理了：一个人完全脱离他的旧生活秩序是不能生存的，起码会令他的生存更为困难。

可是就他所知，与 L 城相近的几座城市里也有海军部队或基地！

L 城有海军的潜艇基地，附近的城市却没有！

但被东方白雪拒绝的就是海军和 Y 城潜艇基地，她还会因另一座城市拥有海军潜艇基地而特意选择它作为自己打工的地点吗？他这样想事情，不是自相矛盾吗？

啊，不，不矛盾。他已经快到 9009 艇的宿舍楼了。焦同的脚步在放慢。他必须解决这个刚刚从心底像水一样涌出的问题。他已经模糊地意识到了，解决它对于找回东方瀚海的女儿，十分重要！

东方白雪离家出走时，除了打工挣钱，一个年仅 18 岁的女孩子——焦同眼前又闪现出卡门那单薄轻盈让人心疼的身影了——还有什么问题最紧迫，必须首先考虑到她？

他冷不丁一下站住了，站在拐进 9009 艇宿舍楼的路口。值更的水兵看见了他，喊了一声，他机械地点点头。

她必须考虑她的安全。她是第一次独自出门，走向人欲横流的社会。实现她的愿望之前，她第一要考虑或者为之忧虑的只可能是自己的安全！

她选择 L 城来打工，只有一种解释：这里靠近的不仅是一支海军部队，而且是一支潜艇部队。无论她在心理上多么厌恶海军和潜艇基地，军港、海军、潜艇基地都仍是她的故乡！

不但是生平意义的故乡，还是心理意义的故乡！

她厌恶甚至拒绝了一支海军部队和一个潜艇基地，可是要为自己选择一个心理上多少能获得些安全感的地方，还是选择了另一支海军部队和另一座潜艇基地。

这似乎是矛盾的，其实却是正常的。在 L 城，东方白雪可以找回一种模糊的故乡的感觉，一种并非身处异乡的安全感，却又能够远远地避开养父母的寻找！

这里距 Y 城不是很遥远了吗？

从她后来有意选择江白做自己的“保护人”这一点看，他的推测也是对的！

湾尾街上每日流动着成千上万的男人和女人，她为什么没有选择别人，偏偏选择了并非常客的江白？

一个 18 岁的高中毕业生，她似乎是本能地做出的选择，恰恰是她所能做出的最好的选择！

结果也是好的。江白确实在最近的一段时间内保护了她，虽然为此被关了禁闭（当然江白有江白的问题，这里不考虑江白做这些事情的目的和计划）！

可是他还不能相信自己的这些想象和推理都是真实的。他中断调查回到营区，是要看一眼施连志寄来的照片，辨认一下刚刚见过的姑娘是否就是照片上那个失踪的少女！

走进自己的房间时焦同突然意识到自己异常镇静。最初一秒钟他没有开灯。不，他说不清楚自己的心境。他似乎想向冥冥之中一个主宰着人间悲欢离合的神祇默默呼唤：让我的感觉成为真实吧，为什么还要让那位19年前就牺牲了的英雄艇长的女儿继续为父母的惨痛命运遭受新的磨难、痛苦甚至牺牲呢？东方瀚海的女儿应当有一种更为正常的生活和命运！

一个人走进门，"啪"的一下拉亮了灯。

是崔东山！

"老焦，一个人站在屋里干啥子呢，也不开灯！"崔东山惊讶地、满脸怨尤地说。

"嗅，没什么。"焦同清醒过来说。

来到艇上只有两天，他已习惯了艇长这种似乎每时每刻都为什么事在发怒的形象与性情。

"江白的事情你处理得怎么样了？"他问。

"正在调查。"焦同简短地回答。

"还调查啥子。"崔东山明显不满了，大声说，"你来以前艇上和支队都已调查过了，他跟湾尾街上的酒店女招待勾勾搭搭，为她与流氓大打出手，证据确凿！你写个报告，送到支队批一下，将他退回潜院就是了！潜艇马上就要投入训练考核，你和高梁最好能尽快回来！"

焦同无言地望着自己的搭档。从第一天到艇上，他都觉得后者对江白有一种非同一般的敌意，这种敌意现在又因为没能迅速将江白从艇上除名而转移到对他的态度里。

"处理人的问题必须慎重。"他尽量耐心地说，"再说，不将情况调查清楚也不好写报告。如果潜艇出海训练需要高梁，就派个水兵将他换回来好了！"

"那不行。支队长特别交代的，一定要去个干部看管江白。出了事怎么办？"崔东山强硬地说。

"不会出事的。"焦同说，"江白又不会跑。"

"那也难说。"崔东山提高了声调，"这个人，能为一个酒店女招待跟流氓争风吃醋，打得头破血流，他就啥子事都能干出来！——老焦，我要提醒你，我反正已经把话说到前头了，出了事我可不负责！"

他转身走出去，门"砰"一声被关上，满屋震动。

焦同原地站着，脸上渐渐现出一种果决的神情。他和崔东山看样子是无法处好了。这位艇长不是个能让别人好好与之共事的人。

身为艇长，即使从感情上讨厌一个人，在处理这个人的问题时也应当能做到公正无私。

他不可能按照崔东山的愿望处理江白。就目前的情况看，江白的问题在他心中已与最初的看法大相径庭：江白是真心爱着卡门（或者白雪？），他在湾尾街上为保护卡门同流氓打架不是争风吃醋，而是非常自然的行为（当然他不赞成打架）；卡门出于在湾尾街找到一个“保护人”的目的与江白结交，有意让别人生出她与这个海军军官关系非同一般的错觉，则是这个只想清白自处的女孩子为保护自己想出的一个小小的花招。作为第三方的胖三，则是这场街头殴斗事件的主要原因，事情由他带一伙流氓欺负一名酒店小姐引起，如果排除了江白对卡门（或者是白雪）的感情因素，他挺身而出保护一个女孩子不受流氓污辱，还应当被看成是见义勇为的举动。

崔东山不可能接受这样的分析。他在这件事上肯定会跟这位艇长发生冲突。

不。世间每一件事都有它的分寸，焦同想。决定这种分寸的是原则和公正。能否在把握别人命运时把握住原则和公正，是对一个人心灵和品格的考验。

他不再想这件事了。今天他有更重要的事要做！

他在房间中仅有的一只旧三屉桌前坐下，掏出钥匙打开一只抽屉。

抽屉里是一摞被他仔细码放的信。

他将那封信找出来。

因崔东山闯入被中断的激动恢复了。焦同对自己说：你不要激动，因为你可能失望。

可是他知道自己不会失望。这是一种奇异的感觉，仿佛在重新打开那封信之前，他的最后一点怀疑就被否定了。是东方白雪。他仔细端详着那张照片。照片上的少女有着东方瀚海特有的一双似乎有着许多层眼睑的幽深明亮的大眼睛，一副她母亲那种摄人心魄的端庄娇丽的面容，以及一种只属于她自己的轻盈飘逸恍如仙人的神采。

差别也是有的。照片上的东方白雪梳着一条长长的独辫，海风酒家的卡门却是一头烫过的俏丽活泼的短发。

他把照片小心地放回信封。你要冷静，他对自己说，你要放松地想一下，该怎么办？

在L城一家酒店里发现了东方白雪，对你来说是个意外，但整个事情刚刚开始。

涌上脑际的第一个念头是：给大约还在Y城海军疗养院住院的施连志打长途电话，告诉他女儿已被找到。那位一生都因4809艇的遇难沉浸在痛苦中、半年来又因自己苦心抚养的东方瀚海的遗孤的离失而身心交瘁的老潜艇兵，不会顿时热泪飞溅吗？

接下来呢？施连志会立即带老伴赶来L城。虽然十余年不见，焦同仍记得这位老兵冲动的性情。他们可能明天就乘飞机到L城来！

但是……但是白雪会跟他们回到Y城去吗？……即便他们能将白雪带回Y城，造成东方瀚海的女儿离家出走的原因仍然存在！

在将那个沉淀在白雪心里的关于母亲、父亲、潜艇、大海的悲凄与怨恨交织的疙瘩消解之前，任何防范措施都不能阻止她第二次、第三次离家出走！

更大的可能是他们从L城根本带不走她。她既然离开了Y城的家，离开的心理原因又没有消失，就不会这样回去。这样回去对她来说意味着只是羞耻，于是她就会选择第二个逃匿之处。

那时她就会吸取这一次的教训，在安全和不被重新找到之间更重视后者，她不会再出现在任何有潜艇部队或海军部队驻防的城市，所有关心她的人再想像这次一样轻松地找到她，几乎是不可能的。

应当动点脑筋……必须动动脑筋……

东方瀚海在遇难前，也将自己的妻子和女儿托付给了他。施连志夫妇已在过去的19年间做了他们能做的一切，现在应当由他来履行对牺牲的师长和战友的嘱托了。

不能让东方白雪离开L城，不能再让她继续在茫茫大海中流浪，不能让东方艇长的惨痛结局继续影响女儿的命运。白雪眼下站在海风酒家的门廊下，犹如站在不幸的门槛上，却不自知。

只要不惊动她，大约目前她还不会离开湾尾街。看上去她和她的老板、和一起打工的姐妹处得不错，但她随时都有可能离开。

她需要一个保护人。以前是江白，现在轮到他了。不过他要用另一种方式，既不让她受到伤害，也不让她轻易离开他的视野。

真正沉重和难办的事情是改变她心中那已根深蒂固的对于父亲、潜艇、海军的怨愤与成见，让她脱离今天选择的生活，回到养父母身边去。而要做到这一点，就必须改变当年那个关于4809艇沉没原因和责任的结论，恢复东方瀚海中国潜艇英雄的名誉。

这需要时间，更需要力量……

当然不仅仅是为了拯救一个牺牲19年的潜艇艇长的女儿。

他静静地坐在黑暗中，没有意识到熄灯号已经吹过。内心的目光变得深邃。他想，当今一些著名的物理学家认为时间和空间互相联系互相穿透的论断是正确的。19年前4809艇的沉没只是一系列事件的起点，而19年后发生在湾尾街上的白雪、江白的结识以及后者与流氓的殴斗，则是它的合理而又令人伤感的延续。他和施连志也是这个相互联系和穿透的时间与空间的一部分，施老此时已不能控制事件的发展方向，他却可以。如果必要，他愿意用尽一生的力气使这个尚未完结的事件的环链延伸向一个可以告慰先烈的地方。

他站起来，关上灯，出门。

值更哨兵看见了他。

“政委，这么晚了，哪儿去？”

“啊，我还有点事，出去一下。”

“要报告艇长吗？”

他怔了一下。是的，按照作息制度，即使是他，没有特殊情况也不能在熄灯后走出营区。

“好吧，你报告艇长一声，说我很快就回。”

说完他大步走上了横贯营区的中央大道。

海风静息。路两旁凤尾般的椰树叶无声地待在参差的月光之影里，凝固了一样。抬头看天空，原本模糊的、银白的月儿的边缘变得十分清晰。它格外皎洁。

焦同轻松地呼出了一口气。如果说19年前的那场潜艇海难是一个独立的完整的空间、时间、事件的开始，今晚发生在自己身边和心灵里的一切则是它们的正在延续的另一部分。东方白雪处于危险中是真实的，而她先是受到江白的保护、现在开始又要受到他的保护也是真实的。既然这一切都是真实的，19年前开始的这一在漫长的时间和空间内延续的事件就仍然没有预想的那样惨痛。

营门已经在眼前了。

“同志，打扰一下。我想找一下你们的所长。”

“你是谁？找所长什么事？”一个三十四五岁的本地警察接待了他。

“我是54321部队303分队的政委。我想跟所长谈一件很重要也很急迫的事。”

那生着一张丑陋的黑脸的警察认真地看了看他，向对面一张硬木椅子指了指。

“请坐。我就是所长。”

“我想说的是目前在海风酒家打工的一个女孩子。她的本名叫白雪，在这里叫卡门。”

“这个女孩我知道。”黑脸所长简洁地说，目光严肃，“怎么，出事了吗？”

“我现在代表部队正式向你通报一下。”焦同说，“她是我们部队当年牺牲的一位英雄艇长的女儿，因为一些特殊的原因，离开北方养父母的家到了这里。还是因为这些原因，我们现在不能将她带回去。我想请求所长同志帮一个忙，暗中嘱咐一下店里的老板，不要让她离开。一旦她要离开，就请赶快通知我们。目前，她的养父母为了她，已经双双病倒。”

黑脸警察睡意惺忪的眼睛早已睁大、变亮。

“这件事情我知道。卡门，啊，白雪来到L城的第一天我就知道她是谁了。实际上她是在我姐姐的店里打工。如果不是我帮忙，她就不可能用自己起的假名在这里打工。我们对每个打工妹的身份证都是要经常审查的。”

焦同忽然觉得面前的这张黑脸不像方才那样丑陋了。

“你姓什么？……姓焦？……焦同志，我告诉你我为什么这样做。我也是一个转业军官，在边境上打过仗。我们部队也有烈士遗孤，国家和社会对他们中的不少人并没有给予应该的照顾。我还想告诉你，我姐姐就是一个烈士的妻子。她那个店里，一半以上的小姐是我老部队的烈士子女。”

焦同的眼睛湿了。

“所长同志，我想……我想向你敬礼！”他从那张硬木椅上站起来，冲动地说。

“坐吧，同志。”黑脸所长说，“你不用说，白雪在我姐姐那儿也不会出事。你也甭再去找我姐姐，有些事我也不想对她说很多，我知道的事她不一定知道，但我会交代她不让白雪离开。我自己也有女儿，如果卡门的父亲不为国捐躯，她也不会年龄小小独身一人跑到这里打工。只要在我这里，我就不能让她因为没有父亲就没了安全！前些日子出了事，是我到市里参加学习班，不在家，这些事也不便向别人交代。没有你我这样的军人经历，说了他们也不会懂。……听说你们要处理那个跟胖三打架的军官？……我真不明白，为什么部队总这样看问题，好像自己的人在湾尾街为保护一个打工妹同流氓打架就是坏事，就要受处分！应当受处分的是街头流氓！我顺便告诉你，这次我们下了决心，要把胖三送去劳教！你们那个小伙子应当受到奖励，不然世间还有什么正义，谁还会见义勇为？……好了，我也是部队上下来的，这种让人不平的事我见多了。不过部队上那种一见自己人跟地方女孩子交往就大惊小怪的毛病也该改改了！湾尾街上有坏女孩，但不是所有打工的女孩子都要拉你们的官兵‘下水’，没那么严重！如果有那么严重，我这个派出所所长也不用干了！”

焦同站着，此刻他心里只剩下一种感觉：他对这个外表有点丑陋的黑脸所长只剩下敬重。是的，只剩下了敬重。

“同志，谢谢你。这样我就放心了，我告辞了！”

他将自己的联系电话留给了他。黑脸所长没站起身来送他。最后一回头，焦同注意到了这个身穿警服的老兵眼里也有泪光在闪烁。焦同无语。

焦同想到 19 年前的一场潜艇海难是今天这一事件的起点。这位黑脸的、依然不知姓名的所长回想到十余年前的一场边境之战。那里，倒下去的有属于他的一个又一个东方瀚海。

这天夜里躺在床上，对于如何处理江白，他已经有了初步的想法。仅仅是在保护东方白雪这件事上，江白就应当受到表扬而不是处分。但也仅仅在这件事上。江白还有别的问题，譬如说：他为什么已经走进了海山书房却又爱上了湾尾街的另一个女孩，难道只是因为东方白雪长得比基地司令员的女儿更好看吗？更为重要的是：他和司令员的女儿到底是什么一种关系？

来 9009 艇之前，司令员不是亲口要他“注意一下”江白吗？

可以从侧面向司令员了解一下他与海韵的真实关系。

他看了看表，凌晨 1 点。司令员此时仍可能在他的办公室里。

他爬起来，给司令员打电话。

“首长好。……我是焦同。”

“焦同啊，这么晚了，有什么急事？”电话那一端，响起司令员困顿的声音。

“司令员，我想问你一件事。”

“说吧。”

“可能不合适。”

“啊，那就别问。”

“海韵有朋友吗？”

可以感觉出来：司令员似乎一愣。

“目前还没有。”

“我提一个大胆的问题。”

“你还有什么问题？”

“譬如说我们艇的代理航海长江白，他有跟海韵恋爱甚至结婚的可能吗？”

司令员好像不太高兴。他在沉思。

“没有这种可能。”过了一会儿，司令员说。

他听出来了，将军的语气十分肯定，连一点余地也没有留下。

这也就是说，江白从海山书房得到了书，却不可能与司令员的女儿恋爱和结婚?

为什么?

他冒失地侵入司令员的私人领地已经很深了，他不能再问下去了。

“司令员，对不起，打扰你工作了。”

“没什么。”

“再见。”

“再见。”

放下电话，他的第一个念头就是：如果江白与海韵之间不存在恋爱和婚姻关系，那么他关于自己与海韵仅仅是朋友的说法就是真的了!

如果这样，江白就真的没有任何问题了。

他的沉甸甸的心豁然洞开。可是不知为什么，他并不十分高兴。

14

艇上新来的政委与他正式谈话的那天晚上，江白彻夜难眠。

最初只是明白自己距最后离开 L 城的日子不远了，必须认真想一想，处理一些必须处理的事情。

想到床头的书。他已经读完，必须寄还给 Y 城的海韵。

据说他们要把他退回潜院。那就是说在最后离开海军之前，他还必须到 Y 城走一遭。他可以将这些书带在身边，到 Y 城后亲手还给海韵。

可他宁愿从这里直接寄给她。

已经没必要再与她在海山别墅见面了。

其次就是卡门。她究竟对他是个什么态度？而最重要的是：她愿意跟他一起离开 L 城吗？

思绪由此切入了深沉的黑暗。他已经需要认真地设想离开 L 城后他和卡门的生活了。

如果她不反对，他将带她回到西部那座如今已认作故乡的煤都（她反对那将另当别论）。父亲会为他这样不光彩地离开部队感到震惊和失望，但他绝不会说什么，父亲会什么事也没发生一样接受他，甚至也会默默地、礼貌地接受儿子从远方带回来的陌生姑娘。继母呢，她会照父亲的心愿行事，让他和卡门得到他们在这个家庭里能够得到的最好的接待和照顾。

然而一定要发生的事情还是要发生的：他在读完 4 年潜院后被人像个弃物一样淘汰回去，对于悲惨一生的父亲的打击很可能是他想象不到的。父亲的生活已经失败，儿子已是他的最后希望和鼓舞，他的生命的灯塔，他活在这个世界上的理由和寄托。儿子这样归去，将使父亲突然发现自己的生命完全成了一具空壳，一片荒漠。

受到打击的还有继母。十多年来，他已经习惯于把这个善良的女人看成是自己的母亲。母亲一生都在为父亲而活，父亲一旦失去了生命的寄托，母亲的生命也就没有了希望和寄托。

小妹也会受到这种打击的。虽然同父异母，小时候他们并不亲近，但他知道，今天的他已经是小妹心灵的依傍和崇拜的偶像。他这样回去将会让她稚嫩的生命中的阳光倏然熄灭……

已经是下半夜了，海风骤起……他又听到了整个世界都为之摇颤的风声……这是故乡的秋风吗？塞北的秋风总是来得很早，黄叶飘飞……父亲的白发在秋风中飘拂，他的眼睛只剩下一对黑洞似的眼窝，没有了眸子，这双眼窝里的表情像是惊讶，仅仅是惊讶，巨大的惊讶……父亲的身旁是母亲，母亲的目光也是空洞的，没有光泽……但是他也只有回去了啊。世界很大，可是他只有回到西部父母之邦这一条路了。别无选择。没有人让你重新选择。每一条道路都设定好了，回到那里你才能有一个户口和一份工作。这以后当然没有人理你了，你可以有多种选择，进入一种你现在也许连想也没想到的生活。这以前你却只能回去，将自己变成一柄利刃，在亲人们的心灵上划开一道鲜血迸溅的伤口。

他听到那种声音了……在无限深沉和暗黑的夜里，在海风摧动椰林、海浪拍击堤岸的呼啸声中，他的心在一点点地撕裂……失去的不仅仅是潜艇和大海，不仅仅是一种生活，而是整个生命。你的家庭和父母将要因你蒙羞……黑暗的时刻就像潮水，正向你涌来，汹涌澎湃，要把你淹没。

但他还是从巨大的痛苦中透出气来了……潮水涌上来又落下去……他渴望得到喘息……可是你真的后悔自己做过的事吗？……你会吗？他用呻吟一样的声音拷问自己。无边无际的黑色之潮正在退去，被淹没的礁石、被水雾遮蔽的岸岬上的灯塔和它的光芒显现了出来，它们的形体尚不清晰，光芒还很微弱，但很快就会重新显现和明亮起来的……他可以不回答那个问题吗？他方才已经滑到那个边缘了，那个悬崖的边缘，悔恨的边缘，但他终究没有滑下去……海上的风一定很大，浪一定很高，风浪的呼啸声在唤醒他，他的腿不能发软。他一定要立定在原地。不，他不后悔，不能后悔……他做错了什么吗？没有。今夜他看得更清楚了，他对海风酒家那个美丽的少女的爱是纯洁的、真诚的，并且也是自然的。是的，真正的秘密是它发生得非常自然。但这仍不是他走向湾尾街、为她牺牲了自己的一切的全部理由，后者即使在他的生命意识中也潜藏得很深，不易发觉。这理由来自一种根深蒂固的理念：一个人不应当对湾尾街上发生的那类污浊和无耻无动于衷，不应当对他人的生命漠不关心，尤其是不应当对一个极其美丽和脆弱的生命漠不关心……他的心灵深处始终回荡着一个声音，使他不能允许卡门的尚未成熟的生命遭到摧残，如同狂风暴雨下的花朵一样香消玉殒，或者由一朵纯洁的花化作一朵黑色的花，成为世界上广大的黑暗和无耻中的又一个引人注目的笔触……

是的，真正的原因不在于他们是否相爱（他觉得自己爱她，而她是否爱他仍是个未知数）。假若他后悔做了此事，他蒙受的就不仅仅是今天这样的耻辱。他后悔了，他就不再是他了，而是另外一个被自己鄙视的人，他的生命也将随之走向无耻与黑暗。

生命的价值，人生的成功与失败，到底应以什么标准来衡量呢？哪里是它最后的判决呢？鱼我所欲，熊掌亦我所欲，二者不可兼得，舍鱼而得熊掌。不。

还不是这个意思。既没有熊掌也没有鱼，盘子是空的。你要这个空盘子吗？另一个问题是：难道出有车食有鱼，水陆列于前，翠袖环于侧就那么重要吗？难道为了它们你就应当泯灭人的良知吗？难道人的一生不该更真实、更英勇、更善良、更坦诚、更直率、更富于同情心和爱心吗？泯灭了所有的良知，人还是人吗？

东方瀚海每次指挥4809艇去开辟一条新航线，他会想到自己一定能够成功吗？太平洋战场上，美国潜艇从4000海里外的港口单艇出航，艇长和艇员们知道自己一定能够安全返航吗？

他们不知道。不知道并不是说他们对自己没有信心。不知道是因为不可能知道。他们知道的东西是自己必须去做。他们拥有的是责任感、自信和战斗的勇气。

出航就是死亡或者荣誉，不出航则是怯懦和耻辱。这和鱼与熊掌的比喻毫无关系。

每一种生活都像是远航。艇长就是你自己。你只有22岁，失败和死亡都不怕，可怕的是因为胆怯而不再做一个正直、善良、勇敢的人，你的胸腔里装的不再是一颗爱和同情的心！

不！

心灵里的风暴潮正在减弱，曾经一波波山一样涌上来的灰白色海水正在消退，可是他不想马上离开自己曾经站立的悬崖。今晚对于他又是一次顶峰经历，他不想从自己正在体验的这深重的黑暗与痛苦中退出。

卡门。让卡门跟他一起走，将意味着他要对她的一生承担起责任。他有这个准备吗？归根结底，他有这个力量吗？还有，在人的一生中，有时一秒钟都会显得十分漫长，他有这个耐心吗？

心口的疼痛平缓了，那里撕裂过了，伤口仍在流血，以后会痊愈的，也会留下一道别人永远看不见的细疤，一到阴雨天便会隐隐作痛。他正处在一生的岔路口。他的生活将走向一个陌生的、未知的、混沌迷蒙的海域。他必须从头学习航行，身边还负担着一个尚未成熟的女孩子。艰难和困苦正在前面招手，带着阴险、恶毒、讥讽的微笑。这就是你的未来。

啊，要来的就来吧！到了这一刻，也就没什么了。需要的只是勇气，仅仅是勇气。不过就是重新生活一次罢了；不过就是有许多新的，也许比想象中更多更沉重的不幸、艰难、挫折在等待你罢了；不过就是食不果腹衣不蔽体罢了；不过就是在新的陌生的海域里迷航、失败甚至沉没罢了。生活对你来说即是一片尚未探明航线的大海，触礁、搁浅、沉没的事就随时可能发生。沉没是你不可控制的事，你能够控制的就是你自己的恐惧。你不恐惧，这就行了。

东方瀚海的成功源于他的经验、智慧和细心，但他真正拥有的、超过别人的却仅仅是勇气和豪情。东方瀚海明白沉没乃是一艘英雄潜艇的正常结局。

他的眼睛在黑暗中瞪得很大。来自大海上的一切声响他都听不到了，他内心的目光仅仅盯住自己刚刚发现的那一点生命的亮光。它就是他在这个痛苦的夜晚对人生的领悟吗？东方瀚海超越常人的就是这小小的一点生命之光吗？

真正坚韧的生活也许根本不是承受考验并赢得胜利，而是承受考验并接受失败。父亲失败了，但是他承受住了。与直至今日为止的自己比，父亲才算是真正经历了人生。

为什么一定认为他接受不了儿子被退回去的现实呢？父亲也是一个老兵了。

为何一定要到这种时刻，你才能真正洞悉这一点点人生的真谛？哪怕是刚刚意识到它的存在，生活就已经给予你很大的馈赠。你的潜艇尚未出航就沉没了，可是你在沉没前一瞬间明白了比沉没和痛苦更深刻的东西。

我并不是一无所获啊，他感动地想，我正在长大，我正在再生。这真是一个奇异的夜晚，我正在巨大的痛苦中成长和成熟。

让更多的挫折、痛苦、艰难一起来吧，让我品尝最后的沉没和牺牲吧，我绝不恐惧。

卡门。又想到了卡门：她真会跟我走吗？

她不应当跟我走吗？虽然还不清楚她离开 Y 城到 L 城打工的原因，但有一点是不会错的：她的生命中存在着她不能不离开 Y 城的不幸。

离开 Y 城她就不再有家了。他却可以给她一个家。

更急迫的问题是她不能继续待在湾尾街上了。眼下她已经成了这条街的流氓们侮辱和损害的首要目标，她自己也会急着离开吧？她之所以还没离开，很可能还是因为他想过的那个原因：她已无家可归。

那她就一定会毫不犹豫地跟他走……

黎明正在来临。一夜的风浪归于平息。他在心里为她不愿跟他走想了许多理由。每一条理由都站不住脚。他相信除了钱，这条小街能够给予她的东西他都能给她，这条街不能给她的东西他也能给她！若是这样，她怎么还会拒绝他呢？

还有，经历了所有这一切的风风雨雨之后，她难道还看不懂他的心，不会爱上他吗？

他急切地盼望着新的一天到来。只要那位叫焦同的政委宣布了部队对他的处理决定，恢复了他的自由，他就去找她！

上午，听完了焦同的报告，支队长脸色灰白。

“……既然是这样，那你就……正式写个报告。至于东方瀚海的女儿，我们能做多少工作就做多少工作，只是不要声张。4809 艇在 XY 水道沉没，东方瀚海已经背了那么大一个包袱，现在又突然冒出了一个他的女儿，这对死者不好。”

“江白怎么办？先让他回艇吧？”焦同问。

“回吧，回吧，既然不是那么回事儿，就不能照原来想的办了……”支队长很疲惫的样子，低垂着多皱褶的眉眼说。

焦同站起来了，却没有走。

“我们艇上，个别同志的工作可能不大好做。”

支队长抬起头。“你是说崔东山？”

“是的。”

支队长皱了皱眉。

“你多做点工作。支队上次研究他的转业申请，又有人说他其实并不想走。马上就要进行训练考核，他要真不想走，这次考核就是他的最后一次机会！”

支队长站起来，焦同意识到这就是谈话的结束。

再次与江白面对面地坐下来时，焦同发现这个被关了禁闭的年轻人脸色苍白，眼睛里布满血丝，神情和目光相反却异常勇敢而又急切。

“政委，我希望你今天就宣布对我的处理决定！”他首先开了口。

焦同沉吟。在宣布支队决定以前，他忍不住还想从对方口中搞清一个情况。

司令员昨晚亲口对他说海韵不可能与江白恋爱和结婚，今天他要再从江白口里听到同样的回答。不然，他就无法彻底消除他对这个年轻人个人品质的不信任。

“江白同志，我今天来不是要对你宣布处分决定，而是想宣布另一个决定。”他平静地说，“但在宣布这个决定前，我还想问你一个问题。”

年轻人的目光里立即现出了一种惊讶和迷惑的神情。

“请吧。”他说。

“我想知道你跟秦司令员的女儿海韵的真实关系。”焦同单刀直入地说。

这种方式对别人不合适，对江白合适。

年轻人的眼睛睁大了。

“政委同志，我能知道你问这件事的原因吗？”

“可以。上次来这里，在你床前看到了一批属于海山书房的书。就我所知，这是一家私人图书馆，它的藏书是不轻易借给别人的。”

江白的眉头微微皱起来。

“政委，关于这家图书馆的藏书，你还知道些什么？”

“我还知道这一家的一个习惯，一旦他们将海山书房向一个青年开放，那就是说，这个青年已被这个家庭接受，他很可能就要成为它的一个重要成员。”

江白忽然明白他话中没有说出来的意思了。

年轻人苍白的脸颊上有了一点不自然的颜色，但很快他就恢复了镇静。一点讥讽的神情在他的嘴角轻轻浮上来。

“政委同志，这事也与你正在处理的问题有关吗？”

焦同的神情郑重和严肃起来。

“此事当然与我正在处理的问题无关，但也不能说一点关系也没有。……我的意思是，既然你从这个家庭获得了借书的特权，似乎就不应该再移情别恋。”

他注视着江白的神情。几乎在他猝不及防的时刻，江白忽然忍不住微笑了。

“政委，你也许是一个很好的海军军官，却是一个蹩脚的侦探！”

焦同脸红了。

“你对我和海韵的关系理解错了。我们曾经有过一段关系不明的交往，也可以说是恋爱吧，今天我也没有必要回避这一点。但是从潜院毕业前夕，我们的关系就明确下来：只做一般朋友。”

焦同的心仍在挣扎，他问：

“这以后她仍然借给你书？”

“不错。”江白目光坦然。

“你们……至今还在通信？”

“不。只通过两张明信片。因为我这里毕竟还有她家的藏书，另外因为我对世界潜艇战史的研究没完，她答应过要从资料方面帮我完成这一研究。”

焦同的头脑冷静下来。

“原来是这样。”他对江白一笑，很快转移了话题，“我也听说你一直在研究世界潜艇战史……是纯学术的研究呢，还是别有目的？”

“不是纯学术的研究。毕业前想到以后要做潜艇军官，对世界潜艇战术的发展不能一无所知，就在海韵的帮助下读起书来。不过现在看来是不需要了。”

焦同望着年轻人。即使在将被部队淘汰的时刻，他的内心也是有力量的。这一点可贵的力量从何而来?

但毕竟他已经相信了江白的话。此人与海韵之间不存在某种哪怕形式上的婚姻契约。此事在他是今天真正惊人的发现。

这个人明知自己将要离开部队却仍在研究潜艇战史，他对于潜艇兵器和潜艇战史肯定具有真正的兴趣。

这一刻，他对这个年轻人的看法完全改变了。

他不能马上肯定自己发现了一个无论是心灵还是知识层次都十分有潜力的青年潜艇军官。一个喜欢世界潜艇战史的青年也不一定就会成为一名优秀的潜艇军官，但喜欢世界潜艇战史却不是坏事。就焦同所知，喜欢研究战史的年轻人一旦得到适当的培养，往往会成为相当不错的军人。

他不愿再谈这件事。江白与海韵不存在恋爱关系，他对湾尾街上的东方白雪一见钟情就不是不能理解的了。歌里怎么唱的？“哪一个少女不怀春？哪一个少男不多情？”……

他开始怜悯这个青年人。痛苦的时刻对于江白就要开始。

“江白同志。”他的声调不知不觉变得温和体贴了，“我还想问你一件事。”

江白注视着焦同的脸，突然意识到了什么一样，警觉起来。

“政委，有什么话你就说吧。”

“你告诉我，你对海风酒家那个女孩子——你知道我说的是谁——的感情是一时的冲动，还是经过了严肃的考虑？”

“我当然经过了严肃的考虑！”

焦同沉默着，他知道自己将要说出的话对江白来说是残酷的。

“昨天我到海风酒家去了。我见了她。”

江白的脸微微泛白。

“我也对她提出了刚才对你提出的那个问题。但是那位……对了，她叫卡门……那位卡门姑娘对我说，她既不是你的未婚妻，也并不爱你。”

艳红的血色忽然涌上了江白的脸。

“她……她还说什么？”他努力自持着，不让自己在焦同面前失态。

“她还说要谢谢你，过些日子要来看你。但她与你交往的主要目的是要在湾尾街上造成一种错觉，保护她自己不受流氓欺负。这位卡门小姐说她来L城打工的目的是挣钱，挣够了钱还要去读大学，她目前根本不会考虑和你以及任何一名海军军人恋爱或结婚。”

江白脸上的红潮像刚才快速涌上来一样又快速地退下去，一时竟苍白得有点可怕。

“政委，如果这个卡门小姐真的想跟我结婚，你也不会赞成吧？”他突然恶意地、结结巴巴地说，目光里涌满了恼怒。

焦同激动了。

“你想错了。我以前反对你与她交往，是以为你对她的感情不严肃和不健康，以为你与另一个女子保持着恋爱关系的同时又见异思迁。但现在事情变了，如果她也爱你，我当然会赞同你们发展恋爱关系！”

“你？”

“对，我。因为这个女孩子与我也有特殊的关系！”

“我不懂你的话！”

“我现在可以告诉你，海风酒家的卡门，她的真名叫东方白雪，她是一位19年前牺牲的潜艇艇长的女儿！”

江白的脸色白而复红，目光中的敌意消失了，只剩下惊骇。

“政委，我快糊涂了！你是说她是——”

“你知道东方瀚海这个名字吗？”

“当然知道！”

“卡门就是他的女儿！”

江白张大了嘴巴，像是刚刚望见了一个奇迹。

“政委，对……对不起，我想一个人待一会儿。”他突然说，脸色剧变，猛地向背后的窗口转过身去。

焦同快步走出这间“禁闭室”。他觉得，再过一会儿，自己也要哭出来了。

走回9009艇宿舍他才意识到，他并没有对江白说出支队已经做出的取消他的禁闭的决定。

这天上午余下的时间内，江白坐在一扇临海的窗前，一动不动。

政委刚走，一直在院子里跟一名高鼻子的女护士打乒乓球的高粱走回去，被他粗暴地撵了出去。

他只想一个人待着，不能容忍任何人这个时候打搅他。

原来卡门竟是东方瀚海的女儿？！东方瀚海的女儿怎么会流落到湾尾街上，成了一名酒店小姐？她的生命里怎么会出现一个这样凄清的故事？

东方瀚海，东方瀚海，你的名字今日听来为何那样令人心颤抖？除了XY水道的沉没，你的故事里还有多少我不知道的部分？

羞耻。极度的羞耻。他吃惊地发现自己竟也进了东方瀚海的故事。他怎么竟走进这个故事呢？他的行为没有亵渎英雄的名字吧？

羞耻还因为卡门——现在他知道她的真实身份了——并不爱他。就政委的意思论，她好像从一开始就只是出于自我保护的目的利用他！他忽然想起第二次去海风酒家时卡门和雀斑小姐在门外的窃窃私语和后者朝他的那诡秘的一望。当时他曾经有过怀疑，后来却没认真去想，相反倒心甘情愿地接受了卡门要自己扮演的角色。

并且发生了以后的事情。

不能说受了她的骗。她也许开始只想让他充当一个保护人，一个大哥哥似的老乡，是盲目的爱操纵了他，让他一厢情愿地去充当了她的恋人！

愚蠢的是他自己。自信和她的美丽蒙蔽了他的双眼。他经历的是一次自以为是的、热烈的单恋。

如同从一场大梦中猛醒。他开始用一种局外人的目光回头看梦境中的自己了！

我的错误在哪里？我为什么突然感到羞耻和惭愧？

我过于自信。在我和卡门之间，我过分认为自己比她优越，相信我能够保护她并有资格爱她，而她则不应当拒绝我的爱。

我对世界上的事情知道得太少。譬如说，我对卡门的了解甚至于就不如这个刚到数日，也许只同她接触过一次的政委。政委知道她的真实和身世，我却对此一无所知。我还过于骄傲，内心深处，有一种将自己的生活戏剧化、浪漫化的倾向。

我为她牺牲的是自己的潜艇和大海之梦，而事实上她并不需要我做出如此惨痛的牺牲。我孤注一掷地为她毁掉了自己的生活，原来以为是一种庄严的和壮丽的奉献，能够获得她爱的回报，但那却是一种她不需要也不可能回报的虚掷。

……不，毕竟他还是保护了她。那天晚上他用自己的拳头阻止了胖三一伙对她的侵害。在他们交往的一个多月间，他也许还成功地阻止了胖三或别的流氓对她的更多的伤害……

即便如此，他仍然感到羞愧啊。她是东方瀚海的女儿，是遇难的英雄艇长东方瀚海没有了结的故事的延续。他对她拥有的感情只应当是同情和敬重，而不应当是爱啊。

现在一切都清楚了。卡门不爱他，她不接受他的爱。她也不是卡门，而是另一个东方白雪。于是他对她的爱也消失了。

只剩下了灰烬。一堆将会让他的心灵永远感到羞耻的激情的灰烬。

揪心的痛苦来自他为这场梦牺牲的东西。既然梦是虚妄的，他为此牺牲了名誉、职业、理想，就一点价值也无了！

不，他再也不想失去它们了！

为什么不能请求首长原谅自己的一次过失呢？为什么不能让他们再给自己一个机会改过自新呢？因为与街头流氓殴斗，部队可以给他严厉的处分，怎么严厉他都可以接受，只是不要让他离开潜艇和大海。

以往他没有想到这样做，是因为他觉得那是没有希望的，还因为他给自己的牺牲冠上了一个虚假的圣洁的光环。

此刻那光环不见了，他的心灵里只剩下一顶令人羞耻的荆冠，一根根锋利的硬刺扎在那里，让它流血涔涔，痛苦地呻吟。

需要行动。

为什么不找新来的政委谈一谈？

还有，为什么不可以找找基地司令员？与海韵交往时，他毕竟在海山别墅里与他有过一面之缘，虽然那时他还不知道他是 Y 城基地的司令员。

高梁哪里去了？他要拜托高梁，将政委找回来！

午饭号音吹响了，高梁满头大汗地走进房间。

“有什么事要我做吗？”他发现江白神情大变，诧异地望他一眼说。

江白从窗前站起。

“请你告诉政委，我请他下午务必来一趟，我有重要的事要对他讲。”

“好的。”高梁担心地看了他一眼说。

他带上自己的和江白的饭盒去打饭，没有在支队大饭厅里见到焦同。打完饭回到艇上，发现政委房间的门开着，里面传出了艇长愤怒的声音。

“……这不行！我不同意！怎么能这样！……”

他喊一声“报告”，走进去。房间里只有艇长、政委两人，争论声随之停止。

“你有什么事？”崔东山扭过头来，火气冲天地说。

“江白想请政委下午去一次，他说他有重要的事要谈。”

崔东山用猜忌的、不赞成的目光望着焦同。

“你回去告诉他，让他下午搬回艇上来。你也一同回来，明天正常出海训练。”焦同坚定地说，“有什么话以后再谈。”

高梁不动声色地站着。他忽然明白艇长正因什么事与政委争吵了。

15

他在航海舱靠门口的空铺板上将自己的铺盖卷打开。高梁站在门口笑望着他。全体艇员都出海了，楼上楼下除了值更水兵只剩下他们两个人。高梁忽然想道：在禁闭室待了一个多月，他倒没大变，今天事情峰回路转，柳暗花明，他倒变成另外一个人了。

“江白，你该请客？”

“为什么？”

“一天云彩散飞，连个雨点儿也没打到身上，你还不该请客？”

“不请。”

“我倒想知道知道原因。”

“我失去的东西太多。”他回转头来正视着他说，神情严肃。

高梁笑一笑走了。江白坐下来，望着窗外。高梁懂得他需要一个人待一会儿，这个精明的鱼雷长一定想到了他需要时间适应这突然发生的变化，这意外到来得轻松。

窗子开着。从这里可以直接望见军港的一角，那在冬日的阳光下依然泛着明亮的嫩蓝的海面，以及海湾另一侧矗立着一座灯塔的岸岬的墨绿色的一隅。

一棵椰树将它那硕大的、闪着湿润的生命光泽的叶片横出在窗外，叠加在远方的背景上。码头上传来潜艇出港进港时一声声响亮的笛鸣。

脑海里涌出些杂乱的思绪，后来发觉那其实异常简单。眼前的一切都不陌生，他回到的是一个旧的环境。

然而一切又仿佛是全新的。好多非现实的东西消失了。过去充塞他生命中以为很重要的东西，一下子都既不重要，也与他无关了。卡门，海韵，爱情，幻想，幼稚的骑士意识，天之骄子的感觉，藏在它们背后的虚荣，盲目的同情心。

只剩下了他生活在其中的现实。剩下了潜艇、职业、大海。

只剩下了它们。

崔东山坚决不能同意江白什么处分也不受就回到艇上来，但是支队长的话就是命令。支队长要江白回艇上来参加正常训练，他只能照办。

在 4809 艇当了 4 年艇长，崔东山自己知道，他并不想与历任政委的关系都搞坏，但每次发生的情况都相反。政委一个个转业，他则落下了个不能与人合作的恶名。焦同是第五任政委，此人到任不几天，他又明白了：他一定会和这一个也搞僵的。事实上因为一个江白，他们已经搞僵了！

崔东山始终不清楚焦同是怎么调查的，为什么江白关了一个月禁闭又什么事也没有一样回艇上来了。仅仅是跟流氓大打出手这一件事在艇上就是空前的，即便不把他退回潜院，难道连个处分也不给吗？自从“厕所事件”发生后，他和江白的关系就“死”定了，现在有了机会，将江白撵走，他觉得主要不是对他自己，而是对这条艇有好处——谁知道这人以后还会干出啥子事情来嘛！可是，忽然之间，江白又回来了！这个新来的政委想干啥子？他下车伊始就这么干，不是当着全艇给他没脸吗？他一个艇长，连个把人的去留说了都不算，以后还带得了这条艇？他还有啥子威信？谁还听他的招呼？！

崔东山气得半宿难眠，可他又明白自己无法改变这个结果。他还有更烦心的事值得生气哪：三天后基地就要开始一年一度的训练考核，支队首当其冲，又听说这次考核与过去不同，半年前才从 Y 城基地调来的新司令员要一条艇一条艇亲自考。司令员是全军闻名的潜艇专家，9009 艇的训练水平多年处于落后状态，今年政委转业、副长住院，他自己也对老不提升有怨气，提出了转业申请，训练搞得并不扎实。能否顺利通过这一关，他心里一点底都没有。

“支队就给 9009 艇弄来这几个人，还能有个好？不过听说这个秦司令员可不理会你艇上有啥子具体情况，你要让他不满意，他是不会让你好过的……”崔东山的心境糟到了极点，他甚至都不敢往下想了。

即使在军队里，也有一些人，他们对自己的认识远没有别人透彻，于是他们自己也就在有关个人的问题上犯些别人难以理解的错误。崔东山就属于这一类人。四年前他已被确定转业，只是因为没有人愿意到支队的“老大难”单位9009艇任艇长，他又不想转业，才安排他当了这条艇的艇长，首长那时的考虑是：反正它也不是一条主力艇。上级当然不能对他把话讲明，于是崔东山就此对支队有了意见，说不该将他弄到这条艇上来，既然弄来了，别人提升就不能忘了我。然而一件事在他是清楚的：虽然打了报告要求转业，但他并不真想走。年终训练考核说是考潜艇的训练水平，实际上要考的是每个艇长的“真玩意儿”，何况又是基地司令员主考，想在哪怕一些最细小的环节上马虎过关都甭想。万一9009艇这次考“砸”了，他的“假戏”就可能被别人接过去“真做”，那时他就是不想走，也不行了！

可他确实不愿意走。当了20年潜艇兵，一旦转业到地方，一切都要从头开始学，他跟别人的关系又总是搞不好，日子肯定比在部队还要难过！

一定要考好！拼上老命也要考好！

但他并不相信9009艇能考好：就是想考好，就是他拼上了老命，可是艇上有江白，有一个刚来就想跟他作对的政委，其他干部不是想转业就是想调走，能考好吗？

又是一个白天。

出操，早饭，崔东山怒气冲冲而又十分虚弱，他睁大多疑的眼睛，看谁都不顺眼，对谁也没有好气。

全艇官兵约好了一样，无论他对谁发火，大家都沉默以对。没有人要他们这样做，是大家意识到了：要考核了，到了节骨眼上，艇长这个样子，心里又慌又急，还跟他理论什么？

崔东山的火气却更旺了：怎么啦，是不是政委又搞了小动作，让全艇上下一起用这种态度对付我？

出海了。

还有最后三天，崔东山要抓紧时间练习考核课目。

9009艇驶出内港，进入训练海区。

下潜。

江白坐在指挥舱航海室自己的战位上，眼睛紧盯着面前的海图，瘦削、苍白的脸上，血管像要一根根绷出来。

海图是熟悉的。每一道海流、每一块水下礁石也都是熟悉的。今天进行的课目是鱼雷攻击。

雷声室内，雷达、声呐兵的眼睛盯着不断闪烁的荧光屏。

“报告艇长：目标出现。方位 ×× 度，距离 ×× 链！”

“准备鱼雷攻击！”崔东山生硬地说。

江白迅速计算射击诸元，并将它们报告艇长。

“大声点！”崔东山恶狠狠地说。

焦同站在崔东山身后，无言地望着江白，目光明亮。

江白不抬头，大声将射击诸元重新报告一遍。

“你有没有算错啊！”崔东山说，“再算一遍！”

江白一声不吭，迅速地将射击诸元重算了一遍。

再一次大声报告。

“上浮至潜望镜深度！鱼雷发射准备！”崔东山不理他了，转而通过艇内送话器大声叱斥鱼雷长高梁，“一舱，不要以为我看不见你们，就可以糊弄我！”

潜艇上浮至潜望镜深度，崔东山升起潜望镜。

“我怎么没发现目标？”他突然大声地愤怒地吼起来，“航海长，你的目标在哪里——”

话没说完他就发现目标了。

“左舷 ××，方位 ××，定深 ××，鱼雷一发，急速射！”

他收回潜望镜，潜艇下潜。指挥舱内一片沉寂。

“报告艇长，一发命中！”声呐兵报告说。

崔东山仍然一脸怒意。

这天，9009 艇在海上进行了一整天的鱼雷攻击训练。总成绩不大好：30 次攻击，命中 16 次。

焦同全天一直站在崔东山后面，听着他不停地气急败坏地训斥艇上官兵。江白受到的叱斥最多。

潜艇正在训练中，他一言不发。

真正让他吃惊的不是崔东山而是江白。一天里，脸色苍白的江白形同槁木死灰，一句也没有跟崔东山顶撞。

他的沉默显示出的是坚忍、顽强和年轻人身上罕见的自制力，焦同意识到了。

他觉得意外。

“这个人……还真行。”他在心底暗暗地评判着。

又进行了两天的紧张训练。内容包括战斗航渡、通过封锁线、伏击、入港攻击等多种课目。

情况不是那么好。

情况越不好崔东山就越急躁，越想开口骂人。三天训练结束时，全艇包括焦同在内都被他或指名道姓或指桑骂槐地骂了一个遍。江白越是沉默不语，崔东山就越生气，挨的骂就越多，连同大量的挖苦、嘲讽。

江白仍然不发一言，如同一尊石像。

第三天晚上9009艇出海归来，进入明天的考核准备。全艇官兵被崔东山骂得蔫蔫的，焦同觉得应当进行一次动员。

会前他到航海舱找到了江白。

“艇长压力大，脾气不好，你不要受影响。”他说。

“不会的。”江白抬起苍白的、没有血色的脸，简单地说。

“我还要告诉你一件事。半年时间已过，你已被正式任命为9009艇的航海长。”

“知道了。”

他不愿与他多说，也没有一点高兴的意思。

但是他们的目光撞击在一起了。焦同觉得这个年轻人与他们第一次见面时相比，突然成熟起来。

崔东山没有参加政委的动员会。他去找支队长。

“9009艇情况你也知道，这个样子参加考核，我心里没底。”他满腹委屈地说。

“我更没底！”支队长勃然大怒，“你知道不知道，要是过去，我也不想让9009艇参加考核，怕你们拉垮了全支队的训练成绩！可这次不行，司令员说了，每条艇都要出海，都要考！……崔东山同志，你要真想转业，那就不说了，你要是还想在这个位置上干，就使出全身的劲儿，给我好好地考，考好！”

崔东山垂头丧气地回到艇上。这一下，他心里更没底了，也更慌了。

考核开始这天，海上风平浪静。司令员乘坐一艘护卫舰，与参与考核的潜艇同时进预定海区。

“开始吧！”他对支队长发出命令。

“开始！”支队长对身边的信号兵说。

信号兵麻利地打出旗语。

第一个项目是鱼雷运动攻击。每艘艇三发鱼雷，要击中三个不同的海上和水中运动目标。

墨蓝色的、动荡不安的海面上，不时响起一声声沉闷的爆炸声。

一支支高大的水柱冲天而起。

司令员坐在护卫舰航首的考核指挥台上，周围是一大堆电子仪器和参谋人员。面色严峻的支队长站在他身后。

支队长与这位闻名全海军的司令员不熟。他不明白眯细着眼睛的司令员到底是睡着了还是没睡着。

一艘艘潜艇通过了考核。

“下面是哪艘艇？”下午1点，司令员睁开眼，问他。

“9009艇！”

将军脸上闪过一丝支队长觉察到了却无从琢磨的光影，苍老的目光骤然明亮。

“开始！”

支队长回头对身后的信号兵重复了司令员的话。

信号兵又“唰唰”地打了一番旗语。

内港与外港的汇流处，一直守望在舰桥上的信号兵赵亮“唰唰”地回了两下旗语，喊：“报告艇长，指挥舰命令我艇进入考核海区！”

指挥舱里，崔东山的脸涨红了，半边脸上的肌肉开始颤跳。

“下潜，进入考核海区！”他嗓门嘶哑地叫道。

9009艇驶入考核海区。

指挥舱里空气紧张得要爆炸。

“报告艇长，水上目标出现。”声呐兵喊道，“方向××度，距离××链，航速××节！”

“准确吗？”

“准确！”

江白随即报出了射击诸元。

“鱼雷一发准备！”崔东山叫着，嗓门忽然不哑了，他报出了自己的射击诸元。“射击！”

“艇长，你的数据不对！”江白镇静地说，“我刚才报的是另一个！”

“你知道啥子？你报的就全准？！”崔东山大声吼一句，嗓门又哑了。

潜艇微微震动一下，鱼雷打了出去。

“报告艇长，发现水下目标。方向 ×× 度，距离 ×× 链，航速 ×× 节！”

“鱼雷一发准备！——射击！”虽然江白报出了射击诸元，崔东山喊出的仍是自己算出的数据。

第三个目标突然出现，近在咫尺。

“鱼雷一发准备！——射击！”崔东山的嗓门又洪亮起来，他用的还是自己算出的射击诸元。

三发鱼雷打完，9009 艇上浮，退出考核海区。

护卫舰上，司令员回头问一名参谋：

“9009 艇三发几中？”

“一发没中！”参谋说。

司令员的脸色阴沉得像要滴下水来。

“9009 艇艇长是谁？”他回过头来问。

“崔东山。”支队长说。

“明天不让他出海了。让 9009 艇政委代理艇长。”

支队长张了张口，想做点解释：

“9009 艇一直是后进艇，艇长——”

司令员回过头来，一直眯得小小的眼睛睁开了一些：

“后进艇？我们使用这样的称呼也太久了。以后不能有后进艇这种称呼了。不行就是不行，不行就换人。”

支队长的脸色难看起来。当兵 30 年，这样被首长当面批评的次数并不多。他想：崔东山再也不要写什么转业报告了，从明天起，他就可以回老家给自己联系工作了。

夕阳西下，最后一条参加考核的潜艇回到了港内。

支队长将一个电话打到 9009 艇。

信号兵赵亮接电话。

“找谁？”

“找焦同！”他火气很大地说。

“你是谁？”

“我是支队长！”

赵亮一伸舌头，跑去找焦同。

焦同正在房间里洗脚，穿着一双拖鞋来接电话。

“支队长，是你？”

“焦同同志，我现在传达司令员的指示——你记住是司令员的指示而不是我的指示——明天起由你代理 9009 艇艇长参加考核！”

焦同吃了一惊。

“我？”

“对！”

“支队长，说实话，我感到有点儿突然。”

“我跟你一样。不过我听说你是司令员当年亲手带出来的。你要好自为之！”

“明白了！”

“把崔东山给我叫来！”

焦同放下话筒，去叫崔东山。

崔东山来了。

“崔东山，明天你不用出海了。你的职务暂时由政委代理！”

大滴的汗珠立即就从崔东山额头冒了出来。

“支队长——”

“什么支队长。”支队长又愤怒又伤心，“今天参加考核的艇，只有一条三发两中，其余全部三发三中，就你们艇打了个光头，你还叫什么支队长！”

崔东山脸色发白，嘴唇乱抖。

“支队长，9009 艇没打好我……我当然有责任！但是艇上一直是个啥子情况你也知道。……我想请支队再给我一次机会，假如明后两天我还打不好——”

“崔东山，你以为是我要你停职吗？”支队长恨铁不成钢地说，嗓门低沉下去又高亢起来，“不要再有幻想了，今天这个结果你早就应当想到。行了，从明天起，你可以休息了。至于以后的事，这几天你自己先考虑考虑，考核完了我听你的意见……”

一整夜崔东山都大睁着眼睛。

他终于想明白了：白天在海上三发鱼雷全部脱靶，是自己算出的射击诸元不对。刚从禁闭室放出来的江白算出的数据却是对的。自己本来可以算对的，但当时心情紧张，不知怎的就记错了一个常数，于是赋予鱼雷的射向就全错了！

倒霉！

如果不是考核，或者基地司令员不亲自坐在那里监考，他是不会错的。问题是：自己偏偏在这个节骨眼上紧张了。我紧张什么？

不是怕考不好吗？

怕鬼偏偏撞上了鬼！

但是那个江白为什么就能算对呢？他难道一点儿也不紧张？

这天夜里焦同也没有睡好。躺在床上，他觉得自己突然更清楚地看清了司令员将他派到 9009 艇来的意图。

那意图可能在司令员心中也是隐秘的，因为这条艇的前身是 4809 艇，因为它的问题实在太多。

可是让司令员今日如此动怒的绝不只是这个原因。司令员不能容忍的是自己的部下竟有训练水平如此之低的潜艇。允许这样的潜艇存在，在他无疑等于渎职！

司令员可能更难以置信的是：一艘与东方瀚海的名字连在一起的、在中国潜艇兵史上建树了巨大功勋的战斗集体，竟被人带成了这副模样！

明天就是我率艇出海了。司令员信得过我，焦同想。啊不，司令员可能还想到了另外的事情。他可能想到这艘艇上，只有我了解东方瀚海和 4809 艇当年全部的史诗般的辉煌。

在为东方瀚海翻案的事情上，司令员好像并不积极；但是一旦发现东方瀚海的艇成了一艘后进艇，他采取的措施却异常激烈！

司令员关心的是中国潜艇部队的训练和作战水平。他关心的却仅仅是 19 年前遇难的英雄艇长。这是他和自己的老艇长之间的全部差异吗？他是对的，司令员也是对的。但二者比较，司令员可能比他更正确。司令员也许并不热烈地希望他到 9009 艇来为东方瀚海翻案，但他肯定热烈地希望他将这条艇重新带成 19 年以前的 4809 艇，无愧于东方瀚海的英名！

他能吗？

先不要说能不能，他先要努力去做……

天亮后他在全艇队列宣布了支队长的命令。他意识到，全艇镇静地接受了这一重要人事变动。

站在前排的军官们眼睛悄悄亮起来。

当天的考核内容是单艇伏击。指挥台出的情况是：在A、B、C三个不相毗连的海区，今天有一支敌舰船编队通过。敌方已知我方潜艇在上述海区出没，会采取一切侦察手段避开我方。

考核总指挥——也就是司令员本人——命令9009艇出猎。

9009艇驶向茫茫大海。

A、B、C三海区不相毗连。焦同遇上的第一个难题是：必须准确判断敌方舰船从哪里通过。判断失误，我方将一无所获。

作为代理艇长，他猛然感到有些吃力。毕竟，他离开潜艇已经十余年了。

“大家出主意，应当怎么做！”向伏击海区航渡时，他将全艇军官召集到指挥舱。

军官们发言十分踊跃，气氛热烈。

“政委，我方要侦察到敌人才好发起攻击，敌方也要先侦察到我们才好确定航线。这里存在着一个时间差。”江白提醒他说。

焦同的注意力被他吸引住了。

“兵者，诡道也。”高粱首先领悟了江白的意思，眼睛亮了，“应当先卖个破绽给敌方。”

焦同听懂了。

9009艇进入A海区，潜望镜在水面上划出长长的浪线。声呐开动，展开搜索。

“报告政委，发现对方声呐！”声呐兵叫道。

“撞上去！”焦同说。

我方声呐与对方声呐发生“碰撞”。

“收回潜望镜，关闭声呐。水下45米深潜！”焦同说。

9009艇迅速在对方的声呐搜索幕上消失。

“被动声呐发现目标消失！”声呐兵报告。

“准备向B海区实施机动！”焦同说。

脸色苍白的江白忽然开了口：

“政委，我有个想法！”

“说吧！”

年轻人扭过脸来，目光刚毅而明亮。

“不要离开A海区，兵不厌诈，就在这里设伏。”

“说说你的想法。”

“三块海区，一块有我潜艇活动，其余两块什么情况也没发现，对方会选择哪里通过？”

“对方会选择有我潜艇活动的海区通过！”焦同一下领悟了江白的全部思想。

小伙子够聪明的！

“继续坐沉液体海底！”焦同发出命令。

9009艇在水下45米深处继续坐沉。指挥舱内，每一双眼睛都亮晶晶的，等候着来自水面的可疑音响。

这是一场赌博，他们也许会输得精光。但焦同的感觉是：不会的。对方会到A海区来的！

时间一分一秒过去。

每一分钟都格外漫长。

中午12时，海面上仍没有他们盼望的声响。

焦同转过脸去望他的航海长。江白静静地坐着，神情沉静。

两个人的目光碰撞在一起。

“敌方不敢贸然通过没有潜艇出现的B、C两海区，但也不敢大胆穿越A海区！”江白说。

“对方在考验我们的耐心！”焦同同意地说，“他们希望我们主动暴露！”

“与我们相比，他们是被动的，因为他们一定要从这三块海区的一块中通过。我们不暴露，对方就会暴露！”

焦同点头。

下午3时，一个细弱的声音从远处传来。

“目标出现！”声呐兵报告。

焦同一动不动。应当让对方主动靠近！

海面上轮机转动的声音越来越大了！

他的目光转向江白。他想试试这个已引起他极大兴趣的小伙子的判断力。

“航海长，判断一下敌舰船编队和我艇的距离！”他用鼓励的声音说。

江白的神情表明他正在紧张地谛听。

“根据水声传播的速度和分贝数判断，敌编队距我艇尚有1000米！”他说。

又过了十分钟。

“还有500米！”江白说。

“声呐启动！双车动！上浮至潜望镜深度！”焦同果断地发出命令。

9009艇从45米深处猛然跃起，潜望镜升起。焦同看到了试图迅速驶过A海区的三艘“敌方”舰船，突然意识到对方做好了严密的水面反潜准备。

“鱼雷准备水下发射！”

江白迅速报出射击诸元。那是他早已算出的。

“鱼雷一发，放！”焦同发令。

潜艇震动了一下。鱼雷发射了出去。

“方向180，30米深度，双车前进三！”焦同又说。

9009艇迅速完成了水下规避，躲开敌后面两船的“反击”，英勇地穿过其蔽护幕，向它们发射出第二、第三枚鱼雷。

“报告政委，全部命中！”潜艇上浮，雷达兵迅速从指挥所得到了消息。

焦同回过头去看江白。年轻的航海长只是淡淡一笑。

这个人……应当由他担任艇长！焦同脑海里一下冒出了这个念头，并立刻因它激动了。

16

“司令员，我是焦同。”

“是焦同啊，今天你这个代理艇长干得不错！”

“9009艇今天考得好不是因为我，那是另一个人的功劳。”

“谁？”

“江白。”

司令员沉默了，一会儿，才缓慢地说：“焦同，你是知道我的脾气的。”

“司令员，你也应当知道我。我并不是因为你要我注意他才给你打这个电话。”

司令员有些迟疑。

“已经 11 点钟了，你打这个电话是要说什么？”

“我想跟你说 9009 艇。你让我代理艇长，是信任我。我不知道你是否想让我正式改任艇长。”

“只要我在任一天，每一条艇上别的干部我不管，任命谁做艇长我是要管的。你是大机关下来的，知道不应当跟我谈论此事。”

“司令员，我不是为了自己跟你谈这件事。从总部下来前我以为我还能做个潜艇艇长，现在明白我也不年轻了。9009 艇应当有一个更年轻、更能干的艇长！”

司令员再次长久地沉默。他在想什么？

“焦同，你是不是说那个江白？”过了一会儿，司令员问。

“不错。我是想向你举荐他！”

“他刚出潜院，不合适。”

“我不这样认为。我认为他是我当兵 20 多年来见过的最好的潜艇军官之一！”

司令员的声调忽然变得又冷淡又严厉。

“你真的这么肯定？”

“我可以向基地党委担保！”

司令员不说话。

“当然，用不用他是你的事。可是我还是要说，你现在与其任命我做 9009 艇艇长，不如任命江白。如果举荐有误，我愿意接受任何处分！”

线路上只剩下空旷的电流声，如同海上汹涌的大潮。

“还有什么事吗？”司令员问。

“还有一件很重要的事汇报，不过要等到考核结束之后。”焦同想起了东方白雪。

司令员沉吟。

“我现在就给你们支队长打电话，任命江白明天代理 9009 艇艇长一天。明天这条艇第一个考核。”他忽然说。

焦同有点喘不过气来。

“司令员，明白了。”

司令员“哼”了一声，“没有事了吧？”

“没有了。”

“好吧。”

焦同放下话筒，停了一下：应当立即通知江白！

他快步跑上二楼，走进航海舱，将已经睡下的江白从被窝里拽起来。

“穿上衣服下来，有事跟你谈！”

回到自己的房间坐下，江白已经下来了。

“政委，什么事？”

“司令员指示：由你代理9009艇艇长参加考核。你的代理期为明天一天！”

江白脸上残存的睡意一扫而光。

“谢谢！”他说，脸上却没有现出一丝笑容。

他不激动，焦同有点失望地想。不，他还是有点激动，不过很快就消失了。他的内心深处并没有因此而激动。

这个人的心理空间相当大！不，是极大！

回到床上躺下，江白意识到自己还是激动了。

由司令员亲自任命一个刚到部队半年的军校学员为代理艇长，在基地乃至全海军都可能是史无前例的。

也可以从另外一种角度想事情：不过是受命做一天代理艇长罢了。

难道没有别的了吗？你竟然没有生出一点与此有关的浪漫的想象。

你失去想象力了吗？

不。

他的头脑越来越冷静。

不需要想象力。过去他的想象力太丰富了，现在他拥有的只是现实。

明天无非是两种结局。一种是他这个代理艇长干得好，另一种是干得不好。干得不好他仍会做他的航海长，干得好也不一定会让他继续代理艇长。

不要犯过去的错误，不要幻想，应当扎实地生活。

他现在生活在没有幻想、没有色彩的黑白世界里。生活在这没有色彩的黑白世界里很好。

心静如水。

没有阳光，没有花朵，没有绿色，没有梦。

也没有月光。星光也很渺茫。

只有你自己，孤独地面对着你的内心。

人有时需要这种单色调的生活。

他知道自己需要的是什么。

需要扎扎实实做一名优秀的潜艇军官。

只要这个。只要这个就够了。

我宁愿将明天的事看成是别人的一种需要。崔东山不适合做艇长，他的问题是在做潜艇艇长时已不想做潜艇艇长而想做别的；政委对潜艇技战术已有些生疏了。于是司令员——很可能首先是政委——便想到了我。

那也并不说明你就比艇上其他军官更适合做这个代理艇长。譬如说你就不一定比高梁更适合。至少高梁没有因湾尾街头的盲目爱情与流氓大打出手。

耻辱。耻辱像无边的黑夜，笼罩着生命和内心。耻辱还如一柄钝刀，在你的骄傲和尊严上无休止地切割……

生命有多广阔，耻辱的黑夜就有多广阔……

浩浩汤汤，横无际涯……

你应当首先学会做一名合格的潜艇军官，其后才有资格想如何做一名优秀的潜艇军官。再以后才应该想如何做一名合格的和优秀的潜艇艇长。

潜艇艇长是一种什么职业？那是一名潜艇军官所能获得的最高荣誉，同时它也意味着极为庄严和沉重的责任。

当一名潜艇艇长，意味着你将要一次又一次地远航，遭遇和跨越辽阔无边的大海，经历和接受严酷的现实的和精神的考验。胜利和荣誉是你所盼望的，可是你更需要随时准备承受责任、使命、艰难，甚至失败、沉没与死亡。

就像东方瀚海，就像当年的秦司令员，像太平洋海战中美国潜艇“瓦胡”号的艇长。

从军人的角度看，艇长和艇长的差别不大。

入潜院第一天开始，我其实都在为一个目标做准备，我们所有人也都在为这个目标做准备。

每次向未知的海域出航，潜艇艇员都可能一次数次地收获那种属于人生的顶峰体验，但是一个潜艇军官的真正的顶峰体验，则是做一名潜艇艇长。

明天我要代理 9009 艇艇长。我首先要承担的就是它的责任以及与此密不可分的全部考验和沉重。

我有这种力量吗？

我有吗？

他没有回答，但是他知道自己有。他有这种力量。

它来自许多地方。

来自一直坚忍地生活着的父亲，来自平静地接受了父亲又平静地接受了他并且一直生活在贫困和平凡中的继母，来自包括潜艇学院在内的所有学校对自己的培育。

还来自东方瀚海，那位19年前沉没在XY水道的英雄艇长。从这个人身上，他懂得的东西甚至超过了潜艇学院全部的品格教育。

还来自海韵，来自她出身的那个海军世家，它的悲壮的故事和它的图书馆。

来自进入L城后他在湾尾街上经历的一切，虽然这是一次挫折教育，对于他却并非不重要和不宝贵。不，它十分宝贵。

一句话，来自他的全部生命经历。

他有这种力量。说到底，除了专业知识和智慧之外，它无非就是大无畏的勇气和藐视一切苦难和牺牲的豪情。

再没有什么了吗？

没有了。

那就睡觉。

他命令自己睡觉，于是他就睡着了。

一轮血红的、液体般流淌涌动的旭日还半噙在红缎子样波动不已的海面上，9009艇就已进入了S海区。

最后一天的考核项目是潜艇入港攻击。指挥部的命令是：9009艇必须于当天24小时内突破敌方在双子群礁前沿海区的封锁幕，秘密潜入群礁后部的日出港，对港内舰群实施攻击。

9009艇为避开敌方强大的声呐和雷达搜索幕远距离坐沉海底。指挥舱里，一张所在海区的海图展开在军官们面前。

“进入日出港的水道有三条。D水道宽阔而且距离较短，可通行大型军舰，敌方肯定戒备森严；P水道和T水道较窄较长，中途多弯曲，潜艇受到攻击时容易触礁，从敌方角度考虑，这里极易被我选定为突破路线，也一定会严加防范。

我们怎么办？”江白环顾左右，简捷明了地说。

今日充当代理艇长，江白的举止神情与往日相比没什么变化，仿佛他还是昨天的航海长，又仿佛他本来就是一名代理艇长。

众人沉吟不语。今天突击日出港，除一般的潜艇攻击战术之外，还需要经验、信心和智慧。

“对方搜索幕功率强大，首先应当考虑我应如何靠近目标海区！”焦同提醒江白。

高梁一直在研究海图，这时他眨了眨眼睛。

“敌方并不经常使用P水道和T水道，考虑到我方会入港攻击，敌方很可能在那里布雷。”他说。

江白点头。

能走的只剩一条D水道，可它肯定是一条死亡水道。

失败或沉没，江白飞快地想。没有什么，勇气和豪情，智慧和信心，他想。

有过什么样的战例？

关键是突破敌方的声呐和雷达搜索幕。

或者使其失灵。

我有什么优势？

S海区平均水深1000米。D水道最窄处水深200米。

应当深潜通过。

可是没有解决潜艇不被发现的难题。

沉默。

人们只有在束手无策时才会沉默。

现在不是考虑失败的时候。现在应当考虑的是改变失败结局的所有可能性！

“报告艇长，潜艇在移位！”海测兵张海说。

“速度和方向？”他猛然抬起头，问。

“速度 × 米秒，方向 ×× 度！”

海流！

脑海里电闪般亮一下。

“二战”期间，德国潜艇就曾利用海流自由出入直布罗陀海峡！

由于地中海水面大量蒸发，这块陆间海的水平面低于大西洋，于是海流就通过直布罗陀海峡流入地中海，而在海洋深处，地中海的海水受到压力，却反方向流归大西洋。德国潜艇就利用海流，进入地中海时从浅层海流中潜航，无声地通过直布罗陀海峡，出地中海则从深层海流中潜航。

潜航时关闭发动机，靠海流推动潜艇前进，既避开了盟军的水下测听系统，又节省了燃料。

1945 年 5 月 27 日至 6 月 24 日，9 艘美国潜艇由朝鲜海峡进入日本海，共击沉日军运输船 27 艘，潜艇 1 艘，总排水量 5.7 万吨。美潜艇制胜的一个重要的战术便是巧妙地利用海流。海流不但加速了潜艇的行进速度，还使日本人在朝鲜海峡中布放的锚雷的倾斜方向与潜艇行进方向相同，减少了触雷的危险。美国人在潜航中降低速度，减小螺旋桨噪声，神不知鬼不觉地就进入了日本人严密防守的日本海，突然向日军发起了致命的袭击。

这个季节，流经双子群礁海域的是东南太平洋海流。海流由东南向西北弯曲成一个弧形，流过 D、P、T 和其他水道。

“利用海流，秘密潜入 D 水道！”他果断地说。

指挥舱内，军官们的眼睛亮了！

“还应该确定一个突击时间！”高梁说。

“应当选取一个敌方最松懈的时间。”动力长徐有常说。

这种思路是对的，但它是所有潜艇艇长都会想到的思路。江白想到的却是出奇制胜。

“不能指望敌方松懈。”江白沉默了一忽儿，坚定地说，“我们应争取主动。……敌方认为我们会在什么时候实施突击？”

“中午或黄昏。那时他们最疲倦。”高梁说。

“我们什么时间发起突击最让他们感到意外？”

每个人的大脑都在高速运转。

“要说让他们最感意外，那就是现在！”过了一分钟，江白自己说。

“我同意！”高梁说，明显地激动起来，“考核刚刚开始，不会想到我们会立即开始突击！”

江白的目光转向焦同。

“我同意！”焦同用鼓舞的声调说。

江白在狭窄的艇舱里站起来。

“各就各位，向 S 海区上游机动！”

他的话说得斩钉截铁。

9009 艇迅速以深潜方式运动到 S 海区上游。

“双车停，关闭声呐，转入手工舵，保持平衡。海测兵注意监视艇姿！”

水下 45 米深处，9009 艇关闭了所有能够产生热辐射和磁辐射的装备，以纵偏 45° 的姿态，被强大的东南太平洋推动着，潜向双子群礁。

半小时后，海测兵报告：“艇长，接近 D 水道入口！”

“保持艇姿。各舱室做好战斗准备！”江白说。

指挥舱里，每个人的心都提到嗓子眼上！

江白目光专注而明亮，本来就苍白的脸此刻如同一张薄薄的透明的纸。

9009 艇一点点地顺着海流深入 D 水道。被动声呐屏幕上显示出“敌”方的声呐搜索波。

“艇长，对方会不会已经发现了我们？”声呐兵说。

“镇静！”江白大声说。

没有人再说什么。

时间一分钟一分钟过去。9009 艇像一块比重与水相等的木头，沉于深水中，缓缓地进入了 D 水道！

被动声呐屏幕上的敌方搜索信号一时极为强烈！

焦同望了望江白，江白目光沉静。焦同猛然意识到自己内心的勇气和忍耐力不如这位年轻的代理艇长！

一刻钟后，9009 艇胜利通过 D 水道，进入日出港！

“双车动！声呐启动！潜望镜深度航行！鱼雷准备攻击！”江白发出了一连串命令。

重新恢复了机动能力的 9009 艇大声呼啸着，上浮至潜望镜深度。

江白将潜望镜升起来。

此刻已不可能不被发现了。要速战速决，然后趁敌方混乱迅速撤出战场！

日出港内停泊着两艘“敌”舰。

“方向 ×× 度，距离 ×× 链！”声呐兵的声音有点颤抖。

江白自己报出了射击诸元。“固定目标，一发，急速射！”他喊。

潜艇震动一下。

“左舵 180，上浮至水面状态。鱼雷一发，准备攻击！”

9009 艇水下机动，上浮，向第二艘“敌”舰发射鱼雷。

透过潜望镜，他看到第一艘“敌”舰在巨大的爆炸火团后升起熊熊大火和浓烟。第二艘“敌”舰随之剧烈爆炸，火光冲天。

他迅速收回了潜望镜。

“下潜，撤出战斗！”

9009 艇下潜，高速向 D 水道回撤。

他们会受到拦截吗?

但是主要使命已经完成。日出港内的“敌”舰已被我潜艇击沉!

“报告艇长，‘敌’舰 1 艘正面向我驶来，航速 ×× 节，距离 ×× 链！”声呐兵高叫道。

“鱼雷准备攻击！”

“方向 ××，距离 ×× 链，鱼雷一发——急速射！”

只有先敌攻击，才有可能突破封锁，撤出 D 水道!

“报告艇长，‘敌’舰起火！”声呐兵激动地喊。

“双车前进三，高速通过 D 水道！”

9009 艇在燃起大火的“敌”舰一侧的深水中高速驶过，同时向对方声呐和雷达施放干扰。

上午 11 时，考核结束。9009 艇的总评成绩是:“优。”

潜艇浮出海面。江白和焦同先后爬上舰桥。

海天辽阔而晴朗。远处有一团云，白得像雪。

“江白，干得好！”焦同激动地、夸赞地说。

“谢谢政委，谢谢大家！”江白说。

他的神情依然冷峻。然而欣喜和自豪已在广袤如同大海的胸腔里汹涌。今天他经历了人生的又一次顶峰体验。

泪水夺眶而出。

第三部

1

夜深了。司令员仍在批阅公文。

一盏式样陈旧的荧光灯是这间宽大的办公室里的唯一光源，房间内其他部分全部沉入昏暗之中。

司令员的写字台面对着向海的落地窗。即使在深夜，落地窗的深红色天鹅绒帘幕也从不拉上。如果此刻他坐直身体，目光就能越过昏暗，越过落地窗和窗外纵横交错如同海中珊瑚的树枝，远眺夜色笼罩下的军港。

大约是凌晨 1 点的时候，将军终于放弃了自己的工作，摘下眼镜，关上台灯，从写字台后面站起，习惯地做了两下弯腰曲背的旧式广播体操，走到高大的落地窗前。他喜欢深夜工作，喜欢深夜工作疲劳时关上房间里唯一的灯，坐在窗前观看军港和大海。

岁数频添，精力不济了，他对自己说。可是他也明白：不完全出于这个原因。他又在落地窗前一只弹簧深陷的旧圈椅里坐下来了。他知道今晚是一种什么思绪影响了自己的工作，使他宁愿把这份总部催了几次的关于 L 城基地未来十年建设规划的重要公文放上一放。

房间里众多的窗户有一扇开着，大海的深沉的凉意连同海的气息水流一样涌进来。军港和大海沉浸在无边无际的暗夜中，只有稀疏的几盏码头灯闪着一点点如同萤火一样的亮光。外港岸岬的灯塔时不时地亮一下，将数道白炽的光柱投向茫茫外海。司令员时常想：黑夜中的这些灯火，与其说它们照亮了世界，不如说照亮了它们自己。

即使夜间坐在这幢办公楼里，他也能清楚地看到——不，是意识到每一条潜艇所在的位置，今日出航和没有出航的潜艇在码头上锚泊的顺序，看到黑色的夜潮在艇体旁撞击而起的浪花。他觉得自己凭肉眼甚至能看清每条艇上的灰白色舷号。——一个人一生关注的都是这些艇体漆成天蓝色的兵器，具有在黑夜中识别其舷号的能力并不是一种奇迹。

……他觉得放松多了。工作之中，让思绪短暂地信马由缰总能使他的内心由紧张到舒缓，从而能够更加从容地思考那些他无法回避的困难问题。岁数越大，他越是习惯于用这种方式自然地进入生活中注定会大量出现的、令一个潜艇基地司令员烦恼的问题。这时，思考就变成了愉快的回忆并由它开始，而回忆的过程也就成了思考的过程。

东方瀚海。

先是远在 Y 城的施连志给焦同也给他寄来的那封信，让他想起了东方瀚海，接着是焦同的到任，后来又是焦同报告的、他在湾尾街上发现了东方瀚海的女儿的消息，让东方瀚海成为一种紧迫的意象，频繁大量地出现在他的脑海中。

19 年了，他不常让自己陷入这样的回忆。但他知道，他从来也没有忘记过东方，一天也没有。

司令员在黑暗中转动了一下身体。做一名高级军官多年，他已不习惯于纯粹从个人感情上思考一个问题了。不仅仅因为施连志和焦同，甚至也不仅仅因为在湾尾街上发现了东方白雪，今夜让他不能不坐下来郑重地思考东方瀚海的更直接的原因是另一个：L 城基地前几天的年终考核。作为司令员，他对这次考核的总成绩是满意的，但是作为一名当年曾指挥 4607 艇多次远航、开辟了一条条新航路的潜艇艇长，他却不那么满意。

甚至不是不满意，而是很不满意，是对自己看到的和想到的一切深感忧虑。

从所有潜艇进入预定海区展开考核的第一天，直到考核全部结束，他没有一天不一次再次地想起东方瀚海。他的问题是：如果今天的 L 城潜艇基地有一个东方瀚海似的潜艇艇长，全基地的训练水平——不，它的精神、士气、整体作战能力——会是什么样子？

L 城潜艇基地没有东方瀚海。整个中国潜艇部队里也不再有东方瀚海。这件事19年前东方遇难的当时他就想到了，但今天想起这件事，却令他格外惊心。

今天不再是19年前。今天的世界也不再是19年前的世界。19年前Y城基地乃至整个中国潜艇部队还有他这个4607艇的艇长，而今日他的两鬓已经斑白。

……但是他的思绪并没有随着这条河道流下去。回忆就像山溪水，你只要让它从山里流出，它自己就会寻找河道，喧哗或者寂寞地流向它注定要流去的方向。19年前。不，比那更久。即使那对他多少总有点儿不堪回首。

20余年前，他还没有做4607艇艇长，东方就是他的鼓舞者，他的老大哥；以后他做了4607艇的艇长，东方又成了他的对手，他在大海上建树辉煌功业的挑战者和帮助者。没有东方就没有他。

不仅如此，东方瀚海对他和许多人还永远是一个谜，一个奇迹，一个人无畏者，一个古典式的英雄，一个无论如何都已经留在中国潜艇兵史上的人，甚至包括后来发生在东方瀚海生活中的悲剧以及他的死亡，也都仿佛是他早已感觉到的。东方瀚海总是令他吃惊，以后想起来又总是那么合情合理。

只有东方瀚海才能做出那样的事，也只有他才一定会做出那样的事。东方瀚海是不属于优秀、出众、卓越这类人中的一个，东方瀚海是个奇人，他是唯一的。

他的眼前又栩栩如生现出那个人——高大魁伟，浓眉大眼，棱角分明的脸，浑身洋溢着朝气和随时要猛烈行动起来的欲望。想起东方瀚海你就会想起一片日出时分的海，生气勃勃，气象万千，又暖意融融。东方在哈哈大笑，是那种豪放的、满面红光的、沉浸在单纯的心满意足中的笑，这时东方的眼圈很黑的大眼就眯成了两条长线，他望着你大笑，你自己纵有千种不愉快也会消失，跟随着他愉快起来，笑起来，复杂的世界的线条就会在这一瞬突然变得简单、明快。东方的一双眼睛即使大笑时也会深深感染你，那是一双有力的、能一下电击般震撼你的灵魂的眼睛，一双望着你就如同在考验你的心劲和膂力的眼睛，一双让你的自我不知不觉中就膨胀起来想与之比试一番的眼睛。

一个鼓舞者和一个对手其实就是一个老师，司令员坐在黑暗中想。东方的灵魂比他一米八二的躯体更为硕大。他用自己的行动告诉你大海没什么可怕。你也可以像他一样去征服每一片陌生的海，领略征服者成功的欢乐。大海是浩瀚有力的，凶险莫测的，但是人也是有力量的，人的力量包括他的智慧和毅力，以及征服世界的愿望和意志。东方站在你面前，大海小了而东方大起来，东方成了你人生道路上的一个考验，一座山，你一下子就会明白了，你不能不过这座山。过不了这座山，你就得承认自己的——不，是人的委琐与渺小。

那时对他来说真正重要的是，你不怕大海了，你怕的是东方瞧不起你。

你也是个人哪。你也是个潜艇艇长啊。

于是他也率艇开始了远航，当然是在他就任4607艇艇长之后。有过许多的艰险的时刻，有过绝望的时刻。台风、海啸、不明方向的暗深的海流、怀有敌意的窥视者、一触即发而终于没有触发的危急局面。冒险和脱险，一道道新航线被发现。成功、荣誉、喝彩，人们将他和东方相提并论。东方见了他依然开怀大笑，但笑声中已有点不自然。他心里突然一亮：老师开始嫉妒自己的学生了！东方向更遥远的大洋进军，一次又一次，每次回来，从4809艇的艇员们口中听到的都是一些更远的航泊点和极为惊险的故事。东方又在他面前开怀大笑。怎么样老弟，休息得不错吧？最近看了什么书？ 4607艇重新出航，沿着东方的新航线前进！太平洋。越过赤道！印度洋！将艇浮起来，让我们看一看南半球的天空！真蓝！有没有诗人？来一首描写蓝的诗！没有。可是这天蓝得真洁净，真清澈，像一缕轻烟，如同少女凝视着情人的眸子，如同诗人之梦……

艇长，你在写诗？

胡说！这也叫诗？这是——垃圾！

司令员在黑暗中摇了摇头。他知道自己又在试图改变回忆之流的走向。事实上他和东方那种亲热、有力中又带着僵硬的关系在当时的基地副司令员海石将军选择了他而不是东方做女婿的时刻，就在彼此心间生长起来了，就像青草悄悄地在外人看不见的自家的庭院里生长起来一样。那时他在4607艇做航海长，东方在4809艇做副长，两个人都是基地青年军官中的出类拔萃之辈。尽管海石先生是国民党海军起义将领，多年来一直作为技术军官使用，基地里包括他和东方在内的一批青年军官，还是把星期天上午走进他家那坐落于海湾对面的别墅看成是一种荣耀。谁让海山别墅里有着一位豆蔻年华、生一双睫毛长长的黑眼睛、背后拖着两条大辫子的少女呢？海石先生这时一个人跑到书房里抽烟斗，由夫人和女儿接待他其实很喜欢的青年军官们。下面剩下了一套虽经过改革依然烦琐的欧式的礼节。咖啡、银餐具。想看一看藏画吗？这是一幅张大千先生年轻时的作品，他同我家是远亲。这是一幅雷诺阿的作品，海石的先父海山先生留学英国时买的，你们不知道雷诺阿？那太可惜了。那时他的画很便宜……好了，先生们，请到客厅里来！海云，你不是想给先生们弹一曲莫扎特的作品吗？她都为这个星期天练习了好久了！

“妈妈，瞧你说的！”

“妈说错了吗？”

琴声响起来。那是一曲三重奏。

“先生们，你们中间有人会拉琴吗？有人能为海云伴奏吗？”

“你行吗？”

“不行不行。”

“惭愧。”

东方站起来。“我可以拉一拉大提琴，有乐器吗？”

“有吗？”女儿望一眼站起来的青年军官，回头望一眼妈妈。

（多少年后，司令员仍然不能忘怀妻子的这一次凝视，它的含义仿佛是说：妈妈，我能嫁给这个人吗？）

“有吧。”母亲说。

大提琴很快拿来了。令人震惊的是，东方会拉。

“我上过音乐学院附小。”他说。

三重奏变成了两重奏，没有人会拉小提琴。可两人配合得挺好，只是提琴的音色渐渐掩盖了钢琴的音色。

女儿一脸困惑，仿佛在问妈妈：怎么办？

妈妈微笑。她喜欢东方。

最后成了东方的独奏。

“你拉得太好了。”女主人后来评价说。

“不谦虚地说，我小时候拿过全国少年业余组的第二名。”东方有些得意扬扬。

“为什么不是第一名？”女儿反问了一句，忽然觉察出自己的失礼，脸红了，一个人跑到花园里，一朵朵数盛开的蔷薇花。

“好吧，请诸位到餐厅去，虽然没有太多的好东西，一只鸡还是有的。”女主人说。

后来走进这座别墅的人就经过了挑选。再后来就只剩下了他和东方以及某艇的一位机电长。机电长自己也清楚，他之所以还能接到邀请，仅仅是因为女主人也许是少女在东方和秦失之间还没有拿定主意，需要个第三者，就像一幕魔术需要一块魔布一样。

再后来星期天上午走进海山别墅的就只有他一个了。据妻子后来说，是她自己选择了他而不是妈妈。爸爸支持女儿。很久以后他也不甚明白海石先生为何会在他和东方之间选择了他，他不懂在这位老派的欧化的绅士眼中自己何处比东方优越。何况他还不懂音乐，而海石先生、他的夫人和女儿都差不多可以被他这个门外汉看成是造诣精深的音乐家（直到今日，他仍然不懂什么叫作如歌的行板，不懂它与普通的行板之间有何差异）。大约有一年时间，每逢星期天的上午，只要潜艇锚泊在基地，他就会在 9 点钟准时坐在这一家的客厅里，静静地听海云一个人独奏。他是渐渐地习惯了并融进了琴声中的。最初的日子里，他宁愿不听琴而去海边散步。有时候他也想：如果东方也在，而他也学会了小提琴，那么这间客厅里就是他们三人的三重奏了。他听着海云一个人的独奏，想的却是三重奏美妙的琴音。他觉得单是那画面，就异常动人。

多少年过去了，他仍然记得某年夏天的一个上午，在客厅里听完钢琴独奏，海云将他引进海山书房时自己内心的激动。在那一家人心中，将一个青年男子由客厅引进书房意义重大，它意味着他从此被接受为家庭的正式成员。但是疑问也没有消除，反而因事情如此迅速地有了定局愈加突出：海石先生和他的女儿为何选择了我而不是东方？他不懂这一点却不敢向那个一年后顺理成章做了他妻子的姑娘启齿，但是有一点是明白的，自己身上一定有某些被岳父和妻子看重的潜质。此后 20 余年间，司令员一次次地想到了这个疑问，上百次地试着对此做出解答。就今天的他而论，一个最为简单的答案就是东方死了，他还活着。他和东方以后都做了潜艇艇长，都曾在中国潜艇兵史上写下自己的名字，而他却活到了今天，仍在为中国潜艇兵的建设和发展工作，东方却牺牲在 19 年前的一场海难中。也许东方强悍的生命中潜藏的一点脆弱在那时就被海石先生看到了，东方性格刚烈，几十年风风雨雨的磨难过后，司令员不可能不明白最刚烈最强悍的生命在其承载达到极限时往往会成为最脆弱的生命，海石先生当时的年龄已与自己今天的年龄差不多，先生睿智的目光不可能不看到这一点。也许那时海石先生看到的更远，中国海军的发展需要未来，而未来需要的是更为沉稳更有韧性的海军军官。他甚至还能想到这件事与女儿终生幸福的关系。女儿需要的是一位可以相伴终生的人，而不是一位可能过早牺牲的潜艇军官。这两点考虑在他心目中很可能是一致的。

但司令员同时也明白海云和他父亲的最后决定对于东方的打击。还是他们三人一起进入海山别墅的最后阶段，海云的爱就已明显地偏向于他，东方虽依然表现得落落大方、无懈可击，但作为游戏的一方，司令员却不能不敏锐地感觉到一颗受伤的心灵的痛苦颤动。东方也爱海云，但他像一位中世纪的骑士，并不愿意以过多的行动获取海云也许还有海石先生的青睐，他宁愿每次都与竞争者一起进出那座别墅。他愿意将自己美好的一切都展示给海云，同时又不愿意比自己的朋友多出现在海云面前一分钟。东方是在某一个星期六的晚上意外地没有接到海云的邀请时明白自己已遭拒绝的，对此他什么也没说，过后仍是像大哥哥一样关心他的一切，包括在航海经验方面帮助他走向成熟。东方见到他时仍然开怀大笑，像是他们之间根本没有存在过一个黑眼睛长辫子扎着蝴蝶结的少女一样。第二年夏天，他与妻子举行了婚礼，婚礼前东方特意来了一趟，高兴地大笑着，问你们还需要什么呀，我要送你们个什么礼物呀？海云那时说不需要什么了，可能只需要一个婴儿的摇篮。说这话时海云的变化之大连新郎也感到吃惊，仿佛他们不是要结婚，而是结婚很久的夫妻了。东方听完后又大笑，说那好，我就送你们一个婴儿摇篮。果然婚礼那天他就带来了一个亲手做的婴儿摇篮。那是一只很精致的、从今天的角度来看工艺程度也很高的摇篮，身着嫁衣的海云看着这只摇篮，感动得秋波莹莹，说：要是知道你比秦失能干，我就嫁给你了！东方那时说了一句让所有人大吃一惊的话：我和秦失都是潜艇军官，你嫁给秦失跟嫁给我有什么两样？！

此时 4809 艇已开始了它那著名的远航时期。东方很快做了艇长，一次次地在广袤的大洋中留下了震惊全海军并将自己的名字留在中国潜艇兵史上的航迹。可是那只婴儿摇篮却很久没派上用场，海云一连好几年没能怀孕。有一阵子包括他和妻子都把东方与他们之间的那点事儿忘了，海云有一年突然想起来一样对丈夫和父母说：东方瀚海怎么还没结婚呀，也没有人给他介绍一个吗？她的母亲也是他的岳母也吃了一惊似的说：哎呀，真的！明天我帮他介绍一个吧，Y城美女如云，全国闻名！那时他有意地看一眼岳父，海石先生叼着烟斗，佯装看一篇报纸社论，一言不发。那时“文革”已经深入，先生虽因为自己的特殊历史经历没有受到冲击，可早已不到基地上班，只能一天天坐在家里抽烟斗。下一个星期六的晚上岳母真的打过电话来，说她为东方物色了一名女医生，请他带东方明天也即星期天上午到家里去吃饭。他当时不知为什么立马就有了一种预感：此事不会成功，东方不结婚的原因很可能还是同自己的妻子有关。

这次相亲和以后的数次相亲果然没有任何效果。东方和每一位与他见面的姑娘都谈得很好，可是并不想与她们中的任何一位有第二次约会。有一天他忍不住对妻子谈了自己的想法。海云默然无语，夜里她为自己竟如此沉重地伤害了东方而悄悄啜泣。从此这一家人再没有谁提起东方的婚事，他自己也没有。他对东方的伤害太大了，如果不是这种事情，他都无法饶恕自己。

一年年过去了，他们那一代青年军官们相继成了家。两三年间，东方和4809艇取得了辉煌成功，可是婚姻大事仍没有任何进展。星期天大家回去团聚，他就一个人待在自己的单身宿舍里听音乐，欣赏音乐几乎成了他航海之外的唯一嗜好。东方拥有一台当时还十分先进的磁带录音机，也不知道他是打哪儿搞到的，反正他在自己的房间里时常要举行一些小规模的音乐会。他和妻子都去听过他的这种只有一台录音机的音乐会。在那样的年代里，也只有东方一个人敢半公开地欣赏莫扎特、贝多芬、巴赫的音乐，也只有事情出在东方身上才没有人追究。海云一直说东方果然懂得音乐，他是个天生的音乐家，一位耽于航海的音乐家。东方的言谈举止，他在海云面前无拘无束、自然得体的表现让这夫妻俩一次次地为自己对他的猜测而羞愧。两个人又一次次在枕畔得出结论：东方年近三十仍不结婚并非因为海云。东方坚持独身是他自己的事情。这是一个秘密，但却是他自己的秘密，与他们夫妻和海山别墅以及那次没有完成的三重奏毫不相干。

大约是4809艇遇难前一年的秋天，星期天的下午，他因为一点什么事提前回到基地来。东方刚刚出航归来，好像正要打电话找他，一见面就十分高兴地说：走走，跟我走！拉着他的手就向营门外走去。他的步子迈得很大，神情那么兴奋，让他立即就明白东方的生活中一定发生了重大事件。

他们沿着营区围墙外面的一条小路向后面的一座小山爬去。至少他还清楚地记得小山上有许多幼小的火焰松。那是一种十分好看的松树，每一枝叶簇都自然地卷曲，长出一支熊熊燃烧的火炬的形状。火焰松丛中坐落着一幢幢败坏的、毫不引人注目的别墅式小楼。这也是殖民时代的遗迹，只是他不明白自己为何过去没有发现。一条不常有人走的小路在松林间蜿蜒伸展，绳子样起起伏伏，终于将他们带至一幢颜面乌黑、被凌霄花半遮的旧楼前。小楼前不多的裸露出的墙面，还有着一些大字报的残片，零零碎碎写着一些看不清楚的文字。让他印象深刻的是东方走到楼前突然拘谨了，脸上的神情既严肃又激动。东方在那扇很小的、改造得极丑陋的楼门前敲了敲，他几乎立即就听到小楼的楼梯上响起一串急促、慌乱的脚步声。门“吱呀”一声开了，一个穿黑衣的、脸色苍白的少女飞奔出来，就要投入东方的怀抱，忽然看到了他们是两个人，才骤然停住了脚步。“东方！”她叹息似的叫一声，不像发自唇内，而像是发自瘦削的身体的深部，发自灵魂的深部。他即刻就明白了两件事：这是一位罕见的美丽女子；这个女子炽烈地爱着东方，他们分别很久了，今天是别后的重逢。

东方为他们做了介绍，女子叫康居婉若。这个带有西域文化色彩的名字给他留下的印象极深。女主人请他们进门，在二楼一间兼做客厅和卧室的不大的房间里坐下来。房间里的沙发是旧的，钢琴也是旧的，墙壁上有雨水浸进来的黑色痕迹，但是无论东方还是她，都时时让他感觉到了存在于这个普通的寒碜的房间里的一种感动，一种温馨、兴奋与幸福的喘息。他那时不明白的仅仅是这种兴奋的喘息中暗含的某种令他不解的伤感的情调。它主要来自女主人的声音、目光和动作。

然后就是那场音乐会。女子弹奏了一支她自己创作的钢琴曲（后来他知道了它的名字:《少女和一位潜艇艇长的故事》)，东方用一只大提琴为她伴奏。这一次是钢琴的音色压倒了大提琴的音色。从演奏技巧上论，像一个虚幻的美丽影子的康居婉若可能不如海云，可这是一种充满力的和激情的演奏，一种模糊了现实与梦想的界限的演奏，一种将生命完全融化进音乐中的演奏，一种忘我的、弹奏者和她的琴声完全融为一体的演奏。也就是这一天，他突然意识到自己懂得了什么是音乐。

离开时那位黑衣女子仅仅把他们送到门外，自己并没有走出楼门。东方一言不发，看得出他仍然沉浸在音乐带来的深沉的激动之中。他没有问一句关于那黑衣女子的事。一切都不需要询问，一切都十分清楚，东方找到了能让自己从中获取巨大欢乐与感动的音乐，于是也就找到了自己的爱情。东方和他，连同他的妻子，由于自己刚刚看到的一幕，都解脱了。

不安也随之而来。那是个极美丽的女子，但她的肤色却令他想到了一种只能生长在围墙阴影下的植物，由于长期照射不到阳光，它的叶片虽然还保持着世上万千生物都具有的绿色，它的根系（包括裸露在地面上的部分）却呈现为一种触目惊心的惨白。这样的色泽，能让人立即想到重大的不幸。

不安的更现实的原因来自这幢小楼。这一类小楼总与殖民时期的闻人相联系，小楼内外留下的时代风暴洗劫的痕迹说明他的猜测是对的。那么这个栖身于其中的、肤色苍白的女子的出身也是不需要再调查的了。东方这位中国海军军官，不可能与有这样身份的一位女子结婚。

事后他一次也没有跟自己的妻子谈东方的恋人（海石先生夫妇那年春天相继谢世，给海云带来了长达十余年的悲伤），却不止一次地想象过此事发生的全部可能的经过。东方爱海云，这是他久久没有结婚的原因，而东方爱海云的秘密则可能源自她每个星期天上午为大家的演奏。现在东方遇上了另一位弹钢琴的少女。他可能常常在孤寂中沿着营区四周的小路散步，并于距此还不会太远的某一个清晨或者黄昏偶然走近了这幢人们平日不愿接近的小楼。他敢保证吸引东方的正是黑衣少女的琴声。在他的想象里，东方肯定是不由自主地走近去，叩响了楼门，并为琴声吸引着，自己推开门走上二楼，出现在那位忘我地弹奏着的女子眼前。若干年后他不止一次地听妻子和女儿弹奏《少女和一位潜艇艇长的故事》，弹奏者并不懂得，当她们沉浸在时而激越悲怆时而舒缓甜蜜的琴声中时，清楚地浮现在他这位丈夫或父亲内心里的是另一幅活动的画面、音响和目光。

你好。你是谁？

你好。——他急切地说——我是你的知音，是你的琴声引我来的。如果一个人喜欢你的音乐，他的拜访就不算冒昧。

你听到了什么？——她仰起脸来问他。他个头很高，她却只有一米六〇，又坐在琴凳上。

我听到了大海、风雨和鸥鸟的啸叫声，我还听到了潜艇在海浪中破浪行进，我听到了一支英雄进行曲。

她望着他，眼里现出了惊奇。

我一直觉得这支曲子里有些别的东西，男性的主题，与大海和风雨对峙的旋律和意象。我知道，可我不知道它是一艘潜艇的形象。

我知道，我听出来了。

你还听出了什么？

我还听到了等待。白雪公主对白马王子的盼望。她差不多已经绝望了，可是她还在等待。他的形象化成了那个潜艇艇长的形象。

她自己可以这么认为吗？

可以。

她望了望他，觉得应当请他坐下。一个白马王子是不应当没有座位的。

如果你愿意，你可以坐下。

他的眼睛里闪出亮光。他一定认为她给了他极大的荣誉。

谢谢你——他说——如果你愿意，我愿再听一遍刚才的曲子，我甚至可以为你伴奏。

她的眼睛里再次现出了惊奇的光。

真的？

有琴吗？

有的。有一把大提琴，可是好久不用了。

没关系，我能把它弄好。

那把琴上一定蒙着很多灰尘。她看着他自己将它取下来，擦拭干净，然后熟练地调弄好了弦索。

她弹出一串音阶，帮他校音。

开始吧？

好的。

于是就开始了。

他一定拉得很好，主要是拉得很努力。他很可能一下就爱上了她，他的努力是他的求爱的话语。

你拉得很好，你给这支曲子加进了很多新的东西。——结束之后，黑衣少女说。她的眼睛亮晶晶的。

谢谢你。我加进去的是我梦想的东西。

她望着他，他也望着她。她知道他加进去的是什么。从这一刻起，他们之间的关系就变了，他的意思是说，东方和她后来的关系就确定了。

它还没有名字，你能给它一个名字吗？

我想叫它《少女和一位潜艇艇长的故事》。

我已经不是少女了。我虽然只有 18 岁，可是我的心如同 100 岁的老妪，正在经历自己的暮年。

不。你其实想说，白雪公主在林子里等的时间太长了。我在你的曲子里感觉到的只有一位少女。我愿意认为她永远是一位少女。

他们久久地注视着。她望着他，目光由陌生渐渐地变得熟稔和热烈。随后琴声重新响起。可是那已经不一样了，已经是一支新的经过改造的曲子了。柔弱、悲伤、绝望仍然存在，不过已经是背景了，少女仍然坐在黑暗的斗室之中，不过一缕阳光已经透射进来了。琴声清亮而热烈，少女在翩翩起舞，少女欣喜若狂，少女正在诉说自己进入了一个美丽的梦，庄周化成了美丽的蝴蝶，蔷薇花开遍原野。她不再徘徊，不再怀疑，不再犹豫。琴声有时有一点飘忽，那是蝴蝶在想：我是庄周，还是蝴蝶？它变得坚定和激烈，不时涌进一些凄怆的音符，她正从梦中醒来，她知道自己今天既是庄周，又是蝴蝶。一个新的形象，阳光的形象，爱情的形象出现在梦想的原野中，一个白马王子，一个男人，一个潜艇艇长。然后是大海，无边的风雨，波涛汹涌。生命开始在急迫中发出呐喊，不能失去，不想失去。一艘潜艇在风浪中奋勇向前。那是她的人，她的阳光，她的花丛，他也是大海中的精灵，她的生命的音乐之中的精灵。这精灵正在苦难和抗争中奋力扇动双翅，在搏斗中表现出极大的坚忍与勇气，然后是爱情和忠诚，然后是欢乐，离别后重逢的欢乐，有情人终成眷属的欢乐。庄周永远不再是庄周而只是蝴蝶的欢乐。

但是现在的音响还在，波涛汹涌，波涛汹涌。黑暗正在吞没阳光，潜艇真能冲破汹涌的波涛吗？

艇长会死去的。——乐曲完了，他望着她，沉思地说。

艇长死了，少女和音乐也会死。——她凝视着他的眼睛说。

还有什么吗？

没有了。

……

保存在海山书房的乐谱是他参与清理东方遗物时发现的，因为它对于别人一点也不重要而对他却异常重要，他便将它悄悄地藏匿下来。十几年后的一天，女儿在海山书房颜面发黄的书脊间偶然发现了它，她和她的母亲虽然不知道作者是谁，却都立即狂热地喜爱上了它，使这支钢琴曲成了海山别墅星期天家庭音乐会的保留节目。这种时刻，他就会意识到自己正在穿透时光的堆积，回头注视着当年发生在东方瀚海和那位名叫康居婉若的女子之间的故事。康居婉若是那个时代类型化的不幸者中的一个，她的生活没有希望，她的生命如同一片树叶，没有在风雨中零落成土仅仅是因为幸运（极可能是因为目标不大而被遗忘了）。她生活在自己那间坟墓一样的斗室里，与自己的音乐、绝望和最后的梦想相依为命，也可以说，她就以这种方式为自己创造了生活。

有时候他想：或许她在无望地等待，她的音乐和灵魂在化为音乐形象的大海与风雨中的挣扎与呼喊，都仅仅是另一种形式的期盼。不过这样的问题是没意义的。每一个女子内心深处都认为自己是一位流落荒野的白雪公主，白马王子的存在将使她的生存成为一种戏剧性的需要，因此白马王子的到来在她的生命中就会认为是不可避免的。然而现实却是她可能永远也等不到他，处在她那种特殊的境遇中，与等待在一起并且构成对立的只能是她的绝望，这时音乐就取代了白马王子。事实上，她的音乐只为她自己铺设了一条从森林小屋伸向远方的白马王子的小路。

真正的戏剧性就发生在这里。这条音乐的小路竟然成了现实中的小路。东方来了。他可不是什么凡夫俗子，他是一位奇人，男人中的男人，一位真正的白马王子。东方敲开她的虚掩的楼门是因为他自己就需要音乐，需要一个能与之进行二重奏的少女，他在那间斗室里找到了她，于是就不可能再离开她了。他的闯入回应了也结束了她的等待，她的琴声则回应了也结束了他对音乐和一位弹钢琴的少女的思慕。时到今日，他仍然深信东方瀚海不可以平常人而论，他的心态、意念、风格都是极为特殊的和个性化的；今天这个夜晚，他想到的另一件事是，东方当年在那幢破败的小楼里遇上的黑衣女子也不是一位可以平常人而论的少女。虽然他和她最初就明白彼此的身份和结合的困难，但从相识的第一个眼神开始，他们就知道了，两人的结合只有死亡才能分开。对于东方，康居婉若是海云之外唯一存在的懂音乐而且会弹钢琴的少女；对于后者，东方则是她命运中仅有的一位真懂音乐也真懂爱情的男子。除了她和他，他们都不可能在这个世界上找到另外一个替代者。

东方遇难 19 年后的今天，哪怕对他持赞赏和同情态度的人，也只知道他是一名出色的潜艇艇长。他知道得更多。他知道东方从本质上说是一个非常艺术化的人，他将自己的生活和事业看成一部正在完成的艺术品，像艺术家一样要求自己的作品完美。东方既酷爱航海又酷爱音乐，真正的原因很可能在心理深层：他可能早就发现它们是世界上两种最靠近纯粹和伟大的艺术的东西。东方既然热烈地爱恋康居婉若的音乐和音乐化的生活，就不可能再放弃她，即使他明白自己将要为此付出巨大的牺牲。

桌上的电话铃响了。司令员想：这是谁呢？又是焦同吗？

2

他在黑暗中站起来，摸黑走向写字台，没有开灯，就拿起了话筒。

“喂！”

“爸爸，你好！”

哦，是了，除非发生了紧急军情，能在深夜打扰他的只有女儿。

“女儿，是你。你怎么样？”

“我很好，爸爸。我只是随便拨一个电话，看你是不是仍在工作。”

“爸爸是在工作。”

“秦失同志，你是中国最优秀的海军军官。”

女儿深夜的表扬让将军一乐。

“女儿，爸爸是中国最优秀的海军军官之一。”

女儿在电话里笑起来。女儿长到21岁，笑声依然时断时续，给人一种体质虚弱的感觉，像小时候一样，令他心里生出一点儿怜悯。

“爸爸，我有一件事要问你。”

“爸爸在工作。”

“这与你的工作也有关系。”

“那好，你就说吧。”

“我曾经让你关心一个小伙子。——他现在怎样？”

司令员走回到写字台后面去，在皮转椅里坐下来。

“我的女儿真的很关心那个小伙子？”

“是的，爸爸。我准备在不久后嫁给他，虽然他对此还一无所知。”

“女儿坚持要求出嫁，爸爸是拦不住的。可是爸爸心里会非常难过。”

“我对爸爸深表同情。”

司令员又在黑暗中微微一笑。他的眼前浮现出了不久前在考核海区英勇出没的9009艇。

“那个叫江白的小伙子不错，说不准还真是个人才。”

隔着两千里距离，他仍然能感觉到女儿此刻睡意顿消，神情焕发。

“爸爸，你在夸奖你的女儿。”

“我的女儿当然也很优秀。……不过，妈妈怎么样？”

“妈妈很好。她天天都在打点行装，要去看她的老伴，可又对自己的女儿一个人留在家里放心不下。”

“是啊，她是妈妈。”

“爸爸，我最想知道的消息你已经告诉我了，谢谢你。”

“不用感谢。爸爸乐意为女儿效劳。”

“我也有一个惊人的消息要告诉你。”

“是吗？”

“你甭用这种不屑一顾的口气。说不定你听了，真觉得是一个惊人的消息。”

“我听着哪。”

“爸爸，我最近遇上了一位医生，他刚从国外回来，说那里新合成了一种药，长期服用它，就可以生孩子。”

“海韵，你在说疯话。”

“不，我说的是真话。”

司令员的心跳得厉害了。她毕竟是他唯一的女儿。

“海韵，你是跟你的老爸爸开玩笑。”

“信不信由你，我可是要接着睡了。”

“你睡吧。”

“祝爸爸工作顺利，万事如意，万寿无疆。”

“也祝我的女儿万事如意，夜里做个好梦。”

“我会的。”

“再见。”

“再见，爸。”

话筒放下了。司令员想回到窗前去，回到被女儿深夜的电话打断的思路上去。可是他仍然在写字台后面的黑暗中坐着，他也没能再继续沉入有关东方瀚海和康居婉若的回忆。女儿的电话不但将他的思绪完全引向了另一个方向，还使他悄悄地激动了。

海韵是他与海云唯一的孩子。婚后过了五年海云才怀孕，女儿出生时不足月，只有 4 斤 3 两，而且不久就被查出患有一种叫作 DBB 的疾病。这种病的主要可怕之处在于：一旦稍大规模的出血就无法止住。

司令员至今还记得听到医生报告这一结果时自己和妻子内心的反应。医生的报告意味着女儿长大了将不能生育。在这种情况下，女儿很可能也将失去结婚的机会。他和妻子做的第一件事就是共同约定，不再要其他的孩子了，只要一个海韵。因为他们害怕再生出一个健全的孩子会削弱自己对这个生来就不幸的女儿的爱。

司令员眼前浮现出女儿小时候瘦削的身影。海韵是个活泼的孩子，妻子喜欢把她打扮得花团锦簇，可她总爱到海边去蹦蹦跳跳，弄得一身脏。司令员愉快而又有点忧伤地想，那时他们夫妻虽然一次也没有就这个话题交换过心底的看法，但无论他还是妻子显然都明白：医学也许永远攻克不了 DBB 病这道难关，因为它在人类中的发病率不到千万分之一。他们能做的是让女儿童年的每一天都充满欢乐。

没想到就无意间放纵了她，司令员想。海韵长成大姑娘时性情还像个男孩子，也不管父亲在不在场就随地脱换衣服。有一次海云不无庆幸地对丈夫说：幸亏咱们家的丫头开窍晚，倘使她十三四岁就早恋，要死要活地迷上一个中学生，非要跟他结婚，她又有病，那该怎么办？

海韵是在读大学一年级时突然意识到自己是个女孩子的。有一天晚上，不是星期六，她却从学校跑回家来，大声嚷嚷着你们也太不关心人了，你看看我身上穿的，没有一件上档次的衣服，说我是讨饭的女儿人家都信！说着，性情一向豪爽的她竟呜呜哭起来。海云瞥了丈夫一眼，脸色当即黑了，第二天便到 Y 城闹市区最大的第一百货商店给女儿添了一大堆衣服，春夏秋冬一年四季的都有。女儿就从那时一下摩登起来。

对她的担心接踵而至。女儿大了，那个问题是回避不了的。父母痛苦的时刻到了。

好在女儿很早就知道自己患有那种病。15 岁以前，几乎每年的暑假和寒假，他们夫妻都要带她去 Y 城和北京军队系统的医院检查一次，更主要的目的是想知道国内外有没有新发明一种治疗那种顽疾的药物？每年他们都失望而归，结果看病成了旅游，每到学期终结，女儿便会主动问他：“爸爸，咱们什么时候去北京看病？”她把那看成自己愉快的节日。女儿渐渐明白她患有这种病不值得高兴是在 15 岁以后，第二年高中毕业父母不同意她报考与海军有关的院校而为她选择了 Y 城海洋大学的图书馆专业，她也就没有抗拒。以后女儿一头扎进自己家的图书馆，很快成了一个令父亲也暗暗惊奇的业余的海战史专家。女儿的这一举动既让他们夫妻欣慰，又让他们心中难过：难道女儿年纪轻轻，就已经明白她终生都不能嫁人，打算将研究中国和世界海战史作为活下去的理由和避难所吗？虽如此想，女儿大学期间一直没有突然强加给他们一个满脸稚气却又自以为平治天下舍我其谁的小伙子，还是让两个人松了一口气。大学时期的海韵花枝招展，在服装上肯定领全校女生之先，司令员忧心忡忡，担心那件似乎不可避免的事情有一天总要发生。海韵从小养成了独来独往不顾一切的性情，那种事是极有可能发生的。

但是没有，大学毕业了，女儿仍是一人出入家门。

只要孩子是在自己身边长大的，每一对夫妇都会清楚地记得儿女从小到大经历过多少危险时刻。对于他这位女儿患有不治之症的父亲来说，他甚至记得海韵长大到 21 岁中间遭遇每一次危险时刻的具体细节。最怕的是女儿受伤，那将引起出血，一出血就很难止住。所幸的是女儿每次受伤（有时是跌破了膝盖，有时刀子割破了手指上的小动脉）出血量都没有超过危险线，但这一类的幸运并没有给他和妻子带来安慰，相反他们越来越感到忧虑的是：随着年龄的增长，女儿的病情似乎还加重了。不，也不能说是在加重，只是女儿的身体对于出血好像更敏感了。一场感冒导致的鼻出血也要进医院才能止住。身为父亲，他不但为女儿的未来担心，而且也为她的现在深深不安了。

表面上他仍是一位随和的、慈祥的、快乐的父亲。女儿一天天长大，他们像天下所有关系最好的父女一样，开始讨论她的婚嫁。当然他明白这只是他们之间的一种玩笑，一种游戏，父女无拘无束的亲情展现，两人谁都不把它当真。在某种意义上，这种谈话还冲淡了女儿不能出嫁带给他和她以及家庭生活的隐隐的愁闷空气。他们越不把它当作一回事，越经常用玩笑的方式谈论它，它似乎就越不显得沉重。

他以为这种情形会继续下去，虽然并不因此高兴。但是女儿留校后一年半的一个星期天，他注意到她开始在海山别墅接待一个潜艇学院的学员。此事对他的打击是巨大的。他反对女儿与那个小伙子或世界上任何一个男青年来往，他又不能反对她与他们中的一个来往。女儿的疾患、她那异常脆弱的生命不允许她与他们有过于深入的结识，女儿不与他们发生深入的结识其生命又不成其为生命。他和妻子表面上置身事外，内心却充满了焦灼和大难临头的预感。他们突然发现在女儿这一任性或者深思熟虑的行为（谁知道是两者中的哪一个呢？）面前，自己束手无策，只能眼睁睁地看着事态按照它的自然的逻辑发展，脸上还要装出毫不关心的微笑。女儿的生命是他们带给她的，女儿的疾病也是他们带给她的，他们即使只是眼望着她，内心也早已深深负疚，又有何种理由阻止她追求那合乎人性的幸福呢？在心灵的极深处，司令员甚至有过更隐秘的、他自己也不愿承认的思想如同火光一样一闪而逝：是让女儿一生没有爱情地活着，还是让她不惜冒生命的危险去体验做一个女人的幸福，哪一种选择对女儿更好？他有权力为她做出最后决定吗？不，没有。有权力做出决定的只有女儿自己。

女儿是他和妻子的，然而女儿的生命和生活却属于她自己。

他没有注意到自己心力交瘁却已心力交瘁。其后他只能以一种不赞成也无法阻止的心态关注着她和江白关系的发展。这是一种纯粹父亲式的关注。至于那个与女儿交往密切的小伙子，他的关注却是一个有过几十年海上阅历的老水兵式的，一个潜艇基地司令员式的。后面这句话的真正深刻的含义是：他不会因为江白与海韵交往就真正留意他，并断定他是个人才，值得女儿冒险爱上他（爱一次就有可能要了女儿的命）。司令员阅人多矣，任何一所潜艇学院每年都会培养出一大批看上去全是那么聪明的潜艇军官，他们匆匆走过他的视野，能长久留下的却非常稀少。在内心深处，司令员坚信一个人要成为大器并被赋予重任，并不是先天的或者青年时代的聪明决定的，那要看后天的许多情况，他们不但要有才能还要有坚韧的心力，同时还要有需要、环境与机遇。那个叫江白的小伙子离如此标准还远着哪，他甚至连个毛坯也算不上。不过后来他还是觉得：无论女儿还是江白，在交往中都是相当理智的，海韵虽然第一天就把小伙子领进了海山书房，但那个青年学员和女儿终于没有成为未婚夫妇，这在那个至今已传了四代的海军世家的历史上是不同寻常的。然而从父亲的角度看，女儿这样做却是正常的。司令员有时会突然长出一口气，想：女儿是值得他和妻子信赖的，表面上风风火火，不知轻重，但在这件很可能不但要了她的命也可能要了父母的命的大事上，却很好地把握住了自己，虽然她这样做，对那个名叫江白的小伙子分明是不公平的。他不止一次地想：女儿是大了。

可是女儿今晚却打了一个电话，说她的病可以治，她可以结婚！

他可以相信女儿的话吗？司令员在黑暗中问自己。不。最好连个电话也不要打。最好不要相信在他和女儿的生活中还有什么奇迹发生。那样无论对女儿还是自己和妻子都更好些。

司令员重新站起，走回到落地窗前去。女儿的电话引起的那一番紧张的思考过去了，可是他内心中那被不知不觉高高激扬起来的波澜却没有平息。思绪重新转回今夜的主题。可是他还是再一次想起了女儿喜欢的那个肤色白皙的小伙子——江白。他还是去年深秋在Y城自己家（应当说是妻子家）的别墅里见过他一面，小伙子给他留下的印象不错。司令员不知道不久前江白与东方白雪之间发生的故事，不知道江白差一点被退回潜院，这样的事一般不会惊动他。但这个初出茅庐的小伙子指挥9009艇考核时的出色表现，却使一向对之心境淡漠的司令员突然喜欢他了。

喜欢他的原因仍然是东方瀚海。

司令员在黑暗中站着，没有马上坐下去。他想，是的，是东方瀚海。想起江白就不能不想起9009艇，想起9009艇就不能不想起那个19年前遇难的潜艇英雄。司令员想：正是因为东方瀚海他才在前不久的考核中下令撤了9009艇的艇长。没有人提出异议。不，是没有人敢提出异议。东方瀚海曾经领率过的作战集体，竟出了三发鱼雷击不中一个固定目标的艇长，此人不是在伤害中国海军，而是在伤害自己，伤害东方瀚海！他平生最为深恶痛绝的就是这一类军人，不，他不能让这样的人再当艇长！

撤下那个艇长后他没曾料到9009艇会表现得那么好。当焦同推荐一个初出潜院的青年中尉代理艇长时，他也没有想到后来发生的事情。现在回忆起来他仍然有点心惊，自己做出那个决定时竟没想到事情也还可能有一种极坏的结果，如果江白辜负了他的信任。他承认没有想到会有另一种结果还是因为东方瀚海：在他的潜意识中，东方瀚海的艇仍是东方瀚海的艇，只要去掉一个不称职的艇长，它仍然会是一条出色的潜艇，他几乎毫无理由地认为该艇的航海长一定能胜任代理艇长。结果证明他的决定是对的，对东方瀚海的旧信仰让他不自觉地冒了一次险，却意外地发现了一个人才。

司令员重新在圈椅里坐下来时，墙上的石英钟敲响了凌晨3点。该睡了，可是大脑细胞依然十分活跃。东方瀚海，东方瀚海，他的思绪终于全回到这个人身上来了。他有一种直觉：这是个不同寻常的夜晚，他应当把多年来一直萦绕在脑海中的关于东方瀚海和4809艇的繁乱纷杂的思绪认真梳理一遍。

对 L 城潜艇基地的考核以及他在 Y 城基地的工作经历，给予他的感觉大体是一致的。中国潜艇部队的训练水平不坏。我们的潜艇可以在任何时刻接到命令立即出航，投入战斗。但是这还不够。

因为没有东方瀚海。

也许别的潜艇基地中有东方瀚海，可是 Y 城基地没有，L 城基地也没有。

但是中国潜艇部队是有过东方瀚海的，在他的感觉中，也从来没有再消失过，哪怕在 4809 艇遇难之后。东方瀚海一经存在就不应当再消失。东方瀚海没有出现之前中国潜艇部队还可以没有他，有过他之后再失去他就是不可想象的了。

中国人哪，司令员想。他的思想的视野开阔起来。中国人不是个海洋民族却世世代代面对着海洋。郑和下西洋前后，我们对于海洋的了解有哪些呢？也许就是《山海经》《镜花缘》或者《聊斋志异》中的有关描写，大陆以外的海洋不是存在着虚无缥缈的仙山洞府、琼楼玉宇，就是可怕的夜叉国。

近代以来中国人才开始出航。这以后它的每次出航，都像是它伸向大海的一支触角，一次试探。

在新中国伸向大海的所有触角中，东方瀚海的 4809 艇无疑是最英勇无畏的一支。东方留在大洋中的航迹越长，新中国伸向大洋的触角就越长；东方开辟的新航道越多，新中国伸向海洋的触角或者手臂就越多和越有力。

东方瀚海不是一个人。东方瀚海是甲午海战以来在海上屡战屡败的中国人面向大海新生的无畏与激情，是这个民族重新认识和征服海洋、保卫自己的海上疆土的勇气和决心。东方瀚海不但是一种行为，也是一种坚定的自信与理念，一种活火一样熊熊燃烧的民族生命的热情，一种超越平凡的豪迈气概，一种以开拓大洋为己任、视海洋为故土和归宿的新型海军军人的理想与楷模。

没有 XY 水道的遇难，中国潜艇部队或许会出现无数东方瀚海，而其后的 19 年间，中国潜艇部队的航迹会更多更长地伸向未知的大洋。那样的话，今天中国潜艇也许早像进出自己的海洋国土一样娴熟自如地活跃于全球的广大海域，令觊觎者不敢窥探我们的领海。

但是 4809 艇遇难了。东方瀚海再没有归来。

直到今天，司令员还清晰地记得东方遇难的消息在最初一瞬间带给他的那种如同撕裂肺腑一样痛楚的感觉。那是一个晴朗的夏日，强劲的海风扫荡着 Y 城营区内的每一片绿叶，使照耀其上的万千光点在他眼前潮水般汹涌地扑将过来。

他经历了平生第一次眩晕但很快又清醒过来。不可能。在他的印象里，东方代表的只可能是胜利和荣誉，沉没和死亡一类字眼用到东方身上他绝对不愿去想。

但他还是被动地接受了事实。最初的怀疑并没有消失，它们化作两个让他迷惑不解的问题，浮云般长久地游动于他内心的天边：完成预定的远航任务之后，东方为什么不经请示就去探测 XY 水道？东方指挥的 4809 艇怎么会触礁？

有过许多个不眠之夜，司令员在痛感失去东方瀚海对自己的损害时想为第一个问题找出答案。东方的遇难首先让他失去了一位师长和朋友、一位生命的榜样和鼓舞者。他那时就想到了，4809 艇的遇难很可能也将成为中国潜艇这一成就辉煌的远航时期的结束，一艘潜艇就是一艘潜艇，就是在东方每战必胜的时候，也并不是每个人都赞成这种向远海的出航。中国的海军战略不是近海防御战略吗？东方想表现自己的个人英雄主义是他个人的事，可是让他冒着艇毁人亡的危险出航，有关领导者就有责任了。还有，既然你们承认东方瀚海是最有经验最成熟的航海专家，他的遇难更说明这样的行为完全是无谓的冒险！司令员不愿意参与这种争论，它们显出了中国人在海洋问题上传统的狭隘，他还没有资格参与并且也不愿参与。他想知道的仅仅是那样一个谜：东方瀚海为何在最后一次出航时破天荒地没经请示就去探测 XY 水道？他提出这个问题时就已为它找出了一种模糊的解释，一种来自直觉的猜测，不过却被他认为是极接近真实的猜测。东方那样做肯定与营区背后那幢小楼里黑衣少女有关。他的理由是：还在东方带他去拜访过她不久，他就隐约听说前者的结婚申请在政治审查时“触了礁”。康居婉若是中国近代史上某著名人物的重孙女，自然也就成了那个时代潜艇军官绝对不能与之结婚的对象。由于后来“谣传”她为东方生了一个女儿，司令员能够想象得出，东方最后一次出航时面对的是什么，他心里想的又是什么。像他那样一个视诺言比生命还珍贵的人绝对不会为了自己在部队的前途弃那个将要临盆的女子于不顾，虽然她不一定要他做出如此的牺牲。另一种前景也摆在东方面前：那个女子临盆之后，东方与她的关系绝对不会不被察觉，那时他也一定会离开潜艇和大海。这也就是说，无论是东方自己主动承担爱情的全部沉重，结束酷爱的航海生涯，还是被动地由别人给予他离开潜艇部队的判决，也无论 4809 艇后来会不会遇难，这次航行都是他的最后一次远航。东方不可能不知道这个，于是他便没有请示基地，执行完预定任务后带 4809 艇去了 XY 水道（如果请示，他极有可能失去这一机会）。

即使他的猜测全部属实，这里就还有一个问题必须解决：东方必定是认为在最后一次远航中完成对于XY水道的探测十分重要，才会冒着受处分的危险做这件事。而且他也绝对相信，东方这样做时肯定没有想到4809艇会触礁沉没。东方尽管被一些人称为“东方大胆”，但司令员当年研究过4809艇的每一页航行日志，从没发现东方哪一次远航是在完全没有准备的情况下冒险进行的。东方之所以是东方，就是他不仅勇敢，而且细致。毫无道理的冒险不是东方的性格。他至今仍毫无保留地坚信：东方既然明白那是他最后一次为中国潜艇兵开辟新航线，他就绝对不会冒险行事，他追求的只可能是成功，而且是绝对的成功，因为康居婉若就要临盆，他已经没有再一次的机会了。

19年来，司令员曾一次次地研究过XY水道。中国海军成立时，对于这条水道所在的XY海域，我们和全世界拥有的只有100年前出于英国人之手的几张大比例尺海图。XY水道之所以被称为水道，那是因为据史料记载，当年郑和的船队曾从那里通过。100年来，没有任何一艘中国的和外国的船能够再次沿着这条郑和的航线，直接由横亘在XY海域中间的XY群礁中部通过，进入中国的内海。东方选择这条水道作为自己最后一次出航的探测对象，肯定是经过深思熟虑的，极具战略眼光的：万一这条水道被查明可以供潜艇秘密进出，中国潜艇兵进出整个XY海域就将缩短将近3/4的航程，我们就能在XY群礁之外控制和保卫属于中国的全部传统海域，中国海军在广袤的XY海域的战略地位就将发生根本性的转变。一句话，那里将成为中国潜艇的天下。

这才是东方在最后一次远航时不经请示便率艇探测XY水道的全部理由。不可能有另外的理由。

但4809艇沉没了。即使在该艇政委施连志后来亲自书写的事故报告里，也没有否认4809艇的触礁。

于是就有了那个令东方瀚海蒙羞已达19年的事故结论。

19年来，他从没有像今天这样强烈地感到东方瀚海的死亡和对他的耻辱判决长期影响了一艘艇、一个基地乃至整个中国潜艇部队的精神和士气。一支军队就像一个人，在其成长的道路上也需要不断的鼓励。失去东方瀚海，中国潜艇部队就失去了鼓励，失去了榜样，在某种意义上也失去了面向大海的勇气和方向。

当然还有别的历史原因。相当长的时间里，中国人总是习惯于回头面向大陆，面向自己，进入荒唐的自我怀疑和自我审视。所幸那时我国海疆受到的威胁还不太严重，中国人还被允许这样做。

今天不一样了。

当初海石先生就说过，中华民族总会有真正认识海洋重要性的一天。先生希望自己的女婿在这一天到来时有所作为。

先生目光深远，司令员想。历史的天平正倾斜过来。过去整个民族都向内望着自己，现在终于张大双眼，向洋望着世界。还有别人哩，别人也在望着那大片大片似乎无主的海洋。不一定有战争，但一定要有准备，要有一支训练有素勇于牺牲和胜利的部队。你存在于那里，那里的疆土才是你的。今天，中国海军突然从无人问津变得万众瞩目，原因极为简单：她面对的局势十分严峻。实际上，她已被推向了保卫祖国的最前线。

可是中国潜艇部队里却没有了东方瀚海。

活下来的是4607艇艇长，可是廉颇老矣。

海石先生曾在东方和他之间选择他做自己的继承人，先生认为终成大器者是他。然而4809艇沉没19年之后，司令员仍不能不时常觉得岳父在这一点上是错了。东方瀚海远远比他优秀。中国潜艇兵走向大洋的历史进程中一定会有牺牲，当初这牺牲不是东方就是他，而结果是东方。东方牺牲了，他用自己的死在中国潜艇兵史上为自己画上了一个悲壮醒目的句号。他却活着，年复一年偷生于一身雪白的或藏青色的海军军服之下。死去的东方仍然在潜院的课堂上，在中国海洋大学的教科书上影响着后人，活着的秦失默默无闻，19年来没有给中国潜艇兵的航海图上增添一条航线。夜深人静，他常常扪心自问：难道活着真的就比死去更好？

中国潜艇部队需要找回东方瀚海。没有东方瀚海，中国潜艇部队就缺少了一个英勇豪迈地走向大洋的灵魂。

找回东方瀚海也是他内心深处的需要。时至今日，他仍然觉得自己的一生是追慕东方的一生，也是对这些年来荒废了远航使命因而充满痛苦的一生，是对自己十分不满甚至厌恶的一生。

找回东方瀚海就要为东方恢复名誉。为此必须重新探测XY水道。焦同曾经责难他不关心东方瀚海的平反，其实焦同不懂，他内心中比他更迫切地要实现这一目标。

第一件事是必须重新为那次海难下结论。19年间，他一直想率艇去XY水道重新探查。这件事与东方遇难后留在他心中的第二个问题有关：东方瀚海怎么可能触礁？时光流逝得越久，他对这一结论越是怀疑。相信东方瀚海会犯诸如触礁沉没之类的错误，就像要他相信一个大学教师会算不准一加一等于二一样荒唐。他甚至觉得，相信这个结论不但是对死者的污辱，也是对每一位有经验的潜艇艇长的伤害。年复一年，司令员形成了一种固定观念：东方绝对不会犯那个如今人所皆知的错误，导致4809艇沉没的是另一种原因，一种极有可能超越了东方对海洋的认识和经验范围的原因。

只有这种解释才能说服他。作为一名有过多少次不平凡的远航经历的潜艇艇长，他深知除了触礁沉没，大海中还存在着众多足以使4809艇沉没的险情。大海是浩瀚莫测的。人类在陆地上生活了数千年，仍然对它的一些秘密毫无所知；对于大海，人类更像一个刚刚走进密林的幼童。人类征服大海如同征服雪山，那里存在着无数未知的危险，每一种危险都足以使你丧生。

19年前，他一直在断断续续地研究潜艇海难，也曾在自己收集由女儿保存在海山书房的一册潜艇海难资料上，就4809艇的失事结论画上了三个大惊叹号。可是由于他终于没能进入XY海域，他也没能证明或者否定自己的一些想法。

这些想法具体一点说就是：那里会不会存在着海中断崖或者死水？

海水是有密度的，海水密度越大，舰船所受到的浮力也就越大。但海水的密度在不同水域是不同的，并且在水平和垂直方向都是不断变化的。江河灌流、降雨、风暴和涌流的作用、不同盐度和温度的海流相遇，都会使海水上层和下层的密度明显不同。

这种海水在垂直方向显著变化的水层，即密度不同的两层海水间的过渡层被称作海水密度跃层。海水密度跃层中，如上层海水密度小，下层海水密度大，就形成了液体海底，潜艇因受到的浮力加大而无法下潜，只有加注海水增大艇重才能进入下一水层。相反，如果上层海水密度大而下层海水密度小，就会形成海中断崖，正在潜航中的潜艇就会因海水浮力突然减小而急速下沉，犹如一辆疾驰在山崖上的汽车突然跌入深谷，结果自然是艇毁人亡，丧生大海。

1961年×月×日，某核大国的一艘名为“美丽鲸”号的核潜艇驶往大西洋某海区执行试验任务，突然操纵系统失控，急剧跌入2000余米的海沟。该国急派一艘常规动力潜艇和一个深海探测器前去该海域查找事故原因，这艘潜艇再次沉入深海，艇员无一生还。倒是深海探测器中的乘员安然无恙地回到了海面，报告了最后一条潜艇沉没的情形。海洋专家们经过多次分析和试验，才第一次知道了海洋里存在着海中断崖这一可怕的自然现象。

死水的产生也与海水密度跃层有关。密度跃层的海水并不是静止的，只要稍加扰动，就会产生内波。内波一经产生，船只原来用于克服海水阻力的动力就不够了，船只会被“粘”在海里，前进不得，后退不能，因此被称为死水。潜艇遇到死水更危险，由于它已全部进入海水密度跃层，内波可以突然猛烈地将其推出海面，或将其死死压至极限深度以下。1963 年 4 月 10 日，美国核潜艇“长尾鲨”号在波士顿海域进行超 300 米的潜深试验，不慎进入死水区，一下沉入 2700 米的海洋深处，再也没有浮上海面。（但对于 4809 艇当年可能遇到了死水，司令员并不愿意相信。死水区他曾经历过，潜艇在最大潜航深度以 56 节的速度航行，靠惯性能够穿越密度跃层，条件是潜艇的动力设备不能发生故障。）

如果 4809 艇沉没的原因确如他想象的是这两种可能性中的一种，那么 20 世纪 70 年代初，他和东方两人都还不具备这种知识。

还有其他未知的可能。也许导致 4809 艇遇难的原因是人类至今仍然不知道的。19 年前遇难的东方当然更不知道。

人类对于海洋的征服从本质上说就是一种以生命为代价的冒险。你不能穷尽海洋的所有知识。你能够凭借、依赖、信任的只是其中有限的部分和你自己的智慧。海洋那么雄大而征服者那么弱小，牺牲正是题中之意。

人类认知海洋的道路绵绵无尽头，中国潜艇兵却要在这有限的认知之上保卫他们认为属于自己的海洋。做一个潜艇艇长本来就类似上演一幕英雄悲剧。

不平凡也就在这里了啊。司令员想。你就在这里超越了平凡。死亡和人的自豪感是那架始终存在的天平的两端，当它向后者倾斜时，人的伟大就猛然凸显了出来。

是的，人的伟大，司令员沉吟一般地想。我们存在于这个星球上，我们的星球只是太阳系的一个粒子，太阳系又只是更广大无边的宇宙中的一个粒子和一段时光。我们这个民族曾经是这个小小粒子上最伟大最有力量的民族，但她现在不是了，却仍要用自己有限的力量表现自己的伟大与不死。我们只能做伟大的事情，我们甚至不能平凡。历史和我们既定的命运不允许我们平凡。

“文革”结束前他没有机会再次出海远航。他的意料是对的，4809 艇的沉没结束了中国潜艇的又一个远航时期。70 年代末，“文革”结束，中国潜艇又开始走向大海，可他还是没有实现自己再次探测XY水道的愿望。不是有关方面出于各种考虑不批准他的计划，就是他与这种机会失之交臂。今天他仍想亲自去探测那条水道，可是身为一个基地的最高指挥员，上级不可能让他进行这种极具冒险性的出航。

即使是今天，上级也很难同意以探测XY水道为目的进行一次单独的出航。英国人的旧海图还没有谁改变过，而19年前中国的潜艇之王4809艇又在那里遇难沉没。重新出航有可能再损失一艘潜艇。还有人哪，还有艇上数十名潜艇艇员的生命哪。

为探测XY水道进行一次单独的出航也不是东方瀚海当年探测这条水道的本意。东方的意图他很清楚：如有可能，中国潜艇部队应当秘密地发现并掌握这条水道。当今世界各海洋大国一天24小时用成百颗卫星密切监视着海洋，中国潜艇单独出航XY水道很难不被人发现。

如果XY水道确实如东方当年估计的那样，有可能允许潜艇自由出没，中国人就应当在极秘密的情况下一举将其开辟并牢牢控制住它。失去了行动的秘密性，别人就有可能占我先机，XY群礁外的广大中国传统海域的情况就会突然复杂化。

一定要有一次新的出航。非如此就不能查明4809艇沉没的真正原因，无法为东方瀚海恢复名誉；非如此就不能先于他人查明XY水道在未来海战中的实际价值。XY水道也可能真无法通航，但即使那样，对它进行一次探测也是必要的，它会让我方完全放心大胆地弃它于不顾。

那样他就不可能为东方瀚海恢复名誉了。不。如果是那样他也可以为东方瀚海恢复名誉。19年前4809艇在XY水道的沉没应当被看成中国潜艇兵对于XY水道的历史性探测的悲壮的第一幕。那条潜艇是沉没了，可是东方瀚海和他的艇进行的仍然是一次英勇的出航，沉没只是英雄艇长和英雄潜艇遭遇到不幸罢了。

从中国人走向和征服大海的历程中看，东方瀚海和4809艇探测XY水道本来就是一次英雄豪迈的远航，东方和4809艇的沉没本来就是一次壮烈的沉没。

可以安排一次正常出航掩护下的秘密出航。中国潜艇每年都要到XY群礁之外的中国传统海区进行例行巡逻。这样的巡逻别人已经习惯了。几个月后，L城基地就要派遣一艘艇向那一海区出发，返航时便可秘密地完成探测XY水道的任务。

遗憾的是他不能亲自前去。完成这次探测任务的只能是年轻的一代潜艇兵。

最好的选择是9009艇。他又想到了女儿与之交往的那个名叫江白的小伙子。从技战术素养看，刚刚通过严格考核的9009艇足以担负此项重任。就人的方面看，这位叫江白的小伙子的指挥才能不但是出色的，考核过程中他还隐隐约约地碰撞到了对方那不同寻常的心力。是的，司令员想，正是心力。心对沉重的事物的承受力，以及它推开这种沉重的排斥力。没有如此心力，技战术素养再好的人也无法胜任探测XY水道这样重大复杂的任务。

还有焦同哪。他现在是9009艇的代理艇长兼政委。司令员感慨地想：一个人舒舒服服地在首都生活了十余年后，仍能下决心回到潜艇部队来；他的心力也是可以指靠的。

真正的问题是：那个小伙子有没有为这次极有可能牺牲生命的出航做好准备？如果他心理上没有这种准备，甚至于他根本就没有想过为保卫祖国的海洋牺牲自己，又怎能胜任此次出航呢？司令员顺着自己的思路想下去：如果是这样，自己又怎么能放心地让他率艇出航呢？

老人的眉头在黑暗中皱起来。廉颇老矣。心在天山，身老沧州。他自己已经不能了。这些年来，酒绿灯红，人欲横流。不，不，司令员摇了摇头，努力使自己不像一个牢骚满腹的老头儿。国家经济在飞速发展，近百年来中国都没有今天这样强大，但是物欲正在取代梦想，和平主义正在取代战争警觉和献身精神。平庸，一切都在流入平庸，如同天天上演的电视剧，女主角哭得悲悲惨惨，你却明白这就是平庸，平庸的眼泪，沉醉于平庸的时代。有多少人似乎甘心于这种平庸之中而不屑于谈论甚至不再知道人应追寻伟大的目标。超越平庸的理想正在汹涌澎湃的平庸的生活大潮中被唾弃。时代甚至会对他这样的老军人产生影响：别人毕竟是可以过一种自己选择的平庸的生活的，如果那个小伙子并不愿意做一个东方瀚海式的潜艇英雄，他真有权力让他率艇进行这次可能会牺牲生命的出航吗？

他有吗？

司令员在黑暗中站起来。是的，他有吗？

还有，如果东方瀚海当年都无法征服XY水道，今天的江白和焦同果真能征服它吗？如果是更为惨重的牺牲呢？那时他怎么办？

如果江白和焦同真的遇上海中断崖或者死水呢？

他们的优势是今天潜艇的技术水平与19年前比已不可同日而语，但即使技术有了更大的进步，问题还是一样的。

司令员想：为什么今天我才明白，对于每一位海军军人来说，海中断崖始终真实地存在着。它不仅存在于每一次真实的出航之中，也存在于每一次精神的出航之中。

不是不可能或者不应当牺牲。中国人即使不情愿，也正在进入自己的海洋世纪。她非进入海洋世纪不行。大海在召唤着这个黄土地的伟大儿子，大海的风浪以及海中断崖和死水也在等待着她。一切都刚刚开始，而且无可选择，无可回避。

但是那个被女儿以游戏的口吻选定为想象中的丈夫的年轻人（虽然是想象中的，但女儿喜爱江白却是真实的），真的有这种思考吗？几十年来，司令员见惯了那种做了职业军人却不知其为何物的人，或者说做了职业军人却从没想到要牺牲自己的人。不是他们不知道自己有可能牺牲，现代海军军人的作战条件，长期的海疆无战事，给了他们一种假象，仿佛做一名海军军人可以不必想到“牺牲”二字。

在战乱年代，海军军人每次出海，都会想到可能一去不返。因此无论在海上还是在岸上，他们都早已做好了牺牲的准备。而一个随时准备牺牲于大海中的海军军人毫无疑问是英勇无畏的。东方瀚海是这样的人，当初的自己也可以算作这样的人。也正因为如此，他才为海石将军所欣赏，走进了Y城海滨的那一幢别墅，也走进了这个海军世家的历史和历史的延续。

和平环境给他的一个深切感受是：即使你做了潜艇军官，做不做潜艇英雄也还是可以选择的。选择了做英雄，在某种意义上，也就选择了死亡。

在某些特殊的环境中（譬如当年4809艇或4607艇的艇员随东方瀚海和他远航时），英雄和非英雄的界限是模糊的；但在这些特殊环境之外，在更大的时空之中，英雄和非英雄却是可以选择的。他无法否认这一点。

问题就在这里了：身为L城基地的司令员，除非上级下命令同意二次探测XY水道，查清4809艇19年前失事的原因，他才有权力将任务正式下达给9009艇。现在没有这个命令也不会有这个命令，弄清XY水道的实际情况和4809艇失事的原因就不是非做不可的事，他还有那样的权力吗？

啊，不，从中国海疆的未来说，他有这个权力。而且，身为一名行将退出现役的老军人，他还有这种责任。

但是从那些年轻人和9009艇全体艇员的立场上考虑问题呢？从人和人的角度考虑它呢？那个让女儿十分迷恋的年轻人即使不愿去执行这个本来就有点不合法的任务，即使他不想做一个潜艇英雄而只想做一个普通的潜艇军官，他就能说此人错了吗？他为什么一定要用自己也没有达到的标准去要求一个也许根本不想名垂青史的年轻人呢？

天微微亮了。大海和军港已在晨曦中显露出了它们那总是让司令员心动的轮廓。司令员内心激动。是的，应当跟那个小伙子谈谈，他想。不是作为司令员，而是作为一个老潜艇军官与一个年轻的潜艇军官谈谈。他要把自己心里想到的一切全部告诉他，至于小伙子如何做，由他自己来决定。

还有，今夜他也一直没有忘记女儿，没有忘记女儿在电话中说的事。如果女儿的话当真呢？中国医学和世界医学不是在日新月异地进步吗？医学上的奇迹不是每天都在发生吗？女儿患的不过就是一种病罢了，它不是一种绝对不可改变的命运。好像一位著名的生物学家说过：世界上只有没被发现的生物以及生物机制，而没有病。难道全世界千千万万的医学专家和生物学家在几十年的艰苦劳动中就不能突然发现女儿的病其实只是一种需要稍加纠正的生物机制吗？难道他作为爸爸，内心里对女儿被治愈早就失去信心了吗？

哪怕女儿的电话只有百分之一的真实性，他也应当视为是百分之百的希望。这些年来在女儿的事情上，他和妻子的错误也许就在于失去了希望。如果女儿能被治愈，那个他将要与之谈一谈的小伙子就会真实地而不是虚拟地走进海山别墅，成为女儿的丈夫，他的女婿，将那个不屈不挠的海军世家的历史强有力地延续下去。

可是女儿并不知道，他的那个小伙子或许就要远航。如果江白和9009艇真的再次沉没于凶险莫测的XY水道，他又怎么面对女儿？

3

这是一个冬末的黄昏。即使是在气候炎热的南国，此时营区内的椰树叶、紫荆树叶和草地上的绿色也已失去了光泽，显出了一种暗淡、沉闷、思索的气息，一种在无言中渴望着春天再生的气息。

在 9009 艇宿舍楼前，焦同喊住了下楼来的江白。

“航海长，你停一下。”

“政委，有事吗？”

“我们……出去走一走好吗？”

“当然可以。我没什么事。”

离开 9009 艇宿舍楼后，焦同一直走在前面，一次也没有回头。江白似乎感觉到了什么，无言地跟在政委身后。

两人走上了潜艇码头。

颜色变灰变暗的海水轻轻拍击着水泥防波堤。一两只不知疲倦的鸥鸟在潜艇阵列的尾部盘旋翻飞，寻觅着丢弃出的食物。夕阳也失去了热力，在西方的山峦线上留下一团还算明亮的黄白的光。

焦同背着手站住，望着正在下沉的落日。

“忙着考核总结和年终总结，也没找你聊聊。这阵子你在想什么？”他对身旁的年轻人说，并没有回头。

他意识到江白迟疑了一下。

“没有。没有想什么。”年轻的海军中尉简单地说。

沉默。

焦同心里暗自激动起来。这一瞬间他在想：我怎么才能向这位年轻的航海长说出那所有的事情和渴望呢？

年终考核结束时候，他就对身边这个年轻、脸色苍白、不苟言笑的航海长生出了只有同龄人中间才可能见到的尊敬与信任。那次突入日出港的攻击行动更让他有了一种清醒的直觉：9009 艇的未来属于这个小伙子，也许整个二支队的未来、L 城潜艇基地的未来，都属于这样的小伙子。

不过还是不要过早地对一个人的潜力和前程下结论。

与此同时，这些天里，他对自己也有了新的和相当清醒的再认识：他已经实现了自己的意愿，离开潜艇 18 年后又回到了部队，听到了大海日日夜夜的涛声，但是与江白、高梁这一代人相比，他无论在哪一个方面都不占优势了，新一代年龄、知识、思维及行为方式都与他大不相同，且明显处于优势位置的潜艇军官，正在成为这支部队的中坚和更为光明的未来。

这是他下部队前没有想到的。由于中国潜艇兵部队里没有了东方瀚海，下部队前他曾对它的前途深为忧虑，现在他不再有这种忧虑了。年轻的一代人正在迅速成长，何况一支战斗部队看重的和可以依靠的并不是老人式的成熟，而是年轻的中尉官和士兵们的勃勃生气，他们的智慧、创造精神和天不怕地不怕的勇气。

让一个与大海和潜艇相依为命的人相信这支部队不再迫切需要他了是痛苦的。他不再年轻，属于潜艇兵的浪漫和诗情不再属于他。虽然痛苦，意识到这一点却很重要。铁打的营盘流水的兵，一支随时准备投入战斗的部队不能拖着沉重的包袱驶向大海，9009 艇能淘汰崔东山，也就能淘汰他，虽然在接受淘汰时他与崔东山的态度是不会一样的。淘汰是正常的，他虽然难过却乐于承受，因为它是部队实现新陈代谢所不可避免的。他将含笑离开军营和大海。

不。到了适当的时候，他要自己主动提出离开军营和大海。

还有什么吗？我还有什么心事和责任没有了结吗？我还能为这支部队再做点什么吗？

下部队时他对于自己将要做些什么头脑还有些混沌，现在他的生命意识忽然变得如同春水一样清澈了。

清澈而单纯。

只剩下东方瀚海。

只剩下这位自己终生景仰的人和 19 年前的那场潜艇海难。

还剩下白雪——东方瀚海的流落到南国的身世凄凉的女儿。

他必须把他想为东方艇长做的那件事情做完，不然一旦离开军营，他就无能为力了。

必须促成一件事：重新探测 XY 水道，为东方瀚海恢复名誉。

他做过司令员的工作，但老头儿的态暧昧。想做成这件事，只有寄希望于 9009 艇自身，寄希望于极可能被任命为新艇长的江白。前段时间支队研究 9009 艇的干部配备，焦同提出的方案是由江白任艇长，顶替已确定转业的崔东山；高梁任副长，顶替长期住院的副长；再由支队给这条艇安排一位航海长和一位鱼雷长，接替江白和高梁。

支队首长对这种安排有顾虑。原因是无论江白还是高梁资历都很浅。但是焦同坚持自己的意见。他明白，司令员欣赏江白，在任命干部的事情上老头儿有自己的作风：唯才是举。他提出的方案很可能被通过。

但问题也正出在这里。如果司令员不支持二次探测XY水道，他就只有乘9009艇正常出航XY海区时“顺道”去做自己渴望做出的事情。江白代理艇长参与考核时可能是出色的，但是他真的愿意冒生命危险率9009艇二次去探测XY水道吗？焦同甚至担心：首先江白能像他一样理解此事的意义吗？江白并没有接触过东方瀚海，江白与他的经历和感觉差着整整一个时代，不可能设想小伙子会像他一样充满感情地理解、敬仰东方瀚海的事业与名誉。如果江白连出航和冒险的意义都不懂，他会与他一起率艇进行一次不仅吉凶未卜而且还要承担责任的冒险探测吗？

还有，一个在考核海区表现得相当英勇和聪慧的人，真正到了生命随时会像肥皂泡一样消失的时候，还会有考核时同样的勇气和智慧吗？归根结底的一个疑问是：江白具有东方瀚海探测XY水道时的意志力吗？

落日的余晖从海面上反射到焦同的脸上来，有点亮晃晃的。江白在一侧冷静地望着政委，觉得他好像有什么话要说出来，却不知为什么又没有说。

没有说他就不去问。经历了湾尾街上的一场风波，又经历了一场近似实战考验的年终考核，有过那么多孤独的内审的白天和夜晚，江白已经懂得：沉默有时对于一个人也是极重要的和可贵的，犹如语言在适当的时刻对人是重要的和可贵的一样。

政委眉宇间凝聚着一丝忧虑，他注意到了，可是他不想过于深入地研究他。今天他自己内心的问题就够多的了。

需要更多的思考。

无论如何，年终考核以后，他在艇上的处境和内心都发生了很大变化。关禁闭期间无形中积聚在生命意识中的沉重的自卑如同被强风劲吹的乌云，一缕缕一条条地消散了。内心的天空重新显得清丽、明亮、湛蓝。和煦的甚至强烈的阳光也照到心灵的田野上来了。自尊和骄傲在恢复，又可以用平视的甚至稍微有一点俯视的目光看待生活了。有的时候，笑容也会像绿叶自然地出现在春天的枝头上一样悄无声息地浮现在他依旧年轻的脸上。

但是有一些东西没有改变，或者说是不会再改变了。

从前那种轻风刮过小树丛一样无忧无虑的心境不会再出现了。眼睛里不时会悄然流露出一种忧伤的情感，这使那对一向明亮而快乐的眸子的色调变深变暗了。无目标地望着这个世界的时候，神情不再温柔，它们是严肃的、沉思的和冷淡的了。

真正的问题仍然存在于内心深处。别人把他在年终考核时的出色表现视为一颗潜艇部队新明星的升起，他却明白那不算什么。他的目光不由自主地显现出的忧伤情感，他神情中对人对世界不自觉地流露出的严峻和冷淡，其实是内心中依然对自己十分不满的表现。你仍然是平庸的，你的生活依然是平庸的，你自己作为一名潜艇军官、一个人依然是平庸的，你的平庸只有你自己知道，你的最大失败是你明白自己似乎无法摆脱平庸。面对潜艇和大海，面对你阅读过的中国潜艇兵史和世界潜艇战史，面对着海洋、天空和岩石以自己的存在本身简单地显示出的伟大和永恒，你知道自己始终是多么渺小。

寄蜉蝣于天地，渺沧海之一粟。

渔樵于江渚之上，侣鱼虾而友麋鹿。

耻辱依然存在。耻辱像一个黑色的印记留在你的生命记忆中，你不想感觉到它，你又不能不感觉到它。

感觉到它是有好处的。它会时时提醒你想到你的平庸。你只有它而没有抵消它的成就与荣誉。你不可能拥有真正的骄傲。

生命的阳光重新又照耀着你，不过那像是冬日的阳光，照耀在尚未返青的灌木之上，表面上看每一个叶片都在闪光，但你的心却没有真正感觉到温暖。

但是……也不能过于好高骛远。不能再像一个在校的潜院学员那样，目空一切，满腔豪情，指点江山，粪土王侯，而对实际生活一窍不通。生活是具体的，要一步一个脚印地走。

最重要的是走下去，坚韧地走下去。

不积跬步，无以至千里；

不积小流，无以成江海。

需要时间，需要毅力。

当好 9009 艇的航海长。等待机会，或者创造机会。

再就是白雪。

最初从身边的政委口中得知白雪根本没有爱过他而且永远不会与他结婚，他对她的感情就突然消失了。有一段时间，他曾对她从一开始就有意利用他深深地感到耻辱和恼怒（它们阻止他此后一次也没有走出过营门），但随着时光流逝，这点感情也发生了变化，恼怒消失了，又只剩下了同情和怜悯。

白雪竟是东方瀚海的女儿。东方瀚海——一位曾名满天下但结局并不太佳的潜艇英雄——的女儿在父亲遇难 19 年后，竟成了人欲横流的湾尾街上的一名时刻处在危险中的酒店小姐。这两件事在他内心里引起的震惊从来没有减弱过。仅仅因为它们，他也不能不原谅过去对此一无所知的自己。

在与她交往的时候，他曾对她有一个什么样的身世充满了猜测。现在一切都清楚了。这样一种身世却只让他心中涌满了无边无际的悲伤。

东方白雪不该有这样一种遭遇。至少不该在湾尾街上遭遇如此的危险。东方白雪应当有另一种命运。

他在对她的故事茫然无知的情况下进入了她的生活和故事。在他和她的整个故事中，弱者仍然是那个有着一双目光幽幽的美丽眼睛的烈士之女。他与其说是受了她的愚弄，不如说是参与了对她的伤害。

如果她的故事都是以她不断受到伤害为主要情节和色调的话。

从这种意义上，他也深深地感觉到自己伤害了东方瀚海，伤害了那个著名的潜艇英雄，伤害了他为中国潜艇兵创下的功勋。东方瀚海今日已是一个不能有所作为的人，他对于东方的女儿的伤害于是就成了永远的伤害。

不，也许不能算是伤害，可是也不能说一点也没有伤害。

白雪之所以能在湾尾街上站住脚，首先就不是因为有了他。白雪在他之前就有了派出所的王所长和他姐姐——海风酒家的女老板。没有他，白雪自然还会受到流氓的骚扰，但也不一定会像他原来想象的那样沦落，纯洁的灵魂万劫不复。极为可能的是：他的出现、她幼稚地利用他做自己“保护人”的举动使胖三一伙流氓骚扰她的居心有了新的目标。这个目标就是他。

然后大打出手。白雪越发在湾尾街上成了“名人”。至少在那些不明真相的人心里，她的纯洁已受到了伤害。

也许所有这些自责都出于后一种越来越强烈的意愿：应当帮助白雪，帮助那位英雄艇长的女儿。帮助白雪摆脱目前的危险处境，才能使他那颗自责的心重新寻找到某种平衡。

可是……你能怎么办？你真有可以左右她生活与命运的力量吗？

夕阳完全沉落下去时，焦同觉得有些话是可以对身边这个年轻人直说的。难道他不是因为信任江白才将他喊到这里，准备与他谈一谈冒险出航 XY 水道的事吗？

夕阳下了山，两人就望见了两山岬之间的出港口。在一左一右两座亮起来的灯塔的映照下，一条白色的远洋货轮横锚在海面上，船上的一盏白炽灯，如同一只小太阳那么明亮夺目。

“江白，我有一件事想同你谈。”他突然回过头来，目光热切地直视着身边的年轻人，虽然眉宇间仍然隐现着一点达不到目的的疑虑。

“政委，有什么话你就说吧。”江白说。他的目光既坦诚又明亮。

“咱们以前多次谈过东方瀚海。你知道我对当年4809艇遇难的结论持怀疑态度。我想以艇上名义打个报告，争取二次探测那条水道！”

江白沉吟地望着他。

“除了为东方艇长恢复名誉，一旦发现XY水道可以通航，能够大大改变中国潜艇兵在XY群礁以外海域的战略地位，是不是还有别的原因？”

这个年轻人的脑瓜一定是玻璃水做的，这样清澈灵透。

“还因为白雪，白雪需要帮助。为东方瀚海恢复了名誉，才能恢复她对她父亲和整个中国海军的信任，也才能让她离开她现在选择的生活，回到她的养父母身边去！”

焦同注意到，神情一直显得很冷淡的小伙子的脸突然涨红了。

“政委，你……你是想知道我的想法？”

“不错。因为这需要你和全艇的支持！”

“能参与这样一项行动，我个人感到荣幸！”年轻的海军中尉激动得有点结巴了。

“可这是有危险的。报告打上去，基地也不一定会批准。”

年轻人的目光异常明亮。

“据我所知，当年东方瀚海就是在没有得到上级允许的情况下去探测XY水道的。”

“不过他失败了，他在那里牺牲了生命——”

江白的目光如同两道利剑止住了他下面的话。

“政委，不要说了。如果有可能，我个人愿意随9009艇二次探测XY海区。……东方艇长失败过，我们却不一定会失败！”

他们相互望着。这一会儿，焦同意识到年轻人的眼睛湿润了，于是，他自己的眼睛也湿润了。

这天夜里，江白心境平淡。

即使是冬末，南方夜晚的月光也是明媚的。

航海舱里，水兵们都睡去了。窗外灰白的月色中，有些亮晶晶的东西，那是月光在树叶上的闪光。

没有风，海潮也不像往日喧哗。

万籁俱寂。

时光异常汹涌，并且化作音响，万马奔腾一般穿透了他的生命。

他正在经历一个时刻，一个极为重要的时刻。

又是一个什么也不需要做的时刻，一个决定已经做出的时刻。

从这一刻起，他的一生就只剩下一件事了。

出航。

是为了东方瀚海的女儿出航，可也不是。

或者说根本不是。

东方瀚海当年为了什么出航 XY 水道，今天或者明天他和 9009 艇的全体艇员就为了什么出航 XY 水道。所有的水道都是从同一座山脉发源的。

东方瀚海的女儿的故事只是一个伟大而且漫长的故事中的极为微不足道的小故事之一，甚至是小故事中的小故事。一条伟大的河流中的一条细弱的小溪流。

明白这个就够了。

当初也曾随 8334 艇出航。可那时他无论从身份和心境都还处于生命的见习阶段。这一次不同了，这一次是他的处女航。

东方瀚海当年遭遇过多少挑战，他和全艇就将遭遇多少挑战。东方瀚海遇到多少不测，他和全艇就将遭遇多少不测。

或者像东方瀚海那样英勇献身，或者超越东方瀚海，做到这位名满天下的潜艇英雄也没有做到的事。

所有的历史纪录都是这样打破的，所有的历史都是这样书写下去的。

淡淡地想到家、父母、小妹，也想到了东方白雪。可是忽然之间，他们距离自已都异常遥远了。

今晚开始，他与他们已经不在同一种生活层面上活着。他已介入另一种生活层面。

东方瀚海的生活层面。

英雄的生活层面。

仅仅如此就足以使一颗年轻的心激动和满足。

淡淡地想到了海韵。如果当初他没有拒绝海韵，他的生活里就不会出现一个东方白雪。

现在连海韵也显得遥远和陌生了。

海韵和东方白雪拥有的所有生活内容，对于他和9009艇来说都不再具有现实性。他和9009艇全体艇员拥有的只是生，或者是死。

换一种说法就是成功或者失败。

成功和失败也不是他需要考虑的，因此也不存在。美国潜艇“瓦胡”号最后一次英勇出航日本近海，东方瀚海最后一次远航XY水道，成功和失败对它和他来说也不存在。

存在的或者只应当存在的是豪情，无畏的勇气，切实的战斗准备，对胜利的坚定的信心。

责任。

使命。

信心。

出航。出航就是了。

第二天，9009艇向支队和基地打了一份再次探测XY水道的报告。可是直到三个月过后，江白和焦同才接到了司令员要找他们“谈一谈”的通知。这三个月间发生的另一件事情是9009艇的干部班子做了重大调整：江白就任代理艇长，高梁任副长，一直要求转业的动力长徐有常被确定转业，机电长肖军调到岸勤部门，4名年轻的潜艇军官调到艇上，担任了他们留下的职务。

焦同仍是政委。

4

4月的一个星期天的中午，司令员在自己的住所里接待焦同和江白。

这是一幢破旧的二层小洋楼，100年前曾是某西方列强驻守L城的海军司令的私邸。典型的罗可可式建筑：带翼小天使的拱门，肥重浮雕山林之神的廊柱，高大的半圆的穹顶，弧形向外弯出的阳台。大厅里一幅仙女和牧羊人的壁画虽饱经风霜，仍奇迹般地保存完好，仙女的目光越过百年时空，依然向年轻的牧羊人无言地倾诉着来自天国的爱情。

楼门外三层石阶下，宽阔的水泥甬道两旁是重新焕发出鲜嫩的生命之光的平展展的草地。曾经有过一座私人花园，现在只剩下了两尊残破的女神雕像和一座早已不再流水的喷泉。

这片幽静的宅邸里，真正吸引人的是大自然慷慨赐予主人的另外一景：在春天生气勃勃的绿叶丛中，几株枝干遒劲的老树上却依旧飘挂着去年的霜叶。刚刚离去的冬天的寒意没有使它们脱落，春天的新叶还没有生出，于是它们就仿佛成了春天特意在自己无边的绿意中涂抹的一片壮观的血红。

由于孤身一人住在这里，司令员只占用了二楼的卧室和书房，以及楼下的一个小会客室，其他房间任其空置。对老人来说，这幢稍显荒凉和败落的小楼只是个睡睡觉的地方，办公室要比它更为亲切。

但他今天宁愿在这里接待客人。

9009 艇主动提出二次远航 XY 水道，使他不再有必要首先向焦同和江白提出此事。根据二支队不久前报上来的、主要是由焦同提出的建议，该艇的干部班子已由他亲自过问完成了大幅度调整。今天他让他们来见他，就是要听焦同和江白具体谈一谈这条艇在不久将要开始的远航途中“顺道探测一下 XY 水道”的想法。

约好了 8 点 10 分到，现在是 7 点 50 分。司令员来到一楼会客室里站着，眯细神情疲惫的眼睛，望着春意盎然的窗外。

内心的困难突然变大了，好像从没有这么巨大过。你有点激动。那片血红的老树叶，是你心境的写照吗？他问自己。真正的麻烦是：以前让你主动对 9009 艇的全体艇员宣布二次探测 XY 水道的命令是困难的，现在让你“原则同意”他们“主动提出”的同样建议，仍然是困难的。

因为你的话一出口，事情就被确定了。

一个潜艇艇长有自己独特的艰难时刻。一个潜艇基地的司令员也有自己独特的艰难时刻，而且可能更加艰难。

因为你不再像过去一样年轻了吗？

他甚至曾经为不是自己首先提出二次探测 XY 水道而松了一口气。哼，可耻。那么今天又为何要痛苦呢？

原因很简单：你一定会“同意”他们的建议。重要的不是东方瀚海，从根本上来说仍是中国海洋疆土的安全与未来。这是一个源自历史、现实和未来的深邃有力的道德律令。他们将由于你的“同意”而出航，而出航之后你却不再能控制事态的进展和结局。

你对他们不再有力量，更主要的是你不再能帮助他们。

你期望的是胜利，但也可能失败。一旦失败，你不能代替他们牺牲。

还有另外的原因。司令员不愿想却还是想到了，为此他不自觉地皱了皱眉头，脸上现出了每遇不愉快的事就会出现的厌恶和生气的表情。女儿，海韵爱那个刚刚被任命为代理艇长的年轻人。

可是他就要“同意”他率艇远航，去探测一处死地。

死地。司令员发觉自己又想到了这个词了，眉头又生气地皱了一下。XY 水道对于东方瀚海是死地，对于江白和焦同以及 9009 艇的艇员们，有可能仍是一处死地吗？

女儿上次来电话后，他跟妻子通了一个电话。他让她去海韵讲的 Y 城郊外的那家血液病研究所详细了解一下，女儿的病被治愈的可能性有多大，那种外国进口的新药是否像女儿讲得那么灵验。妻子当晚就回了电话，说她很费周折地找到那家血液病研究所，拜访了那位给女儿看病的、刚从国外归来的医学博士。她得到的回答是：外国有被这种新药治愈的病例，其药理机制仍在分析之中，没有结论。对于海韵的病被治愈的可能，博士一点也不像海韵本人那样乐观。

司令员一度泛起欢乐浪花的心又沉下去。一种近在咫尺的紧迫的危险化为焦灼，与那更为深远的忧思相结合，让他的心灵既痛苦又激动不安。

回头审视自己的女儿，他发现作为父亲他对她的了解太少，一些本应早就引起注意的蛛丝马迹，却被他忽视了。

从小到大，他一直关注的是女儿的病，没有注意女儿性格的成长和她身上流淌的 Y 城那个海军世家的血液。女儿努力钻研中国和世界海军史，曾被他悲观地认为是她为自己选择的独身的生活方式，现在看来却不是这样。从她妈妈起，这个家族就没有男性继承人，到了海韵这一代仍然如故。海韵命定了不能做一名出海远航的海军军官（既然不能出海远航，又加上身体有病，做不做女军官对她和他就无所谓了），但她可能很早就拿定了另一个主意，要像自己的母亲那样做一名海军军官的妻子。她要以这种方式将这个海军世家的精神、传统、信仰和血脉延续下去。

为此她才如饥似渴地钻研中国海军史和世界海军史，在 4 年大学期间没有接受任何一个地方大学生走进家门，其后却又突然地、毫不犹豫地将一个潜院学员领进了海山书房。

只要他的想象有几分真实，女儿就绝不会不结婚。

她已经从海山书房、从这个书房的历代传人留下的故事和传说中间，将自己陶冶成了一名合格的海军军人的妻子，就不会不那样做。

一代一代，降生在这个海军世家的人们的血管里流淌着的都是热烈的、滚烫的英雄血。他们和她们的胸腔里跳动的都是一颗无所畏惧的英雄心。海韵不可能因为害怕死亡而不去扮演她决定了、其实也是那个世家那幢别墅暗示给她的角色。一个传统的英雄角色。她会成为那个她选定的潜艇军官的妻子，那个家庭第五代传人的母亲。

女儿上次打电话来，将她病愈的可能说得那么乐观，是否就是要为自己将要开始的人生冒险做一个铺垫，或者是正式向父亲发出一个包藏在温柔中的坚毅果决的宣言？

他不可能阻止女儿，也无法阻止她。女儿打来那个电话之后，他还决定了不去阻止她。海韵也是他的女儿。他自己内心的真正痛苦是后半生竟活得如此平庸，他也有一颗仍在激烈跳动的英雄心。从这个角度上说，女儿的决定他也有份。

女儿选定了要与之进行婚姻冒险的人，还在她的计划进行之前，就要被他——事实上是他——派去探测一个死地。江白和 9009 艇可能像当年的 4809 艇一样一去不返。原来令他犹豫不决的是他不知道自己对于江白和 9009 艇的全体年轻艇员有没有那种权力，现在又加上了自己的女儿。

从心灵深处，他更愿意承认自己还是 4607 艇的艇长，而不愿意将自己看成一名潜艇基地的司令员。似乎谁都可以做一名司令员，却不是每个人都能成为一名出色的潜艇艇长。

他是一名潜艇艇长，海韵就是一个潜艇艇长的女儿。她的未婚夫则是一名刚刚接到任命的代理潜艇艇长。作为一名代理潜艇艇长的未婚妻，她可能还没得到他就已失去了他。

海韵会怎么样？江白如果一去不返，将会在女儿生活中造成什么样的影响？海山将军牺牲时只有28岁，他的妻子也即海韵的曾外祖母誓不言嫁。在那个家族中，无论是男人和女人做过的事都是后代传人的戒律。女儿会像她的曾外祖母一样对待江白的牺牲吗？

啊，那么我是想不同意9009艇二次探测XY水道了？不！司令员气恼起来。他想，我从什么时候开始变得优柔寡断了呢？优柔寡断之人不会成为有作为的将领。我们都只是这个民族的一个儿子，我们只是这个伟大母亲的儿子之一，我们也只是她的一个儿子而已。这个母亲的血管里流淌的也是永远的英雄血，胸腔里跳动的也是一颗永远的英雄心。

一生我都清醒地意识到，我没有活到东方瀚海的人生境界，更谈不上超越。今天仍然没有。我的失败就在于我常常在一些不需要多想的时刻想了太多的事情。要相信9009艇能够成功，相信女儿能够成功。不成功没有什么，因为江白与焦同、女儿和她的爸爸已经做了应该做的事情。我们在应当承担的责任和牺牲面前没有恐惧和畏缩过。既然如此，那就应当出现奇迹。

于是8点整，江白和焦同喊一声“报告”走进小楼来时，两个人在司令员脸上看到的就是那种强烈的、似乎为某人某事不满的生气与厌恶的表情。

“你们来了？”他转向他们。

“是的！”两个人说。

“我同意安排9009艇三个月后出航XY海域，执行巡逻任务。你们可以在适当的时机再次探测XY水道。”他简短地说，用的是命令的语气，一点也不想如原来想的那样坐下来与两人认真地谈一谈。“至于东方瀚海以及4809艇19年前遇难的有关情况，你可以问你们的政委。”他把严峻的、不满的目光转向江白一个人。“4809艇沉没的原因，多年来我一直在思考。我个人怀疑原来的结论是不对的，我认为东方瀚海艇长以及4809艇当时可能遇上了海中断崖或者死水。”

江白望了自己的政委一眼，焦同也不由得对他会心地一笑。远航XY海域执行巡逻任务的计划要报总部批准，但是实施这一计划的具体措施却由基地司令员确定。司令员同意9009艇二次探测XY水道，已经勇敢地为此次冒险探测承担了责任。

“剩下的就是技术问题了。”司令员继续说，“9009艇需要为再次探测XY水道进行专门的加固处理，还要有针对性地配备一些新的设备，以对付可能出现的海中断崖和死水。出航之前，你们艇要进行一些深潜和模拟遭遇海中断崖和死水的试验，为探测过程中一旦遇到上述海情后机动处置积累经验。此外，我还准备特别为9009艇安装最先进的水下红外探测装置，让你们能在舱内像看电视一样看到艇外的情况。我想知道一件事：19年前4809艇沉没后，全体艇员都脱了险，为何东方瀚海艇长没有脱险。……你们还有什么困难？”

司令员的神情是严峻的。说出上面的话时，那种仿佛对某人某事强烈不满的表情一直没有消失。江白看了一眼焦同，两人同时转过脸，神情庄重。

“报告司令员：没有困难！”

“好吧。”司令员说，“你们可以走了。回去就为三个月后的远航做准备，一定要充分，我要检查的！”

“明白了！”江白和焦同再一次立正，用尽可能响亮的嗓门儿大声回答。

司令员最后望了一下江白的眼睛。仅仅是持续时间不到一秒钟的对视，他就有了一种印象：女儿是对的，他自己也是对的，他可能根本不需要向这个人讲很多事情。

客厅里空了。司令员原地转了一个圈子，就坐下来给潜艇保修厂厂长打电话。

“老赵吗？……我是秦失。”

“秦司令，是你！”

对方又惊又喜。

“我这里有点事情求你。事情不大，一艘艇出航，要在你那里做些特殊加固处理，还要再加载一些新设备。你必须一个月内给我干完！”

“哎呀，司令，我这里有困难呀，刚刚接了一堆活儿，两个月行不行？”厂长说。

“你那里不行是不是？那我以后所有的活儿都给别人了！”

“明白了明白了。”厂长赶忙改口，“秦司令，我们一定保证潜艇按时出厂。”

“有关技术要求我会随艇给你们带去。一点也马虎不得，不要像糊弄洋鬼子一样糊弄我，小心你会上军事法庭！”司令员语气强硬地说。

“司令员你说哪里话。”对方有点不高兴了，“我也是个老潜艇兵，不过转业了！这出海的事，大风大浪的……我保证，一点差错也不会出！”

“那好。你记住，我会时常去看一看的！”司令员说。

一天后，9009艇奉命驶进保修厂，进行远航前的严格技术检修和艇体加固处理，并安装最新型的水下红外探测仪。

司令员随后将电话打到了海军装备研究所。所长是他的老战友。

“老肖，是我。”

“老秦哪，我知道你为什么打电话过来。你要的那个设备，我已经给你搞出来了！”

“那太好了，谢谢你！我今天就派专人去运回来！”

还在接到9009艇二次探测XY水道的报告之后，他就亲自去了一趟海军装备研究所，与所长和有关专家详细研究一些纯技术性的问题。司令员最为关注的是：既然他怀疑当年东方瀚海在XY水道可能遇上了海中断崖或者死水，现在他就必须有针对性地找出应付它们的方法，为即将开始的远航做好准备。

肖所长和3名高级工程师已为这个课题进行了一个多月的专门研究。每次大家集合讨论，司令员都要参加。

潜艇一旦遇上海中断崖，因海水密度急速改变，原来的浮力与重力形成的平衡消失，会像急驶的汽车从山崖上摔下深沟一样，艇毁人亡。但从潜艇跌下海中断崖到摔到海底，仍有一段相当短的时间。如果能在这段时间里迅速排去压载水，减轻艇重，恢复浮力与重力的平衡，艇毁人亡的惨剧就可能被避免。

这就好比说，一辆汽车从山崖上摔下去会被摔得粉碎，而一片羽毛，一只纸鸢从山崖上摔下去，就不会粉碎。

4809艇遇难后，艇内的测深仪并没有被损坏。东方瀚海曾执意让政委施连志将那个标有150米水深的测深仪带出艇去。他可能是想让后人明白他已经明白的事：XY水道有150米水深，如果不是发生了没曾预料到的事故，它是可以任凭潜艇自由潜航的。

司令员坚信海中断崖横亘在这150米深水的上部。如果在中部和下部，4809艇即使失事，也不至于艇毁人亡。当然，这种推测是以海中断崖确实存在为前提的。

一辆汽车从山崖上摔到150米深的山沟里，不过十几秒的时间。一艘潜艇摔下海中断崖会用去多少时间？专家们计算出的时间极限是20秒。有20秒也是鼓舞人心的。有了这个数据，他们就能够有根据地改造潜艇，想出使它从一辆汽车变成一只纸鸢的方法。

这方法就是给9009艇装备一套灵敏的测试海水密度变化的仪器，这套仪器被要求设计成自动化的，一旦外界海水密度发生重大改变，它就会自动打开加排水装置，在极短的时间内向下排出大量压载水，恢复潜艇浮力与重力的平衡，向下方排水还会产生一种向上的反作用力，减缓最初几秒钟潜艇下沉的速度。

以这家在国内外享有盛名的海军装备研究所的能力而言，制造这套自动化测密和加排水装置并不是难事。果然，前后三个月时间，它已经可以被安装到9009艇内了。

这也就是司令员在三个月内没有正式答复9009艇的出航报告的原因。

有了这套装置，9009艇也不会再担心死水区。一旦死水区出现，这套装置就会因海水密度变化而迅速排水，从而避免潜艇被内波急剧压至海水密度跃层之下，触礁沉没。

现在让他悬心的只剩下艇体的耐压性能了。他之所以怀疑当年4809艇的遇难不是触礁所致，还因为下面的理由：一旦潜艇被“摔”下海中断崖，突然的压力改变也会使艇壳薄弱处自动爆裂，不懂其中缘故的人则可能会认为它是触礁。

即使给9009艇装上了自动化测密和加排水装置，一艘没有经过特殊加固处理的潜艇的外壳也不足以应付极短时间内发生的剧烈的深水压力变化。

司令员每星期去保修厂一次。

车间里焊花明灭，技术工人在厂长和总工程师亲自监督下，挥汗如雨，加班加点地工作着。

司令员不说话，进入作业现场，一个部分一个部分地看。冷不丁地，他会对一直小心陪着他的厂长说：

“这儿不行，重来！”

厂长也不说别的，把总工喊来，说：“这里，重来！”

司令员甩甩手走了。工人们骂他们的厂长：“你就听那个糟老头儿的？”

“不听怎么办？人家才是真正的专家。我不是！”厂长说。

司令员总共去了四次。

一个月差两天，厂长打电话来了。

“秦司令，你给我的任务快完成了，潜艇后天可以按时出厂。”

“很好。那天你和你的总工一块儿来。”

厂长不懂，“我们去干什么？”

“请你们喝酒，慰劳你们。然后你们俩跟我一块下潜艇，进行深潜试验。”

厂长慌了。

“秦司令啊，你很忙，我们也很忙，喝酒的事儿就免了吧，我们就不去了。”

“不行。你们不来我不给钱。”

“那……好吧，我跟总工商量一下。”

厂长把电话打给总工。

“秦老头儿要你和我一起去基地，随潜艇进行水下深潜试验。”

总工年近花甲，虽和潜艇打了一辈子交道，一听此言，还是立马哆嗦起来。

“厂……厂长，你知道，我跟小徐刚结婚，分了新房子还没住上呢。我、我……”

厂长有点冒火。

“姜总，你跟我说没用。你不去他不给钱，下个月全厂的工资就没了着落。我看咱们还是想点别的辙。”

总工将二次新婚才一个月的 36 岁新娘扔在家里不管，也不再想自己刚分到的新房，连夜和厂长到了保修车间。几十名工人、技术员也被从床上紧急动员起来，夜以继日地投入工作。

“这里……这里……还有这里，都要重新做。这部分装置再测试一遍。一定要万无一失！”总工变得很凶，对大家的工作百般挑剔，并且有点疑神疑鬼。

两天后，9009 艇按时出厂。厂长和总工随艇驶往基地。总工刚下到艇舱里就躺倒了。

“厂长，我这里有一封遗书。如果……”他用手摸索着胸前的口袋，老泪纵横，“你……你就叫她改嫁好了。”

“没那么严重。”厂长有点厌恶地看着他说。心里想的却是：你还以为你死了她真会给你守寡?

厂长自己心里也在打鼓。他 53 岁，当年政府号召晚婚晚育，到今天三个孩子全没长大。他的心事也不轻。

司令员乘坐一艘护卫舰，在预定试验海区，满面春风地迎接他们。

厂长和总工被接上了护卫舰。

“两位专家，先喝酒还是先试验？”

“先试验先试验。”脸色发灰的总工振作了一下说。

司令员看一眼厂长，笑着，“你看呢？”

厂长忽然觉得自己想喝酒，说出话来却是：“先试验！”

“那就先试验！”司令员说。

他从护卫舰上下到潜艇甲板上。

“司令，你这是……”厂长和总工跟下来，有点吃惊，“万一有情况，赔上我们俩也就够了。”

“你们是客人，客人来了我怎么能不陪一陪呢？”司令员轻松地说着，穿过水密门，下到艇内。

总工和厂长互望了一眼，抖擞起来。

“下去。人早晚不就是个死嘛！”总工说。

两个人一前一后回到艇舱内。

“准备好了吗？”指挥舱内，司令员问江白和焦同。

“一切就绪！”江白简单而响亮地回答。

“起锚！”司令员不再关心两位客人，果断地命令。

潜艇离开护卫舰，向前驶去。

“报告司令员，潜艇到达预定深潜点！”江白喊道。

“双车停！按计划开始试验！”

“是！”

9009 艇在预定深潜点停下来。

“水下 300 米深潜！”江白发出命令。

潜艇打开加压阀，大批海水涌进压载水柜。

9009 艇迅速下潜。

15 米。

50 米。

150 米。

指挥舱内，司令员望着测深仪，神情沉静。两位客人不自觉地仰起头倾听着。一般说来，潜艇迅速下潜到这种深度，巨大的水压就会使艇体因变形而发出“砰砰”的响声。

没有响声。

厂长和总工的额头上已是一片汗珠。两个人庆幸地看了一眼。

200 米。

250 米。

300 米。

潜艇发出轻微的“咯咯吱吱”的叫声。在这样的深度，它只表明潜艇的耐压性能已超出了设计指标。

“很好。”司令员说，脸上现出一丝宽慰的微笑，“准备进行一号上浮试验计划！”

试验海区内没有海中断崖或者死水。要测试潜艇的耐压性能，只有进行反向试验。现在，9009 艇就要从水深 300 米处进行一次急剧改变压力的上浮测试，看看加固后的 9009 艇能否经得住考验。

潜艇开始进行上浮准备。司令员转过身来，向两位客人微微一笑。

“老赵，姜总，潜艇就要上浮。你们需要穿上救生衣吗？”

厂长看了一眼总工。总工脸色发灰，却一副视死如归的神情。

“秦司令，我是这条艇加固处理的总工程师。要留下我留下，你和厂长应当离开！”

司令员笑了一笑。

“老赵，你呢？”

厂长情绪激动：“我都 53 了，死了也不算短寿。司令员你不离开，我凭什么离开？”

但还是让他们都穿上了救生衣。

“报告司令员，准备完毕！”江白报告。

司令员回转身去，命令：“急排水，保持平衡！”

“急排水，保持平衡！”江白口齿清晰将他的命令复述了一遍。

9009 艇骤然响起巨大的轰鸣，在几秒钟内排出大部分压载水，突然变轻，如同一只气泡一样被巨大的浮力从水下 300 米深处飞快地托向海面，钢铁的艇体因外界压力的剧变发出了“叭叭”的炸响。厂长和总工闭上了眼睛，脸色惨白。司令员望着跑表一样快转的测深仪，目光镇静深沉。焦同和高梁望一眼江白。江白的目光直视着司令员，仿佛要在这一刻透视进司令员的心灵深处。

测深仪的指针指向水下 15 米深度。

“停止上浮！”司令员说。

“打开进水阀，停止上浮！”江白发出命令。

9009艇停止上浮。

“检查各舱室！”司令员说。

10分钟后，各舱室报告：没有发生异常情况。

厂长和总工睁开了眼睛。

“重新下潜！”司令员目光炯炯，“水下350米！”

“是！”江白说，“下潜，350米深度！”

这一天和以后的三天里，9009艇连续重复进行了数十次深水急速增减压试验，随后又测试了新加装的水下红外探测仪和电子导航、电子测距装备，没有发现任何问题。艇上全体军官则在反复的试验中熟悉了这些新装置，以及可能发生的意外情况，连同应对方法。

三天后9009艇胜利返回军港。晚上，司令员请厂长和姜总工喝酒，要江白和焦同作陪。

酒席就摆在他那幢空荡荡的居所的小客厅里。司令员举杯。

“首先声明，今天是我个人请老赵和姜总的客，不是公费。你们要注意，我的工资也不很多。”

深潜试验成功，两位客人仿佛重新活了一次，既疲惫又轻松。厂长举起酒杯，说：“秦司令，不管是公费还是你自已掏腰包，今天我们都领情。”

“我很高兴。借这个场合，我说一句话。只要我还在L城基地当司令，基地所有潜艇的保修，都交给你们厂！”

厂长看一眼总工，两个人脸上的笑纹如同花蕾绽放一样全部展开。

“那太谢谢司令了！”厂长说。

“说不定我还要你们二位跟我一起下潜。我的活儿干起来可不轻松。”

“没关系，我们认了。”刚刚经历了三天生死考验的总工满腔豪情，“以后只要是我负责的艇，一律随艇进行第一次深潜试验！”

“好，干杯！”司令员高兴地说。

“干杯！”

三个人一饮而尽。

江白和焦同在一旁坐着。他们注意到，这天晚上，司令员几乎根本没有招呼他们，他陪两位客人喝下去的38度的白酒，至少一斤有余。

再后来两位客人趴在酒桌边上睡着了。司令员举起酒杯，来到他们面前。

“这杯酒我为你们俩、为9009艇全体官兵壮行。回去后用一个月时间继续熟悉新装备，将可能发生的问题消灭在出航之前。我等着你们胜利返航的消息！”

司令员满脸紫红，眼睛里有火焰在燃烧。他年轻了，神情严厉，激情澎湃。

江白和焦同起立，端起酒杯，神情庄重：

“首长放心，我们一定完成任务！”

夜里司令员吐了酒。他没有叫醒公务员，一个人收拾了残局。重新躺到床上时，他想到了：自己能够为江白和焦同，为9009艇全体艇员，为19年前遇难的东方瀚海，也为自己的女儿做的事情就只有这些了。虽然仍觉得不够，可是他已经不能再多做什么了。

凌晨3点。司令员一个人在居所前的草地上舞剑，一招一式都透露出苍老的雄心。要对他们有信心，他对自己说。对他们有信心，就是对中国潜艇兵的今天和未来有信心。

给予他们最美好的祝福吧！

5

L城紫荆花大开放的季节，9009艇经过一个月特殊课目的训练，离开军港，开始了计划已久的远航。

一声悠长的、无论如何都显得壮怀激烈的笛鸣在内港里响起。这是9009艇全体官兵向前来送行的基地和支队长的敬礼，也是向母亲一样的军港告别：你的勇敢的儿子出航了，再见！

潜艇以水面航行方式缓缓通过出港口，驶向外港。江白和焦同双双站在舰桥上，神情肃穆。方才他们面向码头，日视送行的司令员一行，现在他们回过头来，将目光投向远方。

傍晚时分的夜气笼罩了茫茫大海。外港两岬角的灯塔一闪一闪，似乎比别的日子更亮、更亲切，就像两只有了灵魂的军港的亲人般的眼睛。晴空被半圆的月映亮了不大的一块儿，却也稀释了那没被月光照到的地方的黑暗，使海空显得辽阔而明远。一团巨大的、占去东南方三分之一天空的蘑菇状云团的一侧被月光映成浅白，另一侧隐在灰褐色之中，从高空直垂到海面，如同一尊立体感极强的浮雕。环绕内港和外港的山峦在微明的月光下仿佛更矮了，它们化为一条起伏不定的淡黑色的长线，让人想起故乡田园四周的篱笆。

潜艇像一条大鱼，轻轻拨动着月光下黑白两色的海水，在外港兜了一个半圈，以校准航向。江白和焦同不由自主地回过头去，向军港也向 L 城望了一眼。

蓦然闯入眼帘的是依山傍海建筑而成的 L 城的万家灯火。夜色中，仿佛是灯火的群落而不是城市自身一直向左右两端延伸开去，你的目光有多久远，灯火就有多久远；你的视野有多开阔，灯火的群落就有多开阔。有多少灯火就有多少幢建筑，多少户人家。从没有想到城市有这么大，从没有想到这座城市里有这么多人家。从外港海面上，他们甚至清楚地看到一条条上下行的城市主干道上曲折起伏的路灯之河和水一样流动着的车灯之河。那是城市的血流，城市的生命之液在循环。一座新建的电视塔的尖顶直插墨色的天穹，最高处的标志灯一闪一闪地四散出璀璨的金色光芒，警示着夜航的班机，今日它也像是祖国母亲满含深情的望眼。一条名为“海上皇宫”的游轮刚刚离港，驶向黑色的近海，看起来不像满载着来自四面八方的游客，而只像载着一船灯火。从船上传来打击乐和一支哀婉的女性的流行歌曲，那哀婉也是甜蜜。今天夜里，只有灯火才是这座海滨城市唯一的存在，唯一的现实，与其说是被灯火照亮不如说是被灯火显示的城市似乎水一样溢满了欢乐，连其中的痛苦、不平、悲伤也是欢乐。

两个人互望了一眼就将脸转开去，并没有交流内心涌动的思想与情感。那是不用交流的，虽然两个人的思想与情感不尽相同。江白虽不是第一次远航，但作为代理艇长，却是第一次率艇远航，今晚是他海上生涯的真正开始，一个新的年轻的潜艇艇长的故事的开始，一种独特的人的命运的开始。而在这一刻，他却在刚才的回头一顾中，对背后的城市，对为茫茫海洋庇护的大陆，对视野所及处这欢乐的、和平的灯火，尘俗的灯火，既照耀着烈士孤女东方白雪也照耀着湾尾街上的流氓的灯火，温暖着大亨也温暖着升斗小民的灯火，突然涌出了一种广大的、包容一切的亲情，一种与之血肉相关不可分割的亲情。它们对于他不再是疏远的、异己的，过去模糊而真实地存在着的距离感、陌生感在这一瞬间悄然消逝，似乎它们从来没有存在过。大陆、城市、城市的灯火，灯火下欢乐的和悲伤的人群，它们不是别人而属于他自己，它们就是他，他的血肉，他的四肢和灵魂，他的正狂烈而温柔地跳动着的心。

焦同的思想却连他自己也有点把握不准。它们如潮涌来，又如潮退去。潜艇每往前行驶 1 米，他们就离开大陆 1 米。这灯火璀璨的大陆，人烟辐辏的城市，梦想与现实总有距离，让他深爱的祖国啊，我们是你的儿子，我们正在出发远航，我们是为你远航，我们准备经受住所有的考验，所有的惊涛骇浪，所有的艰难痛苦和牺牲。这是他的最后一次远航。他清醒地意识到了这一点，今天左右着他的心使之激烈跳动的就是它。他终生的导师和兄长、他的永远的指路人东方瀚海也有过最后一次出航，目标同样是 XY 水道。东方也有过此时此刻，那时在他内心里涌动起的是怎样一道思想与情感之潮？过去一想到这里，他总觉得与东方隔着厚厚的一层，无法推测和臆想，今天却觉得那层薄薄的纸消失了，此刻涌动在他胸中的心潮就是当年涌动在东方胸中的心潮。那也是东方的最后一次出航，他作为潜艇艇长为祖国报效的最后机会，此外他不会再有第二次机会了，他将满怀信心地去夺取胜利。是的，夺取胜利。就东方的思想和情感而言，再没有比此刻更单纯也更热烈的了，如同此刻的自己。人生有大境界和小境界，人们总是不时生活于这两种境界之中。此时此刻，康居婉若，爱情，那个尚在母腹中躁动的不知性别更没有名字的胎儿，远航归来之后的荣誉和随后就会蒙受的羞辱，一切都变得简单了，仿佛在他的感觉中被缩小了。

巨大的是海洋，巨大的是征服新的海区和航道的豪情，巨大的是一个艇长、一个中国潜艇军官的现实和历史的责任。巨大的是每时每刻在海上将要面对的考验。

巨大的是人，是中国潜艇艇长东方瀚海自己。

今天，巨大的是他自己，是他和江白，是 9009 艇的每一位艇员。

焦同的眼睛闪出了湿润的、感动的光泽。城市的灯火远远地映亮了这双眼睛。19 年了，他一直试图让自己真正靠近最后一次出航的东方瀚海，靠近这位潜艇英雄的心灵，今天才发现自己轻而易举地就做到了这一点。看来靠近一个人的最佳途径就是去从事他的事业而不是推测。他从没有想过能这么近地、这么相像地靠拢东方瀚海那伟岸的身影，可是今天他做到了。

焦同沉浸在巨大的感动和骄傲之中。他至少在最后一次远航时部分地进入了东方瀚海的人生大境界。也可能牺牲，那时他将更深、更广阔地进入东方瀚海的境界，一个辉煌的终点，也是永生的起点。他的身边站着江白哪。江白也可能牺牲，但他所代表的这一代人将代替东方瀚海，也代替他和江白继续远航。中国人将会一代代更英勇地走向大海，这就够了，这就预示着新的辉煌和胜利。

江白终于将脸转过来了。他现在面对着微明的月光下乌蓝色的大海。大陆正在远去。你选择的生活、你的事业、命运正扑面而来。你的心格外兴奋，是被沉甸甸的责任压迫着的兴奋，被刚刚开始的挑战和未知的艰难压迫着的兴奋，对与之同时强烈感觉到的自己的力量、信心和勇气的兴奋。他也想到了东方瀚海。东方作为艇长第一次单独出航时有过这种极度兴奋的感觉吗？东方瀚海不是神，他也是一个人，一名潜艇艇长。东方瀚海的秘密是这种兴奋的感觉促使他满怀豪情地走向远海，走向中国潜艇兵未曾进入的陌生海域，走向成功。我们的先民筚路蓝缕，为后代子孙开拓土地。首生盘古，垂死化身，四肢五体为四极五岳，血液为江河，筋脉为地理，肌肉为田土，发髭为星辰。女娲炼五色石以补苍天，断鳌足以立四极，杀黑龙以济冀州，积芦灰以止淫水，子孙方安居于九州四渚之内。神农氏尝百草，教稼穑，子孙万代不再茹毛饮血。黄帝轩辕氏征万国，造屋宇，制衣服，营殡葬，万民免存亡之难。大禹治水，开九州，通九道，陂九泽，居外 13 年，劳身焦思，过家门而不入……秦汉以降，滨海人以渔盐为利，治舟楫，涉帆樯，而泛乎四海，伤病死亡，不可胜计，然后海中诸屿，得以为家……每一个民族都靠自己的先人生存和延续，而我们将是后代的先人。今天，对海洋的争夺仅仅是对原已有主的海洋进行的重新争夺而已。我们不要别人的海洋，可别人却在觊觎我们的海洋，觊觎先人留给我们的疆土，我们和子孙的食物仰仗的蓝土地。我们不会比黄帝轩辕氏更伟大，可我们也不能不像他那样伟大，我们正在为今人也在为后代子孙穿越百年来对我们显得陌生了的蓝色国土，也穿越我们这些伟大祖先的不肖子孙胸怀的狭小和做人的委琐。

艇内送话器传来新任航海长冯吉的声音：“报告艇长，潜艇到达第一指定坐标点！”

“明白了！”江白激昂的思绪被打断，大声说。

焦同在半明半暗的夜气中望着江白。由于这是一次例行巡逻性质的远航，9009 艇不准备回避游弋在太空中的众多军事卫星，相反还要有意让它们发觉。按照计划，它将从离开外港之时起实施长距离的水面航渡。现在潜艇到达了水面航渡的起始点。

“全艇进入水面航渡部署！”江白发出命令，回头对焦同，“政委，你下去，今晚我值第一更！”

他的眼睛在淡淡的月光下闪着蓝色的波光。焦同望见了，他忽然理解了这样的波光。

“好吧！”他说着，下到了舱内。

应当让这年轻人值第一更。这是他作为艇长的第一次远航，也是他的航海生涯的开始。

潜艇加速，破浪行进。与水下航行比起来，潜艇水面航行，将饱受颠簸之苦。

“赵亮，拿雨衣和绳子来！”江白低头向艇内喊一声。

话音未落，信号兵赵亮的脑袋已露出了升降舱口。

“艇长，早准备好了！”赵亮说，牙齿在月光下发出粼粼的白光。

江白穿上雨衣，将全身裹严，只露出头部。赵亮熟练地将他捆在舰桥上。

“紧不紧？”

“不紧？”

“要不要再紧紧？”

“不要了，正好！你想勒得我不能喘气吗？”

“我哪敢呀？你如今是艇长了！”赵亮高声大气地嚷笑。海浪的呼啸音狂烈起来，他们都得大嗓门说话才相互听得见。

“你还愣着干什么？下去吧！”他对赵亮说。

赵亮又呲了一下粼光闪闪的牙，几乎立即就从升降舱口消失了。

“真麻利，这小子……”江白一闪念间想。

L 城的灯火早已望不见了。无际的大海翻腾着怒涛，迎着艇首小山似的涌来。浪花从几十米的远处凌空飞溅，鞭子一样抽打在舰桥上，抽打在他的身上和脸上，让他立即就忘记了赵亮。你的任务是警戒，他对自己说。警戒，这就是说，要眼观四路，耳听八方。毕业前随 Y 城 8334 艇实习时就听严岳峰艇长说过：只有在地图上，别人才承认这片海洋属于你，事实上，别人更相信自己的海洋兵器。你随时都有可能与他们相遇。

那就来吧，江白想。来吧，他觉得自己的兴奋正像海中的浪峰一样越升越高。一道大涌又过来了，潜艇像登山运动员跃上峰脊一样爬上了涌峰，随即便跌进了涌谷。那就来吧，江白想着，一把抹去脸上的海水。眼前又浮现出不久前离港时回首望见的 L 城的万家灯火。今夜在那些灯火下欢乐和悲伤、幸福和痛苦的人们，没有谁了解此时此刻，一条中国潜艇正在为数众多的异国的军事卫星的严密监视下开始远航，它随时都会在自己的蓝色海疆或途经的公海上与异国潜艇遭遇，不管你是否将对方视为敌手，别人都正在将你视为潜在的攻击目标。即便他们没有发起事实上的攻击，他们也在内心中发起过攻击。他的脑海里倏尔又转向另一个方向：和平。和平是什么？和平的一种解释就是一部分人知道的或正在进行的事另一部分人闻所未闻。另一部分人活在自己的职业、家庭、社区、城市之中，活在自己的喜怒哀乐生死病老之中，活在自己大大小小的成功与失败之中，自己的有限与无限之中。他们不需要知道。知道得太多反而会惊动他们，使他们不能一心一意地过自己的日子，做自己的梦。

月光暗下去了，不久便完全消失了。但是大海并没有沉入一片黑暗。晴朗的夜晚大海是不会一片漆黑的。天穹上星星那么亮那么密，即使是大陆上肉眼看不到的六等星，也在你的望眼里眨着它们美丽而神秘的眼睛。大熊星座的五颗一等星在你头顶上闪烁着璀璨迷人的光芒，天鹅星座的三颗一等星、三颗三等星、九颗四等星、一颗五等星，颗颗明亮，组成了一只美丽的、伸展开双翅和长长的脖颈的大天鹅，要飞向银河的河汉中啄取一颗宝石般明丽的三等星，巨大的天蝎座星群低垂在南天的海面上，一半沉入银河，一半隐于大海……每一颗星或每一组星群都让人想起一个或一串动人的神话传说……大海的尽头是一道灰白的长长的亮线，那是地球另一侧白昼的反光……

前面黑暗中，那是一个什么？

那是一头鲸。

它不是一艘潜艇或者一艘新型的导弹驱逐舰甚至一艘航空母舰吗？

升降舱口，一个身穿雨衣的人爬上来。

是焦同。

“你怎么没睡？”他很惊奇。

“两个小时过了，我来接替你。”

怎么，两小时这么快就过去了吗？他想说，可终于没有说。

“情况怎么样？”

“没发现异常情况。”

“你自己感觉如何？”

“没什么。还没睡着哪。”他轻松地笑一下说。

“很好，你下去休息，让我也品赏一下海上之夜的风景。”焦同说。

他帮江白解下捆在舰桥上的绳索。

“请吧。”江白笑着，活动一下麻木的全身，“无限风光，都是你一个人的啦。”

“请你现在也把我捆起来。告诉高梁，两小时后来换我。”

“不会忘的啦。”江白用一种轻松的L城当地的土语回答他。

他下到舱内，通知高梁两小时后值更，自己走进艇长室。这是一个极小的仅能容身的房间。尽管穿着雨衣，浑身还是湿透了。换了一身干内衣，在那张狭小的铺位上躺下，用一条被包带将自己拴在铺上，以免因潜艇剧烈的颠簸滚下铺去。风浪更大了，因为他感觉到潜艇颠簸得更厉害了。潜艇在无休止的颠簸中像条飞鱼，在大涌的浪峰浪谷间飞翔，他想象着。刚才是四级风浪，现在有五级风浪。才五级风浪啊，他想。

他闭上眼睛，又睁开。躺在这里能清晰地听到潜艇内动力机的巨大轰鸣。然后是艇外隐约可闻的风浪的啸叫。

后来才是潜艇腹部划过大海的声音。它深沉而绵长，坚定又执着。这是潜艇自己的声音。潜艇在吃力地却是英勇地前行、前行，这很好。

他在激动。不，潜艇出航后他一直被深深感动着。东方瀚海，他又一次想到了东方瀚海，淡淡的。东方瀚海当年也曾听着这种声音远航。他一定懂得这种声音并为它感动。潜艇正在行进，我们正在为今人和后人走向远海。我们做的既是先人没有做过的事，又正在做他们一代代都要做——不能不做——的事。此时此刻，世界许多国家的军事机关乃至最高首脑都接到了报告，看到了卫星拍下的图片，他们知道又一条中国潜艇正向中国人一直坚持认为属于自己的海洋前进。中国人正在告诉世界，我来了，我们是这片海洋的主人！

当年涌动在东方瀚海心胸中的激情与今天涌动在他胸中的激情没有不同。五千年前，涌动在盘古、女娲、黄帝或者大禹胸中的激情与此刻涌动在他心中的激情没有不同。不同的是时间与空间的变化。

东方瀚海是可以理解的。甲午战争时中国海军中出现过与敌同归于尽的海山将军。1938年淞沪会战中海石先生也曾驾驶鱼雷艇去撞击日本军舰。往前数，这样的英雄可以一直数到盘古、黄帝和大禹。

中华民族的灵魂不死。英雄一代代死去，英雄的灵魂不死。

人是可以超越时代和历史而生活的。人可以超越自然人的极限让自己列入不朽。人的内心可以装下陆地和大海，也能装下无穷无尽的时空。人可以同时生活在今天和未来。

东方瀚海就是盘古，就是女娲，就是黄帝轩辕氏，大禹夏后氏，就是海山将军和海石将军，就是他自己，东方瀚海就是民族的不死之魂的无数化身中的一个。

我现在就是东方瀚海。我就是他。

9009 艇水面航行两天后，转入水下航行。

进入 XY 海域巡逻，必须通过我们这个依然分裂的民族的另一部分用严密军事手段控制的 T 水道，虽然它也是一条祖先开拓的、属于所有中国人的水道。

威力强大的雷达、声呐和卫星侦察手段组成的搜索幕很早就被 9009 艇探测到了。一艘大陆潜艇已经出港，方向东南，会不会是持续时间长达 70 年的内战再起的一个爆发点?

当然也可能只是想通过 T 水道，前往多事的 XY 海域巡逻。

无论如何，不能不严加防范。

高级军官取消休假。陆海空三军进入一级戒备。新近才大大加强的对海雷达一天 24 小时睁大着眼睛。刚刚购进的反潜舰群待命出海。空舰导弹取下弹衣，一触即发。

9009 艇在远离 T 水道 200 海里外待机。大陆潜艇不想再打内战，但一定要通过 T 水道。

只能秘密通过。

江白和焦同站在指挥舱内，望着海图沉思。

T 水道最窄处只有 100 米水深。海流方向也不对，潜艇无法靠海流的力量潜行，又不能打。也就是说不能靠武力强行通过。

只能掩护通过，江白想。

只能掩护通过，焦同也想。

“应当掩护通过。”站在他们身后的高梁忽然说道。

江白和焦同对视了一眼，点头。

每年都有潜艇前往 XY 海域巡逻。由于 T 水道加强了预警设备和反潜兵器，近年来大陆潜艇已习惯于取较远的 K 水道通过。

但今年 K 水道也出现了复杂情况。9009 艇必须回过头来走 T 水道。

东方瀚海。当年东方瀚海是怎么从这里通过的？江白的眼睛在向焦同发问。

“东方艇长第一次通过 T 水道，是趁下半夜敌防守懈怠时强行高速通过。后面有几次是水底秘密潜行。那时对方的侦察手段还很落后，反潜兵力和火力也不强。”焦同像看透了他的心思一样，突然开口说。

“有没有遭遇过险情？”

“当然遭遇过。一次潜行时潜艇机械故障。对方从海面上投下十几枚深水炸弹。只是没有伤到潜艇。”焦同望着江白的眼睛，“我一直认为，东方瀚海后来下决心开辟 XY 水道，与这次经历很有关系。”

江白无语。

一个白天就这样过去了。

夜深长。

高梁走进艇长室。

“一个人老不见他的朋友，想得慌。过了些日子见了，问：‘在家忙什么呢，人影也不见你一个！’朋友说：‘在家发愁呢！’”

江白笑。但笑容又收敛了。

“我不发愁。可是得想办法！”

“办法会有的。”高梁说，“先吃饭。”

他将手中的饭盒放到小桌上。

一点火花在江白漆黑一片的意识中猛地一闪。

“怎么啦？”高梁愕然。

“别说话！”

他竖起手指来制止他。

1945 年 4 月 × 日，加入盟军作战的波兰潜艇“华沙”号奉命潜入格但斯克港，破坏德国的潜艇试验基地。德国人在港外组织了强大的雷达与声呐拦截幕。这时，一艘德国商船进港……

目光陡然变得炯炯有神。

“坐沉海底，向海面抛出被动雷达天线，密切监视一切来往于 T 水道的大型舰船，发现万吨轮立即报告！”

“是！”高梁最初没听懂他的话，回答完毕时却已经懂了。

一夜无眠。

第二天，没有一艘大型舰船进入 T 水道。

第三天，江白的嘴唇开始起泡，眼里出现血丝。

还是没有舰船向T水道驶来。而T水道这些年事实上已成了一条国际水道。

“怎么回事？”入夜，江白问。

“最大的可能是：由于我艇出航，一般舰船有意避开了T水道。”焦同说。

江白的目光暗下去又亮起来。

“兵不厌诈。发一组改道信号回去！”

这是一组已被对方破译的电台讯号：由于T水道无法通过，我艇决定改走K水道。

9009艇连夜上浮至潜望镜深度，向南迂回。淡淡的星光下，悄悄伸出的潜望镜在海面上划下了一道灰白的浪线，又不见了。

游弋在天空中的每一颗军事卫星都会拍摄下这道并不清晰的浪线。

深夜，9009艇再次返回，坐沉。

第二天早上，一条挂有另一方旗帜的大型油船远远驶来。新任航海长冯吉及时将情况通报给了江白。

“潜艇恢复机动！”江白发出命令，同时伸出了潜望镜。

清晨的海面上，阳光在闪耀，在跳动。刺目的波光里，一个满载石油的黑色的庞然大物正从容驶来。

“下潜！声呐注意监视！……停车！”江白收回潜望镜，喊道。

潜艇下潜至水下50米。油船的最大吃水是30米。不会碰撞。

油船的隆隆的轰鸣声穿透海水和艇壁传来。不用声呐，他就知道它到了潜艇的正上方。

“双车动！与油船保持同速同向！”他说。

9009艇被油船巨大的身躯罩在水下，不紧不慢地驶向T水道。它的动力噪声和热辐射在对方声呐屏上与油船的动力噪声和热辐射合二为一。

“潜艇正在进入T水道，全体进入战斗准备！”江白命令。

在随后出现的极度的寂静里（潜艇自身的机械噪声已经听不到了），他意识到自己清楚地听到了油船推进器发出的一下一下类似木船桨划水的响声。

漫长的三小时，潜艇安全驶过T水道，脱离油船，进入XY海域的北翼。

“上浮！水面状态航行！升国旗！”焦同望一眼江白，兴奋地说。

“对，升国旗！”江白说，“奏国歌！”

潜艇浮出海面，升起国旗，艇舱内回荡着《义勇军进行曲》激昂慷慨的旋律，向 XY 海域腹地前进！

狂烈的东南太平洋风暴带迎面袭来。

海上起了大浪和大涌。潜艇在水面航行一天后被迫潜入深水。水下是被风暴搅动的海流，潜艇上仰下伏，艇首如同一支钻头，在强大的阻力下艰难地、螺旋形地向前掘进。三天后，它终于穿越风暴带，顺利抵达此次远航的极远点罗沙暗礁。

这里是 9009 艇由 L 城潜艇基地向 XY 海域航渡的终点，却是在这一海域持续一个月时间的巡逻航行的起点。

潜艇在罗沙暗礁清晨明丽的光照中浮出水面，在这块祖国海洋疆土的最远处举行隆重的升旗仪式。全体艇员列队前后甲板，向国旗、军旗和面前的蓝色国土敬礼。

江白热泪盈眶。

“这是先人们开拓出的地方，也是远航的先人们葬身或埋骨之处。……这里的水下一定有他们的尸骨。不，也不仅是尸骨。这里有中国人的魂灵，不然我就无法理解此刻全身心溢满的一种似曾相识故地重游的强烈感觉。……我从没有来过这里，但我也一定来过这里……或者是前生，或者是父祖辈来过这里，留下了记忆……总之，我知道这里是我们的，我的……”

蓝天高远，宁静。海面上感觉不到风。气温适中，不热也不冷，举目四顾，水天无际。他默默地、感动地体会着这种温水一样漫过全身的奇异感觉。不是远航异域的感觉。这是回到自己家里的感觉，一种亲切的、游子远归的、让人落泪的感觉。

这块距离祖国大陆极为遥远的海洋国土像任何一块中国的海洋国土一样，辽阔、碧蓝、美丽。不，它比任何一块海洋国土都美丽得令人心痛。是的，是心痛。这块先人埋骨之地，由于 XY 群礁的拦阻以及民族的分裂，已处于被隔绝的、孤悬海外的危险境地。

只有到这里来，你才能真实地体验它与你血肉相连。它目前的境地，只能令你落泪。

19 年前，东方瀚海是否曾在这里流下了热泪？你必须为此做些什么，哪怕死。

北方偏西 300 海里就是 XY 水道。他望不到它，却觉得自己已望到了它。一定要征服 XY 水道。他心里突然升起了那种极为强烈的愿望。不为东方瀚海，也不为东方白雪，仅仅为了这块远离大陆的蓝土地，仅仅为了这种回到故乡的、令人潸然泪下的感觉。

“江白，怎么啦？”焦同注意到他脸色苍白，惊讶地问。

“没什么。按计划转入巡逻航行！”

潜艇结束了升旗仪式，潜入水下，时隐时现。

长达一个月的巡逻航行开始了。

风暴潮，来吧！

悄悄窥视的敌意的眼睛，来吧！

我们在这里！

我在这里！

6

经历了来自东南太平洋的 14 号和 17 号台风。

经历了台风过后横扫 XY 海域的强大洋流。

经历了一次次的不明方向的异己的电子信号的侦察与碰撞。

甚至还经历了一群巨头鲸的袭击。

发生过一些小的机械故障，不过很快就排除了。

9009 艇在茫茫大洋中颠簸着，游弋着，时而上浮，时而下潜，按照基地指挥所的命令，不断地转移基本阵地和巡逻区域，今日东南，明日西北，后日又突然出现在西南或东北海区，令异国的军事专家一时不知道此时 XY 海域共有多少艘中国潜艇在执行巡逻任务。一家西方通讯社报道说：至少有 17 艘中国潜艇正在“各方密切关注”的 XY 海域出没，中国政府和中国军方以此不同寻常的姿态，向全世界显示了捍卫其在该海区的主权的坚强决心！

9009 艇不知道这条已传遍全世界的电信。江白每日关注的只是那些最具体的事情，它们每一件都与巡逻计划的实施有关，其次，他真正关注的则是自己的内心。进入 XY 海域时那种重归故土时想落泪的感觉平淡下来了，但是那种极为深沉的痛苦情感却内化进了心灵。

他和 9009 艇的全体艇员正在履行保卫祖国的责任和使命。过去他们或者还只是为履行这种使命做准备，现在不是。他们经历的每一秒钟，遭遇的每一场风暴，每一道洋流，已经很疲惫的身心感受到的每一次哪怕最微不足道的颠簸，都是在履行自己的庄严使命，都是履行这种使命的题中之意。出航阶段的激动结束了，被一种新生的沉静有力的情绪和思想取代了。看待职业和大海的目光也改变了。浪漫的想象正在远去，对海市蜃楼的迷恋消逝于不知不觉中，生命里似乎只剩下一些具体的、现实的东西：来自陆地的指令、今天和明天的巡逻计划、潜艇技术状况、当时当区的具体海情和海上气象、淡水和食物、吃饭问题（执行巡逻计划的后期，让艇员们尽量多地吃下饭去成了他的一项重要工作）、每日深夜向基地指挥所发出一组简短的电报讯号，告知“一切正常”——当然还有那随时要睁大的眼睛，即使在睡梦中也要盯住来自不测方向、每时每刻都可能爆发的挑战与战斗。

生命的表层意识没有注意的、为每日高度紧张的战斗生活掩饰的更深的意识层并没有沉睡，它成了另外的一个独立的生命，觉醒着、感悟着、思考着，波涛汹涌。是他而不是那个作为 9009 艇艇长的江白觉得自己越来越能够理解东方瀚海了。他正从心灵的层次、人的层次靠近他，与之合二为一。东方瀚海早已不再是一个不可思议的英雄，东方瀚海只是个屡次远航 XY 海域、屡次体验今日他也体验到了深沉的痛苦情感的中国海军军人罢了。东方瀚海经历的一切艰难与凶险，不过是每一个率艇远航的中国潜艇艇长都要经历的罢了。东方做的事情，他的思想、情感，也就是今天的江白一定和必须做的和必然会拥有的罢了。东方瀚海一定多次想要探测并打通 XY 水道，用一条坚实的纽带将 9009 艇目前游弋的这块蓝土地与祖国的近海以及大陆联系在一起，让其血脉相通，浑然一体，只是没有机会或者没有得到上级批准罢了。每一次远航 XY 海域执行巡逻任务，东方肯定都会想到这件事，可他也总会觉得自己还有机会，直到有一天，他发觉他没有机会了，他正经历的是他一生的最后一次远航。

于是他就利用了这次机会，没经请示，率艇对 XY 水道进行了英勇的探测。

19 年后，作为一代新人，他觉得自己可能比焦同、比基地司令员对那个时代和生活在那个时代的人看得更为清晰。东方瀚海生活的时代是个对他这类人来说极为不幸的时代，不是哪个人导致了东方的悲剧，发生在东方身上的是一幕时代与个性及理想差异太大而不可避免会出现的命运悲剧。东方的真正金子般宝贵的品质是他的忠诚，对人，对祖国，对职业，军人责任和梦想，最后是对于艺术。正是这种忠诚和对职责的理解，使他不能不热烈地、全身心地爱潜艇和大海，爱每一次远航，爱包括 XY 海域在内的祖国的每一块海疆，无法不利用最后一次远航的机会完成对 XY 水道的探测（那是对 XY 海域的爱和忧虑的极重要的一部分），也还是这种忠诚，使他一旦爱上就不能放弃白雪的母亲，那个名叫康居婉若的不幸的少女。东方瀚海生在今天，他的这种高度艺术和情绪化的忠诚不仅会使他成为一位名满天下的英雄艇长，还会让他成为一个幸福美满的军人家庭里的幸福的丈夫和父亲，而在那样一个时代，他和他事实上的爱妻则只能走向毁灭。

即使没有 4809 艇在 XY 水道的沉没。

19 年后，一位东方瀚海领率过的英雄集体的继承人还明白另外的事情：东方瀚海对 XY 水道的探测以艇毁人亡和他个人的身败名裂而告终结，但此次探测对于中国潜艇兵来说却意义重大。东方瀚海的英勇牺牲和 4809 艇的沉没，使原本不为人们特别注意的 XY 水道再也不会被人忘记。它就像一曲绝唱，余音绕梁，19 年不绝。它的直接后果之一便是此时此刻发生的事情：一艘由他的继续者率领和组成的战斗集体，驾驶着一艘技术性能与当年不可同日而语的中国潜艇，正准备第二次英勇地走向 XY 水道！

9009 艇也可能遇难，因为有东方瀚海牺牲在他们前头，因为他们的牺牲也可能像当年的 4809 艇一样，被后人误以为仅仅是一场事故。

啊，不。今天的许多事情都与当年不一样了。出航前司令员专门接见了他和焦同。司令员“同意”9009 艇巡逻 XY 海域后二次探测 XY 水道，并为此承担了责任。司令员还在 9009 艇出航前做了他能做的一切，尤其是有针对性地提高了潜艇应付各种不测险情的能力。

时代到底不一样了。只是在这一点上，他才不是东方瀚海。他是江白，他是他自己，9009 艇的代理艇长。

他比东方瀚海幸运，也比东方瀚海有力量。

因此就更有可能接近那个终极的目标：胜利。

东方瀚海前往 XY 水道时一定异常冷静。一个多次出海远航且目标坚定的人此时不再可能激动。一切都在最初的、长久的思考与激动之后沉入了平静。他只是去实现一个具体的目标，就像去做一件应当做而他也会做好的事情一样。

他在这一点上仍然是东方瀚海。东方瀚海如同黑夜的一等亮星，照耀在他生命的前方。一个月的巡逻任务就要结束。XY 水道已频频地出现在北方他的望眼之中。成功与失败，生存与死亡，都不再继续干扰他心境的沉静了。因为一切都思考过了。剩下的只是行动，像完成一项最普通的探测任务一样行动。

最后一个巡逻日结束，子夜零时零分，9009艇坐沉海底，向基地指挥所发出一组短短的压缩电码：

“要求转向0水道。”

指挥所回电只有两个字：

“同意。”

一个月间，全世界的军事侦查机关都在密切关注出没于XY海域的“大批”中国潜艇。开始时是关心它的动向，现在关心的是它返航的路线。

任何一组电码都有可能被破译。所谓“0水道”，在我方是指XY水道，在其他有关各方，则可能被解释为中国潜艇返航时必经的K水道或T水道。

探测XY水道必须极为秘密地进行，一点蛛丝马迹也不能为他人察觉。一旦为人察觉，就可能整个地失去XY水道和XY群礁以外的广大海疆。

那组电码也可能不被有关各方破译。按照原定计划，9009艇于第二天中午突然出现在XY海域的北翼，故意用潜望镜在海面上划出一道长长的、雪白的浪线，直指前面200海里外的T水道。当夜，它将一个能发射声呐信号的干扰装置投入海中，突然掉转艇首，全速悄然潜回位于XY群礁中部的XY水道的入口处。

它的这一系列迷惑行动能为自己争取一到两天的时间，正好用来完成对于XY水道的秘密探测。

此后9009艇的活动全部以极隐蔽的方式进行。到达XY水道入口处后，它连夜利用夜气做掩护，完成了全部动力和技术方面的准备，下潜，等待黎明。

全体艇员的精神进入高度紧张和亢奋状态。

距离黎明还有两个小时。

“艇长，这两小时怎么过？……要开会动员吗？”高梁值更，走回来问江白。

“睡觉！”江白说，“除值更的外，全部睡觉！”

高梁看一眼焦同。

“按艇长的命令执行！”焦同说。

高梁回答了一个“是”字，走出去。

江白回头望着焦同。

焦同的目光闪闪发亮，既疲惫又激动。

“政委，我们也休息吗？”

“休息！”焦同有力地说。

两个人又互望了一眼。那是理解、支持、信任的一眼！

江白回到艇长室，命令自己躺下。

他躺下了，却睡不着。

一个问题涌上来：我都准备好了吗？

不会有什么没想到吧？

以前想到的全是牺牲的可能和对牺牲的准备。此刻突然发觉那并不是自己的意愿。

真正强烈的愿望是：成功，活下去！

活在这个世界上是美好的。一瞬间他的眼前闪过了自己的一生。虽有许多不愉快，但留在记忆中的快乐的日子竟是那么多，让他吃惊。（为什么今天才发现？）父亲、母亲。（真奇怪，此时觉得他们的生活也是美好的！）从小学到潜院的老师，几个一直忘不了的儿时的玩伴和同学，一个引起过他注意的女同学（当年她的歌儿唱得那么甜），还有海韵，当然还有海韵。不，许多人中最重要的是海韵，她在他的短暂的人生中那么重要。海韵部分却有力地创造了他今天的生活。

白雪，白雪的人生也是美的吗？是的，她不幸，不幸也可以显得美丽。因为她有那样的父母。死亡并不能减弱东方瀚海和康居婉若一生的美丽，他们是那个时代所能生出的最美丽的生命之树，开出的是最美丽的爱情之花。谁又说过人只有生才是美的呢？死有时也是美的，比方说为了爱情和音乐，为了忠诚，为了超越平庸，为了理想。

司令员，焦同政委，高梁，他和他们的生活与命运联系在一起，密不可分。他们的生活无疑也是美丽的。9009艇全体艇员的生活和命运都是美丽的。他们正在出生入死。是的，出生入死。经受考验，九死一生的考验。生死未卜之际。我们的祖先不仅开拓了疆土，还创造了这些美丽的词汇。很美，让人激动，让人不由得就想做一番惊天动地的事业。

我的人生和命运也很美。至少不再平庸。

与即将开始的对XY水道的探测相比，过去生命经历过的所有的顶峰体验都不再是顶峰体验。过去所有的考验都不再是考验。

应当微笑。

东方瀚海面对着死神的一刻，是否也对自己的人生和命运露出了满意的一笑?

会的。因为东方瀚海比别人更懂得人生的美丽是什么。

东方瀚海有过这样一个夜晚吗?

有过的，有过许多个。每开辟一条航道，就会有一个这样的夜晚。

可能只有一个。第二次经历这种夜晚，对他就不算什么了。

东方瀚海的最后一个夜晚不是思考的夜晚，而是享受人生美丽的夜晚。

因而他是值得被羡慕的。

我就是他。我也在享受人生的美丽。我的人生，也是值得无数人羡慕的。

是的。

那就睡吧。

在政委室里，焦同也一直睁大着眼睛。

江白给了全艇两个小时的休息时间，也就给了他同样的时间休息和思考。这很好。

一个月来的巡逻航行。小伙子不像一个代理艇长，不像一名刚出校门不到一年的新手，而像一名久经考验、经验丰富的艇长。

他举荐的这个人没有错，司令员任用这个人也没有错。

还有什么吗?

黎明正在来临。之后便是对 XY 水道探测行动的开始。

一点也没有感到这一事件的到来有什么突然，好像自己 19 年来一直处于今晚这种临界的时刻。

仿佛整个一生都在为这个时刻做准备。生命的意义也刚刚从这一时刻开始。

无论是他离开部队 18 年后再度回到潜艇上来，还是想方设法要完成对于 XY 水道的第二次探测，都是出于同一个内心深处、自己有时也并不清楚的原因。

追随东方瀚海。

19 年前是想追随他胜利和成功。19 年来是想追随他牺牲。

回到潜艇上来，是想像东方瀚海当年那样牺牲于大海和远航之中，想到这一点连自己也觉得吃惊，但他明白：这是真实的。

他明白东方瀚海即使牺牲，也是对人生大境界的攀缘。东方通过这种攀缘使自己走向了一个后人很难企及的英雄传说的境界，从此他将在那里永生，无论世人在他身上加添多少羞辱，都不能真正对此有所改变。当时他就明白自己距离东方的境界越来越远，这种距离甚至有可能使他失去追随东方的心力。

东方将会永存，至少在中国潜艇兵的心目中，在他们的记忆中，一代又一代。他不可能像东方一样永生，可他愿意作为东方的艇员、东方的战友，进入后者死后进入的那种境界。在这种意义上，死并不可怕，它甚至可以成为一种安慰。

每个人都会死。最美丽的死只应当是追随着自己崇拜的英雄去死，只应当是追随自己最亲密的、给了自己一生的信念的导师和兄长去死。

不一定非要永生，只要能在死后与他在一起。

与他在一起就是与一种永恒的事业在一起，与一种永生的精神在一起，也就是与永恒本身在一起。

还出于另一种原因，东方瀚海的牺牲在我心中引起了巨大悲伤。东方死了，英雄死了，死后还要蒙辱含垢；我却活着，一个平凡的追随者，一个与东方相比毫无作为的人，这不公平。你明白这一点，你的悲伤就深沉无尽如同一道没有底的渊谷，甚至你会觉得活下来本身就是可耻的，因为他什么都能做，能做的都做了，而你什么也没做，什么也做不了……

现在好了，你也像东方艇长一样来到 XY 水道的入口处了。你也像他一样面对着真实的牺牲的考验了。19 年后，你甚至还有希望走向东方也没有达到的成功。你应当感到高兴。

我很高兴。我很满足。

睡吧。进入 XY 水道前睡一会儿，这太好了。

焦同泪流满面。

黎明。东方现出第一抹灰白的曙色。XY 水道所在海面一点点亮起来。

9009 艇上浮至潜望镜深度。江白升起了经过伪装的潜望镜。

“政委，你来看！”一分钟后，他突然回头，对焦同说。

年轻人的脸上有一种一个月来少见的激动表情。

焦同走上前去，两眼贴向目镜。

首先看到的是灰蒙蒙的海面。

其次是海流由东南向西北汹涌奔去。

开始他没有发觉什么异常。这个季节，从东南太平洋来的海流应当是这个走向，而且总是相当汹涌。这种海情 20 年前他就熟悉，虽然 4607 艇没有到过 XY 水道。

接下去他就激动起来：大约 10 海里外，XY 水道应当通过的海面突然显得十分平静！

再向前望几海里，海流又像以前一样汹涌起来！

“你估计是什么原因？”他离开潜望镜，望着激烈思考中的江白，尽可能平静地问。

“以前我总是想不明白，当年东方瀚海艇长为何会认为这里有通航的可能。”江白用坚定的语气说，“就现在发现的海情而言，海水这样流，说明前面有一条巨大的地下水道，XY 水道并不像英国人 100 年前说的那样，已被完全堵塞！”

江白说出的，正是他方才一瞬间内想到的。

“说下去！”

“东方艇长当年就发现过这一海情，他一定是觉得，XY 水道既然能通过这样大流量的海流，就有可能让潜艇秘密通过！”

“说得好，我同意！”焦同说。

江白的两眼烁烁发光。年轻人一定想到了比刚才的发现更多的事情。

“一路上我一直在想：如果这条水道中真像司令员想象的那样存在着海中断崖或死水，潜艇机动行进就将成为事故发生的条件之一。现在有海流推动，潜艇就可以不用机动行进，我想让它‘漂，向水道深处！”

“漂”向水道深处就不会产生内波，即使遇上死水，潜艇也会像一块比重与海水相等的木头，随海流“漂”过去。

假若水道深处存在着海中断崖，潜艇放弃机动行进，突然“坠”崖的危险性就比机动行进时小了许多。一辆高速行进的汽车跌下崖去的速度和一辆被牛车慢速拖带着前进的卡车不可能相同。

焦同想了半分钟，果断地点头：

“行，我同意！”

“我也赞成！”一直站在他们身后的高梁兴奋地插上话来。

“通知炊事班，开饭！”江白说。

焦同望着高梁，微微一笑。他觉得今日的江白某些方面有点像他记忆中的东方瀚海!

举重若轻。但却不会忘记任何细节。

9009 艇全体艇员努力饱餐了一顿。

焦同一个个地检查艇员的饭盒。

“要吃饱。需要气力！明白吗？”他一个个地嘱咐他们。

“明白！”

早饭结束了。

艇内响起了战斗警报。全体进入一级部署。

东方海面上浮现出第一抹金黄。从潜望镜里望出去，一片波金流彩。

江白收回潜望镜。

“起航！下潜！”他发出命令。

潜艇下潜，如同一头巨鲸，向 XY 水道接近。

15 分钟后，水流渐急。即使不通过水流仪，他也能感觉到潜艇正在水流的巨大推力下快速前进。

心情到底有一点激动。

焦同用严肃的目光望了望他，江白明白那是什么意思。

“左舵 ××，双车停。注意保持平衡！启动自动测密和加排水装置！各部门长坚守岗位！”

“一舱明白！”

“二舱明白！”

“……！”

潜艇仅仅依靠海流的推力前进，速度明显放慢。

他动手打开水下红外探测仪。

潜艇已进入 XY 水道。强大的红外光波利剑般地穿过深海水层，一个完整的、陌生的海底世界立即从屏幕上迎面扑来!

海水，在 25 米深度依然显得汹涌狂暴的海水。它旋转着、动荡着，像要扑向艇首而又忽然避开……

新的海流又汹涌澎湃地扑来……

鱼，各种见过和没有见过的深水鱼。一只眼睛巨大而又无光的大鱼擦着左舷一闪即逝，令他的心为之一震。更多的鱼迎面遇上潜艇，马上惊恐地避开。它们的纷乱逃亡成了屏幕上除海水外的主要景观……

水草，巨大的深海水草的叶片掠过了两舷。江白瞥了测深仪一眼，潜艇正在随海流下沉。有水草就有其附着物，不是珊瑚暗礁，就是人类未知的海底。

一根庞大的、粗如屋梁的珊瑚枝直直地竖立在左前方。潜艇的自动导航仪发挥了作用，艇首灵巧地一闪，避开了它。江白心头一惊！

应当记下来，这里有一枝珊瑚。潜艇一旦撞上它，后果不堪设想！忽然想起来：水下红外探测仪的自动记录仪正在工作。

前面，海域正变得开阔。潜艇又随水流由水下 40 米逐渐上浮到水下 30 米。

至少在入口处，XY 水道显得相当开阔！

东方瀚海。东方艇长当初也避开了方才的珊瑚枝。19 年前那场海难的原始报告上写道：4809 艇是在进入 XY 水道一个半小时后才触礁沉没的。而他和 9009 艇才经历了短短的 20 分钟。

或者 19 年前 4809 艇没有遇上这根珊瑚枝。刚才 9009 艇遇上的是一根 20 年间新长成的珊瑚枝。珊瑚作为一种海洋生物，在适当的环境中生长速度是惊人的。

这也就是意味着，9009 艇刚刚躲过了一场 19 年前东方瀚海艇长也不一定能躲过的海难。由于有了红外水下探测仪，他和 9009 艇才躲过了这一场新的海难！

一条大鱿几乎瞪着眼睛冲着红外探测仪而来。在他的感觉里如同冲着屏幕前的他直撞过来。它在让他大吃一惊之后一闪就消失于黑暗之中了！

"艇长，现在水深 60 米！" 高梁突然大声提醒他说。

潜艇的上方开始出现珊瑚丛。他几乎一下就明白了：XY 水道在郑和的时代能通航，到了 100 年前却不再能够，正是那段时间的某一时刻，疯狂繁殖的珊瑚丛堵塞了水道的水面部分。深海中的珊瑚如同森林中的大树，一棵棵从海底长出，然后在水面能透进阳光的地方长出自己的叶片——那如同陆地上的树冠、形状却比任何树冠都要巨大无数倍并四散开来的珊瑚枝。它们相互穿插缠结，就形成了人们常说的、一般意义上的、从水下几十米上百米深度直到海面的珊瑚礁群。

所谓珊瑚礁群中的水道，无非就是这些从几百米上千米乃至数千米深处长起的珊瑚巨树伸向海面的枝条没有完全封闭的一线海中沟渠。而在这绵延上百海里的树冠形珊瑚礁群之下，直立在深海中的却仍然是一根根细长的珊瑚茎或曰珊瑚树干。珊瑚茎与珊瑚茎之间，犹如森林中的树干与树干之间一样，存在着开阔度或大或小的又一层水下秘密通道。

由 XY 水道入口处流来的海水，绝大部分正是通过这些秘密的珊瑚礁群下面的水道，流过了 XY 群礁，向东北方的中国近海涌去。

潜艇在继续下沉。屏幕上方出现了一条隐隐约约的穹顶。细看才发觉那是一些相互盘绕的珊瑚枝条。

珊瑚枝也在两舷出现。潜艇驶入了一个极窄的所在，只能前进或后退，不能转向。

心高高悬起来：东方瀚海也到过这里。东方艇长到这里会做出什么决定?

瞅了一眼测深仪:80 米!

出现在屏幕中的鱼类和水草越来越少。

潜艇移动的速度却越来越快。

潜艇移动的速度加快说明水流的速度加快。加快的原因只有一个：前面的水道正在变得开阔。

潜艇能过去的，潜艇一定能过去的，他在心里坚定地想。即使过不去，前面也会出现让潜艇掉头返回的空间。

东方艇长一定没有犹豫就让 4809 艇继续前进了。在如此湍急的水流中他也不会机动行进，仅靠深海水流的推动力就够了。

东方会不会因为水流湍急内心出现一阵狂喜？如果水流变缓或者在这里被堵塞，对他和今天的 9009 艇才是真正的坏消息。

那将意味着前面无路可通。

潜艇继续下沉。90 米 9009 艇已进入 XY 水道 85 分钟。100 米至 150 米正是海水密度发生剧变的最危险水深。

4809 艇将在未来的 5 分钟内失事。是海中断崖？还是死水？抑或是别的没有人想到过的海情？

“水深接近 100 米！各部门注意！”他发出了口令。

焦同微微变色。

高梁微微变色。

他们的目光严厉而温柔。他们都紧张地注视他，虽然他没有回过头去。

不想回头。

司令员也注视着他。19 年前失事于此的东方瀚海艇长也在注视他。

秦晋淝水之战。为什么会想起淝水之战？秦主苻坚统兵 80 万，号称百万，东晋只有兵数万。东晋王朝危若累卵，命如弦丝，太傅谢安仍在与人下棋。

9009 艇今日顺水漂流，不会因自己的动力波引来内波。水流如此之急，目前遭遇死水的可能性极小。

只剩下海中断崖。

海中断崖！

指挥舱里一片沉寂。连最后的一点机器噪声也听不到了。

为什么这么静！这么静是什么意思？

感觉，仅仅在感觉。

感觉艇长。

感觉生命和死亡。

无论生和死，都在这一瞬间了。

淝水之战。谢安是东晋王朝的中流砥柱。谢安下棋，因为朝野上下，都在感觉谢安。

感觉谢安就是在感觉自己，感觉自己的命运。

测深仪的红色指针移向 100 米。

有一点毛发直竖的感觉，但也仅仅是有一点。

120 米。

一定存在着海中断崖！

水流突然变得缓慢，几乎像一潭死水。潜艇不是在前进，而是在漂浮中蠕动！

原本一根根出现在潜艇两侧的巨大的珊瑚树干不见了，潜艇上方的珊瑚群的穹顶突然升高，面前的水域变得无比空阔。

海中断崖不可能出现在水流湍急之处，它只可能出现在流速迟缓的水域！

海中断崖迎面而来。当年东方瀚海遭遇到的事情他就要再次遭遇！

无能为力的感觉。

勇敢。

牺牲的准备。

思维也不再是连串的。只能是一些单词，一些最重要的单个词，在警醒自己应当做什么和想什么。

东方瀚海能感觉到此刻他感觉到的一切吗？东方瀚海意识不到。东方瀚海并不知道他英勇地走向的 XY 水道中存在着海中断崖。东方瀚海甚至也不知道海洋中存在着一种叫作海中断崖的海水密度跃层。

东方瀚海有的只是英勇和镇静。他有的只是使命感和骄傲。

自动测密和加排水装置监视仪的绿灯在闪亮，表明整套设备处于正常工作状态。

一刻长于百年……

命如弦丝……

东方瀚海的 4809 艇上没有自动测密和加排水装置。进入水下迷宫般的 XY 水道的第一秒钟，东方瀚海和 4809 的全体艇员就进入了生死未卜之地。每一秒钟对他们来说都长如百年……

东方瀚海不会有这种没有经过人事的感觉。东方瀚海和 4809 艇的每一次出航，都面临着生死两种结果。时间在他的生涯中成了刀锋，他已经习惯于在刀锋上行走。

脑海深度有一个蜂鸣器一样的东西响起：那个时刻到了！

海中断崖到了！

但它没有到。潜艇继续向前缓缓蠕动。测深仪的指针停在 125 米刻度上。

心中突然袭过一阵狂喜——

也许没有海中断崖？没有死水？ 4809 艇真的失事于一次普通的触礁？

毕竟一个经验最丰富的航海者也有可能发生最普通的触礁事故。如同最高明的棋手也会犯最低级的错误一样！

不同的是这种错误不像下棋一样可以来第二次。

几乎就在这一瞬，潜艇剧烈震动了。“轰——！”最早的感觉是巨大的炸响。艇壳在发出巨响，随后才是潜艇掉头向下的感觉！

潜艇正在“坠”崖！一个念头在漆黑一片的脑际亮起来又消逝。

自动测密和加排水装置的报警器铃声大作！它们超越了潜艇壳体的巨响，如同一些坚硬的物质颗粒，立即无限密集地充塞了指挥舱内的全部空间。

与之在一起的是潜艇自动排出压载水的巨大而沉闷的轰响。9009 艇在急剧下沉 5 秒钟后又猛烈地雷鸣般地震响一下:“砰!”随即就像条鱼一样猛烈向上跃动一下,立即恢复了平衡。

江白在这惊心动魄的 5 秒钟内什么事也没做。他还刚刚能够从潜艇遭遇到海中断崖的意识中清醒过来,潜艇的跌落就停止了。时间之短,让他甚至也没有时间惊慌!

自动测密和加排水装置依然亮着红灯:现在的海水密度只有方才的十分之一!

立即涌上脑际的就是一个极为紧迫的意念——

4809 艇肯定就在这里失事!东方瀚海肯定就在这里!

“单车动!就地悬停!”江白用自己也感到吃惊的大声命令道。

艇舱内的动力机立即就鸣叫起来。潜艇逆着水流方向原地悬停。测深仪指针停在 145 米刻度处。

他几乎立即就从面前的红外探测仪的屏幕中看到它了。它就静静地躺在 9009 艇前下方不远处,周身覆盖着一层暗绿色的附着物。

如同一个酣睡不醒的婴儿。

一些小小的深海鱼在那里游来游去。

很久才看清:支撑着它的是一棵从深海长出的巨大的珊瑚树的敞开的树杈。那树杈展开部的面积,足有一个足球场大小。

甚至舷号也还可以隐隐约约地辨认。

下一个紧迫的意念是:行前司令员曾经说过,4809 艇失事后,全艇官兵都安全脱险了,为什么唯独东方瀚海没有生还?

曾经为中国潜艇兵创造了无数个第一的英雄艇长东方瀚海在哪里?

红外探测仪的光束继续切割般地前行,它穿透艇壁,照进艇舱。

一舱。

二舱。

三舱。

他突然看到他了。19 年过后,他仍在那里坐着。

身上没有穿救生衣!

无论是江白,还是一直紧张地站在江白身后的焦同和高梁,都在这刹那间泪如泉涌!

东方艇长!

东方!

原来指挥全艇逃离后，他根本就没有离艇!

他不想离开自己的潜艇，不想离开大海。他在那一刻选择了与4809艇共存亡!

东方瀚海，你又一次让我震惊……

4809艇进入XY水道时，他肯定没有想到它会失事沉没。而潜艇一旦沉没，他马上就决定了：要与它一起沉没!

他在自己的航海生涯中从没有失败过。他不允许自己失败，但是今天他失败了。他能做的事只有一件，那就是与自己的潜艇在一起。

这是他的最后一次出航。陆地上的生活不属于他，属于他的只有潜艇和大海，他不能离开它们。

以前自己只想到东方对于康居婉若的忠诚，这使他不可能为了潜艇和大海而放弃她；没有想到的是东方也同样忠诚于潜艇与大海，没有了它们，即使有了康居婉若，他也不可能幸福。

但是只要回到岸上，他就一定会离开它们。

东方一定是带着极为矛盾和复杂的内心经历了最后一次远航，连同对XY水道的探测行动。4809艇失事前他可能只想到在离开潜艇和大海之前最后完成一个心愿，为中国潜艇兵开辟出最后一条航道；4809艇一旦失事，他便会发现潜艇和大海已给自己提供了一个像英雄一样死去的机会。

是的，像一个真正的英雄那样死去……

他可能还会想到，只有这样，他的全部人生才是完美的和没有遗憾的。

他生活过，在他无限忠诚和眷恋的陆地和海洋之上；他追求过，奋斗过，爱过。他一直生活得像个英雄，现在也只能像个英雄那样死去。

想象他会在最后一次远航的过程中无所作为，然后回到陆地上去受辱，本身就是对他的亵渎，那是根本不可能的。

他的人生的主要部分都同潜艇和大海联系在一起，与惊心动魄的航海生涯联系在一起，他的死也不仅应当是美的，同样应当是惊心动魄的。

他做到了这一点。

他不是死去了，他是和潜艇与大海一起长眠。

他活着的时候没有看到耻辱的日子降临，他拥有的只是成功和光荣，只有音乐和爱情。耻辱是死后的事，别人的事，与他无关。

于是他留下了。他是微笑着留下的。

这就是东方瀚海啊。

一个完整的东方瀚海。

仔细想去，也只可能有这样一个东方瀚海。

但还是泪如泉涌。

因为你明白那也是牺牲。最美丽的牺牲也是死亡。如果没有这一次的死亡，东方瀚海还可能享受到许多人生的幸福。

中国是会变化的。不需要几个年头，中国就进入了一个全新的时代，一个会属于他和他的妻子、女儿的时代。

然而东方也同样不喜欢眼泪。他会对他们的眼泪哈哈一笑。

19 年前，4809 艇对 XY 水道的探测到此为止。前面的航道还很长，后来的 9009 艇必须继续前进！

江白抹去了脸上的泪水。

焦同和高粱也抹去了满脸的泪水。

“全艇注意：脱帽，向 4809 艇和东方瀚海艇长默哀，致敬！”他发出了命令。

默哀和敬礼持续了一分钟。

9009 艇结束悬停，继续向前。

江白的眼睛里像是有大火在燃烧。

前面是否还会遇到海中断崖？

或者死水？

不过不再有恐惧了，不再有忐忑了。

前进。中国潜艇英勇向前！中国潜艇兵英勇向前，迎着牺牲，也迎着希望和胜利！

水道豁然开朗。潜艇正在随海流上浮。

4809 艇遇难后，除东方艇长外的全体艇员之所以能顺利脱险，肯定因为这附近就存在着可以脱险的海面。

珊瑚的穹顶消失了！海水的色调变淡了！

“全艇注意：就要穿越海水密度跃层，所有人员坚守岗位！”他大声说。

指挥舱内所有人的眼睛都紧张而专注地注意着自动测密和加排水装置的警示灯，所有人的脸上都只剩下了坚定和视死如归的表情。

9009 艇在又一次剧烈的震动中一跃穿越海水密度跃层，迅速升浮至水下 15 米深度。

海水变蓝变亮。上面就是海面!

不能跃出海面。海面上就是飞翔的睁大眼睛的军事卫星。

继续前进!

沿着 XY 水道前进!

当夜，9009 艇顺利地走完了 XY 水道的全程，成功地穿越了整个将 XY 海域分割成内海与外海的 XY 群礁，进入我国的近海水域。

这里已是我海军的演习海区。

“上浮！”江白说。

潜艇浮上水面。

他第一个爬上了舰桥。

海天辽阔。满天星斗。

猛吸一口新鲜空气。

恍若隔世。

九死一生。

死去活来。

英雄生涯。

然而……心境平淡。

焦同跟着他爬上舰桥。

“江白，有烟吗？”他突然没头没脑地问了一句，让江白一惊。

政委知道自己从来就不抽烟。

茫茫夜色下，政委背向着他，眼含热泪。

蓦然，江白脸颊发热，鼻孔发酸，泪水悄然涌出。

“赵亮，给政委拿烟来！”他冲着艇舱内喊了一声。

不过不是痛苦的泪。只此一天，生命中突然没有了痛苦。

生命变得轻松和豪迈。

我经历过了，我承受住了，我成功了。

即使与东方瀚海艇长相比，我也是个幸运者。

猛地觉得自己真正长大了，身躯和内心都长成了巨人。

大海辽阔，人的心胸更辽阔。

淝水之战，晋军以数万之众破秦军80万。捷报传来，谢安继续下棋，如同无事一般。人问发生了何事，他只轻描淡写地言道："小儿辈大破贼。"谢安终于没有能够完全掩饰住自己的惊喜，走回屋中时，不觉"屐齿已折"。

但也仅仅是不知屐齿已折而已。

没有什么样的海洋和人生会让自己胆怯了。

但是最重要的还不是它们——

东方瀚海的猜测是对的，XY水道可以让潜艇秘密通航，要做的事情仅仅是稍加疏通而已。还有，所有秘密经过此水道的潜艇，都必须装备自动测密和加排水装置。

有了XY水道，中国潜艇兵出航XY群礁之外就不用再走T水道或K水道，它在XY海域的战略地位将发生根本性的改变。中国潜艇兵史将因此而改写。

4809艇不是触礁沉没。过去让它和它的英雄艇长东方瀚海蒙羞的旧结论应当推倒。4809艇应当被打捞出水。东方瀚海应当恢复名誉，其光彩夺目的一生将得到重新评价。

东方白雪将从心灵的意义找回自己的父亲。中国潜艇兵将找回自己失散19年的、具有典范意义的潜艇英雄。

中国的海域辽阔无垠，地球上拥有的海域无限宽广。中国海军应当是一支不仅在装备和技术、同样在精神上无比强大的远洋海军，这样一支海军应当有自己的一位足以成为后人的楷模和勇气的源泉的潜艇英雄。

一个无比紧迫的意念涌上脑际：不能在这里久留。9009艇必须迅速返回基地。中国海军必须迅速完成对XY水道的控制！

9009艇胜利穿越XY水道，大大缩短了返航的路程。两天后，它已经胜利回到L城基地。

只过了一天一夜，9009艇再次受命出航，引导一支小规模的海军编队前往XY海域。出航前，江白被正式任命为该艇艇长。

过了一些日子，两座高脚屋分别出现在XY水道出入口处的礁盘上。高脚屋顶上，高高飘扬着五星红旗。

外电对它的出现做了许多报道。最后一般认为，中国人肯定在那条不能通航的水道地区发现了海底油田。

7

还是在那幢半被荒弃的小楼的客厅里，司令员第二次等待着他的客人。

9009 艇探测 XY 水道成功后的一个月内，将军以极高的效率处理了与此有关的所有重大事情。

潜艇胜利返航的当天，听完焦同和江白的报告，他即在极短的时间内接通了总部的电话，随后遵照首长之令迅速做出部署，派出兵力，由 9009 艇引导，前往疏通并控制这条水道。

其后的一个月间，他又用几乎全部精力夜以继日地组织实施了这项说大不大说小也不小的隐秘工程。

有一件事他没有做：打捞 4809 艇。原因是基地有关部门对此事有争论。司令员的内心是渴望将这条英雄潜艇打捞出来的，但反对一方的理由也很充分：打捞 4809 艇不像秘密疏通 XY 水道，势必引起世界各国的广泛关注，XY 水道可以通航的秘密将不再可能保持。

他理智地同意了后一种意见。可在遇难 19 年后，仍让那条英雄潜艇特别是它的英雄艇长沉埋海底，却给他的一颗因 XY 水道被征服和控制而十分亢奋的心，留下了一份难言的遗憾与苦痛。

可是为了中国海疆的安宁，4809 艇和它的英雄艇长仍然要继续长久地留在那里。

东方会理解的，他宽慰自己。东方不会计较继续留在 XY 水道为祖国服务，他想。真正感到不安和羞愧的是我们这些活着的人，我们总是不能在应当为英雄做些事情的时候做成这些事。

东方，只要我活一天，我就不会忘记你。你栖身在 XY 水道，就如同我栖身在那里一样……

将所有那些最重要的事情处理完，他才有时间将率 9009 艇二次出航归来的焦同和江白约到自己的住处，他有事情要交代给他们去做。

已经是 6 月了，窗外紫荆花怒放。一片绯红散布在翠绿的叶片之中，明艳夺目。刚下过一场雨，窗外目光所及的一切，全是那么清新、鲜亮，如同他这一刻的心境。

司令员让自己在沙发上坐下来。自 9009 艇出航之日起，他的心就为它高悬着。虽然他一次次地坚信、秘密地命令出航的江白和焦同能够逢凶化吉，完成使命，但那种与信任同样巨大的担忧却从没有消失过。

担心失败。担心江白和焦同重蹈东方瀚海的覆辙，甚至担心他们会犯初次出航者经常会犯的最普通的错误，譬如触礁……

真正令他担忧的是江白这一代新人，他们的力量和智慧。9009 艇出航前他之所以信任了江白和高粱，是因为他不能不信任。无论他们能否经受住当年他和东方瀚海经受过的考验，他和他这一代人，甚至焦同这一代人，都命定了要很快退出远航的阵列。

只能由江白这一代人去远航。说是一种绝大的信任也可，说他别无选择也可。

别无选择。因此这种信任不论对他还是对江白和高粱，都成了一种宿命。

一支海军部队的宿命，也是一个民族的宿命。

但是他们成功了。江白、焦同、高粱他们成功了。9009 艇胜利地穿越了险象环生的 XY 水道，并真的在那里发现了海中断崖！这一结果虽然并没有完全超出他的意料，但是一种新的、与过去那巨大的担忧成正比的狂喜还是立即在他的生命中汹涌起来。

他是一个有经验和成就的老潜艇艇长，不应为一次远航的成功如此欢欣，可他还是因它深深地、长久地激动了。

不单单是控制了那条水道将使我国潜艇在 XY 海域战略地位大大改善，不单单是 19 年前 4809 艇失事的真正原因被查明，甚至也不单单是 9009 艇经历并战胜了海中断崖应被视为一个奇迹（虽然行前帮助该艇做了充分准备，但当它成功地穿越了海中断崖后，他仍然不能不将此视为一个奇迹），更深刻的原因是：完成这一艰难远征的不是他和 19 年前牺牲的东方瀚海，而是焦同、江白、高粱等一批名不见经传的新人。

此次出航的艰险程度不亚于自己和东方瀚海当年的每一次出航。困难和牺牲的沉重压力始终伴随着 9009 艇，可是江白、焦同、高粱等人承受住了，有极大的牺牲可能却没有牺牲，反而还好像十分轻松地赢得了胜利。这只说明一件事：他们比自己的前辈在心理和军事素养两方面都更强大、更早熟。

在这种新的意义上，他起初对他们的信任不再是一种无可选择的选择。它成了一种所有选择中（毕竟他还可以有别的选择）最正确、最明智的选择，一个还不算昏庸的领导者必然要做出的选择。

后人的成功和成就令前辈们显得英明。

夜不成寐……

对 9009 艇此次出航的经历考察得越细致，他对近年来自己内心里深藏的焦灼就看得越清楚。它来自那种垂垂将老却后继乏人的感觉，来自对海疆斗争形势日益严峻的忧郁，归根结底，它来自伴随了自己一生的责任感。

这种焦灼属于身为一名老潜艇兵的自己，也属于自己走进的 Y 城的那个海军世家已经延续到第三代的传统。

后继有人。

他反复咀嚼着这四个字，心潮翻涌。他已经从心眼里喜欢江白了。这样的青年军官是国家的珍宝，中国潜艇兵的未来，中国海军走向远海的希望。如果他的女儿真能够与之结婚，他不但一点都不会反对，还要支持甚至怂恿女儿。

遗憾的是女儿可能做不到这一点，虽然他觉得女儿心中正涌动着那种与江白结婚的强烈愿望……

司令员又站起来了。今天他让焦同和江白来见他却与上面的思想无关。19 年前 4809 艇遇难的原因已被查明，他就要亲自打报告给总部，为英雄恢复名誉。与此同时，他想到了另一件要由焦同和江白代替他去做的事：到湾尾街去找回东方的女儿，帮助她重新认识自己的父亲，将她从目前的生活境况里解脱出来，回到 Y 城去。

决定让东方瀚海继续长眠于 XY 水道之后，他目前能为这位潜艇英雄做的事也只有这些了。

不是为了告慰东方的英灵。他是一个唯物主义者，英雄已死，他什么也不需要了。以此告慰的是后人之心，包括因近期不能打捞 4809 艇而又增添了痛苦和愧疚的自己的心。

甚至推翻过去 Y 城基地的旧结论也不是为了东方瀚海，而是为了让整个 L 城潜艇基地，甚至让今天和未来的中国潜艇部队重新拥有东方瀚海，或者说是让东方瀚海的精神和灵魂重新拥有它们，拥有中国潜艇兵的今天和未来。

“司令员，他们来了！”一名秘书军官走进来，对他说。

司令员动了动，眉梢耸动。

“请进来。”他说。

焦同和江白进来，喊一声“报告”，举手敬礼。

司令员对他们招一下手。

“坐下，坐下吧。”他说。

江白和焦同坐下来，上体自然保持着笔直的军人坐姿。

“司令员找我们来，有什么指示？”焦同首先开口问道。

司令员重新走回自己刚才坐过的沙发。今天他想营造一种随便的家庭式的谈话气氛，可这是他不习惯的，也是他的部下们不习惯的，于是并不成功。

“没有什么事。……啊，不，事情还是有的。”他尽量用平缓的语调说，“我准备向总部打报告，为东方瀚海恢复名誉。”

焦同的脸色迅速涨红了。

“司令员，这……这太好了！”他激动地说。他真正想说的是：我为这件事等了 19 年了！

眼睛也在这一刹那间湿润了。

司令员的眼皮耷拉下去。

不是责备，而是痛苦，以及对自己不愿在两位部下面前暴露的内心痛苦和暴露出来后的烦恼。

他站起来，转身望着窗外。

两位部下也跟着站起来。

司令员忽然想快点结束这次会见了。和部下讲话，还是直截了当的好。

“9009 艇和 4809 艇的关系你们都清楚，你们是东方瀚海艇长的继承人，都要参与这个活动。现在你们替我去做一件事，到湾尾街上去找东方的女儿，告诉她东方是一位优秀的、英雄的潜艇艇长，她对东方的怨恨没有道理。——对了……”他转过身，目光变得明亮有力，话说得又急切又干脆，“你们还要告诉她，不久后基地将要为东方瀚海艇长恢复名誉，还要举行隆重的仪式，作为他的女儿，他唯一的家属代表，我们希望她参加！……最后一件事是……”他停顿了一下，“我已跟 Y 城的海军军医学院打过电话，他们那里仍为她保留着学籍，她可以随时回校就读。”

焦同湿润的目光里充满了感动。

“明白了！司令员，谢谢你！——您还有什么指示？”

“没有了。你们可以走了。”将军说。

两位潜艇军官举手敬礼，退出。

客人走了很久，司令员仍然站在那里，一动不动。他想他今天根本不打算这么快就结束会见，但它还是很快结束了。他还注意到：在这次会见中，刚刚完成了对 XY 水道的探测、为中国潜艇兵建树了重大功勋的新任 9009 艇艇长江白只是坐着，没说一句话。

他想跟这个年轻人好好谈谈，可是没有做到。倒是这个年轻人给他留下了强烈印象：他仿佛一下就长大了。这已经是一个迅速脱尽稚气的、成熟的、懂得了沉默和冷静的力量的新人。

走出这幢被草地和盛开的紫荆花簇拥着的小楼，焦同和江白不约而同地站住了。

前面是一片葱绿的杉木林，绿色浓重而亮丽。一条小小的园中之河横在林边，茂密的灌木枝条从两侧堤岸下方直压到水面上。

焦同背向江白站着，望着杉木林。

9009 艇远航归来，他首先想到的就是为东方瀚海恢复名誉，没想到司令员比自己还要急切，还要主动。

司令员没有忘记东方瀚海。还在司令员“原则同意”9009 艇二次探测 XY 水道时，他就模糊地意识到了这一点，但今天他看得更清楚了。19 年来，司令员可能没有一天不在为东方瀚海恢复名誉默默地思考和积蓄力量，寻找时机。他当初对此事表现出的冷淡，只是因为他知道时机不到，必须继续保持冷静和克制的态度。

司令员对东方瀚海的感情和他一样深。司令员积极参与策划实施二次探测 XY 水道的行动，为东方瀚海恢复名誉，还因为司令员对中国海军、中国海洋的安危，说到底还是对东方瀚海的理解，比自己更深。

司令员可以永远做他的艇长。

现在事情单纯了：和江白一起去湾尾街看东方白雪。东方白雪离家出走的真正原因是她对父亲的误解，这种误解此刻可以消除了！

白雪将回到失散多年的父亲身边。这个出世前就失去了父亲、长大后又从心灵中第二次失去了父亲的不幸的孤儿，将消除过去对东方瀚海的怨恨，回到一位洗却了耻辱、重现英雄本色的父亲身边。

白雪回到了生身父亲身边，也就回到了养父母身边。（施连志夫妇大概此时已完全绝望了吧？）她将离开湾尾街，走向旧的也是新的生活。至此，他在过去19年间一直梦想着能为东方做的事情，就都做了。

他的心可以感到某些安慰。至少再想到东方瀚海时，那种紧束着生命根蒂的痛苦可以减轻一点了。那时他就向司令员提出转业，毕竟他最后想在部队里做的事情都圆满地做完了。

高粱可以接替他做9009艇的政委。

一会儿的激动终于平静了。焦同回转身，望一望江白。

后者正望着他。他惊讶地发觉年轻的艇长此刻面色微红。

“政委，去湾尾街的事……”江白有点吞吞吐吐，“还是……还是你一个人去吧，我就不去了。”

焦同的目光明亮了一下又熄灭，他差不多立即就明白了对方的内心。江白意识到了这一点，脸更红了，但他坚定地要求自己：不要避开政委的注视！

刚才那一会儿，对他也是艰难的。

出航XY水道前，东方白雪对于他就只是一个不幸的烈士的孤女了，一个需要在生活和精神上帮助的人了。他曾以负疚的心情想过，二次探测XY水道，弄清4809艇沉没的原因，以消除她对生父的误解，帮她走出目前这种不正常且充满危险的生活，是自己的责任，也才能消除自己对她——说到底是对东方瀚海艇长——心有的一点愧疚。但今天最主要的事情已经做了，东方瀚海的名誉将要得到恢复，她将找回自己的父亲，至于还要跟政委一起去见那个女孩子本人，他却不愿意了。

也没有必要。

他们之间曾经发生过一些事情，再见她会让他忆起生活中的曲折和耻辱。经历了从湾尾街向潜艇和大海的回归，尤其是有过二次探测XY水道的艰难航程，那段与东方白雪有关的曲折与耻辱就越发时时让他觉得羞愧……和痛心。

人在心理上总要设法避开那使自己愧疚的人和事，连同回忆。他也是，他明白这一点。因为避开对他治愈心灵的隐痛有好处。

再说，没有他参与此事也行，政委一个人去足够了。司令员今天完全可以不必把这一项工作笼统地交代他和焦同两个人。

焦同默默地注视了江白一分钟。焦同这时也在想：是不是一定需要这位年轻的艇长去见东方白雪？

不一定需要。

江白不愿再见东方白雪也是可以理解的，不应当勉强他。

“好吧，我一个人去！”他爽朗地说。

随即马上意识到江白内心的紧张情绪松弛了下来。

“谢谢你，政委！”年轻的潜艇艇长说。

焦同摆了一下手，意思是说那是不用道谢的。

两个人走过一座架在河上的小小竹桥，在那里分开了，走上两条路。

焦同决定立即去见东方白雪。

又一次走上了湾尾街，白日湾尾街的景象比夜晚萧条得多。

他首先来到湾尾街派出所。皮肤黝黑的王所长刚刚问完一起邻里纠纷。

“焦政委，是你？”

“是我。”

“好久不见。又是关于卡门的事？”

“不错。”焦同坐下来，“这次是喜事。”

他将有关情况向这位所长简要地说了一遍。

王所长站起来。这位前陆军军官的眼圈红了。焦同早已注意到他同自己一样，也是个感情型的人。

“这就好。”湾尾街派出所所长说，“部队应当这么办。走，我跟你去看白雪！”

他把正在办理的事务扔在一边，随焦同走出来。

先去了海风酒家。

白天酒店里客人稀少。

“卡门病了。”女老板——所长的姐姐说。

“怎么病了？”所长显得有点不高兴，生硬地问，“你没有累着她吧？”

“卡门感冒了。”脸上有雀斑的姑娘走过来替女老板解释，“卡门的身子本来就弱。”

王所长的脸色很难看，他回头看一眼焦同。

“咱们去住处看看她吧。”焦同说。

“那好，走。”所长说。

也不告别。焦同临走时向女老板点了点头。两人出了海风酒家，三拐两拐，拐进一条旧街。

街道很窄，两侧是一幢幢摇摇欲坠、颜面朽黑的木楼，土路坑洼不平。与现代化高楼林立的新街相比，你会以为来到另一个国度。

“这就是过去的湾尾街。”王所长解释说。

旧街很长，两人走了很久。

白雪住在一幢与其他木楼毫无差别的木楼上，上下两层，二层外廊上晒着些女孩子花花绿绿的衣裳。

一道吱吱呀呀的木楼梯引他们登上二楼。

“这是我姐姐以前的家，前年她盖了新屋，这里就给打工的女孩子们住了。”王所长又说。

楼上除了卧病的白雪，还有一个看家的女孩子，正坐在廊间洗衣服。

“啊，是王叔叔！”看见他们上楼来，她高兴地叫一声，站起来，喜笑颜开。

焦同觉得她跟王所长很熟。

“哈，小玉，你会洗衣服了。”王所长一笑不笑地说，回头对焦同，“这是李小玉，我们连指导员的丫头。”

焦同点点头。王所长以前对他介绍过在海风酒家打工的大部分女孩子的来历。

李小玉注意地看了看焦同，并迅速猜出了他为谁而来。“卡门，有客人！”她回头冲身后一扇虚掩的门喊。

王所长带焦同走到那扇门前，先没有推门，大声问一句：

“卡门，是我！王叔叔！海军的焦政委看你来了！”

屋里轻轻地回荡着音乐，焦同听到了。他对世界名曲知道得不多，好像是德彪西的《月光》。但就在这时，乐曲的音量变小了。

是有人把录音机的音量拧小了。

“王叔叔、焦叔叔，请进来吧。”一个微弱的女声说。

王所长推开门。两个人走进去。

一个相当大的、足有20多平方米的房间。女孩子们睡的床靠墙排成两排。到底是姑娘们的宿处，床铺、被褥、床头小柜上的日常用品，都摆放得整整齐齐。

房间中央有一张很大的四方形硬木桌和一些小圆凳。桌面上摆着一盆花，是南方少见的月季，令焦同眼睛一亮。

那个女孩子已经在靠后墙右侧一张高低床的下铺上坐起来了，内衣外面披着一件雪白的运动式外衣。床头柜上有一架形体很大、四个喇叭，却很廉价的国产收录机。他们刚才在屋外听到的乐曲就是它播放出来的。

眼下仍然有轻柔的乐曲飘出来。

收录机旁和床铺上到处是散乱堆放的音乐磁带，足有上百盘。焦同注意到了一些世界上最伟大的作曲家的作品。

她的床褥、床帐都是简单的。床下是一只旧皮箱，里面大概装着她的全部财产。这架收录机和磁带是她拥有的全部奢侈品。

原来她也爱好音乐？

东方瀚海和康居婉若热爱音乐，似乎康居婉若还懂得作曲。

脑海里一亮：她孤身一人来到L城，给自己取的名字叫卡门！

这个名字来自比才的同名歌剧。

卡门是个热情奔放的女子。卡门敢爱，敢恨，为了自由连爱情也可以放弃。卡门身上流淌的是流浪者的血，那种无所畏惧地面对生活的自由人的血。

离家出走的东方白雪需要卡门，需要卡门那种无所畏惧的精神，她也是一个流浪者。

她希望自己像卡门一样。她某种程度上也做到了这一点，虽然她曾不知不觉将自己置于一种相当凶险的境地。

没有容许他再想下去，半坐在床上的女孩子的目光已经亮了，欢喜地叫着：

“王叔叔，焦叔叔，你们来了！”

她的声音里有一种感叹。她脸色苍白，双颊下陷，眼窝变深，楚楚可怜。与第一次相见时相比，她瘦得厉害，让焦同吃惊。

不可能只是因为一场感冒。

离开海风酒家后脸色一直阴沉的王所长表情已变得十分温柔，他首先走向前去，拉住女孩子的一只手。

“卡门，怎么病了？……好点儿了吗？”

“我好多了。谢谢王叔叔。”她甜甜一笑，轻声说。

焦同走过去，笑望着她。

“卡门小姐，我们是第二次见面了。”

一瞬间内她眼中显现出一点警惕的神情，又消失了。她淡淡地一笑，眨着一双好看的眼睛。

“也谢谢焦叔叔来看我。”

李小玉跟进来，给客人搬来两只小圆凳。

“王叔叔，你们坐吧。”

两位客人后退一步，坐下。王所长看了焦同一眼，意思是：她病着，那件事今天还谈吗？

焦同注意到的却是另一件事：他和王所长推门进来以后，她已是第三次朝敞开的屋门外望了。

有过一丝隐约的、热烈的期盼，但接下来却是一刹那间的失望表情。她瞥了他一眼，似乎想问什么，却没有说出来。

她是在望江白！

一个念头突然出现在焦同脑际：那件事越早结束越好，他越早将东方瀚海的事情告诉东方白雪，对她和每一个与她有关的人包括江白在内就越有利。虽然他还不清楚为什么会这样想！

“白雪，对不起，原谅我这么称呼你，你知道这是因为什么。”他开口说道，盯着姑娘的眼睛，“今天我来，是代表部队告诉你一件很重要的事。关于你的生父东方瀚海。19 年前，东方艇长在探测一条对我国的海洋安全十分重要的水道时牺牲，由于当时没有搞清也无法搞清牺牲经过，有关方面就对这次海难和东方艇长作出了错误结论。……据我所知，这种错误的结论也直接影响到你对你父亲的看法……现在好了，不久前由江白同志——就是你认识的那个江白——和我指挥的一条潜艇又去探测了那条水道，查清了你父亲 19 年前遇难的真实原因，证明了东方瀚海艇长仍然像以前那样是一名光荣的潜艇英雄！部队决定要为他恢复名誉，让我来通知你，司令员——他是你爸爸的老战友——也要我代表他来请你，作为英雄的家属，到时候去参加有关的活动！”

他一口气说出了这些话，仿佛他想急于摆脱它们，同时一双眼睛也在密切注意着她的反应。女孩子从他喊出她的真名时脸色就变了，先是变得惨白，以后又慢慢泛红，再后又由红变成白；她的眼睛一直是大睁着的，越来越大，并且自始至终充满了惊骇的神情。

寂静。整整一分钟，谁也没有说一句话。

白雪的鼻翼飞快地翕动着，眼睛久久地没有离开焦同的脸，仿佛要在那里看出另外的东西一样。突然，她用双手捂住脸，“呜呜”地、小声地哭起来。

王所长望一眼焦同，目光里满是忧虑，可是对焦同如此痛快淋漓地说出了事情的真相，却是赞同的。

对白雪来说，这个极为困难的时刻总要到来，现在它来到了。

也许这样更好。

她一开始不可能相信关于东方瀚海的一切，焦同想。这一切对她来说是全新的，会引起她深深的惊愕。消化刚才自己的一番话，她需要时间。但她毕竟从这一刻开始面对、理解一件她总要面对、理解的事情了。她毕竟开始重新认识东方瀚海——自己的生身父亲了。

……她的小声的哭泣没有持续很久。她抹了抹脸上的泪，突然只向着焦同抬起头来。

“焦叔叔，你说的话……都是真的？我爸爸他……他真的是一个潜艇英雄？你们海军……这会儿真的这么看他？”

焦同的心再一次激动了。

“白雪，好姑娘，请你相信我的话。……你应当相信我，因为我与你爸爸一起战斗过，事实上我们是很好的战友和朋友，我是——你的叔叔！”

她的目光仍是猜疑的、惊骇的，甚至有一点恐惧。

“你可以不相信我，但应当相信我代表司令员对你发出的邀请，到时候你就会看到部队为东方瀚海艇长做的事。……还有，司令员要我告诉你，他已给Y城的海军军医学院打过电话，那里说他们仍为你保留着学籍，你什么时候去上学都可以！”

白雪张大的嘴唇紧紧闭上了，这紧闭的嘴唇又在不自觉地哆嗦，泪水已经干涸的眼窝里，再次慢慢涌满了晶亮的液体。正是这一刻，焦同意识到她的心境发生了重大变化。刚才她已开始相信他的话，现在突然不愿意相信他了。他不知道为什么会有这种直觉，可是知道它是正确的。

我失败了，一刹那间他想。我没能让东方的女儿在一次谈话后就接受自己的英雄父亲。女儿内心里长久积聚的对父亲的成见僵硬地妨碍着她重新认识一个全新的东方瀚海。

他有点泄气，求援似的看了一眼王所长。

这一刻，王所长的眼睛也是湿的，他分明被刚才焦同的话感动了。

“卡门，不，我也叫你白雪吧……焦政委的话是真的。即使在部队，像你爸爸当年那样受到不正确对待的事也会发生，那是一个你们没有经历过的年代。好在它已经过去了。你爸爸是一个对中国海军做出过重大贡献的人，我们都很尊敬他，你也应当相信这件事才对！”

白雪不说话，泪水再次在她眼窝里干涸下去，无神的目光直直地、坚毅地望着前面。她仿佛什么也没有听到，仿佛完全沉进了自己的内心，这一刻她与整个外部世界无涉。

气氛有点尴尬。王所长和焦同交换了一下目光。

“先谈到这里吧。”他先站起来，对焦同说，现在他又觉得后者方才一股脑儿说出一切有点鲁莽了，“咱们先回去，让白雪休息。”

“好吧。”焦同同意。

“白雪，你好好养病。”王所长如同一个慈父同爱女讲话那样弯下腰去，说，“要是我姐姐让你去上工，你甭去！我们走了，改天再来看你。”

白雪一直望着前面的目光忽然转过来，从王所长转向焦同。她双目睁大了，放出光芒。她的嘴唇有点哆嗦。

“焦叔叔，江……江白大哥为什么没来？我想见江白大哥！”

忽然那双眼睛又涌出了泪水。焦同的心软了。

“啊，他有事。现在江白当艇长了。……好吧，我回去告诉他，让他来看你！”

那双含泪的少女的眼睛里涌出了感激的光。

“谢谢焦叔叔。”

“不谢。下次见到你时，希望你能好起来！”焦同用鼓励的声调说。

“再见，焦叔叔，王叔叔，我去送你们。”

她要下床，被王所长拦住了。

“算了，你躺着。再见。”

“再见。”白雪说。

两个人下了楼，在那条长长的旧街上走了很久，才开口说起话来。

“你还是对的。”王所长沉思地说，“总得让她知道一切，哭是不可避免的。”

“谢谢你老王。”焦同感动地说，“我还得请你和王大姐，就是白雪的老板，继续替我们照看好她，不要让她离开。明天或后天我还会来的，实在不行，就让她住到部队医院去。”

“这不用嘱咐。”陆军军官出身的派出所所长说。

他们在岔路口分手。一点新的沉重在焦同心底出现了：以为东方瀚海恢复了名誉，他的女儿就能回到父亲身边来，他原来的想法还是过于天真了。19 年的分离、怨恨、内心创伤，19 年形成的心理定式，改变起来是极不容易的。

会不会出现一种他意想不到的情况：即使为东方瀚海恢复了名誉，东方白雪仍然不愿意同自己的父亲和解？

这样的猜测有什么道理？东方白雪这样做有什么道理呢？

但是无论如何，这种可能却是存在的。他不知道其中的原因，可是它极有可能发生。

这最后一个意念，让那种由东方瀚海即将恢复名誉而荡漾在他心头的欢乐，突然低落了下去。

然后想到了江白。东方白雪在想念江白。他应当动员江白去看她，说不定自己做不到的事江白就能做到。

但是，她那样惊奇于江白没有跟自己一起去看她，就没有别的含义吗？她的目光里有点明亮的东西，所有经历过恋爱的人都懂得它可能蕴含的情感和思想。真正的问题在江白那边，发生过以前的一切后，江白还愿意继续与她交往吗？

8

焦同和王所长走后，白雪又默默地哭泣了很久，真正的悲伤至此才汹涌而来……

德彪西的《月光》一直在她的耳边和心头轻柔地回荡。这是一支令平静的人感伤的曲子，也是一支令感伤的人平静的曲子。

后来内心就变得单纯了。汹涌的波涛一般的痛苦低落下去了，湿润的眼睛干涸了。她抬起头来，目光投向窗外。

又望见了南方湛蓝的晴空。

多年来一直阴郁的、心底的天空终于透明起来。焦同和王所长都不知道，甚至她自己也不明白，以前她是那样怨恨和鄙视自己的父亲，那个名叫东方瀚海的潜艇艇长，可是一当焦同说出他竟是一位为海军立了大功的英雄，她对别人过去蒙加在他身上的那些耻辱的描述就不再相信了。事实上她从谈话的一开始就轻而易举地相信了焦同的话：她的父亲不是一个身败名裂的人，一个死后仍然蒙受了恶名的人，过去那个倒霉的、令她引以为耻的人不是她的父亲，她的父亲是一个潜艇英雄，一个人人敬仰的人。

以前她以为自己永远都不会改变对那个父亲的看法，不会消除对他的仇恨和鄙视，不论发生了什么事情。但现在不一样了，极短的时间里，她内心里对他的感觉就发生了根本的变化。为什么会这样，连她自己也觉得惊讶。

可是她愿意这样。

一个 19 岁的女孩子，她的知识和智力发育都还不能使她明白，她的心里之所以发生这样的变化，之所以会如此快乐地（在她以及与她同龄的女孩子们，哭泣有时表达的也是快乐）接受她有一个英雄父亲的说法，恰恰是因为她多年来一直渴望自己拥有一个新的父亲，而不是过去那个给过她无限屈辱和怨恨的父亲。

但即使她在当焦同讲出那一切的时候就接受了这样一个英雄的父亲，她在思想和情感上与他也没有能够真正和解。

在她心中积郁的对他的长期的怨恨中，有一个理由是别人难以猜度的，那就是他对她和母亲的不负责任。年复一年，她一直觉得母亲的死是那个名叫东方瀚海、死后依然含垢忍辱的潜艇艇长的过错。他在一次给自己带来死亡和羞辱的航行中，本可以不去探测一条什么水道，可他还是自作主张地去了，这时他肯定没有想到她的妈妈和将要出世的她。他一点儿也不关心她们母女的安危和她们以后的生活。她不能不这样想：如果他不去探测那条水道，平安地航海归来，她的母亲就不会在生下她后死去，她自己也就不会成为一个孤儿。多年以来，她总觉得母亲是因为受不到照顾死的，是因为听到了父亲的死讯死的！母亲死时一定不能原谅父亲，母亲一定认为东方瀚海是一个狠心的男人。他的那次愚蠢的出航不但让自己丢了性命，还毁了自己的家，要了妻子的命！母亲一定死不瞑目！即使今天，与一个新的被认为是潜艇英雄的父亲和解，在她也是对因痛苦而死的母亲的背叛。不，那是不可能的！

他如果真是一名潜艇英雄，就去做他的英雄好了！可是对于母亲和我，他仍然是一个罪人！

于是，后来的那一瞬间，焦同和王所长在她脸上就看到了一种拒绝相信、拒绝和解的坚毅神情。

对于母亲，她其实知道得并不多。仅有的了解是后来养父断断续续告诉她的那一点点。养父也是在她不断追逼下才告诉她那一点点的。从此，她知道了母亲的容貌是多么美丽，母亲还热爱音乐，于是她也开始喜爱音乐！同样还是在她的追逼下，某一年的清明节养父带她去了Y城潜艇基地后面的一座荒山坡，看了看埋葬母亲骨灰的坟。那是一座小小的、完全被野草覆盖的坟，一座从存在起就没有人再来过的不起眼的小土包。那天她哭倒在这座小小土包前面，也就此下定决心：为了母亲，一辈子恨东方瀚海，也恨海军；有一天她一定要从这座城市、从海军军营出走，再也不回来！

一年前她读到了高中毕业。原本想考上一所外地的地方大学，可是她落榜了，养父却已为她做好了安排：去上海军的学校，毕业后还要当海军！啊，不！她就此出走。

离家后她到过北京和上海。但是不行，她不适应那里的生活。因为在那里看不到海。

正当她在上海的火车站为去哪里徘徊不定时，一位也要到L城打工的脸上有雀斑的女孩子与她坐到了一处。她们很快就熟了，后者向她介绍了L城的湾尾街，介绍了湾尾街的海风酒家，以及自己牺牲的父亲的一位老战友转业在湾尾街上做派出所所长，是他写信叫她去这家他姐姐开的酒店打工的。

白雪就在这一刻下定决心，跟雀斑女孩子一起去L城。她学过中国地理，知道那是一座海滨名城。她可以在那里看到海！

她到了L城，并且给自己取了卡门这个名字。就她对于这个名字的有限的理解，她希望自己能像卡门那样无所畏惧地爱和恨，也像卡门那样热爱和追求自由的生活。她给自己的生活定下了目标：打工，赚钱，然后用自己的钱自费读大学。她要自己开拓自己的生活，永远与海军无涉！

但她还是没有完全能够离开海军。她在湾尾街上遇到了那么多好人和坏人，最后又遇上了江白。

啊，江白，江白大哥……

连她自己也没想到，当两名海军军官来到海风酒家并差一点跟胖三一伙流氓打起架来，她就有点喜欢他了。后来，由于派出所的王叔叔外出学习，她意识到自己每日站在湾尾街头的危险，就在江白第二次出现时，为他留了座位，并要为他付账。

最初仅仅是要利用这个傻子，利用他保护自己。后来，却不能不明白自己确实有点喜欢他。更重要的是：他竟那样喜欢她。

他的心里对她充满的是爱情。

她警觉了，她不能去爱他，她今生今世都不会嫁给一个海军军官。用他一个月就算了，只要王叔叔回到湾尾街上，她就结束这次冒险。可还是发生了那件事：江白为她跟胖三大打出手。

他负了伤。她想去看他，被阻止。她后来得到的消息是：他将要受到严厉的处分。

她的心疼起来。不，她仍然不会爱他。她只是为自己做过的事感到内疚。她骗了他，利用了别人并且严重地伤害了对方……

她不可能再忘记江白了。她自己无法走进军营，也羞于走进军营。这时才明白她并不像卡门那么勇敢。但是王叔叔告诉她：江白并没有因为她受到处分，江白还是过去那个江白。

她不再担心，却一天比一天盼望他能够重新出现在自己眼前。她仍然不会爱上他，但她渴望见到他，渴望与他在一起，听他说话，看他微笑。

可他再没有出现……

她开始想念他。这种想念渐渐变得十分痛苦了。她并不承认自己因想念一个并不爱的人而憔悴，然而她毕竟在憔悴。

后来就是这一场感冒。

白天过去了是夜晚。一夜月色明丽。窗外的风声和椰树的摇曳声也是音乐。大海的波涛声阵阵涌来，那是一曲永无消歇的安魂曲，如同那位叫莫扎特的外国人写的《安魂曲》（每当孤寂和内心涌满悲伤时她就要听一遍它）。我真能相信焦叔叔的话吗？她想。我真能原谅那个叫东方瀚海的人吗？不。她的纷乱的思绪又回到了江白身上。江白为什么不来看我？他恨我吗？因为我不承认是他的未婚妻？可我曾在和他一起出游时让他保证过：我们不谈恋爱，他当时答应过的。……那他为什么不来了呢？离最后一次见面快半年了，难道他不再愿意见我了吗？我就那么让他生气吗？已经因为父亲是一位潜艇英雄而平息下去的痛苦卷土重来，硝烟一样弥漫在她的心灵里。江白大哥不会那么狠心的，他会来看我，一刹那间她又温柔地想到。她可以不相信那位叫焦同的政委，可以相信也可以不相信派出所的王叔叔，却不能不相信江白，虽然她不明白为什么会这样想。

江白……江白大哥，他会来吗？他来了我的病也就好了，我知道。

我爱上他了吗？

不。不！

但是无论如何，过去那种对作为一个集体的海军的憎恶却在不知不觉间消失了。她会参加部队为那个人恢复名誉而举行的活动吗？她会去的。毕竟她是他的女儿，他活在这个世界上的唯一亲人。

不过她仍然不会原谅他。为了他给母亲带来的不幸，也为了她给自己带来的孤儿的命运……

江白大哥快来吧！

焦同由湾尾街走回营区去时，江白正独自坐在码头边椰林中一张长长的连椅上，望着海水，默默出神。

没有跟政委一起去见东方白雪。回到艇上，就到了这里。

胜利完成探测 XY 水道的任务并引导一支小型海军编队前往该水道之后，基地给予了 9009 艇很大的荣誉：全艇荣立集体二等功。江白自己荣立一等功，政委焦同、副长高粱及全艇十余名官兵分别荣立二等功和三等功。司令员还亲自下令，给 9009 艇全体官兵休假半个月。

几个月来第一次，他的身心完全放松了下来。

6 月的阳光猛烈地直射在军港的海面上，反射出一片耀眼的银白，没有风，天地无比开阔。人的目光的透视能力极强，似乎能越过军港和军港外起伏的黑色长线般的山峦，望到极远的、以前从来望不到的地方。

他将眼睛眯细了，像是在望着远方，其实却只望着自己松弛的内心。没有了任务，也没有了远航。心胸像此时的天地一样空阔。他需要休息和思考。二次出航归来后，他就意识到了，有一些异常重大的问题需要进一步思考。

第一个问题：此次出航 XY 水道究竟给自己带来了什么？

这不是一个形而上学的问题。对于现在和未来的他来说，它是一个实际而迫切的问题。

只有夜深人静时回忆刚刚有过的航程，他才能察知自己内心里发生了多少变化。

简单地说，最大的变化是真正理解了东方瀚海。

不是懂得了东方瀚海的遇难经历，而是理解了他作为一个潜艇艇长的全部生活和内心世界。

是充满艰难、凶险和挑战的生活和迎击这一切的英勇的内心，随时可能牺牲的命运和对这种命运的清楚的自觉，以及超越死亡的大无畏的气概。

东方瀚海不是一个神而是一个普通人，是一个后人可以模仿甚至超越的潜艇艇长。

东方瀚海的内心深处有一番同时代许多人没有觉察出的激烈。这激烈与时代不合拍，却与中国近代史上的苦难与激烈合拍。东方瀚海创立的不是他生活的时代需要的功勋，却是今日和未来的中国人需要的功勋。一种将会永存也应当永存的功勋。

时光流逝，那个曾被人们众说纷纭的东方瀚海将消失，一个真实的东方瀚海将在人们的视野里日益清晰。艰难、牺牲、时代和命运给予他的痛苦与羞辱将会全部从他身上剥离，只留下他的传说与不朽业绩。

人可以超越自己的时代。Y 城海山别墅里的一家人——海山将军、海石将军、秦失将军的生活都超越了他们的时代。东方瀚海就此而论是一个极端。他不仅超越了自己的时代，还超越了他个人和家人的全部痛苦，成为中国海军史上永远的英雄。

人原来是可以在一种极限人生中既为祖国服务也成就自己的人生的。无论东方瀚海还是 Y 城那个海军世家的历代传人，选择的都是这种极限人生。他们不是在同时代对话而是在同历史对话，不是在同人对话而是在同一个民族对话。

同时也是在同自己的英雄的前辈和后人对话。

我刚刚经历的也是极限人生，我的极限人生刚刚开始，这一刻里他激动地想。XY 水道之航只是我的处女航，以后我将更多地走向更遥远更不可测度的大海，他心中热辣辣地想。我是东方的传人，也是海山将军、海石将军、秦失将军的传人，我正在继承的是他们的事业。

它是民族和历史的事业。

当然也是我自己的事业。

我有这种力量吗？我可以长久地——不，永远地——承受这种命运吗？

如果在出航之前问自己这个问题，回答起来是困难的，因为他还没有经验，不能对自己做出正确的估价。但是远航结束之后，他的回答却是肯定的。

我有。

不仅仅因为我有这种力量，还因为我愿意。我相信这不但是一种有价值的人生，对我个人来说也是一种有巨大吸引力的、瑰丽的人生，一种超越个人的生命极限的人生，一种真正的男子汉的人生，同时还是一种可以艺术化的人生。

艺术化。如同一首诗，一曲交响乐，一个故事，像东方瀚海、海山将军、海石将军、作为 4607 艇艇长的秦失将军一样的故事……

有一段时间他沉浸在这些沉甸甸的情感之中，并被它们深深感动着。他明白从这一时刻起，自己未来的生活和命运就已被他自己确定了。

对这样一个对个人来说极为重大的问题，他的思考就这样结束了。虽然有点草率。

接下来的另一个问题是：我到底要找一个什么样的妻子？

这个问题之所以如此紧迫地出现在他的心底，与第一个问题密切相关。它毕竟也是人生中不可回避的一个问题。既然如此，他今天为什么就不能一劳永逸地将它决定了呢？

当然有更直接的原因。他回避了与东方白雪的见面，这个问题便立即清晰地浮上了心头。

真正的原因是：有过那一切之后，他当初对白雪的感情完全消失了。今天的她在他眼里只是个需要帮助的女孩，而不是一个可以论及婚嫁的对象。走过 XY 水道并在心中确认了未来的人生和命运之后，他发现自己已经突然回过头去，热烈地、全身心地思念起另一位身在 Y 城、曾被自己无言拒绝的姑娘来。

海韵！

许多事情常常要在它发生后很久才看得清楚。

毕业前夕他本可以接受海韵清楚地表现出的爱情，却拒绝了她。他拒绝的并不是她本人，而是另外一些与她有关或无关的东西：基地司令员的女儿；对自己一旦走进海山别墅后可能失去自由天空的担忧；害怕重蹈父亲的婚姻悲剧；等等。

今天才发现，海韵和海山别墅代表的是另外一些事物。那是一种沉重，历史的沉重。海韵是那幢别墅、那个已延续到第四代的中国海军世家的传人，在她身上，你那时就已感觉到了海山将军、海石将军、秦失将军的巨大的影子。

你拒绝的不是海韵，而是这种已朦胧意识到的沉重。害怕失去自由的天空的借口，掩饰了你对承担这种沉重的恐惧。

当初拒绝海韵，其实是他对自己足以负担这种沉重的能力的否定，对自己有可能过一种具有高度责任感和明确使命感的生活的否定。

那时他做出这种选择是正确的。他的生命中还没有融入这一年来的人生体验，没有生活和内心的巨大挫折和转折，没有探测过 XY 水道，没有随之而来的所有的思想与觉悟。总之，他还不是今日的江白，还没有力量承受海韵和她所在的那个海军世家的沉甸甸的爱与信任。

今天不同了。他终于明白：你不能逃避历史的沉重，你就是历史和人民的一部分。历史和人民是悲惨的，你就是悲惨的一部分；历史和人民是光荣的，你就是那光荣的一部分。

自从有了海山将军、海石将军，有了东方瀚海和秦失将军，你作为一名潜艇军官的命运就被确定了。你做了潜艇军官，就一定会做东方瀚海；做了东方瀚海，就一定会去开辟新航道或者为祖国而战；而开辟每一条新航道，投入每一场海战，你都可能壮烈殉国。

东方瀚海代表的就是那种他在海山别墅里感受到的历史的沉重。东方瀚海也像那个海军世家的每一位传人一样在承受着沉重的同时拥有了一种以牺牲或有可能牺牲为极限的人生。拥有这种人生是他们共同的宿命。

甚至这一家的女性也以这种标准来选择自己的夫婿。

海山别墅是中国海军军人世代前仆后继为国牺牲的一个实例。它代表了一种传统，同时也是一种活着并且会延续下去的象征。海山别墅拥有的是一个不屈的、因过多的牺牲而充满仇恨、痛苦和警惕的魂灵。

走进那幢别墅，你会改变许多观念。以前说到外敌对中国人的杀戮，说起中华民族的浴血反抗，往往会觉得那是别人家的事。一旦成为海山别墅的一员，你马上就会想到，那些在御侮的战场上杀死敌人并被敌人杀死的中国人，其实就是你的亲人或亲人的亲人。

有幸被选作这个海军世家的继承人，是一种荣耀，也是一种无言的重托。它给予你的只能是永远的、和中国海疆的安危相联系的沉甸甸的命运。从这种意义上讲，走进海山别墅本身，就是在经历一种极限人生。

他有力量接受这种重托、这种殷切的信任、这种极限人生吗？

他有吗？

这个问题与第一个问题的情况一致。一年前离开潜院时他没有。但是今天有了。

过去他拒绝走进海山别墅，今天却热切地盼望着走进去。

这种热切还来自另一种思考：明确了自己要走一条什么样的人生之路后，他也就懂得了自己需要一个什么样的妻子。

一个随时可能像东方瀚海那样牺牲的潜艇艇长需要的是一个能与他一起坚强地骄傲地承受命运的妻子；需要的是一个从本质上理解这种极限人生的全部意义的妻子，一个应当对未来可能发生的一切做好心理准备并处之泰然的妻子，一个当牺牲的噩耗传来不会为他悲泣而只会为他骄傲的妻子。

这样的妻子只有在海山别墅里才能诞生。海韵属于那座别墅，就注定了要做一名海军英烈的妻子，一个未来的海军军人或军人妻子的母亲。设想她会拥有别的命运是不现实的。

与海韵比，东方白雪还只能算是个孩子。要让她懂得自己的命运既从属于父亲也从属于整个民族而不再怨恨东方瀚海，可能还有相当长的路要走。这样一个女孩子距离做一个合格的海军军人的妻子还相当遥远。

东方白雪也不一定要做一名海军军人的妻子。她在自己有限的人生中受到的伤害太多，应当拥有一种与自己的父亲不同的生活和命运。她应当远离大海和潜艇，寻找一种普通的职业和生活。她是那么漂亮，又那么聪明，这样的生活是可以找得到的。

最后是父亲的婚姻悲剧。那也不再是一个问题。江白想自己过去的错误之一就是将海韵与他的生母——那位大军区副司令员的女儿——看成了一类人。其实，出身背景相同的人之间的差异有时比出身背景不同的人之间的差异还要惊人。他现在不敢说一旦与海韵结婚，他就不会遭遇到父亲曾在生母那儿遭遇过的一切，但他至少知道那也无非是他选择的极限人生的一部分罢了。如果他的婚姻失败，那一定是因为他没有力量承受自己选择的沉重而不是其他。

何况他本能地相信海韵不像自己的生母，他也不可能重蹈父亲的悲剧。

……其他还有什么障碍吗？她是司令员的女儿，可他自己在将来的一天，也有可能做一名潜艇基地的司令员，如果命运向他微笑的话。即使今天，他也已经在用新的平视的目光看待司令员和他的家庭了。

那么就向海韵求婚。现在就求婚！

为什么不？

想好了吗？真的想好了吗？决定了吗？他再一次问自己。

想好了，决定了。

那就做。

他站起来，没有丝毫迟疑便走出营区，上了湾尾街，给Y城的海韵发了一份简短的电报：

海韵：

离别一年之后，我决定正式向你求婚。

如果我有幸被你接受，就请你在三天内回一电报。如果我遭到了拒绝，你就不用回电报了，我将自己抚慰自己的伤口，不让它无谓地流很多血。

你的朋友江白

x月x日

焦同在营区内见到江白，已经是他发电报回来之后的事情了。

焦同敏锐地注意到年轻的艇长面色红润，目光坚定而明亮。

“出去了？”他问他。

“是的。”江白简短地回答。他不想把事情立即告诉自己的政委，因为他现在还不能知道结果。

分手一年后，海韵也许已经有了新的选择。他应当对此有充分的心理准备。

焦同没有让他做更多的解释，便将那件事说了出来：

“我和王所长一起去看了白雪。事情都对她讲了。她感冒了，问你为什么没有去！”

“是吗？”江白回答。他也在体察自己的内心，听到白雪这个名字，他并没有激动或者像不久前那样感到羞愧。

因为一切都决定了。

“看来她还很难一下接受东方瀚海，她想见你，你这一两天能抽个时间去看看她吗？”

江白注意到，政委的目光是不愉快的，忧虑的。他在为那个女孩子担心。

“我当然要去。”他略想一想，“下午支队有个会……我明天上午去看她好了！”

“那很好。”焦同说。

第二天上午，江白先往海风酒家挂了一个电话。

接电话的人好像是雀斑姑娘，但也可能是女老板自己。

“我叫江白。想找卡门……对了，就是白雪。”

“你找她什么事？”

“我想去看看她。她还病着吗？”

对方沉吟片刻。

“这样吧，你把电话号码留下，等会儿我让白雪自己给你打电话。”

他坐在电话机旁等了 20 分钟。

白雪的电话来了。

“是江白大哥吗？”

她的声音里充满了惊喜和激动，听起来却仍然显得虚弱。

“是我，白雪。”他说，“听说你病了，我想去看看你。”

她忽然不出声了。江白等了一会儿，她的声音才传过来，有点抖：

“江白大哥，我的病好了。我不想让你到我们住的地方来。……你能去苏州咖啡城吗？我们在那里见！”

江白想了想，终于想起了那家“苏州咖啡城”在湾尾街的什么位置。

“也好。”他说。

“11 点见。不见不散。”

“现在才 8 点 10 分，为什么要那么晚？”

“……人家有点事嘛。”她用撒娇的声音说。

“好吧，11 点见。”江白说。

11 点差 5 分，他来到那家咖啡城。

其实也就是个两间门面的小小咖啡厅。时间尚早，除了他们俩，还没有别的客人。

只过了 3 分钟，白雪就通过旋转门出现在他面前。

江白站起来，微微眯起眼睛，惊讶地注视着她。他看到的是一个精心打扮过的纤细的丽人。

一定是利用刚才的时间去了美容店。新烫了一头蓬松的卷发，还焗了油，描了极细的两道眉。眼影是乌青色的，很重。腮红和口红太重了，与粉底缺少过渡。最用心的是睫毛，本来就很长很密，现在拉得更长更黑了，且向上翻卷着。

两只火红的、大而且长的假琥珀耳环。

裸露得过多的薄薄的白色针织网眼短衫，白色的超短裙，白色的网眼式连衫袜，一双大红锃亮的皮凉鞋。

很漂亮。不，是极为亮丽。看不出一点有病的样子。如果再配上那双大大的、点漆一般黑亮的、幽深的眼睛，任何人都会为这样的美丽和生动吃惊。

她站在那里，尽量压抑着内心的激动，微笑地、又有几分羞怯地望着他，不说话，分明是在等待他对焕然一新的她的赞赏。

江白皱了一下眉，只一下。不，他不喜欢。今天的白雪漂亮得惊人，但他更喜欢以前那个清纯、自然的少女。面前这个白雪的美丽太世俗化，太湾尾街化了。

她的激动和深藏在内心的欢乐被伤害了，于是一瞬间内，她那对于此次相会充满美好期待的目光，就如同被乌云遮没的天空一样黯淡下去。

江白的镇静迅速恢复，脸上现出了大方的、愉快的笑容。

“白雪，你好！”

“你好。江白！”

她没有叫他江白大哥，眼睛中的乌云渐渐散去，又明亮起来。

“今天你很漂亮！”

她期待中的赞赏得到了，脸红了。

“谢谢你！”

“你不像有病的样子嘛。”

“我没有病！谁说我有病？不过就是一点感冒。”她责备似的、撒娇地说，目光热烈、明亮而大胆。

江白的心怦然一动，脸上火烧一样热了。

这一切都是为了他。她周身上下，她的每一个表情和体姿，都在向他发问：我可爱吗？

不。

越是如此，她越显得幼稚。十分幼稚。

他又不自觉地皱了一下眉头。

她的激动的、欢喜的、充满期待的目光再次倏然黯淡了。

“请这里坐。”江白说。

她的目光向窗外望一眼，坐下了。

侍应小姐走过来。

“两位要点什么？”

江白命令自己平静。

“一杯咖啡。白雪，你要点什么？”他问。

“什么也不要。”她有一点赌气地说，目光望着窗外的人流和车流。

“那是不可以的。”小姐用委婉的声调提醒说。

她转过脸来，脸色有点苍白，目光锋利。

“一杯开水。”

小姐笑了。

“小姐身材这么好，不用减肥的。”

她转身款款而去。

一杯咖啡和一杯开水送来了。

厅堂里飘荡着一支节奏舒缓的三步舞曲，很轻柔的意思。江白注视着面前的姑娘，觉得她刚才还像一朵娇艳的开放着的花，此刻却突然遭受了一场狂风暴雨，花还在，却没有了精气和神采。

事实上，她一直侧脸朝向窗外，脸颊上已滚下了泪水。

“白雪，你怎么啦？”他有一点惊慌，这可不是他原来能想到的。

男人哪，男人都是些多么粗心的人哪，一刹那间坐在窗前的姑娘想。她知道他不再爱她了，从他望见她后第一次皱眉，她就感觉到他不像过去那样爱她了。他第二次皱眉之后，她对他可能会继续过去对自己的爱情已完全绝望了。

“江白大哥，你老实对我说。”她自己也没有想到见面伊始，便会问起这样一个问题，但它在她心底已变得如此巨大和重要，如不先把它弄清楚简直不可能活下去，“你……是不是爱上了别的女孩？”她用颤抖的、断续的声音问。

江白沉默了一分钟。这个问题对他来说也显得突然。但他立即就意识到：

在他和白雪之间，说出真相是不可避免的。

“是的。”他直截了当地说，“昨天，我刚刚向一位小姐求了婚。”

他没有移开他的目光。这一会儿，姑娘脸上的泪水止住了。

“她是谁？”半天，她才小声地、怕冷一样地问一声，不看他。

“她叫海韵。”他说，一边想：关于海韵，还是少说为好。

“漂亮吗？她？”

“没有你漂亮。可是有你和我都没有的其他优点。”

“她会看上你吗？”沉默了一会儿，她的语调已经很尖刻了。

“也许会的。”江白克制地、同样尖刻地回答。

她仿佛很快就从自己的软弱中解脱了出来，用一片花手帕仔细地擦掉脸上的泪痕，向他转过脸来。

“你今天约我到这里来，就是要说这个吗？”过了一会儿，她突然小声地、愤愤地问。

江白好半天才猛醒过来。

“我是想去你住的地方看看你，是你约我到这里来的。”

她不依不饶。

“反正是因为你。要不我才不会来这里呢！”

江白想了想，宽容地笑了，和解地说：“那好，是我约你。”

她已经尽可能地让自己平静了下来。他觉得她又像当初见她时一样要强和倔强了。这很好，他想。

两个人默默地喝着咖啡和开水。她刚刚恢复了平静的目光左右游离。

“江白。”她说，依然不看他，“我想问你一件事。”

“问吧？”他望着她，心情又紧张了，她仍然没有叫江白大哥。

“他们说的——”她的眼里一下又涌出了泪珠，声音抖颤着，“他们说的我爸爸的事，是真的吗？他……真的是一个英雄？”

江白激动了。

“东方瀚海艇长不但是一个英雄，而且是中国潜艇兵史上最著名的英雄，一个对我们国家立了大功的人！焦政委对你说的话，全是真的！”

她低着头，眼泪一滴滴落在地毯上。

“以前我也听人说……可是不信。”她在呜咽，“今天你这样对我说……我愿意相信……”

小姐走过来，看了看白雪，又看了看江白。

“两位需要我帮助吗？”

白雪迅速擦去脸上的泪珠。

“不。”江白摆一下手。“谢谢你。”

小姐狐疑地望一眼他们，走了。

白雪望着窗外，不再啜泣。

江白仍在激动中，他忽然想起了司令员交代给他和焦同的事。

“白雪，东方艇长的事情是真的。你要答应我，一定要相信！还有，过不久部队就要为东方艇长恢复名誉举行活动，司令员让我和焦同政委负责请你，你一定要参加。”

白雪不语，也不抬头。

“你是怎么想的，最好告诉我。”

她久久地才抬过头，直视着他的眼睛说：

“他是我爸爸，又是一个英雄，我当然会去的！”

江白松了一口气。

“那就好。秦司令员还为你联系好了Y城那边的海军军医学院。我们大家都希望你能回去读书。这也是部队想为、也能够为东方瀚海艇长做的最后一件事情。”

白雪不说话，站起来，重新面向窗子。

“我还没有想好。我不一定回去，我现在过得就挺好！”她语气十分僵硬地说。

江白忽然意识到这次会面该结束了，回头招呼一声：

“小姐，买单！”

小姐过来了，送来了账单。

她静静地站着，一直没有回过头来。意识到约会正在结束，那件方才被她的自尊和骄傲压抑下去的事，又猛然涌上了心头。

小姐将找的零钱送回，款款离去。江白起身，向背对着他的姑娘说：

“白雪，我得走了，再见。”

她一动不动站了一会儿，猛地转过脸来。他突然发现她满脸是泪。

“江白，你……我恨你！”

说了这一句，她扭过脸，飞快地跑出了这家店门。

江白没有跟出去。有好大一阵子，他站在那里，品味着白雪留给他的最后一句话。

“这种结局并不是最坏的……如果她从此之后恨我，忘记了我，那就是说……我们之间有过的一切全都结束了……这很好。”他想。

小姐一直把他送到门外。

“您走好。欢迎再次光临。”

女孩子北方口音，他突然对她产生了兴趣。

“对不起，我能知道你是哪里人吗？”

小姐很灿烂地笑了。

“先生你是位记者吗？也想了解我们的悲惨身世？”

江白难堪了。

“不，不是这个意思。……对不起，我唐突了。”

小姐走回旋转门里去。他仍旧站着，望着湾尾街。

意识里已经起了风暴：以前觉得这条街以及街上的女孩子总是污浊的，至少是与那些污浊的事情相连的。现在才发觉他错了。

这些女孩子，包括刚才这位小姐在内，包括白雪和她在海风酒家打工的姐妹在内，这一条以娱乐为主业的街道，这里生活着和来往着的人群，与我自己一样，都属于人民，属于人民的一部分，这里的生活也是人民的生活的一部分。人民中间有好人也有坏人，如同生活中既有欢乐、公正、善良、美丽也有悲伤、黑暗、罪行、丑恶一样。尽管如此，人民还是人民，生活还是生活。

打工妹是当今中国人民中的特殊一族。湾尾街是中国人民生活中的特殊一景。他以前的错误是：不懂得这种生活也是今日变化了的中国人民生活的一个有机的、正常的组成部分，一个有其存在的充分理由的部分，既不需要敌视它甚至诋毁它，也不需要对它施加无限制的赞美。

此一刻之前，他还像别人一样强烈希望白雪能在东方瀚海恢复名誉后回Y城去读海军军医学院，过一种大家都认为是对她更好的生活，现在他的想法却猛然改变了。这种大家都以为好的生活对白雪来说却不一定是最好的。白雪也可以继续在湾尾街上打工，按照她自己的心愿挣钱读大学，比如说——他偶然想到了——去读纺织学院或工艺美术学院，从而开始一种与海军和大海没有关系的生活。白雪甚至可以不读大学，就在湾尾街像目前这样生活下去。毕竟，这也是一种正常的、可以理解的生活，只要她能如刚才的小姐一样感到幸福。

白雪不是在海山别墅那样的环境里长大的，她家有东方瀚海一代人为国牺牲也就够了。

我是不会忘记她的，他默默地想。如果我能够，我一生都会将她视为自己的亲人，关心她，帮助她。除了养父母，她在世界上就没有别的亲人了。

可是海韵会答应他的求婚吗？一个念头突然涌上来。

年轻的艇长微微笑了。

海韵没有理由拒绝我的求婚，他充满自信和激情地想。除非她在刚刚过去的一年中已接受了别人的求婚。

那并不可怕。他会去寻找另一个与海韵一样的姑娘。这样的姑娘他一定能够找到并娶到身边来！

9

美丽的Y城，满城蔷薇花大放。是蔷薇花使这座海滨城市无比美丽，还是如云的蔷薇花一样美丽的女子使它无比美丽呢？

清晨明媚的阳光穿过还垂挂着晶莹的露珠的花枝花叶，温柔地投射到那幢濒海的、被花架半遮的小楼上。

二楼一扇开启的窗户里传出了琴声。这是一支读者已经熟悉了的曲子——《少女和一位潜艇艇长的故事》，但今天弹奏者赋予了它那么多欢乐和激昂的情绪，那么多自由的变奏和幻想，使今日听来它与旧日大不相同。这琴声时而似山巅流瀑，直泻千尺，时而似狂涛击岸，急浪拍天，时而又似孤雁临空，一啸万里，时而还如马蹄杂沓，如擂羯鼓，忽然又变作一条山间小溪，潺潺流出千山万壑，进入广袤的平川，流过阳光普照的田原，竹篱茅舍的村庄，流过彩蝶双双飞舞的花丛，它在巨大的欣喜中不知自己正在经历幻境还是经历真实。它谛听着来自全世界的歌唱，其实是它自己在为全世界的阳光、色彩、音乐歌唱……居住在近处一幢别墅中的老人以为它要无休止地延续下去了，然而猝然一声轰鸣，如登极峰，如坠深渊，琴声戛然而止。

海山别墅的第四代传人从楼上飞快地跑下来，跑出院门，疾步奔向海滨大道旁的候车亭。

海韵今天身穿一件粉红色的短上衣，一条白色长裙，一顶米黄色的细编女式遮阳帽略微有点歪斜地戴在头上。整个人就像一朵乍出蓓蕾的蔷薇花。

海韵眼里满含泪水。她没有意识到自己的眼睛一直因感动和喜悦而湿润，事实上它们既湿润又明亮。意识到的只是自己的心在疯狂的喜悦和陶醉之中。

江白的电报昨晚上就到了，可是母亲直到早上才交给她。母亲的目光是慌乱的和忧郁的。

“那个叫江白的小伙子给你的电报。我想了想，还是将它交给你的好。这毕竟是你跟他两个人的事。可是——”

那一瞬间她的脸色一定变白了（但愿没有吓坏大半生都在为女儿担惊受怕的母亲）。脑海里涌出的第一个念头是：江白出了什么事？他从来没有来过电报的！母亲的目光又是那么悲伤和不安！

没容母亲讲出她的全部忧虑，她就把电报抢过去了，飞奔上了二楼，“砰”的一声关上了自己的房门。

她的心已经激烈地跳起来！透过电报封套上面透明的薄膜，她已经看到了其中最主要的文字！

仅有的一个念头是：她苦苦地、坚忍地等了一年之久，现在它终于到了！

她不想马上打开电报了。她想尽量延长这幸福的瞬间。她的心正自由落体一般急剧沉下去。她闭上眼睛，感受着一刹那间的眩晕……

一年来——不，是 21 年来涌满她的生命的黑暗全部消失，代之而起的是惊涛拍岸大潮汹涌似的狂喜。

只有狂喜。

忽然她睁开眼睛，迅速打开了电报，在极短的时间内贪婪地读完了电文。

最初的狂喜仍像无边的大潮一样涌动而来，它持续着，但她的生命中已经响起了琴声。是的，是《少女和一位潜艇艇长的故事》开头那几个高亢、凌厉、断续、似惊似疑的音符。它们响亮起来，不是一架钢琴，而是一个突然爆炸似的演奏起来的乐队。不，那是一个完整的交响乐团。

其后就是少女一个人在演奏了。仅有的一架钢琴鸣奏出了少女的喜悦的主题，这主题在盘旋中高扬起来，点点滴滴，响亮，凄厉。银瓶乍破，珠落玉盘。少女打开了房间的门，明丽的阳光大片大片地透射进来，她望见了她一直在等待的人，那个远航归来的年轻英俊的潜艇艇长，久久地凝视着他的眼睛，她在那双晶亮的眸子里看到了真实的而不是虚幻的爱，她的生命也正被这爱的光辉照亮。他也在等待，痴情的目光急切，他正在渴望她的飞奔和随之而来的拥抱。可是她还在疑惧。她在问自己的心：这是真的吗？这不是一个新的梦吗？泪眼妨碍了她更真切地注视他，他的影像正在她的注视中模糊，如同他又要在梦境中隐去。啊，那个喜悦的主题又清晰起来了，亢亮起来了，她的目光重又变得无比清澈，清澈和明亮。她又看到了他，他的身影，他的面容，他的明亮的眼睛和生动的呼吸……真是他回来了！喜悦的主题中发出一声惊讶的叹息，一个嘶哑的高声的呼唤，啊，是你！你……琴声激烈。少女在飞奔，即使是梦境，也要飞奔，向他飞奔……她扑进了那在久望中的爱人的怀抱，他火热的胸膛又在温暖她单弱的身躯了，她又感觉到他那热烈而急促的呼吸了。啊，他也在激动，他的眼里也闪着狂喜的泪花，他刚刚越过大海，波涛汹涌的海，风暴潮肆虐的海，望不见陆地和故乡的海，回到了军港，回到了梦中也在思念的亲人的怀里。他在亲吻你，经历了九死一生之后，他的目光由晦暗变得明亮，疲惫的臂膀重新变得冲动、坚强、有力，他脸颊上的皮肤粗糙，那是海上风雨切割留下的印痕。他的亲吻如同清晨新鲜的乳汁，润湿着她干裂的口唇……

她终于醒悟过来了，是她自己在演奏这支曲子。一年来，她太过于把自己与这支曲子里隐现的少女（她很久之前就认为后者是一位真实存在过的少女了）合二为一了。她是那位少女吗？不，她不是。她比她幸运，她一直生活在巨大的幸运里，尽管她身患不治之症，可是一个Y城少女所能得到的东西她都得到了，或者说从来也没有缺少过。她唯一缺少的是爱情和恋人。不，爱情和恋人也没有缺少，只是他暂时地离开她远去，一段时间甚至得不到他的任何消息，那时她猜出他的心也离她远去了，她绝望过，消沉了，在最黑暗的夜晚。是一颗坚强的心要她坚持下来了，是这支《少女和一位潜艇艇长的故事》帮助了她，那位与她一样命运的弹钢琴的少女帮助了她。大海潮起潮落，星辰去而复来，蔷薇花凋谢了又含苞开放……今天她终于等到了他的消息，而且是一个什么消息呀！

今天是她生命的节日。她要为自己举办一场音乐会。为自己的爱情和喜悦，也为心灵中曾经有过的痛苦和黑暗时刻，为一个梦正在变成——不，是已经变成了现实……她正在越来越镇静地、一点一点地将那封电报在她内心中激起的狂喜之潮化作自由的音符，如同一个又一个来自远海的波涌，在迎面而立的断崖边碰溅出万千珠玉。她的琴声越是嘹亮激烈，她的心绪就越如大海的涨落浮沉。来自生命深层的感动刚刚开始，犹如远海之潮刚刚进入海湾。喜悦的泪水又一次打湿了眼睛，那是拂晓的露珠刚刚在清晨阳光照耀的花蕊间闪烁。终于等到了，他的心终于又回到了她身边。她爱他，可是这并不是事情的全部……

……她又回到琴声里去了。在这欢乐的时刻，她没有也不能忘记那位少女。她又恍惚是那位少女了。难道她和那个少女的故事有什么不同吗？都在黑暗中爱着一个远行的人，都在为得不到这爱情而恐惧，度日如年。但是少女刚刚接到了她用全部身心热恋着的潜艇艇长求婚的书信。她听到了变奏，梦想成真，幻觉成了现实，现实也就有了幻觉中的瑰丽色调。少女会接受潜艇艇长的求婚吗？那正是她的渴望。少女在幻觉中穿上了美丽的嫁衣……花轿在门上等候，唢呐热烈地吹奏着《百鸟朝凤》，少女喜泪莹莹。她的生命如同一块干渴已久的土地，需要一位健壮的农人耕耘与浇灌；她的生命又如一张绷紧的弓，需要搭上一支箭，让后者鸣叫着飞向远方；她的生命还如一根琴弦，渴望着一只强壮的手，抚弄出清新悦丽的乐音。虽然少女知道，她的生命是有缺陷的，只要向前走上一步，土地会坍塌，弓会摧折，弦丝会砰然断绝……

她的心在下沉，如同一片羽毛。她又从幻觉中清醒了过来。她是海韵，她是她自己。刚刚接到一封求婚的电报，对方正在等待她的回答。可是她不能马上回答。少女的琴声在痛苦中变得迟疑。她的心而今又要沉入那无尽的黑夜中了吗？黑夜的伴侣是绝望。她绝望过吗？绝望过的。自从那位年轻的潜院学员离开她去了L城之后，她一度认为自己毫无希望了。然而构成她生命故事的真正戏剧因素却在于她并没有完全绝望，即使在黑暗中，她也总能感觉到一点似有若无的希望在远方的海上闪光。

是她的心不相信她与他的事情就真正结束了。黑暗不算什么，挫折不算什么，等待和杳无音信都不算什么。

难道她在自己的生命历程中遭遇的黑暗还少吗？

不。她爱他。这爱不是最初一次就生出的。最初一次在断崖顶上遇见他，他的表现就像一个哗众取宠的轻薄少年。

是后来她看清楚了：他或者可以成为自己一直在寻找的人。

从她还是个小女孩时，她就在寻找了。寻找是因为她的生命极为脆弱。因为她尚未启蒙就知道自己患有不治之症。同时还知道了自己对延续Y城海滨这个持续百年的海军世家负有责任。

她没有见过自己的曾外祖父母，甚至也没有见过外公和外婆，但她不觉得他们和自己是陌生的。日久天长，比起父母，他们对她倒显得更为熟悉，也更为亲切。

从心灵上更为亲切。

父亲也是一位了不起的人物。父亲是一名潜艇基地的司令员，他还曾是一个很有成就的潜艇艇长。母亲是这个世家中一代代贤妻良母中的一个。母亲一生作为父亲的影子而存在，却是这个世家延续到第四代的真正纽带。母亲对自己的祖父母和父母尽到了责任。

但她仍觉得曾外祖父母和外祖父母更伟大。父母虽然重要，甚至可以说成了不起，可他们是人，而曾外祖和外祖父母却是这个家族的神。

不，不是他们属于这个家族，而是这个家族属于中国近代及当代海军，他们是一个英雄的民族不死的神灵的一部分。

几乎从不懂事时就知道了母亲心中深藏的隐痛：没能给这个家庭生出一个男孩。如果生出儿子，他一定会是一名海军军官，一个像自己的先辈一样忠勇剽悍的海上骁将。

但她却像自己的母亲，她的外祖母，只为这个家族生了一个女儿。

还是个患有DBB病的女儿。一个注定不能生育，因而也不能结婚的女儿。

当她刚长成为一个亭亭玉立的少女，无师自通地明白了自己生在一个什么样的家庭并负有怎样的责任，曾外祖、外祖父母的目光就在她的睡梦中频繁地垂顾。白天，她看到的是父母努力掩饰的忧郁的眼神；夜里，她接受的是母亲的父亲和祖父的殷殷的目光。

她在这种目光下长大。

这个以海字为名的海军世家的索链将会在她这一代中断。没有什么办法会让它不中断。她没有能力将它延续下去。

但它不能不延续下去。不是这个民族非有这样一个家族不可，而是这样的一个家族的后人自觉地意识到，它是不该中断的，它是属于这个民族的，属于民族的历史和未来的。

她心中何时开始冒出了那个念头，要寻觅一个替代者呢？她不知道，但它很早就在她心中生了根。应当有这么一个替代者，哪怕他不再以海字为自己名字的起首字。

她不能辜负曾外祖、外祖父母殷殷的目光。如同患有 DBB 病是她的命运一样，将这个家族延续下去也是她的命运。

说到底，那来自曾外祖、外祖父母的目光蕴含的绝不是只让一个家族无限延续下去的意义。

人类在时光中穿行。一个个家族、姓氏起于微末，终于兴旺，继之以衰。历史上没有不绝灭的家族。不绝灭的是历史和精神，是一代代人投入生存之战的豪情、勇气和永恒的呐喊。

甚至一度十分强大的民族也像白垩纪的恐龙群一样一个个绝灭。不灭的民族均有其不灭的理由，但首先是有其不灭的历史精神。

曾外祖父母、外祖父母投注在她梦中的就是这样一种精神。

越是觉得自己无力负载这种目光，越是觉得自己一定要寻觅到一个替代者，她看待年轻男人的眼光就越是严厉。

从小学、中学到踏进大学校门，她一直不动声色地、像个最乖的女儿一样接受父母为自己做出的各种安排，她明白她是在接受自己不幸的命运。她知道，只有首先接受它，才能对它有所改变。

大学四年，她的眼前出现过许多男孩。不少人出于各种理由迷恋她，她对他们没有兴趣，她的兴趣在海上。她挑选男人有严格的标准，这标准就是这个以海为名字的家族中有过的三代男人。

众多的男孩子在她面前走来又消逝。只令她心中一天天添加出许多惆怅。她的灵魂经历着痛苦和失望的冲刷，她性格中的坚定和刚强却像绿色植物蒙受了过多的雨水和阳光，不可遏止地猛长起来。

她可能找不到这样一个人。她可能失败。

毕业留到海洋大学图书馆系任教后的一年里，她的心境是消沉的。消沉也是刚强，是刚强表现自己的另一种方式。她第一次意识到自己在那种严厉的择人标准下有可能永远一无所获。家族的目光让她不能不去寻找，同时也逼视着她不能降低标准。

有一天，她的挑剔的目光终于停在江白身上了。她承认当她不时要登上海山别墅不远的一座断崖向远海眺望一番以排遣胸中的郁闷时，她正经历着内心中极为软弱的一刻。她在这软弱的一刻中开始想另一件事：这样一个替代者是否也可以由自己用心和手来培养。这个极具诱惑力的念头一经生出就强有力地攫住了她。她觉得面前的天空开阔起来。

得承认她也喜欢他。她几乎从不敢承认自己也有爱人的权利，她没有这个权利。她寻觅这个人，是想让他明白他将延续的是哪一个家族的精神和历史，他应当成为或者将成为这个家庭精神的继承人。然而这还不是她与江白结识后的真正感觉、情绪和思想。不，归根结底还是始于爱情。你以为你对他的爱仅属于理性，属于柏拉图式的天国，可这爱的戏剧毕竟还在尘世中上演，剧情一点也没有越出少男少女两情相悦终而走到一起的老套。事实上从她第一次将他引进海山别墅，自己首先就进入了爱的角色，成了一个一到此时就不会不显得多少有点儿愚蠢和盲目的痴情的恋人。

当然，理智还在。另一双几乎与生俱来的目光还在，但防线已被突破。你以为你在进攻，事实上却在防御。而且经常想到要投降，渴望投降。

有一点没估计到的是来自江白那一方的冷静。有一天，她终于意识到对方的热情背后也存在着一双沉静的目光。这目光一直在审视他与她的感情关系和发展。它不愿意让它过快地进入庸俗爱情小说的情节。他自己也要将这个故事按自己的愿望发展。

于是故事的重心转向了海山书房。她退回原来的防线。她选择的人正在那间有着父祖四代人目光注视的房间里自己培养自己。

她也就在那时发现了自己性格中存在的疯狂。江白毕业前夕，他表现得越像她设计的那种人，她对他的爱就越是热烈和无法遏止。她常常忘记自己是有病之身，日夜沉浸在与他终成眷属的美丽而折磨人的遐想里。这种遐想一旦进入梦境就成了催人泪下的结婚场景。泪水夜夜滴湿床枕。

恋爱中的女人是疯狂的，一位大师说。那一阵子她的情感和行为举止几乎就是疯狂的了。她为她和他的爱设计了多种前途：她只是不能生育，并非不能结婚，难道他们不可以只结婚不生育吗？对于这个以海字为名字的起首字的家族来说，她一旦嫁人，没有第五代是不可想象的。但他们可以领养一个孩子，难道自己生的孩子与别人生的孩子真有很大差别？

江白在校的最后一个寒假直到毕业，她一直在焦急地等待他的求婚。她甚至一厢情愿地认为此事不可避免。有无数应当发生的理由，却没有不发生的理由。

但她一次又一次的期望全都落空。江白最后没有向她求婚。

渐渐地，她冷静了，苦想事情在哪里出了岔子。真正意识到江白有一个独立的完整的自我时大势已去。他最后一刻对去向的选择清楚地表明他对她的态度不是结合而是分离。剧情在这里大大超出剧作者原来的提纲：她精心为自己培养了一个替代者，可他却要撇开她远走天涯。

江白是想与她永远离别。她的悟性使她极早就穿透层层迷障，看透了他的心。他不想依赖她的也算显赫的父亲，这一点她可以理解；可他不想与她结婚，却让她的骄傲蒙羞。江白一点也不知道她身患不治之症。江白不愿意与她一起生活有他自己的原因。她一点也不明白其中的原因。

离别清楚地来到面前时，她显得十分惊慌。她意识到自己对此还十分无力。对于下面的戏她甚至已经重新设计了催人泪下的一幕：如果江白向她求婚，她会让他最后一次向自己倾诉无边无际的爱情，然后却含泪拒绝他，并且讲明拒绝的理由，因为她不能生育（这总是一种缺憾，就她的本意论，她爱江白，她就不愿意让他的生活中有一点不完美）。她还要告诉他：她主动接近他确实是因为爱，同时也因为她要为这个延续了四代的海军世家的历史与精神寻找一个继承人，以承担她自己无法承担的责任。她会说自己相信他不会因为她这样做而怨恨她。她虽然拒绝了他的求婚，但她爱他，这爱在她的生命中只会有一次，过去她没有过，今后也不会再有。她会祝他幸福，然后坚决地与之分离（如果他受了感动不愿离开的话）。——她觉得这样做比起与江白结婚，更能让她享受到自我牺牲的美丽（她不知道自己真与江白结婚后会不会长期受到那种缺憾的困扰）。现在的戏根本不是那么回事，男主角并没看到女主角胸口插着一把剑，死在自己脚下，大幕却已降落。这是一种极为不圆满、对她极不公正的结局。

她不能让他这样离开。她也无法不关心他离开她将走向何处。她不想让他离开自己的目光。一旦离开，她将不知道自己是否能真的找到一个新的替代者。她要继续追寻他。

不仅需要热情，此时还需要智慧。

不能用绳索。她也没有一根绳索。何况江白对任何一种有形无形的绳索都异常敏感，应当顺其自然，应当用一种他无力反抗却能使他们之间的联系不至于中断的手段。

书。

对于一个求知欲极强的年轻人来说，书可能是他唯一不会防备的东西。但书却是她的武器。他带走了她借给他的一捆书，就自己用手牵去了一根看不见的因果之丝……

度日如年……

因为前程未卜。因为那根游丝随时会悄然断绝。

在一些最难熬的长夜，她知道自己最害怕的是哪一天听到了江白与某位姑娘成婚的消息。她觉得那时她的一切等待都将化为流水，她心灵里那座兀然而立的断崖就将崩塌。

不过从L城的父亲那里传来的都是江白的好消息。她不让自己打听别人，她只愿意相信父亲。

现在她明白长久地等待一个男人是什么滋味了。时光飞逝，她会不由自主地将自己的等待与外曾祖母、外祖母和母亲当年等待她们的丈夫的心情相比较。她发觉她突然更多地理解了这个家族的女性。

在她们所有的优秀品质中，坚忍是最主要也最重要的品质。

江白并没有离开她的视野，江白就在她的目光和心灵里。江白就像当日的曾外公、外公和父亲，走向了波涛汹涌的大海，他们每一次出航都有可能是与自己的妻子儿女的永别。

如果将江白看成是自己的一去不返的丈夫，她还有今日这种痛苦和焦虑吗？痛苦和焦虑仍在，但向大海眺望的目光却不同了。

这就是命运，宿命，这个家族传统的一部分，它的生活内容和精神的一部分。那就等，或者他胜利归来，或者他一去不返。

如果她要关心，就关心他是否真的成了一名出众的潜艇军官吧？只要他在成长，只要他优秀，她就应当满足。

可她还是在等待。她不能不等待。在内心深层，她明白自己仍在等待着他向自己求婚——那是早应当发生的，只是被他推迟了！

她也是个女子，她也软弱。可是痛苦也是让人成长的甘泉。她的坚忍在痛苦和软弱中越长越高，如同一棵不再会被海风吹折的幼树。

等着吧。不是在等待他的消息，而是在等待一个结局，一个可能完全与她无关却会对她的爱和等待给予最后的无情的判决的结局。

后者比那个她一直盼望中的美好结局更有可能发生。

但是仍要等待!

也许会有奇迹发生。一个没有奇迹的世界是不值得人们生存于其中的世界，一种没有奇迹的人生也是不值得留恋的人生……

今天奇迹终于发生了！他终于来了电报。一封求婚的电报!

这个人！这个已经离她那么遥远的人，这个差不多一去不返的人!

她无法不一次次在激越的琴声中泪流满面。她等的时间太久了！整整一年时间，想想看！还有那封电报，它来了，差不多等于一名潜艇艇长长久音信杳无后又从无涯的大海中回到了故乡，回到了她的怀抱!

仅仅是一封电报啊。一封电报就给了她那么多满足，少女的全部生命就在这一刻有了意义，闪烁起了童话般动人的光辉。一部充满浪漫情节的爱情喜剧因故小小耽搁后正继续上演。男主角向女主角求婚，不知道女主角身患绝症，已不能答应。女主角要他看到的是自己对他的至死不渝的爱情和那把插在美丽的胸口上的短剑。

她将要——不，正在享受自己生命的美丽。她可以拒绝他了。他应当有更完美的生活：妻子，一个儿子和女儿。他不应当知道她是个患病的女子。她永远不要他知道这一切。她能得到的爱情已经得到了，剩下的就是独自咀嚼自己的牺牲与这牺牲的悲怆了!

马上回一封电报给江白：不，我不能接受你的求婚，请原谅。

然而她的内心……她的内心却狂喜说出了相反的话。我爱你！我等待得太久太久！我不想拒绝！不想！没有别的理由，就是不想！失去了就是永远的失去！她渴望的是永远爱他，拥有他!

然后再死。

她突然镇静下来。少女的琴音在最后的、沉重的、惊天动地的轰鸣中结束。内心从没有像此时这么坚定、欣悦、满足。此时无论生和死，她的爱情都是圆满和美丽的了。江白已成长为一名优秀的潜艇艇长，他将在中国海军的阵列里接替自己的曾外公、外公和父亲，她不再会为这个家族没有继承人而遗憾了。她已经达成了自己的第一个愿望，为自己培养了一个替代者。剩下的只是她和江白两个人的私事了。她可以嫁，也可以不嫁，问题是如何做才更为美丽。

她在思考。方才她一直在激越的琴声中思考，琴声就是她的绵绵无尽的回忆和思想的话语。事情到此已变得简单。她的问题，不，她和江白之间的障碍是自己的病。她要考虑的是如何超越这个障碍。

她静静地坐在钢琴前面，望着面前那幅嵌在一只小小的原木镜框里的自己的肖像。她想怎么样处置自己？

这是人生中最重要的一刻。只有这一刻，她才是自己未来生命的主宰。失去了这一刻，它便永远不再来。

如果答应江白，她就要为他生育。不能为他生育，她就不应跟他结婚。

无论如何，他的生活和她的生活，都应当是完美的，没有缺憾的。

需要再去一次市郊的血液病研究所，见见那位名字奇怪的——叫作起飞的——留学归国的医学博士。她要将自己最关心的问题向他讲出来，听听这位年轻的、有一点怪异却给过她信心的专家的指教。她服用他推荐的一种外国药已经三个月，虽然他一次也没有说过这种药真能将她的病治愈。即使在国外，这种药治愈 DBB 病的有效率也只有百分之五十。

人类飞速发展的医学帮助了那么多人，为什么就不能帮助一下她？

真正重要的事情已不是自己是否会因生育而死。在接受江白的求婚和因生育而死两种选择之间，现在她觉得前者比后者诱惑力更大。

主要是更美丽。

这个海军世家需要第五代传人。她想知道的是：哪怕她因生育而死，她与江白的孩子——无论儿子或是女儿，会不会安全地活下来？更重要的是：她的病会不会遗传？

市血液病研究所坐落在距城 20 公里的一条幽静的山谷里。出租车跑了 40 分钟才将她送进这条山谷。

像城里一样，一簇簇、一丛丛黄、白、红色的蔷薇花也在这条曲曲折折的山谷柏油路两旁盛开怒放，但它们比城里的花朵开放得更自由，更具野性，因而看起来也更让人惊心。

一座不大的庭院。蔷薇花和一棵棵不大的雪松越过围墙和在阳光下闪闪发光的铝合金栅栏门，从院门外一直蔓延到庭院深处。

来就医的人很少，院里十分冷清。

她在栅栏门外下车，付了车租，没有受到门卫的拦阻，就穿过紧闭的大门一侧的小门，走了进去。

她已经来过一次，不用别人指点，便径直走向了研究所大楼。

来之前她打了电话。那位名叫起飞的血液学博士正在接诊室里等她。博士三十四五岁年纪，身高体壮，浓眉大眼，络腮胡子，目光炯炯，不像个医生，倒像个武士。

门虽然开着，海韵还是敲了敲。

“请进！”医生说。

海韵进门。

“博士先生好！”

大夫一把将膝头上的一只猴子推下地，起立，微笑，用洪亮的嗓音说：

“海韵小姐，请坐！”

两人分别落座。

“感觉怎么样？”大夫问，同时用他那种大胆、锐利、仿佛要穿透她肉体的目光望着海韵，似乎她不是一个病人而是个标本或试验对象。

在医生那似乎对她的躯体一览无余的目光下，她的脸忽然有点发窘，但这一刻很快过去了。

在这样一位医生面前，你不能不更加大胆。

“感觉还好。——吃了你的药，至少没有什么不良的副作用。”她有意用稍大一点声音说话，用以抗拒心里正在生出的那一点不安的、类似将要被判决的感觉。

那种被人当作试验标本的印象正在深化，大夫无声地咧开嘴，笑了。

“没有副作用就好。”他说，“并不是每个人都适合服这种药。如果你不反对，可以继续服用它。”

来时积蕴的一腔勇气回到了她身上。

“大夫，今天我来，是想向你求教一件事。”她说，两眼闪闪发亮。

“说吧。”大夫说，“不要客气。”

“我准备结婚。”海韵说，她意识到自己有些激动了，虽然她尽力克制着，“我想知道，如果我继续服药——譬如说再吃上半年，我是不是可以生育？”

大夫的目光渐渐发生变化。她觉得他现在望着的是一个女人而不是一个试验品了。

“你成功的可能性有百分之五十。就国外的报道看，你一旦结婚生孩子，生和死的概率都是百分之五十。”

海韵的脸色白而复红。

“那就是说，我有百分之五十的可能活下来，并生一个健康的孩子？”

“不错。”

她停顿了一下。

“我还想问一件事。”

“请讲。”

“如果我因生孩子而死，我的孩子会不会平安？假若我流血不治而死，我的孩子会活下来吗？……还有，DBB 病会不会遗传给我的儿子或女儿？”

医生的目光意味深长。一种惊奇的、因正在经历新的发现而暗自激动的目光，同时也是一种敬佩的目光。

“你等一等，我马上通过国际互联网络帮你查一下。”他说。

大夫站起来，走到房间另一端，打开那里的一套电脑。海韵发现，这个体格硕大的男人动作十分敏捷，并且立即就进入了一个复杂而神秘的、令人眼花缭乱的信息世界。

她紧张地盯着电脑屏幕，那上面不断变幻出许多外文与图像。她清醒地意识到自己的呼吸猛然困难了。

漫长的 20 分钟。大夫关掉电脑，站起来，目光闪闪。

“你的运气不错。现存的资料显示，全世界已有 1467001 例 DBB 病案，女性患病率占全部的百分之八十一，服药后怀孕生育者有四例，两例产后死亡，婴儿存活，其余两例母子平安。这四个婴儿，一个死于天花，其余三个均十分健康，尚无一个遗传 DBB 病！”

心怦怦大跳。海韵满脸放光。

“谢谢你，博士。我决定继续服药！”

大夫回到自己的座位上。

“好吧，我再给你开三个月的药。”

他用一种龙飞凤舞的字体写了处方，递给她。

“小姐，祝你成功！”他目光炯炯地说，站起来。

那只猴子刚刚跳上他的身，又不得已跳下来。

海韵起立，拿起自己的手包。

“再一次感谢你，博士。”

“再见！”大夫说。

他没有送她出诊室，因为那只猴子又向他扑过去。

在药房取药后走出小楼。院子里仍没有第二个病人。她忽然明白了：她可能是这个名叫起飞的归国医学博士唯一的求医者。

阳光直射到她眼睛上来。她遭遇的是一个性格奇特的医生。对他来说，为你看病基本上是一种历险，哪怕你有可能一去不返，他也会鼓励你大胆地向前走。

院门外没有出租车。她一直步行出了山谷，来到滨海大道旁等车。

大海波光粼粼，铺展在她的面前。

只有她一个人。情绪已经激昂起来。

给江白回电报！

她要结婚，要生育！要像一个普通和正常的女人那样活一次！

她要给他，也给自己的曾外祖、外祖父母，给自己的父母，给这个延续到第四代的海军世家生下一个传人！

什么也不对江白说。让他什么都不知道好了！让他以为自己娶的是一个各方面都很正常的女子好了！

疯狂。是的，人有时就要过一种疯狂的生活。

疯狂而美丽！

一辆郊区公共汽车驶来。她上车，回头一望。

看见的是一条蔷薇花烂漫盛开的山谷，看不见研究所。我有点喜欢那位大夫了，她想，脸热心跳起来。天下勇敢的男人原来有的是。

如果没有江白，我会不会嫁给他？

你真的疯了吗？

中午，她给江白回了封简短的电报。

江白，亲爱的艇长先生：

经过激烈思考，我决定愉快地接受你的求婚。

我现在是你的未婚妻了。

如果你不反对，我想下个星期就去L城结婚。

我对跟你结婚充满了热切的向往。

海韵

x月x日

新生活开始了。死亡和全新的风光都在等候她，但她会大胆地向前走，一直往前走，走到底。

这天晚上，先是她的母亲，后来是L城基地的父亲，都知道她做出了即将与江白结婚的决定。她同时告诉他们：这还是一个不可更改的决定。她与他们约定：无论是这个家庭里的哪一个成员，都不准将她患有DBB病的事情告诉她的未婚夫。这是事关她一生的一项极为重大的决定，如果父亲和母亲尊重女儿的生命，就必须尊重和严格信守这一约定。

然后她开始为自己做结婚的准备。除一套美丽的婚纱之外，她还在行囊中带上了一盘《少女和一位潜艇艇长的故事》的录音磁带。她要在新婚之夜告诉江白，她虽然仍然不知道这支钢琴曲的作者是谁，却还是为它改写了结尾。这是一个团圆的结尾，一个美梦成真的结尾，同时还是那个少女——不，婚后她将成为一个少妇——和她的丈夫——那位潜艇艇长——满怀激情迎接挑战和不测的新生活的结尾。

只是当心中溢满着喜悦进入梦乡之后，那位一天内两次受到巨大惊扰的母亲才给自己远在L城的丈夫通了一个长途电话。

“怎么办？”妻子问，她开始啜泣，“你是她爸。”

丈夫长久地缄默。

“你怎么不说话？……真就依了她？”母亲有点气愤了。

“你认为让她结婚好呢，还是阻止她好呢？”丈夫叹一口气，问她。

电话中的啜泣声停止了。

“难道就依了她？”过了一会儿，母亲有点儿不甘心地问。

“除了这样，还能怎么办呢？”父亲没有正面回答。

夫妻俩再没有说什么了。

10

总部关于东方瀚海问题的正式批复下来了。

基地关于为4809艇艇长东方瀚海恢复名誉并授予英雄称号的报告报送上去

之后，司令员又专门给首长挂了电话。两个星期后，一份红头文件就到了L城。文件上说：总部经过研究，完全同意L城基地党委的意见，决定撤销19年前Y城潜艇基地关于4809艇遇难原因的调查结论和给予该艇艇长东方瀚海的处分，重新确认东方瀚海同志遇难的性质为牺牲，并以海军名义正式授予该同志“潜艇英雄”的光荣称号；他的子女有权享受国家、军队对烈士子女的一切优抚待遇。文件上还说：总部党委同时决定为所有因4809艇遇难而遭受不公正处分的人恢复名誉，落实政策。文件最后指出：要通过为东方瀚海恢复名誉和授予英雄称号的活动，鼓励海军广大官兵向“潜艇英雄”东方瀚海学习，更加自觉地、英勇无畏地肩负起保卫祖国海上疆土的历史重任。

文件在司令员手里稍作停留后，迅速被传达到基地上下。一个庆祝东方瀚海被命名为“潜艇英雄”的大会随即进入操作阶段。

五天后的上午。

一架银灰色的波音737客机大声轰鸣着，在L城机场的上空盘旋了一周，缓缓下落。

守候在隔离网外的接机的人群骚动起来。一片西装和漂亮的女式衣裙中，几位海军军人的白上装和一顶少女的粉色遮阳帽格外引人注目。

考虑到庆祝大会明天就要召开，司令员指示焦同和江白将东方白雪接到基地小招待所住下。她是一定要参加大会的家属代表。别人可以不参加大会，她不能不参加。

飞机滑翔下落时两人都不自觉地注意了一下白雪的表情。白雪今天没有化妆，眼睛微微眯着，苍白的脸上有一点冷淡的、恍然若失的表情。他们有一种感觉：自从她得知被自己怨恨着的爸爸成了一名潜艇英雄之后，她就再没从一种现实与心理的隔膜中解脱出来。白雪被动地接受了这个英雄的爸爸，被动地接受基地的邀请，但她本人好像仍然置身事外，并不相信眼前正在发生的事情具有真实性一样。

今天上午她也是被动地来机场迎接纪念活动的特邀嘉宾施连志夫妇的，他们不能保证施老夫妇见到离家出走一年的养女会不十分激动，但若是白雪仍处在这种恍然若失的状态下，一点也不愿响应他们的激动，这次司令员亲自安排的父女会见和母女会见——司令员认为这是使白雪回归Y城的家，然后去读军医学院的重要一步——很难不出现令人尴尬的场面。

尴尬还不可怕。可怕的是这次机场相见再一次刺激了白雪。这个还没长大的女孩子极为敏感，见到养父母的那一刻，她会不会突然为自己离家出走一年后仍然不得不回到他们身边而感到羞愧和恼怒，从而再次离他们远去?

不能想那么多了。客机已在巨大的轰鸣声中平稳落地，施连志夫妇，以及同机到达的海韵以及司令员的夫人就要走出机舱了。

江白是在三天前接到海韵的电报的。她那要与他迅速结婚的决定虽然有些出乎他的意外，却也给了他一种速战速决的爽快感觉。这件事情早晚都要完成，立即办完了也很好。那时，他的爱情、婚姻、家庭等一系列人生难题将全部解决，他的生活从此会进入一种持续时间很长的稳定状态。以他现在的心境，他更愿意迅速走进这种状态。

进入这种状态，他就不用再为它们分神，他的生活和事业就会变得单纯，他的心境将会更为沉静，因为一切都决定了。

焦同用沉静的目光望着打开的机舱门。今天他是受司令员委托来接施连志夫妇的。他不是这场机场亲人或情人相会中的主角，这里的主角有东方白雪与她的养父母，有幸福的未婚夫江白与幸福的未婚妻海韵，以及即将成为江白岳母的司令员夫人，他是一个龙套。

这一切他都知道，但是当那架客机发出巨大的震响落地的一刻，他的心还是真实地激动了。东方瀚海，他又想到那个19年前牺牲于XY水道中的人了。东方瀚海的故事、他要为东方瀚海尽的战友义务就要结束了。他可以就此告慰东方瀚海，也告慰自己。

唯一担心的是白雪。白雪就站在他身边。白雪似乎已经接受了东方瀚海这位父亲，可是今天她能接受一年前决计离弃的养父母吗?

乘客们顺着宽大的舷梯走下来时，白雪意识到自己仍然无法把握她的心境。她不知道几分钟后将怎样跟养父母见面。离家出走的日子里，她曾因为他们对她隐瞒了生身父母的故事恨他们，却又在内心孤独和软弱的时刻偷偷地思念他们，为自己逃出那个温暖的家泪如泉涌。到了此刻，不仅旧日那种爱和恨的感情仍然交织在她心里，随时可能以极端的方式将其中的一种——恨——表现出来，近日里悄悄生长起来的一种新的感情——对养父母的无言的愧疚——也在像一些不太锋利的锯齿，来来回回地啃啮着她的心。她不会懂得后一种感情从她内心中生出是很自然的：她过去对养父母的怨恨是由对生父的恨引起的，但今天却有人向她证明过去她错了，既然对生父的恨是错的，她对养父母的恨也就是错的了，她为此离家出走同样也是错的。她越是明白自己有可能错了，越是觉得羞愧和无颜见养父母，也就越容易控制不住自己的羞愧，对将要见面的他们表现出恼怒和敌意。

距离相见的一刻越近，她心中对这次机场重逢就越是难为情和反感，脸上的冷淡神情就越是明显。

但是人们的目光已被鱼贯出现在机舱口的人们吸引了。从舷梯和隔离网两个方向，已此起彼伏交互重叠地响起了惊喜的呼喊。

“江白——”在众多的喊声中，一个过去十分熟悉而此刻已显得陌生的女子的声音也从舷梯顶部响亮地传过来。

是海韵！江白目光一亮。

这是一个完全与旧日的记忆不同的海韵，一个更为丰盈、时髦、美丽、容光焕发的海韵。不仅她的上装、短裙、长袜、皮鞋、墨镜、耳环全部高档时装化了，也不仅她的眉毛变细，口唇变小，脸腮变嫩，她的发式也让他大吃了一惊：为出嫁而来的海韵登机前刚刚烫了一个“爆炸式”的发型——每一缕头发都长长地大弯度地卷曲着，所有卷曲的发缕都向四外蓬松地“炸”开去，如果没有地球引力，它们会更像炸弹炸开的一瞬间四散爆出的黑色烟尘而不是头发。

这就是女人啊，江白想。你以为你要与之结婚的是过去那个女子，可娶过来时她已是个陌生女子了。她自作主张地就把自己变成了另一个人。

但还是激动了。虽然头发做得让人觉得有点刺目，但整个人却比过去更加光彩夺目。

他除了将要娶到一个能镇静地承受自己的一生的老婆，还娶了一个做梦也不会想到的、如此现代、如此美丽的老婆。这不像那个买椟还珠的故事。不，他得到了一颗珍珠，人家又搭上一个漂亮的盒子。

拣了便宜的是他。

江白扬起手来，冲舷梯上的海韵挥了一下。

海韵身后出现了司令员的夫人。她也模糊地冲江白、焦同和所有来接机的人挥了一下手。

跟在她后面的才是施连志夫妇。他们刚刚出现，白雪的目光就呆滞了。

她怔在那里，看着他们走下舷梯，走向出口处，脸上冷淡的表情迅速冰释，眼泪忽然涌出了眼帘。

“是施老。施连志夫妇也到了！”焦同高兴地说。

他回头看了白雪一眼。姑娘仍在原地站着。

焦同向出口处挤去，将手扬起来，对那一对鬓发斑白的老军人夫妇喊：

“施老，施连志政委，我们在这里！”

“是焦同！”老军人一下就认出了他，高兴起来，回头对自己的妻子说了一句，也大声地冲焦同喊，“焦同同志，你好——”

“施老，一路辛苦了！”

“不辛苦！谢谢你来接我们！”

他们最初都没看见白雪。直到这时，施夫人才因偶尔的回头一顾看见了她。老人两脚踉跄了一下，停住了，脸色大变。

“那……是不是我的雪儿？！”她小声地、颤抖地叫了一句。

“妈——”白雪大喊着，挤向出口处，又被推回到隔离网外面。

“雪儿呀——”养母已经哭起来，走过来要抓女儿的手，却只抓住了隔离网上的铁丝。

“妈呀——”女儿也哭着，握住了母亲攀在隔离网上的手指。

“雪呀！你可把妈想死了！啊啊……快让我看看……这南方的粮食咋就不养人哩，你咋恁瘦哩！……”

“妈！”女儿哭着，泪眼模糊地看着养母的脸，“妈呀，你的头发啥时候全白了？”

“儿呀，妈想你呀……”施夫人大哭起来。

施老已挤到出口处外面，焦同拉住他的手，老人踉跄着向白雪赶过来。

“雪！”施老叫着，距女儿一米处停下，喜泪满面。

“爸！”姑娘松开母亲的手，回过头来，怯怯地冲养父叫了一声，慢慢地蹲到地下，号啕大哭。

焦同上前拉她，施老也来劝，好久才将她拉起来。

施夫人已从出口处挤出。母女俩抱到一起，放声号啕。

施老眼含热泪，让她们哭了一会儿。

“好了好了，都别哭了，一家团圆，大喜的日子，哭啥哩！”他劝了女儿，又劝妻子。

施夫人和白雪终于抬起头来。老人没有顾得擦自己脸上的泪，先用粗糙的手去抹女儿脸上的泪珠，好像她还是个五岁的小女孩。

但女儿大了，女儿可以用自己的花手帕给母亲擦泪了。

施夫人流泪的脸上现出了笑容。

“好了好了，这下见了白雪，我身上的病全好了。”她回头挑衅似的望着自己的丈夫，“以后再让我吃药，我可是不依你了！”

“行，行，咱不吃药了！”施连志笑着说，眼泪忽然又流了出来。

“车在外面，请大家都上车吧！”焦同劝着。

这重逢的一家人加上焦同，走出机场，上了焦同带来的一辆车。

在车子驶往基地的路途中，白雪的手一直被养母紧紧攥着，仿佛她一松手，女儿就会再不见了似的。一路上施连志跟焦同一直在说话，这对母女就没有说话。但白雪的眼窝里，一包泪水总也没有干涸。她在不知不觉间，已完全与养父母和解了。

使她的感情发生如此戏剧性逆转的原因十分简单：施连志夫妇出现在舷梯上的一刹那，白雪那受到剧烈震动的心灵里原有的对养父母的羞愧、恼怒、敌意全部不重要了，被忘记了，她真正明白和记得的只有一件事：两位老人的头发全白了，是她的离家出走让他们急白了头！

可怜的爸爸！可怜的妈妈！

她对不起他们！

施连志一家在机场隔离网内外喜泪纵横的时候，江白也在机场出口处的一侧接到了海韵和她的母亲。

“伯母，你好！”江白说。

“江白，你来了。”很快就要做岳母的海云不知道该怎么跟未婚的女婿说话，“你还好吧？”

“我很好，谢谢伯母。”江白说。

时髦、美丽、引起了周围人们注意的海韵用火辣辣的目光望着他，让他浑身燥热。

“江白，你好！”海韵说。

“你好！”他说。

“握一下手！”

她伸出手去让他握了一下。她和他的脸一下都红了。

司令员的秘书挤过来。

"海云大姐，你好！"

海云忽然意识到什么。

"陈秘书，你好，请你帮我提一下这两个箱子。"她说。

那是她和女儿的全部行李。

秘书将两只箱子提起来。

"车子在外面吗？"她问秘书。

"在外面呢。"司机也挤过来了，帮助陈秘书提箱子，一边说。

"那咱们走吧，这儿太挤。"她说着，回头看一眼江白和海韵，"你们也快来吧。"

她带着手提行李的秘书和司机向前走。

江白和海韵原地站着。两个人都笑了。

"伯母走好。"江白说。

"你应该叫妈妈了。"海韵纠正他。

她热烈地、激动地望着他的眼睛，欲望的火焰在两只明亮的眸子里跳跃得越来越清晰。

"江白，我们分开好像很久了。"

"是的。"

"有一千年了吧。"

江白一笑。

"你有一些夸张了。"

"你还是那么坏。你知道我现在就想干什么？"

"你——"

"我现在就想吻你。"

"别，这么多人。再说……"

"不，我就要现在。你不是我的未婚夫吗？你是吗？"

她已经扑了上来。他首先感觉到的是一股强烈的发胶的气味、化妆品的气味，然后才是姑娘自身那像盛开的花朵一样浓郁的芳香。

他有点头晕，因为她真的在吻他，还因为许多人正在看他们接吻。

猛然想开了：我为什么就不敢在这里接受她的吻?

他变得主动和热烈。在极近的对视中，她的眼睛变得那么大，那么明亮和喜悦。

长长的一吻过后，两个人看了看四周。

人们微笑着望着这幅场景，有中国人，也有外国人。

江白并没有松开自己的未婚妻。

“海韵，他们都在看我们。”

“让他们看好了。”

“他们不是没见过青年男女当众接吻，是没见过一位中国海军军官与一个漂亮的女子当众接吻。”

“现在他们见到了。”海韵笑起来说，“以后他们就不会再对这种事惊奇了。”

“那就再让他们看一次？”

“再让他们看一次。”

他们又长长接了一次吻。江白忽然意识到，自来到机场时就一直激动着的心终于像他渴望的那样沉静下来了。他想到了一句话：婚礼开始。

“海韵，明天咱们就结婚。”

“明天就结婚！”

11

但他们第二天没能结婚。庆祝东方瀚海被授予“潜艇英雄”称号的大会的召开，以及它给大会的主持者和特邀代表带来的隐隐的和沉重的悲伤，无形中将他们的婚期推迟了。

施连志夫妇和海韵母女到达L城的第二天下午，这场准备已久的大会在基地礼堂隆重举行。

大会在《人民海军向前进》的雄壮乐曲中开始。基地政委主持大会，一位总部首长出席大会并宣读了授予东方瀚海“潜艇英雄”光荣称号的命令，他代表总部党委，号召中国海军全体官兵学习东方瀚海大无畏的爱国主义和革命英雄主义精神；他还宣布：为纪念“潜艇英雄”东方瀚海，总部近日又决定将9009艇正式命名为“东方英雄艇”。

接下来是司令员代表基地做主题讲话。

这篇讲话基本是一篇催人泪下的祭文。它将大会推向了一个情绪化的高潮。司令员在讲话中全面记述了东方瀚海作为一代潜艇英豪对于中国潜艇部队，说到底是对于祖国的重大贡献，彻底推倒了以往加在英雄身上的不实之词，使那位沉冤 19 年的英雄的事迹在与会者听来更加惊心动魄。这篇讲话深深打动了听众还有另一个原因：司令员对于东方瀚海当年牺牲的哀痛，19 年后仍然大大高于今日东方瀚海荣获英雄称号给他带来的欢悦。这不是虚假的感情，而是真实的感情，一种刻骨铭心的感情。你可以说它是战友之间的感情，但也可以说是真正的人与人、英雄与英雄之间的感情。

然后是原 4809 艇政委施连志讲话。这位老军人的讲话不那么成功。因为过于欢乐，这欢乐又引起了过分的悲伤与激动，他的讲话基本上成了一席吐字不清的痛哭流涕。施连志用自己的大放悲声倾吐了对于死去的艇长的思念和赞扬，可是台下的人听来却不那么激动，因为他们根本就没有听清楚他讲了些什么。

真正的压轴戏是英雄女儿代表家属的发言。由于意识到白雪直到上台前仍没有找准感觉，包括江白、焦同在内的许多人都担心她上台后或者会失声痛哭，或者会做出什么异常的不合适的举动，而使得在施老之后将这场庆祝大会上应有的胜利和欢悦的气氛一扫而空。但后来发生的情况却令他们惊讶了。白雪的发言稿是江白为她准备的。写这篇稿子时江白自己也禁不住眼含热泪，但白雪上台后，尽管脸色苍白得可怕，她却用十分清晰流畅的语调将稿子从头念到尾，一次也没有停顿。念完后她鞠一躬下场，什么事情也没发生。这个意外的情况使大会在一种悄悄的惊诧的气氛中结束了。

当然，对于参与筹备大会的人来说，它仍然是非常圆满的，也许应当说是出乎意料的圆满。

走出会场，焦同站定。

那个时刻到了。一切都结束了，他可以说出那句话来了。

可以离开部队了。应当离开了。

司令员走了出来。

“是你？”司令员的情绪仍然处于无言的悲伤之中，看到他站在这里等他，有一点惊讶。

焦同将准备好的一份转业申请递过去。

“司令员，这是我的一些想法，都写在上面了。”

为了这份转业申请，他曾经几易其稿，一直写了一个通宵。

司令员一目十行地将这份申请看了一遍，脸上的神情吃惊，也不是气愤，而是伤感。

“原来是这样。……你真要走，我批准。……不过我以前还以为，你既然回到了部队，就会多干上几年的，至少会干到我离休之后。”他喃喃地说。

焦同的心突然不舒服起来。

“我是想……我再留下来就不合适了，高粱可以接替我。新一代人比我强。在潜艇上，我不能算年轻了。”

“基地已经研究过了，让你当二支队的政委。”司令员说，“可是我还是不愿意勉强你。你真的想走吗？”

焦同的心在颤抖。司令员用的不是一个司令员的目光，而是一个老人的目光。

“司令员，我……我还可以收回我的申请吗？”焦同有点结巴了。

司令员没说什么，他简单地将那份转业申请交还给焦同，就向前面小广场上停着的自己的汽车走过去了。

焦同依然站着。他又想到了那句话：无论到了何时，他都可以做你的艇长。他比你行。

大会过后，江白和海韵的婚礼仍没能马上举行。

无论司令员和他的夫人，连同江白和海韵，都没有提起这件事。大会是开过了，但与东方瀚海有关的一些事仍没能全部处理完，大会的特邀代表也需要送走，这时候举行婚礼，显然是不合适的。

大会结束的当天晚上，司令员来到基地小招待所，陪特邀代表们吃了一顿饭。此时他的注意力已全部转向东方白雪。

饭后，大家聚集在招待所小客厅里闲谈。

“江白，焦同，你们的工作做得怎么样了？……白雪这次能跟老施回Y城吗？”司令员一边问，一边在沙发上坐下来。

白雪还没有走进来。焦同回答道：

“就我和江白的感觉，白雪好像还没定下决心来跟施老回Y城去。”

东方白雪在大会上的表现，曾让司令员感到心安。他觉得她已经接受了一个新的平反了的英雄父亲。但现在焦同这么说，却又让他不快和不安了。

“回Y城上学有什么不好？……干吗一定留在L城当个女招待？……学校都安排好了嘛！这种事别人求之不得，她倒不去！……跟东方瀚海一个脾气！”他有点生气了。

司令员夫人脸上现出担心的神情，上来打断丈夫的话：

“老秦，瞧你说了什么！东方是英雄，白雪是个孩子，不过是小孩子的脾气，她跟东方瀚海一个什么脾气？！”

司令员红了脸，当着众人，又不好不给妻子一个面子，就转过脸去，掩饰似的响亮地咳嗽了一声。

海韵、江白、施连志夫妇一起笑起来。

白雪和一个她已熟悉的女招待员有说有笑地走进来。

司令员站起来了，要走，看见她，又停住，将自己刚才说过的一番话当面对她说了一遍。

“……白雪，好孩子，陪你爸你妈在L城玩几天，你还是跟他们一起回去，上学去！……听我的话，就这样定了！”最后，他加强了语气说。

白雪进来时还在笑，这时笑容没了，动作缓慢地坐在沙发沿上，神情晦暗。

司令员脸上堆满了阴云。妻子悄悄拉了他一把，他“哼”了一声，走出去。

大家都到门外送他，只有白雪原处坐着。司令员要上车了，又回转身，皱着眉头，将众人一个个看了，目光停在女儿脸上。

“你。”他说，“你就在招待所住下。给你个任务，这几天跟白雪多接触，好好劝劝她！”

说完，他上了车。

司令员夫人向女儿投以鼓励的目光，也上了车。

蓝色的北京越野吉普尾部甩下一串蓝烟，走了。大家的目光转向海韵。她有点不快了，发起牢骚：

“这样的爹，他当我是谁？……我是他的兵吗？”

白雪的事情还没有个结局，大家想笑，又没有笑出来。

虽然有点勉强，当晚海韵还是与白雪住进了一个房间。

起初她一点也不喜欢这个女孩。白雪性情乖僻，多疑，内心充满着显而易见自怜和自卑情结。她也没有受过很好的教育。就海韵过去的经历而言，她最不愿意也最不善于打交道的就是这类女孩。

当晚，两人除了最起码的应酬话，几乎什么也没说，就各自睡下了。

旅途的疲劳还没有消失。海韵一躺下就睡着了，一觉睡到东方欲晓。

醒来时窗外有一点微红。东方白雪的床上空着，那个她不大喜欢的女孩不见了。

“她去哪儿了呢？……她不会是去自杀吧？”如果是白天，她脑海里是不会冒出这种怕人的念头的，但她对于白雪还一点也不了解，本能地觉得后者性情怪异，自己脑海里又残存着丝丝缕缕的梦境，这种念头不仅油然而生，还一下子就显得十分真实和具体了。

她一骨碌从床上爬下来，只穿着睡衣，就跑了出去。

基地小招待所位于军港的一个小小的湾褶里，围墙外面就是大海。

墙上的小门开着。

她跑出那道小门。

一道野生的剑麻丛，过后是低矮的抗风桐，再过去就是向大海倾斜下去的沙滩。

大海已从睡梦中苏醒。平展展的海面上，泛着鱼鳞般灰白的光斑，伸向无际。东方天空里，几条长长的灰色云带的底部被尚未出海的朝日抹上了一线稀薄的绛红。

海水一波波平缓地涌上沙滩，冲击着几块独立的影子一样的黑色礁石。

白雪就在其中的一块礁石上坐着，面向大海。

她的脚步慢下来，最后完全站住了。

头脑中的可怕意念消失了，但是黎明时海滩上白雪背影中的一点什么东西，却锋利地刺痛了她。

是单弱、无助和孤独。海天那么辽阔，她却是如此弱小。

她对这个总不怎么说话的女孩的厌恶全部消失。这一刻涌满她内心的仅仅是怜悯。

连同那种巨大的、突如其来的、她就是我、我也可能是她的悲伤。

她向白雪跑去，登上礁石，将她紧紧搂在怀里。

“好白雪，好妹妹。”她自己也说不清为什么，先就啜泣起来，“走，咱回去，这儿风凉。”

白雪没有马上跟她走。白雪一动不动地回过头来，怔怔地望着她那张泪水阑干的脸，原有的冷淡、迷惘的神情中又增添了惊讶。

她仿佛在问："你怎么啦？"

海韵不好意思地松开她，破涕为笑。

也许事情没有她想象的那么悲惨，她想。语调松缓下来。

"白雪，你怎么没喊我，就一个人跑出来了？"

白雪的嘴唇颤了颤：

"看你睡得那么好，不想喊你。"

其实她想说的不是这个。她必须做出决定。昨晚司令员亲口对她说了那些话之后，她便明白她必须做出决定了。但真正的问题是：虽然为生父平反的大会开过了，她也在心里完全接受了他，可还是不能越过那最后的也是创痛巨深的一层隔膜，去亲近这个人，接受别人为她安排好的生活。

这种生活与父亲当年为之牺牲并蒙冤 19 年的生活并没有不同。她接受它，就是再次接受生父过去的生活和命运。

即使她愿意，她能吗？她的母亲呢？她的几乎应当算是被生父遗弃因而悲惨地死去的母亲呢？如果她真的跟生父和解，将把她可怜的母亲置于何地？牺牲 19 年后，父亲恢复了名誉，重新获得了别人的敬仰，母亲呢？谁也没有想到她的母亲，现在最可怜的就是她了，如果母亲不能也不愿跟父亲和解，她又怎能与他、跟他过的那种生活和解呢？

与一年前相比，今天她已经有了更多的选择。哪怕仍然留在 L 城打工，继续走她原来想走的路——自己挣钱去上一所与海军无关的大学——成功的可能性也比过去大得多了。她比一年前更有信心，如果坚持下去，她一定能够做到。王所长会帮助她，海风酒家的王老板会帮助她，同在海风酒家打工的姐妹们也会帮助她。假如她说出话来，她的养父母、今天他在这座海军基地内认识的每一个人——包括江白（她现在仍然有一点恨他）和那位焦政委——大概也都会毫不犹豫地帮助她。

需要她做的仅仅是一个决断。

可她就是做不了这个决断。

害怕是自己错了。

她参加了那场大会，真实地感受到了那么多人——从司令员、养父到与生父毫无关系的新兵——对那个她至今仍然感到隔膜的人的真实的崇敬之情。她目睹了父亲19年前的牺牲至今仍给今天的人们带来了多么深的悲痛。

至少对于这些人来说，父亲的功业和牺牲是值得尊敬与悲痛的。父亲无愧于那个新授予他的“潜艇英雄”的光荣称号。

自从她得知施连志夫妇不是自己的生身父母，知道了有关生父东方瀚海的“丑闻”和生母的悲惨的死，她在心灵的意义上就成了一个孤女。接着她又从去年夏末开始，成了一个现实生活中的孤女。

她是渴望回到一个真正属于自己的家的。自己的父亲，自己的母亲，她像别的独生女一样是这个家庭的中心，父母宠爱的娇娃。哪怕仅仅在心灵的意义上。

现在她可以拥有一个自己的父亲了，一个令人崇敬的父亲，可是她仍然不能拥有一个父亲和母亲同在的和睦的家。母亲不会原谅父亲，她也不能背叛母亲而接受他。

难就难在这儿。

海韵不可能理解白雪内心中所有的思想与情感。但白雪尽管有这些矛盾的和相互冲突的思想和情感，却也并不很困难地就将自己内心的注意力转向了前来关心她、要她回去的海韵。

散播在海天上下的黎明的曙色更亮了，她仿佛这才看清楚海韵。

她想起一件刺痛了自己的心的事情来了。

“你……”她开口说，上上下下地打量了海韵一眼，“你就是江白大哥的那个……那个对象吧？”

她以为自己说出这话时是平静的，但她的神情中，还是有一点挑剔、嫉妒和敌意流露出来。

女性的敏感超出一般人的想象。只这一句，海韵的脸就变了。关于江白与面前这位烈士孤女的所有故事她还什么也不知道，却像已经什么都知道了。

“你猜对了，我就是江白的那个对象。”她的神态不知不觉地也变得冷淡了，还特别加重了“江白的那个对象”几个字的语气，警惕地盯着对方的眼睛，“你好像什么都知道。”

白雪注视着她，突然淡淡一笑。

“我祝你们幸福。”她说。

泪水突然在她依然保持着笑容的脸上淌下来。

这汩汩而出的眼泪融化了海韵的警觉和不快，她的心又软了。

“好妹妹，别哭了，有那么多人关心你，一切都会好的。”她说着，将白雪从礁石上扶下来，向小招待所走去。

她不再关心江白与这个英雄的孤女之间有过怎样的感情交往了（那是她与江白以后的话题），她关心和注意，甚至还感到满意的是：如果在她、江白和这个孤女之间确曾发生过什么事，那么她也是一个胜利者。既然如此，眼下被她半拥在怀中的烈士孤女又应当加倍受到她的同情和关怀了。

这天的上午和下午安排的是游览。江白和焦同陪着施连志夫妇去了L城的几处名胜古迹，海韵和白雪也一起去了。江白时时注意着白雪的神情，那种冷淡的、迷惘的表情仍在。他心里明白：她还是没有做出最后决定。

晚上司令员和夫人又来到招待所，同大家一起吃饭。饭后大家团团坐在小客厅里，说了一些闲话。因白雪一直闷闷地坐着，司令员也就没有话了。

气氛沉闷。

“可惜这里没有钢琴。”司令员的夫人有意让房间里的气氛重新活跃起来，打破沉默说，“不然可以让海韵弹弹琴。”

她的目的没有达到。别人不知道该怎么接着她的话题谈下去。

同样感到气闷的海韵想起一件事。

“我带来了两盘录好的磁带，你们想不想听？”她说，站起来，望一望父亲。

司令员只“哼”了一声，表示对这个话题没有兴趣。

她将目光转向母亲。

“去拿吧。”海云说。小客厅里坐着丈夫请来的客人，她本能地觉得自己仍然应当充当这里的女主人。她的出身和教养都让她不能让客人们这么闷闷地坐着，此时让女儿把她录下的曲子拿来放给大家听，是她对客人们的起码尊重。

海韵回到自己的房间，将两盒磁带拿来了。

没有录放机。招待所里的一台录放机搬过来试了试，效果不好。海韵坚持要司令员的秘书和自己一起乘车去父亲的住处，将一台带四个音箱的收录机搬了过来。

又调试了好久，一场事先没有准备的音乐会才真正开始。

没有谁真正注意这场音乐会。一串嘹亮、突兀、高亢的琴声在房间里响起来时，司令员和施连志的一番关于旧日海上生涯的谈话还没有结束。司令员的夫人正在指导一名女招待员给大家上咖啡。

但所有的声音突然就静下来了。司令员、焦同、江白一时间都睁大了眼睛，脸上现出疑惑的神情。它们很快变成了惊诧。随之，司令员和焦同的两张脸还不约而同地涨红了。

“海韵，这是什么？”司令员已经激动起来，有些困难地提出了一个问题。

他已经听出了这是一首什么曲子，可是又不敢立即肯定，因为其中已经有了很多的变奏。

“说实话，我也想问这个问题。”焦同努力抑制着内心的激动说。

海韵得意地瞟了江白一眼。

“请不要表扬我。我弹得并不好。”她说。

“我不是说你弹得好不好。”司令员不高兴地说，“我是问你弹的是一首什么曲子？”

“我问的也是这个问题。”焦同说。

海韵脸上的幸福感消退了许多，代替它们的是略微的惊讶。

“《少女和一位潜艇艇长的故事》。”她说，“爸爸听我弹过这个曲子，焦同叔叔也听过？”

焦同的喉结乱颤。他看了一眼司令员。

“我岂止听过。我还知道曲作者是谁。”他说。

司令员想说什么，看了他一眼，让他继续说下去。

焦同的目光转向白雪，脸色由红变白。

“白雪，你要好好听听这支曲子。……它是你母亲写的，是你母亲写给你爸爸的。”

不是白雪而是海韵的脸上首先现出了震惊的表情。她从沙发里站起来。

“焦叔叔，你说什么？”

“我说白雪的妈妈是曲作者，这是她写给东方瀚海艇长的。”

海韵将难以置信的目光转向自己的父亲和母亲。

“这怎么可能？我是在咱们家的书房里发现它的——”

司令员激动了。

“海韵，你坐下。你焦叔叔的话是对的，它确实是白雪的妈妈为你东方瀚海叔叔写的。我曾经亲耳听过她为东方弹奏这支曲子。”

海韵的脸色有点苍白。

“东方瀚海叔叔牺牲后，不，是白雪的妈妈去世后，你将它拿到了咱们家？”她猜测地问。

司令员喝一口咖啡，让自己平静。

“不错。你东方叔叔牺牲后，是我将这支钢琴曲谱带回家，放进了海山书房，我想将它永久收藏起来。你东方叔叔生前十分喜爱和珍惜这支曲子，我保存下它，是想留下我对他的纪念。”

海韵脸色白白地坐下去。

大家的目光不由自主地转向白雪。从焦同说出那个秘密的第一刻，她的脸上就显现出了真正的惊诧。她仿佛忘记了自己置身何处，她的全部生命能够注意的，仅仅是放在小客厅中央茶几上的收录机里播出的越来越激烈、亢扬的琴声了。

没有人再说话。

琴声在高潮处结束。

一片沉寂。

每个人眼里都涌满了泪水。

“散了吧。”十分钟后，司令员先站起来，咳嗽一声说。

大家都站起来，仿佛什么事也没有发生。

所有的人都去送司令员和他的夫人出门。

海韵走到门前又转回来。她发现白雪没有离开她坐的沙发。

她关切地走到白雪身边。

“白雪，你一直不知道有这样一首曲子？”

白雪不说话。海韵发现她满眼泪水。

“原来你妈妈是一个了不起的音乐家。我太喜欢这支曲子了！”

白雪仍然不说话。

海韵站了一会儿，走过去收拾那套音响。

白雪突然用很小的声音开了口：

“海韵姐，你能让我再听一遍吗？……就我自己？”

海韵转身望着她，目光有点惊奇。

“当然。”她说，“要我帮你放吗？”

“不用。”白雪说，“我自己会。”

“那好，白雪，你一个人听吧。”她说着，走出去，关上了小客厅的门。

深夜。一种不安的直觉让海韵从梦中猛醒过来。

房间里另一盏床头灯亮着。

白雪的床上空空。

她爬起来。到院子里去。

“白雪！白雪！”她惊慌地喊。

另一个房间里的施连志夫妇被吵醒了。

“出了什么事？”老施在房间里喊。

“白雪不见了！”她说。

施老夫妇房间里的动静大起来。

海韵想起了围墙上那个通往海滩的小门。

小门开着。

她飞快地从小门跑出去。

跑过剑麻丛，跑过抗风桐，跑下沙滩，跑向黎明时来过的黑礁石。

白雪正在那块礁石上站着。

手里捧着一只用新鲜的紫荆花枝扎成的花圈。

……这是一个她的灵魂被完全惊醒的夜晚。她听到了母亲写给父亲的钢琴曲，也就听懂了母亲对于父亲的感情。

这也是一个她与自己的生身父母团圆的喜庆的夜晚。母亲不仅宽容了父亲，母亲的生命事实上成了父亲的一部分。母亲与父亲在前者为后者谱写的钢琴曲中团圆了，她也就与那个她一直不知是否应当亲近的英雄的父亲团圆了。

母亲是爱父亲的，母亲并不怨恨父亲。她对父亲和母亲关系的想象是错误的。

与父亲团圆，她也就与自己的父母全都团圆了，他们这个三口之家的至亲骨肉全部团圆了。

她想一个人给父亲送一只花圈，一只自己扎的花圈，一只女儿送给父亲的花圈。

她眺望着大海。

“爸呀，是我呀……我是小雪呀，我来看你了……我是你的女儿，你是我的好爸爸……别人都说你是个英雄。可是对我来说，你只是一个爸爸……爸，你的女儿终于有爸爸了……”

她喃喃地说着，泪水快乐地在脸上流淌，仿佛那个高大魁伟的潜艇英雄就站在她的面前，向她投之以亲切的和鼓励的微笑。她的难关过去了，爸爸已经为她未来的生活做出了决断。

一生热爱潜艇和大海的爸爸只会为她做出那样的决断。

“爸，我要走了，听他们的话，回 Y 城去，读海军军医学院。但我还会来看你的。从今以后，你的女儿再不会像过去那么脆弱啦，我要好好地活，因为我找回了爸爸，又找回了妈妈……”

她弯下身去，将那只小小的花圈推进大海。这一刻里，她忽然觉得，她正将生命中所有的爱都献给自己的父母。

那只盛开着紫荆花的小花圈，向太阳将要升起的方向缓缓漂去了。

海韵站在她的身后，泪流满面。

尾　声

一年半以后，江白接到命令，离开 9009 艇，前往 Y 城潜艇学院，接受新的专业培训，准备率领即将装备部队的新型潜艇。

与他同行的是他的岳父。一个月前，秦失将军终于接到了离休命令。头天办完交接手续，第二天他就决定了，跟女婿一起回 Y 城去。

飞机在阳光明媚的南国起飞，穿入云层。飞至 2 万米高空后，便如同一支利箭，向 Y 城方向降低高度。落地时，Y 城正在降雪。

潜艇基地派来一辆崭新的奥迪轿车接机。这对翁婿下了飞机，就上了轿车。红色的奥迪在纷纷扬扬的大雪中驶出机场，驶上城区公路。

车速在进入城区后慢下来。

大雪改变了 Y 市的容貌。阔别两年半之后，无论是将军还是江白，都对这座城市感到既陌生又新鲜。

江白记忆中的满城的蔷薇花早已凋谢，映入眼帘的是依然郁郁苍苍的林木。雪已下了些日子了，常青树和落叶乔木以及为它们所簇拥的每一座白墙、红瓦、带阁楼的屋顶全被积雪半遮或覆盖着。海天之间，只剩下黑、白、青、灰四种色调：黑的是路面，白的是雪，青的是被积雪半遮的常青类林木和灌木，灰而迷蒙的是大海。

偶尔有一点亮丽的红色或黄色在车窗外一闪。那是街市上依然川流不息的人群中姑娘和年轻女人头戴的冬帽。

从登上飞机到此刻，翁婿俩旅途中围绕一个话题讲了很多话：秦失将军离休后如何安排自己的生活。将军这时才说：50年代末他入伍前已在某农学院花卉系攻读了一年，不是当时国家出于战备需要紧急从地方院校招收潜校学员，今天退休的就不是一位海军将军，而是一名农艺师或花卉专家。离休后他要把主要精力用于改良海山别墅的蔷薇花。前L城潜艇基地司令员的雄心壮志是：在本世纪末，至少培育出两种以上的蔷薇花新品。那当然是极名贵的品种，可以参加世界花卉博览会的。

江白就说："怪不得我第一次去海山别墅，看到庭院里那些花，就觉得像是出自一个园艺师之手。原来如此啊。司令员，你就收我一个徒弟，我也想跟你学学莳弄蔷薇花。对于Y城，我真爱的就是蔷薇花。"

"我现在不是司令员了。"将军说，"你的称呼也该改一改了。"

江白的脸微微红了。与海韵结婚一年多，无论妻子怎样督促，他还是习惯于称岳父为司令员。

轿车驶近海山别墅时翁婿俩沉默下来。两个男人心里明白，一路上他们之所以一直说蔷薇花，正是为了避开另一个更重要的话题。司令员离休后急着回Y城，也是因为它。

海韵的预产期就要到了。据海云的推算，再过一个星期，女儿每一天都有可能临盆。

结婚一年多，虽然妻子和岳父母都没有向江白明白地谈到海韵的病，他还是知道了。不过知道时也晚了，海韵都怀孕6个月了。

了解到生育对妻子生命的影响，他曾强烈要求过她堕胎。为此他瞒着妻子去请教过国内几乎每一位DBB病专家。专家们的意见是他没有达到目的的唯一原因：海韵怀孕的天数太长了，现在让她堕胎，比让她正常生育更容易引起大规模出血。也就是说，堕胎比正常生育更容易要了海韵的命。

他也曾就此事征询过岳父岳母的意见。从司令员夫妇的缄默里，他明白他们过去什么都想过了，并且支持女儿的选择。对于结婚生育会给海韵带来的巨大危险，他们早有心理准备。

所有人中情绪最镇静也最乐观的是海韵。在一封封信和越来越密集的电话中，她不断用"没事儿""放心""我会好好的""到时候送给你一个胖小子"之类的话宽慰江白。此时江白的心即使一点儿也不会因此感到宽慰，也不能不明白，除了让妻子按自己愿望冒险生下那个孩子，他是什么事也不能做了。

但是那种危险的前景——海韵会因生育而死——却没有一日不像一块巨石压在他的心上。飞回Y城之前，一个潜艇艇长每日要操心的事还常常能分散这种不祥的预感和一个男人面对亲人死亡却无计可施的痛苦，但是今天，他和岳父就要临近家门之际，那种预感和痛苦便一起化作许多可怕的想象，涌现在他的脑海里。

岳父心情的变化也是他的内心越来越紧张的原因之一。过去这位前L城潜艇司令员一旦跟他女婿谈及女儿的生产，表情总是很坦然，好像一点儿不怀疑海韵会平安度过这一关似的。岳父的镇静曾经帮助江白度过了许多痛苦与担忧的日子。但今天连老头儿的表情也不对了，他面色微红，神情严峻而激动。

事实上他跟我一样紧张，江白忽然想到。他，还有他的夫人，我的岳母，此时内心中会像我一样全是可怕的预感。不，他们是海韵的父母，会比我更为自己的女儿担忧……

“但是无论是司令员还是司令员的夫人，谁都不会将这种感觉说出来的。他们以前就知道会有这一天，可还是允许海韵跟我结了婚，并且允许她怀了孕。这是一种我仍然不是十分理解的感情，但现在却是可以理解的了。……无论是大海，入侵的外敌，还是不治之症，在这个家族看来都是一种挑战，也都是可以被战胜的，即使为此付出牺牲，也在所不惜……”

他没能继续想下去。透过车窗，他已看见海山别墅小楼的一角。那颗心在左胸深部猛烈地跳动起来！

就要见到海韵了，她怎么样了？

走向产床之前，她会给他留下什么样的嘱托？

如果她在生育中死去，而孩子却活了下来——不知为什么近日他脑海里老是出现这样一种景象——他将终生不再结婚，却要尽自己最大的力量，将海韵以生命为代价换来的婴儿——海山别墅的第五代传人——抚养长大，让他继承这个海军世家一代代父亲和母亲的生活、理想与情操。

但是还有另一种可能：母亲和孩子一起死去。如果是那样，他会不会再婚？每当想到这里他总会迟疑片刻……不，他会再婚，海韵一定会让他再婚，她死了，他就是这幢别墅的精神和故事的唯一传人了，他要结婚，将这个海军世家的故事和精神延续下去，他强烈地感觉到那是他义不容辞的责任。

即使为了纪念海韵也应当这样做……

心中忽然增添了一种石头般坚硬的东西……那是海韵和她的一家人以及这幢别墅曾经给予过他的。做这个海军世家的传人一定要有的坚韧的心力……

再看司令员，他的感觉已经不一样了。

司令员在车中沉默。他在坚忍而镇静地等待着那个时刻到来。

不，是在坚忍地等待着女儿战胜她自己选择的命运的挑战，让他和全家人一同享受到又一次家庭历史上的巨大胜利。

是这样的……

车子在海山别墅门前停下了。

需要镇静，他想。需要镇静，需要做的只是如同平常回到这幢别墅里一样。

他和岳父一前一后下了车。

海山别墅同样被厚厚的积雪覆盖着，像一个巨大的雪雕。

一个两肩落了厚厚一层雪的水兵笔挺地立在院门外，向司令员举手敬礼，然后将一张折叠着的纸条递过来。

“报告首长，这是你夫人留下的。她让我在这里等你！”

司令员以对于老年人来说十分敏捷的动作打开纸条，目光匆匆一扫，抬起头来，望着江白，脸色微白。

“她们已经去了医院！”他说，将纸条交给女婿。

江白向纸条上看去。那里草草写着：

开始阵痛，产期提前，快来基地医院！！！海云。

方才的坚忍和镇静似乎被险期和考验的提前来临而冲垮了。江白抬起头来望着岳父，神情有些异样。

“快上车！”将军看女婿一眼，什么也没察觉一样，粗声粗气地说。

红色的奥迪车原地掉头，向 Y 城潜艇基地医院疾驶而去。

车子重新驶上 Y 城的滨海大道，江白坐在后排，看不见坐在前排的岳父的脸。他只是模糊地记得自己的眼前和脑海里一片空白。仅有的一个十分焦灼的——不是痛苦的——念头是：海韵现在怎样了？

岳母留下的纸条上没有说她们去了医院多长时间。如果已经去了很久，那么……

也许那件事已经发生了！

一种似乎由事情已成定局、无可挽回引起的巨大悲伤突然取代了方才一时的焦灼，充满了他的全部生命。

“我还能看到她吗？……我还能跟她最后说一句话吗？……不，我已经不能跟她说话了，她不在了，我来晚了……”他这样想着，泪水已涌满了眼窝。

“可这不就是你和她选择的生活吗？……海韵决定结婚和生育不是为了让你此时哀哀哭泣。海韵当初决心勇敢地嫁给你，是认为你可以承受今天的牺牲与这牺牲的沉重……”一时间他的心又坚硬起来，那块巨大的石头重新被他感觉到了，“不，我不能哭泣……我只应为有海韵这样的妻子感到骄傲……”

20分钟后车子到达了目的地，司机一直把车子开到基地医院的大门前。

司令员下车时双目炯炯有光。他回头深深看了一眼女婿。

江白的心情被岳父这有力的一眼鼓舞起来。他紧紧跟在将军身后，走进医院大楼。

产科在二楼。一位穿白衣的医院工作人员认出了前任基地司令员，将他们引上宽阔的中央楼梯。

二楼尽头的走廊里，一脸汗水和焦急的海云向他们走来。

“怎么样了？”将军劈面就问，嗓音粗重。

“送进去五个小时了。”海云气喘吁吁地说，特别留意地看了江白一眼。

“给大夫们讲了吗？”将军又用粗重的嗓音问妻子。

江白听明白了，岳父是在问岳母：院方有没有做好抢救的准备？

“半月前就跟这里的赵院长说了。情况他们了解，做了准备。”海云说。

司令员“哼”了一声，不再说话。

绷紧的心弦突然松弛下来……海韵还没有出事……他突然决定要去看妻子！

海韵已到了生死关头，他要最后见她一面！

产房在这条长长的走廊尽头，门紧闭着，一点声息也传不出来。江白冲动地向那里走过去，举手敲门。

一名护士从门里走出来，一脸拒人千里之外的表情。

司令员刚才还望着窗外，这时也大步走过来。

“你，敲什么敲？”小护士气恼地对江白说。

“对不起，小同志，我想问一下我女儿怎么样了？”将军抢在女婿前头说。

护士不耐烦地望他一眼，意思是：即使你是位将军，一旦成为产妇的父亲，也就只是一个普通的父亲了。

“你女儿是谁？”

“海韵。新爱罗觉·海韵。”

“产妇那么多，我记不得了。”护士说着，拉开门要退回去。

司令员脸上浮现出恼怒的神情：

“小同志，我是这个基地的前任司令员，叫秦失。……你能帮我回去看一下吗？”

女护士回头冲他瞪眼，嗓门高了：

“你即使职务再高，也得在这里等着。看也看不下孩子来嘛！你女儿生了，会通知你的！”

她又要退回去，江白一把拦住了门。

“同志，我是刚才那个产妇的丈夫，我想进去看她一下！”

“不行！”护士斩钉截铁地说，侧身退进门里，响亮地关上门。

海云冲着丈夫和女婿苦笑了一下。

“甭怪她，要是每个产妇的家属都这样，她们就没法工作了！”她宽容地说。

将军两腮的肌肉生气地抽搐着。他转过身，继续望着窗外纷飞的大雪。

江白的大脑渐渐冷静下来：如果海韵出了事，她作为当班的护士是不会不知道的。她不知道海韵是哪个产妇，从这个角度看并不是坏事。

不知是谁报告了消息，基地医院的赵院长已经赶来了。

“老首长，是你回来了！……怎么站在这里，快请到会客室里休息一下！”他热情地说，让人打开产科外面的一间小会客室，请司令员夫妇和江白到里面去坐，还上了茶。

赵院长五十七八岁，鹤发童颜，十分健谈。

“司令员你放心，没事的。前几天我亲自给海韵做过检查，没发现任何异常。”

司令员坐在沙发上，眼睛望着前面，脸色阴沉着，不说话。

“赵院长，你也坐吧。”海云看不过去，走过来招呼院长。

“别客气。”赵院长说，看着将军，冲她挤挤眼，“你当他是谁？我是谁？……他当 4607 艇艇长，我就是他的艇医了！”

但以后也就是坐着。司令员不想谈话，话就谈不起来。坐了一会儿，赵院长告辞：

“老首长，我去里面看看……你就把心装到肚里好了！”

赵院长走了。小会客室里只剩下他们一家三个人，久久地呆坐着。江白在一片沉寂中渐渐意识到：真正的等待才刚刚开始。

对海韵的生活和命运、他的生活和命运、司令员夫妇的生活和命运的判决才刚刚开始。

命运之神的巨大身影在他的感觉中凸显出来……心底那块坚硬的磐石一样的东西也重新清晰地显现出来……抗争。抗争开始了，不屈的抗争，命运的影子是巨大的，人的精神的力量也是巨大的……

生与死。在刃锋上行走的生活。海山别墅第四代人的故事的开始。惊心动魄，但它似乎本来就应当如此……

海韵。海韵现在怎么想？一刹那间他意识到自己忘记妻子仍然是一个有思想、有感觉的人，而不是一个已被命运的残忍的手判处极刑、正在死去的人。与我和司令员夫妻相比，海韵此刻才真正处在事件的中心，风暴和洋流的中心，生与死的中心。与我们面对的恐惧、经历的痛苦相比较，她面对的恐惧、经历的痛苦才更为沉重和真实。她现在在想什么？

他的眼前不知为什么就浮现出了一幅图景：躺在产床上的海韵神情十分平静。是的，是平静而不是那种做作的镇静。海韵的目光直直地望着白色的天花板，仿佛正望着一幅安谧的、幸福的关于自己未来的图画。

“……她一定会是这么平静的。事先——不，甚至在结婚之前。——她就把一切想到了，想好了，今天的事情早在她的精神准备之中……在她，今天的事就只是一个一直在期待的时刻到来了，一件早已开始的过程正在合理地符合她的愿望地走向它的终点，同时她还可能想象它是一个新的事件的起点……不，她不会有恐惧，她神情平静，正因为她并不恐惧。”

想到这里，江白的眼睛湿润了。

“恐惧不是这个海军世家的精神传统。面对命运的挑战和死亡，这个家族的人们总是英勇而平静地迎上前去……这一刻，海韵有可能正在向自己的对手微笑。……她已经超越了身体的和生命的极限，做了别人无法想象的事情……今天，无论是生还是死，她都已经是胜利者了……因为同样的原因，她是不会希望产房门外站着一个流眼泪的丈夫的……即使是死，她也会希望我含笑看着她……”

下飞机后一直水一样充溢着他的心胸、时时会堵上喉咙的那种巨大的痛苦和哀伤突然消失了。江白的精神世界一下变得轻松、平静、坚定起来。

白天很快就过去了，天黑了下来。自从走进这家医院，小会客室里的三个人，谁也没有动院长派人送来的午餐和晚餐。

雪下得更大了。天黑后院长来坐了一会儿，说了些安慰的话，又走了，接着是施连志夫妇听到海韵临产的消息，也赶来了。

“老秦，海韵怎么样？”一进门，两位老人就急切地问。

江白记不清岳父是否跟施老说了什么。如果说天黑前他的心境还是坚强的和镇定的，天黑后它又变了。

已经不是对妻子可能因生育而死的恐惧。不是。新的痛苦来自另一种感觉，仿佛那不可避免的死亡进程已延续了无数个世纪。一点焦灼和愤懑像一苗火焰，在黑暗的心间燃亮了。

“就是死，也不该拖这么长时间吧？真是毫无道理！……海韵可能会对因生育而死早有精神准备，可她忍受不了死亡过程拖得这么没完没了……她不会有这种准备的……这就像一个老掉牙的笑话，那笑话说一个生命垂危的病人一直在等待死亡，可又一直没有死亡，他气恼地说：早知道死也这么难，就不死了……”

会客室里忽然多了一男一女两个人，江白模糊认出了穿海军军校服的女孩子是东方白雪，可他既不为相隔一年半后第一次与她重逢感到喜悦，甚至也不感到惊奇，相反他只感觉到了烦恼。

“江白大哥，你好！……还认识我吗？”白雪主动走过来，目光一闪一闪地说。

“啊，你好。”江白虚应说。

站在白雪身边的是一名年轻的带黑牌牌的潜校学员。小伙子很大方，自己介绍自己：

“大家好！我叫沈平！请多关照！”

江白注意到岳母似乎很有兴趣地跟这位叫沈平的小伙子谈起来。白雪却站在一边望着他，目光幽幽地亮着，像是有什么话要对他讲。此刻他却一点也没有跟她谈一谈的愿望。

“这些人……他们来干什么？难道这里的人还不够多吗？……在别人心如刀绞的时候，别人家里要死人的时刻，他们怎么还能笑得出来？……岳母也是的，她也在笑……别人可以笑，你笑什么？……”

他气愤地站起来，撇开众人，到走廊里去。

走廊里的灯亮得刺目！一个女医生从产房门里走出来。

江白大步走过去，拦在路当中，大声地问：

“大夫，我爱人怎么样了？……她生了没有？”

年轻的女医生看着他，见惯了这种情景似的。

“你爱人是谁？”她眨眨眼问。

“海韵。新爱罗觉·海韵！”

“啊，是她！”女医生认真地看他一眼说，“还早呢，刚开了二指，且等着吧！”

她走了，袅袅婷婷地。江白大怒。

“这个人，她也是个女人哪……刚开了二指，她是只下蛋的鸡？愚蠢！没文化！冷血！……”

在心里骂了许多平时想也不会想到的恶毒的话，他在窗前站着，不愿回到会客室里。

岳母向他走过来，手里拿着一盒饭。

“江白，你还是吃点什么吧。院长说了，海韵怕是要到半夜了……吃点吧！”

江白接过盒饭，可他还是没有一点儿食欲。

岳母担心地看他一眼。

“江白，海韵会没事的，你甭焦心。”

一股暖流突然在心里涌动起来。

“知道。”他说，眼睛转到一边，不看岳母。

海云没有再说什么，回到会客室里去了。

他将那盒饭放到窗台上。

赵院长又来了。小会客室里一时人声鼎沸。

江白有一种五内俱焚的感觉。

“这些人……他们在那里高谈阔论什么呢？……有人正在经历死亡，他们却这么开心……这是残酷！残酷！”他愤怒地想着，忽然下了决心，一个人走到楼外院子里去。

一个蓝色的人影一闪出了小会客室。

是白雪！

“江白，你怎么一个人站在这儿？”她望着他，脸上现出一点讥讽的和挑衅的表情。

江白望着她，心中的不快汹涌起来。

“你想要我站在哪里？”

她立刻就听懂了他内心的愤怒，也许还有痛苦。姑娘的目光明亮地一闪，便回到房间里去了。

“我怎么啦？”江白自责起来，“我干吗冲她发火？……今天发生的一切跟她并没有关系！”他想着，快步向楼梯口走去。

他下了楼。在院子里的雪地里站了整整 20 分钟，让头脑重新冷静下来。

“我对白雪发火了。实际上我并不是对她发火……我在等待中有点支持不住了，方才我的内心虚弱了。……然而这是耻辱的。无论是死亡考验、死亡本身还是这没完没了的死亡过程，也无论现在和将来你会经历、承受多大的痛苦，你都不应当这样。这就是你的生活，你自己的生活，你当初选择了它，认为自己有这样的力量负担它，那你就应当勇敢地将它承受起来。”

“海韵已经将她自己的生活承受起来了。司令员夫妇一直在承受着自己的生活和命运。你不是第一个，也不会是最后一个。但他们相对于你来说却都是平静的或者镇静的（司令员夫妇至少能在表面上做到这一点），他们能做到的事情，你也应当能够做到。……不，你一定能够做到！”

楼门口的一挂石英钟“当当”地响了。一盏灯照亮了它：刚刚 10 点钟。

一个穿潜校学员服的小伙子推开楼门，飞快地跑出来。

“江白大哥！江艇长！……江艇长在哪里？！”他的眼睛一下子不能适应院子里的黑暗，一边左顾右盼着，一边大声叫喊，声音里充满着焦急。

江白一下子就想起他是谁了：是白雪带来的那个叫沈平的小伙子！一个可怕的念头随即涌上心来！

他大步向他跑过去。

镇静！

海韵会希望他镇静地接受和处理一切。

“我在这里。怎么啦？”

小伙子向他跑过来。

“生了！生了！”他喜滋滋地喊。

“什么生了！”他的脑子一时还转不过弯来，焦急地问。

“你爱人生了！”

江白张张口想问下去，又止住了。他突然改了主意，飞一样推开楼门，向通二楼的楼梯奔去。

二楼产科门前，司令员夫妇已经拦住了出来的第一个医生。

“大夫，我的孩子怎么样？”海云用颤抖的声音问道，听起来她似乎准备马上放声大哭起来。

医生惊讶地望着她。

“孩子很好，6 斤 7 两，是个小子！”

“不，我是问我的女儿！”岳母提高声调说，事后江白觉得，岳母那一刻一点也不关心自己的外孙，她关心的仅仅是自己的女儿。

“你的女儿顺产，母子平安，什么事也没有，现在她睡着了。”医生说。

“她没有……”江白听到岳母只将这句话说了一半，就哽咽地打住了，回头看一眼丈夫和女婿，泪流满面。

司令员脸上的肌肉大动着，一句话也没说出来。忽然，他脸上现出高兴的神情，五官一起动作开来。

“好！好！好！”他大声说。

江白终于能够挤到医生面前了。

“大夫，我爱人在哪里？……我能不能去看看她？”他大声说，意识到自己止不住热泪盈眶。

“我们还在观察。要是没事，你可在明天上午 10 点钟见她。”医生说。

“谢谢你，大夫！”他大声地、感激地说。

医生已经走过去了，这时又回头冲他一笑。江白认出来了，她就是昨晚告诉他“刚开了二指”、让他大怒的那位女大夫。

“我真浑，昨晚怎么会那样对待她呢？”内心被巨大的轻松和欢乐充盈着，江白突然惭愧了，想，“难道她说得不对吗？海韵不是现在才生吗？而且她的工作还做得那么好，母子平安……”最后这四个字让他越发感动了，“单单是母子平安，你就应当重重谢她！……她肯定是个医术高明的医生，一个不仅懂得接生还对DBB病深有研究的医生，说不准她还是一名妇产科专家和血液病专家！她是海韵和我的儿子的救命恩人哪……”

这时，他觉得自己的猜想非常有道理。

“好了，战斗结束，都去睡觉！”司令员大声地、轻松地说了一句，不看别人，自己率先向楼下走去。

江白回到小会客室里坐下来。他不能离开医院，他要在这里等待可以看自己妻子和儿子的时刻到来。

他的岳母也留了下来。

他很快就睡着了。内心中那座巨大的冰山倒塌了，世界重新变得像春天的海滨一样明媚……

第二天上午10点钟，他在产房里见到了自己的妻子。

海韵平展展地躺在床上，被一床薄薄的白被子盖着，只露出戴着白色产妇帽的头部。床和被子是那么平，江白一时觉得妻子的身体完全消失在这一幅平坦的白色里了。

“海韵。”他轻轻地呼唤她。

“江白。”海韵睁开眼来，微笑地望他，声音轻柔，像是知道他要来。

他含着眼泪走到她床边，坐下，握住她从被子下面伸出的一只苍白的手。

“海韵，我爱你。”

只说了这一句话。

不能掉眼泪，应当快活，应当现出欢乐的笑容。

海韵望着他。她虽然没有了一点气力，却依然是快乐的，并且想跟他开个玩笑。

“你现在多好，又有老婆，又有儿子。”她说。

泪水忽然就滚了下来。

司令员夫妇、施连志夫妇，连同院长和产科主任，一起走进来。

“海韵，你觉得怎么样？”司令员远远地站在女儿床前，大声地、鼓舞般地问。

女儿望着爸爸笑。

“爸，像是打了一仗。”她说。

“很好，任务完成得不错，表扬！”将军情绪高涨地说，“孩子呢？”

“在婴儿室。”产科主任说，“下午你们才能见他。”

将军看了看女儿，又看了看产科主任。

“既然没有事，为什么不回家？女儿，下午带上孩子，回家！”将军说。

产科主任望着院长，院长望着将军，海韵望了望丈夫，大家都笑了。

以后相当长一段时间内，海山别墅一直被一种喜气洋洋的气氛笼罩着。

女儿和外孙回家后的第一个星期天，司令员夫妇决定为这个海军世家的第五代的出世搞一点庆祝，并将他的决定提前通知了所有应当通知的人。

这天，江白又一次见到了白雪。

距离到潜院报到的日子还有一个星期。妻子产后的短短几天内，江白已经成了一个既幸福又疲倦的爸爸。他的心中卸去了重负，只剩下了欢乐，明亮的目光就能重新投向外部世界了。

……一大早，客人就陆续到了。江白被岳父打发去车站接自己的父母。等他将江莫名夫妇高高兴兴地接进海山别墅，来宾们都到齐了。

江莫名夫妇的到来将海山别墅这天的喜庆气氛推向了高潮。他们给媳妇带来了那么多的小米、红糖和大枣，让海韵和秦失夫妇感动得不知道说什么好了。

厨房里没有醋了。江白被岳母派去打醋。回来时，突然在小楼外面见到了白雪和她的男朋友的身影一闪。

江白的眼睛亮起来。

“这是白雪！”他忽然想到了，“……我好像在基地医院里见过她。……她胖了点，更丰满了，穿上一套海军军校学员服，显得更漂亮了。……走进楼门的小伙子是她的朋友。小伙子不错……”

这天，白雪一直不大理他。

“我得罪了她吗？……没有吧？”他想。可后来到底回忆起来了：在医院里，他曾无缘无故地对她发过火。

瞅了个机会，他开玩笑一样对她道歉：

“白雪，对不起，若是我在哪件事上惹了你，你就看我儿子分上，原谅了吧。……哎对了，你很有眼力，沈平不错！”

白雪本要走开的，可他说到沈平，白雪就站住了，美丽的脸颊马上红了，但目光中那点恨恨的意思并没有完全消失。

“他不错什么？他还是个潜院学员，还不是个艇长呢！”

说完，她就扭身走进了客厅。

以后江白便将注意力转向那个叫沈平的潜院学员。他渐渐觉得小伙子好像有点面熟。

“我在哪里见过他吗？……不，不可能，没有机会。……可是我为什么会有一种似曾相识的感觉呢？……”他想着，心里有一点模糊的烦恼了。

中午的正餐过后，大家都坐在一楼客厅里喝咖啡。将儿子安置睡下，海韵也走下楼来，与丈夫坐在一起。

沈平就坐在他们对面，大人似的高谈阔论着一个国际性的话题。白雪坐在他身边，眼睛里无时不在闪烁着钟情的光，仿佛在说：你们瞧，他有多棒！

海韵开始只注意这对沉浸在爱河中的青年。后来，她的目光就不时在江白和沈平之间来回流转了。

“你怎么啦？”江白注意到了妻子的异常表现，悄悄地、不安地问。

海韵开始不说，只是抿着嘴偷偷地笑。

“你到底怎么啦？”江白有点不高兴了。

“你看这个沈平像谁？”她忍住笑，对丈夫附耳说。

“像谁？”

海韵又笑，不说话。

江白好久不明白她笑什么。忽然，一点火苗似的东西在他脑海中亮起来：这个沈平无论身高、长相，还是说话的声音，都与自己十分相像。他活脱脱就是当年读潜院时的江白！

东方白雪正从对面望着他，目光幽幽，若有所思。

他如梦方醒。内心被深深打动了。

“原来是这样……她一次次来见我，不但是为了我的妻子和儿子，还是要让我亲眼见到这个小伙子，让我明白他也是优秀的，甚至会比我还要优秀……”

但是，他并没有一点不愉快的感觉；相反，自与她分手后生命深层一直没有完全消除的最后一点隐忧，却在这一刻完全消失了。

“白雪长大了，她不再需要别人为她的生活担心了……”最后，他感动地想，觉得生命深处完全放松了。

最新的资料表明，进入20世纪末的最后几年，世界各国对于新型潜艇兵器的研制正取得新的惊人的进展。无论是常规潜艇还是核潜艇，都在向新的隐形的方向发展，同时一代新的威力更大的武器系统正在取代旧的武器系统。

世界上每年都在高喊裁军，但续航能力更强、威力更大的新型攻击潜艇却仍在大量下水。

今天，活跃在地球表层水域的潜艇数量仍然十分惊人。一个不可忽视的事实是，在未来的和平和战争年代，潜艇仍然是人类争夺海洋和世界的主要兵器之一。

人类将会继续书写自己的潜艇战史……

一个普通的黎明，中国东部某军港，几艘中国人自己建造的新型潜艇也悄悄地下了水。

这个静悄悄的黎明在延续……